國家古籍工作規劃項目

本書出版得到國家古籍整理出版專項經費資助

揚雄方言校釋匯證二〇〇六年在中華書局出版之後，我就開始思考上述問題，並與顧青編審、秦淑華編審有過多次深入的交流。在中華書局的支持下，我的想法經由全國古籍整理出版規劃領導小組批准而列入了二〇一〇—二〇二〇國家古籍整理出版規劃，中華書局負責出版。二〇一二年擬出了古代方言文獻叢刊分輯及其基本選目，着手組織隊伍；二〇一三年春天在京召開了項目籌備研討會，重點討論了叢刊方案、組織方式、作者選聘、整理原則、宏觀體例等主要問題，項目正式啟動。二〇一六年由我負責申報的中國古代方言學文獻集成批准爲國家社科基金重大項目（編號：16ZDA202），研究隊伍進一步加强，入選書目進一步優化，整理方式進一步完善，爲彌補上述學術缺憾而實施的古籍整理工作得以全面展開。

本項目所整理的方言學文獻限於古代。我們所説的古代，原則上截止到清末，但一九四九年之前承紹古代學術傳統方法研究方言的重要著作如孫錦標的南通方言疏證、重要資料如方志所載方言等則予以收録。明代以來傳教士所撰方言教科書、聖經方言譯本、雙語辭書等資料，當然屬於古代方言學文獻，量很大，價值也很大，因爲這批材料與中國傳統學術無關，且文本中很多或純粹是外文，或漢文與外文間雜，須要用特殊而專門的方法進行整理，所以不納入本項目。

古代方言文獻叢刊總序

華學誠

一

方言痕跡可考於我國最早的出土文獻和傳世文獻，方言記載、方言論述也零星見於先秦時期的文獻，而以活的方言爲對象並結合古方言資料作出系統研究的則始於漢代揚雄，此後近兩千年，研究者代不乏人，積累的成果非常豐富。

對這漫長的方言歷史和方言研究歷史，近現代以來雖有一些專題討論，但既不全面，也不系統。形成這一局面的原因當然不是單一的，但古代方言學資料没有得到全面收集、系統建構、科學整理，致使相關研究缺少必要的學術基礎，則是最基本也是最關鍵的原因。中國古代方言學文獻的整理出版，並不是没有取得成績，只是從總體上來説，數量很少，品質參差不齊，整理出版選題也缺乏科學規劃，所以遠遠無法滿足方言學史、方言史、漢語史、現代漢語方言研究的需要和其他相關學科研究的需要。

圖書在版編目(CIP)數據

王念孫方言遺説輯録/魏鵬飛輯録. —北京:中華書局,2023.5
(古代方言文獻叢刊/華學誠主編)
ISBN 978-7-101-16128-1

Ⅰ.王… Ⅱ.魏… Ⅲ.漢語方言-文獻-匯編-中國-古代 Ⅳ.H17

中國國家版本館 CIP 數據核字(2023)第 034650 號

責任編輯:張　可
責任印製:陳麗娜

古代方言文獻叢刊
華學誠 主編
王念孫方言遺説輯録
魏鵬飛 輯録
*
中華書局出版發行
(北京市豐臺區太平橋西里 38 號　100073)
http://www.zhbc.com.cn
E-mail:zhbc@zhbc.com.cn
天津善印科技有限公司印刷
*
880×1230 毫米 1/32 · 22¾印張 · 2 插頁 · 445 千字
2023 年 5 月第 1 版　2023 年 5 月第 1 次印刷
印數:1-1500 册　定價:118.00 元

ISBN 978-7-101-16128-1

國家社科基金重大項目「中國古代方言學文獻集成」（16ZDA202）
國家社科基金後期資助項目「經義述聞研究」（20FYYB027）階段性成果
河南古都文化研究中心資助項目

古代方言文獻叢刊　華學誠主編

王念孫方言遺説輯録

魏鵬飛　輯録

中華書局

中國古代方言學文獻可以按照多種方式進行分類。比如可以按照周秦漢晉、南北朝唐宋、元明、清代四期來分，用分期來處理資料，時代斷限明確，有利於歷時研究對資料的利用；但是，中國古代方言研究文獻産生的實際情況和存世的情況不利於按照時代順序來處理，如果這樣處理，從古到今就會形成倒寶塔型，時代越早資料越少，時代越遲資料越多，這在項目的組織安排和實際操作上會出現困難。又如可以按照語音、詞彙、語法、文字（方言字）等内容來分，每類中再按照時代來劃分，這樣分類有利於學科内部的專題化研究；但是，中國古代方言學文獻的實際情況是，語法資料極少，詞彙最多，語音其次，且語音、詞彙、文字常常不可分離，所以不僅各類資料的數量極不平衡，而且不少資料的歸類也將面臨無解的難題。因此，按照文獻特點和存世形態來分類，就成爲最好的選擇，這也符合項目的「文獻」特點和「集成」要求。

按照文獻來源，首先把中國古代方言學文獻分成兩大類：一是中國傳統方言學文獻，二是傳教士方言學文獻。如前所説，後一類不列入本項目，所以本項目的第二步分類實質上就是對前一類的劃分。按照文獻存世形態，結合文獻内容、文獻存世數量，本項目把中國傳統方言學文獻分成五類，形成五個子課題，成果出版物則形成五輯；各子課題内部再按照時代先後爲序編排，以體現史學要求。除明代以來傳教士所撰方言類著作之外，本項目囊括了漢代以來中國古代方言學的各類主要文獻，形成以文獻特徵和時代爲經緯構成的資料集成。

本項目的完成，在學術研究上至少有如下幾點重要價值值得期待：有利於系統建構中國古代方言研究史，有利於解決漢語史、方言史研究中的相關問題，有利於深入進行方言本體各分支學科的研究，有利於拓展其他相關歷史學科的專門研究，有利於後續信息化處理歷代方言研究資料。

二

方言校注本整理，由華學誠教授、魏兆惠教授負責。自晉代郭璞以後，直到明代之前，方言的相關研究甚少。明清時期出現多個校注本，有價值者共七種，即：明陳與郊方言類聚四卷，清戴震方言疏證十三卷，清盧文弨、丁傑重校方言十三卷附校正補遺一卷，清劉台拱方言補校一卷，清錢繹、錢侗方言箋疏十三卷，清王維言方言釋義十三卷，清王秉恩宋本方言校勘記。王念孫在方言研究上下過很大功夫，有很多發明，他的一些説法散見於王氏父子存世的各類著作之中，值得輯録以彰顯他的遺説。國内出版過錢氏方言箋疏點校本和戴氏方言疏證的整理本，但戴氏疏證本的整理存在不少問題，須要重校。

其他五種均無現代整理本，爲學術研究服務的集成整理從未有過。本項目對錢氏方言箋疏之外的六種明清方言校注本進行全面整理，加上王念孫遺説的輯録，構成一輯。

廣續方言整理、散存資料輯佚，由華學誠教授、王耀東副教授負責。「廣續方言」指增廣或續補揚雄方言的專書，包括杭世駿續方言，程際盛續方言補，徐乃昌續方言又補，程先甲廣續方言、廣續方言拾遺，張慎儀續方言新校補、方言別録等。「散存資料」指保存在注疏、音義、筆記、辭書等著作形態中而有明確地域指向的方言材料，不包括通行區域不明的俗語、少數民族語和社會方言，亦不包括客觀上反映方言的文學作品、音切、對音材料、外國借字和俗文學中的別字異文等。古代散存方言資料分爲方言記載和方言論述兩類，二者的區別在於有無作者的主觀認識和評價。散存資料整理難度最大，迄無全面輯佚的集成之作。清人廣續方言類著作其實就是搜集的散存方言資料，但很不完整，且訛舛不少，須要進行科學整理；新輯佚的資料與廣續方言中的資料本質上是相同的，所以合併在一起構成一個專題，構成一輯。

非音韻類方言專書整理，由周遠富教授、劉祖國副教授負責。非音韻類方言專書包括貫通方言類、分地方言類。貫通方言類如匯雅前編、方言據、諺原、鄉言解頤、方言轉注録、鄉音俗字通考、今方言溯源、新方言、續新方言等。分地方言類如安丘土語志（山東），秦音、西安村語考字録（陝西），黔雅（貴州），蜀語、蜀方言（四川），吴下方言考、南通方言疏證（江蘇），古歙鄉音集證（安徽），越語肯綮録、越言釋、越諺、湖雅（浙江），操風瑣録（福建），嶺外三州語、客方言（客家話）等。分地方言類只收録獨立的單本著作，不包括地方志中的「方言志」。非韻書類方言專書很難確定邊界，漏收在所難免；已經選入進行整理的專書，也可能會有異議，因爲有些書中的内容未必盡是方言。這類文獻，構成一輯。

歷代方言韻書整理，由徐朝東教授、高永安教授、謝榮娥教授負責。古代方言韻書的整理與研究，近些年來已經受到學界關注，如馬重奇教授帶領的團隊對閩方言韻書的整理與研究就已經取得了豐碩的成果。本項目所説的方言韻書包括官話方言韻書，整理的韻書有以下各類：官話方言包括皇極經世書聲音唱和圖、中原音韻、文韻考衷、交泰韻、元韻譜、韻略匯通、重訂司馬温公等韻圖經、合併字學集韻、音韻集成、書文音義便考私編、韻略易通、五聲譜、五方元音、拙庵韻悟、韻籟、黄鐘通韻、七音譜、徐州十三韻、射聲小譜、字音會集、韻學驪珠、古今韻表新編、中州音韻等；吴語包括荆音韻彙、聲韻會通、韻要粗釋、併音連聲字學集要、字學指南、元聲韻學大成、音韻正訛等；贛語包括類聚音韻；閩語包括戚參軍八音字義便覽、珠玉同聲、拍掌知音、彙音妙悟、建州八音、彙集雅俗通十五音、渡江書十五音、潮聲十五音等；徽語包括山門新語、新安鄉音字義考正等。這類文獻，構成一輯。

歷代方志中的方言資料整理，由曹小雲教授負責。舊方志中的「方言」，包括漢語方言和中國境内民族語言兩大類，漢語方言是主體。漢語方言有官話、晉語、吴語、粤語、湘語、閩語、贛語、客家話、平話和土話等，民族語言有壯語、苗語、瑶語、彝語、蒙古語等。搜集整理的基本原則是：凡方志中標以「方言、言語、語音、俗語、土語、方音」等卷目、節目的，或雖未標明，但在方志中自成一節專門記録方言的，悉數收録。據此，共輯出方言文獻九百六十六種，地域上覆蓋今三十二個省、直轄市和自治區。從方志編纂時代上看，南宋一種、明代二十八種、清代四百八十三種、民國時期四百五十四種。所輯出的文獻均重新編排，文獻内容逐一録入，逐字校勘，逐篇解題，形成精校新排文本。這類文獻，構成一輯。

三

本項目規模如此之大，參與工作的有數十人之多，要把工作做好，要想實現預期目標，困難可想而知。爲了有效開展工作、儘量減少失誤，提前研判各種問題，提出針對性措施，就是必須的。因此，立項之初我們就擬定了詳細的工作規程，明確了各個工作環節的原則、方法和要求。

文獻整理的基礎工作，首先是要選定好底本。規程要求，目録確定之後，每一種書的存世版本都必須全面排查，同時釐清版本系統，在此基礎上，比勘各本，選擇底本。比如戴震方言疏證存世古籍版本共有二十二種，以微波榭叢書本爲代表的各本可稱之爲「遺書系本」，以武英殿聚珍版爲代表的各本可稱之爲「四庫系本」。樊廷緒在嘉慶六年有一個刊本，是武英殿聚珍版書的翻刻本，所以還是屬於四庫系本。比勘之後，發現武英殿聚珍版所依據的是戴震最後的定本，刊行時間不遲於微波榭叢書所收戴氏遺書本，刊校質量也最精，所以確定該本爲底本。

有些古籍須要影印而不能録排，這類古籍採用圈點方式句讀。規程要求，整理結果採用録排方式形成文本的，一律斷句標點。録排採用通用繁體字形（遇有古今字、通假字、異體字、正俗字，採用底本式整理的保留底本原字形），直排，標點符號使用直排式。頓號、引號、書名號、專名號等標點符號的使用容易出現各種各樣的問題，工作規程特別做了具體詳明的規定。

由於本項目涉及的文獻資料異常複雜，校勘採用定本式還是底本式，没有要求統一。但規程明確提出了總原則，即：校各本異同，校底本是非，校引文正誤，不校立説是非。針對校勘中須要注意的問題，規程特別提出了四點要求。第一，要區分校勘與考證的界限。比如文獻中純係事實、材料等方面的出入，是箋證、考釋應當解決的問題，不屬於校勘範圍。第二，凡底本不誤而他本誤者，一般不出校記。遇有特殊情況，比如別本異文仍有參考價值，則視情況而定。第三，一般虚字出入且不影響文意者，在校記中直接表明改正意見；但如涉及文意，則須要説明校改依據。第四，古今字、通假字、異體字、正俗字，採用底本式的保持文字原貌，在校記中分別用「後作某、通某、同某、正字作某」指明，以供研究者參考。

本項目的第二個子課題，基礎工作就是輯佚。由清人完成的廣續方言作品，須要依據輯佚材料來源進行校訂，按照專著進行整理；而更爲重要的工作則是，從現存古籍中全面輯佚散存的歷代方言研究資料，合理編纂。規程確定了散佚資料的編纂通例，包括如何保障輯佚資料的完整性，輯佚資料的著録方式，輯佚資料的年代確定等等。還特別提出了輯佚工作須要注意的問題，包括謹慎選擇輯佚所依據的版本，深入瞭解輯佚所據著作的原書體例，正確處理所據資料存在的關鍵異文，注意甄別補綴、去重辨僞，注意輯佚的目的在於重建方言學術史資料，等等。

其他如，古籍整理提要式前言的撰寫，具體課題承擔人工作的步驟，各子課題成果的提交，索引的編製，項目負責人與子課題負責人的職責，定稿流程，等等，在工作規程裏都有明確要求。

四

由於文獻數量巨大，文獻樣態複雜，項目承擔人水平有限，整體協調難度較大，主編難以逐字逐句審讀，整理出的這個集成文本一定會存在很多問題，如應收而漏收的，底本選擇不理想的，標點斷句有問題的，校勘結果值得商榷的，輯佚質量有瑕疵的，前言論定不準確的，等等，希望得到學界嚴肅的批評指正。

當然，在有限人力、有限時間内，企圖把中國古代方言學文獻全部「集成」，肯定是不可能的。項目是封閉性的，但工作則是開放性的，這個項目的完成並不是這項工作的終結。希望有更多的專家參與進來，不僅能够提出嚴肅的批評指正意見，而且能够「在綫」補充新文獻、新資料，以便使這個文獻集成不斷充實，不斷完善。這不僅是本項目全體承擔人的想法，也是中華書局的意圖。

是爲序。

新冠肆虐、囚禁家中

二〇二〇年二月二十三日初稿

二〇二〇年四月二十七日改定

目録

前言

王念孫(一七四四——一八三二),字懷祖,號石臞,也作石渠,江蘇高郵人。乾隆四十年(一七七五),以二甲七名中進士,後歷任翰林院庶吉士、工部主事、工部郎中、陝西道御史、吏科給事中、四庫全書館篆隸校對官、直隸永定河道等職,卒於道光十二年,享年八十九歲。

王引之(一七六六——一八三四),字伯申,號曼卿,江蘇高郵人。嘉慶四年(一七九九),中會試第二十四名;殿試欽定一甲第三名,授翰林院編修。後曾兩任學政,又平反福建李賡耘冤獄,歷經十年郎官,最終三任尚書。道光十四年卒於北京寓所。

高郵王氏先祖以尚書傳家,王念孫少受父教,以經學立身。後從安徽休寧戴震學習音韻訓詁文字之學,終以小學名聞於世。王引之承傳家學,自幼如其父苦學,讀書之外別無他好。他們的著述良多,最爲重要者當屬被後人譽爲「高郵王氏四種」的四部著作:廣雅疏證、讀書雜志、經義述聞和經傳釋詞。除此之外,尚有其他著述百餘種。

作爲清代乾嘉時期最爲傑出的訓詁大師,王氏父子對揚雄方言也有精深的研究。

關於揚雄方言，王氏父子並無全書校證或研究專著問世；在他們的現存著作中，僅有王念孫方言疏證補一卷二十條，從撰寫情況看，這是對戴震方言疏證的逐條補正之作。王念孫放棄了方言疏證補的寫作，不等於放棄了對方言的研究。王念孫有關方言研究的成果，主要散見於手校明本方言、手校戴震方言疏證、廣雅疏證等著述中。要做好揚雄方言和中國語言學史的研究，就需要充分汲取王氏父子著作中的有效成分，這是輯録王念孫方言遺説的根本原因所在。

本師華學誠先生論王念孫方言遺説的重建——古代語言學著作的文獻學研究之三（語言研究二〇一五年第三期）一文分析了王念孫方言研究著述情況，討論了王氏方言遺説重建的方式與方法，闡述了遺説資料的價值和學術意義。本書的完成即以此文爲指導。

本書輯録的材料來源有以下幾種：王氏手校明本方言、手校戴震方言疏證、方言疏證補、廣雅疏證、經義述聞、讀書雜志、經傳釋詞、釋大以及爾雅郝注刊誤、群經字類等。輯録的基本原則是「述而不作」，即不對王説進行補苴或評價，也不對其他學者的意見進行辨正，只追求全面、客觀地重建王氏方言學説。因爲王念孫使用的工作底本是明代胡文煥格致叢書本方言，所以輯録者也要使用格致叢書本作爲底本，王氏遺説輯録出來之後，則按照著述時間編排在方言每條之下。

方言每個條目下所輯録的資料，不僅有助於揚雄方言研究，也有助於王念孫研究，因爲這些資料客觀呈現出王念孫在校勘和語詞訓詁上的前後變化。比如從校勘方面去觀察，就能看到四種表現：後期著作對前期著述中的校勘意見補充了新的證據；前期著述的校勘意見在後期著作中有了進一步發展；前期有些校勘意見在後期著作中棄而不用；有些校勘意見反復不定、前後不一。如果從訓釋方面去觀察，也能看到王念孫在觀點、材料和論證方法上的種種變化情形。尤其值得注意的是，王氏猶疑不定之處，往往就是漢語史和漢語學史研究中的難點之所在，非常值得學界同仁深入研究。

希望本書的出版，不僅能夠推進揚雄方言研究，而且能夠推進王氏父子研究。特别是客觀、全面的材料輯録和按照著述時間先後排列的方式，必將有助於展現王氏在方言研究上的發展情況，從而促進王學的深入研究。

魏鵬飛

二〇二一年六月

凡例

一、本書以明代胡文煥格致叢書本方言爲底本，以揚雄方言條目爲綱，下列王念孫的手校明本方言、手校戴震方言疏證的校改內容，以及王氏父子著作中引用相應方言條目的內容。

二、方言每條下的內容排列順序，大致以王氏父子著述時間爲序。王念孫的兩種手校本和方言疏證補的著述時間，據華學誠王念孫手校明本方言的初步研究考證，定爲手校明本在先，手校戴震方言疏證次之，方言疏證補最後。王氏父子其他已刊著作以其最終結集刻印時間爲準，未刊著作皆列於最後。

三、輯録資料排列順序、簡稱及版本如下：

釋大八篇，簡稱【大】，高郵王氏遺書本；

方言十三卷手校本，簡稱【明】，上海圖書館藏王氏手校明本；

群經字類二卷，簡稱【群】，嘉曹軒叢書影印稿本；

説文解字校勘記殘稿一卷，簡稱【説】，晨風閣叢書本；

方言疏證手校本，簡稱【戴】，中國科學院圖書館藏王氏手校戴本；

輶軒使者絶代語釋别國方言疏證補一卷，簡稱【補】，高郵王氏遺書本；

廣雅疏證十卷，簡稱【廣】，江蘇古籍出版社影印王氏家刻本；

廣雅疏證補正，簡稱【正】，江蘇古籍出版社影印廣雅疏證後附；

經義述聞三十二卷，簡稱【述】，江蘇古籍出版社影印王氏家刻本；

經傳釋詞十卷，簡稱【詞】，江蘇古籍出版社影印王氏家刻本；

讀書雜志八十二卷餘編二卷，簡稱【讀】，江蘇古籍出版社影印王氏家刻本；

爾雅郝注勘誤一卷，簡稱【郝】，殷禮在斯堂叢書本；

重修古今韻略凡例一卷，簡稱【重】，高郵王氏遺書本。

四、王氏父子著作中引方言内容的起訖，廣雅疏證以王氏對廣雅中一個被釋詞的疏證爲限，其他著作大致以原書的箋記條目爲限，有些原文太長且與方言内容無關者酌情删削。

五、方言每條正文後標出該條目在格致叢書本方言中的頁碼；王氏手校明本與手校戴氏疏證本條目與之相同，不標注頁碼；方言疏證補、群經字類、説文解字校勘記殘稿、爾雅郝注勘誤、重修古今韻略凡例等篇幅短小，亦不標注頁碼；廣雅疏證補正在末尾用方括號標注頁碼，前用「補・」以示與廣雅疏證正文的區别；釋大僅在末尾用方括號標注相關版本的卷數及頁碼；其他輯録材料均在末尾用方括號標出相關版本的條目、卷數及頁碼。

六、方言的郭璞注，以及王氏各種著作中的雙行小注，皆以小五字號標出；所輯材料中引用的方言與郭注文字可能包含王氏的校勘意見，加粗顯示，以便與方言正文對照。

七、使用新字形，文字處理大致原則爲：古體字、不規範字和明顯的版刻混用字、版刻誤字等，一律改爲通行繁體字；通假字一般保持不變；異體字一般改爲通行正體字，但在特定人名、地名、書名、職官、封號、徽號等專用名詞和俗語中仍保留原樣；避諱字改回本字，如「邱」改回「丘」，「元黄」改回「玄黄」等；凡文中被解釋或被音注的涉及字形分析的異體或古體字，在同一條中一律保留；凡同一字的不同形體在前後文中並存時，在該條目中保留有關字形；漫漶不清之字用「□」表示。

八、採用新式標點符號。爲了儘量簡化，不用間隔號、破折號、著重號、連接號等標點。人名、地名、水名、朝代名、民族名、國名等專名，一律標注專名號。

九、凡王氏父子論述中引用其他典籍之文，儘量核實原文，並使用引號標注。王氏父子引書有時以意删節，甚至於爲了文氣貫通而改易所引文獻的部分字詞，爲尊重王氏著作的原貌，一律不改動原文；若有引文與傳世文獻差異較大的，則在校記中加以説明。書中所加引號爲閲讀方便而設，不表示傳世文獻原文如此，讀者如有引用，請務必仔細核對原文獻。

十、王氏著作中凡一个條目涉及揚雄方言多處條目者，在底本標目字後添加出現的次數，並在輯録材料末尾標注本書對應的卷數及在該卷内的序數。

十一、廣雅疏證補正涉及方言條目的，均單列於正文；若不涉及方言諸條内容，僅爲補充廣雅疏證論述不足的，以腳注形式列於相關疏證之後。

王念孫方言遺説輯録卷一

一　**黨、曉、哲，知也。楚謂之黨，**黨朗也，解寤貌。**或曰曉；齊宋之間謂之哲。** 1a

【戴】天頭朱批：齊宋之間謂智爲哲。一切經音義五、十、十六、廿、廿一、廿二。又天頭墨批：念孫謹案：漢書揚雄傳「中和之發，在於哲民情」，師古曰：「哲，知也。」「知」字亦如字讀。

【補】鄭注周官大司徒云：「知與「智」同。明於事也。」「智」與「明」同義。故明謂之「曉」，卷十三云：「曉，明也。」亦謂之「哲」；應劭注漢書五行志云「悊，明也」，「悊」與「哲」同。智謂之「哲」，亦謂之「曉」。解寤謂之「黨朗」，亦猶火光寬明謂之「爣朗」矣。何遜七召「月無雲而曭朗」，曭朗亦明貌。

【廣】曉者：方言：「曉，知也。」〔曉慧也，一·三八〕

【廣】黨、曉、哲者：方言「黨、曉、哲，知也。楚謂之黨，或曰曉；齊宋之間謂之哲」，郭璞注云：「黨，黨朗也，解寤貌。」廣韻：「爣朗，火光寬明也。」「爣」與「黨」，義相近。〔黨曉哲䛇也，三·七八〕

【讀】問明篇「或問：堯將讓天下於許由，由恥，有諸？曰：好大者爲之也。顧由無求於世而已矣，允哲堯儃舜之重，則不輕於由矣」，宋咸曰：「堯以允哲之道禪舜，豈輕之於許由也！」司馬光曰：「信以堯禪舜之重爲智，則必不輕授天下於由矣。」念孫案：二説皆非也。哲者，知也。「知」讀平聲，不讀去聲。言信知堯禪舜之重，則必不輕禪於許由也。**方言：「曉、哲，知也。」**「知」字平、去二聲皆可讀，故方言以「曉、哲」同訓爲「知」。今人猶謂不知事爲「不曉事」也。文選遊天台山賦「之者以路絶而莫曉」，李善注引方言：「曉，知也。」「知」字正作平聲讀。春秋繁露五行五事篇曰：「明作哲。哲者知也。王者明則賢者進，不肖者退，天下知善而勸之，知惡而恥之矣。」「哲」，字亦作「悊」。漢書刑法志「書云：伯夷降典，悊民惟刑」，師古曰：「悊，知也。言伯夷下禮法以道民，民習知禮，然後用刑也。」以上二條訓「哲」爲「知」，「知」字皆讀平聲。宋與司馬皆訓「哲」爲智慧之「智」，失其指矣。又法言序云「中和之發，在哲民情」，李軌曰：「哲，智。」吴祕曰：「五行傳曰：『哲，知也。』中和之發，則民之情僞，無不先知。」念孫案：吴説是也。哲民情即知民情。漢書揚雄傳「中和之發，在於哲民情」，師古曰：「哲，知也。」「知」字亦讀平聲。〔允哲，餘編上·一〇三四〕

二　虔、儇，慧也。謂慧了。音翾。秦謂之謾；言謾訑也。音訑，大和反。謾，莫錢，又亡山反。晉謂之𢡟；音悝，或莫佳反。宋楚之間謂之倢；言便倢也。楚或謂之譎；他和反。亦今通語。自關而東趙魏之間謂之黠，或謂之鬼。言鬼眎也。1a

【明】將郭注「言鬼眎也」之「眎」字改作「眽」。

【補】卷十二云「儇、虔，謾也」，注「謂惠黠也」，「惠」與「慧」通。齊風還篇「揖我謂我儇兮」，毛傳云：「儇，利也。」正義云「言其便利馳逐」，「便利」猶「便捷」。故此云「宋楚之間謂之倢」也。説文：「譞，慧也。」淮南主術篇云：「辯慧懁給。」「譞、懁」並與「儇」同。賈子道術篇云「反信爲慢」，「慢」與「謾」同。注内「訑」字，即正文「譎」字也。廣韻「訑、譎」並土禾切。字或作「詑」，通作「他」。燕策云「寡人甚不喜訑者言也」，淮南説山篇云「媒伹者非學謾他」，字並與「訑」同。凡慧黠者多詐欺：故欺謂之「訑」，亦謂之「謾」；慧謂之「謾」，亦謂之「訑」矣。注内「土和反」，各本譌作「大和反」。「大和」則音「牠」，考玉篇、廣韻「訑」字俱無「牠」音，又集韻一書備載方言之音，「訑」字亦不音「牠」，今據以訂正。「𢡟」音埋，或莫佳反，各本「音埋」作「音悝」，「悝」字之誤也。玉篇、廣韻「𢡟」字並音「埋」。廣雅「𢡟，慧也」，曹憲音「莫佳、莫諧」二反。「莫諧」正切「埋」字，「莫佳」之音亦與方言同。二音一屬佳韻，一屬皆韻，故集韻佳、皆二韻俱有「䫲」字。若孔悝之「悝」，則在灰韻，與「莫佳、莫諧」之音俱不合。故玉篇、廣韻、集韻「䫲」字俱無「悝」音。今據以訂正。今高郵人猶謂「黠」爲「鬼」，是古之遺語也。

【廣二】虔者：方言：「虔，謾也。」又云：「虔，慧也。」〔虔慧也，一·三八〕卷一二第三五條；卷一第二條

【廣】謾者：方言「秦謂慧曰謾」，郭璞注云：「言謾詑也。」義見卷二「謾，欺也」下。〔謾慧也，一·三八〕

【廣】黠者：方言：「趙魏之間謂慧曰黠。」〔黠慧也，一·三八〕

【廣二】儇者：方言：「儇，謾也。」又云：「儇，慧也。」楚辭九章：「忘儇𦾔以背衆兮。」淮南子主術訓「辯慧懁給」，「懁」與「儇」通。〔儇慧也，一·三八〕卷一二第三五條；卷一第二條

【廣】𧪚者：方言：「楚謂慧曰𧪚。」字或作「詑」，又作「訑」。義見卷二「詑，欺也」下。〔𧪚慧也，一·三八〕

【廣】䫲者：方言：「晉謂慧曰䫲。」〔䫲慧也，一·三八〕

【廣】捷者：方言「宋楚之間謂慧曰捷」，注云「言便倢也」，「倢」與「捷」通。〔捷慧也，一·三八〕

【廣】鬼者：方言「趙魏之間或謂慧曰鬼」，注云：「言鬼脈也。」〔鬼慧也，一·三八〕

【廣】此毛詩義也。大雅民勞篇「無縱詭隨，以謹無良」，傳云：「詭隨，詭人之善，隨人之惡者。以謹無良，慎小以懲大也。」正義云：「無良之惡，大於詭隨。詭隨者尚無所縱，則無良者謹慎矣。」案：「詭隨」疊韻字，不得分訓「詭人之善，隨人之惡」。詭隨即無良之人，亦無大惡、小惡之分。詭隨，謂譎詐謾欺之人也。「詭」，古讀若「果」。「隨」，古讀若「䜁」。「䜁」音土禾反，字或作「詑」，又作「訑」。「隨」，其假借字也。方言云「**虔、儇，慧也。秦謂之謾；晉謂之㦟；宋楚之間謂之倢；楚或謂之䜁；自關而東趙魏之間謂之黠，或謂之鬼**」，説文云「沇州謂欺曰詑」，楚辭九章云「或忠信而死節兮，或訑謾而不疑」，燕策云「寡人甚不喜訑者言也」，並字異而義同。〔詭隨小惡也，六・一九〇〕

【述】民勞篇「無縱詭隨，以謹無良」，毛傳曰：「詭隨，詭人之善，隨人之惡者。以謹無良，慎小以懲大也。」正義曰：「無良之惡，大於詭隨。詭隨者尚無所縱，則無良者謹慎矣。」家大人曰：「詭隨」疊韻字，不得分訓「詭人之善，隨人之惡」。詭隨即無良之人，亦無大惡、小惡之分。詭隨，謂譎詐謾欺之人也。「詭」，古讀若「戈」。淮南説林篇曰：「水雖平，必有波；衡雖正，必有差；尺寸雖齊，必有詭。」易林未濟之家人曰：「言與心詭，西行東坐；鯀湮洪水，佞賊爲禍。」「隨」，讀若「䜁」。「隨」字古音在歌部，説見唐韻正。「䜁」音土禾反，字或作「詑」，又作「訑」。「隨」，其假借字也。方言曰「**虔、儇，慧也。秦謂之謾；晉謂之㦟；宋楚之**

間謂之倢；楚或謂之䜐；自關而東趙魏之間謂之黠，或謂之鬼」，説文曰「沇州謂欺曰詑」，楚辭九章曰「或忠信而死節兮，或訑謾而不疑」，燕策曰「寡人甚不喜訑者言也」，並字異而義同。〔無縱詭隨，七·一六四〕

【讀】「故不仁而有勇力果敢，則狂而操利劒；不智而辯慧懷給，則棄驥而不式」，高注曰：「不智之人，辯慧懷給，不知所裁之，猶棄驥而或道本藏如是〔一〕。「棄」字雖誤，而「或」字尚未誤。各本或作「棄驥而式」，或作「棄驥不式」，皆後人據已誤之正文改未誤之注文也。辯見下。不知所詣也。懷，佞也。」念孫案：「懷」與「佞」，義不相近。「懷」皆當爲「懁」，字之誤也。「懁」與「儇」同。字或作「譞」。方言曰「儇，慧也」，説文同。又曰：「譞譞，慧也。」廣雅曰「辯、儇，慧也」，即此所云「辯慧懁給」也。楚辭九章「忘儇媚以背衆兮」，王注曰「儇，佞也」，正與高注同。「棄驥而不式」，本作「乘驥而或」。因「乘」誤爲「棄」，隸書「乘」或作「乗」，「棄」或作「弃」，二形相似。「或」誤爲「式」，草書「或、式」相似。後人遂於「式」上加「不」字耳。「或」與「惑」同。故高注云：「不智之人，辯慧懁給，不知所裁之，猶乘驥而或不知所詣也。」呂氏春秋當務篇曰：「辯而不當論，信而不當理，勇而不當義，

〔一〕「道本藏」，當作「道藏本」。

法而不當務，或而乘驥也，狂而操吴干將也。」春秋繁露必仁且知篇曰：「不仁而有勇力材能，則狂而操利兵也；不知而辯慧獧給，則迷而乘良馬也。」是皆其明證矣。「獧」亦與「儇」同。［懷給，淮南内篇第九·八四七］

三　娥、𡣕，音盈。好也。秦曰娥，言娥娥也。宋魏之間謂之𡣕，言𡣕𡣕也。秦晉之間凡好而輕者謂之娥。自關而東河濟之間謂之媌，今關西人亦呼好爲媌，莫交反。或謂之姣。言姣潔也，音狡。趙魏燕代之間曰姝，昌朱反，音株〔一〕，亦四方通語。或曰妦。言妦容也，音蜂。自關而西秦晉之故都曰妍。秦舊都，今扶風雍丘也。晉舊都，今太原晉陽縣也。其俗通呼好爲妍，五千反。妍，一作忓。好，其通語也。1a

【戴】天頭朱批：燕代之間謂好爲姝。一切經音義二一。又趙魏燕代之間謂好爲姝。六〔二〕、廿二。又天頭墨批：集韻引方言作「忓」，御覽同。又於郭注「今關西人呼好爲媌，莫交反」右側墨批：御覽三百八十一引此，「呼」上有「亦」字。又於郭注「昌朱

〔一〕戴震方言疏證於「音」字上增「又」字。

〔二〕此「六」承前省，是指一切經音義卷六。下仿此，不再出注。

反，又音株，亦四方通語」下墨批：御覽「語」字下有「耳」字。又朱筆圈去正文「自關而西秦晉之故都曰妍」之「妍」字，於其右側注「忓」字。又朱筆圈去郭注「秦舊都，今扶風雍丘也」之「丘」字，補入「縣」字，於其右側墨批：御覽作雍縣。又朱筆圈去郭注「其俗通呼好爲妍，五千反」内「妍、千」二字，右側朱筆注「忓、干」二字。又於戴氏疏證内「案廣雅：『𡣍、媌、姣、姝、妍，好也』」墨筆圈去「妍」字，於「𡣍」字下補入「姅、忓」二字。

【補】卷一云：「秦晉之間美貌謂之娥。」説文：「秦晉謂好曰娙娥。」史記外戚世家云：「邢夫人號娙娥。」趙世家云「吴廣女名娃嬴」，「嬴」與「𡣍」同。説文：「媌，目裏好也。」太平御覽人事部二十二引通俗文云：「容麗曰媌。莫豹反。」説文「姝，好也」；又云「袾，好佳也」，引詩「靜女其袾」；又云「姣，好也」，引詩「靜女其姣」：並字異而義同。

「忓」，各本皆作「妍」，下有注云：「妍，一作忓。」盧氏抱經校本「忓」譌作「忏」。此校書者所記，非郭注原文，然據此知方言之本作「忓」也。蓋正文本作「秦晉之故都曰忓」，注文本作「忓，五干反」，祇因「五干」譌作「五千」，與「妍」字之音相同，而廣雅「妍」字亦訓爲「好」，後人多見「妍」少見「忓」，遂改「忓」爲「妍」，以從「五千反」之音。

而一本作「忓」者，乃是未改之原文也。請以三證明之：廣雅「忓、姸」俱訓爲「好」，然「忓」字在「妦」字之下，「妦、忓」二字相承，即本於方言。「忓」，曹憲音「汗」。廣雅又云：「忓，善也。」「善」與「好」義相近。若「姸」字，則在下文「婍」字之下，與「妦」字中隔二十五字，不相承接。是廣雅訓「姸」爲「好」，自出他書，非本於方言。則方言之有「忓」無「姸」可知，其證一也。集韻平聲二十五寒「忓，俄干切，秦晉謂好曰忓」，去聲二十八翰「忓，侯旴切，好也」，皆本方言。而「姸」字注獨不訓爲「好」，類篇同。則方言之有「忓」無「姸」甚明。集韻「侯旴切」之音本於廣雅音，而「俄干切」之音則本於方言注，「俄干」即「五干」。則注文之作「五干反」又甚明，其證二也。太平御覽引方言云「娥、㜲，好也。秦晉之故都曰忓」，又引注云「其俗通呼好爲忓，五干反」，是宋初人所見本皆作「忓」，皆音「五干反」，其證三也。元黃公紹古今韻會「姸」字注引方言「秦晉之故都謂好曰姸」，則所見本已是「姸」字。今據諸書訂正。

注內「今扶風雍縣」，各本作雍丘，後人妄改之也。晉書地理志扶風郡有雍縣，無雍丘縣。御覽引郭注云：「秦舊都，今扶風雍縣也。」今據以訂正。

【廣】忓者：方言：「**自關而西秦晉之故都謂好曰忓。**」〔忓善也，一·八〕

【廣】忓者：方言：「**自關而西秦晉之故都謂好曰忓。**」〔忓好也，一·二六〕

【廣】孆者：方言：「孆，好也。宋魏之間謂之孆。」字亦作「嬴」，又作「盈」。史記趙世家：「吴廣女名娃嬴。」餘見後釋訓「嬴嬴，容也」下。「孆」，各本譌作「孆」，惟影宋本不譌。〔孆好也，一·二五〕

【廣二】妦，音丰。各本「妦」譌作「姘」，曹憲音內「丰」字又譌作「半」。方言「趙魏燕代之間謂好曰姝，或曰妦」，注云：「言妦容也，音蜂。」今據以訂正。鄭風丰篇「子之丰兮」，毛傳云「丰，豐滿也」，「丰」與「妦」通。方言注云：「娧，謂娃娧也。」[一] 廣韻：「丰茸，美好也。」「妦娧、妦容、丰茸」，皆語之轉耳。〔妦好也，一·二五〕卷一第三條；卷一三第三一條

【廣】「媌」之言「妙」也。方言「自關而東河濟之間謂好曰媌」，注云：「今關西人亦呼好爲媌。」說文：「媌，目裏好也。」列子周穆王篇「閒鄭衛之處子娥媌靡曼者」，張湛注云：「娥媌，妖好也。」〔媌好也，一·二六〕

【廣】「姣」與詩佼人之「佼」同。方言：「自關而東河濟之間或謂好曰姣。」〔姣好也，一·二六〕

〔一〕「娃」字誤，當作「妦」。

【廣】卷一云：「嬴，好也。」重言之則曰「嬴嬴」。郭璞注方言云「嬴言嬴嬴也」；古詩云「盈盈樓上女」，又云「盈盈一水間」：並與「嬴嬴」同。〔嬴嬴容也，六·一八一〕

四　烈、枿，餘也。謂烈餘也。五割反。**陳鄭之間曰枿；晉衛之間曰烈；秦晉之間曰肄，**音謚。傳曰：「夏疑是屏。」**或曰烈。**1b

【明】將郭注「夏疑是屏」之「疑」字改作「肄」。

【戴】天頭朱批：注「烈」字當爲「歺」，「歺」與「殘」通。説文：「歺，禽獸所食餘也。」又天頭墨批：説文從肉，又云：「歺，癋骨之殘也。」廣雅：「䏼、肄，枿也。」齊語「戎車待游車之裂，戎士待陳妾之餘」，注：「裂，殘也。」殘餘也，□熟語也。周禮注殘餘字多作「戔」。槁人注：「潘瀾戔餘。」

【補】商頌長發篇「苞有三蘖」，毛傳云：「蘖，餘也。」「蘖」音五割、魚列二切。説文「歺，列骨之殘也。讀若蘖岸之蘖」，殘亦餘也。廣韻：「獻食之餘曰齾，五割切。」又説文：「蘖，庶子也。」玉藻「公子曰臣蘖」，鄭注云：「蘖，當爲枿。」「枿、蘖」一字也。「烈」與「枿」，聲相近。齊語「戎車待游車之裂，與「裂」同。戎士待陳妾之餘」，韋注云「裂，殘也」，殘亦餘也。説文以「裂」爲「繒餘」，故左氏春秋紀裂繻字子帛。裂與烈，皆餘也。「肄」，或通作「肄」。玉藻「肄束及帶」，鄭注云：「肄，讀爲肄；肄，餘也。」注内「謂𣧑餘也」，各本「𣧑餘」皆作「烈餘」。盧改爲「遺餘」，云：「從卷二注改。」卷二「孑、藎，餘也」，注云：「謂遺餘。」念孫案：「烈」非「遺」字之譌，乃「𣧑」字之譌也。「𣧑」，讀若「殘」。說文：「𣧑，禽獸所食餘也。從歺從肉。」廣雅云：「𣧑，餘也。」吕氏春秋權勳篇注云：「殘，餘也。」周官槁人注云：「雖其潘瀾戔餘，不可褻也。」「殘、戔」並與「𣧑」同。故郭云「謂𣧑餘也」。今本作「烈餘」者，「烈」字上半與「𣧑」相似，上下文又多「烈」字，因譌而爲「烈」。至「遺」與「烈」，形聲皆不相似；若本是「遺」字，無緣譌爲「烈」也。今訂正。

【廣】枘、肄、枿皆木之再生者也。衆經音義卷十一云「枘，乃困反」，引通俗文云：「枘，再生也。」爾雅：「枿，餘也。」方言云：**「陳鄭之間曰枿，秦晉之間曰肄。」**周南汝墳篇「伐其條肄」，毛傳云：「肄，餘也，斬而復生曰肄。」襄二十九年左傳「晉國不恤周宗之闕而夏肄是屏」，杜預注云：「肄，餘也。」字通作「肄」。玉藻「肄束及帶」，鄭注云：「肄，讀爲肄；肄，餘也。」「枿」即萌孽之「孽」。盤庚「若顛木之有由孽」，釋文「孽，本又作枿」，引馬融注云：「顛木而肄生曰枿。」「枿、肄」，語之轉耳。〔䏼枘肄枿也，二·七一二〕

【述】「脩之平之，其灌其栵」，毛傳曰：「栵，栭也。」釋文：「栵，音例，又音列。」引之謹案：下文「檉、椐、檿、柘」方及木名，「菑、翳、灌、栵」則汎言木之形狀耳。「栵」，讀爲「烈」。烈，枿也，斬而復生者也。汝墳傳：「斬而復生曰肄。」爾雅「烈、枿，餘也」，疏引詩序曰：「宣王承厲王之烈。」方言曰：**「烈、枿，餘也。陳鄭之間曰枿；晉衛之間曰烈；秦晉之間曰肄，或曰烈。」**然則汝墳曰「伐其條肄」，長發曰「苞有三蘖」，「蘖」與「枿」同。皇矣曰「其灌其栵」，義並同也。段氏詩經小學讀「栵」爲爾雅「木相磨，槸」之「槸」，非是。段注説文「槸」字曰：「釋木曰：『木相磨，槸。』槸即栵也。毛云：『栵，栭也。』栭謂小木相迫切，與爾雅義無不合也。」此尤迂曲而不可通。爾雅之「栵，栭」與「椋，即來」「檴，落」並列，其爲木名明甚，豈謂小木相迫切乎？［其灌其栵，六·一六一］

五　台、胎、陶、鞠，養也。台猶頤也，音怡。**晉衛燕魏曰台；陳楚韓鄭之間曰鞠；秦或曰陶；汝潁梁宋之間曰胎，或曰艾。**爾雅云：「艾，養也。」1b

【明】於正文「晉衛燕魏曰台」右側夾注：爾雅疏引此魏作趙。

【戴】天頭朱批：陳楚之間謂養爲鞠。一切經音義五、廿。又：胎，養也。十三。又天頭墨批：列女傳序：「胎養子孫，以漸教化。」後漢書章帝紀：「深元元之愛，著胎養之令。」易林解之大過〔二〕：「胎養萌生，始見兆形。」

【補】鄭注頤卦云「頤，口車輔之名也。震動於下，艮止於上，口車動而上，因輔嚼物以養人，故謂之頤」，説文「宧，養也。室之東北隅，食所居也」，義並同。漢書地理志「祗台德先」，師古曰：「台，養也。所敬養者，惟德爲先。」蓋承用漢書舊注，故與僞孔傳不同。據此則「頤、台」古字通，故郭云「台猶頤也」。盤庚「鞠人謀人之保居」，正義云：「鄭、王皆以鞠爲養。」太玄玄攡「資陶虚無而生乎規」，范望云：「陶，養也。」爾雅：「胎，始也。」一切經音義引舊注云：「胎，始養也。」列女傳序云：「胎養子孫，以漸教化。」易林解之大過云〔三〕：「胎養萌生，始見兆形。」是「胎」與「養」同義。「艾」，通作「乂」。皋陶謨「萬邦作乂」，周頌思文正義引鄭注云：「乂，養也。」

【廣】頤者：序卦傳云：「頤者，養也。」**方言「台，養也。晉衛燕魏曰台」，郭璞注云：「台猶頤也。」**頷謂之「頤」，室東北隅謂之「宧」，皆養之義也。釋名釋形體篇云：「頤，養也。動於下，止於上，上下咀物以養人也。」説文：「養，從食，羊聲。」又云：「宧，養也，室之東北隅，食所居也。」〔頤養也，一·一七〕

〔二〕〔三〕「過」字誤，當作「畜」。

【廣】陶者：方言：「陶，養也。秦曰陶。」〔陶養也，一·一七〕

【讀】魯恭傳「今始夏，百穀權輿，陽氣胎養之時」，注曰：「萬物皆含胎長養之時。」念孫案：胎亦養也。方言曰：「台、胎，養也。晉衛燕魏曰台，汝潁梁宋之間曰胎。」列女傳頌義小序曰：「胎養子孫，以漸教化。」是「胎」與「養」同義。此言陽氣胎養萬物，非謂萬物含胎也。方言注曰：「台猶頤也，音怡。」序卦傳曰：「頤者，養也。」「胎、台、頤」，聲近而義同。〔胎養，餘編上·一〇〇四〕

六　憮、亡輔反。俺、音淹。憐、牟，愛也。韓鄭曰憮；晉衛曰俺；俺憸，多意氣也。汝潁之間曰憐；宋魯之間曰牟，或曰憐。憐，通語也。2a

【明】於正文「或曰憐」之「或」字上增秦字。

【補】下文云：「憐、憮、俺，愛也。陳楚江淮之間曰憐；宋衛邠陶之間曰憮，或曰俺。」卷六云「⿰忄某，憐也」，「⿰忄某」與「憮」同。」爾雅「憮，撫也」，郭注云：「憮，愛撫也。」「撫」與「憮」，聲近而義同。

【廣二】⿰忄亟、憮、俺者：「⿰忄亟」，亦作「亟」。方言：「亟、憮、俺，愛也。東齊海岱之間曰亟。自關而西秦晉之間凡相敬愛謂之亟；宋衛邠陶之間曰憮，或曰俺。」又云：

「韓鄭曰憮，晉衛曰㤿。」爾雅：「憮，愛也。」「憮，撫也」，注云：「憮，愛撫也。」「憮」與「㥼」通。又「矜憐，撫掩之也」，注云：「撫掩猶撫拍，謂慰卹也。」「撫掩」與「憮㤿」，聲近義同。「㤿、愛」一聲之轉；「愛」之轉爲「㤿」，猶「薆」之轉爲「掩」矣。〔㥛憮㤿愛也，一・一七〕卷一第一七條；卷一第六條

【廣】「牟」亦「㥼」也，語之轉耳。方言：「牟，愛也。宋魯之間曰牟。」〔牟愛也，一・一七〕

七　㥄、憮、矜、悼、憐，哀也。㥄亦憐耳，音陵。齊魯之間曰矜；陳楚之間曰悼；趙魏燕代之間曰悼；自楚之北郊曰憮；秦晉之間或曰矜，或曰悼。2a

【補】卷六云：「㥄，憐也。」真、蒸二部聲相近，故從粦、從夌之字或相轉。説文「蔆，芰也。從草，淩聲。藺，司馬相如説蔆從遴」；史記萬石君傳「徙居陵里」，徐廣曰「陵，一作鄰」：是其例也。故郭云「㥄亦憐耳」。「憮」之言「撫卹」也。故爾雅云：「憮，撫也。」又云：「矜憐，撫掩之也。」卷十云：「無寫，憐也。沅澧之原凡言相憐哀或謂之無寫。」「無寫」亦「憮」也。急言之則曰「憮」，徐言之則曰「無寫」矣。「寫」，古讀若「零露湑兮」之「湑」。説見唐韻正。「哀」與「愛」，聲義相近。故「憮、憐」既訓爲「愛」，而又訓爲「哀」。呂氏春秋報更篇「人主胡可以不務哀士」，高注云：「哀，愛也。」樂記

「隸直而慈愛者」，鄭注云：「愛，或爲哀。」

【廣】悛、憮、齡、悼、憐者：方言「悛、憮、矜、悼、憐，哀也。齊魯之間曰矜；陳楚之間曰悼；趙魏燕代之間曰悛；自楚之北郊曰憮；秦晉之間或曰矜，或曰悼」，「矜」與「齡」通。「哀」與「愛」，聲義相近。故「憮、憐」既訓爲「愛」，而又訓爲「哀」。呂氏春秋報更篇「人主胡可以不務哀士」，高誘注云：「哀，愛也。」檀弓云「哭而起，則愛父也」，「愛」猶「哀」也。［悛憮齡悼憐哀也，一·一七］

八　咺、香遠反。唏、虛几反。㣻、音的，一音灼。怛，痛也。凡哀泣而不止曰咺，哀而不泣曰唏。於方，則楚言哀曰唏。燕之外鄙鄙，邊邑名。朝鮮洌水之間朝鮮，今樂浪郡是也。洌水，在遼東，音烈。少兒泣而不止曰咺。少兒，猶言小兒。自關而西秦晉之間凡大人少兒泣而不止謂之唴，丘尚反。哭極音絶亦謂之唴。平原謂啼極無聲謂之唴哴；哴音亮，今關西語亦然。楚謂之噭咷；叫逃兩音。字或作叴，音求。齊宋之間謂之喑，音蔭。或謂之惄。奴歷切。2a

【大】明謂之「烜」，著謂之「烜」，況遠切。廣雅：「烜，明也。」亦作「咺」。詩淇奧首章「赫兮咺兮」，毛傳：「咺，威儀容止宣著也。」爾雅釋訓「赫兮咺兮，威儀也」，釋文作「烜」，禮記大學作「喧」。火盛謂之「烜」。玉篇：「烜，火盛貌。」泣而不止謂之「咺」。況遠切。方言：「咺，痛也。凡哀泣而不止曰咺。燕之

外鄙朝鮮洌水之間少兒泣而不止曰咺。」亦作「喧」。漢書外戚傳「悲愁於邑，喧不可止兮」，顏注：「朝鮮謂小兒泣不止名爲喧。」［七·七九］

【明】將郭注「奴歷切」之「切」字改作「反」。

【戴】天頭朱批：怛，痛也。一切經音義十一。又於正文「燕之外鄙朝鮮洌水之間」之「外」字右側墨筆注「北」字，並於天頭墨批：下文之「燕之北鄙齊楚之郊或曰京，或曰將」。又曰：「燕之北郊謂賊爲虔。」又曰：「燕代之北鄙曰梨。」又天頭墨批：楚詞九章：「曾唫咺怨。」[一]又天頭墨批：漢書外戚傳「悲愁於邑，喧不可止兮」，顏師古注：「朝鮮謂小兒泣不止名爲喧。」[二]又用朱筆將戴氏疏證「枚乘七發『嘘唏煩醒』注引方言」中「醒」字改作「酲」。

【補】漢書外戚傳「悲愁於邑，喧不可止兮」，師古曰「朝鮮之間謂小兒泣不止名爲喧」，「喧」與「咺」通。「唏」音虛豈、虛既二反。字亦作「欷」。楚辭九辯云：「憯悽增欷。」淮南説山篇云：「紂爲象箸而箕子唏。」「唏」之言「歔欷」也。說文：「歔，

[一] 楚辭九章無此語，華學誠匯證認爲出自懷沙「曾傷爰哀，永歎喟兮」。
[二] 四庫本朝鮮下有「之間」二字。

欷也。」「欷，歔也。」楚辭離騷云：「曾歔欷余鬱邑兮，哀朕時之不當。」史記宋世家「箕子朝周，過故殷虛，感宮室毀壞，生禾黍，箕子傷之，欲哭則不可，欲泣爲其近婦人，乃作麥秀之詩以歌詠之」，即此所云「哀而不泣」者。故馮衍顯志賦云「忠臣過故墟而歔欷」也。「怮」之言「灼」也。後漢書楚王英傳「懷用悼灼」，「灼」與「怮」通。説文：「憯，痛也。」「怛，憯也。」是怛爲痛也。檜風匪風篇「中心怛兮」，毛傳云「怛，傷也」，傷亦痛也。同人九五「先號咷而後笑」，釋文云：「號咷，啼呼也。」「嗷咷」猶「號咷」也。昭二十五年公羊傳云：「昭公於是嗷然而哭。」啼極無聲謂之「喑」，猶不能言謂之「瘖」也。下文云：「惄，傷也。」

【廣】怮、怛者：方言：**「怮、怛，痛也。」**後漢書楚王英傳云「懷用悼灼」，「灼」與「怮」通。檜風匪風篇「中心怛兮」，毛傳云：「怛，傷也。」［怮怛痛也，二·四八］

【廣】惄者：方言：**「齊宋之間或謂痛爲惄。」**小雅小弁篇云：「我心憂傷，惄焉如擣。」［惄痛也，二·四八］

【廣二】悼、惄、悴、慭者：方言：**「悼、惄、悴、慭，傷也。自關而東汝潁陳楚之間通語也。汝謂之惄，秦謂之悼，宋謂之悴，楚潁之間謂之慭。」**又云：**「齊宋之間或謂痛爲惄。」**小雅小弁篇云：「我心憂傷，惄焉如擣。」李善注歎逝賦引倉頡篇云：「悴，憂也。」小雅雨無正篇云

「憯憯日瘁」，「瘁」與「悴」通。〔悼惄悴愁傷也，二·六七〕卷一第九條；卷一第八條

【廣】欷者：説文：「欷，歔也。」方言：「**唏，痛也。凡哀而不泣曰唏。於方，則楚言哀曰唏。**」成十六年公羊傳「悕矣」，何休注云：「悕，悲也。」楚辭九辯云：「憯悽增欷。」淮南子説山訓云：「紂爲象箸而箕子唏。」「欷、唏、悕」並通。合言之則曰「歔欷」。衆經音義卷五引倉頡篇云：「歔欷，泣餘聲也。」楚辭離騷云：「曾歔欷余鬱邑兮。」枚乘七發云：「噓唏煩酲。」「歔」與「噓」亦通。「歔」，各本譌作「戲」，惟影宋本不譌。〔欷悲也，三·八九〕

【廣】唴喨者：方言「**自關而西秦晉之間凡大人少兒泣而不止謂之唴，哭極音絶亦謂之唴。平原謂啼極無聲謂之唴哴**」，「哴」與「喨」同。〔唴喨悲也，三·八九〕

【廣三】爰、喛者：方言「**爰、喛，恚也。楚曰爰，秦晉曰喛，皆不欲譍而强畣之意也**」，郭璞注云：「**謂悲恚也。**」又「**爰、喛，哀也**」，注云：「**喛，哀而恚也。**」廣韻：「喛，恚也。」玉篇「愋，恨也」，「愋」與「喛」同。引之云：楚辭九章「曾傷爰哀，永歎喟兮」，「爰哀」猶「曾傷」，謂哀而不止也。方言云：「**凡哀泣而不止曰咺。**」「爰、喛、咺」，古同聲而通用。齊策狐咺，漢書古今人表作狐爰，是其證。王逸注訓「爰」爲

「於」，失之。〔爰嗳恚也〔一〕，二·四七〕卷六第五三條；卷一二第一條；卷一第八條

【讀二】「曾傷爰哀，永歎喟兮」，王注曰：「爰，於也。」引之曰：王訓「爰」爲「於」，「曾傷於哀」則爲不詞矣。今案：爰哀，謂哀而不止也。「爰哀」與「曾傷」，相對爲文。方言曰：「**凡哀泣而不止曰咺。**」又曰：「**爰、嗳，哀也。**」「爰、嗳、咺」，古同聲而通用。齊策狐咺，漢書古今人表作狐爰，是其證也。〔曾傷爰哀，餘編下·一〇四〇〕卷一第八條；卷一二第一條

九　悼、惄、悴、慭，傷也。詩曰：「不慭遺一老。」亦恨傷之言也。慭，魚忝反。**自關而東汝潁陳楚之間通語也。汝謂之惄，秦謂之悼，宋謂之悴，楚潁之間謂之慭。**2b

【戴】天頭朱批：秦晉謂傷爲悼。〔一切經音義二、廿二〕

【補】小雅雨無正篇「憯憯日瘁」，「瘁」與「悴」通。漢堂邑令費鳳碑云：「黎儀瘁傷，泣涕連漉。」歸安丁氏升衢云：「『自關而東汝潁陳楚之間通語也』，此句首似少一『傷』字。」

【廣】慭者：方言：「**慭，傷也。楚潁之間謂之慭。**」〔慭憂也，一·一九〕

〔一〕「恚」字本脱，據王念孫疏證補。下仿此，不再出注。

【廣二】悼、惄、悴、愁者：方言：「悼、惄、悴、愁，傷也。自關而東汝潁陳楚之間通語也。汝謂之惄，秦謂之悼，宋謂之悴，楚潁之間謂之愁。」又云：「齊宋之間或謂痛爲惄。」小雅小弁篇云：「我心憂傷，惄焉如擣。」李善注歎逝賦引倉頡篇云：「悴，憂也。」小雅雨無正篇云「憯憯日瘁」，「瘁」與「悴」通。〔悼惄悴愁傷也，二·六七〕卷一第九條；卷一第八條

【廣三】悲、惄者：方言「悲、惄，悵也」，郭璞注云：「謂惋惆也。」方言又云：「惄，傷也。」又云：「惄，憂也。自關而西秦晋之間凡志而不得、欲而不獲、高而有墜、得而中亡謂之惄。」皆惆悵之意也。詳見卷一「惄，憂也」下。〔悲惄悵也，三·七五〕卷一二第五條；卷一第九條；卷一第一〇條

一〇　慎、濟、䁮、惄、溼、桓，憂也。䁮者，憂而不動也，作念反。宋衛或謂之慎，或曰䁮；陳楚或曰溼，或曰濟；自關而西秦晋之間或曰惄，或曰溼。自關而西秦晋之間凡志而不得、欲而不獲、高而有墜、得而中亡謂之溼，溼者，失意潛沮之名。沮，一作阻。或謂之惄。2b

【戴】天頭墨批：廣雅「懠，愁也」，曹憲音釋：「懠，在細反。」「懠」與「濟」，聲近而義同。爾雅釋詁：「瘠，病也。」「病」與「憂」，義亦相近。

【補】楚辭七諫「哀子胥之慎事」，王注云：「子胥臨死曰：『抉吾兩目，置吳東門

以觀越兵之入也。』死不忘國，故言愼事。」據此，則愼事者憂事也。廣雅「憏，愁也」，曹憲音「在細反」。「憏」與「濟」，聲近義同。盧云：「濟者，憂其不濟也。古人語每有相反者。」念孫案：若取相反之義，則當謂「不濟」爲「濟」，不當謂「憂」爲「濟」，「憂」與「濟」豈語之相反者乎？此曲爲之説而終不可通也。「䁮」，玉篇、廣韻並音「潛」。「䁮」之言「潛」也。郭云「失意潛沮」，是也。爾雅：「慘，憂也。」「慘」與「䁮」，亦聲近義同。小雅小弁篇：「我心憂傷，惄焉如擣。」是惄爲憂也。文選洞簫賦「憤伊鬱而酷慝」，李善注引蒼頡篇云：「慝，憂貌。」玉篇音「奴的切」。「慝」與「惄」同。上文云：「**惄，傷也。**」爾雅云「惄，思也」，舍人注：「志而不得之思也。」思謂憂思也，故爾雅云：「憂，思也。」舍人以「志而不得」釋「惄」字，正與方言同。**卷十二**云「**惄，悵也**」，玉篇「惆悵失志也」，此正所謂「**志而不得、欲而不獲、高而有墜、得而中亡謂之惄**」也。

【廣】「桓」，各本譌作「栢」。「桓」字，影宋本避諱作「栢」，後遂譌而爲「栢」。**方言**：「**桓，憂也。**」〔桓憂也，一·一九〕

【廣】愼者：**方言**：「**愼，憂也。宋衛謂之愼。**」楚辭七諫「哀子胥之愼事」，王逸注云：「死不忘國，故言愼事。」是愼爲憂也。〔愼憂也，一·一九〕

【廣】䁮、濟、惄、溼者：**方言「濟、䁮、惄、溼，憂也。宋衛曰䁮；陳楚或曰溼，或曰**

濟；自關而西秦晉之間或曰惄，或曰溼。自關而西秦晉之間凡志而不得、欲而不獲、高而有墜、得而中亡謂之溼，或謂之惄」，郭璞注云：「溼者，憂而不動也。溼者，失意潛沮之名。」玉篇「䁮」音「潛」。「䁮」之言「潛」也，即郭所云「失意潛沮」也。爾雅：「慘，憂也。」「慘」與「䁮」，聲近義同。卷四云：「懠，愁也。」「懠」與「濟」，聲近義同。爾雅「惄，思也」，舍人注云：「志而不得之思也。」「思」與「憂」，義相近。故爾雅云：「憂，思也。」小雅小弁篇云：「我心憂傷，惄焉如擣。」王褒洞簫賦「憒伊鬱而酷𢙁」，李善注引倉頡篇云：「𢙁，憂皃。」玉篇音「奴的切」。「𢙁」與「惄」同。荀子不苟篇「小人通則驕而偏，窮則弃而儑」，楊倞注云「儑，當爲濕」，引方言「濕，憂也」，「濕」與「溼」通。〔䁮濟惄溼憂也，一・一九〕

【廣】「𡑞」音「蟄」。説文「𡒄，下入也」，「𡒄」與「𡑞」同。釋名云「下溼曰隰；隰，蟄也」；荀子脩身篇「卑濕重遲貪利，則抗之以高志」，楊倞注云「濕亦謂自卑下，如地之下濕然也」；論衡氣壽篇云「兒生號啼之聲，鴻朗高暢者壽，嘶喝濕下者夭」：義並與「𡑞」同。方言云「凡高而有墜、得而中亡謂之溼」，義亦相近也。〔𡑞下也，一・二六〕

【廣】䁮者：廣韻：「䁮，閉目内思也。」「䁮」，各本譌作「暫」，今訂正。方言：「慎、䁮，憂也。」廣雅釋訓云：「悇憛，懷憂也。」「憂」與「思」同義，故「慎、䁮、憛」三

字又訓爲「思」也。〔曙思也，二·六五〕

【廣三】悲、惄者：方言「悲、惄，悵也」，郭璞注云：「謂惋惆也。」方言又云：「惄，傷也。」又云：「惄，憂也。自關而西秦晉之間凡志而不得、欲而不獲、高而有墜、得而中亡謂之惄。」皆惆悵之意也。詳見卷一「惄，憂也」下。〔悲惄悵也，三·七五〕卷一二第五條；卷一第九條；卷一第一〇條

【廣】懠者：方言：「濟，憂也。陳楚或曰濟。」「濟」與「懠」，聲近而義同。〔懠愁也，四·一三三二〕

一一　**鬱悠、懷、惄、惟、慮、願、念、靖、慎，思也。晉宋衛魯之間謂之鬱悠。**鬱悠，猶鬱陶也。**惟，凡思也；慮，謀思也；願，欲思也；念，常思也。東齊海岱之間曰靖，**岱，太山。**秦晉或曰慎。凡思之貌亦曰慎，**謂感思者之容。**或曰惄。**3a

【明】浮簽：「衛魯」，説郛本作「魯衛」。

【補】郭注「鬱悠，猶鬱陶也」，「陶」讀如皋陶之「陶」。「鬱悠」、「鬱陶」，古同聲。經典相承讀「陶」如陶冶之「陶」，失之也。孟子萬章篇云：「鬱陶思君爾。」楚辭九辯云：「豈不鬱陶而思君！」是鬱陶爲思也。凡喜意未暢謂之「鬱陶」；積憂謂之「鬱

陶」」；積思謂之「鬱悠」，又謂之「鬱陶」；積暑亦謂之「鬱陶」：其義並相近。説見廣雅疏證「鬱悠，思也」下。上文云：「慎、惄，憂也。」爾雅云：「憂，思也。」「憂」與「思」同義，故惄、慎又爲思也。周南汝墳篇「未見君子，惄如調飢」，鄭箋云：「惄，思也。」王制云：「凡聽五刑之訟，必意論輕重之序，慎測淺深之量以別之。」是慎爲思也。爾雅：「靖、惟、慮，謀也。」謀者必思，故惟、慮、靖又爲思也。小雅小明篇云：「靖共爾位。」

【廣】鬱悠者：**方言：「鬱悠，思也。晋宋衛魯之間謂之鬱悠。」**「鬱」猶「鬱鬱」也，「悠」猶「悠悠」也。楚辭九辯云：「馮鬱鬱其何極？」鄭風子衿篇云：「悠悠我思。」合言之則曰「鬱悠」。**方言注云：「鬱悠，猶鬱陶也。」**凡經傳言「鬱陶」者，皆當讀如皋陶之「陶」。「鬱陶、鬱悠」，古同聲。舊讀「陶」如陶冶之「陶」，失之也。閻氏百詩尚書古文疏證云：「爾雅釋詁篇：『鬱陶、繇，喜也。』郭璞注引孟子曰：『鬱陶思君。』禮記曰：『人喜則斯陶。』邢昺疏引孟子趙氏注云：『象見舜正在牀鼓琴，愕然，反辭曰：我鬱陶思君，故來。爾，辭也；忸怩而慙，是其情也。』又引下檀弓鄭注云：『陶，鬱陶也。』據此，則象曰『鬱陶思君爾』，乃喜而思見之辭，故舜亦從而喜曰『惟兹臣庶，女其于予治』。孟子固已明言象喜亦喜，蓋統括上二段情事。其先言象憂亦憂，特以引起下文，非真有象憂之事也。」因悉數諸書以鬱陶爲憂思之誤。念孫案：象曰「鬱陶思君爾」，則鬱陶乃思之意，非喜之意。言我鬱陶思君，是以來見，非喜而思見之辭也。孟子言「象喜亦喜」者，象見舜而僞喜，自述其鬱陶思舜之意，故舜亦誠信而喜之，非謂鬱陶爲喜也。凡人相見而喜，必自道其相思之切，豈得即謂其相思之切爲喜乎？趙注云「我鬱陶思君，故來」，是趙意亦不以鬱陶爲喜。史記五帝紀述象之言，亦云「我思舜正鬱陶」，又楚辭九辯云「豈不鬱陶而思君兮」，則鬱陶爲思，其義甚明，與爾雅之訓喜者不同。郭注以孟子證爾雅，誤也。閻氏必欲解「鬱陶」爲「喜」，「喜而思君爾」甚爲不辭。既不達於經義，且以史記及各傳注爲非，傎矣。又案：爾雅：「悠、傷、憂，思也。」「悠、憂、思」三字同義，故「鬱悠」既訓爲「思」，又訓爲「憂」。管子内業篇云：「憂鬱生疾。」是鬱爲憂也。説文：「悠，憂也。」小雅十月之交篇「悠悠我里」，毛傳云：「悠悠，憂也。」是悠爲憂也。「悠」與「陶」，古同聲。小雅鼓鍾篇「憂心且妯」，衆經音義卷十二引韓詩作「憂心且陶」。是陶爲憂也。故廣雅釋言云：「陶，憂也。」合言之，則曰「鬱陶」。九辯「鬱陶而思君」，王逸注云：「憤念蓄積，盈胸臆也。」魏文帝燕歌行云「憂來思君不敢忘」，又云「鬱陶思君未敢言」，皆以鬱陶爲憂。凡一字兩訓而反覆旁通者，若「亂」之爲「治」，「故」之爲「今」，「擾」之爲「安」，「臭」之爲

「香」，不可悉數。爾雅云「鬱陶、繇，喜也」，又云「繇，憂也」，則「繇」字即有「憂、喜」二義。鬱陶亦猶是也。是故喜意未暢謂之「鬱陶」。檀弓正義引何氏隱義云「鬱陶，懷喜未暢意」是也。憂思憤盈亦謂之「鬱陶」。孟子、楚辭、史記所云是也。暑氣蘊隆亦謂之「鬱陶」。摯虞思游賦云「戚溽暑之鬱陶兮，余安能乎留斯」，夏侯湛大暑賦云「何太陽之赫曦，乃鬱陶以興熱」，是也。事雖不同，而同爲「鬱積」之義，故命名亦同。閻氏謂「憂喜不同名，廣雅誤訓陶爲憂」，亦非也。［鬱悠思也，二・六四］

【廣】慎、靖者：方言：**「靖、慎，思也。東齊海岱之間曰靖，秦晋或曰慎。」**凡思之貌亦曰慎。王制云：「凡聽五刑之訟，必意論輕重之序，慎測淺深之量以别之。」是慎爲思也。爾雅：「靖，謀也。」「謀」與「思」，義相近。微子云：「自靖，人自獻于先王。」張衡思玄賦「潛服膺以永靖兮」，李善注引方言「靖，思也」。［慎靖思也，二・六五］

【述】引之謹案：心者，思也。洪範「五事：五曰思」，漢書五行志作「五曰思心」。今本無「心」字，乃後人依古文尚書删之。辯見讀書雜志。又曰：「思心之不容，是謂不聖。」説文曰：「思，容也。」廣雅曰「心，容也」，心亦思也。楚辭九章曰：「糾思心以爲纕兮，編愁苦以爲膺。」「思、心」同義，「愁、苦」同義。又曰：「憐思心之不可懲兮。」吕氏春秋精諭篇曰：「勝書能以不言説，而周公旦能以不言聽。」「紂雖多心，弗能知矣。」言紂雖多思慮，不能知周之伐己也。高注「紂多惡周之心」，失之。徐廣史記五帝紀音義引墨子曰「年踰五十，則聰明心慮不徇通矣」，心慮即思慮。是「心」與「思」同義。釋詁曰：「惟、慮，謀也。」又曰：「惟、慮，思也。」又曰：「靖，謀也。」方言曰：「靖，思也。」是「思」與「謀」亦同義。爾雅訓「謀」爲「心」，心即思也。郭誤以爲「身心」之「心」，而釋之曰「謀慮以心」，則迂回而失其本指矣。〔謀心也，二七·六四〇〕

一二　敦、豐、厖、鴟鳨。乔、音介。憮、海狐反。般、般桓。嘏、音賈。奕、戎、京、奘、在朗反。將，大也。凡物之大貌曰豐。厖，深之大也。東齊海岱之間曰乔，或曰憮；宋魯陳衛之間謂之嘏，或曰戎。秦晉之間凡物壯大謂之嘏，或曰夏。秦晉之間凡人之大謂之奘，或謂之壯。燕之北鄙齊楚之郊或曰京，或曰將。皆古今語也。語聲轉耳。初別國不相往來之言也，今或同，而舊書雅記故俗語不失其方，皆本其言之所出也。雅，小雅也。而後人不知，故爲之作釋也。釋詁、釋言之屬。 3a

【大二】嘏，大也。亦作「假」。爾雅釋詁：「嘏、假，大也。」方言：「嘏，大也。宋魯陳衛之間謂之嘏。秦晉之間凡物壯大謂之嘏。」又曰：「凡物之壯大者，周鄭之間謂之假。」詩那「湯孫奏假」，毛傳：「假，大也。」禮記郊特牲：「嘏，長也，大也。」禮運：「祝嘏莫敢易其常古，是謂大假。」〔一·六七〕卷一第一二條；卷一第二一條

【大】夰，大也。音介。方言：「夰，大也。東齊海岱之間曰夰。」通作「介」。爾雅釋詁：「介，大也。」易晉六二：「受茲介福。」故善謂之「价」，説文：「价，善也。」通作「介」。爾雅釋詁：「介，善也。」大圭謂之「玠」，爾雅釋器：「珪大尺二寸謂之玠。」通作「介」。書顧命：「太保承介圭。」「大」與「善」，義相近。詩桑柔十六章箋：「善猶大也。」故大謂之「介」，亦謂之「佳」；善謂之「佳」，亦謂之「价」。詩板七章「价人維藩」，毛傳：「价，善也。」「价」有「善」義，即有「大」義，故詩人以「价人、大師、大邦、大宗」類言之矣。［一·六七］

【大】京，大也。爾雅釋詁：「京，大也。」方言：「燕之北鄙齊楚之郊曰京。」左傳莊二十二年：「莫之與京。」故天子之居謂之京。公羊傳桓九年：「京師者何？天子之居也。京者何？大也。師者何？衆也。天子之居，必以衆大之辭言之。」［一·六七］

【大】幠，大也。音呼。爾雅釋詁：「幠，大也。」方言：「東齊海岱之間曰幠。」詩巧言首章「亂如此幠」，毛傳：「幠，大也。」字亦作「膴」，見下注。［七·七八］

【明】將正文兩「憮」字改作「幠」。又將郭注「雅，小雅也」之小雅改作尒雅。

【戴】天頭墨批：樊毅脩華嶽碑：「受茲夰福。」又天頭墨批：荆燕世家「今呂氏雅故本推轂高帝就天下」，索隱：「雅，素也。」張耳陳餘傳：「張耳雅游，人多爲之言」，□□□鄭氏曰：「雅，故也。」蒙恬傳：「高雅得幸於胡亥。」又天頭墨批：故記，古書也，

「臣之兄嘗讀故記」。呂氏春秋至忠篇。又天頭墨批：念孫謹案：此當以「舊書雅記」爲句，「故俗語不失其方」爲句。「雅記」猶言「故記」。漢書張耳陳餘傳「耳雅遊，多爲人所稱」，師古曰：「雅，故也。」「雅記」即「舊書」，古人自有複語耳。下節「皆古雅之别語也」，正指舊書雅記而言。故俗語，謂故時俗語。言舊書雅記中所載故時俗語不失其方耳。

【補】周語「敦厖純固」，韋注云：「敦，厚也。厖，大也。」商頌長發傳云：「厖，厚也。」墨子經篇云：「厚，有所大也。」「厚」與「大」同義。故「厚」謂之「敦」，亦謂之「厖」；「大」謂之「厖」，亦謂之「敦」矣。爾雅「厖」字注引詩：「爲下國駿厖。」**卷二云：「自關而西秦晋之間凡大貌謂之厖。」**「夰」，經傳皆作「介」，唯漢樊毅脩華嶽廟碑「受兹夰福」作此「夰」字。小雅巧言篇「亂如此幠」，毛傳云「幠，大也」，正義云：「禮肉臠亦謂之幠。」周官腊人「共幠胖」，鄭注云：「公食大夫禮曰：『庶羞皆有大。』有司曰：『主人亦一魚，加膴祭于其上。』大者，胾之大臠；膴者，魚之反覆。膴又詁曰大，二者同矣，則是膴亦牒肉大臠。」有司徹注云：「膴，刳魚時割其腹以爲大臠。」「膴」與「幠」通。士冠禮注云：「弁名出於槃。槃，大也。言所以自光大也。」大學「心廣體胖」，注云：「胖猶大也。」「槃、胖」並與「般」通。説文「幋，覆衣大巾也」「鞶，大帶也」，文選海賦注引聲類云「磐，大石也」，義並與「般」同。郊特牲云：

「嘏，長也，大也。」爾雅又云「假，大也」，「假」與「嘏」通。大雅韓奕篇「奕奕梁山」，毛傳云：「奕奕，大也。」周頌噫嘻篇「亦服爾耕」，鄭箋云「亦，大也」，「亦」與「奕」通。商書盤庚篇「乃不畏戎，毒于遠邇」，某氏傳云「戎，大也」；大雅生民箋云「戎菽，大豆也」；爾雅云「馬八尺爲駥」：義並同也。爾雅「奘，駔也」，郭注云：「今江東呼大爲駔。駔猶麤也。」丁云：「漢書敘傳：『函雅故，通古今。』『故』如詩魯故、韓故之『故』，與『詁』同。『雅』當如郭氏解。若以『雅』爲『常』，下節『古雅』訓『古常』，尤不成辭。且『舊書』二字亦不類漢人句法。」盧云：「丁説是也。『書雅』當連文。記謂記載；故謂訓故；俗語，鄉俗之語。」念孫案：此當以「舊書雅記」爲句，「故俗語不失其方」爲句。雅者，故也。史記高祖紀「雍齒雅不欲屬沛公」，集解引漢書服虔注云：「雅，故也。」張耳陳餘傳「張耳雅遊」，索隱引鄭氏云：「雅，故也。」荊燕世家云：「今呂氏雅故本推轂高帝就天下。」謂故記也。舊書故記通指六藝群書而言。故俗語謂故時俗語。既言「舊書」，又言「故記、故俗語」者，古人之文不嫌於複也。言舊書故記中所載故時俗語本不失其方，而後人不知，故作方言以釋之耳。下節「古雅」二字正謂「舊書雅記」，郭以此爲爾雅，以彼爲風雅，皆失之也。「古雅」二字，正當訓爲「古常」。「古常」猶言「舊常、故常」。楚語云：「使復舊常。」蜀志許靖傳云：「不依故常。」古常之別語，謂舊時別國之方言耳。僖二十年公羊傳云：「門有古常。」晏子春秋雜篇云：「重變古常。」「古常」二字，何以不成辭？漢書河間獻王傳云：「皆古文先秦舊書。」劉歆傳云：「皆古文舊書。」「舊書」二字，何以不類漢人語？若謂「故」爲訓詁之「詁」，而以「書雅」連讀，「記故」連讀，則真不成辭矣。以「舊書雅記故」連讀，則愈不成辭矣。盧、丁之説皆非是。

【廣】般者：**方言「般，大也」，郭璞音「盤桓」之「盤」**。大學「心廣體胖」，鄭注云：「胖猶大也。」士冠禮注云：「弁名出於槃。槃，大也。言所以自光大也。」「槃、胖」並與「般」通。説文「幋，覆衣大巾也」，「鞶，大帶也」；訟上九「或錫之鞶帶」，馬融注云「鞶，大也」；文選嘯賦注引聲類云「磐，大石也」：義並與「般」同。説文：「伴，大皃。」「伴」與「般」，亦聲近義同。凡人憂則氣斂，樂則氣舒。故樂謂之「般」，亦謂之「凱」；大謂之「凱」，亦謂之「般」：義相因也。［般大也，一·五］

【廣二】巾者所以覆物，亦所以拭物。説文：「巾，佩巾也。」**方言「幏，巾也。大巾謂之帉。嵩嶽之南陳潁之間謂之帤，亦謂之幏」，郭注云：「今江東通呼巾帉。」**「帉」之言「墳」也。爾雅云：「墳，大也。」説文：「楚謂大巾曰帉。」内則「左佩紛帨」，鄭注云「紛帨，拭物之巾也。今齊人有言紛者」，釋文「紛，或作帉」，並與「帉」同。説文：「帎，枕巾也。」「帥、帨」一字也。説文：「帥，佩巾也。或作帨」。召南野有死麕篇

「無感我帨兮」，士昏禮記「毋施衿結帨」，毛傳、鄭注並與説文同。「幋」之言「般」也。方言云：「**般，大也。**」説文：「幋，覆衣大巾也。或以爲首幋。」又云：「𢃼，禮巾也。」「幏」之言「蒙」也。方言注云：「**巾主覆者，故名幏。**」説文：「幏，蓋衣也。」書大傳「下刑墨幏」，鄭注云：「幏，巾也。使不得冠飾，以恥之也。」廣韻：「幣，小巾也。」〔帉帎帥帨幋𢃼幏幣巾也，七・二二二九〕卷四第三七條；卷一第一二條

【廣】孟子離婁篇「之東郭墦間之祭者」，趙岐注云：「墦間，冢間也。」「墦」之言「般」也。方言云：「**般，大也。**」山有嶓冢之名，義亦同也。〔墦冢也，九・二二九八〕

【讀】「駕飛軨之輿，乘牡駿之乘。」念孫案：「牡」，當爲「壯」。爾雅曰：「駿、壯，大也。」又曰：「奘，駔也。」方言曰：「**奘，大也。秦晉之間凡人之大謂之奘，或謂之壯。**」説文曰：「壯，大也。」「奘，駔大也。」「駔，壯馬也。」楚辭九歎「同鶩贏與乘駔兮」，王注曰：「乘駔，駿馬也。」魏都賦曰：「冀馬填廄而駔駿。」然則「壯、奘、駔、駿」四字，名異而實同。「壯駿」即「駔駿」也。作「牡」者，字之誤耳。〔乘牡駿之乘，餘編下・一〇六二〕

【郝】「奘，駔也」，此有二本。郭本作「奘駔」也。説文「奘，駔大也」，「奘」與「壯」同。釋詁云：「壯，大也。」此皆郭義所本。樊光、孫炎本並作「將且」也。「將、且」皆未定之詞。故秦策云：「城且拔矣。」呂覽音律篇云「陽氣且泄」，淮南時則篇云

「雷且發聲」，高誘注並云：「且，將也。」「且」既訓「將」，「將」亦訓「且」。故詩「方將萬舞」「將恐將懼」，箋並云：「將，且也。」燕燕及簡兮、丰、楚茨、文王、既醉、烝民、敬之傳並云：「將，行也。」樛木、那、烈祖箋並云：「將猶扶助也。」「行」與「助」有趑趄之意。「趄、且」古字通。古讀「且」七余切，「將、且」聲轉，故同義同訓。檀弓云「夫祖者且也」，鄭注：「且，未定之辭。」是亦以且爲將。「且」音七余切，今讀七也切，非古音矣。此皆樊、孫所本，郭氏不從，據「奘駔」別本爲之作注。但「奘駔」理新而於經典無會，「將且」習見而爲經典常行。廣雅亦作「將且」，所據蓋即樊、孫之本。唯沈旋集注作「奘䶂」也，合「將、且」爲一字，猶依郭本「奘」字意在兩存，則誤甚矣。賴有釋文備列諸家，今得依以申明古義，用袪疑惑焉。

念孫案：方言云「秦晉之間凡人之大謂之奘，或謂之壯」，說文之「奘，駔大也」，皆本爾雅。且釋文之孫、樊二本並作「將且」，則舍人、李巡本之作「奘駔」可知，奈何謂郭氏不當據別本作「奘駔」乎？又謂廣雅「作『將且』，所據蓋即樊、孫之本」，此尤非也。廣雅者，所以補爾雅之未備也。若爾雅本作「將且」，則廣雅之補贅矣。

一三　**假**、音駕。**佫**、古格字。**懷、摧、詹、戾、艐**，古届字。**至也。邠唐冀兖之間曰假，或**

曰洛；邠，今在始平漆縣。唐，今在太原晉陽縣。齊楚之會郊兩境之間。或曰懷。摧、詹、戾，楚語也。詩曰「先祖于摧」「六日不詹」「魯侯戾止」之謂也。此亦方國之語，不專在楚也。艐，宋語也。皆古雅之別語也，雅，謂風雅。今則或同。3b

【補】「徦」，各本作「假」。説文：「徦，至也。」「假，非真也。一曰至也。」集韻去聲四十禡「假、徦」二字並「居迓切」。「假」字注云：「以物貸人也。」「徦」字注云：「方言：『至也。』」爾雅疏引方言云：「徦，至也。邠唐冀兗之間曰徦。」「徦、假」古雖通用，然集韻、爾雅疏引方言並作「徦」，不作「假」，今據以訂正。表記引詩「聿懷多福」，大雅大明。鄭注云：「懷，至也。」「至」與「來」，義相近。故來謂之「懷」，亦謂之「格」；至謂之「格」，亦謂之「懷」矣。魯頌閟宮篇「魯邦所詹」，毛傳云：「詹，至也。」

【廣】徦者：説文：「徦，至也。」爾雅作「格」，方言作「洛」，並同。〔徦至也，一·七〕

一四　嫁、逝、徂、適，往也。自家而出謂之嫁，由女而出爲嫁也。逝，秦晉語也。徂，齊語也。適，宋魯語也。往，凡語也。3b

【明】將正文「由女而出爲嫁也」之「而」字删去。又浮簽：念孫按：「由女出爲嫁」，「由、猶」古字通，言自家而出謂之嫁，亦猶女出爲嫁耳。女出爲嫁，文義甚明。若云「女而出爲嫁」即不成語。然爾雅疏引此已有「而」字，蓋後人不知「由」即「猶」字，而以「由女出」三字連讀，以爲「由女而出」正與「自家而出」文義相同，故妄增「而」字，而邢疏遂仍其誤。觀爾雅注引此原無「而」字可證。

【戴】天頭朱批：宋魯謂往爲適。一切經音義十六。又於正文「由女而出爲嫁也」右側墨筆夾注：「而」字不可删。

【補】凡自此之彼通謂之「嫁」。趙策云「韓之所以内趙者，欲嫁其禍也」，周官司稼鄭注云「種穀曰稼，如嫁女之有所生」，義並同也。「由女出爲嫁」，各本「女」下有「而」字。余同里故友李氏成裕云：「『而』字因上句『自家而出』而衍。此言自家而出謂之嫁，亦猶女出爲嫁耳。女出爲嫁，文義甚明，若云『女而出爲嫁』，則不辭矣。爾雅疏引此已衍『而』字，郭注引無『而』字。」今依李説訂正。

一五　**謾台、**蠻怡二音。**脅閲**〔一〕，呼隔反。**懼也。燕代之間曰謾台，齊楚之間曰脅閲。宋衛之間凡怒而噎噫**噎謂憂也。噫，央媚反。**謂之脅閲，**脅閲猶閲穀也。**南楚江湘之間謂之嘽**

〔一〕「閲」，王念孫引方言作「鬩」。下文及注内同。

咺。湘，水名，今在零陵。咺，音香遠反。3b

【戴】天頭朱批：㥲閱，懼也。一切經音義四、十三。「嚇」，方言作「恐」，音呼隔反。八。「恐哧」，方言作「恐閱」，「閱」音呼隔反。十、十一。又圈去郭注「噎噫，謂憂也」之「噎噫」二字，於「謂憂」之間加「噎」字。

【補】注内「謂噎憂也」，各本作「噎謂憂也」。余故友寶應劉氏端臨經傳小記云：「此當作『謂噎憂也』。詩『中心如噎』，傳曰：『噎憂不能息也。』正義以爲「憂深不能喘息，如噎之然」，此説非也。憂在心，與喘息何與？世豈有憂而不得喘息者乎？『噎、憂』雙聲字。玉篇引詩『中心如噎』，謂噎憂不能息也。增一『謂』字，最得毛氏之意。『噎憂』即『欭嚘』，氣逆也。説文『欭』字注：『嚘也。』玉篇『嚘』字注：『老子曰：終日號而不嚘。嚘，氣逆也。』亦作『⿰憂欠』。廣韻：『欭嚘，歎也。』『⿰憂欠，氣逆也。』『噎噫、噎憂』，一聲之轉。」念孫案：端臨此説，寔貫通毛傳、方言之旨，今據以訂正。鄭風狡童傳云「憂不能息」，「憂」亦與「嚘」同。

【廣】嘽咺、謾台、脅閱者：方言：「謾台、脅閱，懼也。燕代之間曰謾台，齊楚之間曰脅閱。宋衛之間凡恐而噎噫謂之脅閱，南楚江湘之間謂之嘽咺。」「嘽」，各本譌作「蟬」，今訂正。［嘽咺謾台脅閱懼也，二·六一］

【廣】愶者：方言：「脅閱，懼也。齊楚之間曰脅閱。」郊特牲云「大夫强，諸侯脅」，「脅」與「愶」通。「愶」與「怯」，亦聲近義同。故釋名云：「怯，脅也，見敵恐脅也。」「愶」，曹憲音「脅」。各本「愶」譌作「懵」，音内「脅」字又譌作「賌」，今訂正。〔愶怯也，四・一一五〕

【廣二】「沭」，各本譌作「沐」，今訂正。方言「脅閱，懼也。齊楚之間曰脅閱」，「閱」與「潤」通。説文「怵，恐也」，「怵」與「沭」通。合言之則曰「潤沭」。方言「潤沭，逭遽也。江湘之間凡窘猝怖遽謂之潤沭」，郭璞注云：「喘喈貌也。」卷二云「遽，懼也」，「遽」與「懅」通。〔潤沭怖懅也，六・一九六〕卷一第一五條；卷一〇第二一條

一六　虔、劉、慘、綝，殺也。今關西人呼打爲綝，音廩，或洛感反。秦晉宋衛之間謂殺曰劉，晉之北鄙亦曰劉。秦晉之北鄙燕之北郊翟縣之郊謂賊爲虔。今上黨潞縣即古翟國。晉魏河内之北謂綝曰殘〔一〕，楚謂之貪，南楚江湘之間謂之歁。言歁綝難猒也。 4a

〔一〕周祖謨方言校箋此處引王氏手校戴本校語：「『河内之北謂綝曰殘』，當作『河内之北謂殘曰綝』。『賊』與『殘』意相因，故云『秦晉之北鄙燕之北郊翟縣之郊謂賊爲虔。晉魏河内之北謂殘爲綝』。『殘』與『貪』，意相因，故下文言『貪』。昭二十八年左傳正義引此已誤。」鵬飛案：此條校語未見。

【明】將正文「南楚江湘之間謂之欺」及郭注「言欺惏難猒也」之「欺」字改作「歁」。

【補】卷三云：「虔，殺也。青徐之間曰虔。」廣雅「虔，殺也」，義本此。爾雅云：「劉，殺也。」盤庚篇「無盡劉」，君奭篇「咸劉厥敵」，某氏傳並訓「劉」爲「殺」。「劉」之言「戮」也。故説文云：「殺，戮也。」又云：「鎦，殺也。」「摎，縛殺也。」玉篇力周、居由二切。續漢書禮儀志云「斬牲之禮名曰貙劉」，義並同也。説文訓「慘」爲「毒」，謂毒害也。後漢書酷吏傳注云：「慘，虐也。」莊子庚桑楚篇云：「兵莫憯於志，鏌鋣爲下。」漢書陳湯傳云：「慘毒行於民。」谷永傳云：「雁箠㿈於炮格。」「慘、憯、㿈」並通。卷二云：「惏，殘也。陳楚曰惏。」大戴記保傅篇「飢而惏」，盧辯云：「惏，貪殘也。」楚詞離騷云：「衆皆競進以貪婪兮。」説文「欿，欲得也」，廣雅「欿，貪也」，「欿」與「歁」通。又説文「䐄，食肉不猒也」，亦與「歁」聲近義同。「殺、賊、殘、貪」，義並相近。昭十四年左傳云「殺人不忌爲賊」，則「殺」亦謂之「賊」。周官大司馬「放弑其君則殘之」，鄭注云「殘，殺也」，則「殺」亦謂之「殘」。韋昭注漢書武紀云「强取爲虔」，則「貪」亦謂之「虔」。説文「嫪，婪也」，廣雅「慘，貪也」，「慘」與「嫪」通，則「貪」亦謂之「慘」。

【廣二】虔者：方言：「虔，殺也。」又云「秦晉之北鄙燕之北郊翟縣之郊謂賊爲虔」，賊亦殺也。莊三十二年左傳「共仲使圉人犖賊子般于黨氏」，是也。成十三年傳「虔劉我邊陲」，杜預注云：「虔、劉皆殺也。」［虔殺也，一·三九］卷三第二四條；卷一第一六條

【廣】「歁」與下「欿」字通。方言「南楚江湘之間謂貪曰歁」，郭璞注云：「言歁𢭃難猒也。」說文「歁，食不滿也」「欿，欲得也」，又云「䏿，食肉不猒也」，並聲近而義同。［歁欿貪也，二·四三］

【廣】㺜者：說文：「㺜，賊疾也。」方言：「慘，殺也。」「慘」與「㺜」，聲義相近。［㺜賊也，三·九二］

【廣】「犗」，曹憲音「居言」。字或作「犍」，或作「劇」。衆經音義卷十一引通俗文云：「以刀去陰曰劇。」卷十四引字書云：「犍，割也。」廣韻：「劇，以刀去牛勢也。」「劇」之言「虔」也。方言「虔，殺也」，義與「割」通。今俗謂牡豬去勢者曰「犍豬」，聲如「建」。［犗也，十·三八五］

【讀】蠶賦「名號不美，與暴爲鄰」，楊注曰：「侵暴者亦取名於蠶食，故曰『與暴爲鄰』也。」引之曰：如楊說，則「蠶」下必加「食」字而其義始明。竊謂：方言：「慘，殺

也。」説文：「慘，毒也。」字或作「憯」。莊子庚桑楚篇曰：「兵莫憯于志，鏌鎁爲下。」「慘、蠶、憯」聲相近，故曰「與暴爲鄰」。［與暴爲鄰，荀子第八·七三七］

一七　亟、憐、憮、㤿，愛也。東齊海岱之間曰亟。詐欺也。**自關而西秦晉之間凡相敬愛謂之亟；陳楚江淮之間曰憐；宋衛邠陶之間曰憮，或曰㤿。**陶唐，晉都處。4a

【明】刪去郭注「詐欺也」之「也」字。又浮簽：念孫按：「亟」字原注作「詐欺也」，「也」字乃妄人所加，至「詐欺」二字則不誤。蓋「亟」又音「欺」，「詐欺」二字非釋其義，乃釋其音，猶言音「詐欺」之「欺」耳。前「庬」字注云「鴟鵂」，「般」字注云「般桓」，正與此同。考集韻七之有「亟」字，音「丘其切」，是其證。今以「詐欺也」爲「欺革反」之證，非也。

【補】「㥛」字，曹憲音欺革、九力二反。説文：「㥛，謹重皃。」廣雅「亟，敬也」，即此所云「相敬愛謂之亟」。漢成陽靈臺碑云：「齊革精誠。」「㥛、亟、革」並通。

【廣二】㥛、憮、㤿者：「㥛」，亦作「亟」。方言：「亟、憮、㤿，愛也。東齊海岱之間曰亟。自關而西秦晉之間凡相敬愛謂之亟；宋衛邠陶之間曰憮，或曰㤿。」又云：「韓鄭曰憮，晉衛曰㤿。」爾雅：「憮，愛也。」「憮，撫也」，注云：「憮，愛撫也。」「憮」

與「㥚」通。又「矜憐，撫掩之也」，注云：「撫掩猶撫拍，謂慰恤也。」「撫掩」與「憮掩」，聲近義同。「掩、愛」一聲之轉，「愛」之轉爲「掩」，猶「薆」之轉爲「掩」矣。［㥛憮掩愛也，一・一七］卷一第一七條；卷一第六條

【述】郭曰：「親暱者亦數，色角反。亟亦數也。」引之謹案：「亟」與「數」同義，「親暱」與「數」異義，而云「親暱者亦數」則鑿矣。今案：「婁」爲亟數之「亟」，「暱」爲相親愛之「亟」。方言：「**亟，愛也。東齊海岱之間曰亟。自關而西秦晉之間凡相敬愛謂之亟。**」字或作「㥛」。廣雅：「㥛，愛也。」「亟」訓爲「愛」，相愛即相親暱，故云「暱，亟也」。［婁暱亟也，二七・六三六］

一八　眉、梨、耋、鮐，老也。東齊曰眉，言秀眉也。**燕代之北鄙曰梨，**言面色如凍梨。**宋衛兖豫之内曰耋，**八十爲耋，音經。**秦晉之郊、陳兖之會曰耇鮐。**言背皮如鮐魚。耇，音垢。4a

【戴】天頭朱批：色似凍梨。一切經音義三。又：面色似凍梨。六。

【補】廣雅「眉、梨，老也」，義本此。卷十二云「**麋、黎，老也**」，郭注云：「**麋猶眉也。**」士冠禮「眉壽萬年」，鄭注云「古文眉作麋」；少牢饋食注云「古文眉作微」：皆古字通用。墨子明鬼篇云：「昔者殷王紂播棄黎老。」秦風車鄰正義云：「易離卦云

『大耋之嗟』，注云：『年逾七十。』僖九年左傳曰『伯舅耋老』，服虔云：『七十曰耋。』此言『八十曰耋』者，耋有七十、八十無正文也。」大雅行葦正義引舍人爾雅注云：「鮐背，老人氣衰，皮膚消瘠，背若鮐魚也。」**卷十又云：「耇，老也。」**説文：「耇，老人面凍黎若垢。」

【廣】眉、梨者：方言：**「眉、梨，老也。東齊曰眉，燕代之北鄙曰梨。」**豳風七月篇「以介眉壽」，毛傳云：「眉壽，豪眉也。」正義云：「人年老者，必有豪毛秀出。」小雅南山有臺傳云：「眉壽，秀眉也。」釋名：「耇，垢也。皮色驪悴，恒如有垢者也。或曰凍梨，皮有班黑，如凍梨色也。」吴語「播棄黎老」，韋昭注云：「黎，凍梨，壽徵也。」墨子明鬼篇云「昔者殷王紂播棄黎老」，「黎」與「梨」通。〔眉梨老也，一·十〕

【述】「亹」，讀爲「眉」。方言曰：**「眉，老也。東齊曰眉。」**爾雅曰：「老，壽也。」「眉」訓爲「老」，「老」訓爲「壽」，則「眉」與「壽」同意。故古之頌禱者皆曰「眉壽」。凡經言「以介眉壽」、豳風七月。遐不眉壽、小雅南山有臺。綏我眉壽、周頌雝。眉壽無有害、眉壽保魯、魯頌閟宫。眉壽萬年士冠禮。」，眉亦壽也。「眉壽」猶言「耆壽」、文侯之命。老壽、昭二十年左傳。壽耇召誥。」耳。耆也，老也，耇也，眉也，皆壽也。而詩傳與箋皆以「眉壽」爲「秀眉」。方言注同。案：眉必秀而後爲壽徵，若但言「眉」，則少壯者皆有之，無以見其爲壽矣。爾雅曰「黄髮、兒齒、鮐背，壽也」，豈得徑省其文，而曰「髮壽、齒壽、背壽」乎？說「眉壽」者當據方言爲義，不得如毛、鄭所云也。［楚史老字彙，二二一·五三四］

【述】方言「梨，老也。燕代之北鄙曰梨」，「梨」與「黎」通。吴語「今王播棄黎老而孩童焉比謀」，韋注曰：「鮐背之耇稱黎老。」元、明本作「黎，凍梨，壽徵也」，後人所改也。宋庠補音出「注凍梨」三字，則所見本已然，兹從宋明道本。引之謹案：黎老者，耆老也。古字「黎」與「耆」通。尚書西伯戡黎，大傳「黎」作「耆」，見釋文。是其例也。作「梨」者，字之假借耳，而方言郭注乃云「言面色如凍梨」。案：釋名：「九十曰鮐背。或曰凍梨，皮有班點，如凍梨色也。」梨凍而後有班點，與老人面色相似。若但言「梨」，則凍與不凍皆未可知，無以見其爲老人之面色矣。「凍梨」之稱，自取皮有班點。「黎老」之稱，自以耆耋爲義。二者絶不相涉，不得據彼以說此也。［黎老，三二一·七三九］

一九　脩、駿、融、繹、尋、延，長也。陳楚之間曰脩，海岱大野之間曰尋，大野，今高平鉅野。宋衛荆吴之間曰融。自關而西秦晋梁益之間凡物長謂之尋。周官之法：度廣爲尋，度，謂絹帛横度。幅廣爲充。爾雅曰：「緇廣充幅。」延、永，長也。凡施於年者謂之延，施於衆長謂之永。各隨事爲義。4b

【大】長謂之繹。**方言：「繹，長也。」**按：字之音「繹」者，皆有長義。説文：「繹，抽絲也。」漢書谷永傳「燕見紬繹」，顔注：「紬，讀曰抽。紬繹者，引其端緒也。」爾雅釋天：「繹，又祭也。周曰繹，商曰肜。」孫炎注：「祭之明日尋繹復祭也。肜者亦相尋不絶之意。」〔一〕公羊傳宣八年何注：「繹者，繼昨日事。肜者，肜肜不絶。」説文：「圛，回行也。讀若驛。」爾雅釋言「馹，遽傳也」，孫炎注：「傳車驛馬也。」釋山「屬者，嶧」，注：「言駱驛相連屬。」左傳襄二十五年孔疏引沈文阿云：「圍棋稱弈者，取其落奕之義也。」廣雅：「襗，長襦也。」「繹、圛、驛、嶧、弈、襗」，義並相近。〔六·七五〕

【明】浮簽：郭注「度，謂絹帛横廣」之「廣」字，本或作「度」。又將正文「延、永，長也」之「永」字改作「年」。

【戴】天頭墨批：楚辭離騷「冀枝葉之峻茂兮」，王逸注云：「峻，長也。」

【補】楚辭離騷「冀枝葉之峻茂兮」，王注云「峻，長也」，「峻」與「駿」通。郊特牲云：「嘏，長也，大也。」「大」與「長」，義相近。故大謂之「駿」，亦謂之「嘏」；長謂之「嘏」，亦謂之「駿」矣。爾雅：「繹，又祭也。周曰繹，商曰肜。」高宗肜日正義引孫炎注云：「繹，祭之明日尋繹復祭也。肜者亦相尋不絶之意。」宣八年公羊傳注

〔一〕王氏所引孫炎注語出自尚書高宗肜日孔穎達正義。

云：「繹者，繼昨日事。彤者，彤彤不絶。」周頌絲衣釋文「彤」作「融」。是「融、繹」皆取義於「長」也。淮南繆稱篇「父之於子也，能廢起之，不能使無憂尋」，高注：「憂尋，憂長也。」齊俗篇：「峻木尋枝。」是尋爲長也。故漢書李尋字子長。説文「尋，繹理也。度人之兩臂爲尋，八尺也」，亦長之義也。布帛之長有度，其廣有幅。「度」之言「度」音鐸。也，伸兩臂以度之，爲廣八尺，故曰「度廣爲尋」也。「幅」之言「畐」也，「幅」，古讀若「偪」。説見唐韻正。畐，芳偪反。説文云：「畐，滿也。」其廣滿一幅，故曰「幅廣爲充」也。士冠禮「緇纚廣終幅」，鄭注云「終，充也」，即爾雅所云「緇廣充幅」也。此本訓「長」，而兼言「廣」者，對文則「廣」與「長」異，散文則「廣」亦「長」也。故廣謂之「充」，亦謂之「尋」；長謂之「尋」，亦謂之「充」。説文云「充，長也」，是其證矣。「延年長也」，盧本仍改爲「延永長也」，云：「考宋本亦如是。李善注文選於阮籍詠懷詩『獨有延年術』引方言『延，長也』，於嵇康養生論又引作『延年長也』。蓋即隱括施於年者謂之延意。案：所引乃方言原文，非隱括其意也。爾雅疏引方言遂作『延年長也』。案：疏所引亦方言原文，非妄加「年」字也。不出『永』字，則下文『永』字何所承乎？或遂据爾雅疏改此文，誤甚。」

念孫案：盧説非也。訓「延」爲「年長」者，所以别於上文之訓「延」爲「長」也。

既曰「延年長也」，又曰「施於年者謂之延」，此復舉上文，以起下文之「施於衆長謂之永」耳。凡經傳中之復舉上文者，皆不得謂之重複。盧自不曉古人文義，故輒爲此辯，而不自知其謬也。舊本「年長」作「永長」者，涉下文「永」字而誤耳。若仍依舊本作「永」，則其謬有三。方言一書，皆上列字目而下載方言。若既云「脩、駿、融、繹、尋、延，長也」，又云「延、永，長也」，則一篇而兩目矣，方言有此例乎？其謬一也。「延，長也」之文已見於上，故特别之曰「延，年長也」。若既云「延，長也」，又云「延、永，長也」，則訓「延」爲「長」之文上下凡兩見，古人有此重疊之文乎？其謬二也。盧又謂但云「延，年長也」而不出「永」字，則下文「永」字無所承。案：上文釋「思」之異語云：「惟，凡思也；慮，謀思也；願，欲思也；念，常思也。」此皆承上之詞。若訓詁之連類而及者，則不必皆承上文。請以數條證之：「晋衛之間曰烈，秦晋之間曰肄」，「肄」字上文所無；「汝潁梁宋之間曰胎，或曰艾」，「艾」字上文所無；「秦晋之間凡物壯大謂之嘏，或曰夏」，「夏」字上文所無。若斯之類，不可枚舉。是訓詁之連類而及者，不必皆承上文也。此文云「凡施於年者謂之延，施於衆長謂之永」，亦是訓詁之連類而及者，故「永」字亦無上文之可承。乃獨疑「永」字之無所承，則是全書之例尚未通曉。其謬三也。文選注、爾雅疏引方言皆作「年長」，自是確證。阮籍詠懷詩「獨有延年術」，李注引方言以證「延年」二字，則所引亦必有「年」字而今本脱之也。乃反以脱者爲是，不脱者爲非，傎矣。今訂正。

【廣】繹者：**方言**：**「繹，長也。」**説文：「繹，抽絲也。」爾雅：「繹，又祭也。周曰繹，商曰肜。」高宗肜日正義引孫炎注云：「繹，祭之明日尋繹復祭也。肜者亦相尋不絶之意。」何休注宣八年公羊傳云：「繹者，繼昨日事。肜者，肜肜不絶。」「肜、繹」一聲之轉，皆長之義也。爾雅釋山「屬者，嶧」，注云「言駱繹相連屬」；廣雅釋器云「襗，長襦也」：義並與「繹」同。［繹長也，二·五五］

【廣】尋亦覃也。**方言**：**「尋，長也。海岱大野之間曰尋。自關而西秦晉梁益之間凡物長謂之尋。」**淮南子齊俗訓云：「峻木尋枝。」大荒北經「有岳之山，尋竹生焉」，郭璞注云：「尋，大竹名。」説文：「尋，繹理也。度人之兩臂爲尋，八尺也。」**方言云**：**「周官之法：度廣爲尋，幅廣爲充。」**皆長之義也。凡對文則「廣」與「長」異，散文則「廣」亦「長」也。故廣謂之「充」，亦謂之「尋」；長謂之「尋」，亦謂之「充」。説文訓「充」爲「長」，是其證矣。［尋長也，二·五五］

【廣】繹者：**方言**：**「繹、尋，長也。周官之法：度廣爲尋，幅廣爲充。」**説文：「充，長也。」是「充」與「繹」同義。太玄少上九云「密雨溟沐，潤于枯瀆。三日射谷」，射

谷謂滿谷也，「射」與「繹」通。［繹充也，四・一三一］

【廣二】「道」之言「由」也，人所由也。「墿」，通作「驛」。玉篇：「驛，道也。」「墿」之言「繹」也。繹、迒皆長意也。故方言云**「繹，長也」「迒，長也」**。［墿迒道也，七・二一三］卷一第一九條；卷一三第一〇三條

【述】引之謹案：「光、桄、横」，古同聲而通用，非轉寫譌脱而爲「光」也。三字皆「充廣」之義，不必「古曠反」而後爲「充」也。漢書宣帝紀、蕭望之傳並曰：「聖德充塞天地，光被四表。」周易集解比卦載荀爽注曰：「聖王之信，光被四表。」北堂書鈔樂部一鈔本。引樂緯「堯樂曰大章」，注曰：「言德光被四表，格于上下，其道大章明也。」後漢書蔡邕傳釋誨曰：「舒之足以光四表。」高誘注淮南俶真篇曰：「頗，讀『光被四表』之『被』。」中論法象篇曰：「唐帝允恭克讓，光被四表。」魏公卿上尊號奏碑曰「邁恩種德，光被四表」，曹植求通親親表曰「欲使陛下崇光，被時雍之美」，王粲無射鍾銘曰「格于上下，光于四方」，皆義本堯典。班固典引「光被六幽」，蔡邕注曰「六幽，謂上下四方也」，引尚書曰：「光被四表，格于上下。」周頌譜曰：「天子之德，光被四表，格于上下。」噫嘻篇「既昭假爾」，箋曰：「謂光被四表，格于上下也。」正義並曰：「『光被四表，格于上下』，堯典文也。注曰：『言堯德光燿及四海之外，至於天地，所謂

大人與天地合其德，與日月齊其明。』」鄭氏傳古文尚書而字亦作「光」，則「光」非譌字可知。爾雅「桄，充也」，孫炎本「桄」作「光」。臯陶謨曰「帝光天之下」，正義曰：「充滿大天之下。」孝經曰「孝弟之至，通於神明，光於四海」，孔傳曰：「光，充也。」是「光」正訓「充」，與「横」初無異義也。「光」與「廣」，亦同聲。周頌敬之傳曰：「光，廣也。」周語曰：「緝，明也；熙，廣也。」爾雅曰：「緝、熙，光也。」僖公十五年穀梁傳曰「德厚者流光」，疏曰：「光猶遠也。」荀子禮論「積厚者流澤廣」，大戴禮禮三本篇作「流澤光」。是「光」與「廣」通，皆充廓之義。**方言曰「幅廣爲充」**，是也。故堯典言「光被四表」，而漢書禮樂志曰：「聖主廣被之資。」隋蕭吉五行大義引禮含文嘉曰：「堯廣被四表，致於龜龍。」漢成陽靈臺碑曰：「爰生聖堯，名蓋世兮，廣被之恩，流荒外兮。」樊毅復華下民租田口算碑曰：「聖朝勞神日昊，廣被四表。」成陽令唐扶頌曰：「追惟堯德廣被之恩。」沈子琚緜竹江堰碑曰：「廣被四表。」藝文類聚樂部引五經通義曰：「舞四夷之樂，明德澤廣被四表也。」魏志文帝紀注引獻帝傳曰：「廣被四表，格于上下。」又曰：「至德廣被，格于上下。」則光被之「光」作「横」，又作「廣」，字異而聲義同，無煩是此而非彼也。至「光、格」對文，而鄭康成訓「光」爲「光燿」，於義爲疏。戴氏獨取「光，充也」之訓，其識卓矣。〔光被四表，三·六五〕

【述】引之謹案：王制、内則並曰：「凡三王養老皆引年。」引年者，陳敘其年齒之多寡也。鄭注以爲「引户校年」，失之。經言「引年」，不言「引户校年」也。文六年左傳曰「陳之藝極，引之表儀」，引亦陳也。「引、延、繹」一聲之轉，皆長之陳也。凡物陳之則長，故「引、延、繹」又訓爲「長」矣。下文曰：「引、延，長也。」方言曰：「繹，長也。」［引陳也，二六・六一六］

二〇　允、訦、音諶。**恂、**音荀。**展、諒、**音亮。**穆，信也。齊魯之間曰允，燕代東齊曰訦，宋衛汝潁之間曰恂，荆吴淮汭之間曰展，**汭，水口也，音芮。**西甌毒屋黄石野之間曰穆。**西甌，駱越别種也。音嘔。其餘皆未詳所在。**衆信曰諒，周南召南衛之語也。**4b

【戴】天頭墨批：漢書嚴助傳「舉兵於冶南」，「冶」疑與「野」同。史記東越傳：「閩越王都東冶。」

【補】逸周書謚法篇：「中情見貌曰穆。」是穆爲信也。廣雅「睦，信也」，「睦」與「穆」通。

【廣】睦者：方言：「**穆，信也。西甌毒屋黄石野之間曰穆。**」逸周書謚法解云「中情見貌曰穆」，「穆」與「睦」通。史記司馬相如傳「旼旼睦睦」，漢書作「穆穆」，是其證也。［睦信也，一・二四］

【群】洵。方言：「恂，信也。宋衛汝潁之間曰恂。」詩靜女三章「洵美且異」，箋「洵，信也」；叔于田首章「洵美且仁」；有女同車首章「洵美且都」；溱洧首章「洵訏且樂」：並與「恂」同。

二一　碩、沈、巨、濯、訏、敦、夏、于，大也。訏亦作芋，音義同耳。香于反。齊宋之間曰巨，曰碩。凡物盛多謂之寇〔一〕，今江東有小凫，其多無數，俗謂之寇也。齊宋之郊楚魏之際曰夥。音禍。自關而西秦晉之間凡人語而過謂之過，于果反。或曰僉。東齊謂之劍，或謂之弩。弩猶怒也。陳鄭之間曰敦，荊吳揚甌之郊曰濯，中齊西楚之間曰訏。西楚，謂今汝南彭城。自關而西秦晉之間凡物之壯大者而愛偉之謂之夏，周鄭之間謂之嘏〔二〕。音賈。郴，齊語也。洛含反。于，通詞也。5a

【大二】嘏，大也。亦作「假」。爾雅釋詁：「嘏、假，大也。」方言：「嘏，大也。宋魯陳衛之間謂之嘏。秦晉之間凡物壯大謂之嘏。」又曰：「凡物之壯大者，周鄭之間謂之假。」詩那「湯孫奏假」，毛傳：「假，大也。」禮記郊特牲：「嘏，長也，大也。」禮運：「祝嘏莫敢易其常古，是謂大假。」〔一·六七〕卷一第一二條；卷一第二一條

〔一〕「盛」，王念孫引方言作「晠」。
〔二〕「嘏」，王念孫引方言作「假」。

【大】巨，大也。方言：「巨，大也。齊宋之間曰巨。」故大剛謂之「鉅」，說文：「鉅，大剛也。」荀子議兵篇：「宛鉅鐵鉇，慘如蠭蠆。」史記禮書同。徐廣注：「大剛曰鉅。」黍一稃二米謂之「𪏰」，音巨。說文：「𪏰，黑黍也。一稃二米以釀。」字亦作「秬」。詩生民六章：「維秬維秠。」周禮「鬯人」，鄭注：「秬如黑黍，一稃二米。」縣鐘直木上爲猛獸謂之「虡」。音巨。說文：「虡，鐘鼓之柎也，飾爲猛獸。從虍，異象形。」或省作「虡」。考工記梓人「爲筍虡，厚脣弇口，出目短耳，大胸燿後，大體短脰，若是者謂之臝屬」，以爲鐘虡。張衡西京賦「洪鐘萬鈞，猛虡趪趪，負筍業而餘怒，乃奮翅而騰驤」，薛綜注：「縣鐘格，橫曰筍，植曰虡。當筍下爲兩飛獸以背負，又以板置上，名爲業。」亦作「鐻」。周禮典庸器「帥其屬而設筍虡」，杜子春注：「橫者爲筍，從者爲鐻。」〔三·七一〕

【大】于，於也，氣之舒也。說文：「亏，於也。象气之舒。從丂從一。一者，其气平出也。」隸作「于」。故大謂之「迂」，廣謂之「迂」。玉篇：「迂，廣大也。」通作「于」。方言：「于，大也。」禮記檀弓「易則易，于則于」，孔疏：「易是簡易。于音近迂，是廣大之義。」文王世子「況于其身以善其君乎」，鄭注：「于，讀爲迂。迂猶廣也，大也。」按：凡稱「于」者，皆廣大之義。漢書元后傳「獨衣絳緣諸于」，顏注：「諸于，大掖衣也。」說文：「鑮，大鐘淳于之屬。」「淳于」，亦作「錞于」。周禮鼓人「以金錞和鼓」，鄭注：「錞，錞于也。圜如碓頭，大上小下，樂作鳴之，與鼓相和。」晉語：「戰以錞于、丁甯，儆其民也。」說文：「歟，昆于，不可知也。」歟，音昆。爾雅釋草「莤，蔓于」，郭注：「草生水中，一名軒于。江東呼莤。」漢書司馬相如傳「奄閭軒于」，張揖注「軒于，蕕草也」，「蕕」與「莤」同。陳藏器本草拾遺云：「蕕草生水田中，似結縷，葉長。」「諸于、淳于、蔓于、軒于」，義並相近。〔六·七六〕

【大二】訏，大也。爾雅釋詁：「訏，大也。」方言：「中齊西楚之間曰訏。」詩溱洧首章「洵訏且樂」，毛傳：「訏，大也。」亦作「盱、芋」。詩「洵訏且樂」，韓詩及漢書地理志並作「盱」。方言「芋，大也」，郭注：「芋猶訏耳。」〔七·七九〕卷一第二一條；卷一三第一三三條

【大】宏，大也。轉之爲「夏」。方言曰：「自關而西秦晉之間凡物之壯大而愛偉之謂之夏。」詩曰：「肆于時夏。」又轉之爲「洪」。爾雅曰：「宏、夏、洪，大也。」又轉之爲「夥」，爲「過」。史記陳涉世家：「楚人謂多爲夥。」方言曰：「凡物盛而多，齊宋之郊楚魏之際曰夥。音禍。自關而西秦晉之間凡人語而過謂之過。」説文曰：「夥，齊謂多爲夥。」〔八·八二〕

【明】浮簽：正文「齊宋之郊」之「郊」字，宋慶元本作「間」。又將正文「周鄭之間謂之暇」之「暇」字改作「嘏」。又將正文「于，通詞也」之「詞」字改作「語」。

【戴】天頭朱批：齊宋之間謂大爲巨。一切經音義三十。又：齊宋之間謂大曰巨。六十二。又：齊宋之間謂大曰碩。七。又天頭墨批：史記司馬相如傳「灑沈澹災」，「沈」當讀爲淫水之「淫」，謂大水也。高誘注淮南覽冥訓：「平地出水爲淫水。」桓元年左傳：「凡平原出水爲大水。」又天頭墨批：荀子君子篇：「古者刑不過罪，爵不踰德。故殺其父而臣其子，殺其兄而臣其弟。刑罰不怒罪，爵賞不踰德，分然各以其誠通。」其中「怒」

字右側加雙圈。又圈去郭注「于果反」之「于」字，於其右側注「乎」字。又於戴氏疏證「夏、假……爾雅釋詁亦云大也，疏引方言文並同」之天頭墨批：爾雅釋詁「嘏、假，大也」，下引方言：「秦晉之間凡物壯大謂之嘏。」古假字□□……「周鄭之間謂之假。」

【廣】夸者：説文：「夸，奢也。從大，于聲。」方言：**「于，大也。」**「夸、訏、芋」並從于聲，其義同也。［夸大也，一·五］

【廣二】「訏」與下「芋」字同。爾雅：「訏，大也。」方言云：**「中齊西楚之間曰訏。」**又云**「芋，大也」**，郭璞注云：**「芋猶訏耳。」**大雅生民篇「寔覃寔訏」，小雅斯干篇「君子攸芋」，毛傳並云：「大也。」凡字訓已見爾雅而此復載入者，蓋偶未檢也，後皆放此。「芋」又音王遇反，其義亦爲「大」。説文云「芋，大葉實根駭人，故謂之芋」，是也。［訏芋大也，一·五］卷一第二一條；卷一三第一三三條

【廣】「沈」，讀若「覃」。方言：**「沈，大也。」**漢書陳勝傳「夥！涉之爲王沈沈者」，應劭注云：「沈沈，宫室深邃之貌也。音長含反。」張衡西京賦云：「大厦眈眈。」玉篇：「譚，大也。」「譚、眈」並與「沈」通。［沈大也，一·五］

【廣】敦者：方言：**「敦，大也。陳鄭之間曰敦。」**爾雅「太歲在午曰敦牂」，孫炎注云：「敦，盛。牂，壯也。」是大之義也。「敦」又音徒昆反，其義亦爲「大」。漢書敦煌

郡，應劭注云：「敦，大也。煌，盛也。」周語「敦厖純固」，韋注云：「敦，厚也；厖，大也。」商頌長發傳云：「厖，厚也。」墨子經篇云：「厚，有所大也。」「厚」與「大」同義。故厚謂之「敦」，亦謂之「厖」；大謂之「厖」，亦謂之「敦」矣。〔敦大也，一・六〕

【廣二】薄、怒者：方言「**薄，勉也。秦晋曰薄，故其鄙語曰薄努，猶勉努也。南楚之外曰薄努**」，郭璞注云：「**如今人言努力也。**」李陵與蘇武詩云「努力崇明德」，「努」與「怒」通。故方言云：「**努猶怒也。**」〔薄怒勉也，三・八三〕卷一第二一條；卷一第三二條

【廣】𡖊者：方言：「**凡物盛而多，齊宋之郊楚魏之際曰夥。**」史記陳涉世家云：「夥頤！涉之爲王沈沈者！」楚人謂「多」爲「夥」，「夥」與「𡖊」同。今人問物幾許曰「幾多」，吴人曰「幾夥」，語之轉也。〔𡖊多也，三・九三〕

【廣二】僉、怒者：方言「**僉，夥也**」，又云「**自關而西秦晋之間凡人語而過曰僉。東齊謂之劍，或謂之弩。弩猶怒也**」，皆盛多之意也。爾雅「僉，皆也」，義與「多」亦相近。〔僉怒多也，三・九三〕卷一二第四一條；卷一第二一條

【廣】夠者：玉篇：「夠，苦候切。多也。」廣韻同。方言：「**凡物盛而多謂之寇。**」「寇」與「夠」，聲近義同。文選魏都賦「繁富夥夠」，李善注引廣雅：「夠，多也。」〔夠多也，三・九三〕

【廣三】「過」之言「過」也，「夥」也。方言云：**「凡物盛而多，齊宋之郊楚魏之際曰夥。自關而西秦晉之間凡人語而過謂之過，或曰僉。」**又云**「僉，勮也」「僉，夥也」**，勮亦過甚之意。〔僉過也，五・一六〇〕卷一第二一條；卷一二第四〇條；卷一二第四一條

【述二】「虞、吴」古字通。周頌絲衣篇「不吴不敖」，褚少孫補史記孝武紀引作「不虞不驚」。方言曰：**「吴，大也。」**又曰：**「于，大也。」**檀弓「易則易，于則于」，正義曰：「于音近迂，是廣大之義。」文王世子「況于其身以善其君乎」，鄭注曰：「于，讀爲迂。迂猶廣也，大也。」尚書大傳「羲伯之樂，名曰朱于」，鄭注曰：「于，大也。」見儀禮經傳通解續因事之祭。或曰：「虞」，古「娱」字。衆經音義三引張揖古今字詁云：「古文虞，今作娱。」白虎通云：「虞者，樂也。」「虞」之言「娱」也。「于」讀爲「盱」，盱亦樂也。豫六三「盱豫」，釋文：「向云：『睢盱，小人喜悦之貌。』」鄭風溱洧篇「洵訏且樂」，釋文：「洵，韓詩作恂。訏，韓詩作盱，云：『恂盱，樂貌也。』」〔周王子虞字子于，二二・五二五〕卷一第二一條；卷一三第三四條

【述】霍，大貌。爾雅：「大山宫小山，霍。」風俗通義曰：「萬物盛長，霍然而大。」「盱」之言「于」也；于，大也。爾雅：「訏，大也。」方言：**「中齊西楚之間曰訏。」**「訏」與「盱」，聲義亦同。〔蔡公孫霍字盱，二二・五二五〕

【述】莊四年傳「今紀無罪，此非怒與」，何注曰：「怒，遷怒。齊人語也。」此非怒

其先祖，遷之于子孫與？」家大人曰：遷怒但謂之「怒」，則文義不明，何注非也。「怒」之言「努」，太過之謂也。方言：**「凡人語而過，東齊謂之劒，或謂之努。努猶怒也。」**荀子君子篇：「刑罰不怒罪，爵賞不踰德。」怒也、踰也，皆過也。說見荀子。是古者謂「過」爲「怒」。「今紀無罪，此非怒與」者，言今日之紀無罪，乃因其先世有罪而滅之，此非太過與！東齊謂過爲努，則努者，齊人語也。〔此非怒與，二四·五七六〕

【讀】「是杅杅亦富人已」，楊注曰：「杅杅即于于也，自足之貌。莊子曰：『聽居居，視于于也。』」引之曰：聽居居、視于于，與富意無涉。案：方言：**「于，大也。」**文王世子「于其身以善其君」，鄭注曰：「于，讀爲迂。迂猶廣也，大也。」檀弓「易則易，于則于」，正義亦曰：「于謂廣大。」重言之則曰「于于」。上文曰：「治天下之大器在此。」又曰：「大富之器在此。」是言學之富如財之富也，故曰「是杅杅亦富人已」。〔杅杅，荀子第二·六六五〕

【讀】「刑罰不怒罪，爵賞不踰德。」念孫案：怒、踰皆過也。淮南主術篇注：「踰猶過也。」方言曰：**「凡人語而過，東齊謂之努。」又曰：「努猶怒也。」**是怒即過也。上言「刑不過罪」，此言「刑罰不怒罪」，其義一而已矣。〔不怒罪，荀子第七·七二九〕

二二　**秖**、觸牴也。**㑇**，音致。**會也。**雍梁之間曰秖，秦晉亦曰秖。凡會物謂之㑇。**5a**

【明】將正文之三「秖」字並改作「秖」。又删去郭注「觸牴也」之「也」字。

【戴】天頭墨批：「日月底于天廟」猶言「日月會於□□」〔一〕。大戴禮誥志篇曰：「庶物時則民財㑇。」

【廣】抵者：説文：「氐，至也。从氐下箸一。一，地也。」史記秦始皇紀「道九原，抵雲陽」，「抵」與「氐」通。律書云「氐者，言萬物皆至也」；漢書文帝紀「至邸而議之」，顔師古注云「郡國朝宿之舍在京師者率名邸。邸，至也，言所歸至也」：義並與「抵」通。「致、會、抵」三字同義。方言：「**抵、㑇，會也。雍梁之間曰抵，秦晉亦曰抵。凡會物謂之㑇。**」〔抵至也，一·七〕

二三　**華、荂，晠也。**荂亦華别名，音誇。齊楚之間或謂之華，或謂之荂。**5b**

二四　**墳，地大也。**青幽之間凡土而高且大者謂之墳。即大陵也。**5b**

〔一〕「猶言」句本在「日月底于天廟」前，但其内容是解釋「日月底于天廟」的，且字很小，故調至其後。

【明】浮簽：念孫按：「墳」字注「即大陵也」，「陵」字本作「防」，俗儒改之耳。爾雅釋丘：「墳，大防。」詩周南「遵彼汝墳」，毛傳：「墳，大防也。」是其證。俗儒不知「大防」所本，又以此文云「凡土而高且大者謂之墳」，遂以「大陵」當之，不知陵與墳高卑懸絶，且大陵謂之「阿」，不謂之「墳」也。又將郭注「即大陵也」之「陵」字改作「防」。

【廣二】方言云「冢，秦晋之間謂之墳，或謂之培，或謂之堬，或謂之埰，或謂之埌，或謂之壠。自關而東謂之丘，小者謂之塿，大者謂之丘」，郭璞注云：「墳，取名於大防也。」爾雅「墳，大防」，李巡注云：「謂厓岸狀如墳墓。」「墳、封、墦」一聲之轉，皆謂土之高大者也。方言云：「墳，地大也。青幽之間凡土而高且大者謂之墳。」〔墳冢也，九·二九八〕

卷一三第一六一條；卷一第二四條

二五　張小使大謂之廓，陳楚之間謂之模。音莫。5b

【大】廓，大也。爾雅釋詁：「廓，大也。」方言：「張小使大謂之廓。」字亦作「郭」。詩皇矣首章「憎其式廓」，釋文：「廓，本又作郭。」故開謂之「廓」，霽謂之「霩」；音廓。説文「霩，雨止雲罷貌」也。空謂之「廓」，去毛皮謂之「鞹」。説文「鞹，去毛皮也」，引論語顔淵「虎豹之鞹」，今論語作「鞟」。「空、廓、開」，聲之轉。故虚謂之「空」，亦謂之「廓」；張謂之「廓」，亦謂之「開」。〔二·七〇〕

【戴】天頭朱批：張小使大謂之廓。一切經音義九。又於戴疏末尾墨批：鴻烈道應篇「譬之猶廓革者也，廓之大則大矣，裂之道也」，新序雜事一「廓」作「鞹」。

【廣】彍者：説文：「彍，滿弩也。」孫子兵勢篇云「勢如彍弩」；太平御覽引尸子云「扜弓鞹弩」；漢書吾丘壽王傳「十賊彍弩」，顔師古注云「引滿曰彍」：並字異而義同。孟子公孫丑篇「知皆擴而充之矣」，趙岐注云「擴，廓也」；方言「張小使大謂之廓」：義亦與「彍」同。〔彍張也，一・一四〕

二六　**嬛**、**蟬**、火全反。**繝**、音剡。**橪**、諸典反。**未，續也。楚曰嬛。蟬，出也。**別異義。**楚曰蟬；或曰未及也。**5b

【明】將正文「橪」字改作「撚」。

【戴】天頭朱批：撚，續也。一切經音義一四。又於正文「未，及也」右側墨批「及，張也」「及，繼也」六字。又天頭墨批：漢蒼頡碑「□□禮崇樂，以化未造」，又云「表章大聖之遺靈，以示來世之未生」，兩「未」字皆作「末」。又天頭墨批：漢蕩陰令張遷碑云「張氏輔漢，世載其德，爰暨于君，蓋其纏緟」，「纏」與「蟬」同。

【廣二】撚、未者：方言：「**撚、未，續也。**」衆經音義卷十四引方言而釋之云：「撚謂兩指索之相接續也。」逸周書大武解「後動撚之」，孔晁注云「撚，從也」，從亦相續之意。「未」與「續」，義不相近。方言、廣雅「未」字，疑皆「末」字之譌。方言「**末，隨也**」，隨亦相續之意。［撚未續也，二·五六］卷一第二六條；卷一二第三九條

【讀二】「伯余之初作衣也，緂麻索縷，手經指挂」，高注曰：「緂，鋭。索，功也。」念孫案：高訓「緂」爲「鋭」，則與「麻」字義不相屬。今案：緂者，續也，緝而續之也。方言「**繝，續也。**廣雅同。**秦晉續折木謂之繝**」，郭璞音「**剡**」。人間篇曰：「婦人不得剡麻考縷。」「繝、剡」並與「緂」通。「索」如「宵爾索綯」之「索」，謂切撚之也。高云「索，功也」，「功」即「切」字之誤。顔師古注急就篇曰：「索謂切撚之令緊者也。」廣雅曰「紉，索也」，「紉」與「切」通。［緂麻，淮南内篇第十三·八八〇］卷一第二六條；卷六第四七條

二七　踏、古榻字，他匣反。**蹈**、逍遥。**𨁝**，音拂。**跳也。楚曰跅**；勑厲反。亦中州語。**陳鄭之間曰蹈；楚曰蹠；自關而西秦晉之間曰跳，或曰踏。** 5b

【明】將郭注「古榻字」之「榻」字改作「蹋」。又將正文「楚曰跅」之「跅」字改作「跅」。

【戴】天頭朱批：楚曰蹠，秦晉曰跳。一切經音義廿。

【廣四】摇、祖者：「摇」亦「躍」也，方俗語有輕重耳。楚辭九章云：「願摇起而横奔兮。」漢書禮樂志「將摇舉，誰與期」，顔師古注云：「言當奮摇高舉，不可與期也。」班固西都賦云：「遂乃風舉雲摇。」是摇爲上也。方言：**「䠛，跳也。」**爾雅「扶摇謂之猋」，李巡注云：「暴風從下升上。」説文「沖，涌摇也」，管子君臣篇云「夫水波而上，盡其摇而復下」，義並同也。爾雅：「祖，始也。」説文：「祖，始廟也。」是祖爲上也。其自下而上亦謂之「祖」。方言：**「摇、祖，上也。」「祖，摇也。」「祖，轉也」**，郭璞注云：**「動摇即轉矣。」**然則祖者，旋轉上起之意。説文：「瑑，圭壁上起兆瑑也。」「珇，琮玉之瑑也。」「珇」與「祖」，義亦相近。［摇祖上也，一·三三］卷一第二七條；卷一二第六六條；卷一二第六七條；卷一二第六八條

【廣二】踏、蹠、䠛、𨁎、𨅔者：方言：**「踏、䠛、𨁎，跳也。楚曰𨅔；陳鄭之間曰䠛；楚曰蹠；自關而西秦晉之間曰跳，或曰踏。」**説文「蹠、䠛、𨁎」三字，訓與方言同。張衡西京賦云：「高掌遠蹠。」䠛亦躍也。楚辭九章云：「願摇起而横奔兮。」王延壽夢賦云：「群行而奮摇，忽來到吾前。」方言：**「遥，疾行也。」**「䠛、遥、摇」，義並相近。説文：「趯，超特也。」漢書禮樂志「體容與，迣萬里」，如淳注云：「迣，超踰也。」史記樂書「迣」作「跇」。枚乘七發云：「清升踰跇。」揚雄羽獵賦云：「亶觀夫剽禽之

紲踰。」「趍、迣、跇、紲」並與「跅」同。王褒洞簫賦：「超騰踰曳。」「曳」與「跅」，亦聲近義同。［踏蹠踰跇跅跳也，二・六四］卷一第二七條；卷六第二二條

二八　躡、郅、音質。**跂、**音企。**佫、**格亦訓來。**躋、**濟渡。**踚，**踊躍。**登也。自關而西秦晉之間曰躡；東齊海岱之間謂之躋；魯衛曰郅；梁益之間曰佫，或曰跂。**5b

【明】將郭注「格亦訓來」之「格」字改作「佫」。

【廣】躡、蹬、跂、踚者：方言：**「躡、跂、踚，登也。自關而西秦晉之間曰躡，梁益之間曰跂。」**「登、蹬」聲相近。集韻「登」又音丁鄧切，「履也。或作蹬」。今人猶謂足蹴物爲「蹬」，又謂馬鞍兩旁足所蹴爲「鐙」，其義一也。史記天官書「兵相駘藉」，集解：「蘇林曰：『駘，登躡也。』」「駘」與「登」，聲亦相近；猶瞪目之「瞪」，或作「眙」矣。［躡蹬跂踚履也，一・二八］

二九　逢、逆，迎也。自關而東曰逆；自關而西或曰迎，或曰逢。6a

【戴】天頭墨批：周語「道而得神，是謂逢福」，注：「逢，迎也。」爾雅：「逢，逆也。」

【讀】「勒兵逢擊烏孫破之」，師古曰：「以兵逆之，相逢即擊，故云逢擊。」念孫案：方言：**「逢，迎也。自關而西或曰迎，或曰逢。」**「逢擊」猶「迎擊」耳，師古之説迂矣。西域傳「單于執二王以付使者。莽使中郎王萌待西域惡都奴界上逢受」，亦謂迎受之也。師古曰「逢受，謂先至待之，逢見即受取」，亦非。〔逢擊，漢書第十四·三八六〕

三〇 **撏**、常含反。**攓**、音蹇。**摭**、盜蹠。**挻**，羊羶反。**取也。南楚曰攓，陳宋之間曰摭，衛魯揚徐荆衡之郊曰撏。**衡，衡山，南岳名，今在長沙。**自關而西秦晋之間凡取物而逆謂之籑**〔一〕，音饌。**楚部或謂之挻。** 6a

【廣】搴、摭者：方言：**「攓、摭，取也。南楚曰攓，陳宋之間曰摭。」**説文「摕，拔取也」，引離騷「朝摕阰之木蘭」，今本作「搴」。莊子至樂篇云：「攓蓬而指之。」「搴、摕、攓」並通。説文：「拓，拾也。」禮器「有順而摭也」，正義云：「摭猶拾取也。」少牢下篇云「乃摭于魚腊俎」，「摭」與「拓」同。〔搴摭取也，一·一八〕

【廣】挻者：方言：**「挻，取也。自關而西秦晋之間凡取物而逆謂之篡，楚部或謂之**

〔一〕「籑」，王念孫引方言作「篡」。

挻。」［挻取也，一・一八］

【廣】撏者：方言：「撏，取也。衛魯揚徐荆衡之郊曰撏。」［撏取也，一・一九］

【讀】駢拇篇：「枝於仁者，擢德塞性，以收名聲。」念孫案：「塞」與「擢」，義不相類。「塞」，當爲「搴」。擢、搴皆謂拔取之也。廣雅曰：「搴，取也，楚辭離騷注及史記叔孫通傳索隱引許慎並與廣雅同。方言作「攓」，云：「取也。南楚曰攓。」說文作「𢶍」，云：「拔取也。」拔也。」樊光注爾雅及李奇注漢書季布欒布田叔傳贊並與廣雅同。此言世之人皆擢其德，搴其性，務爲仁義，以收名聲，非謂塞其性也。淮南俶真篇曰「俗世之學，擢德攓性，内愁五藏，外勞耳目，乃始招蟯振繾物之豪芒，搖消掉捎仁義禮樂，暴行越智於天下，以招號名聲於世」，又曰「今萬物之來，擢拔吾性，攓取吾情」，皆其證也。隸書「手」字或作「丰」，若「擧」字作「舉」、「奉」字作「奉」之類。故「搴」字或作「搴」，形與「塞」相似，因譌而爲「塞」矣。［擢德塞性，餘編上・一〇一三］

三一　蘴、音非。䬪，音昨。食也。陳楚之内相謁而食麥饘謂之蘴，饘，糜也。音旃。楚曰䬪。凡陳楚之郊南楚之外相謁而飧晝飯爲飧。謁，請也。或曰䬪，或曰鲇；音黏。秦晋之際河陰之間曰𩜹惡恨反。𩝡，五恨反。今馮翊郃陽河東龍門是其處也。此秦語也。今關西人呼食欲飽爲𩜹𩝡。

6a

【明】浮簽：「内」，説郛本作「間」。

【廣】餥、飵、䬯、𩟔䬵者：方言：「餥、飵，食也。陳楚之内相謁而食麥饘謂之餥，楚曰飵。凡陳楚之郊南楚之外相謁而餐或曰飵，或曰䬯；秦晉之際河陰之間曰𩟔䬵，此秦語也。」説文與方言同。爾雅：「餥，食也。」「飵」，各本譌作「飳」，今訂正。方言注云：「今關西人呼食欲飽爲𩟔䬵。」「䬵」，各本譌作「鎧」，惟影宋本不譌。［餥飵䬯𩟔䬵食也，二・六二］

三二　釗、薄，勉也。相勸勉也。居遼反。秦晉曰釗，或曰薄；故其鄙語曰薄努，猶勉努也。如今人言努力也。南楚之外曰薄努，自關而東周鄭之間曰勔釗，沈湎。齊魯曰勖兹。勖、勔，亦訓勉也。 6a

【戴】天頭朱批：齊魯謂勉爲勖。一切經音義四。齊魯謂勉爲勖兹。五八。齊魯謂勉曰勖兹。十二，又十五、廿、廿二。

【廣二】薄、怒者：方言「薄，勉也。秦晉曰薄，故其鄙語曰薄努，猶勉努也。南楚之外曰薄努」，郭璞注云：「如今人言努力也。」李陵與蘇武詩云「努力崇明德」，「努」與「怒」通。故方言云：「努猶怒也。」［薄怒勉也，三・八三］卷一第二一條；卷一第三二條

王念孫方言遺説輯録卷二

一　釥、錯眇反。嫽，洛夭反。好也。青徐海岱之間曰釥，或謂之嫽。今通呼小姣潔喜好者爲嫽釥。好，凡通語也。1a

【廣】釥、嫽者：方言「釥、嫽，好也。青徐海岱之間曰釥，或謂之嫽」，注云「今通呼小姣潔喜好者爲釥嫽」，「釥」猶「小」也。凡「小」與「好」義相近，故孟喜注中孚卦云：「好，小也。」陳風月出篇「佼人僚兮」，毛傳云：「僚，好貌。」傅毅舞賦「貌嫽妙以妖蠱兮」，「嫽」與「僚」同。玉篇：「釥，美金也。」爾雅：「白金謂之銀，其美者謂之鐐。」是金之美者謂之「釥」，亦謂之「鐐」，義與「釥、嫽」同也。［釥嫽好也，一・二六］

二　朦、忙紅反。厖，鴟鵂。豐也。自關而西秦晉之間凡大貌謂之朦，或謂之厖；豐，其通語也。趙魏之郊燕之北鄙凡大人謂之豐人。燕記曰：「豐人杼首。」杼首，長首也。楚謂之伃，音序。燕謂之杼。燕趙之間言圍大謂之豐。謂度圍物也。1a

【明】於正文「朦、厖，豐也」之「豐」字下增「大」字，改作「朦、厖、豐，大也」。又於正文「燕記曰『豐人杼首』」之燕記上增「故」字。又將郭注「謂度圍物也」改作「圍謂度物圍也」。

【廣】「抒」，或作「杼」。方言云：「**燕記曰：『豐人杼首。』杼首，長首也。燕謂之杼。**」〔一〕左思魏都賦云：「巷無杼首。」「長」與「久」同義，故「長」謂之「杼」，「久」謂之「佇」。爾雅：「佇，久也。」邶風燕燕篇「佇立以泣」，毛傳云：「佇立，久立也。」説文：「眝，長眙也。」通作「竚」。楚辭九章云：「思美人兮，擥涕而竚眙。」「抒、佇、眝」並音直呂反，其義同也。〔抒長也，二·五五〕

【廣】朦、厖者：方言：「**朦、厖，豐也。自關而西秦晉之間凡大貌謂之朦，或謂之厖；豐，其通語也。**」小雅大東篇「有饛簋飧」，毛傳云「饛，滿簋貌」，義與「朦」相近。「朦」，各本譌作「矇」，今訂正。爾雅「厖，大也」，商頌長發篇「爲下國駿厖」，毛傳云「厖，厚也」：義並與「豐」通。〔朦厖豐也，四·一三三〕

【重】注之譌者，如東韻中「朦，月朦朧也」，字從月；朦，方言「**大也**」，字從肉。今於「朦朧」字混加「**又方言大皃**」五字。〔遺書一五一〕

〔一〕「抒」字誤，當作「杼」。

三　**娃**、烏佳反。**婧**、諾過反。**窕**、途了反。**豔，美也。吴楚衡淮之間曰娃，南楚之外曰婧**，言婑婧也。**宋衛晉鄭之間曰艷，陳楚周南之間曰窕。自關而西秦晉之間凡美色或謂之好，或謂之窕。故吴有館娃之宫，㯍娥之臺。**皆戰國時諸侯所立也。㯍，音七。**秦晉之間美貌謂之娥**，言娥娥也。**美狀爲窕**，言閑都也。**美色爲豔**，言光豔也。**美心爲窈。**言幽靜也。1a

【大】豔，好而長也。説文「豔，好而長也。從豐，豐，大也；盍聲」，徐鍇注：「容色豐滿也。」方言「**美色爲豔**」，**郭注：「言光豔也。」**字亦作「閻」。詩十月之交四章「豔妻煽方處」，魯詩作「閻」。見漢書谷永傳注。又作「鹽」。禮記郊特牲「而流示之禽而鹽諸利」，鄭注：「鹽，讀爲豔。」〔六·七五〕

【明】將郭注「烏佳反」之「佳」字改作「佳」。又於正文「娃、婧、窕，豔，美也」之「窕」字上增「娥窈」二字。又將正文「宋衛晉鄭之間曰艷」之「艷」字改作「豔」。又於正文「故吴有館娃之宫，㯍娥之臺」之「㯍」字上增「秦有」二字。

【戴】天頭朱批：秦晉之間謂美色爲艷。一切經音義一、四、十五、廿一。

【廣】娥者：方言「**娃、娥，美也。故吴有館娃之宫，秦有㯍娥之臺。秦晉之間美貌謂之娥**」，**注**云：「**言娥娥也。**」列子周穆王篇云：「簡鄭衛之處子娥媌靡曼者。」史記外戚世家云：「邢夫人號娙娥。」説文：「娥，帝堯之女舜妻娥皇字也。」秦晉謂好曰婭娥。」列女傳云：「帝堯之二女，長曰娥皇，次曰女英。」玉篇：「媖，女人美稱也。」則「英」與「娥」同義。〔娥美也，一・二三〕

【廣】娃、嫷者：**方言「娃、嫷，美也。吴楚衡淮之間曰娃，南楚之外曰嫷。故吴有館娃之宫」**，「娃」猶「佳」也。楚辭九章「妬佳冶之芬芳兮」，「佳」一作「娃」。左思吴都賦「幸乎館娃之宫」，劉逵注云：「吴俗謂好女爲娃。」枚乘七發云：「使先施、徵舒、陽文、段干、吴娃、閭娵、傅予之徒。」**方言注**云：「嫷言婑嫷也。」字亦作「婧」。列子楊朱篇云：「皆擇稚齒婑婧者以盈之。」宋玉神女賦「嫷被服」，李善注引方言：「嫷，美也。」「嫷」，各本譌作「隋」，今訂正。〔娃嫷好也，一・二五〕

【廣】窈窕者：爾雅：「窕，閒也。」**方言：「窕，美也。陳楚周南之間曰窕。自關而西秦晉之間凡美色或謂之好，或謂之窕。」又云：「美狀爲窕，美心爲窈。」**周南關睢傳云：「窈窕，幽閒也。」〔窈窕好也，一・二五〕

【廣】卷一云：「嬥，好也。」重言之則曰「嬥嬥」。毛詩小雅大東篇「糾糾葛屨，可以履霜。佻佻公子，行彼周行。既往既來，使我心疚」，傳云：「佻佻，獨行貌。」釋文：「佻佻，韓詩作嬥嬥，往來貌。」案：糾糾是葛屨之貌，非履霜之貌，則嬥嬥亦是公子之貌，非獨行往來之貌；猶之「糾糾葛屨，可以履霜。摻摻女手，可以縫裳」，摻摻是女手之貌，非縫裳之貌也。說文：「嬥，直好皃。」玉篇音徒了、徒聊二切。「嬥嬥」猶言「苕苕」。張衡西京賦云「狀亭亭以苕苕」，是也。故楚辭九歎注引詩作「苕苕公子，行彼周行」。大東釋文云：「嬥嬥，本或作宨宨。」**方言「美狀爲宨」**，宨亦好貌也。此句但言其直好，下三句乃傷其困乏。言此嬥嬥然直好之公子，馳驅周道，往來不息，是使我心傷病耳。廣雅訓「嬥嬥」爲「好」，當是齊、魯詩説。若毛詩因「行彼周行」而訓爲「獨行」，韓詩因「既往既來」而訓爲「往來」，皆緣辭生訓，非詩人本意也。[嬥嬥好也，六·一八八]

【述】「糾糾葛屨，可以履霜。佻佻公子，行彼周行。既往既來，使我心疚」，毛傳曰：「佻佻，獨行貌。」釋文：「佻佻，韓詩作嬥嬥，往來貌。」家大人曰：「佻佻」，當從韓詩作「嬥嬥」。嬥嬥，直好貌也，非獨行貌，亦非往來貌。詩言「糾糾葛屨，可以履霜。嬥嬥公子，行彼周行」，糾糾是葛屨之貌，非履霜之貌，則嬥嬥亦是公子之貌，非獨行往來之貌。猶之「糾糾葛屨，可以履霜。摻摻女手，可以縫裳」，摻摻是女手之貌，非縫裳之貌也。說文：「嬥，直好皃。」玉篇音徒了、徒聊二切。廣雅曰：「嬥嬥，好也。」「嬥嬥」猶言「苕苕」。張衡西京賦曰「狀亭亭以苕苕」，是也。故楚辭九歎注引詩作「苕苕公子，行彼周行」。大東釋文曰：「佻佻，本或作宨宨。」**方言曰「美狀爲宨」**，宨亦好貌也。此句但言其直好，下三句乃傷其困乏。

言此嬥嬥然直好之公子，馳驅周道，往來不息，是使我心傷病耳。廣雅訓「嬥嬥」爲「好」，當在齊、魯詩説。若毛詩因「行彼周行」而訓爲「獨行」，韓詩因「既往既來」而訓爲「往來」，皆緣詞生訓，非詩人本意也。〔佻佻公子，六·一五二〕

四　奕、僷，容也。自關而西凡美容謂之奕，或謂之僷；奕、僷皆輕麗之貌。僷，音葉。**宋衛曰僷；陳楚汝潁之間謂之奕。**1b

【大】美謂之「奕」。方言「奕，僷，容也。自關而西凡美容謂之奕，或謂之僷；宋衛曰僷；陳楚汝潁之間謂之奕」，郭注：「奕奕、僷僷皆輕麗之貌。」「奕、僷」聲之轉。詩閟宮九章「新廟奕奕」，鄭箋：「奕奕，姣美也。」〔六·七五〕

【明】於郭注「奕、僷皆輕麗之貌」之「奕僷」二字間增「奕僷」二字，即改作「奕奕、僷僷皆輕麗之貌」。

【戴】天頭墨批：紺珠集引此亦作「奕奕、僷僷」。又於正文「或謂之僷」及郭注「奕、僷皆輕麗之貌。僷，音葉」右側夾注：御覽三百八十一引此作「奕奕、僷僷」。

【廣】方言「奕、僷，容也。自關而西凡美容謂之奕，或謂之僷；宋衛曰僷；陳楚汝潁之間謂之奕」，郭注云：「奕奕、僷僷皆輕麗之貌。」漢先生郭輔碑：「堂堂四俊，碩大婉敏。娥娥三妃，行追太姒。葉葉昆嗣，福禄茂止。」堂堂、娥娥、葉葉，皆容也。「葉」與「偞」同。〔奕奕偞偞容也，六・一八一〕

五　**顯**、音綿。下作矊，音字同耳。**鑠**、舒灼反。**盱**、香于反。**揚**、**䁓**，音滕。**隻也。南楚江淮之間曰顯，或曰䁓。好目謂之順。**言流澤也。**黸**黸，黑也。**瞳之子謂之矊。**言矊邈也。**宋衛韓鄭之間曰鑠；**言光明也。**燕代朝鮮洌水之間曰盱，**謂舉眼也。**或謂之揚。**詩曰「美目揚兮」是也。此本論隻耦，因廣其訓，復言目耳。

【大】張目謂之「盱」。說文：「盱，張目也。」方言「**黸瞳之子，燕代朝鮮洌水之間曰盱**」，郭注：「**謂舉眼也。**」莊子寓言篇：「而睢睢盱盱。」「睢、盱」聲之轉。王莽傳：「盱衡厲色。」〔七・七九〕

【明】將正文之兩「䁓」字並改作「賸」。又將正文及郭注內之兩「隻」字並改作「雙」。

【戴】天頭墨批：爾雅：「鑠，美也。」又於戴氏疏證「廣雅顯耦孿也」圈去「孿」字〔二〕，於旁注「孌」。

【廣】「顯」之言「聯緜」也。方言：「**顯，雙也。南楚江淮之間曰顯。**」〔顯孌也，三・八二〕

〔二〕「孿」，四庫本戴氏疏證作「孌」。

【廣】賸者：方言「賸，雙也。南楚江淮之間曰賸」，郭璞音「滕」。月令「乃合累牛騰馬」，鄭注云「累、騰皆乘匹之名」，「騰」與「賸」通。玉篇「賸」又音以證切。説文「賸，物相增加也。一曰送也，副也」，徐鍇傳云：「古者一國嫁女，二國往媵之。媵之言送也，副貳也，義出於此。」「賸、賸、媵」，聲義亦同。「賸」與「乘」，聲又相近也。「賸」，各本譌作「勝」，今訂正。［賸二也，四·一一五］

【述】「虎」，讀爲「盱」。古音「虎」與「盱」同。昭三十一年公羊傳「人未足而盱有餘」，説文引作「虍有餘」，見繫傳。案：公羊釋文：「盱，許于反，又許孤反。」「許孤反」正與「虍」同音。玉篇：「虍，火乎切。」「火乎」與「許孤」同。是其例也。方言「盱、揚，雙也。驢瞳子今本「子」上衍「之」字，當據説文删。燕代朝鮮洌水之間曰盱，或謂之揚」，郭注曰：「盱，舉眼也。揚，詩曰『美目揚兮』是也。」［晉解揚字子虎，二二一·五三六］

【讀】「長眉連娟，微睇緜藐」，郭璞曰：「緜藐，視遠貌。」念孫案：下文云「色授魂予，心愉於側」，則此非謂視遠貌也。今案：緜藐，好視貌也。方言曰「南楚江淮之間驢瞳子謂之矊」，郭璞曰：「言緜邈也。」楚辭招魂曰「靡顔膩理，遺視矊些」，「矊」與「緜」同義。「藐」音莫角、莫沼二反。楚辭九歌「目眇眇兮愁予」，王注曰「眇眇，好貌」，「眇」與「藐」同義。合言之則曰「緜藐」。方言注作「緜邈」，張衡西京賦曰「略

藐流眄，一顧傾城」，薛綜以「眳」爲「眉睫之間」，失之。並字異而義同。〔緜藐，漢書第十·三三一二〕

六　**魏**〔一〕、羌箠反。**笙、揫、**音遒。**摻，**素檻反。**細也。自關而西秦晉之間凡細而有容謂之魏，**魏魏，小成皃。**或曰徥。**言徥偕也。度皆反。**凡細貌謂之笙。斂物而細謂之揫，或曰摻。** 2a

【戴】圈郭注「言徥徥也」之下「徥」字，於旁注「鄙」，下注「度皆反」三字。

【廣】嫢者：**方言「自關而西秦晉之間凡細而有容謂之嫢」**，說文「嫢，媞也。秦晉謂細要曰嫢」，皆好之義也。〔嫢好也，一·二六〕

【廣二】嫢、笙、揫、摻者：**方言「嫢、笙、揫、摻，細也。自關而西秦晉之間凡細而有容謂之嫢。凡細貌謂之笙。斂物而細謂之揫，或曰摻」，郭璞注云：「嫢嫢，小成貌。」**「嫢嫢」猶「規規」也。莊子秋水篇云「子乃規規然而求之以察，索之以辯，不亦小乎」，說文「䝿，小頭䝿䝿也。讀若規」，義並同也。說文：「秦晉謂細腰曰嫢。」廣韻：「纗，細繩也。」「嫢、纗」並音姊宜反，義亦同也。「笙」之言「星星」也。周官內饔「豕盲眡而交睫，腥」，鄭注云：「腥當爲星，肉有如米者似星。」「星」與「笙」，聲近

〔一〕「魏」，王念孫引方言作「嫢」。下文及注內並同。

義同。鄉飲酒義「秋之爲言愁也」，鄭注云：「愁讀爲揫；揫，斂也。」漢書律曆志云：「秋，䪷也，物䪷斂乃成孰。」説文云：「䪷，收束也。從韋，𥽜聲。或從手秋聲作揫。」又云：「𥽜，小也。」「𥽜」訓爲「小」，「䪷、揫」訓爲「斂」，物斂則小。故方言云：「斂物而細謂之揫。」「揫、䪷、𥽜」，並聲近義同。説文：「啾，小兒聲也。」字亦作「噍」。三年問云：「小者至於燕雀，猶有啁噍之頃焉。」呂氏春秋求人篇「啁噍巢於林，不過一枝」，高誘注云：「啁噍，小鳥也。」方言云：「雞雛，徐魯之間謂之𥢶子。」「揫、啾、𥢶」並音即由反，義亦同也。「揫」，各本作「𢱧」，乃隸書之譌，今訂正。鄭風遵大路篇「摻執子之袪兮」，正義引説文云：「摻，斂也。」故斂物而細，或謂之「摻」。「摻」之言「纖」也。魏風葛屨篇「摻摻女手」，毛傳云：「摻摻猶纖纖。」古詩云：「纖纖出素手。」「纖」與「摻」，聲近義同。〔嫢笙揫摻小也，二・五三〕卷二第六條；卷八第一八條

【廣二】方言「簟，宋魏之間謂之笙，或謂之籧苗〔一〕；自關而西或謂之簟，或謂之䈂」，郭注云：「今江東通言笙。」左思吳都賦「桃笙象簟」，劉逵注云：「桃笙，桃枝簟也。吳人謂簟爲笙。」案：笙者，精細之名。方言云：「自關而西秦晉之間凡細貌謂

〔一〕「苗」字誤，當作「笛」。

之笙。」簟爲籧篨之細者，故有斯稱矣。「筕」之言「曲折」也。方言注云：「今云筕篾籧也。」又云「江東呼籧篨爲籧」，「籧」與「蕟」同。漢祝睦後碑「垂誨素棺，幣以葭蕟」，「葭蕟」即今人所謂「蘆籧」也。説文：「簟，竹席也。」釋名云：「簟，覃也，布之覃覃然正平也。」齊風載驅傳云：「簟，方文席也。」小雅斯干篇「下莞上簟」，鄭箋云：「莞，小蒲之席也。竹葦曰簟。」「籧䈏」猶「拳曲」，語之轉也。簟可卷，故有「籧䈏」之名。關西謂之「筕」，亦此義也。各本「籧䈏」二字之間有「篨」字，蓋後人以意加之。「籧篨」自見下條，乃竹席之粗者，與「籧䈏」不同。今據方言删。〔笙筕蕟簟籧䈏席也，八·二六一〕卷二第六條；卷五第三一條

七　儴、言瓌瑋也。**渾**、們渾，肥滿也。狐本反。**膞**、膞咽，充壯也。匹四反。**膿**、音壤。**僇**、恪膠反。**泡**，音庖。**盛也。自關而西秦晉之間語也**〔一〕。**陳宋之間曰僇**，僇佯，麤大貌。**江淮之間曰泡**，泡肥，洪張貌。**秦晉或曰膿。梁益之間凡人言盛及其所愛曰諱其肥䐣謂之膿**〔二〕。肥膿多肉。 2a

〔一〕王念孫引方言「自」字上有「儴」字。
〔二〕「諱」，諸宋本皆作「偉」，王念孫廣雅疏證引方言亦作「偉」。

【明】將正文「梁益之間凡人言盛及其所愛曰諱其肥腻謂之䑋」之「人言」二字乙轉爲「言人」，將「腻」字改作「晠」。

【戴】天頭朱批：傀，盛也。一切經音義二。又圈郭注「僇胖，麤大貌」之「胖」字〔一〕，於其旁注「伻」字。又天頭墨批：後漢書黨錮傳：「梁惠王瑋其照乘之珠。」

【廣】䑋、僇、泡、傀、𦢊者：方言「**傀、𦢊、䑋、僇、泡，盛也。傀，自關而西秦晉之間語也；陳宋之間曰僇；江淮之間曰泡；秦晉或曰䑋。梁益之間凡人言盛及其所愛偉其肥晠謂之䑋**」，「晠」與「盛」同。郭璞注云：「**䑋音壤，肥䑋多肉也。**」釋訓篇云：「䑋䑋，肥也。」説文：「孃，肥大也。」淮南子原道訓云：「田者爭處墝埆，以封壤肥饒相讓。」後漢書馬援傳云：「其田土肥壤。」漢書張敞傳「長安中浩穰」，顔師古注云：「穰，盛也。音人掌反。」「䑋、孃、壤、穰」並通。集韻「䑋」又音如陽切。凡詩言「降福穰穰、豐年穰穰、零露瀼瀼」，皆盛多之意，義與「䑋」相近也。「䑋」亦「腬」也，語之轉耳。説文：「壤，柔土也。」又云：「𤲬，和田也。」鄭注大司徒云：「壤，和緩之貌。」「腬」之轉爲「䑋」，猶「𤲬」之轉爲「壤」矣。方言注云：「**僇伻，麤大貌。泡肥，洪張**

〔一〕「胖」，四庫本作「胓」。

貌。」西山經「其源渾渾泡泡」，郭璞注云「水濆涌之聲也」；文選洞簫賦「又似流波，泡溲泛捷」，李善注云「泡溲，盛多皃」：義並相近也。**方言注云：「儴，言瓌瑋也。」**説文：「傀，偉也。」莊子列御寇篇「達生之情者傀」，郭象注云：「傀然大。」司馬相如子虚賦云：「俶儻瑰瑋。」「儴、傀、瑰、瓌」並通。玉篇：「䐔，盛肥也。」方言注云：**「䐔呬，充壯也。」**説文：「𡚁，壯大也。」亦作「奰」。大雅蕩篇「内奰于中國」，毛傳云：「不醉而怒曰奰。」正義云：「奰者，怒而作氣之貌。」張衡西京賦「巨靈𡚁眉」，薛綜注云「𡚁眉，作力之貌也」，「𡚁眉」與「䐔呬」通。[𦣝僇泡儴䐔盛也，二・五二]

【廣】「渾」與「昆」，聲相近。方言：**「渾，盛也。」**説文「混，豐流也」「渾，混流聲也」；荀子富國篇云「財貨渾渾如泉源」：皆盛之義也。「渾」與「混」通。[昆渾盛也，二・五三]

八　**私、策、纖、莌、**音鋭。**稺、**古稚字。**杪，**莫召反。**小也。自關而西秦晋之郊梁益之間凡物小者謂之私。小或曰纖，繒帛之細者謂之纖。東齊言布帛之細者曰綾，**音淩。**秦晋曰靡。**靡，細好也。**凡草生而初達謂之莌。**鋒萌始出。**稺，年小也。木細枝謂之杪，**言杪梢也。**江淮陳楚之内謂之篾，**篾，小貌也。**青齊兖冀之間謂之葼，**音鬆。**燕之北鄙朝鮮洌水之間謂之策。故傳曰：「慈母之怒子也，雖折葼笞之，其惠存焉。」**言教在其中也。

2a

【明】浮簽：説郛本「苿」字在「杪」字下。又於正文「凡物小者謂之私。小或曰纖」刪下「小」字。又將正文及郭注「江淮陳楚之内謂之篾，篾，小貌也」内兩「篾」字並改作「蔑」。又於正文及郭注「青齊兖冀之間謂之葼，音鬉」旁夾注：「如馬騣也。」又於正文「雖折葼笞之，其惠存焉」之「焉」字下增「耳」字。

【戴】於正文「私、策、纖、葼、稺，杪也」右側夾注：紺珠集引此「策」字在「杪」字下。又天頭朱批：眇，小也。一切經音義六。又：纖，小也。細謂之纖。七十二。又：纖，小也，細也。梁益之間凡物小謂之纖。又「杪，小也」，郭璞曰：「言杪者稍微小也。」十七。又地腳墨批：君子偕老傳云：「絺之靡者曰縐。」又天頭朱批：木細枝謂之杪。十三。又天頭墨批：韓非子解老篇：「凡理者方員短長麤靡堅脆之分也。」[一]其下朱筆注：「靡草死」三字。

【廣二】懱、私、苿、葼者：方言「私、苿，小也。自關而西秦晉之郊梁益之間凡物小者謂之私。江淮陳楚之内謂木細枝爲蔑，青齊兖冀之間謂之葼，燕之北鄙朝鮮洌

[一] 四庫本作「凢理者方圓短長麤靡堅脆之分也」。

水之間謂之茦」，「蔑」與「懱」同。**郭璞注云：「蔑，小貌也。」**法言學行篇云：「視日月而知衆星之蔑也，仰聖人而知衆説之小也。」又君奭「兹迪彝教，文王蔑德」，鄭注云：「蔑，小也。」正義云：「小謂精微也。」逸周書祭公解「追學於文武之蔑」，孔晁注云：「言追學文武之微德也。」説文「懱，輕易也」，輕易亦小也。今人猶謂輕視人爲「蔑視」。周語「鄭未失周典，王而蔑之，是不明賢也」，韋昭注云「蔑，小也」，「蔑」與「懱」同。又廣韻「⿰糸丙，莫結切」，引倉頡篇云：「⿰糸丙，細也。」玉篇：「礣，面小也。」説文：「⿰米蔑，麩也。」衆經音義卷十引埤倉云：「篾，析竹膚也。」字通作「蔑」。顧命「敷重蔑席」，鄭注云：「蔑，析竹之次青者。」玉篇：「⿱蔑鳥，⿱蔑鳥雀也。」字亦通作「懱」。**方言「桑飛，自關而西或謂之懱爵」**，注云：**「即鷦鷯也。」**「懱」言「懱截」也。廣韻「礣尐，小也」，「礣尐」與「懱截」同。荀子勸學篇「南方有鳥焉，名曰蒙鳩」，楊倞注云：「蒙鳩，鷦鷯也。」「蒙鳩」猶言「蔑雀」。「蔑、蒙」，語之轉耳。爾雅：「蠓，蠛蠓。」李善注甘泉賦引孫炎注云：「蟲小於蚊。」是凡言「蔑」者，皆小之義也。「私」亦「細」也，方俗語有緩急耳。**方言引傳曰：「慈母之怒子也，雖折葼笞之，其惠存焉。」**左思魏都賦「弱葼係實」，張載注云：「葼，木之細枝者也。」案：葼者，細密之貌。爾雅「緵罟謂之九罭。九罭，魚罔也」，注云「今之百囊罟是」也。説文「布之八十縷爲稯」，玉篇

「駿，馬鬣也」，皆細密之義也。豳風七月篇「言私其豵，獻豜于公」，毛傳云「豕一歲曰豵，三歲曰豜。大獸公之，小獸私之」，義亦同也。卷三云：「㚇，聚也。」説文：「㚇，斂足也。」爾雅：「摯、斂，聚也。」「摯」與「㚇」，一聲之轉。「斂」與「小」，義相近。故小謂之「葼」，亦謂之「摯」；聚斂謂之「摯」，亦謂之「㚇」矣。［㦰私茦葼小也，二·五四］卷二第八條；卷八第一三條

【廣二】莌、杪者：方言「莌、杪，小也。凡草生而初達謂之莌，木細枝謂之杪」，注云：「莌音鋭，鋒萌始出也。」左思吴都賦云：「鬱兮莌茂。」「莌」之言「鋭」也。昭十六年左傳「不亦鋭乎」，杜預注云「鋭，細小也」；説文「鋭，芒也」；爾雅「再成鋭上爲融丘」，注云「纖頂者」：義並與「莌」同。説文：「䬈，小餟也。」「䬈」與「莌」，亦聲近義同。方言注云：「杪，言杪梢也。」説文：「杪，木標末也。」漢書敘傳「造計秒忽」，劉德注云：「秒，禾芒也；忽，蜘蛛網細者也。」「秒」與「杪」同義。下文「眇、藐」二字，義亦同也。凡物之鋭者，皆有小義。故小謂之「嫢」。釋器篇又云：「石鍼謂之柴。」廣韻「嫢、柴」並音姊宜切，其義同也。小謂之「纖」，故利亦謂之「銛」，臿屬亦謂之「銛」。漢書賈誼傳「莫邪爲鈍兮，鉛刀爲銛」，晋灼注云：「世俗謂利爲銛徹。」説文云：「銛，臿屬也。」小謂之「茦」，故刺亦謂之「茦」。爾雅「茦，刺」，注云：「草

刺針也。」方言：「**凡草木刺人者，北燕朝鮮之間謂之茦。**」小謂之「鋭」，故兵芒亦謂之「鋭」，草初生亦謂之「莌」。小謂之「眇」，故木末亦謂之「杪」，禾芒亦謂之「秒」。是凡物之鋭者，皆與小同義也。［莌杪小也，二·五四］卷二第八條；卷三第一一條

【廣二】總、紗、糸、緢、細，皆絲之微也。「總」之言「恍惚」，「紗」之言「眇小」也。孫子算經云：「蠶所吐絲爲忽，十忽爲秒。」「總、忽」「紗、秒」並通。説文云：「秒，禾芒也。」史記太史公自序「閒不容翲忽」，正義云：「翲當作秒，秒，禾芒表也。忽，一蠶口出絲也。」漢書敘傳「造計秒忽」，劉德注云：「秒，禾芒也；忽，蜘蛛網細者也。」皆微之義也。顧命云：「眇眇予末小子。」僖九年左傳云：「以是藐諸孤。」方言：「**眇，小也。**」又云「**杪，小也。凡木細枝謂之杪**」，郭璞注云：「**言杪梢也。**」爾雅：「管小者謂之篎。」説文：「眇，一目小也。」又云「鷦䳄，桃蟲也」，爾雅釋鳥注作「鷦鷯」。周頌小毖篇「肇允彼桃蟲，拚飛維鳥」，毛傳云：「桃蟲，鷦也，鳥之始小終大者。」陸機疏云：「今鷦鷯是也。」「鷦」之疊韻爲「鷦鷯」，又爲「鷦鴜」，皆小貌也。文選長笛賦「焦眇睢維」，李善注以「焦眇」爲「合目」，「睢維」爲「開目」。是凡言「眇」者，皆微之義也。［總紗微也，四·一二二］卷一三第一〇條；卷二第八條

【廣二】「緢」之言「蔑」也。廣韻引倉頡篇云：「緢，細也。」君奭「茲迪彝教，文

王蔑德」，鄭注云：「蔑，小也。」正義云：「小謂精微也。」逸周書祭公解「追學於文武之蔑」，孔晁注云：「言追學文武之微德也。」法言學行篇云：「視日月而知衆星之蔑也，仰聖人而知衆説之小也。」卷二云：「懱，小也。」周語「鄭未失周典，王而蔑之，是不明賢也」，韋昭注云「蔑，小也」，「蔑」與「懱」同。今人謂小視人爲「蔑視」，或曰「眇視」，或曰「忽視」，義與「總、紗、緢」並同。法言先知篇云「知其道者，其如視忽眇緜作昞」，「忽眇緜」即「總紗緢」。故漢書嚴助傳「越人緜力薄材」，孟康曰：「緜，音滅。」玉篇：「𩈻，面小也。」説文：「𥢶，麩也。」**方言「江淮陳楚之内謂木細枝爲蔑」**[一]，**注云：「蔑，小貌也。」**衆經音義卷十引埤倉云：「篾，析竹膚也。」字通作「蔑」。顧命「敷重蔑席」，鄭注云：「蔑，析竹之次青者。」玉篇：「䴏，䴏雀也。」亦通作「懱」。**方言「桑飛，自關而西或謂之懱爵」，注云：「即鷦鷯也，又名鷦鷺。」**「懱」言「懱截」也。廣韻：「𩈻尐，小也。」「𩈻尐」與「懱截」同，即「鷦鷺」之轉也。荀子勸學篇「南方有鳥焉，名曰蒙鳩」，楊倞注云：「蒙鳩，鷦鷯也。」「蒙」亦「蔑」之轉，「蒙鳩」猶言「蔑雀」。爾雅：「蠓，蠛蠓。」文選甘泉賦注引孫炎注云：「蟲小於蚊。」是

[一]「蔑」字誤，當作「篾」。下注内同。

凡言「蔑」者，皆微之義也。〔緢微也，四・一二三二〕卷二第八條；卷八第一三條

【廣】「麼」之言「靡」也。衆經音義卷七引三倉云：「麼，微也。」列子湯問篇「江浦之間有麼蟲」，張湛注云：「麼，細也。」鶡冠子道端篇云：「任用幺麼。」漢書敘傳「又況幺𪎭，尚不及數子」，鄭氏注云：「𪎭，小也。」文選作「麼」，李善注引通俗文云：「不長曰幺，細小曰麼。」方言：「秦晉謂布帛之細者曰靡。」「靡」與「麼」，聲近而義同。〔麼微也，四・一二三二〕

【廣】玉篇：「䈹，木細枝也。」字本作「葼」。方言：「青齊兗冀之間謂木細枝曰葼。故傳曰：『慈母之怒子也，雖折葼笞之，其惠存焉。』」〔葼折箠也，八・二五九〕

【廣】「鰿」之言「茦」也。方言：「茦，小也。」爾雅云：「貝大者，魧；小者，鰿。」又云：「蚆大而險，蟦小而橢。」「蟦、鰿」同義。小貝謂之「鰿」，猶小魚謂之「鰿」也。今鰿魚形似小鯉，色黑而體促，腹大而脊高，所在有之。説文作「鰿」字。〔鰿鮒也，一〇・三六六〕

九　殗於怯反。殜，音葉。微也。宋衛之間曰殗。自關而西秦晉之間凡病而不甚曰殗殜。病半臥半起也。2b

【廣】殜殗者：方言「自關而西秦晉之間凡病而不甚曰殗殜」，郭璞注云：「病半臥半起也。」「殜」，各本譌作「⿰歹葉」，蓋因曹憲音内「葉」字而誤。考方言、玉篇、廣韻、集韻、類篇俱作「殜」，不作「⿰歹葉」，今訂正。［殜殗病也，一・一五］

一〇　臺、敵，延一作迮。也。東齊海岱之間曰臺。自關而西秦晉之間物力同者謂之臺敵。2b

【明】浮簽：「曰臺」，説郛本作「謂之臺」。又將正文「臺、敵，延也」之「延」字改作「匹」。又於正文之「物」字上增「凡」字。

【廣】臺、敵、⿰亻雔者：「臺」之言「相等」也。故斗魁下六星兩兩而比者曰「三台」。「台」與「臺」同義。方言：「臺、敵，匹也。東齊海岱之間曰臺。自關而西秦晉之間物力同者謂之臺敵。」耦也[一]。爾雅「⿰亻雔、敵，匹也」，郭璞注云：「⿰亻雔猶儔也。」成二年左傳云：「若以匹敵。」召誥云：「敢以王之⿰亻雔民百君子。」説文「雔，雙鳥也。從二隹。讀若儔」，「雔」與「⿰亻雔」通。［臺敵⿰亻雔輩也，一・二三］

[一] 王念孫補正將「臺敵」連讀，刪去「耦也」二字。

【廣】僾者：方言「**臺，匹也。東齊海岱之間曰臺。自關而西秦晉之間物力同者謂之臺**」，亦相當之意也。「臺」與「僾」通。〔僾當也，三・八五〕

一一　**抱嬔**，追萬反。一作嬎。**耦也。**耦亦迮，乇見其義耳。音赴。**荆吴江湖之間曰抱嬔，宋潁之間或曰嬔。**3a

【明】將正文之三「嬔」字並改作「嬎」。又將郭注「耦亦迮乇」之「迮」字改作「匹」，「乇」字改作「互」。

【戴】天頭墨批：說文：「薾，讀若幡。」又天頭墨批：廣雅：「娩，兔子也。」曹憲音「匹萬」。在「匹」字右側加雙墨圈。又：「爾雅釋獸：『兔子娩。』」釋文：「娩，匹萬反，又匹附反。本或作嬎，敷萬反。」在「匹萬反，又匹附反」右側加墨圈。又於戴氏疏證「各本孚譌作追」右側夾注：疑「匹」譌作「迮」，又譌作「追」。又於戴氏疏證末尾墨批：李文授本亦作「追」。

一二　**倚**、丘寄反。**踦**，郄奇反。**奇也。**奇耦。**自關而西秦晉之間凡全物而體不具謂之倚，梁楚之間謂之踦。雍梁之西郊凡嘼支體不具者謂之踦。**3a

【廣】𡯁、踦，皆衺貌也。「𡯁」之言「偏頗」也。説文：「𡯁，蹇也。」經傳通作「跛」。「踦」之言「傾敧」也。玉篇音居綺、丘奇二切。説文：「踦，一足也。」方言：「踦，奇也。梁楚之間凡全物而體不具謂之踦。雍梁之西郊凡嘼支體不具者謂之踦。」魯語「踦跂畢行」，韋昭注云：「踦跂，跰蹇也。」「跰蹇」即大傳所云「其跳也」。廣韻「掎，牽一腳也」；襄十四年左傳云「譬如捕鹿，晉人角之，諸戎掎之」；爾雅云「牛角一俯一仰，觭」；成二年公羊傳「相與踦閭而語」，何休注云「門閉一扇、開一扇，一人在外、一人在內，曰踦閭」：義並相近也。〔𡯁踦蹇也，三·八〇〕

一三　逴、勑略反。獡、音鑠。透，式六反。驚也。自關而西秦晉之間凡蹇者或謂之逴，行略逴也。體而偏長短亦謂之逴。宋衛南楚凡相驚曰獡，或曰透。皆驚貌也。 3a

【戴】天頭朱批：透，驚也。宋衛南楚凡相驚曰透□。

【廣】逴、獡、透者：方言「逴、獡、透，驚也。宋衛南楚凡相驚曰獡，或曰透」，郭璞注云：「皆驚貌也。」説文「獡，犬獡獡不附人也。讀若南楚相驚曰獡」，徐鍇傳云：「犬畏人也。」左思吴都賦「驚透沸亂」，劉逵注引方言「透，驚也」。賈子容經篇云「其始動也，穆如驚倏」，「倏」與「透」通。〔逴獡透驚也，一·二七〕

【廣】透者：方言：「透，驚也。宋衛南楚凡相驚曰透。」左思吳都賦云：「驚透沸亂。」是煩嬈之義也。「𢬸」讀爲「擿」，曹憲音「帝」，誤也。衆經音義卷六、卷二十三引廣雅並作「擿」。「擿」即史記集解所云「擿嬈」也。亦通作「摘」。後漢書隗囂傳「西侵羌戎，東摘濊貊」，李賢注云：「摘，擾也。」〔透𢬸嬈也，二·六六〕

【廣二】逴、騷、𡰪者：方言「逴、騷、𡰪，蹇也。吳楚偏蹇曰騷，齊晉曰逴」，郭璞注云：「𡰪，跛者行𧿳踔也。逴，行略逴也。」「逴」與「𡰪、踔」並同。方言又云：「自關而西秦晉之間凡蹇者或謂之逴，體而偏長短亦謂之逴。」莊子秋水篇云「夔謂蚿曰吾以一足趻踔而行」，「趻踔」與「𧿳踔」同。亦作「踸踔」。文選文賦「故踸踔於短垣」，李善注云：「廣雅曰：『踸踔，無常也。』今人以不定爲踸踔，不定亦無常也。」海賦「𧿳踔湛灤」，注云：「波前卻之貌。」案：前卻即不定之意。跛者行一前一卻，故謂之「𧿳踔」矣。「騷」之言「蕭」也。卷二云：「蕭，衺也。」故謂偏蹇曰「騷」。〔逴騷𡰪蹇也，三·八〇〕卷六第一二條；卷二第一三條

【廣】方言「宋衛南楚凡相驚曰獡」，郭璞注云：「獡，驚貌也。」説文：「獡，犬獡獡不附人也。讀若南楚相驚曰獡。」又云：「獷，犬獷獷不可附也。」揚雄劇秦美新云「來儀之鳥，肉角之獸，狙獷而不臻」，狙獷亦驚散之貌也。「狙」與「虘」通。〔獡虘也，

五・一三九〕

一四　儀、佫，來也。陳潁之間曰儀，自關而東周鄭之郊齊魯之間或謂佫曰懷。3a

【明】於正文「謂」字下增「之」字，「佫」字下增「或」字，即改作「自關而東周鄭之郊齊魯之間或謂之佫，或曰懷」。

【戴】天頭墨批：尚書曰「鳳皇來儀」，儀亦來也。猶上文言「祖考來格」，格亦來也。古人自有複語耳，解者皆失之。

【廣】方言：「儀，來也。陳潁之間曰儀。」〔儀來也，五・一三四〕

一五　䵒、音日。䵓，音汝。黏也。齊魯青徐自關而東或曰䵒，言黏䵒也。或曰䵓。3b

【明】將正文「齊魯青徐自關而東或曰䵒」乙轉爲「自關而東齊魯青徐或曰䵒」。

【戴】圈郭注内「音黏䵒也」之「音」字，於其旁注「言」字。

【廣】䵓、䵑者：方言：「䵒、䵓，黏也。齊魯青徐自關而東或曰䵒，或曰䵓。」爾雅「䵒，膠也」，郭璞注云：「膠，黏䵒也。」説文「䵑，黏也」，引隱元年左傳「不義不䵑」，今本「䵑」作「暱」。考工記弓人「凡昵之類不能方」，杜子春注云：「昵，或爲䵒。䵒，黏也。」趙策云：「膠漆至紉也。」釋名云：「糝，敎也，相黏敎也。」「䵒、紉、暱、昵」並通。「䵒、黏、敎」，一聲之轉也。〔敎䵒黏也，四·一一〇〕

一六　餬、音胡。**託、庇、**庇蔭。**寓、艛，**音孕。**寄也。**齊衛宋魯陳晋汝潁荆州江淮之間曰庇，**或曰寓。寄食爲餬。**傳曰「餬予口於四方」，是也。**凡寄爲託，寄物爲艛。**3b

【戴】天頭朱批：艛，寄也。一切經音義五。又：庇，寄也。九。又：餬，寄食也，江淮之間謂寓食爲餬。十二。

【廣二】艛、庇、寓、餬、侂者：方言：「**餬、託、庇、寓、艛，寄也。**齊衛宋魯陳晋汝潁**荆州江淮之間曰庇，或曰寓。寄食爲餬。凡寄爲託，寄物爲艛。**」又云：「**艛，託也。**」爾雅：「庇、庥，蔭也。」高誘注呂氏春秋懷寵篇云「庇，依廕也」，依廕即寄託之義。襄三十一年左傳云：「大官大邑，身之所庇也。」説文：「餬，寄食也。」隱十一年左傳云：「使餬其口於四方。」「侂」與「託」同。〔艛庇寓餬侂寄也，三·八二〕卷二第一六條；卷一三第一一五條

一七　逞、苦、了，快也。自山而東或曰逞，楚曰苦，苦而爲快者，猶以臭爲香、治爲亂、徂爲存，

此訓義之反覆用之是也。**秦曰了。**今江東人呼快爲愃，相緣反。3b

【明】將郭注「苦而爲快者，猶以臭爲香、治爲亂、但爲存」之「但」字改作「徂」。

【戴】天頭朱批：自山之東江淮陳楚之間謂快曰逞。廿。又天頭墨批：説文云：「楚謂疾行爲逞。」淮南道應訓云：「苦，急意也。」「逞、苦」俱爲「疾」，故又俱爲「快」。今俗語猶謂「疾」爲「快」矣。

【廣三】逞、苦、憭、曉、恔者：方言：**「逞、苦、了，快也。自山而東或曰逞，楚曰苦，秦曰了。」**又云：**「逞、曉、恔、苦，快也。自關而東或曰曉，或曰逞；江淮陳楚之間曰逞；宋鄭周洛韓魏之間曰苦；東齊海岱之間曰恔；自關而西曰快。」**春秋桓公六年左傳「今民餒而君逞欲」，杜預注云：「逞，快也。」「逞」訓爲「快」，又有「急疾」之意。方言云：**「逞，疾也。楚曰逞。」**今俗語猶謂「疾」爲「快」矣。苦亦疾也。淮南子道應訓「斲輪大疾則苦而不入，大徐則甘而不固」，高誘注云：「苦，急意也。甘，緩意也。」憭、曉皆明快之義。「憭」即方言「了」字也。説文：「憭，慧也。」方言**「南楚病愈者或謂之慧，或謂之憭」**，郭璞注云：**「慧、憭，皆意精明。」**是快之義也。各本俱脱「憭」字。集韻、類篇並云：「憭，快也。」衆經音義卷二十引廣雅「逞、憭、曉，快也」。今據以補正。説文：「曉，明也。」樂記「蟄蟲昭蘇」，鄭注云：「昭，曉也。蟄蟲以發出爲曉，更息曰蘇。」是快之義也。玉篇：「㤢，胡交切，快也。」廣韻又胡教切。孟子公孫丑篇「於人心獨無恔乎」，趙岐注云「恔，快也」，「恔」與「㤢」同。玉篇、廣韻「恔」音吉了切。説文「恔，憭也」，亦明快之義也。〔逞苦憭曉恔快也，二·六七〕卷二第一七條；卷二第三四條；卷三第五一條

一八　悔、㥄、𧹛[一]，愧也。晉曰悔，或曰㥄。秦晉之間凡愧而見上謂之𧹛，小雅曰：「面赤愧曰𧹛。」梁宋曰㥄。敕㥄，亦慙皃也。音匿。3b

【明】浮簽：爾雅疏引此作「悔、㥄、赧，慙也」。

【戴】天頭朱批：赧，愧也。小雅云：「面愧曰赧。」一切經音義二。又：自愧而恥謂之赧。廿二。

【廣】悔、赧、㥄者：方言「悔、㥄、赧，愧也。晉曰悔，或曰㥄。秦晉之間凡愧而見上謂之赧，梁宋曰㥄」，郭璞注云：「敕㥄，亦慙貌也。」説文：「赧，面慙赤也。」孟子滕文公篇云：「觀其色赧赧然。」小爾雅「面慙曰戁」，「戁」與「赧」通。〔悔赧㥄慙也，一·二三〕

[一]「𧹛」，王念孫引方言作「赧」。下同。

一九　叨、託高反。惏，洛舍反。殘也。陳楚曰惏。3b

【明】將郭注「洛舍反」之「舍」字改作「含」。

【戴】天頭朱批：叨，殘也。一切經音義十八。

二〇　馮、𪘏、苛，怒也。楚曰馮。馮，恚盛皃。楚詞曰：「康回馮怒。」小怒曰𪘏，言噤𪘏也。陳謂之苛。相苛責也。4a

【大】𠀀，出氣也。虎何切。說文：「丂，气欲舒出，勹上礙於一也。」「𠀀，反丂也。」徐鍇注：「气已舒也。」今通作「呵」。故大言而怒謂之「訶」。說文：「訶，大言而怒也。」亦作「呵、苛、何」。方言「苛，怒也。陳謂之苛」，周禮世婦「不敬者而苛罰之」，史記李廣傳「霸陵尉醉，呵止廣」，漢書賈誼傳「故其在大譴大何之域者」，並與「訶」同。〔七・七八〕

【明】將正文及郭注之三「𪘏」字並改作「齘」，即「齘」字。又將正文及郭注之兩「憑」字並改作「馮」。

【戴】天頭朱批：苛，怒也，陳謂之苛。一切經音義十五。又「齘，怒也」，郭璞曰：「言噤齘也。」十二、十八、廿一、廿二。

【廣】憑者：方言「馮，怒也。楚曰馮」，郭璞注云：「馮，恚盛貌。」昭五年左傳「今君奮焉，震電馮怒」，杜預注云：「馮，盛也。」楚辭離騷「憑不猒乎求索」，王逸注云「憑，滿也。楚人名滿曰憑」，「憑」與「馮」同。戴先生毛鄭詩考正曰：「卷阿五章『有馮有翼』，傳云：『道可馮依，以爲輔翼。』箋云：『馮，馮几也。翼，助也。』震案：馮，滿也。謂忠誠滿於内。翼，盛也。謂威儀盛於外。馮、翼二字，古人多連舉。楚辭天問云『馮翼惟象』，淮南天文訓云『馮馮翼翼』，皆指氣化充滿盛作，然後有形與物。」謹案：「翼」，通作「翊」。韓詩外傳云「關雎之事大矣哉，馮馮翊翊，自東自西，自南自北，無思不服」，漢書禮樂志安世房中歌云「馮馮翼翼，承天之則」，皆言德之盛滿也。〔憑滿也，一・一二〕

【廣】馮、齘、苛者：方言「馮、齘、苛，怒也。楚曰馮。小怒曰齘，陳謂之苛」，郭璞注云：「馮，恚盛貌。齘，言噤齘也。苛，相苛責也。」昭五年左傳「今君奮焉，震電馮怒」，杜預注云：「馮，盛也。」列子湯問篇「帝馮怒」，張湛注云：「馮，大也。」楚辭天問篇云：「康回馮怒。」吴語云：「請王厲士，以奮其朋勢。」「朋」與「馮」通，猶「淜河」之「淜」通作「馮」也〔一〕。韋昭注訓「朋」爲「群」，失之。説文：「齘，齒相切

〔一〕王念孫補正於注「猶淜河之淜通作馮也」下補：故史記田完世家之韓馮，韓策作韓朋。

也。」玉篇：「噤齘，切齒怒也。」周官世婦「不敬者而苛罰之」，鄭注云：「苛，譴也。」爾雅「苛，妎也」，「妎」與「齘」同。苛、妎皆怒也。郭璞注以爲「煩苛者多嫉妎」，失之。「苛、妎」，一聲之轉。內則「疾痛苛癢」，鄭注云：「苛，疥也。」苛癢之「苛」轉爲「疥」，猶苛怒之「苛」轉爲「妎」矣。〔馮齘苛怒也，二·四七〕

【述】「請王厲士，以奮其朋勢」，韋注曰：「朋，群也。勉厲士卒，以奮激其群黨之勢。」家大人曰：「朋」，讀爲「馮」。馮勢，盛怒之勢也。方言曰「**馮，怒也。楚曰馮**」，**郭璞注曰：「馮，恚盛貌。」**昭五年左傳「今君奮焉，震電馮怒」，杜預注曰：「馮，盛也。」楚辭天問曰：「康回馮怒。」是馮爲盛怒也。作「朋」者，假借字耳。史記田完世家之韓馮，韓策作韓朋。藝文類聚寶部下引六韜曰「九江得大貝百馮」，淮南道應篇作「大貝百朋」。是「馮」與「朋」古字通，猶「淜河」之「淜」通作「馮」也。〔奮其朋勢，二一·五一八〕

二一　**㥽、刺，痛也。**㦡㥽〔一〕，小痛也。音策。**自關而西秦晉之間或曰㥽。**　4a

〔一〕「㦡」，王念孫引方言作「憯」。

【廣二】痨、荼、毒、瘌者：方言**「凡飲藥傅藥而毒，南楚之外謂之瘌，北燕朝鮮之間謂之痨，自關而西謂之毒。瘌，痛也」**，郭璞注云：**「痨、瘌，皆辛螫也。」**各本皆脱「荼」字。衆經音義卷十二引廣雅「荼，痛也」，卷二十五引廣雅「荼、毒，痛也」，今據以補正。大雅桑柔篇「寧爲荼毒」，鄭箋以「荼毒」爲「苦毒」。陸機豪士賦序云：「身猒荼毒之痛。」是荼、毒皆痛也。爾雅云：「荼，苦菜。」邶風谷風篇「誰謂荼苦，其甘如薺」，鄭箋云：「荼誠苦矣，而君子於己之苦毒又甚於荼。」則苦菜之「荼」與荼毒之「荼」，義亦相近。周官醫師「聚毒藥以其醫事」，鄭注云「毒藥，藥之辛苦者」；小雅小明篇「其毒大苦」，鄭注云「憂之甚，心中如有藥毒」：皆痛之義也。**方言又云：「刺，痛也。」**衆經音義卷八引通俗文云：「辛甚曰辢。」左思魏都賦云：「蔡莽螫刺，昆蟲毒噬。」「瘌、刺、辢」並通。「辢」之言「烈」也。吕氏春秋本味篇：「辛而不烈。」「烈」與「辢」，聲近義同。〔痨荼毒瘌痛也，二·四八〕卷三第一二條；卷二第二一條

【廣】「瘌」音力達反。**方言：「凡飲藥傅藥而毒，南楚之外謂之瘌。瘌，痛也。」**左思魏都賦云：「蔡莽螫刺，昆蟲毒噬。」是刺爲傷也。「刺」與「瘌」通。今俗語猶謂刀傷曰「刺」矣。〔瘌傷也，四·一〇九〕

【廣二】憏者：**方言「憏，痛也。自關而西秦晉之間或曰憏」，注云：「憯憏，小痛**

也。」方言**「凡草木刺人者，北燕朝鮮之間謂之茦」，**義與「憷」亦相近。［憷痛也，二·四八］卷二第二一條；卷三第一一條

二二　**撟捎，選也。**此抄擇積聚者也〔一〕。矯騷兩音。**自關而西秦晉之間凡取物之上謂之撟捎。**4a

【廣】撟者：方言：**「撟捎，選也。自關而西秦晉之間凡取物之上謂之撟捎。」**説文同。淮南子要略篇「覽取撟掇」，高誘注云：「撟，取也。」［撟取也，一·一八］

【廣】撟捎者：方言**「撟捎，選也。自關而西秦晉之間凡取物之上謂之撟捎」，**郭璞注云：**「此妙擇積聚者也。」**説文與方言同。［撟捎擇也，一·三五］

【讀】「則必有貪利糾譑之名。」念孫案：糾，收也。「譑」讀爲「撟」，音矯。取也。言貪利而收取之也。僖二十四年左傳注云：「糾，收也。」方言云：**「撟捎，選也。自關而西秦晉之間凡取物之上謂之撟捎。」**淮南要略「覽取撟掇」，高注云「撟，取也」，即上文之「好取侵奪」也。楊云「糾，察也。譑，發人罪也」，則於貪利外別生支節矣。［糾譑，

〔一〕「抄」，王念孫引方言注作「妙」。

一二三　撊〔一〕、呼旱反。梗、魚鯁。爽，猛也。晉魏之間曰撊，傳曰：「撊然登埤。」韓趙之間曰梗，齊晉曰爽。4a

【明】將正文兩「梗」字並改作「挭」。

【戴】天頭朱批：爽，猛也。一切經音義九。

【廣】撊、梗、爽者：方言：「撊、梗、爽，猛也。晉魏之間曰撊，韓趙之間曰梗，齊晉曰爽。」小爾雅：「撊，忿也。」昭十八年左傳：「今執事撊然授兵登陴」，服虔注云：「撊然，猛貌也。」説文「僩，武皃」，引衛風淇奥篇「瑟兮僩兮」，義亦與「撊」同。「梗」之言「剛」也。漢書王莽傳云「絳侯杖朱虛之鯁」，「鯁」與「梗」通。「梗」，各本譌作「挭」，今訂正。昭三年左傳「二惠競爽」，杜預注云「競，彊也。爽，明也」；七年傳云「用物精多則魂魄强，是以有精爽至於神明」：義與「猛」並相近。「爽」訓爲「猛」，故鷹謂之「爽鳩」。昭十七年左傳「爽鳩氏，司寇也」，杜注云：「爽鳩，鷹也，鷙，故爲司

〔一〕「撊」，王念孫引方言作「撊」。下同。

寇，主盜賊。」是其義也。［擱梗爽猛也，三·八二］

【廣】「梗」之言「剛」也。方言：「梗，猛也。韓趙之間曰梗。」楚辭九章「梗其有理兮」，王逸注云：「梗，强也。」漢書王莽傳云「絳侯杖朱虛之鯁」，「鯁」與「梗」通。［梗强也，四·一一〇］

二四　瞯、音閑。**睇、**音悌。**睎、略，**音略。**眄也。陳楚之間南楚之外曰睇；東齊青徐之間曰睎；吴揚江淮之間或曰瞯，或曰略；自關而西秦晉之間曰眄。** 4a

【戴】天頭朱批：陳楚之間謂眄曰睇。廿二。又天頭朱批：自關而西秦晉之間謂視爲眄。一切經音義一。又：自關而西秦晉之間曰眄。二、九、十四、廿二。

【廣】睎者：方言：「睎，眄也，東齊青徐之間曰睎。」説文：「睎，望也。」吕氏春秋不屈篇云：「或操表掇，以善睎望。」［睎視也，一·三二］

【廣】「覸」之言「間」也。卷三云：「間，覸也。」方言：「瞯，眄也。吴揚江淮之間曰瞯。」孟子離婁篇「王使人瞯夫子」，注云「瞯，視也」，「瞯」與「覸」同。［覸視也，一·三二］

【廣】眄者：衆經音義卷一引倉頡篇云：「眄，旁視也。」説文：「眄，衺視也。」方言云：「自關而西秦晉之間曰眄。」燕策云：「眄視指使。」［眄視也，一·三二］

【廣】睇者：方言：「睇，眄也。陳楚之間南楚之外曰睇。」説文：「睇，目小袤視也。」明夷六二：「夷于左股。」「夷」，鄭、陸並作「睇」，注云：「旁視曰睇。」夏小正「來降燕乃睇」，傳云：「睇者，眄也。眄者，視可爲室者也。」内則「不敢睇視」，鄭注云：「睇，傾視也。」［睇視也，一·三三二］

二五　**餽**、消息。**喙**、口喙。**呬**，許四反。**息也。周鄭宋沛之間曰餽；自關而西秦晉之間或曰喙，或曰餽；東齊曰呬。**4b

【廣】喙者：方言：「**喙，息也。自關而西秦晉之間或曰喙。**」漢書匈奴傳「跂行喙息蠉動之類」，顔師古注云：「跂行，凡有足而行者。喙息，凡以口出氣者。蠉蠉，動貌。」案：跂者，行貌也。高誘注淮南子原道訓云：「跂跂，行也。」漢書東方朔傳云：「跂跂脈脈善緣壁。」喙者，息貌也。謂跂跂而行，喙喙而息，蠉蠉而動也。廣雅「喘、喙」俱訓爲「息」，「喙息」猶「喘息」也。新語道基篇云「跂行喙息蜎飛蠉動之類」，王褒洞簫賦云「蟋蟀蚸蠖，跂行喙息」，是其證也。顔注以爲口喙之「喙」，失之。逸周書周祝解云：「跂動噦息。」淮南子俶真訓云：「蚑行噲息。」「跂、蚑」古通用，「喙、噦、噲」古通用。凡病而短氣亦謂之「喙」，晉語「余病喙矣」，韋昭注云「喙，短氣貌」是也；懼而短氣亦謂之「喙」，宋玉高唐賦云「虎豹豺兕，失氣恐喙」是也：義與「喙息」之「喙」並相近。〔喙息也，二·四九〕

【廣】𩞄者：方言：**「𩞄，息也。周鄭宋沛之間曰𩞄，自關而西秦晉之間或曰𩞄。」**集韻、類篇並引廣雅「𩞄，息也」，今本脱「𩞄」字。〔𩞄息也，二·四九〕

【讀】「跂行喙息蝡動之類」，師古曰：「跂行，凡有足而行者也。喙息，凡以口出氣者也。蝡蝡，動貌。」念孫案：跂者，行貌也。喙者，息貌也。謂跂跂而行，喙喙而息，蝡蝡而動也。禮樂志郊祀歌「跂行畢逮」，公孫弘傳「跂行喙息，咸得其宜」，義並與此同。説文曰：「蝡，動也。」「跂，行也。」文選洞簫賦注、七發注並引説文云「跂，行也。凡生類之行皆曰跂」，較今本多一句。東方朔傳云「跂跂脈脈善緣壁」，「跂」與「蚑」通。方言曰：**「喙，息也。自關而西秦晉之間或曰喙。」**廣雅曰：「喘、喙，息也。」「喙息」猶言「喘息」。新語道基篇曰「跂行喘息，蜎飛蝡動之類」，王褒洞簫賦曰「蟋蟀蚸蠖，蚑行喘息」，是其證也。逸周書周祝篇曰：「跂動噦息。」淮南俶真篇曰：「蠉飛蝡動，跂行噲息。」「噦、噲」並與「喙」通。「喙」訓爲「息」，故病而短氣亦謂之「喙」，晉語「余病喙矣」，韋注曰「喙，短氣貌」是也。懼而短氣亦謂之「喙」，宋玉高唐賦曰「虎豹豺兕，失氣恐喙」是也。師古以「跂」爲「足」，「喙」爲「口」，則與「蝡動」之文不類矣。〔跂行喙息，漢書第十四·三八三〕

二六　䤛、劈歷。摫，音規。裁也。梁益之間裁木爲器曰䤛，裂帛爲衣曰摫。䤛又斲也。皆析破之名也。晉趙之間謂之䤛䤛。4b

【明】將正文之兩「摫」字並改作「摫」。

【廣】「㧣」，各本譌作「抓」。淮南子主術訓云：「人莫㧣玉石而㧣瓜瓠。」集韻、類篇並引廣雅「㧣，裂也」，今據以訂正。「㧣」之言「劈」也。方言：「䤛、摫，裁也。梁益之間裁木爲器曰㧣，裂帛爲衣曰摫。」漢書藝文志「鉤䤛析亂」，顔師古注云「䤛，破也」，義與「㧣」同。〔㧣裂也，二・四六〕

【廣】䤛、摫者：方言「䤛、摫，裁也。梁益之間裁木爲器曰䤛，裂帛爲衣曰摫」，郭璞注：「䤛，音劈歷之劈。摫，音規。」「䤛」之言「劈」，「摫」之言「刲」也。漢書藝文志「鉤䤛析亂」，顔師古注云：「䤛，破也。」左思蜀都賦：「䤛摫兼呈。」謝靈運山居賦云：「䤛摫之端。」「䤛」，各本譌作「鈲」，今訂正。〔䤛摫裁也，二・五二〕

【讀】「夫人之所以莫抓玉石而抓瓜瓠者，何也？無得於玉石，弗犯也」，高注曰：「玉石堅，抓不能入，故不抓。」念孫案：「抓」皆當爲「㧣」，字之誤也。廣雅：「㧣，裂也。」曹憲音必麥反。字從手𠂢聲。𠂢，匹卦反。「㧣」之言「劈」也。瓜瓠可劈而玉石不可劈，故曰「玉石堅，掘不能入」也。方言「鋠、摫，裁也。梁益之間裁木爲器曰鋠，裂帛爲衣曰摫」，郭璞音劈歷之「劈」，義亦與「掘」同。若作「抓」，則非其義矣。玉篇「㧓，古華切，引也，擊也」，字從瓜。此字各本皆誤爲「抓」，茅一桂不得其解，乃讀爲抓痒之「抓」，其失甚矣。玉篇「抓，側交切，抓痒也」，字從爪。〔抓，淮南内篇第九·八三八〕

二七　鐫，㧻也〔一〕。謂鏨鐫也。子旋反。晉趙謂之鐫。4b

【廣】方言：「鐫，椓也。晉趙謂之鐫。」説文：「鐫，破木鐫也。一曰琢石也。」淮南子本經訓「鐫山石」，高誘注云：「鐫猶鑿也，求金玉也。」鹽鐵論通有篇云：「鑽山石而求金銀。」「鑽」與「鐫」，聲近義同。〔鐫鑿也，五·一五六〕

二八　鍇、音皆。鑙，音啟。堅也。自關而西秦晉之間曰鍇，吴揚江淮之間曰鑙。4b

【廣】鍇、鑙者：方言：「鍇、鑙，堅也。自關而西秦晉之間曰鍇，吴揚江淮之間曰鑙。」「鍇、鑙」聲相近，方俗語轉耳。人物志體別篇云「彊楷堅勁」，「楷」與「鍇」通。

〔一〕「㧻」，王念孫引方言作「椓」。

説文「九江謂鐵曰鍇」，亦堅之義也。〔鍇鐕堅也，一・四〇〕

【廣】楚語引書曰：「若金，用女作礪。」是金爲鐵也。説文：「九江謂鐵曰鍇。」史記高祖功臣侯表索隱引三倉同。張衡南都賦云：「銅錫鉛鍇。」左思吴都賦云：「琨瑶之阜，銅鍇之垠。」「鍇」之言「劼」也。爾雅云：「劼，固也。」方言云：「**鍇，堅也。自關而西秦晋之間曰鍇。**」〔金鍇鐵也，八・二五二〕

二九　**揄鋪、**音敷。**襤**音藍。**極、帗**音拂。**縷、葉輸，**音臾。**毳也。**音脆。皆謂物之行蔽也。**荆揚江湖之間曰揄鋪，楚曰襤極，陳宋鄭衛之間謂之帗縷，燕之北郊朝鮮洌水之間曰葉輸。**今名短度絹爲葉輸也。4b

【戴】朱筆圈改郭注「音脆」之「脆」作「脃」。又朱筆圈改郭注「皆謂物之扞蔽也」之「扞蔽」作「行敝」。又地腳墨批：「敝」字據集韻、類篇「帗」字注引。又據「極」字注。

【述】胥師「察其詐僞飾行儥慝者而誅罰之」，注曰：「鄭司農云：『儥，賣也；慝，惡也。謂行且賣姦僞惡物者。』玄謂：飾行儥慝，謂使人行賣惡物於市，巧飾之，令欺誑買者。」引之謹案：後鄭注乃淺陋人所改，非其原本也。案：疏曰：「先鄭云『謂行且賣姦僞惡物』，以『且』間之，則行是行步之行，不爲行濫之行。故後鄭不從，以爲行濫解之。」是後鄭以「行」爲「行濫」，與先鄭異。若如今本云「使人行賣」，則與先鄭同矣，疏何以云「後鄭不從」乎？又案：釋文：「行，下孟反。」若是行步之「行」，不得有「下孟」之音。司市「凡治市之貨賄、六畜、珍異，利者使阜，害者使亡」，後鄭注曰：「利，利於民，謂物實厚者。害，害於民，謂物行苦者。」釋文：「行，遐孟反，又如字，聶胡剛反。苦，音古。」「遐孟」即「下孟」也。「行濫」即「行苦」也。古人謂物脆薄曰「行」，或曰「苦」，或曰「行苦」，或曰「行敝」，或曰「行濫」。九章算術盈不足章「醇酒一斗直錢五十，行酒一斗直錢一十」，行酒謂薄酒也。潛夫論浮侈篇曰：「以完爲破，以牢爲行。」「行」與「牢」正相反，「以牢爲行」猶言「以堅爲脆」也。方言**「揄鋪、艦極、帗縷、葉輸，毳也」**，「毳」，古「脆」字。大雅烝民釋文曰：「毳，本又作脆。」荀子議兵篇注曰：「毳，讀爲脆。」**郭璞注曰：「皆謂物之行敝也。」**各本「敝」譌作「蔽」，今據説文「敝」字注及集韻十虞「艦」字注、八勿「敝」字注改正。或改「行」爲「扞」，失之。唐律雜律曰「諸造器用之物及絹布之屬，有行濫短狹而賣者，杖六十」，注曰：「不牢謂之行，不真謂之濫。」「濫」即方言之「艦」。郭注：「艦，音藍。」古「艦、濫」同聲。艦爲行敝，故又謂之「行濫」。後鄭以「行」爲「行濫」，正謂此也。今京師人謂貨物不牢曰「行貨」，與聶氏「胡剛反」之音正合。高郵人言之，則下庚反，皆古之遺語也。「苦」與「盬」同。唐風鴇羽毛傳曰：「盬，不攻緻也。」小雅四牡傳曰：「盬，不堅固也。」齊語及管子小匡篇並云「辨其功苦」，韋昭注曰：「功，牢也。苦，脆也。」尹知章注曰：「功謂堅美，苦謂濫惡。」是「苦」亦行濫之稱，故後鄭又謂之「行苦」。漢書禮樂志「夫婦之道苦，而淫辟之罪多」，孟康曰「苦，音盬。夫婦之道，行盬不固也」，「行盬」即「行苦」。取行苦之物，飾以欺人，故曰「飾行」。張衡西京賦說市曰「鬻良雜苦，蚩眩邊鄙」，則飾行之謂也。「飾行」與「儥慝」相對爲文，後鄭之說善矣。江氏慎修周禮疑義舉要不知後鄭注爲後人所改，因以注爲非，且爲之説曰：「飾行者，詐於事。」是以「行」爲行事之「行」也，失之遠矣。〔飾行，八·二〇五〕

三〇　**孑、藎，餘也。**謂遺餘。昨吝反。**周鄭之間曰藎，或曰孑；青徐楚之間曰孑。自關而西秦晉之間炊薪不盡曰藎。孑，俊也。遵，俊也。**廣異語耳。 5a

【戴】天頭朱批：廿一「藎」作「燼」。

【廣】燼、孑者：方言：**「孑、藎，餘也。周鄭之間曰藎，或曰孑；青徐楚之間曰孑。自關而西秦晉之間炊薪不盡曰藎。」**說文：「𤆎，火餘木也。」大雅桑柔篇「具禍以燼」，鄭箋云：「災餘曰燼。」吳語「安受其燼」，韋昭注云：「燼，餘也」。馬融長笛賦云：

「蓋滯抗絶。」」「夷、燼、蓋」並通。大雅雲漢篇「周餘黎民，靡有孑遺」，正義云：「孑然孤獨之貌也。」」〔燼孑餘也，三·七三〕

【廣】管子弟子職篇「塈之遠近，乃承厥火」，尹知章注云「塈謂燭盡」，「塈」與「熾」通，「盡」與「夷」通。字亦作「燼」，又作「蓋」。説文：「夷，火餘木也。」方言：「自關而西秦晉之間炊薪不盡曰蓋。」大雅桑柔篇「具禍以燼」，釋文云：「本亦作盡。」各本「夷」譌作「㶳」，今訂正。〔夷灺也，四·一三二〕

【述】傳曰：「黎，齊也。」箋曰：「黎，不齊也。言時民無有不齊被兵寇之害者。」引之謹案：黎者衆也，多也。下文曰「具禍以燼」，燼者餘也，箋曰：「災餘曰燼。」少也。「黎」與「燼」，相對爲文。雲漢篇曰：「周餘黎民，靡有孑遺。」黎者衆也，彼箋曰：「黎，衆也。」多也。**孑者餘也**，見方言。少也。「黎」與「孑」，亦相對爲文。雲漢言周之衆民皆餓死，無復留其餘。孟子萬章篇：「詩曰：『周餘黎民，靡有孑遺。』信斯言也，是周無遺民也。」據此，則詩謂周民無復留餘，乃極言旱災之詞。毛傳云「孑然遺失」，趙注云「孑然遺脱」，皆失之。此詩言民多死於禍亂，不復如前日之衆多，但留餘燼耳。二者皆以多寡言之也。箋訓「黎」爲「不齊」，固於文義不安；傳訓「黎」爲「齊」，亦不若訓「衆」之爲得也。又案：黎民之「黎」，古人但訓「衆」，訓「齊」。至孟康注漢書鮑宣傳始云：「黎民、黔首，黎、黔皆黑也。下民陰類，故以黑爲號。」不知古人謂民曰「黔首」，不聞但謂之「黔」。漢名奴曰「蒼頭」矣，使省「頭」字而但謂之「蒼」，其可通乎？然則以民首黎黑而但謂之「黎」，其謬誤何以異於是也？更以文義求之，「衆民」謂之「黎民」，猶「衆賢」謂之「黎獻」。皋陶謨「萬邦黎獻」，傳訓爲「衆賢」，是其例也。不聞訓「黎」爲「黑」，而謂之「黑賢」也。堯典曰「黎民於變時雍」，黎，衆也；某氏傳。若訓爲「黑民於變時雍」，則不辭矣。雲漢曰「周餘黎民」，黎，衆也；若訓爲「周餘黑民」，則不辭矣。天保曰「群黎百姓」，黎，衆也；鄭箋：「案：既言『群』而又言『衆』者，古人語不避複。」呂氏春秋謹聽篇云「諸衆齊民」，楚辭七諫云「群衆成朋」，皆其證。若訓爲「群黑百姓」，則不辭矣。此詩曰「民靡有黎」，黎，衆也；若訓爲「民靡有黑」，則不辭矣。何得用孟康之謬説，而廢先儒之達詁乎？〔民靡有黎，七·一六六六〕

【讀】「食不敢先嘗，必取其緒」，釋文曰：「緒，次緒也。」念孫案：陸説非也。緒者，餘也。言食不敢先嘗，而但取其餘也。讓王篇「其緒餘以爲國家」，司馬彪曰：「緒者，殘也。謂殘餘也。」楚辭九章「欸秋冬之緒風」，王注曰：「緒，餘也。」管子弟子職篇「奉椀以爲緒」，尹知章曰「緒，然燭燼也」，**燼亦餘也。**見方言、廣雅。〔必取其緒，莊子·一〇一七〕

三一　**翿**，音濤。**幢**，徒江反。**翳也。**儛者所以自蔽翳也。**楚曰翿，關西關東皆曰幢。** 5a

【戴】天頭朱批：楚謂翳爲翿。一切經音義十九。

【廣】方言：「翿、幢，翳也。楚曰翿，關西關東皆曰幢。」説文「翳，翳也，所吕舞也」，引陳風宛丘篇「左執翳」，今本作「翿」。爾雅「翢，纛也。纛，翳也」，郭注云：「今之羽葆幢，舞者所以自蔽翳。」釋名云：「翿，陶也，其貌陶陶下垂也。」鄉射禮記云：「君國中射，則以翿旌獲，白羽與朱羽糅。」周官鄉師「及葬，執纛，以與匠師御匶而治役」，鄭注云：「雜記曰：『匠人執翿以御柩。』翿，羽葆幢也，以指麾輓柩之役，正其行列進退。」「翳、翿、翢」並同。「纛」與「翿」，古亦同聲。釋名云：「幢，童也，其貌童童然也。」韓非子大體篇云：「雄俊不創壽於旗幢。」〔幢謂之翿，七·二三五〕

【廣】方言：「幢，翳也。關西關東皆曰幢。」説文：「翳，華蓋也。」釋名云：「幢，童也，其貌童童然也。」漢書韓延壽傳云：「建幢棨，植羽葆。」〔幢謂之幪，七·二四〇〕

三二　**捘、略，求也。秦晉之間曰捘。就室曰捘，於道曰略。略，强取也。攈、**古捃字。**摭，**盗蹠。**取也。此通語也。** 5a

【廣】略者：隱五年左傳「吾將略地焉」，杜預注云：「略，總攝巡行之名。」宣十一年傳「略基趾」，注云：「略，行也。」漢書高祖紀注云：「凡言略地者，皆謂行而取

之。」方言「挍、略，求也。就室内曰挍，於道曰略」，義亦同也。［略行也，一・一四］

【廣】攟者：方言：「攈、摭，取也。」魯語「收攟而烝」，衆經音義卷十三引賈逵注云：「攟，拾穗也。」墨子貴義篇云：「是猶舍穫而攈粟也。」史記十二諸侯年表云：「各往往捃摭春秋之文以著書。」「攟、攈、捃」並同。［攟取也，一・一八］

【廣】略者：方言：「略，强取也。」宣十五年左傳「晋侯治兵于稷，以略狄土」，杜預注云：「略，取也。」襄四年傳「季孫曰略」，注云：「不以道取曰略。」齊語「犧牲不略」，韋昭注云：「略，奪也。」［略取也，一・一八］

【廣】庱、略者：「庱」與「挍」同。方言：「挍、略，求也。秦晋之間曰挍。就室曰挍，於道曰略。略，强取也。」襄四年左傳「季孫曰略」，杜預注云：「不以道取曰略。」［庱略求也，三・九七］

【廣二】擄、鈔者：方言「虜、鈔，强也」，注云「皆强取物也」，「虜」與「擄」通。「虜、鈔、略」同義，故方言又云：「略，强取也。」［擄鈔强也，一・二八］卷一二第七七條；卷二第三二條

三三　茫、矝、奄，遽也。謂遽矝也。吴揚曰茫；今北方通然也。莫光反。陳潁之間曰奄；

秦晉或曰矜，或曰遽。5a

【明】將正文及郭注「遽」字並改作「遽」。

【廣】茵者：方言「茫，遽也。吴揚曰茫」，郭璞注云：「今北方通然也。」衆經音義卷十五引通俗文云「時務曰茫」，「茫」與「茵」通。月令「盲風至」，鄭注云「盲風，疾風也」，義與「茵」亦相近。〔茵遽也，一·三〇〕

【廣】矜者：方言：「矜，遽也。秦晉或曰矜，或曰遽。」〔矜遽也，一·三〇〕

【廣】矜者：荀子議兵篇：「矜糺收繚之屬爲之化而調。」矜、糺、收、繚皆急戾之意，故與調和相反。楊倞注以「矜」爲「夸汰」，失之。方言「矜，遽也」，遽亦急也。〔矜急也，一·二五〕

三四　速、逞、搖扇，疾也。東齊海岱之間曰速，燕之外鄙朝鮮洌水之間曰搖扇，楚曰逞。5a

【廣】逞者：方言：「逞，疾也。楚曰逞。」説文云：「楚謂疾行爲逞。」疾驅謂之「騁」，義與「逞」同。文十七年左傳「鋌而走險，急何能擇」，杜預注云：「鋌，疾走貌。」「鋌」與「逞」，亦聲近義同。〔逞疾也，一·二一〕

【廣二】摇、扇者：方言：「摇扇，疾也。燕之外鄙朝鮮洌水之間曰摇扇。」又云：「遥，疾行也。」楚辭九章[一]：「願摇起而横奔兮。」[二]爾雅「蠅醜，扇」，郭璞注云：「好摇翅。」是摇、扇皆有疾義也。「摇」與「遥」通。［摇扇疾也，一·二三二］卷二第三四條；卷六第二一條

【廣三】逞、苦、憭、曉、恔者：方言：「逞、苦、了，快也。自山而東或曰逞，楚曰苦，秦曰了。」又云：「逞、曉、恔、苦，快也。自關而東或曰曉，或曰逞；江淮陳楚之間曰逞；宋鄭周洛韓魏之間曰苦；東齊海岱之間曰恔；自關而西曰快。」春秋桓公六年左傳「今民餒而君逞欲」，杜預注云：「逞，快也。」「逞」訓爲「快」，又有「急疾」之意。方言云：「逞，疾也。楚曰逞。」今俗語猶謂「疾」爲「快」矣。苦亦疾也。淮南子道應訓「斲輪大疾則苦而不入，大徐則甘而不固」，高誘注云：「苦，急意也。甘，緩意也。」憭、曉皆明快之義。「憭」即方言「了」字也。説文：「憭，慧也。」方言「南楚病愈者或謂之慧，或謂之憭」，郭璞注云：「慧、憭，皆意精明。」是快之義也。各本俱脱「憭」字。集韻、類篇並云：「憭，快也。」衆經音義卷二十引廣雅「逞、憭、曉，快也」。

[一] 王念孫補正於「楚辭九章」下補「云」字。

[二] 王念孫補正於「願摇起而横奔兮」下補：淮南子原道訓云：「疾而不摇。」

今據以補正。説文：「曉，明也。」樂記「蟄蟲昭蘇」，鄭注云：「昭，曉也。蟄蟲以發出爲曉，更息曰蘇。」是快之義也。玉篇：「㤊，胡交切，快也。」廣韻又胡教切。孟子公孫丑篇「於人心獨無恔乎」，趙岐注云「恔，快也」，「恔」與「㤊」同。玉篇、廣韻「恔」音吉了切。説文「恔，憭也」，亦明快之義也。［逞苦憭曉恔快也，二·六七］卷二第一七條；卷二第三四條；卷三第五一條

【廣】説文：「鷂，鷙鳥也。」急就篇云：「鷹鷂鴇鴰翳雕尾。」「鷂」之言「搖」，急疾之名。方言云：「搖，疾也。」［鷂也，一〇·三七六］

【讀二】「世有僊人，服食不終之藥，遙興輕舉，登遐倒景」，如淳曰：「遙，遠也。」師古曰：「遙，古遥字也；興，起也。謂起而遠去也。」念孫案：遙興者，疾興也。「疾興」與「輕舉」，義正相承。方言曰：「搖，疾也。廣雅同。燕之外鄙朝鮮洌水之間曰搖。」又曰：「遥，疾行也。」楚辭九章曰「願搖起而橫奔兮」，淮南原道篇曰「疾而不搖」，「搖」與「遥」通。此但言其疾興與輕舉，下文「登遐倒景」乃言其遠去耳。［遙興輕舉，漢書第五·二三二］卷二第三四條；卷六第二二條

【讀二】「鳳皇翔于千仞兮，覽德煇而下之。見細德之險徵兮，遥增擊而去之」，如淳曰：「遥，遠也。增，高高上飛意也。」李奇曰：「增，益也。」並見文選注。師古曰：「增，

重也。言重擊其羽而高去。」念孫案：如以「增」爲「高高上飛」之意，是也。梅福傳曰：「夫戴鵲遭害，則仁鳥增逝；愚者蒙戮，則知士深退。」「增逝」與「深退」對文，是增爲高也。「增」，或作「曾」。淮南覽冥篇「鳳皇曾逝萬仞之上」，高注曰：「曾猶高也。」高擊謂上擊也。宋玉對楚王問曰「鳳皇上擊九千里」，是也。李訓「增」爲「益」，顔訓爲「重」，皆失之。遥者，疾也。方言曰：「**摇，疾也。**」廣雅同。**燕之外鄙朝鮮洌水之間曰摇。」**又曰：「**遥，疾行也。**」楚辭九章曰「願摇起而横奔兮」，淮南原道篇曰「疾而不摇」，「摇」與「遥」通。此言鳳皇必覽德煇而後下，若見細德之險徵，則速高擊而去之也。如訓「遥」爲「遠」，亦失之。〔遥增擊而去之，漢書第九·二二九八〕卷二第三四條；卷六第二一條

【讀】「願摇起而横奔兮」，王注曰：「欲摇動而奔走。」念孫案：摇起，疾起也。「疾起」與「横奔」，文正相對。方言曰：「**摇，疾也。**」廣雅同。**燕之外鄙朝鮮洌水之間曰摇。」**淮南原道篇曰「疾而不摇」，漢書郊祀志曰「遙興輕舉」，「遙」與「摇」通。彼言「遙興」，猶此言「摇起」矣。說見漢書。〔願摇起而横奔兮，餘編下·一〇四〇〕

三五　予、賴，讎也。南楚之外曰賴，賴亦惡名。**秦晋曰讎。** 5b

【戴】於正文「予賴讎也」右側夾注「□予□□□□」。又天頭墨批：僖十年穀梁

傳：「吾與女未有過切，是何與我之深也！」成二年左傳：「子若不許，讎我必甚！」又荀子王制篇：「君臣上下之間者，彼將厲厲焉日日相離疾也，我今將頓頓于日日相親愛也。」[一]「厲、賴」古同聲。厲厲，相讎之貌也。

【述】十年傳：「世子已祠，致福於君。驪姬以酖爲酒，藥脯以毒。君覆酒於地，而地賁；以脯與犬，犬死。君喟然歎曰：『吾與女未有過切，是何與我之深也！』」「與我」之「與」，范氏無注。家大人曰：方言：「予，讎也。」「予、與」古字通。與我之深，讎我之深也。成二年左傳曰：「讎我必甚！」言我與女爲父子以來，未有過切，何讎我一至於此也！［是何與我之深也，二五・六〇一］

三六　**恒慨、蔘**索舍反。**綏、羞繹**、音奕。**紛毋，言既廣又大也。荆揚之間凡言廣大者謂之恒慨；東甌之間謂之蔘綏，**東甌亦越地，今臨海永寧是也。**或謂之羞繹、紛毋。**5b

【明】將郭注「索舍反」之「舍」字改作「含」。

【述】爾雅：「碩，大也。」說文：「碩，大頭也。」又曰：「願，大頭也。」「願」之

[一]　四庫本作：「君臣上下之間者，彼將厲厲焉日日相離疾也，我今將頓頓焉日日相親愛也。」

言「元」也。小雅六月篇毛傳曰：「元，大也。」方言：「**繹，既廣又大也。**」「繹」之言「奕」也。爾雅：「奕，大也。」〔宋公孫願繹字碩父，二二一·五二六〕

三七 **剿、**雀潦反，又子了反。**蹶，**音厥。**獪也。**古狡狭字。**秦晉之間曰獪；楚謂之剿，或曰蹶；**言踣蹶。**楚鄭曰蔿，**音指撝，亦或聲之轉也。**或曰姡。**言黠姡也。今建平郡人呼狡爲姡，胡刮反。5b

【戴】天頭墨批：韓子有度篇：「聰智不得用其詐，險躁不得關其佞。」又天頭朱批：説疑篇：「譟詐之人，不敢北面立談。」又天頭墨批：卷十二云「嫣娗，僈也」，郭注：「爛僈健狡也。」又地脚朱批：荀子富國篇：「其臣下百吏，汙者皆化而脩，悍者皆化而愿，躁者皆化而愨。」

【廣二】譁、蔿、涅者：方言「**蔿、譌、譁、涅，化也。北燕朝鮮洌水之間曰涅，或曰譁。雞伏卵而未孚，始化之時謂之涅**」，郭璞注云：「**蔿、譌、譁，皆化聲之轉也。**」釋言云：「蔿、譌，譁也。」風俗通義云：「西方峚山。峚者，華也，萬物滋然變華於西方也。」「華」與「譁」，聲近義同。爾雅云：「訛，化也。」堯典「平秩南僞」，史記五帝紀作「南爲」。豳風破斧篇「四國是吪」，毛傳云：「吪，化也。」「訛、吪、爲、僞」並與「譌」通。楚辭九歎「若青蠅之僞質兮」，王逸注云「僞猶變也」，義亦與「譌」同。「蔿」亦「譌」

也，方俗語有輕重耳。方言又云：「楚鄭謂獪曰蔿。」凡狡獪之人多變詐，故亦謂之「蔿」也。「卦、化」古聲亦相近，故「卦」有「化」義。繫辭傳云「剛柔相推而生變化」，是也。〔譁蔿涅七也，三·八二二〕卷三第六條；卷二第三七條

【述三】舍人曰：「靦，擅也。」釋文曰：「謂自專擅之貌。」家大人曰：諸書無訓「靦」爲「擅」者，「擅」字疑有誤。一曰面貌也。」孫、李並曰：「靦，人面姡然也。」郭義與孫、李同。家大人曰：今人以靦爲面慙貌，非也。説文：「靦，人面皃也。」今本「人面皃」譌作「面見」。案：舍人曰：「靦，面貌也。」孫、李亦曰：「靦，人面姡然也。」越語注曰：「靦，面目之貌。」是靦爲人面貌也。小雅何人斯正義引説文「靦，面見人」，亦是「人面皃」之譌。説文繫傳及段氏注皆誤解「靦」字，今訂正。「姡，面靦也。」爾雅訓「靦」爲「姡」，説文訓「姡」爲「面靦」，其義一也。今本「面靦」譌作「面醜」。何人斯釋文引説文「姡，面醜也」，亦後人據誤本説文改之。今據何人斯正義及邢疏所引訂正。又案：説文：「嫙，好也。齌，材也。姡，面靦也。嬥，直好皃。」「姡」字在「嫙、齌、嬥」之間，則其義亦與「好」相近。故何人斯箋曰「姡然有面目」，則姡非面醜明矣。即孫、李所云「人面姡然」也。然則靦與姡皆人面之貌，而非面慙貌明矣。小雅何人斯篇「爲鬼爲蜮，則不可得。有靦面目，視人罔極」，毛傳曰：「靦，姡也。」鄭箋曰：「使女爲鬼爲蜮也，則女誠不可得見也。姡然有面目，女乃人也。人相視無有極時，終必與女相見。」是「靦」爲人面目之貌，故對「鬼蜮」言之。若以靦爲面慙，則與詩意相遠

矣。又越語「余雖靦然而人面哉，吾猶禽獸也」，韋注曰：「靦，面目之貌。」是「靦」爲人面目之貌，故對「禽獸」言之。若以「靦」爲「面慙」，則又與「靦然人面」之文不合矣。又後漢書樂成靖王黨傳安帝詔曰「萇有靦其面而放逸其心」，意亦與越語同。言萇雖靦然人面，而放逸其心，實與禽獸無異。下文「風淫于家，娉取人妻」，是其事也。李賢不達，乃云「靦，姡也。言面姡然無媿」，則誤解「靦」字，並誤解「姡」字矣。又案：方言：**「㥦，慙也。荆揚青徐之間曰㥦。」**此與「有靦面目」之「靦」異義。而左思魏都賦曰「有靦瞢容，神藂形茹」，任昉彈曹景宗奏曰「惟此人斯，有靦面目」，玉篇亦曰「靦，慙皃」，則皆誤以「靦」爲「㥦」矣。總之，「靦」爲人面目之貌，或以爲「慙」，或以爲「無媿」，皆非也。自後人誤解「靦」字，而詩之「有靦面目」、國語之「靦然人面」、爾雅之「靦，姡也」義皆不可通矣。又案：方言曰：**「獪，楚鄭或曰姡。」**又曰：**「姡，獪也。江湘之間凡小兒多詐而獪或謂之姡。」郭彼注皆曰：「言黠姡也。」**方言「姡」字，自是黠姡之義，非爾雅「靦，姡也」之「姡」。而釋文引之以釋爾雅，誤矣。臧氏用中爾雅漢注又以引方言者爲孫炎注，則誤之又誤也。〔靦姡也，二七·六四五〕卷二第三七條；卷六第五條；卷一〇第三條

【讀】「汙者皆化而脩，悍者皆化而愿，躁者皆化而慤」，楊注曰：「躁，暴急之人

也。」引之曰：「譟」，讀爲「勦」。勦謂狡猾也。方言曰：「**勦，獪也。秦晉之間曰獪，楚謂之勦。**」「勦」與「譟」，古字通。商子墾令篇曰「姦僞譟心私交疑農之民」[一]，韓子有度篇曰「聰智不得用其詐，險譟不得關其佞」，説疑篇曰「譟詐之人，不敢北面立談」，又曰「譟佻反覆謂之智」：皆其證也。「汙」與「脩」相反，「悍」與「愿」相反，「譟」與「愨」相反。是譟爲狡猾之義，非暴急之義也。〔譟者，荀子第三·六八〇〕

〔一〕「墾」字誤，當作「墾」。

王念孫方言遺説輯録卷三

一　陳楚之間凡人嘼乳而雙産謂之釐孳，音茲。秦晉之間謂之僆子，音輦。自關而東趙魏之間謂之孿生。蘇官反。女謂之嫁子。言往適人。1a

【明】浮簽：説郛本「雙産」下有「者」字。又將正文「自關而東趙魏之間謂之孿生」之「孿」字改作「孿」。又浮簽：説郛本「孿」所患反。又於正文「女謂之嫁子」之「女」字上加横杠，將此句别爲一條。

【戴】天頭朱批：陳楚之間雙生謂之釐孳。一切經音義八。又：陳楚之間凡人畜乳而雙産者曰釐孳。十三。又天頭墨批：淮南子脩務訓：「故夫孿子之相似者，唯其母能知之。」

【廣二】釐孳、僆、孿者：方言：「陳楚之間凡人嘼乳而雙産謂之釐孳，秦晉之間謂之僆子，自關而東趙魏之間謂之孿生。」堯典傳云：「乳化曰孳。」「釐、僆」，語之轉。「釐孳」猶言「連生」。方言：「娌，耦也。」「娌」與「釐」，亦聲近義同。僆亦連也。衆經音義卷十七引倉頡篇云：「孿，一生兩子也。」説文作「孿」，徐鍇傳云：「孿猶連也。」呂氏春秋疑似篇云：「夫孿子之相似者，其母常識之。」太玄玄掜「兄弟不孿」，范望注云：「重生爲孿。」「孿」亦「雙」也，語之轉耳。［釐孳僆孿也，三·八二］卷三第一條；卷一二第九條

【郝】「未成雞僆」。僆者：方言云「凡人嘼乳而雙産秦晋之間謂之僆子」，郭注音「輦」，則僆爲少小之稱。今登萊人呼小者謂「小僆」，「僆」音若「輦」，蓋古之遺言也。秦策云：「諸侯不可一，猶連鷄之不能俱上於棲。」蓋連即僆矣。念孫案：僆子取雙産之義，非取少小之義。連雞謂以繩繫之也。雞爲繩所繫，則不能俱上於棲。連亦非少小之謂。

二　**東齊之間聟謂之倩。**言可借倩也。今俗呼女聟爲卒便是也。卒便，一作平使。 1b

【明】將正文及郭注内兩「聟」字並改作「壻」。

【廣】方言「東齊之間壻謂之倩」，郭注云：「言可借倩也。今俗呼女壻爲卒便是也。」案：壻、倩皆有才知之稱也。「壻」之言「胥」也。鄭注周官云：「胥，有才知之稱也。」「倩」之言「婧」也。説文：「婧，有才也。」顔師古注漢書朱邑傳云「倩，士之美稱」，義與「壻謂之倩」相近。史記倉公傳云：「黄氏諸倩。」「倩」者，「壻」聲之轉，緩言之則爲「卒便」矣。［壻謂之倩，六·二〇二］

三　燕齊之間養馬者謂之娠。今之温厚也。音振。官婢女廝謂之娠。女廝，婦人給使者，亦名娠。 1a

【明】於正文「燕齊之間養馬者謂之娠」夾注：玉篇引此「娠」作「侲」。

四　楚東海之間亭父謂之亭公。亭民。卒謂之弩父，主擔幔弩導幨，因名云。或謂之褚。言衣赤也。褚，音赭。 1a

【戴】天頭朱批：「南楚東海之間或謂卒爲褚」，郭璞曰：「言衣赤也。」一切經音義四、九、十一。又圈改郭注「主擔幔弩導幨，因名云」內之「幨」字作「引」。又正文末尾注：後漢書百官志引風俗通曰：「亭吏舊名負弩，改爲亭長，或謂亭父。」又天頭墨批：御覽三百引方言亦作「南楚」。□□云：「卒主擔弩導引，因以爲名。」[一]又應劭云[二]：「舊亭卒名弩父，陳楚謂之亭父，或云亭部，淮泗謂之求盜。」高祖紀索隱。

[一] 四庫本御覽卷三百未引方言，實爲：韻海曰：「南楚謂卒爲弩父，卒主擔弩導，因以爲名也。」

[二] 王念孫在「應劭云」下注「又田叔傳五頁」。四庫本史記卷一百四田叔列傳「安留，代人爲求盜亭父」集解：「應劭云：『舊時亭有兩卒：其一爲亭父，掌關閉埽除；一爲求盜，掌逐捕盜賊也。』」

【廣】方言：**「南楚東海之間亭父謂之亭公。卒謂之弩父，或謂之褚。」**續漢書百官志注引風俗通義云：「漢家因秦，大率十里一亭。亭，留也。蓋行旅宿食之所館。亭吏舊名負弩，改爲亭長，或謂亭父。」漢書高祖紀應劭注云：「舊時亭有兩卒：一爲亭父，掌開閉埽除；一爲求盜，掌逐捕盜賊。」食貨志「月爲更卒」，顏師古注云：「更卒，謂給郡縣一月而更者也。」如淳注昭帝紀云：「更有三品，有卒更，有踐更，有過更。古者正卒無常人，皆當迭爲之，一月一更，是謂卒更也。貧者欲得顧更錢者，次直者出錢顧之，月二千，是謂踐更也。天下人皆直戍邊三日，亦名爲更，雖丞相子亦在戍邊之調；不可人人自行三日戍，又行者當自戍三日，不可往便還，因使住一歲一更[一]；諸不行者出錢三百入官，官以給戍者：是謂過更也。」續漢書百官志注引劉劭爵制云：「秦爵四級曰不更。不更者爲車右，不復與凡更卒同也。」方言注云：**「褚，言衣赤也，音赭。」**説文：「褚，卒也。隷人給事者衣爲卒。」「卒，衣有題識者。」鄭注周官司常云：「今亭長著絳衣。」［亭父更褚卒也，六・一九六］

【廣】「帾」之言「題署」也。廣韻：「帾，標記物之處也。」説文：「隷人給事者衣

[一]「使」，漢書如淳注作「便」，當據改。

爲卒[一]。卒，衣有題識者。」又云：「褚，卒也。」方言「南楚東海之間卒謂之褚」，郭注云：「言衣赤也。」衣赤謂之「褚」，以絳徽帛謂之「帾」[二]：其義一也。司常注云「今城門僕射所被及亭長著絳衣，皆徽識之舊象」，是其證矣。〔帾幡也，七·二三二六〕

五　臧、甬、音勇。**侮、獲，奴婢賤稱也。荊淮海岱雜齊之間**俗不純爲雜。**罵奴曰臧，罵婢曰獲。齊之北鄙燕之北郊凡民男而聟婢謂之臧，女而婦奴謂之獲；亡奴謂之臧，亡婢謂之獲。皆異方罵奴婢之醜稱也。自關而東陳魏宋楚之間保庸謂之甬。**保，言可保信也。**秦晉之間罵奴婢曰侮。**言爲人所輕弄。 1b

【明】於正文「燕之北郊」之「北」字下增「南」字。又將正文「凡民男而聟婢謂之臧」之「聟」字改作「壻」。

【廣】任、甬、保、庸者：說文「任，保也」，徐鍇傳云「信於朋友曰任。任者，可保任也」，亦言可任用也。說文「賃，庸也」，賃亦任也，庸亦用也。方言「自關而東

[一] 王念孫補正乙「衣」字。
[二] 王念孫補正乙「徽」字，「帛」下補「著背」二字。

陳魏宋楚之間保庸謂之甬」，甬亦庸也。楚辭九章「固庸態也」，王逸注云：「庸，廝賤之人也。」史記欒布傳「賃傭於齊，爲酒人保」，集解引漢書音義云「可保信，故謂之保」，「傭」與「庸」通。〔任甬保庸使也，一·三九〕

【廣】獲者：史記屈原傳云「不獲世之滋垢，皭然泥而不滓者也」，獲猶辱也。士昏禮注云「以白造緇曰辱」，是也。方言「荆淮海岱雜齊之間罵奴曰臧，罵婢曰獲。齊之北鄙燕之北郊凡民男而壻婢謂之臧，女而婦奴謂之獲」，亦辱之義也。上文云：「濩、辱，污也。」「濩」與「獲」，古亦同聲。〔獲辱也，三·九二〕

【廣】侮、獲者：方言「臧、甬、侮、獲，奴婢賤稱也。荆淮海岱雜齊之間罵奴曰臧，罵婢曰獲。齊之北鄙燕之北郊凡民男而壻婢謂之臧，女而婦奴謂之獲；亡奴謂之臧，亡婢謂之獲。皆異方罵奴婢之醜稱也。秦晋之間罵奴婢曰侮」，郭璞注云：「侮，言爲人所輕弄也。」案：獲者，辱也。卷三云：「獲，辱也。」墨子小取篇云：「獲，人也；愛獲，愛人也。臧，人也；愛臧，愛人也。」〔侮獲婢也，四·一一五〕

六　**蔿、**音花。**譌、**訛言。**譁、**五瓜反。皆化聲之轉也。**涅，化也。燕朝鮮洌水之間曰涅，或曰譁。雞伏卵而未孚、**音赴。**始化之時謂之涅。** 1b

【戴】天頭朱批：雞伏卵未孚。一切經音義二、六、十二。

【廣】孚者：夏小正「雞桴粥」，傳云：「桴，嫗伏也。育[一]，養也。」「桴粥」即「孚育」，「孚育」猶「覆育」耳。伏卵謂之「孚」，卵化亦謂之「孚」。説文：「孚，卵孚也。」方言：**「北燕朝鮮洌水之間雞伏卵而未孚、始化之時謂之涅。」**淮南子人間訓云：「夫鴻鵠之未孚於卵也，一指蔑之，則靡而無形矣。」「孚」之言「剖」也。淮南子泰族訓「蛟龍伏寢於淵而卵剖於陵」，唐瞿曇悉達開元占經龍魚蟲蛇占篇引此「剖」作「孚」，又引許慎注云：「孚，謂卵自孚者也。」太玄迎次二云：「蛟潛於淵，陵卵化之。」衆經音義卷二引通俗文云：「卵化曰孚。」「孚」，各本譌作「乳」，與上「乳」字相複。衆經音義卷二、卷六及唐釋湛然法華文句記卷六並引廣雅「孚，生也」。今據以訂正。［孚生也，一·三〇］

【廣二】譁、蔿、涅者：方言**「蔿、譌、譁、涅，化也。北燕朝鮮洌水之間曰涅，或曰譁。雞伏卵而未孚、始化之時謂之涅」**，郭璞注云：**「蔿、譌、譁，皆化聲之轉也。」**釋言云：「蔿、譌，譁也。」風俗通義云：「西方峚山。峚者，華也，萬物滋然變華於西方也。」「華」與「譁」，聲近義同。爾雅云：「訛，化也。」堯典「平秩南僞」，史記五帝紀作「南

[一]「育」字誤，當作「粥」。

爲」。豳風破斧篇「四國是吪」，毛傳云：「吪，化也。」「訛、吪、爲、僞」並與「譌」通。楚辭九歎「若青蠅之僞質兮」，王逸注云「僞猶變也」，義亦與「譌」同。「蔿」亦「譌」也，方俗語有輕重耳。方言又云：「**楚鄭謂獪曰蔿。**」凡狡獪之人多變詐，故亦謂之「蔿」也。「卦、化」古聲亦相近，故「卦」有「化」義。繫辭傳云「剛柔相推而生變化」，是也。［譁蔿涅七也，三・八二］卷三第六條；卷二第三十七條

七　斟、協，汁也。謂和協也。或曰潘汁，所未能詳。**北燕朝鮮洌水之間曰斟，自關而東曰協，關西曰汁。**1b

【述】羊斟，史記宋微子世家作羊羹。案：「羊斟」即「羊羹」也。肉汁謂之「羹」，亦謂之「斟」。燕策「廚人進斟羹」，史記張儀傳作「廚人進斟」，趙世家：「使廚人操銅枓行斟。」索隱云：「斟謂羹汁，故名汁曰斟。」方言：「**斟，汁也。北燕朝鮮洌水之間曰斟，關西曰汁。**」羊斟字叔牂者，爾雅云：「羊牝，牂。」錢氏曉徵養新録云：「淮南繆稱云『魯酒薄而邯鄲圍，羊羹不斟而宋國危』，則斟爲斟酌之義。左傳『其御羊斟不與』，當以『羊』爲其御之名，『斟不與』三字爲句。細玩下文，其御字叔牂，正與羊名相應。傳文後兩『斟』字，或後人所加。」引之案：呂氏春秋察微篇：「鄭公子歸生率師伐宋，

宋華元率師應之大棘，羊斟御。明日將戰，華元殺羊饗士，羊斟不與焉。」則華元之御，自以「羊斟」二字爲名。傳云：「其御羊斟不與。」又云：「君子謂羊斟非人也。」又云：「詩所謂『人之無良』者，其羊斟之謂乎！」皆以「羊斟」連讀，不得以「斟不與」三字爲句，亦不得謂下文兩言「羊斟」，「斟」字皆後人所加也。淮南所云，當由誤讀左傳而然，殊不足據。漢書古今人表亦有羊斟，「斟」字之屬上讀明甚。〔宋羊斟字叔牂，二三·五六七〕

八　蘓、芥，草也。 漢書曰：「樵蘓而爨。」蘓猶蘆，語轉也。**江淮南楚之間曰蘓；自關而西或曰草，或曰芥；** 或言菜也。**南楚江湘之間謂之芥。** 嫫母。**蘓亦荏也。** 荏屬也。爾雅曰：「蘓，桂荏也。」**關之東西或謂之蘓，或謂之荏；周鄭之間謂之公蕡；** 音翡翠。今江東人呼荏爲菩，音魚。**沅湘之南或謂之蓍。** 今長沙人呼野蘓爲蓍，音車轄。沅，水名，在武陵。**其小者謂之蘸葇。** 菫葇也，亦蘓之種類，因名云。　2a

【明】將正文「南楚江湘之間謂之芥」之「芥」字改作「莽」。又將正文及郭注之兩「葇」字並改作「菜」。

【戴】於正文「蘇、芥，草也」右側夾注：類聚八十一引此，「芥」下有「莽」字。又地腳墨批：脩務訓注「模」讀如模範之「模」〔一〕。説文「模」讀若嫫母之「嫫」。又圈去郭注内「嫫母反」之「反」字。又圈改郭注内「菫菜也。亦蘇之種類，因名云」之「菫」字作「薰」。又天頭墨批：「薰」據御覽改。

【廣】案：白荅木名而入釋草者，**方言云：「蘇、芥，草也。」**白荅草類，故一名皋蘇。特其狀如穀而赤理，因又以爲木耳。「侖者之山有木焉，其狀如穀而赤理，其名曰白荅」，猶中山經「蓌山有木焉，其狀如棠而赤葉，名曰芒草」，雖以爲木，仍是草類。「䔢、蘇、荅」三字皆從艸，足以明之矣。〔䔢蘇白荅也，一〇·三〇六〕

【廣】爾雅云「蘇，桂荏」，郭注云：「蘇，荏類，故名桂荏。」**方言云「蘇，荏也。關之東西或謂之蘇，或謂之荏；周鄭之間謂之公蕡；沅湘之南或謂之䓘。其小者謂之蘸茅」，郭注云：「今江東人呼荏爲菩。長沙人呼野蘇爲䓘。蘸茅，薰葇也，亦蘇之種類，因名云。」**案：蘸葇即香葇也。**郭注云「薰葇」，**薰亦香耳。玉篇云：「葇，香葇菜，蘇類也。」集韻云：「葇，菜名，似蘇。」名醫別録作「香葇」，陶注云：「家家有此，惟葉生食。」蘇頌圖經云：「似白蘇而葉更細。一作香茅，俗呼香茸。又有一種石上生者，莖

〔一〕四庫本淮南鴻烈解卷十九「雖粉白黛黑，弗能爲美者，嫫母仳倠也」，「嫫」字下注「模」。

葉更細而辛香彌甚，謂之石香薷。開寶本草云：『石香葇，一名石蘇。』」據此，則香葇即蘇之别種，莖葉小於蘇，故方言云「其小者謂之蘸葇」也。「香葇、香葺」，聲之轉。孟詵食療本草謂之「香戎」。「戎」與「葺」同聲。顏師古匡繆正俗云：「戎即猱也。俗語變譌謂之戎耳，猶今之香葇謂之香戎也。」「蘸」，曹憲音「穰」。各本脱去「蘸」字，音内「穰」字又誤入正文。集韻、類篇「蘸」音汝兩切，引廣雅「蘸葇，蘇也」。今據以訂正。……蕃，荏屬也。荏，白蘇也。名醫别録陶注云「蘇葉下紫而氣甚香。其無紫色不香似荏者名野蘇」，此即方言注所云「長沙人呼野蘇爲蕃」者也。陶注又云「荏，狀如蘇，高大，白色，不甚香。其子研之，雜米作糜，甚肥美。東人呼爲蒠」，此即方言注所云「江東人呼荏爲菩」者也。蘇頌圖經云：「蘇有魚蘇、山魚蘇，皆是荏類。魚蘇似茵蔯，大葉而香，吴人以煮魚者。一名魚蓉。生山石間者名山魚蘇。」案：「魚、蒠」同聲，以是荏類，故亦得名「魚」耳。鄭注内則「薌無蓼」云：「薌，蘇荏之屬也。」枚乘七發云：「秋黄之蘇，白露之茹。」張衡南都賦云：「蘇蔱紫薑，拂撤擅腥。」蓋其氣辛香，故用之也。今人多種院落中，有青紫二種，子皆生莖節間。古單呼紫者爲蘇，今則通稱耳。齊民要術引氾勝之種植書云：「區種荏，令相去三尺。」［公蕡蘸葇蕃荏蘇也，一〇・三三〇］

【廣】方言云「蘇、芥，草也。江淮南楚之間曰蘇；自關而西或曰芥，或曰葇；南

楚江湘之間謂之莽」，郭注云：「蘇猶蘆，語轉也。」列子周穆王篇云：「其宫榭若累塊積蘇焉。」素問移精變氣論云：「十日不已，治以草蘇。」草謂之「蘇」，因而取草亦謂之「蘇」。莊子天運篇「蘇者取而爨之」，李頤注云：「蘇，草也。取草者得以炊也。」……説文云「丰，艸蔡也。象艸生之散亂。讀若介」，「丰」與「芥」同。哀元年左傳云：「以民爲土芥。」字通作「介」。孟子萬章篇「一介不以與人」，趙注云：「一介草不以與人。」「芥」，各本譌作「芬」。蓋隸書「介」字多作尒，分字多作兮，二形相亂而誤也。今訂正。説文云：「茻，衆艸也。從四中。」「莽，南昌謂犬善逐菟於艸中爲莽。從犬、從茻，茻亦聲。」經典通用「莽」爲「茻」。同人「伏戎于莽」，集解載虞翻注云：「震爲草莽。」昭元年左傳云：「是委君貺于草莽也。」「莽」之言「莽莽」也。杜預注哀元年左傳云：「草之於野莽莽然，故曰草莽。」如淳注漢書景帝紀云：「草深曰莽也。」草多謂之「莽」，因而木多亦謂之「莽」。易同人鄭注云：「莽，叢木也。」淮南時則訓「山雲草莽」，高誘注云：「山中氣出雲似草木。」則「莽」又爲草木衆盛之通稱。故楚詞九章云「草木莽莽」也。〔蘇芥莽草也，一〇·三三七〕

【讀】「蕢侯方」，師古曰：「蕢音口怪反。字或作費，音扶未反，又音祕。」念孫案：「蕢」字從艸貴聲，音求位、口怪二反，不音扶未反，亦不音祕，且不得與「費」通。

「蕡」當爲「蕢」，字之誤也。隸書「賁」字或作「賁」，形與「貴」相近，故「蕡」譌作「蕢」。列子楊朱篇「宋國有田夫，常衣緼黂」，今本「黂」譌作「黂」；莊子天運篇「乃憤吾心」，「憤」本又作「憒」：皆其類也。「蕡」字從艸賁聲，「賁」音奔，又音彼義反。故「蕡」音墳，又音扶未反，又音祕，聲與「費」同，故字亦相通。內則「菽麥蕡稻黍粱秫」，釋文：「蕡，扶云反，徐扶畏反。」爾雅「黂，枲實」，釋文：「黂，本或作蕡，符分反，或扶沸反。」方言「蘇，周鄭之間謂之公蕡」，郭注曰：「蕡，音翡翠。」皆其證也。師古不知「蕢」爲「蕡」之譌，故音「口怪反」。史記「蕡」作「費」，索隱曰：「費音祕，又扶味反。」汲古閣所刻索隱單行本如是。今本史記作「蕢」，索隱曰：「或作費。」此後人據漢書注改之。「蕡」與「費」字異而義同，即地理志之東海費縣也。［蕢，漢書第二・一九五］

九　蘴、蕪音蜂。今江東音嵩，字作菘也。**蕘**，鈐鐃。**蕪菁也。陳楚之郊謂之蘴，魯齊之郊謂之蕘，關之東西謂之蕪菁，趙魏之郊謂之大芥。其小者謂之辛芥，或謂之幽芥；其紫華者謂之蘆菔。**今江東名爲温菘，實如小豆。羅匐二音。**東魯謂之菈遝。**洛荅、大合兩反。2a

【明】浮簽：玉篇引此注云：「江東曰菘。」詩谷風釋文引此注云：「今菘菜也。」

【戴】天頭朱批：「蘴、蕘，蕪菁也」，郭璞注：「蕪音蜂。今江東音嵩，字作菘。」

又：陳楚之間曰蘴，音豐。魯齊之間謂之蕘，關之東西謂之蕪菁。一切經音義十一。又於郭注「鈴鐃」右側注「鈴」字。又天頭墨批：辛、幽皆小兒。

【廣】方言云「蕪菁，紫華者謂之蘆菔。東魯謂之菈遝」，郭注云：「今江東名爲温菘，實如小豆。蘆菔，音羅匐。」説文亦云：「蘆菔，似蕪菁，實如小尗者。」後漢書劉盆子傳「掘庭中蘆菔根食之」，是也。名醫别録云「蘆菔，味苦温」，陶注云：「蘆菔，是今温菘，其根可食，葉不中噉。」蘇頌圖經云：「此有大小二種：大者肉堅，宜蒸食；小者白而脆，宜生啖。吴人呼楚菘，廣南人呼秦菘。」「蘆菔」，一作「羅服」。潛夫論思賢篇云「治疾當得真人參，反得支羅服」，言其性相反也。今俗語通呼「羅匐」，聲轉而爲「萊菔」。唐本草云「萊菔根味辛甘温，擣汁主消渴。其嫩葉爲生菜食之，大葉熟噉，消食和中」，是也。［菈遝蘆菔也，一〇·三四一］

【廣】「蘴」與「葑」同。爾雅云：「須，葑蓯。」齊民要術引舊注云：「江東呼爲蕪菁，或爲菘。」「菘、須」音相近。方言云**「蘴、蕘，蕪菁也。陳楚之郊謂之蘴，魯齊之郊謂之蕘，關之東西謂之蕪菁，趙魏之郊謂之大芥。其小者謂之辛芥，或謂之幽芥」，郭璞注云：「蘴，舊音蜂。今江東音嵩，字作菘也。」**案：「菘」者，「須」之轉聲。「蕪」者，「蘴」之轉聲也。「蕪」之聲又轉而爲「蔓」。邶風谷風篇「采葑采菲，無以下體」，傳云：「葑，須也。菲，芴也。下體，根莖也。」箋云：「此二菜者，蔓菁與葍之類也。皆上下可食，然而其根有美時，有惡時。采之者，不可以根惡時并棄其葉。」釋文云：「葑，字書作蘴。草木疏云：『蔓菁也。』郭璞云：『今菘菜也。』案：江南有菘，江北有蔓菁，相似而異。」引之案：古草木之名同類者，皆得通稱。菁，菜名。呂氏春秋本味篇「菜之美者，具區之菁」，高誘注云：「具區，澤名，在吴越之間。菁，菜名。」是則江南之菘亦得稱「菁」，郭氏所説不誤也。陸機詩疏云「葑，蕪菁也。幽州人謂之芥」，則呼「芥」者不獨趙魏之郊也。鄭注坊記云「葑，蔓菁也。陳宋之間謂之葑」，則呼「蘴」者不獨陳楚之郊也。蘴又爲蕪菁之苗。齊民要術引字林云：「蘴，蕪菁苗。」此猶葯即白芷，而云白芷葉謂之「葯」；菰即彫胡，而云菰米謂之「彫胡」也。或爲大名，或爲專稱，蓋古今俗語有異耳。陶弘景注名醫别録云：「蕪菁，細於温菘而葉似菘，好食。」唐本注云：「北人又名蔓菁。」本草拾遺云：「今并汾河朔間燒食其根，呼爲蕪根，猶是蕪菁之號。蕪菁，南北之通稱也。」蕪菁可以爲菹。周官醢人「朝事之豆，其實菁菹」，後鄭注云：「菁，蔓菁也。」徐邈：「蔓，音蠻。」聲轉而爲「蓂」。鄭注公食大夫禮「菁菹」云：「菁，蓂菁菹也。」又轉而爲「門」，又轉而爲「芴」。北户録云：「蕪菁，凡將篇謂爲門菁，證俗音曰冥菁，小學篇曰芴菁。」急就篇「老菁蘘荷冬日藏」，顔師古注云「菁，蔓菁也。一曰冥菁，又曰芴菁」，是也。老菁冬日所藏，故南都賦云「秋韭冬菁」。齊民要術引四民月令亦云：「蕪菁十月可收矣。」要術又引廣志云：「蕪菁有紫花者、白花者。」案：今蔓菁菜乃是黄花，惟蘿蔔花有紫、白二種。然則廣志之「蕪菁」即指蘿蔔言之。方言云**「蕪菁紫華者謂之蘆菔」**，則蘆菔之白華者即蕪菁矣。名醫別録以「蕪菁」與「蘆菔」同條，意亦同也。乃齊民要術注深疑方言之説，以爲蘆菔非蕪菁；蘇恭本草注亦謂蕪菁、蘆菔全別，與別録相違。其意皆專以今之蔓菁菜爲蕪菁，不知蘆菔之白華者，古亦名「蕪菁」。方言、別録皆不誤也。「菁」，曹憲音「精」。各本脱去「菁」字，音内「精」字又誤入正文。今訂正。［蘴蕘蕪菁也，一〇·三四二］

【廣】説文云：「亲，實如小栗。從木，辛聲。」「亲」之言「辛」，物小之稱也，若方言**「蕪菁小者謂之辛芥」**矣。字通作「榛」。左思招隱詩注引高誘淮南注云：「小栗小棘曰榛。」御覽引陸機詩義疏云：「榛，栗屬，有兩種：其一種大小皮葉皆如栗，其子小，形如杼子，味亦如栗，所謂『樹之榛栗』者也；其一種枝莖如木蓼，生高丈餘，作胡桃味，遼代上黨皆饒。」［亲栗也，一〇·三五四］

【廣】「⿰魚幼」之言「幼」也，「小」也。説文「⿰魚幼，讀若幽」，若方言**「蕪菁小者謂之幽芥」**矣。［⿰魚幼鰌也，一〇·三六八］

【群】葑：方言：「蘴、蕘，蕪菁也。陳楚之郊謂之蘴。」詩谷風首章「采葑采菲」，釋文：「葑，草木疏云：『蕪菁也。』」正義：「蘴與葑，字雖異，音實同。」禮記坊記引詩「采葑采菲」注「陳宋之間謂之葑」，正義引陸璣云「又謂之蓯」，爾雅釋草「須，葑蓯」，並與「蘴」同。

一〇 **䒗、芡，**音儉。**雞頭也。北燕謂之䒗；**今江東亦名䒗耳。**青徐淮泗之間謂之芡；南楚江湘之間謂之雞頭，或謂之鴈頭，或謂之烏頭。**狀似烏頭，故傳以名之。2b

【明】將正文及郭注内「䒗」字並改作「茷」。

【戴】天頭墨批：淮南子説山訓「雞頭已瘻」，高誘注：「雞頭，水中芡，幽州謂之鴈頭。」又吕覽恃君篇「夏日則食菱芡」，高誘注：「芡，雞頭也，一名鴈頭，生水中。」

【廣】「茷」，或作「䒗」。方言云「茷、芡，雞頭也。北燕謂之茷；青徐淮泗之間謂之芡；南楚江湘之間謂之雞頭，或謂之鴈頭，或謂之烏頭」，郭注云：「今江東亦名茷耳。」神農本草云「雞頭，一名鴈喙」，陶注云：「此即今蔿子。形上花似雞冠，故名雞頭。」陳士良云：「有報根名茷菜。」蘇頌圖經云：「盤花下結實，形類雞頭，故以名之。其莖蔵之嫩者名蔿蔵，人採以爲菜茹。」案：「茷」，曹憲音悦㯳反。「茷、蔿」，聲近而轉也。「莈」從役聲，「蔿」從爲聲。「莈」之轉爲「蔿」，猶「爲」之轉爲「役」。表記鄭注云：「役之言爲也。」周官籩人「加籩之實，蔆芡栗脯」，鄭注云：「芡，雞頭也。」疏云：「今人或謂之鴈頭。」呂氏春秋恃君篇「夏日則食蔆芡」，高注云：「芡，雞頭也，一名鴈頭，生水中。」淮南説山訓「雞頭已瘻」，高注云：「雞頭，水中芡。幽州謂之鴈頭。」羅願爾雅翼云：「案：上下文：『貍頭愈鼠，雞頭已瘻，䖟散積血，斲木愈齲，此類之可推者。』詳書本意，皆謂此禽蟲平日所啄食，故能治此病。類可推尋，雞頭似不謂此也。」雞頭，一名雞雝。莊子徐无鬼篇云「藥也。其實堇也，桔梗也，雞雝也，豕零也。是時爲帝者也」，司馬彪注云：「雞雝即雞頭也，一名芡。與藕子合爲散，服之延年。」周官大司徒「其植物宜膏物」，鄭注云：「膏，當爲櫜。蓮芡之實有櫜韜。」疏云：「皆有外皮櫜韜其實。」今芡實有梂彙自裹，所謂「櫜韜」也。古今注云：「芡，葉似荷而大，葉上蹙皺如沸，實有芒刺。其中如米，可以度饑也。」〔莈芡雞頭也，一〇·三二六〕

一一　**凡草木刺人**〔一〕，**北燕朝鮮之間謂之策**，爾雅曰：「策，賴也。」**或謂之壯**；今淮南人

〔一〕王念孫引方言「人」下有「者」字。

亦呼壯。壯，傷也。山海經謂刺爲傷也。**自關而東或謂之梗**，今云梗榆。**或謂之劌**；劌者，傷割人名。音鱥魚也。**自關而西謂之刺**；**江湘之間謂之棘**。楚詞曰：「曾枝剡棘。」亦通語耳。音己力反。 2b

【戴】天頭朱批：凡草木刺人，北燕朝鮮洌水之間謂之茦。一切經音義一。又朱筆圈改郭注「爾雅曰：『茦，賴也』」之「賴」字作「刺」。又於正文「自關而西謂之刺」右側墨筆夾注：爾雅釋文引作「莿」[一]。又天頭墨批：淮南子俶真訓「形苑而神壯」，高誘注：「壯，傷也。」又天頭墨批：戰國策齊篇：「今雖干將、莫邪，非得人力，則不能割劌矣。」

【廣二】憡者：方言「憡，痛也。自關而西秦晉之間或曰憡」，注云：「憯憡，小痛也。」方言「**凡草木刺人者，北燕朝鮮之間謂之茦**」，義與「憡」亦相近。［憡痛也，二·四八］卷二第二一條；卷三第一一條

【廣二】莦、杪者：方言「**莦、杪，小也。凡草生而初達謂之莦，木細枝謂之杪**」，注

[一] 爾雅釋文未見。爾雅音義作：「茦，初革反。方言云：『凡草木而刺人者，北燕朝鮮之間謂之茦。』刺，字又作刾，又作莿，七賜反，注同。方言云：『關西呼茦壯爲莿。』」

云：**「葰音鋭，鋒萌始出也。」**左思吴都賦云：「鬱兮葰茂。」「葰」之言「鋭」也。昭十六年左傳「不亦鋭乎」，杜預注云「鋭，細小也」；説文「鋭，芒也」；爾雅「再成鋭上爲融丘」，注云「鑯頂者」：義並與「葰」同。説文：「餟，小餟也。」「餟」與「葰」，亦聲近義同。**方言注云：「杪，言杪梢也。」**説文：「杪，木標末也。」漢書敘傳「造計秒忽」，劉德注云：「秒，禾芒也。忽，蜘蛛網細者也。」「秒」與「杪」同義。下文「眇、藐」二字，義亦同也。凡物之鋭者，皆有小義。故小謂之「嫢」。釋器篇又云：「石鍼謂之柴。」廣韻「嫢、柴」並音姊宜切，其義同也。小謂之「鑯」，故利亦謂之「銛」，臿屬亦謂之「銛」。漢書賈誼傳「莫邪爲鈍兮，鉛刀爲銛」，晉灼注云：「世俗謂利爲銛徹。」説文云：「銛，臿屬也。」小謂之「茦」，故刺亦謂之「茦」。爾雅「茦，刺」，注云：「草刺針也。」**方言：「凡草木刺人者，北燕朝鮮之間謂之茦。」**小謂之「鋭」，故兵芒亦謂之「鋭」，草初生亦謂之「葰」。小謂之「眇」，故木末亦謂之「杪」，禾芒亦謂之「秒」。是凡物之鋭者，皆與小同義也。［葰杪小也，二・五四］卷二第八條；卷三第一一條

【廣】劌者：説文：「劌，利傷也。」聘義云：「廉而不劌。」莊子在宥篇云：「廉劌彫琢。」**方言「凡草木刺人者，自關而東或謂之劌」**，亦利之義也。［劌利也，二・六二］

【廣】梗、劌、棘、傷、茦、刺、壯者：方言**「凡草木刺人者，北燕朝鮮之間謂之茦，或**

謂之壯；自關而東或謂之梗，或謂之劌；自關而西謂之刺；江湘之間謂之棘」，郭璞注云：**「梗，今之梗榆也。」**説文「梗，山枌榆有朿」，「朿」音「刺」。説文又云：「鯁，魚骨也。」「骾，食骨留嗌中也。」晉語云：「小鯁可以小戕，而不能喪國。」「梗、鯁、骾」，義並相近。説文：「劌，利傷也。」聘義及老子並云「廉而不劌」，鄭、王注云：「劌，傷也。」齊策云：「今雖干將、莫邪，非得人力，則不能割劌矣。」説文：「棘，小棗叢生者。從並朿。」爾雅云：「終，牛棘。」中山經「大苦之山有草焉。其狀葉如榆，方莖而蒼傷，其名曰牛傷」，郭璞注云：「猶言牛棘。」西山經「浮山多盼木，枳葉而無傷」，注云：「傷，枳刺鍼也，能傷人，故名云。」是古謂「箴」爲「傷」也。「茦、刺」聲相近。爾雅「茦，刺」，郭璞注云：「草刺針也。」「鍼、針」並與「箴」同。「茦」，各本譌作「策」，惟影宋本、皇甫本不譌。卷一云「鍼，刺也」，説文「莿，茦也」「朿，木芒也」「刺，直傷也」，並字異而義同。「壯」之言「創」也，義見卷四「壯、創，傷也」下。［梗劌棘傷茦刺壯箴也，二·六七］

【廣】「爽、創、壯」聲並相近，故壯亦爲傷。方言**「凡草木刺人者，北燕朝鮮之間謂之壯」**，**注云：「今淮南人亦呼壯。壯，傷也。」**馬融、虞翻注易大壯並云：「壯，傷也。」淮南子俶真訓「形苑而神壯」，高誘注與馬、虞同。［爽創傷也，四·一〇九］

【廣】方言云「凡草木刺人者，自關而東或謂之梗」，郭注云：「梗，今之梗榆也。」説文云：「梗，山枌榆有朿，莢可爲蕪荑也。」案：陳藏器本草拾遺云「刺榆秋實」，即説文所云「莢可爲蕪荑」者也。急就篇云「蕪荑鹽豉醯酢醬」，顔師古依郭璞爾雅注以爲「蕪荑，無姑之實也」。但刺榆亦可以爲蕪荑，急就篇所云不必專指山榆也。〔柘榆梗榆也，一〇・三五六〕

【述】郭曰：「今之刺榆。」引之謹案：「荎」之言「挃」也。廣雅曰：「挃，刺也。」故刺榆謂之「荎」，又謂之「梗榆」。梗亦刺也。方言曰「凡草木刺人者，自關而東或謂之梗」，郭注：「今云梗榆。」釋文曰：「藲，本或作蓲。」海内南經曰「建木，其木若蓲」，蓲即刺榆也。郭彼注曰「蓲亦木名，未詳」，蓋偶未檢耳。又管子有「區榆」，見前「葍，蕌」下。「區」亦與「蓲」同。〔藲荎，二八・六六六〕

一二　**凡飲藥傅藥而毒，南楚之外謂之瘌；**乖瘌。**北燕朝鮮之間謂之癆；**癆、瘌皆辛螫也。音聊。**東齊海岱之間謂之眠，或謂之眩；**眠眩，亦今通語耳。**自關而西謂之毒。瘌，痛也。** 2b

【明】將郭注「乖瘌」之「瘌」字改作「剌」。

【戴】天頭朱批：凡飲藥傅藥而毒刺。一切經音義二、廿五。又：凡飲藥而毒懣，東齊謂之瞑眩。十三。

【廣二】癆、荼、毒、瘌者：方言「**凡飲藥傅藥而毒，南楚之外謂之瘌，北燕朝鮮之間謂之癆，自關而西謂之毒。瘌，痛也**」，郭璞注云：「**癆、瘌，皆辛螫也。**」各本皆脱「荼」字。衆經音義卷十二引廣雅「荼，痛也」，卷二十五引廣雅「荼、毒，痛也」，今據以補正。大雅桑柔篇「寧爲荼毒」，鄭箋以「荼毒」爲「苦毒」。陸機豪士賦序云：「身猒荼毒之痛。」是荼、毒皆痛也。爾雅云：「荼，苦菜。」邶風谷風篇「誰謂荼苦，其甘如薺」，鄭箋云：「荼誠苦矣，而君子於己之苦毒又甚於荼。」則苦菜之「荼」與荼毒之「荼」，義亦相近。周官醫師「聚毒藥以其醫事」，鄭注云「毒藥，藥之辛苦者」；小雅小明篇「其毒大苦」，鄭注云「憂之甚，心中如有藥毒」：皆痛之義也。**方言又云：「剌，痛也。」**衆經音義卷八引通俗文云：「辛甚曰辢。」左思魏都賦云：「蔡莽螫剌，昆蟲毒噬。」「瘌、剌、辢」並通。「辢」之言「烈」也。呂氏春秋本味篇：「辛而不烈。」「烈」與「辢」，聲近義同。［癆荼毒瘌痛也，二·四八］卷三第一二條；卷二第二一條

【廣】「瘌」音力達反。**方言：「凡飲藥傅藥而毒，南楚之外謂之瘌。瘌，痛也。」**左思魏都賦云：「蔡莽螫剌，昆蟲毒噬。」是剌爲傷也。「剌」與「瘌」通。今俗語猶謂刀傷曰「剌」矣。［瘌傷也，四·一〇九］

【廣】「蠚、螫」一字也。説文「螫，蟲行毒也」「蠚，螫也」，西山經云「蠚鳥獸則死，蠚木則枯」，韓非子用人篇云「聖人極有刑罰而死無毒螫」，並字異而義同。「螫」與「瘌」同義。**方言「飲藥傅藥而毒謂之瘌」，郭璞以「瘌」爲「辛螫」**，是也。字或作「刺」。草木毒傷人謂之「刺」，亦謂之「螫」。史記龜策傳云「獸無虎狼，草無毒螫」，魏都賦云「蔡莽螫刺，昆蟲毒噬」，是也。蠭蠆毒傷人謂之「螫」，螫亦刺也。廣雅云「蠆、蝲，蠍也」，「蝲」與「刺」同音。刺者毒傷也，故蠍又謂之「蝲」矣。［蠚痛也，二·四八］

【廣二】惃、慗、頓、愍、眠、眩者：方言：**「惃、慗、頓、愍，惛也。楚揚謂之惃，或謂之慗；江湘之間謂之頓愍。南楚飲藥毒懣謂之頓愍，猶中齊言眠眩也。」**説文：「誖，亂也。或作悖。」玉篇：「慗，迷亂也。」「慗、誖、悖」並同。「慗」，曹憲音「勃」。各本「慗」作「愂」，蓋因音内「勃」字而誤。考説文、玉篇、廣韻、集韻、類篇俱無「愂」字；衆經音義卷十三引廣雅「慗，亂也」：今據以訂正。淮南子要略云：「終身顛頓乎混溟之中，而不知覺寤乎昭明之術。」是頓爲昏亂也。爾雅：「訰訰，亂也。」「訰」與「頓」，聲近義同。「頓」，各本皆作「損」。「頓」，隸省作「頓」，因譌而爲「損」，今訂正。「愍」，字本作「忞」，或作「暋」，又作「泯」，其義並同。説文引立政云「在受德忞」，今本作「暋」。康誥云「天惟與我民彝大泯亂」，泯亦亂也。吕刑云「泯泯棼棼」，是也。

傳訓「泯」爲「滅」，失之。莊子外物篇「慰暋沈屯屯」，「屯」與「頓」通，「暋」與「愍」通。合言之則曰「頓愍」。方言注云：**「頓愍，猶頓悶也。」**淮南子脩務訓「精神曉泠，鈍聞條達」，高誘注云「鈍聞猶頓惛也」；文子精神篇作「屯閔」：義並與「頓愍」同。「眠」，字或作「瞑」。玉篇：「瞑，音眉田切。又音麪。」荀子非十二子篇「瞑瞑然」，楊倞注云「瞑瞑，視不審之貌」；淮南子覽冥訓云「其視瞑瞑」：並與「眠」同。玉篇「眩」音胡偏、胡蠲二切。周語「觀美而眩」，李善注景福殿賦引賈逵注云：「眩，惑也。」合言之則曰「眠眩」。**方言又云：「凡飲藥傅藥而毒，東齊海岱之間謂之瞑，或謂之眩。」**楚語及孟子滕文公篇並引書「若藥不眠眩」，趙岐注云「瞑眩，憒亂也」，韋昭注云「頓瞀也」；史記司馬相如傳「視眩眠而無見」，漢書作「眩泯」；揚雄傳「目冥眴而亡見」：並與「眠眩」同。〔惃慠頓愍眠眩亂也，三·七九〕卷一〇第三〇條；卷三第一二條

【讀】天運篇「其知憯於蠇蠆之尾」，釋文曰：「蠇，敕邁反，又音例。本亦作厲。郭音賴，又敕介反。蠆，許謁反，或敕邁反。或云依字上當作蠆，下當作蠍。」引之曰：陸讀「蠇」爲「蠆」，讀「蠆」爲「蠍」，皆非也。「蠇」音賴，又音例，陸云「本亦作厲」，即其證也。「蠆」音敕邁反，「蠍」音許謁反，蠇、蠆皆蠍之異名也。廣雅曰：「蠆、蜇，蠍也。」今本廣雅脱「蜇」字。一切經音義卷五引廣雅「蠆、蜇，蠍也」，集韻引廣雅「蜇，蠆也」，今

據補。「蜇」音盧達反。蠆、蜇皆毒螫傷人之名。「蠆」之言「蛆」，蛆，音哲。一切經音義卷十引字林曰：「蛆，螫也。」僖二十二年左傳正義引通俗文曰：「蠍毒傷人曰蛆。」「蜇」之言「瘌」也。「瘌」音盧達反。郭璞注方言曰：「瘌，辛螫也。」字或作「剌」。左思魏都賦曰：「蔡莽螫剌，昆蟲毒噬。」廣雅釋詁云「毒、蛆、瘌，痛也」，是其義矣。「蜇」與「蠇」，古同聲。莊子作「蠇」，廣雅作「蜇」，其實一字也。史記秦本紀厲共公，始皇紀作剌龔公。「剌」之通作「厲」，猶「蜇」之通作「蠇」矣。［蠇蠆，餘編上·一〇一五」

一三　逞、曉、恔、苦，快也。快即狡，狡戲亦快事也。自關而東或曰曉，或曰逞；江淮陳楚之間曰逞；宋鄭周洛韓魏之間曰苦；東齊海岱之間曰恔；自關而西曰快。3a

【明】將郭注「快即狡，狡戲亦快事也」之兩「快」字改作「恔」。

【戴】天頭朱批：自關而東曰逞，江淮陳楚之間曰好。廿五。旁注墨筆：廿仍作「逞」。

【廣】苦者：文選廣絶交論注引説文云：「苦，急也。」莊子天道篇云：「斲輪，徐則甘而不固，疾則苦而不入。」淮南子道應訓與莊子同，高誘注云：「苦，急意也。甘，緩意也。」方言：「苦，快也。」「快」與「急」，亦同義。今俗語猶謂「急」爲「快」矣。

〔苦急也，一·三五〕

【讀二】「莊周反入，三月不庭。藺且從而問之：『夫子何爲頃間甚不庭乎？』莊周曰：『今吾遊於雕陵而忘吾身，異鵲感吾顙，遊於栗林而忘吾真，栗林虞人以吾爲戮，吾所以不庭也。』」釋文曰：「『三月不庭』，一本作『三日』。司馬云：『不出，坐庭中三月。』」念孫案：如司馬説，則「庭」上須加「出」字而其義始明。下文云「夫子何爲頃間甚不庭乎」，若以「甚不庭」爲「甚不出庭」，則尤不成語。今案：「庭」當讀爲「逞」。不逞，不快也。甚不逞，甚不快也。忘吾身，忘吾真，而爲虞人所辱，是以不快也。方言曰：**「逞、曉，快也。自關而東或曰曉，或曰逞；江淮陳楚之間曰逞。」**桓六年左傳「今民餒而君逞欲」，周語「虢公動匱百姓以逞其違」，韋、杜注並曰：「逞，快也。」「逞」字古讀若「呈」，聲與「庭」相近，故通作「庭」。張衡思玄賦「怨素意之不逞」，與「情、名、聲、營、平、崢、禎、鳴、榮、甯」爲韻。説文「逞」從辵呈聲。僖二十三年左傳「淫刑以逞」，釋文「逞」作「呈」。方言**「逞，解也」**，廣雅作「呈」。「三月不庭」，一本作「三日」是也。下文言夫子頃間甚不庭，若三月之久，不得言「頃間」矣。〔三月不庭，餘編上·一〇一七〕卷三第一三條；卷一一第四八條

一四　**膠、譎，詐也。涼州西南之間曰膠；自關而東西或曰譎，或曰膠。**汝南人呼欺爲

讀，詑回反。亦曰詒，音殆。**詐，通詐也。** 3a

【明】將正文「詐，通詐也」之下「詐」字改作「語」。

【戴】於正文「膠、譎，詐也」之「膠」字上增一「謬」字。又圈正文「涼州西南之間曰膠」之「膠」字，於其旁注「謬」字。又天頭朱批：謬，詐也。於「謬」字右側加雙朱圈。又天頭墨批：史記趙世家：「程嬰謬謂諸將軍曰：『誰能與我千金，吾告趙氏孤處。』」又於戴氏疏證「脱一謬字」四字右側加墨圈。

【廣】譎、詐、膠者：方言：「**膠、譎，詐也。涼州西南之間曰膠；自關而東西或曰譎，或曰膠。詐，通語也。**」左思魏都賦「牽膠言而踰侈」，張載注引李剋書云：「言語辯聰之説而不度於義者，謂之膠言。」李善注引廣雅「膠，欺也」[一]。［譎詐膠欺也，二·七一］

【廣二】方言「**江湘之間謂獪爲𤠯**」，郭璞注云：「**㤍忬，多智也。恪交反。**」列子力命篇「𤠯忬情露」，釋文引阮孝緒文字集略云「㤍忬，伏態貌」，「㤍」與「𤠯」同。方言「**膠，詐也。涼州西南之間曰膠**」，義與「𤠯」亦相近。［𤠯獪也，四·一一三］卷一〇第三條；卷三第一四條

[一] 廣雅本條尚有「謬」字，王念孫疏證云：謬者：爾雅序釋文引方言云：「謬，詐也。」列子天瑞篇云：「向氏以國氏之謬己也，往而怨之。」

一五　**揠、擢、拂、戎，拔也。**今呼拔草心爲揠，烏拔反。**自關而西或曰拔，或曰擢；自關而東江淮南楚之間或曰戎；東齊海岱之間曰揠。** 3a

【廣】揠、擢、拂、戎者：方言「**揠、擢、拂、戎，拔也。自關而西或曰拔，或曰擢；自關而東江淮南楚之間或曰戎；東齊海岱之間曰揠**」，郭璞注云：「**今呼拔草心爲揠。**」孟子公孫丑篇「宋人有閔其苗不長而揠之者」，趙岐注云：「揠，挺拔之也。」「拂」猶「捽」也，方俗語有輕重耳。大雅生民篇「茀厥豐草」，韓詩作「拂」。是拂爲拔也。韓子難篇云：「拔拂今日之死不及。」〔揠擢拂戎拔也，三・一〇〇〕

一六　**慰、廛、度，凥也。**周官云：「夫一廛。」宅也。音纏約。**江淮青徐之間曰慰；東齊海岱之間或曰度，或曰廛，或曰踐。** 3a

【戴】天頭朱批：東齊海岱之間謂居曰廛。一切經音義十八、廿四。又於戴氏疏證「論衡引詩」右側夾注：初稾篇。

【廣】慰、廛者：方言：「**慰、廛，凥也。江淮青徐之間曰慰，東齊海岱之間曰廛。**」大雅緜篇述大王遷岐之事，云：「迺慰迺止。」是慰爲居也。說文：「廛，二畝半，一家之居。從广、里、八、土。」魏風伐檀篇「胡取禾三百廛兮」，毛傳云：「一夫之居曰廛。」周官載師「以廛里任國中之地」，鄭注云：「廛里者，若今云邑里居矣。廛，民居之區域也；里，居也。」王制「市廛而不税」，鄭注云：「廛，市物邸舍也。」是凡言「廛」者，皆居之義也。〔慰廛尻也，二·五〇〕

【讀】西京賦「昔者大帝説秦繆公而覲之，饗以鈞天廣樂。帝有醉焉，乃爲金策，錫用此土，而翦諸鶉首」，薛綜曰：「翦，盡也。」李善曰：「盡取鶉首之分，爲秦之境也。」引之曰：薛訓「翦」爲「盡」，「盡諸鶉首」殊爲不詞。李云「盡取鶉首之分」，亦與「翦諸」之文不合。今案：「翦」，讀爲「踐」；文王世子「不翦其類也」，周官甸師注引「翦」作「踐」。玉藻「凡有血氣之類，弗身踐也」，注：「踐，當爲翦。」踐，居也。謂居之於鶉首之虚也。晉語曰：「實沈之虚，晉人是居。」**方言曰「慰、廛、度，尻也。**「尻」，今通作「居」。**東齊海岱之間或曰踐」**；趙注孟子盡心篇曰「踐，履居之也」；晏子問篇曰「後世孰踐有齊國者」：皆其證也。〔錫用此土而翦諸鶉首，餘編下·一〇四五〕

【讀】「翫其磧礫而不窺玉淵者，未知驪龍之所蟠也。習其弊邑而不覩上邦者，未知英雄之所躔也」，李善曰：「方言曰：『躔、歷，行也。』」呂延濟曰：「不見上國，不知英雄之所行歷也。」念孫案：李、呂以躔爲行歷，非也。躔，居也。英雄之所居，謂吳都也。

吴都爲英雄之所居，猶玉淵爲驪龍之所蟠，故曰不窺玉淵未知驪龍之所蟠，不覩上邦未知英雄之所躔也。李注月賦引韋昭漢書注曰「躔，處也」，處亦居也。方言曰：「**廛，尻也。**「尻」，古「居」字。**東齊海岱之間曰廛。**」魏風伐檀傳曰：「一夫之居曰廛。」孟康注漢書王莽傳曰：「纏，居也。」「廛、躔、纏」，字異而義同。〔英雄之所躔，餘編下・一〇四八〕

一七　萃、雜，集也。東齊曰聖。 3b

【戴】天頭朱批：東齊海岱之間謂萃爲聚。一切經音義四。

一八　迨、遝，及也。東齊曰迨；音殆。**關之東西曰遝，或曰及。** 3b

【戴】天頭朱批：自關之東西謂及曰逮。一切經音義六。又天頭墨批：哀十□年公羊傳「祖之所逮聞」，漢石經「逮」作「遝」〔一〕。

【廣】「及」，各本譌作「召」，今訂正。爾雅：「逮，及也。」又云「逮，遝也」，郭璞注云：「今荆楚人皆云遝。」方言：「**迨、遝，及也。東齊曰迨；關之東西曰遝，或曰**

〔一〕經核查應爲哀公十四年。

及。」說文：「遝，迨也。」玉篇云：「迨，遝行相及也。」王褒洞簫賦云：「鶩合遝以詭譎。」漢書禮樂志「騎沓沓」，顔師古注云「沓沓，疾行也」，疾行亦相及之意。故釋名云：「急，及也，操切之，使相逮及也。」說文「眔，目相及也」「譅，語相及也」，義並與「遝」通。說文：「趍趙，及也。」「趍」音馳驅之「馳」。穆天子傳「天子北征趙行」，郭璞注云「趙猶超騰也」，超騰亦謂疾行。是遝、趙皆及也。〔遝趙及也，五・一四二〕

一九　**荄、杜，根也。**今俗名韮根爲荄，音陔。**東齊曰杜，**詩曰「徹彼桑杜」，是也。**或曰茇。**音撥。3b

【明】將郭注「今俗名韮根爲荄」之「韮」字改作「韭」。

【戴】天頭朱批：茇，杜根也。東齊曰茇，或曰杜。一切經音義十一。又：東齊謂根爲荄。同上。又：東齊謂薤根爲荄。十三、廿。又：東齊謂根曰荄。十三。

【廣】方言云「**杜，根也。東齊曰杜，或曰茇**」，**郭注引詩曰：「徹彼桑杜。」**案：毛詩豳風鴟鴞篇「桑杜」作「桑土」，云：「桑土，桑根也。」韓詩作「杜」，義與毛同。名醫別録云「茅根，一名兼杜」，亦是也。爾雅云「菂，茭」，郭注云「今江東呼藕紹緒如指，空中可啖者爲茇茭，即此類」，「茭」與「蔤」通。玉篇云：「江東呼藕根爲蔤。」是藕根名「茇」，又名「葮」也。説文云：「芍，茇也，茅根也。」玉篇云「蔱，黄茅根。取汁治消渴」，「蔱」亦與「葮」通。是茅根名「茇」，又名「葮」也。廣韻云：「蔈葦根可食者曰茭。」是葦根又名「葮」也。説文云：「茇，艸根也。春艸根枯，引之而發土爲撥，故謂之茇。」案：「茇」之言「本」也。「本、茇」聲義相近。故槀本謂之「槀茇」。中山經云：「青要之山有草焉，其本如槀本。」西山經云：「皋塗之山有草焉，其狀如槀茇。」郭璞注上林賦云：「槀本，槀茇也。」草本之爲「茇」，猶燭本之爲「跋」。曲禮「燭不見跋」，鄭注云：「跋，本也。」淮南墬形訓云：「凡根茇草者，生於庶草。」字亦作「菝」。玉篇云：「菝葀，狗脊根也。」爾雅云「荄，根」，郭注云：「俗呼韭根爲荄。」韓詩外傳云：「草木根荄淺。」「根荄」之言「根基」也，古聲「荄」與「基」同。易「箕子之明夷」，劉向云：「今易箕子作荄滋。」淮南時則訓「爨萁燧火」，高誘注云：「萁，讀該備之該。」是其例也。〔杜葮茇荄株根也，一〇·二三三六〕

【述】郭釋「芍，茭」曰：「今江東呼藕紹緒如指、空中可啖者爲茭，單注本「茭」下衍一「茭」字，注疏本上「茭」字依説文改爲「茇」，不知藕紹緒自名茭，不名茇也。今據鄭樵注所引訂正。即此類。」又釋「荄根」曰：「俗呼韭根爲荄。」錢曰：「茭，當爲茇。説文：『荄，艸根也。』『芍，茇也，茅根也。』『茇，艸根也。』則『芍、茇』當連下『荄根』讀之。芍、茇、荄皆根之異名。」引之謹案：錢説是也。「茇」之言「本」也，故槀本謂之「槀茇」，西山經曰：「皋塗之山有草焉，其狀如槀茇。」中山經曰：「青要之山有草焉，其本如槀本。」郭注上林賦曰：「槀本，槀茇也。」燭本謂之「跋」。曲禮「燭不見跋」，鄭注：「跋，本也。」方言曰「荄、杜，根也。東齊曰杜，或曰茇」，淮南地形篇曰「凡根茇草者，生於庶草。凡浮生不根茇者，生於藻」，皆其證也。隸書「交」字或作「文」，又作「文」，並與「犮」相似。故「茇」譌爲「茭」耳。郭以葯茭爲一類，荄根爲一類，非也。或曰：釋文：「茭，字又作䕸。」廣雅曰：「䕸、茇，根也。」「䕸、茇」同訓爲「根」，則「茭」字似不誤。曰：「茭」與「根」雖同義，而爾雅原文自作「茇」，非作「茭」。説文「荄、葯、茇」三字相連而同訓「艸根」，即爾雅之「葯、茇、荄，根也」。若「茭」字，則訓「乾芻」而不訓「艸根」矣。然則訓「茭」爲「根」，非爾雅義也。［筠茭荄根，二一八·六六六］

二〇　**班、徹，列也。北燕曰班，東齊曰徹。** 3b

【戴】天頭朱批：車道謂之轍。

二一　**瘼**、音莫。**瘼，病也。**謂勞復也。**東齊海岱之間曰瘼，或曰瘼；秦曰瘎**〔一〕**。**音閻，

〔一〕「瘼、瘎」，王念孫引方言作「瘦、湛」。

或湛。3b

【廣】方言「瘦，病也。東齊海岱之間曰瘦，秦曰湛」，郭璞注云：「瘦謂勞復也。」廣韻引音譜云：「瘦，病重發也。」玉篇：「瘥，復病也。」「瘦、復」「瘥、湛」並通。傷寒論有大病差後勞復治法。〔瘦瘥也，五·一六九〕

二二　掩、醜、掍、衮衣。**綷，**作憒反。**同也。江淮南楚之間曰掩；宋衛之間曰綷，或曰掍；東齊曰醜。**3b

【大】奄，大也。說文：「奄，大有餘也。從大、申。申，展也。」故覆謂之「奄」，蓋謂之「弇」，爾雅釋言「弇，蓋也」，郭注：「謂覆蓋。」說文「奄，覆也」，「奄」與「弇」同。又作「揜、掩」。同謂之「弇」。爾雅釋言：「弇，同也。」方言：「**掩，同也。江淮南楚之間曰掩。**」詩執競「奄有四方」，毛傳：「奄，同也。」「弇、奄、掩」同。〔五·七四〕

【廣】掍、粹、醜者：方言：「**醜、掍、綷，同也。宋衛之間曰綷，或曰掍；東齊曰醜。**」周語「混厚民人」，韋昭注云「混，同也」，「混」與「掍」通。王褒洞簫賦云：「掍其會合。」「粹」之言「萃」也。說文：「⿰黹卒，會五采繒也。」漢書司馬相如傳「綷雲蓋而樹華旗」，顏師古注云：「綷，合也。合五采雲以爲蓋也。」王逸注離騷云：「至美曰純，

齊同曰粹。」「䊢、綷、粹」並通。「醜」之言「儔」也。孟子公孫丑篇云：「今天下地醜德齊。」［捤粹醜同也，四·一一五］

【讀】「皆使衣食百用出入相揜。」念孫案：爾雅曰：「弇，同也。」方言曰：「**掩，同也。**」周頌執競傳曰：「奄，同也。」「弇、奄、掩、揜」並通。出入相同，謂不使出數多於入數也。楊訓「揜」爲「覆蓋」，失之。［出入相揜，荀子第三·六七八］

二三　**裕、猷，道也。東齊曰裕，或曰猷。**　4a

【戴】天頭朱批：東齊謂猷曰道。一切經音義七。並於「猷曰道」二字右側劃朱綫。

【廣】裕者：方言：「**裕、猷，道也。東齊曰裕，或曰猷。**」「猷、裕、牖」，聲並相近。引之云：康誥篇：「用康乃心，顧乃德，遠乃猷裕，乃以民寧，不女瑕殄。」舊以「裕」字屬下讀，「裕乃以民寧」甚爲不辭。三復經文，當以「遠乃猷裕」爲句，謂遠乃道也。君奭篇云「告君乃猷裕」，與此同。下文云「乃以民寧，不女瑕殄」，猶云乃以殷民世享耳。「猶、由」古字通。道謂之「猷裕」，道民亦謂之「由裕」。上文云「乃由裕民，惟文王之敬忌；乃裕民曰：我惟有及」，皆是也。解者失其義久矣。［裕道也，三·八九］

【述】「用康乃心，顧乃德，遠乃猷裕，乃以民甯，不女瑕殄。」引之謹案：當以「遠乃猷裕」爲句。方言曰：「裕、猷，道也。東齊曰裕，或曰猷。」遠乃猷裕，即遠乃道也。君奭曰「告君乃猷裕」，與此同。「乃以民甯，不女瑕殄」，猶云乃以殷民世享耳。傳斷「裕乃以民甯」爲句，則不辭矣。又案：「猷、由」古字通。道謂之「猷裕」，道民亦謂之「猷裕」。上文曰「乃由裕民，惟文王之敬忌；乃裕民曰：我惟有及」，皆是也。解者失其義久矣。〔遠乃猷裕，四·九四〕

二四　**虔、散，殺也。東齊曰散，青徐淮楚之間曰虔。氾、**音汎。**浼、**音漫。**潣、**湯潣。**洼，**烏蛙反。**洿也。**皆洿池也。**自關而東或曰洼，或曰氾；東齊海岱之間或曰浼，或曰潣。**荆州呼潢也。 4a

【明】於正文「氾、浼、潣、洼，洿也」之「氾」字上加横杠，以下别爲一條。

【廣二】虔者：方言：「**虔，殺也。**青徐淮楚之間曰虔。」又云「**秦晉之北鄙燕之北郊翟縣之郊謂賊爲虔**」，賊亦殺也。莊三十二年左傳「共仲使圉人犖賊子般于黨氏」，是也。成十三年傳「虔劉我邊陲」，杜預注云：「虔、劉皆殺也。」〔虔殺也，一·三九〕卷三第二四條；卷一第一六條

【廣】氾者：淹之漬也。說文：「氾，淹也。」王逸注九歎云：「淹，漬也。」漢書武

帝紀云：「河水決濮陽，氾郡十六。」**方言「氾，洿也。自關而東或曰氾」**，亦潰之義也。［氾潰也，二·六三］

【廣】氾、䤽、洼、潤者：**方言「氾、浼、潤、洼，洿也。自關而東或曰洼，或曰氾；東齊海岱之間或曰浼，或曰潤」**，「洿」與「污」同。漢書王褒傳云「水斷蛟龍，陸剸犀革，忽若彗氾畫塗」，如淳注云：「若以彗埽於氾灑之處也。」顔師古注云：「彗，帚也；氾，氾灑地也；塗，泥也。如以帚埽氾灑之地，以刀畫泥中，言其易也。」案：彗者，埽也。後漢書光武帝紀注云「彗，埽也」，班固東都賦云「戈鋋彗雲，羽旄埽霓」，是也。氾者，污也。謂如以帚埽穢，以刀畫泥耳。如淳、顔師古以「氾」爲「氾灑地」，失之。漢博陵太守孔彪碑云：「浮斿塵埃之外，皭然氾而不俗。」是氾爲污也。「氾」爲污穢之「污」，亦爲污下之「污」。管子山國軌篇云「氾下漸澤之壤」，氾下謂污下也。「氾」，各本譌作「汜」，今訂正。孟子公孫丑篇「若將浼焉」，趙岐注云：「浼，污也。」丁公著音漫。玉篇及方言注並同。莊子讓王篇云：「欲以其辱行漫我。」吕氏春秋離俗覽「不漫於利」，高誘注云：「漫，污也。」「漫、浼」並與「䤽」通。説文：「洼，深池也。」莊子齊物論篇：「似洼者，似污者。」是洼爲污下也。卷一云：「窐，下也。」「窐」與「洼」，亦同義。［氾䤽洼潤污也，三·八一］

【讀】聖主得賢臣頌「水斷蛟龍，陸剸犀革，忽若彗氾畫塗」，如淳曰：「若以彗掃於氾灑之處也。」見文選注。師古曰：「彗，帚也；氾，氾灑地也；塗，泥也。如以帚埽氾灑之地，以刀畫泥中，言其易。」念孫案：如、顔以「彗」爲「帚」，「氾」爲「氾灑地」，則「彗氾」二字義不相屬，必於「氾」字之上加一「埽」字，而其義始明矣。今案：「彗氾」與「畫塗」相對爲文。彗者，埽也；氾者，污也。謂如以帚埽穢，以刀畫泥耳。後漢書光武紀注曰「彗，埽也」，班固東都賦曰「戈鋋彗雲，羽旄埽霓」，是也。「彗」，或作「篲」。枚乘七發曰「淩赤岸，篲扶桑」，謂濤勢之大，淩赤岸而埽扶桑。李善以「篲」爲「埽竹」，非是。辯見文選。是彗爲埽也。**方言曰：「氾，洿也。**「洿」與「污」同。廣雅：「氾，污也。」**自關而東或曰氾。**」漢博陵太守孔彪碑曰：「浮斿塵埃之外，皭焉氾而不俗。」是氾爲污也。〔彗氾，漢書第十一·三三三二〕

【讀】「行不免於污漫。」念孫案：漫亦污也。**方言「浼，洿也。東齊海岱之間或曰浼」**，「洿」與「污」同，「浼」與「漫」同。呂氏春秋離俗篇「不漫於利」，高注曰：「漫，污也。」楊讀「漫」爲謾欺之「謾」，分「污、漫」爲二義，失之。凡荀子書言「污漫」者並同。〔污漫，荀子第一·六七〇〕

【讀】弟二行「皭焉氾而不俗」。「氾」音氾濫之「氾」。方言云**「氾，洿也。自關而**

東曰氾」，「洿」與「污」同。廣雅云：「氾，污也。」漢書王褒傳云：「水斷蛟龍，陸剸犀革，忽若彗氾畫塗。」彗者，埽也；後漢書光武紀注云：「彗，埽也。」班固東都賦云：「戈鋌彗雲，羽旄埽霓。」氾者，污也。謂如以帚埽穢，以刀畫泥也。如淳、顔師古以「彗」爲「帚」，「氾」爲「氾灑地」，皆失之。史記屈原傳云「濯淖污泥之中，蟬蛻於濁穢，以浮游塵埃之外，不獲世之滋垢，皭然泥而不滓」，即此所云「浮斿塵埃之外，皭焉氾而不俗」也。〔博陵太守孔彪碑，漢隸拾遺·九九三〕

二五　**庸、恣、比**、比次。**侹**、侹直。**更、佚**，蹉跌。**代也。齊曰佚，江淮陳楚之間曰侹，餘四方之通語也。**今俗亦名更代作爲恣作也。　4a

【戴】天頭朱批：佚，代也。一切經音義十七。又天頭墨批：孟子「迭爲賓主」或作「佚」。

【廣】庸、比、侹、佽、更、迭者：方言：「**庸、次、比、侹、更、佚，代也。齊曰佚，江淮陳楚之間曰侹，餘四方之通語也。**」説文：「庸，用也。從用、庚。庚，更事也。」漢書食貨志「教民相與庸輓犁」，顔師古注云：「言換功共作也。義與庸賃同。」説文：「侹，代也。」「佽，遞也。」方言注云「**今俗名更代作爲次作**」，「次」與「佽」通。庸、佽、比皆更代作之意。昭十六年左傳云「昔我先君桓公與商人庸次比耦以艾殺此地，斬其蓬蒿藜藋而共處之」，是也。「迭」與「佚」通。各本譌作「送」，今訂正。凡更代作，必以其次。故「代」謂之「比」，猶「次」謂之「毕」也；「代」謂之「遞」，猶「次」謂之「第」也；「代」謂之「迭」，猶「次」謂之「秩」也。〔庸比侹佽更迭代也，三·八一〕

【讀】「教民相與庸輓犁」，師古曰：「庸，功也。言換功共作也。義亦與庸賃同。」念孫案：庸者，更也，迭也，代也。方言曰：「**庸、佽、比、侹、更、佚**，與「迭」同。**代也。**廣雅同。**齊曰佚，江淮陳楚之間曰侹，餘四方之通語也。**」說文：「庸，用也。從用、庚。庚，更事也。」又曰：「代，更也。」然則「庸輓犁」者，猶言「更輓犁、代輓犁」也。昭十六年左傳云「昔我先君桓公與商人庸次即方言「佽」字。比耦以艾殺此地，斬其蓬蒿藜藋而共處之」，是也。上文「代、田」二字已明著其訓矣。師古謂「換功共作」，與「庸賃」同義是矣，而仍訓「庸」爲「功」，則未考方言也。〔庸輓犁，漢書第四·二二三〕

【讀二】「故文飾麤惡、聲樂哭泣、恬愉憂戚，是反也。楊注：「是相反也。」然而禮兼而用之，時舉而代御。」念孫案：此「時」字非謂天時。時者，更音庚。也。謂文飾與麤惡，聲樂與哭泣，恬愉與憂戚，皆更舉而代御也。方言曰：「**蒔，**郭音侍。**更也。**」古無「蒔」字，故借「時」爲之。莊子徐無鬼篇云：「堇也，桔梗也，雞雍也，豕零也，是時爲帝者也。」

爾雅：「帝，君也。」淮南齊俗篇云：「見雨則裘不用，升堂則蓑不御，此代爲帝者也。」「帝」，今本誤作「常」。説林篇云：「旱歲之土龍，疾疫之芻靈，是時爲帝者也。」今本脱「時」字，據高注補。太平御覽器物部十引馮衍詣鄧禹牋云：「見雨則裘不用，上堂則蓑不御，此更爲適者也。」「適」，讀嫡子之「嫡」。廣雅：「嫡，君也。」或言「時爲」，或言「代爲」，或言「更爲」，是時、代皆更也。方言：「**更，代也。**」説文：「代，更也。」故曰「時舉而代御」。楊説「時」字之義未了。〔時舉而代御，荀子第六・七一四〕卷三第二五條；卷一二第八一條

二六　呡，民也。 民之總名。音萌。 4a

【戴】天頭朱批：願爲之呡〔一〕。

二七　朹，仇也。 謂怨仇也。音舊。 4a

【明】將正文之「朹」字改作「执」。

〔一〕孟子公孫丑下。

【戴】天頭墨批：「扏」字見太玄〔一〕。

【讀】「公曰：『吾欲誅大國之不道者，可乎？』對曰：『安卿大夫之家，而後可以危救敵之國。』」引之曰：「救敵」與「仇敵」同。集韻：「仇，讎也。一曰匹也。或作扏。」**方言「扏，仇也」**，今本「扏」譌作「朹」，據集韻引改。**郭璞曰：「謂怨仇也。」**太玄内初一「謹于嬰扏」，范望曰：「扏，匹也。」釋文曰：「嬰與妃同。扏音仇，一作救。」「嬰扏」即「妃仇」，桓二年左傳：「嘉耦曰妃，怨耦曰仇。」而「扏」又作「救」。是「仇、扏、救」古字通也。「救」即仇敵之「仇」，非救助之「救」。小問篇作「先定卿大夫之家，然後可以危鄰之敵國」，是其證。尹注未了。〔救敵之國，管子第四·四四二〕

二八　寓，寄也。4a

【戴】天頭朱批：無寓人於我室〔二〕。

〔一〕新編諸子集成本太玄卷五内初一「謹于嬰扏，初貞後寧」，范望注：「扏，匹也。謹其妃匹，男女道正，夫婦別，室家安。」

〔二〕孟子離婁下。

二九　露，敗也。　4a

【戴】天頭朱批：是率天下而路也[一]。　又天頭墨批：吕氏春秋太虚篇「士民罷潞」，高誘注：「潞，羸也。」

【廣】「露」之言「落」也。方言：「露，敗也。」昭元年左傳云：「勿使有所壅閉湫底以露其體。」逸周書皇門解云：「自露厥家。」管子四時篇云：「國家乃路。」吕氏春秋不屈篇云：「士民罷潞。」「露、潞、路」並通。今俗語猶云「敗露」矣。莊子天地篇「夫子闔行邪，無落吾事」，謂無敗吾事也。「落」與「露」，亦聲近義同。〔露敗也，三·八九〕

【述】「於是乎節宣其氣，勿使有所壅閉湫底以露其體」，杜注曰：「湫，集也；底，滯也；露，羸也。壹之，則血氣集滯而體羸露。」家大人曰：露猶疲也，憊也。吕氏春秋盡數篇曰：「形不動則精不流，精不流則氣鬱鬱。處頭，則爲腫爲風；處耳，則爲挶爲聾；處目，則爲䁾爲盲；處鼻，則爲鼽爲窒；處腹，則爲張爲疛；處足，則爲痿爲蹷。」然則氣鬱而不宣者，體之所以憊也。故曰「勿使有所壅閉湫底以露其體」。方言曰：「露，敗也。」管子五輔篇曰：「振罷露，「罷」與「疲」同。資乏絶。」秦策曰：「諸侯見齊

〔一〕孟子滕文公上。

之罷露。」是露爲疲憊之義。「露、羸」一聲之轉，故廣雅曰：「疲、羸、㦨，與「憊」同。極也。」列子湯問篇「氣甚猛，形甚露」，張湛曰：「有膽氣而體羸虚。」是露即羸也。孟子滕文公篇「是率天下而路也」，趙注曰：「是率導天下之人以羸路也。」今本「羸路」作「羸困之路」，此後人不曉「路」字之義而妄改之也。案：音義曰「丁、張並云『路與露同』」，又所列注文内無「困之」二字，今據删。呂氏春秋不屈篇「士民罷潞」，秦策「士民潞病於内」，高注並曰：「潞，羸也。」「路、潞」皆與「露」同，故杜言「體羸露」也。正義不曉「露」字之義，乃云「肌膚瘦則骸骨露」，又云「羸露是露骨之名，其義與倮相近。倮，露形也；羸，露骨也」，皆失之。［露其體，一九・四四四九］

【讀】「是人斯乃讒賊媢嫉，以不利于厥家國。譬若匹夫之有婚妻，曰予獨服在寢以露厥家。」念孫案：「婚妻」本作「昏妻」，此後人不曉文義而改之也。據孔注云「喻昏臣也」，則本作「昏妻」明矣。方言曰：「露，敗也。」昭元年左傳「勿使有所壅閉湫底以露其體」，謂敗其體也。莊子漁父篇「田荒室露」，荀子富國篇「田疇穢，都邑露」，齊策「其百姓罷而城郭露」，露皆謂敗也。字或作「路」。管子四時篇「不知五穀之故，國家乃路」，謂國家敗也。解者多失之。言讒賊媢嫉之人專權以敗國，亦若昏妻之專寵以敗家也。孔云「言自露於家。謂美好」，蓋未解「露」字之義。［婚妻，逸周書第二・一五］

【讀】「振罷露」，尹注曰：「疾憊裸露者振救之。」念孫案：上文云：「養長老，慈幼孤，恤鰥寡，問疾病，弔禍喪，此謂匡其急。」此云：「衣凍寒，食飢渴，匡貧窶，振罷露，資乏絶，此謂振其窮。」是上言問疾病，乃匡急之事，非振窮之事；此言振罷露，乃振窮之事，非匡急之事。尹以「罷」爲「疾憊」，非也；至以「露」爲「裸露」，則尤未解「露」字之義。今案：罷露，謂室家疲敝也。「罷」與「疲」同。「匡貧窶，振罷露，資乏絶」，三者義相近。「露」之言「羸」也。**方言曰：「露，敗也。」**昭元年左傳「勿使有所壅閉湫底以露其體」，杜注曰：「露，羸也。」案：廣雅：「疲、羸，極也。」「疲羸」猶「罷露」，故云「露，羸也」。正義曰「羸義與倮相近。倮，露形也；羸，露骨也」，誤與尹注同。列子湯問篇「氣甚猛，形甚露」，張湛曰：「有膽氣而體羸虛。」逸周書皇門篇曰「自露厥家」，莊子漁父篇曰「田荒室露」，荀子富國篇曰「田疇穢，都邑露」，楊倞注「露謂無城郭牆垣」，此亦未解「露」字之義。義並同也。字或作「路」，又作「潞」。孟子滕文公篇「是率天下而路也」，趙注曰：「是率導天下之人以羸路也。」今本「羸路」作「羸困之路」，此後人不曉「路」字之義而妄改之也。案：音義曰：「丁、張並云『路與露同』」，又所列注文内無「困之」二字，今據删。秦策「士民潞病於内」，高注曰：「潞，羸也。」韓子初見秦篇「潞病」作「疲病」。是「罷」與「露」同義。故齊策曰：「其百姓罷而城郭露。」合言之則曰「罷露」矣。韓子亡徵篇曰「好罷露百姓」；外儲説左篇「罷露」作「罷苦」。秦策曰「諸侯見齊之罷露」；呂氏春秋不屈篇曰「士民罷潞」，高注曰「潞，羸也」：皆其證矣。又四時篇「不知五穀之故，國家乃路」，「路」亦與「露」同。露，敗也。尹注云「路謂失其常居」，亦失之。又七臣七主篇「故設用無度，國家路，舉事不時，必受其菑」，「度、路」爲韻，「時、菑」爲韻。今本「路」作「踣」，乃後人不知古義而妄改之耳。下文「亡國路家」，今本「路」作「踣」，亦是後人所改。〔振罷露，管子第二·四二五〕

【讀】「舉齊國之幣，握路家五十室」，尹注曰：「握，持也。持與路旁之家。」引之曰：「握」，當爲「振」。「辰」與「屋」字形相近，又因下文「室」字而誤。說文曰：「振，舉救也。」「路」，讀爲「露」。露家，窮困之家也。**方言：「露，敗也。」**莊子漁父篇曰：「田荒室露。」字亦作「潞」。秦策曰「士民潞病於内」，呂氏春秋不屈篇曰「士民罷潞」，「罷」與「疲」同。高注並曰：「潞，羸也。」亦作「路」。孟子滕文公篇「是率天下而路也」，趙注曰：「是率導天下之人以羸路也。」俗本改作「羸困之路」。辯見前「振罷露」下。五輔篇：「衣凍寒，食飢渴，匡貧窶，振罷露，資乏絶，此謂振其窮。」「振罷露」即此所謂「振露家」也。尹注非。〔握路家，管子第五·四五三〕

【讀】「此三者，路世之政，單事之教也」，元刻本如是。別本「單」作「道」。孫云：「言市名于道路。一本道作單，非。」引之曰：作「單」者是也。「單」，讀爲「殫」。爾雅：「瘽，病也。」字或作「癉」。大雅板篇「下民卒癉」，毛傳曰：「癉，病也。」「路」與「單」，義相近。方言：「**露，敗也。**」逸周書皇門篇曰：「自露厥家。」管子四時篇曰：「不知五穀之故，國家乃路。」「路、露」古字通。路，敗也。尹知章注「路謂失其常居」，失之。言此三者，以之爲政，則世必敗；以之爲教，則事必病也。孫以「路」爲「道路」，失之。〔路世之政單事之教，晏子春秋第二·五五五〕

【讀】「入其境，其田疇穢，都邑露」，楊注曰：「露謂無城郭牆垣。」念孫案：楊未解「露」字之義。露者，敗也。謂都邑敗壞也。方言曰：「**露，敗也。**」莊子漁父篇曰「田荒室露」，齊策曰「百姓罷而城郭露」，並與此「都邑露」同義。「露」字或作「路」，又作「潞」。説見管子「振罷露」下。〔都邑露，荀子第三·六八〇〕

三〇　**別，治也。**4b

三一　**棖，法也。**救傾之法。4b

【廣】棖者：方言「**棖，法也**」，郭璞注云：「**救傾之法。**」説文：「棖，杖也。一曰法也。」字亦作「堂」。考工記弓人云「維角堂之」，鄭衆注云：「堂，讀如牚距之牚、車牚之牚。」疏云「牚距、車牚，皆取其正也」，即郭注所云「救傾之法」也。爾雅「棖謂之楔」，郭注云「門兩旁木」，義亦相近也。〔棖瀀也，一・九〕

三二　**讁，怒也。**相責怒也。音賾。4b

【戴】天頭朱批：人不足與適也。又「讁，怒也」，郭璞曰：「謂相責怒。」一切經音義五、十、十六。

三三　**間，非也。**4b

【戴】天頭朱批：政不足間也〔一〕。

【廣】間者：**方言：「間，非也。」**襄十五年左傳「且不敢間」，正義云：「間，非也。」論語先進篇「人不間於其父母昆弟之言」，陳群注云：「人不得有非間之言也。」孟子離婁篇「政不足間也」，趙岐注云：「間，非也。」〔間諰也，二・六五〕

【讀】「故人有厚德，無問其小節；而有大譽，無疵其小故。」念孫案：「問」，當爲

〔一〕孟子離婁上。

「間」。方言曰：「間，非也。」襄十五年左傳「且不敢間」，論語先進篇「人不間於其父母昆弟之言」，孟子離婁篇「政不足間也」，趙岐、陳群、孔穎達諸儒皆訓「間」爲「非」。「疵」，讀爲「訾」。莊子山水篇「無譽無訾」，呂氏春秋必己篇作「疵」。荀子不苟篇：「正義直指，舉人之過，非毀疵也。」「無間」與「無訾」同義，故廣雅曰：「間、訾，諻也。」「諻」與「毀」同。今本「間」誤爲「問」，則非其指矣。文子上義篇正作「無間其小節」。〔無問，淮南内篇第十三·八八五〕

三四　**格，正也。** 4b

【戴】天頭朱批：唯大人爲能格君心之非〔一〕。

三五　**齘，數也。** 偶物爲麗，故立數也。4b

【戴】天頭朱批：詩曰：「商之孫子，其麗不億。」〔二〕

【廣】齘者：方言、説文並云「齘，數也」，郭璞云：「偶物爲麗，故云數也。」大雅文

〔一〕孟子離婁上。
〔二〕詩大雅文王。

王篇「其麗不億」，毛傳云「麗，數也」，「麗」與「鬣」通。［鬣數也，四·一一四］

三六　軫，戾也。相了戾也〔一〕。江東音善。　4b

【戴】圈改郭注「相乖戾也」之「乖」字作「了」。又天頭朱批：紾兄之臂〔二〕。又天頭墨批：儀禮鄉飲酒禮「弗繚」，鄭注云：「繚猶紾也。」楚辭九歎云：「繚戾宛轉。」淮南子原道訓「扶摇抮抱，了戾也」〔三〕，「了」與「繚」同。又：「胞系了戾。」金匱要略下十二頁。又於戴氏疏證「方言各本乖譌作了」之「了」字右側加雙墨圈。

【廣】抮者：玉篇音火典切，「引戾也」；方言「**軫，戾也**」，**郭璞注云「相了戾也。江東音善」**；考弓記弓人「老牛之角紾而昔」，鄭衆注云「紾，讀爲抮縛之抮」，釋文「紾，劉徒展反，許慎尚展反，角絞縛之意也」；孟子告子篇「紾兄之臂而奪之食」，趙岐注云「紾，戾也」，音義「紾，張音軫，又徒展切」；淮南子原道訓「扶摇抮抱羊角

〔一〕「了」，戴震疏證改作「乖」。
〔二〕孟子告子下。
〔三〕四庫本作「扶摇抮抱羊角而上」。

而上」，高誘注云「抮抱，了戾也。抮，讀與左傳『感而能昣』者同」；釋訓云「軫軳，轉戾也」：並聲近而義同。［抮盭也，四·一二三］

【廣】説文「戾，曲也」「盭，弼戾也」，「盭」與「戾」通。**方言「軫，戾也」，郭璞注云「相了戾也。江東音善」**；説文「紾，轉也」；考工記弓人「老牛之角紾而昔」，鄭衆注云「紾，讀爲抮縛之抮」，釋文「紾，劉徒展反，許慎尚展反，角絞縛之意也」；孟子告子篇「紾兄之臂而奪之食」，趙岐注云「紾，戾也」，音義「紾，張音軫，又徒展切」；淮南子原道訓「蟠委錯紾」，高誘注云「紾，轉也」；卷四云「抮，盭也」，曹憲音「顯」：並聲近而義同。［軫戾也，六·一九三］

【讀】「凡道不欲壅，壅則哽，哽而不止則跈，跈則衆害生」，郭象曰：「當通而塞，則理有不泄而相騰踐也。」釋文：「跈，女展反。廣雅云：『履也，止也。』本或作蹍，同。」念孫案：「踐履」與「壅塞」，二義不相比附。郭云「理有不泄而相騰踐」，所謂曲説者也。「本或作蹍」，亦非也。今案：「跈」，讀爲「抮」；抮，戾也。言哽塞而不止則相乖戾，相乖戾則衆害生也。廣雅曰：「抮，盭也。」［「盭」與「戾」同。］**方言曰「軫，戾也」，郭璞曰「相了戾也」**；孟子告子篇「紾兄之臂而奪之食」，趙岐曰「紾，戾也」；此云「哽而不止則跈」：義並與「抮」同。［哽而不止則跈，餘編上·一〇一九］

三七　**屑，潔也。**謂潔清也。音薛。4b

【戴】天頭朱批：不屑就[一]。

【廣】屑者：方言：「**屑，潔也。**」邶風谷風篇「不我屑以」，鄘風君子偕老篇「不屑髢也」，毛傳並云「屑，絜也，」「絜」與「潔」通。〔屑潔也，三·九二〕

三八　**諄，罪也。**謂罪惡也。章順反。4b

【明】將正文之「諄」字改作「諄」。

【戴】天頭朱批：凡民罔不憝[二]。又天頭墨批：書曰「元惡大憝」[三]，「憝、諄」古字通。

【廣】諄者：方言「**諄，罪也**」，郭璞注云「**謂罪惡也**」，「罪」與「辠」同。康誥云：「元惡大憝。」「憝」與「諄」，古聲亦相近。〔諄辠也，三·一〇一〕

[一] 孟子公孫丑下。

[二] 孟子萬章下作「凡民罔不譈」。

[三] 尚書康誥。

三九　**俚，聊也。**謂苟且也。音吏。4b

【戴】天頭朱批：稽大不理於口〔一〕。

四〇　**梱，就也。**梱梱，成就貌。格本反。5a

【戴】天頭朱批：捆屨〔二〕。

【廣】諸書無訓「梱」爲「屠」者。方言「**梱，就也**」，郭璞注云：「**梱梱，成就貌。**」然則廣雅本訓「梱」爲「就」，在上條内，後人傳寫誤入此條耳。玉篇「稇，成熟也」，廣韻「稇，成就也」，義並與「梱」同。〔梱屠也，三·七四〕

四一　**苙，圂也。**謂蘭圂也。音立。5a

【明】將郭注之「蘭」字改作「闌」。

【戴】天頭朱批：既入其苙〔三〕。

〔一〕孟子盡心下。
〔二〕孟子滕文公上。
〔三〕孟子盡心下。

四二　**廋，隱也。**　謂隱匿也。音搜索也。5a

【明】刪郭注「音搜索也」之「也」字。

【戴】天頭朱批：人焉廋哉[一]。

【廣】廋者：方言：「**廋，隱也。**」晋語「有秦客廋辭於朝」，韋昭注與方言同。文十八年左傳「服讒蒐慝」，服虔注云「蒐，隱也」，「蒐」與「廋」通。「廋」訓爲「隱」，故隈隱之處謂之「廋」。楚辭九歎「步從容於山廋」，王逸注云：「廋，隈也。」〔廋隱也，四·一二七〕

四三　**銛，取也。**　謂挑取物。音忝。5a

【戴】天頭朱批：以言銛之[二]。

【廣】銛者：方言「**銛，取也**」，注云：「**謂挑取也。**」孟子盡心篇「是以言銛之也」，趙岐注

[一] 孟子離婁上。
[二] 四庫本孟子注疏盡心下作「以言餂之」。

云：「餂，取也。」丁公著音義云：「字書及諸書並無此餂字，當作銛。」〔餂取也，一・一八〕

四四　根，隨也。棖柱令相隨也。 5a

四五　儓、音臺。**䑋，**音僰。**農夫之醜稱也。南楚凡罵庸賤謂之田儓，**佅儓，駑鈍皃。或曰僕臣儓，亦至賤之號也。**或謂之䑋，**丁健貌也。廣雅以爲奴，字作僰，音同。**或謂之辟。辟，商人醜稱也。**辟辟，便黠皃也。音擘。 5a

【廣】陪、儓、皁、隸、牧、圉者：昭七年左傳云：「是無陪臺也。」又云「士臣皁，皁臣輿，輿臣隸，隸臣僚，僚臣僕，僕臣臺」，服虔注云：「皁，造也，造成事也。輿，衆也，佐皁舉衆事也。隸，隸屬於吏也。僚，勞也，共勞事也。僕，僕豎主藏者也。臺，給臺下微名也。」〔一〕韋昭注楚語云：「臣之臣爲陪。」曲禮「列國之大夫入天子之國，自稱曰陪臣某」，鄭注云：「陪，重也。」論語季氏篇「陪臣執國命」，馬融注云：「陪，重也。謂家臣也。」方言：**「南楚凡罵庸賤謂之田儓。」**孟子萬章篇「蓋自是臺無餽也」，趙岐注

〔一〕「微名」，王念孫補正改作「徵召」。

云「臺，賤官主使令者」，「臺」與「儓」通。［陪儓皁隸牧圉臣也，一·二五］

【廣】儓、𧟰者：方言「儓、𧟰，農夫之醜稱也。南楚凡罵庸賤謂之田儓，或謂之𧟰」，郭璞注云：「㑣儓，駑鈍貌。」説文：「嬯，遲鈍也。」廣雅釋言篇云：「駑，駘也。」楚辭九辯云：「策駑駘而取路。」莊子德充符篇「衛有惡人焉，曰哀駘它」，李頤注云：「哀駘，醜貌。」「儓、嬯、駘」，義並相近。昭七年左傳云：「僕臣臺。」孟子萬章篇「蓋自是臺無餽也」，趙岐注云：「臺，賤官主使令者。」「賤」與「醜」，義亦相近。故南楚罵庸賤謂之「田儓」也。方言注云「𧟰，丁健貌也」，亦賤人之稱也。［儓𧟰醜也，二·六五］

【廣三】倸倯者：方言「倸倯，罵也。燕之北郊曰倸倯」，郭璞注云：「羸小可憎之名也。」方言：「南楚凡罵庸賤謂之田儓。」又云「庸謂之倯，轉語也」，義與「倸倯」亦相近。［倸倯罵也，三·七七］卷一〇第一〇條；卷三第四五條；卷三第四六條

四六　庸謂之倯，轉語也。松猶保倯也。今隴右人名孏爲倯，相容反。5a

【廣三】倸倯者：方言「倸倯，罵也。燕之北郊曰倸倯」，郭璞注云：「羸小可憎之名也。」方言：「南楚凡罵庸賤謂之田儓。」又云「庸謂之倯，轉語也」，義與「倸倯」亦相近。［倸倯罵也，三·七七］卷一〇第一〇條；卷三第四五條；卷三第四六條

四七　褸裂、須捷、挾斯，敗也。南楚凡人貧衣被醜獘謂之須捷；須捷，狎翣也。**或謂之褸裂；**裂，衣壞皃，音縷。**或謂之襤褸，故左傳曰「華路褸襤，以启山林」，**華路，柴車。**殆謂此也；或謂之挾斯。**挾斯，猶挾變也。**器物弊亦謂之挾斯。**5a

【明】於郭注「裂，衣壞皃，音縷」之「裂」字上增「褸」字。又於正文「故左傳曰『華路襤褸，以启山林』」之「左」字下增「氏」字。

【廣】俠斯者：方言「俠斯〔一〕，敗也。南楚凡人貧衣被醜敝或謂之挾斯。器物敝亦謂之挾斯」。「挾」與「俠」通。〔俠斯敗也，三·九〇〕

四八　撲、打撲。**鋌、**音挺。**澌，盡也。南楚凡物盡生者曰撲生。**今種物皆生云撲地生也。**物空盡者曰鋌；鋌，賜也。**亦中國之通語也。**鋌、賜、撲、澌，皆盡也。鋌，空也，語之轉也。**5b

【戴】天頭朱批：鋌、儩，盡也。物空盡也。一切經音義七。又：鋌、儩，盡也。物空盡曰儩。儩，索也。十三。又天頭墨批：海内東經「湘水入洞庭下」，郭璞注云：「洞庭，

〔一〕「俠」字誤，當作「挾」。

地穴也，在長沙巴陵。今吴縣南太湖中有包山，下有洞庭穴道，潛行水底，云無所不通，號爲地脈。」地穴謂之洞庭，亦中空之義也。「庭」猶「鋌」耳。又文選笙賦注引古咄唶歌曰：「棗初欲赤時，人從四邊來。棗適今日賜，誰當仰視之。」

【廣】澌者：説文：「澌，水索也。」曹憲音斯，玉篇、廣韻音賜。**方言：「澌，盡也。」**鄭注曲禮云「死之言澌也，精神澌盡也」，正義云：「今俗呼盡爲澌，即舊語有存者也。」金縢「大木斯拔」，史記魯世家作「盡拔」。鄉飲酒禮「尊兩壺于房户間，斯禁」，鄭注云：「斯禁，禁切地無足者。」疏云：「斯，澌也，澌盡之名也。」文選西征賦「若循環之無賜」，李善注引方言「賜，盡也」。史記李斯傳云：「吾願賜志廣欲。」「澌、斯、賜」並通。繫辭傳「故君子之道鮮矣」，釋文：「師説云：鮮，盡也。」「鮮」與「斯」，亦聲近義同。故小雅瓠葉箋云：「今俗語斯白之字作鮮，齊魯之間聲近斯矣。」〔澌盡也，一・四〇〕

【廣】鋌者：**方言：「鋌，盡也。南楚凡物空盡者曰鋌。」**釋訓篇云「𣨛𣨛，盡也」，「𣨛」與「鋌」通。文選思玄賦注引字林云：「逞，盡也。」「逞」與「鋌」，聲近義同。〔鋌盡也，一・四一〕

四九　撲、翕、葉，聚也。撲屬，葉相着貌。楚謂之撲，或謂之翕。葉，楚通語也。5b

【明】將郭注之「着」字改作「著」。

【廣】翕、葉者：方言：「撲、翕、葉，聚也。楚謂之撲，或謂之翕。葉，楚通語也。」爾雅「翕，合也」，合亦聚也。淮南子原道訓云：「大渾而爲一，葉累而無根。」是葉爲聚也。説文「葉，草木之葉也」，亦叢聚之義也。又説文「鍱，鏶也」，徐鍇傳云：「今言鐵葉是也。」案：今人猶謂鐵片爲「鐵葉」，亦取叢集之義。「鍱」與「葉」同音，「鏶」與「集」同音，集、葉皆聚也，故「鍱」又謂之「鏶」矣。卷一云：「揲，積也。」「揲」與「葉」，亦聲近義同。［翕葉聚也，三·九四］

【讀】「業貫萬世而不壅，横扃四方而不窮」，高注曰：「貫，通。壅，塞。」念孫案：「業」當爲「葉」，聲之誤也。葉，聚也，積也；貫，累也。言積累萬世而不壅塞也。方言曰：「葉，聚也。廣雅同。楚通語也。」楚辭離騷「貫薜荔之落蘂」，王注曰：「貫，累也。」廣雅同。荀子王霸篇「貫日而治詳」，楊倞曰：「貫日，積日也。」是葉、貫皆積累之意也。俶真篇曰「枝解葉貫，萬物百族」，義與此「葉貫」同。原道篇曰「大渾而爲一，葉累而無根」，「葉累」猶「葉貫」也。俶真篇曰「横廓六合，揲貫萬物」，「揲貫」猶「葉貫」也。彼言「横廓六合」，猶此言「横扃四方」；彼言「揲貫萬物」，猶此言「葉貫萬世」。故廣雅云：「揲，積也。」高注訓

「貫」爲「通」，失之矣。［業貫，淮南内篇第九·八三五］

五〇　斟，益也。言斟酌益之。**南楚凡相益而又少謂之不斟；凡病少愈而加劇亦謂之不斟，或謂之何斟。**言雖少損無所益也。5b

【戴】天頭墨批：「斟」與「沾」，亦相近。

【廣】斟、酌者：方言「斟，益也。南楚凡相益而又少謂之不斟；凡病少愈而加劇亦謂之不斟，或謂之何斟」，注云：「斟，言斟酌益之也。」王逸注招魂云「勺，沾也」，「勺」與「酌」通。［斟酌益也，一·三七］

五一　差、間、知，愈也。南楚病愈者謂之差，或謂之間，言有間隙。**或謂之知。**知，通語也。**或謂之慧，或謂之憭，**慧、憭，皆意精明。**或謂之瘳，或謂之蠲，**蠲亦除也，音涓，一圭反。**或謂之除。**6a

【明】將郭注「言有間隟」之「隟」字改作「隙」。

【戴】天頭朱批：「南楚疾愈謂之蠲」，郭璞云：「蠲，除也。」［一切經音義二、廿二、廿三。

又：差，愈也。二、六、廿一、廿三。又：差、間，愈也。三、八、十四、十七。又「南楚疾愈者謂之蠲」，郭璞曰：「蠲，除也。」六。又於正文「知，通語也。或謂之慧，或謂之憭」右側夾注：金匱要略：「初服二合，不知，即服二合，又不知，復加至五合。」上卷四十二〔一〕。

【廣】知、瘥、蠲、除、慧、間、瘳者：「瘥」，通作「差」。方言「差、間、知，愈也。南楚病愈者謂之差，或謂之間，或謂之知。知，通語也。或謂之慧，或謂之憭，或謂之瘳，或謂之蠲，或謂之除」，郭璞注云：「間，言有間隙也。慧、憭，皆意精明也。蠲亦除也。」素問刺瘧篇云：「一刺則衰，二刺則知，三刺則已。」藏氣法時論篇云：「肝病者，平旦慧，下晡甚，夜半靜。」論語子罕篇「病間」，孔傳云：「少差曰間。」説文：「瘉，病瘳也。」漢書高祖紀「漢王疾瘉」，顔師古注云：「瘉與愈同。」「瘉」，各本譌作「癒」，自宋時本已然。是以集韻「瘉、癒」二字兼收，而類篇以下諸書悉仍其誤。考説文、玉篇、廣韻俱無「癒」字，今訂正。〔知瘥蠲除慧間瘳瘉也，一·二四〕

【廣】憭者：説文：「憭，慧也。」方言注云：「慧、憭，皆意精明也。」後漢書孔融傳云「小而聰了，大未必奇」，「了」與「憭」通。〔憭慧也，一·三八〕

【廣三】逞、苦、憭、曉、恔者：方言：「逞、苦、了，快也。自山而東或曰逞，楚曰苦，

〔一〕四庫本金匱要略卷十。

秦曰了。」又云：「逞、曉、恔、苦，快也。自關而東或曰曉，或曰逞；江淮陳楚之間曰逞；宋鄭周洛韓魏之間曰苦；東齊海岱之間曰恔；自關而西曰快。」春秋桓公六年左傳「今民餒而君逞欲」，杜預注云：「逞，快也。」「逞」訓爲「快」，又有急疾之意。方言云：「逞，疾也。楚曰逞。」今俗語猶謂「疾」爲「快」矣。苦亦疾也。淮南子道應訓「斲輪大疾則苦而不入，大徐則甘而不固」，高誘注云：「苦，急意也。甘，緩意也。」憭、曉皆明快之義。「憭」即方言「了」字也。説文：「憭，慧也。」方言「南楚病愈者或謂之慧，或謂之憭」，郭璞注云：「慧、憭，皆意精明。」是快之義也。各本俱脱「憭」字。集韻、類篇並云：「憭，快也。」衆經音義卷二十引廣雅「逞、憭、曉，快也」。今據以補正。説文：「曉，明也。」樂記「蟄蟲昭蘇」，鄭注云：「昭，曉也。蟄蟲以發出爲曉，更息曰蘇。」是快之義也。玉篇：「㤊，胡交切，快也。」廣韻又胡教切。孟子公孫丑篇「於人心獨無恔乎」，趙岐注云「恔，快也」，「恔」與「㤊」同。玉篇、廣韻「恔」音吉了切。説文「恔，憭也」，亦明快之義也。［逞苦憭曉恔快也，二·六七］卷二第一七條；卷三第五一條

王念孫方言遺説輯録卷四

一　禪衣，江淮南楚之間謂之褋，楚詞曰：「遺余褋兮澧浦。」音簡褋。關之東西謂之禪衣。有襃者前施襃囊也。房報反。趙魏之間謂之袏衣，無襃者謂之裎衣。音逞。古謂之深衣。制見禮記。　1a

【明】將郭注「音簡褋」之「褋」字改作「牒」。

【戴】天頭朱批：褋，禪衣也。一切經音義十四。又天頭墨批：淮南子氾論訓「豈必襃衣博帶句襟委章甫哉」，高誘注：「襃衣謂方輿之衣，如今吏人之左衣也。」

【廣】裎者：説文：「裎，袒也。」孟子公孫丑篇云：「雖袒裼裸裎於我側。」「裎」之言「呈」也。方言「禪衣無襃者，趙魏之間謂之裎衣」，義亦相近也。［裎袒也，四・一一三］

【廣二】「禪」之言「單」也。説文：「禪，衣不重也。」玉藻「禪」爲「絅」，鄭注云：「有衣裳而無裏。」急就篇注云：「禪衣，似深衣而褒大。」方言云：「禪衣，江淮南楚之間謂之褋，關之東西謂之禪衣。古謂之深衣。」又云：「覆䘹謂之禪衣。」「褋」，亦作「𧝝」。説文：「南楚謂禪衣曰𧝝。」楚辭九歌「遺余褋兮醴浦」，王逸注云：「褋，襜襦也。」潛

夫論浮侈篇云：「麈鹿履舃，文組綵褋。」［覆䘹褋襌衣也，七·二三〇］卷四第一條；卷四第二一條

二　**襜褕，江淮南楚謂之橦褣，**裳凶反。**自關而西謂之襜褕，其短者謂之短褕。**音豎。**以布而無緣、敝而紩之謂之襤褸。自關而西謂之裗䘨，**俗名䘨掖。音倔。**其敝者謂之緻。**緻縫納敝，故名之也。丁履反。 1a

【明】將正文「其短者謂之短褕」之下「短」字改作「裋」。

【戴】於正文「江淮南楚謂之橦褣」右側夾注：御覽六百九十三「南楚」作「之間」。

【廣】說文：「直裾謂之襜褕。」漢書外戚恩澤表：「武安侯恬坐衣襜褕入宮不敬免」，顏師古注云：「襜褕，直裾襌衣也。」方言：「**襜褕，江淮南楚謂之橦褣，自關而西謂之襜褕。**」「橦褣」，小爾雅作「童容」。任氏幼植深衣釋例云：釋名「襜褕，言其襜襜宏裕也」，方言或謂之「童容」。「童容」之名，即是「襜襜宏裕」之義。詩「漸車帷裳」，箋云：「帷裳，童容也。」周禮巾車「皆有容蓋」，鄭司農注亦云：「容謂幨車。山東謂之裳幃，或曰幢容。」後漢書劉盆子傳「乘軒車大馬，赤屏泥，絳襜絡」，注云：「襜，帷也。」帷謂之「襜」，亦謂之「童容」；直裾襌衣謂之「襜褕」，亦謂之「童容」：其義一

也。［襌褣襜褕也，七・二三〇］

【廣二】説文「複，重衣。一曰褚衣」，重衣謂袷衣也，褚謂衣之有絮者。此云「複襦」是也。釋名「襌襦，如襦而無絮也」，然則有絮者謂之「複襦」矣。急就篇「襜褕袷複褶袴褌」，顔師古注云：「褚之以緜曰複。」古辭孤兒行云「冬無複襦，夏無單衣」，是也。方言：「複襦，江湘之間謂之䙕。」又云：「襜褕，其短者謂之裋褕。」説文：「裋，豎使布長襦也。」裋長於襦而短於襜褕，故裋褐亦曰「短褐」。古謂僮僕之未冠者曰「豎」，亦短小之意也。列子力命篇「朕衣則裋褐」，釋文引許慎淮南子注云：「楚人謂袍爲裋。」荀子大略篇作「豎褐」。「裋、豎」並與「䙕」同。［複襦謂之䙕，七・二三一］卷四第三五條；卷四第二條

【廣三】緻者：方言云：「楚謂紩衣爲褸，秦謂之緻。」又云「褸謂之緻」，郭璞注云：「襤褸，緻結也。」又云「襜褕，以布而無緣、敝而紩之謂之襤褸。自關而西謂之統裾，其敝者謂之緻」，注云：「緻縫納敝，故之名。」[一]是緻爲補也。［緻補也，四・一二二］卷四第三四條；卷四第一一條

三　汗襦，廣雅作褕。江淮南楚之間謂之䙢；音甑。自關而西或謂之衹裯；衹，音止。裯，丁牢

[一] 郭璞方言注作「故名之也」。

反。亦呼爲掩汗也。**自關而東謂之甲襦；陳魏宋楚之間謂之襜襦，或謂之襌襦。**今或呼衫爲單襦。1b

【明】將正文「汗濡，江淮南楚之間謂之襘」之「襘」字改作「襦」。又將正文「自關而東謂之甲襦」之「甲」字改作「皁」。又將正文「陳魏宋楚之間謂之襜襦」之「襦」字改作「椅」[一]。

【戴】於戴氏疏證「初學記引方言『陳魏宋楚之間謂之襜』」右側夾注：御覽亦無「襦」字。

【廣】説文：「袛裯，短衣也。」方言云：「**汗襦，自關而西或謂之袛裯。**」楚辭九辯「被荷裯之晏晏兮」，王逸注云：「裯，袛裯也，若襜褕矣。」後漢書羊續傳云：「唯有布衾敝袛裯。」［袛裯襜褕也，七·二三〇］

【廣二】方言「**汗襦，陳魏宋楚之間謂之襜襦，或謂之襌襦**」，郭注云：「**今或呼衫爲襌襦。**」又「**偏襌謂之襌襦**」，注云：「**即衫也。**」釋名云：「襌襦，如襦而無絮也。」漢書來歙傳注引東觀記云：「光武解所被襜襦以衣歙。」集韻、類篇引廣雅「襌襦謂之襜裿」，連下文「裿」字爲句，失之。［襌襦謂之襜，七·二三二］卷四第三條；卷四第二三條

【廣】此説文所謂「重衣」也。「襂」與「衫」同。釋名云：「衫，芟也，芟末無袖端

[一]「椅」，當作「裿」。可參看下文「【廣】襌襦謂之襜」部分。

也。」方言注以「衫」爲「襌襦」，其有裏者則謂之「裀」。「裀」猶「重」也。［複襂謂之裀，七·二三二］

四　帬，陳魏之間謂之帔，音披。**自關而東或謂之襬。**音碑，今關西語然也。1b

【廣】「帔」之言「披」也。方言：「帬，陳魏之間謂之帔。」説文云：「弘農謂帬帔也。」［帔帬也，七·二三二］

五　蔽厀，江淮之間謂之褘，音韋，或暉。**或謂之祓；**音沸。**魏宋南楚之間謂之大巾；自關東西謂之蔽厀；齊魯之郊謂之袡。**昌詹反。**襦，**字亦作褕。又襦，無右也。**西南屬漢謂之曲領，或謂之襦。褌，陳楚江淮之間謂之䘣。**錯勇反。1b

【大】大巾謂之「褘」。音徽。方言：「蔽厀，江淮之間謂之褘，魏宋南楚之間謂之大巾。」釋名：「韠，蔽也，所以蔽膝前也。婦人蔽膝亦如之。齊人謂之巨巾。田家婦女出田野，以覆其頭，故因以爲名。」［七·七九］

【明】於正文「江淮之間謂之褘」之「江淮」下增「南楚」二字。又將正文「魏宋南楚之間謂之大巾」之「南楚」改作「陳楚」。又於正文「襦，西南屬漢謂之曲領」之「襦」字上加横杠别爲一條。又將郭注「字亦作褕」之「褕」字改作「褕」。又將正文

「西南屬漢謂之曲領」之「屬」字改作「蜀」。

【廣】方言：「蔽厀，江淮之間謂之褘，或謂之袚；魏宋南楚之間謂之大巾；自關東西謂之蔽厀；齊魯之郊謂之衻。」釋名云：「韠，蔽也，所以蔽膝前也。婦人蔽膝亦如之。齊人謂之巨巾。田家婦女出至田野，以覆其頭，故因以爲名也。又曰跪襜，跪時襜襜然張也。」「衻、襜」一字也。爾雅「衣蔽前，謂之襜」，釋文：「襜，方言作衻，同昌占反。」小雅采緑篇「不盈一襜」，毛傳與爾雅同。正義引李巡爾雅注云：「衣蔽前，衣蔽膝也。」凡言襜者，皆障蔽之意。衣蔽前謂之「襜」，牀前帷謂之「襜」，車裳帷謂之「幨」，幰謂之「幨」，其義一也。漢書東方朔傳「館陶公主自執宰敝膝」，「敝膝」與「蔽厀」同。「袚、韍」一字也。說文作「市」，云：「從巾。象其連帶之形。」易作「紱」，詩作「芾」，禮記作「韍」，左傳作「黻」，**方言作「袚」**，易乾鑿度作「茀」，白虎通義作「紼」，並字異而義同。〔大巾褘衻襜袚蔽厀也韍謂之縪，七·二三一〕

【廣二】方言「褌，陳楚江淮之間謂之䘸」，說文「幒，幝也。或作㡝」，字並與「衳」同。**方言「無裥之袴謂之𧝓」，注云：「袴無踦者，即今犢鼻褌也。」**史記司馬相如傳集解引韋昭漢書注云：「犢鼻褌以三尺布作，形如犢鼻。」〔袑衳𧝓幝也，七·二三三〕卷四第五條；卷四第一五條

六　袴，齊魯之間謂之䙄，傳曰：「徵褰與襦。」音騫。**或謂之襱；**今俗呼袴踦爲襱，音鮦魚。**關西謂之袴。**1b

【明】將郭注「音騫」之「騫」字改作「褰」。

【廣】「絝」，或作「袴」。内則云：「衣不帛襦袴。」説文：「絝，脛衣也。」釋名云：「袴，跨也，兩股各跨別也。」方言：「袴，齊魯之間謂之䙄，或謂之襱；關西謂之袴。」説文「褰，絝也」，引昭二十五年左傳「徵褰與襦」。「褰、䙄、裷」並同。［裷謂之絝，七·二三三］

【廣二】方言注云：「今俗呼袴踦爲襱。」又「無祠之袴謂之襣」，注云：「祠亦襱，字異耳。」説文「襱，絝踦也」，徐鍇傳云：「踦，足也。」案：今人言「袴腳」，或言「袴管」是也。「管」與「䘤」同。各本脱去「襱」字。集韻、類篇並引廣雅「絝，其䘤謂之襱」，今據補。［其䘤謂之襱，七·二三三］卷四第六條；卷四第一五條

七　褕謂之袖。襦䙄有袖者，因名云。2a

八　衱謂之襣。 即衣領也。劫偃二音〔一〕。2a

【廣】魏風葛屨篇「要之襋之」，毛傳云：「襋，領也。」説文同。方言「**衱謂之襣**」，郭注云：「**即衣領也。**」曲禮「天子視不上於袷」，鄭注云：「袷，交領也。」玉藻「袷二寸」，注云「袷，曲領也」，「袷」與「衱」同。説文：「襣，褔領也。」〔二〕士昏禮注云「卿大夫之妻刺黼以爲領，如今偃領矣」，「偃」與「襣」通。〔襋衱謂之襣，七·二二三〇〕

九　袿謂之裾。 衣後裾也，或作袪。廣雅云：「衣袖。」2a

一〇　褸謂之衽。 衣襟也。或曰裳際也。2a

【廣】方言「**褸謂之衽**」，郭注云：「**衣襟也。或曰裳際也。**」説文：「衽，衣裣也。」釋名云：「衽，襜也，在旁襜襜然也。」玉藻「深衣衽當旁」，鄭注云：「衽謂裳幅所交裂也。凡衽者，或殺而下，或殺而上。衽屬衣則垂而放之，屬裳則縫之以合前後，上

〔一〕「二」，他本作「兩」。
〔二〕「褔」，王念孫補正改作「襣」。

下相變。」深衣「續衽鉤邊」，注云：「續猶屬也。衽，在裳旁者也。屬連之，不殊裳前後也。」説文：「褸，衽也。」爾雅「衣裗謂之䘧」，郭注云：「衣縷也。齊人謂之攣。」釋文：「縷，又作褸。」衣褸謂之「衽」，猶機縷謂之「紝」。説文：「紝，機縷也。」［衽謂之褸，七·二三三］

一一　**褸謂之緻。**　襤褸，綴結也。　2a

【廣三】緻者：方言云：「楚謂紩衣爲褸，秦謂之緻。」又云「褸謂之緻」，郭璞注云：「襤褸，緻結也。」又云「襜褕，以布而無緣、敝而紩之謂之襤褸。自關而西謂之裗裾，其敝者謂之緻」，注云：「緻縫納敝，故之名。」[一]是緻爲補也。［緻補也，四·一二二］卷四第三四條；卷四第一一條；卷四第二條

一二　**裯謂之襤。**　祇裯，弊衣。亦謂襤褸。　2a

[一] 郭璞方言注作「故名之也」。

一三　無緣之衣謂之襤。2a

一四　無袂之衣謂之䙆。袂，衣袖也，音藝。䙆，音慢惰。2a

一五　無𧙕之袴謂之襣。袴無踦者，即今犢鼻褌也。𧙕亦襱，字異耳。2a

【廣二】方言「褌，陳楚江淮之間謂之衳」，説文「幒，幝也。或作𢄐」，字並與「衳」同。方言「無𧙕之袴謂之襣」，注云：「袴無踦者，即今犢鼻褌也。」史記司馬相如傳集解引韋昭漢書注云：「犢鼻褌以三尺布作，形如犢鼻。」〔袑衳襣幝也，七·二三三三〕卷四第五條；卷四第一五條

【廣二】方言注云：「今俗呼袴踦爲襱。」又「無𧙕之袴謂之襣」，注云：「𧙕亦襱，字異耳。」説文「襱，絝踦也」，徐鍇傳云：「踦，足也。」案：今人言「袴腳」，或言「袴管」是也。「管」與「𧚅」同。各本脱去「襱」字。集韻、類篇並引廣雅「絝，其𧚅謂之襱」，今據補。〔其𧚅謂之襱，七·二三三三〕卷四第六條；卷四第一五條

一六　䘯謂之袩。干苕、丁俠兩反。未詳其義。2b

【明】將郭注之「干」字改作「千」。

【廣二】方言：「䘯謂之袩。」廣韻：「䘯，衣衽也。」〔一〕方言「褸謂之袩」，郭注云：「即衣衽也。」各本脱「謂之」二字。集韻、類篇引廣雅「䘯袩衽謂之褸裻」，讀至下文「裻」字絶句，則宋時廣雅本已誤。今據方言訂正。〔䘯謂之袩，七・二三二〕卷四第一六條；卷四第二一條

一七　衿謂之交。衣交領也。 2b

【戴】天頭墨批：顔氏家訓書證篇引曹大家列女傳注云：「衿，交領也。」

一八　裺謂之襦。尖劒反。 2b

一九　襜謂之䘸。衣掖下也。 2b

【廣】「䘸」，通作「掖」。方言「襜謂之䘸」，注云：「衣掖下也。」儒行「衣逢掖之

〔一〕王念孫補正於「也」後補：太玄玄挩云：「垂䘯爲衣，襞幅爲裳。」

衣」，鄭注云：「逢猶大也。大掖之衣，大袂禪衣也。」正義云：「大掖，謂肘掖之所寬大。」［被袖也，七·二三二］

二〇 **佩紟謂之裎。**所以係玉佩帶也。音禁。2b

【廣】方言「**佩紟謂之裎**」，郭注云：「**所以系玉佩帶也。**」「紟」，通作「衿」。爾雅「佩衿謂之褑」，郭注云：「佩玉之帶上屬。」「紟」之言相紟帶也。少儀「甲不組縢」，鄭注云「組縢，以組飾之及紟帶也」；爾雅「衿謂之袸」，注云「衣小帶」：義並與「佩紟」同。古者佩玉有綬以上系於衡，衡上復有綬以系於革帶。說文：「綎，系綬也。」「綎」與「裎」，古字通。離騷珽玉字作「珵」，是其例也。［佩紟謂之裎，七·二三二］

二一 **褸謂之袩。**即衣衽也。2b

【明】浮簽：爾雅疏引注云：「即衣衿也。」

【廣二】方言：「**褙謂之袩。**」廣韻：「褙，衣衽也。」［一］方言「**褸謂之袩**」，郭注云：

［一］王念孫補正於「也」後補：太玄玄掜云：「垂褙爲衣，襞幅爲裳。」

「即衣衽也。」各本脱「謂之」二字。集韻、類篇引廣雅「裞袩衽謂之褸裂」，讀至下文「裂」字絶句，則宋時廣雅本已誤。今據方言訂正。［裞謂之袩，七·二三三二］卷四第一六條；卷四第二二條

二二二　**覆㯋謂之襌衣。**作慣反。2b

【廣二】「襌」之言「單」也。説文：「襌，衣不重也。」玉藻「襌」爲「絅」，鄭注云：「有衣裳而無裏。」急就篇注云：「襌衣，似深衣而褒大。」方言云：**「襌衣，江淮南楚之間謂之𧝝，關之東西謂之襌衣。古謂之深衣。」**又云：**「覆㯋謂之襌衣。」**「𧝝」，亦作「褋」。説文：「南楚謂襌衣曰褋。」楚辭九歌「遺余褋兮醴浦」，王逸注云：「褋，襜襦也。」潛夫論浮侈篇云：「麞麂履舄，文組綵褋。」［覆㯋𧝝襌衣也，七·二三三〇］卷四第一條；卷四第二二條

二二三　**偏襌謂之襌襦。**即衫也。2b

【廣二】方言「汗襦，陳魏宋楚之間謂之襜襦，或謂之襌襦」，郭注云：「今或呼衫爲襌襦。」又「偏襌謂之襌襦」，注云：「即衫也。」釋名云：「襌襦，如襦而無絮也。」漢

書來歙傳注引東觀記云：「光武解所被襜襦以衣歙。」集韻、類篇引廣雅「襌襦謂之襜裿」，連下文「裿」字爲句，失之。〔襌襦謂之襜，七·二三一〕卷四第三條；卷四第二三條

二四　袀繵謂之襌。今又呼爲涼衣也。灼纏兩音。2b

【明】將正文之「襌」字改作「襌」。

二五　袒餙謂之直衿[一]。婦人初嫁所著上衣直今也。音但。2b

【明】將正文之「衿」字改作「衿」。又將郭注之「今」字改作「衿」。

【廣二】「直衿」，亦作「直領」。釋名云：「直領，邪直而交下，亦如丈夫服袍方也。」漢書景十三王傳「刺方領繡」，晉灼注云：「今之婦人直領也。繡爲方領，上刺作黼黻文。」方言「袒飾謂之直衿」，郭注云：「婦人初嫁所著上衣直衿也。」方言又云：「襃明謂之袍。」爾雅：「袍，襺也。」玉藻云：「纊爲襺，緼爲袍。」釋名云：「袍，丈夫著下至跗者也。袍，苞也，苞内衣也。婦人以絳作衣裳，上下連，四起施緣，亦曰袍，義

[一]「餙」，王念孫引方言作「飾」。

亦然也。」深衣釋例云：「喪大記『袍必有表，謂之一稱』，注：『袍，褻衣，必有以表之，乃成稱也。』蓋袍爲深衣之制，特燕居便服耳，故云『褻衣』。若無衣以表之，則不成稱。續漢書輿服志云：『或曰周公抱成王燕居，故施袍。』是袍爲古人燕居之服。自漢以後，始以絳紗袍、皁紗袍爲朝服矣。」念孫案：周官玉府注云：「燕衣服者，巾絮寢衣袍襗之屬。」論語：「紅紫不以爲褻服。」秦風無衣正義引鄭注云：「褻服，袍襗。」此皆袍爲褻衣之明證也。〔祖飾褒明襗袍襡長襦也，七·二三〇〕卷四第二五條；卷四第二六條

二六　褒明謂之袍。

廣雅云：「褒明，長襦也。」3a

【廣二】「直衿」，亦作「直領」。釋名云：「直領，邪直而交下，亦如丈夫服袍方也。」漢書景十三王傳「刺方領繡」，晉灼注云：「今之婦人直領也。繡爲方領，上刺作黼黻文。」方言**「祖飾謂之直衿」**，**郭注云：「婦人初嫁所著上衣直衿也。」方言又云：「褒明謂之袍。」**爾雅：「袍，襽也。」玉藻云：「纊爲襽，緼爲袍。」釋名云：「袍，丈夫著，下至跗者也。袍，苞也，苞内衣也。婦人以絳作衣裳，上下連，四起施緣，亦曰袍，義亦然也。」深衣釋例云：「喪大記『袍必有表，謂之一稱』，注：『袍，褻衣，必有以表之，乃成稱也。』蓋袍爲深衣之制，特燕居便服耳，故云『褻衣』。若無衣以表之，則不成稱。

續漢書輿服志云：『或曰周公抱成王燕居，故施袍。』是袍爲古人燕居之服。自漢以後，始以絳紗袍、皁紗袍爲朝服矣。」念孫案：周官玉府注云：「燕衣服者，巾絮寢衣袍襗之屬。」論語：「紅紫不以爲褻服。」秦風無衣正義引鄭注云：「褻服，袍襗。」此皆袍爲褻衣之明證也。〔祖飾褒明襗袍襡長襦也，七·二三〇〕卷四第二五條；卷四第二六條

二七　繞衿謂之帬〔一〕**。**俗人呼接下，江東通言下裳。 3a

【廣】說文：「帬，下裳也。或作裠。」釋名云：「裠，群也，連接群幅也。」案：「帬」之言「圍」也，圍繞要下也。故又謂之「繞領」。方言**「繞衿謂之帬」**，郭注云**「俗人呼接下，江東通言下裳」**，「衿」與「領」同。「帔」之言「披」也。方言：**「帬，陳魏之間謂之帔。」**說文云：「弘農謂帬帔也。」〔繞領帔帬也，七·二三二〕

二八　懸裺謂之緣。衣縫緣也。音掩。 3a

〔一〕「衿」，王念孫引方言作「衿」。

二九　**絜襦謂之蔽膝。**廣異名也。3a

【明】將正文之「膝」字改作「厀」。

三〇　**裪襬謂之袖。**衣褾。音橘。江東呼椀，音婉。3a

【廣】方言「裪襬謂之袖」，郭注云：「衣褾也。江東呼椀。」［裪袖也，七·二三二］

三一　**帍裱謂之被巾。**婦人領巾也。方廟反。3a

【廣】方言「帍裱謂之被巾」，郭注云：「婦人領巾也。」案：「裱」猶「表」也，表謂衣領也。唐風揚之水篇「素衣朱襮」，毛傳云：「襮，領也。」「襮」與「表」，古同聲。故易林否之師云：「揚水潛鑿，使石絜白。衣素表朱，遊戲皋沃。」「衣素表朱」即「素衣朱襮」也。「帍」猶「扈」也。楚辭離騷「扈江離與辟芷兮」，王逸注云：「扈，被也。」被巾所以扈領，故有「帍裱」之稱。［帍裱被巾也，七·二二九］

三二　**繞緍謂之襬裺。**衣督脊也。緍，音循。3a

三三　**厲謂之帶。**小爾雅曰：「帶之垂者爲厲。」3a

【廣】方言：「厲謂之帶。」小雅都人士傳云：「厲，帶之垂者。」〔厲帶也，七·二三二〕

三四　**襎裷謂之幭。**即帊幞也。煩冤兩音。幭，亡別反。**緊袼謂之褔。**即小兒次衣也〔一〕。翳洛嘔三音。**楚謂無緣之衣曰襤，紩衣謂之褸；秦謂之緻。自關而西秦晋之間無緣之衣謂之裗⿰衤屈。**嫌上説有未了，故復分明之。3a

【明】於正文「緊袼謂之褔」之「緊」字上加橫杠別爲一條。又於正文「楚謂無緣之衣曰襤」之「楚」字上加橫杠別爲一條。

【廣】「𡳐」音九勿、渠勿二反。衆經音義十二引許慎淮南子注云：「屈，短也。」史記天官書「白虹屈短」，集解引韋昭漢書注云「短而直也」，「屈」與「𡳐」同。説文：「𡳐，無尾也。」玉篇云：「短尾也。」高誘注淮南子原道訓云：「屈，讀秋鷄無尾屈之屈。」韓非子説林篇云：「鳥有周周者，重首而屈尾。」爾雅「鶌鳩，鶻鵃」，郭璞注云：「似山鵲而小，短尾。」集韻引埤倉云：「㞊，短尾犬也。」「𡳐、屈、㞊、鶌」並同義。今江淮間猶呼鳥獸之短尾者爲「屈尾」。説文「崛，山短高也」，廣韻「⿰衤屈，短

〔一〕「次」，王念孫引方言作「次」。

衣也」，方言云「自關而西秦晉之間無緣之衣謂之裗[衤屈]」，義亦與「屈」同。短尾犬謂之「刁」，亦謂之「屈」；短衣謂之「[衤鳥]」，亦謂之「[衤屈]」；無緣之斗謂之「刁斗」；無緣之衣謂之「裗[衤屈]」：其義並相通也。集韻、類篇並引廣雅「屈，短也」，今本脱「屈」字。

［屈短也，二·六九］

【廣三】緻者：方言云：「楚謂紩衣爲褸，秦謂之緻。」又云「褸謂之緻」，郭璞注云：「襤褸緻結也。」又云「襜褕，以布而無緣、敝而紩之謂之襤褸。自關而西謂之裗[衤屈]，其敝者謂之緻」，注云：「緻，縫納敝，故之名。」[一]是緻爲補也。［緻補也，四·一二二］卷四第三四條；卷四第一一條；卷四第二條

【廣】方言「緊袼謂之褔」，郭注云「即小兒次衣也」，「次」即今「涎」字。説文：「褔，次裹衣也。」［褔次衣也，七·二三三］

【廣】此皆巾屬，所以覆物者也。方言「幡褣謂之幭」，郭注云：「即帊幞也。」説文：「幭，蓋幭也。」管子小稱篇云：「乃援素幭以裹首而絶。」吕氏春秋知化篇云「乃爲幎以冒面而死」，「幎」與「幭」同。廣韻引通俗文云：「帛三幅曰帊。帊，衣襆也。」［幭帊幡褣幞也，七·二三四］

[一] 郭璞方言注作「故名之也」。

【讀】「桓公乃援素幭以裹首而絶」，尹注曰：「幭，所以覆軨也。」念孫案：尹以「幭」爲「鞹鞃淺幭」之「幭」，非也。幭謂帊幞也。廣韻：「帊，帊幞。通俗文曰：『帛三幅曰帊。』普駕切。」今人言「手帊」是也。方言曰「幡裷謂之幭」，郭璞曰：「即帊幞也。」廣雅曰：「幭、帊、幡裷，幞也。」說文曰：「幭，蓋幭也。」呂氏春秋知化篇「夫差乃爲幎以冒面而死」，事與此相類，「幎」即「幭」字也。帊幞可以覆面，故云「援素幭以裹首」，非車上之覆軨也。［素幭，管子第六·四六〇］

三五　複襦，江湘之間謂之⿰衤竪〔一〕，音豎。**或謂之筩褹。**今筩袖之襦也。褹即袂字耳。3b

【廣二】說文「複，重衣。一曰褚衣」，重衣謂袷衣也，褚謂衣之有絮者。此云「複襦」是也。釋名「禪襦，如襦而無絮也」，然則有絮者謂之「複襦」矣。急就篇「襜褕袷複褶袴褌」，顏師古注云：「褚之以緜曰複。」古辭孤兒行云「冬無複襦，夏無單衣」，是也。方言：「**複襦，江湘之間謂之⿰衤竪。**」又云：「**襜褕，其短者謂之裋褕。**」說文：「裋，豎使布長襦也。」裋長於襦而短於襜褕，故裋褐亦曰「短褐」。古謂僮僕之未冠者曰「豎」，亦短小之意也。列

〔一〕「⿰衤竪」，王念孫引方言作「⿰衤豎」。

子力命篇「朕衣則裋褐」，釋文引許慎淮南子注云：「楚人謂袍爲裋。」荀子大略篇作「豎褐」。「裋、豎」並與「襡」同。〔複襦謂之襡，七·二三一〕卷四第三五條；卷四第二條

三六　**大袴謂之倒頓**，今雹袴也。**小袴謂之䘨衫**。今繚袴也。皎了兩音。**楚通語也**。3b

【明】將正文「小袴謂之䘨衫」之「衫」字改作「衦」。

三七　**幏，巾也**。巾主覆者，故名幏也。**大巾謂之帉**。音分。**嵩嶽之南**嵩高，中岳山也，今在河南陽城縣。**陳潁之間謂之帤**，奴豬反。**亦謂之幏**。江東通呼巾帉耳。3b

【明】將郭注「音分」之「分」字改作「芬」。又將郭注「嵩高，中岳山也」乙轉爲「中岳，嵩高山也」。

【廣】幏者：説文：「冡，覆也。」鄘風君子偕老篇「蒙彼縐絺」，毛傳云：「蒙，覆也。」「幏、冡、蒙」並通。今俗語猶謂覆物爲「蒙」。方言「**幏，巾也。陳潁之間大巾謂之幏**」，郭璞注云「**巾主覆者，故名幏也**」；書大傳「下刑墨幏」，鄭注云「幏，巾也」，説文「幏，蓋衣也」：皆覆之義也。「幏」，各本譌作「幪」，今訂正。〔幏覆也，二·六〇〕

【廣二】巾者所以覆物，亦所以拭物。説文：「巾，佩巾也。」方言「**幏，巾也。大巾**

謂之帉。嵩嶽之南陳潁之間謂之帤，亦謂之幏」，郭注云：「今江東通呼巾帉。」「帉」之言「墳」也。爾雅云：「墳，大也。」說文：「楚謂大巾曰帉。」內則「左佩紛帨」，鄭注云「紛帨，拭物之巾也。今齊人有言紛者」，釋文「紛，或作帉」，並與「帉」同。說文：「帎，枕巾也。」「帥、帨」一字也。說文：「帥，佩巾也。或作帨。」召南野有死麕篇「無感我帨兮」，士昏禮記「毋施衿結帨」，毛傳、鄭注並與說文同。「幋」之言「般」也。方言云：「般，大也。」說文：「幋，覆衣大巾也。或以爲首幋。」又云：「𢄼，禮巾也。」「幏」之言「蒙」也。方言注云：「巾主覆者，故名幏。」說文：「幏，蓋衣也。」書大傳「下刑墨幏」，鄭注云：「幏，巾也。使不得冠飾，以恥之也。」廣韻：「幓，小巾也。」「帉帎帥帨幋𢄼幏幓巾也，七·二二九」卷四第三七條；卷一第一二條

【述】玉府「掌王之燕衣服」，鄭注曰：「燕衣服者，巾絮寢衣袍襗之屬。」家大人曰：「絮」與「帤」通，帤亦巾也。說文「帤，巾帤也」，巾帤即巾絮也。方言「幏，巾也。大巾謂之帉。嵩嶽之南陳潁之間謂之帤」，郭璞音奴豬反。漢書周勃傳「太后以冒絮提文帝」，應劭注曰：「陌額絮也。」晉灼曰：「巴蜀異物志謂頭上巾爲冒絮。」說苑正諫篇「吳王蒙絮覆面而自刎」，謂以巾絮覆面也。亦通作「挐」。風俗通義怪神篇「以挐巾結兩足幘冠之」，是也。疏以「絮」爲「纊」，失之。釋文不爲「絮」字作音，史記周勃

世家索隱、顔師古漢書注亦然，蓋皆誤以爲絲絮之「絮」矣。〔巾絮，八・一九四〕

三八　絡頭、帞頭也〔一〕、音貊。**紗繢、䰎帶、**羌位反。**䰂帶、**音菜。**帑、**音績，亦千。**幧，**於法反〔二〕。**幧頭也。自關而西秦晉之郊曰絡頭；南楚江湘之間曰帕頭；自河以北趙魏之間曰幧頭，或謂之帑，或謂之幧。其遍者謂之䰎帶，**今之偏疊幧頭也。**或謂之䰂帶。**䰂亦結也。**覆結謂之幘巾，或謂之承露，或謂之覆䰂。**今結籠是也。**皆趙魏之間通語也。**3b

【明】將正文「南楚江湘之間曰帕頭」之「帕」字改作「帞」。又將正文「其遍者謂之䰎帶」之「遍」字改作「偏」。

【戴】天頭墨批：帞頭也。南楚江湘之間曰帞頭，自關而西秦晉之間曰絡頭。一切經音義十三。又於正文「或謂之覆䰂」右側夾注：御覽六百八十七引作「覆髻」。

【廣】䰎、䰂者：説文：「䰎，屈髮也。」方言云：「幧頭偏者謂之䰎帶，或謂之䰂帶。」又云「覆結謂之幘巾，或謂之覆䰂」，郭璞注云「䰂亦結也」，「結」與「髻」通。字

〔一〕王念孫引方言無「也」字。
〔二〕「法」，他本作「怯」。

或作「𩬆」，又作「紒」。「髤」，各本譌作「髤」。今訂正。［鬢髤髻也，四・一二三］

【廣】方言「**覆結謂之幘巾，或謂之承露，或謂之覆髤。皆趙魏之間通語也**」，郭注云：「**今結籠是也。**」［承露幘巾覆結也，七・二三〇］

【廣】方言：「**絡頭、帞頭、鬢帶、髤帶、帑、幨，幧頭也。自關而西秦晉之間曰絡頭；南楚江湘之間曰帞頭；自河以北趙魏之間曰幧頭，或謂之帑，或謂之幨。其偏者謂之鬢帶，或謂之髤帶。**」釋名云：「綃頭：綃，鈔也，鈔髮使上從也。或謂之陌頭，言其從後橫陌而前也。」鄭注士喪禮云：「喪服小記曰：『斬衰髻髮以麻，免而以布。』此用麻布爲之，狀如今之著幧頭矣，自項中而前交於額上，卻繞紒也。」吴越春秋句踐八臣外傳「越王服犢鼻，著樵頭」，後漢書向栩傳「好被髮著絳綃頭」，古陌上桑詩「脱帽著帩頭」，並字異而義同。鄭注問喪云「今時始喪者，邪巾貊頭，笄纚之存象也」，釋文「貊」作「袹」。漢書周勃傳「太后以冒絮提文帝」，應劭曰：「陌額絮也。」晉灼曰：「巴蜀異物志謂頭上巾爲冒絮。」「帞、袹、貊、陌」並通。「陌」與「冒」，一聲之轉。卷四云：「鬢、髤，髻也。」方言注云：「**鬢帶，髤帶，今之偏疊幧頭也。**」［帞頭帑鬢帶髤帶絡頭幧頭也，七・二三〇］

【讀】「賈椎髻之民。」念孫案：「椎髻」，索隱本作「魋結」，注曰：「上音椎，下音髻。」今改「魋結」爲「椎髻」，而删去其音，斯爲妄矣。陸賈傳「尉他魋結箕踞」，朝鮮傳「魋結蠻夷服」，西南夷傳「魋結耕田」，索隱並曰「上直追反，下音計」，正與此同。漢書陸賈傳、貨殖傳並作「魋結」。李陵傳、西南夷傳、朝鮮傳並作「椎結」。史記、漢書皆無「髻」字。方言「覆結謂之幘巾」，楚辭招魂「激楚之結，獨秀先些」，字並作「結」。說文無「髻」字。〔「椎髻」，史記第六・一六八〕

三九　扉、屨、簏〔一〕**，履也。徐兗之郊謂之扉，**音翡。**自關而西謂之屨。中有木者謂之複舄，自關而東複履。其痺者謂之䩩下，**音婉。**禪者謂之鞮，**今韋鞮也。**絲作之者謂之履，麻作之者謂之不借，簏者謂之屨，東北朝鮮洌水之間謂之䩕**音印。**角。南楚江沔之間總謂之簏。**沔水，今在襄陽。**西南梁益之間或謂之屨，**他回反，字或作屨，音同。**或謂之㡿。**下瓦反，一音畫。**履，其通語也。徐土邳圻之間，**今邳也。圻下音祁。**大簏謂之䩕角。**今漆履有齒者。 4a

【明】於正文「自關而東複履」之「複履」上增「謂之」二字。又將正文「其痺者謂之䩩下」之「痺」字改作「庳」。又將郭注「字或作屨」之「屨」字改作「屨」。又將正文「徐土邳圻之間」之「圻」字改作「沂」。又於郭注「今邳也。圻下音祁」之「今」下

〔一〕「簏」，王念孫引方言作「麤」。下「大簏謂之䩕角」同。但「簏者謂之」之「簏」，王氏引作「粗」。

增「下」，將「圻」字改作「沂」，删去原「下」字，將「祁」字改作「圻」，即將郭注改作：「今下邳也。沂，音圻。」

【戴】於正文「自關而東複履」右側夾注：御覽作「謂之複履」。又於正文「麤者謂之屨」右側夾注：御覽此「麤」字獨作「粗」。又於正文「徐土邳圻之間」右側夾注：御覽作「沂」。又於郭注「圻，音祁」右側夾注：御覽作「沂，音圻」。又於戴氏疏證「南楚江淮之間通謂麤」之「謂」字下增「之」字。

【廣】説文：「履，足所依也。」方言：「**屝、屨、麤，履也。徐兖之郊謂之屝，自關而西謂之屨。中有木者謂之複舄，自關而東謂之複履。其庳者謂之鞔下，禪者謂之鞮，絲作之者謂之履，麻作之者謂之不借，粗者謂之屨，東北朝鮮洌水之間謂之䩕角。南楚江沔之間總謂之麤。西南梁益之間或謂之屩，或謂之㢸。履，其通語也。徐土邳沂之間大麤謂之䩕角。**」釋名云：「齊人謂草履曰屝。」僖四年左傳「共其資糧屝屨」，杜預注云：「屝，草屨也。」喪服傳「菅屨者，菅菲也」，「菲」與「屝」通。釋名云：「屨，拘也，所以拘足也。」周官屨人「掌王及后之服屨，爲赤舄、黑舄、素屨、葛屨」，鄭注云：「複下曰舄，禪下曰屨。凡屨舄，各象其裳之色。士冠禮曰：『玄端黑屨，素積白屨，爵弁纁屨』，是也。」説文「𧆓，艸履也」，「𧆓」與「麤」通。釋名云：「履，荊州人曰麤，絲麻韋草皆同名也。麤，措也，言所以安措足也。」急就篇「屐屩䋬麤羸窶貧」，顔師古注云：「麤者，麻枲雜履之名也。」王褒僮約云：「織履作麤。」廣韻：「履有頸曰⿸尸委。」方言注云：「**⿸尸委，字或作屦。**」喪服傳「繩屨者，繩菲也」，鄭注云：「繩菲，今時不借也。」鹽鐵論散不足篇云：「綦下不借，鞔鞮革舄。」急就篇云：「裳韋不借爲牧人。」釋名云：「不借，言賤易有，宜各自蓄之，不假借於人也。齊人云搏腊，搏腊猶把鲊，麤貌也。」案：釋名以「搏腊」爲「麤貌」，是也。「搏腊」疊韻字，轉之則爲「不借」，非不假借於人之謂也。説文「綼」字注云：「一曰不借綼。」周官弁師注作「薄借綦」。「薄借」即「搏腊」也。齊民要術引四民月令云「十月作白履不惜」，「不惜」即「不借」也。説文：「鞠角，鞮屬也。」方言注云：「**鞠角，今漆履有齒者。**」釋名云：「仰角，屐上施履之名也。行不得蹶，當仰履角舉足乃行也。」急就篇云：「靸鞮卬角褐韈巾。」「仰」、「卬」並與「鞠」通。〔屝屨麤舃⿸尸委鞨不借鞠角履也，七·二三三四〕

【廣】方言：「**履，西南梁益之間或謂之⿸广系。**」説文：「⿸广系，履也。一曰青絲頭履也。讀若阡陌之陌。從糸，户聲。」各本「⿸广系」作「⿸尸系」，因「屐、屣、屩」諸字而誤，今訂正。〔⿸广系屩也，七·二三三五〕

【讀】「其獄一踦腓一踦屨而當死。」引之曰：「腓」讀爲「屝」，乃草屨之名，非謂足腨也。方言：「扉、麤，履也。」釋名：「齊人謂草屨曰扉。」字亦作「菲」。喪服傳曰「菅屨者，菅菲也。」「繩屨者，繩菲也。」「疏屨者，藨蒯之菲也。」是扉爲屨之粗者。荀子正論篇「治古無肉刑而有象刑：墨黥；慅嬰；共，艾畢；劉氏端臨曰：「共，當爲宫。」菲，封屨；殺，赭衣而不純」，楊倞注曰「菲，草屨也」，引尚書大傳曰：「唐、虞之象刑，上刑赭衣不純，中刑雜屨，下刑墨幪。」白虎通義曰：「五帝畫象者，其衣服象五刑也。犯宫者履雜扉。」漢書刑法志亦曰：「墨黥之屬，菲履赭衣而不純。」是象刑有扉屨也。一踦扉一踦屨，謂足著一隻屨一隻草屨，明罪人之屨，異於常人也。「屨」與「扉」對文，蓋以絲作之者。方言「絲作之者謂之履」，履即屨也。〔一踦腓一踦屨，管子第六·四六二二〕

四〇 **緉、**音兩。**纃，**音爽。**絞也。**謂履中絞也。音校。**關之東西或謂之緉，或謂之纃。絞，通語也。** 4b

【戴】於正文「絞，通語也」右側夾注：御覽「通」字上有一「其」字。

【廣】方言「**緉、纃，絞也。**關之東西或謂之緉，或謂之纃。絞，通語也」，郭注云：「**謂履中絞也。**」〔緉纃絞也，七·二三三五〕

【述二】「宵爾索綯」，毛傳曰：「綯，絞也。」爾雅釋言文。箋曰：「夜作絞索。」引之謹案：索者糾繩之名，綯即繩也。「索綯」猶言「糾繩于茅」。「索綯」文正相對。趙岐注孟子曰「晝取茅草，夜索以爲綯」，是也。廣雅釋詁曰：「紉、紆、𥿄，索也。」此謂糾繩。楚辭離騷「紉秋蘭以爲佩」，王逸注曰：「紉，索也。」又曰：「矯菌桂以紉蕙兮，索胡繩之纚纚。」淮南氾論篇「緂麻索縷」，高誘注曰「索，切也」，「切」與「𥿄」同。謂切撚之使緊也。是索爲糾繩之名也。廣雅釋器曰：「綯、繩，索也。」此謂繩索。字或作「縚」。小爾雅曰：「縚，索也。」方言曰「車紂，自關而東周洛韓鄭汝潁之間或謂之曲綯」，郭璞注曰「綯亦繩名」，引詩曰：「宵爾索綯。」是綯爲繩也。爾雅訓「綯」爲「絞」者，絞亦繩也。急就篇曰：「纍繘繩索絞紡纑。」哀二年左傳「絞縊以戮」，杜注曰：「絞，所以縊人物。」墨子尚賢篇曰：「傅説被褐帶索。」辭過篇曰「古之民未知爲衣服時，衣皮帶茭」，「茭」與「絞」同。是絞亦繩也。方言「緉、緛，絞也。關之東西或謂之緉，或謂之緛。絞，通語也」，郭注曰「謂履中絞也」，義與「繩謂之絞」同。説文「筊，竹索也」，義與「絞」亦相近。箋曰「夜作絞索」，則是以「索」爲繩索之「索」；爾雅訓「綯」爲「絞」，而郭注曰「糾絞繩索」，則是以「絞」爲糾絞之「絞」：胥失之矣。［宵爾索綯，五・一四〇］卷九第一八條；卷四第四〇條

四一　**纑謂之縝。**謂纑縷也。音振。

【廣】方言「纑謂之縝」，郭注云：「謂纑縷也。」説文：「縷，綫也。」「纑，布縷也。」孟子滕文公篇「彼身織屨，妻辟纑」，趙岐注云：「緝績其麻曰辟，練麻曰纑。」「縝縷纑也，七·二三五」

王念孫方言遺説輯録第五

一　鍑，釜屬也，音富。北燕朝鮮洌水之間或謂之鍑，音腆。或謂之鉼；音餅。江淮陳楚之間謂之錡，或曰三腳釜也，音技。或謂之鏤；吴揚之間謂之鬲。音歷〔一〕。1a

【戴】天頭朱批：「鍑或謂之鑊」，郭璞曰：「鍑，釜屬也。」二。其中「鑊」字又以墨筆改作「鬲」。又：鍑或謂之鬲。十八。又天頭朱批：鬴，秦地土釜也。一切經音義一。

又：鬴，方言：「秦云土釜也。」二。

【廣】方言：「鍑，北燕朝鮮洌水之間或謂之鍑，或謂之鉼；江淮陳楚之間或謂之錡，或謂之鏤；吴揚之間謂之鬲。」玉篇：「鍑，小釜也。」説文：「鬷，三足鍑也。」小雅大東篇「跂彼織女」，毛傳云：「跂，隅貌。」孫毓釋之云「織女三星，跂然如隅」，義與「鬷」同也。爾雅：「鼎款足者謂之鬲。」服虔注漢書司馬遷傳云：「款，空也。」郊祀志「鼎空足曰鬲」，蘇林注云：「足中空不實者名曰鬲。」説文：「鬲，鼎屬，實五觳。

〔一〕「歷」，戴、盧、錢本並作「歷」，宋本作「曆」。

斗二升曰觳。象腹交文，三足。」漢令作「𤮍」。或作「𩰲」。考工記陶人：「爲鬲實五觳，厚半寸，脣寸。」士喪禮云：「新盆，槃瓶，廢敦，重鬲。」［鍑鉼鬲鏤鬲鍑釜也，七·二一八］

二　**釜，自關而西或謂之釜，或謂之鍑。**鍑亦釜之總名。 1a

【廣】方言：**「釜，自關而西或謂之釜，或謂之鍑。」**漢書匈奴傳云：「多齎鬴鍑薪炭。」說文：「鍑，如釜而大口。」衆經音義卷二引三倉云「鍑，小釜也」，與說文異義，未知孰是。［鍑釜也，七·二一八］

三　**甑，自關而東謂之甗，**音言。**或謂之鬵，**音岑。梁州呼鉹。**或謂之酢鎦。**屋霤。

【明】將郭注「梁州呼鉹」之「梁」字改作「涼」。又將正文「或謂之酢鎦」之「鎦」字改作「餾」。

【戴】於戴氏疏證「今從爾雅疏所引作『餾』爲正」右側夾注：御覽同。

【廣】說文：「餾，飯氣蒸也。」餾、飵皆蒸熟之名。方言云**「甑，自關而東或謂之酢餾」**，因此以立名也。［餾飵饙也，八·二四六］

【廣】爾雅：「䰝謂之鬵。」方言**「甑，自關而東或謂之甗，或謂之鬵」**，「甑」與「䰝」

同。説文：「鬸，鬵屬也。」又云：「甑，甗也。籀文作𩰫。」考工記：「陶人爲甑，實二鬴，厚半寸，脣寸，七穿。」説文：「鬵，大釜也。一曰鼎大上小下若甑曰鬵。古文作𩰫。」檜風匪風篇「溉之釜鬵」，毛傳云：「鬵，釜屬。」［鬵謂之鬸，八·二五一］

四　盂，音于。宋楚魏之間或謂之盌。烏管反。盌謂之盂，或謂之銚鋭。謠語。盌謂之櫂，盂謂之柯。轉相釋者，廣異語也。海岱東齊北燕之間或謂之䀇。書卷。1a

【廣四】「盂」之言「迂曲」也。盂、䀇、椀皆曲貌也。説文：「盂，飲器也。」士喪禮下篇「兩敦兩杅」，鄭注云「杅以盛湯漿」，「杅」與「盂」同，「敦」與「盩」同。古者敦以盛食，盟則用以盛血。或用木而飾以金玉，或用瓦無飾，皆有蓋有足；無足者謂之廢敦。爾雅「丘一成爲敦丘」，孫炎注云：「形如覆敦，敦器似盂。」少牢饋食禮疏引孝經鉤命決云：「敦規首，上下圜相連。」聶崇義三禮圖引舊圖云：「敦受一斗二升，漆赤中。大夫飾口以白金。」周官玉府「若合諸侯，則共珠槃玉敦」，鄭注云：「敦，槃類，珠玉以爲飾。古者以槃盛血，以敦盛食。合諸侯者，必割牛耳，取其血，歃之以盟。珠槃以盛牛耳，尸盟者執之。鄭司農云：『玉敦，歃血玉器。』」內則「敦牟卮匜」，鄭注云：「敦牟，黍稷器也。」士喪禮云：「黍稷用瓦敦，有蓋。」又云「敦啟會，面足」，注云：

「敦有足，則敦之形如今酒敦。」少牢饋食禮云：「主婦自東房執一金敦黍，有蓋。」又云「敦皆南首」，注云：「敦有首者，尊者器飾也。飾蓋象龜形。」士喪禮「新盆，槃瓶，廢敦，重鬲」，注云：「廢敦，敦無足者，所以盛米也。」方言：「盂謂之櫨，河濟之間謂之𥂡𥃩。」「椀謂之盦。」「盂謂之銚鋭，椀謂之梋𣏾。」又云：「盂，宋楚魏之間或謂之盌。盌謂之盂，或謂之銚鋭。盌謂之櫂，盂謂之柯。海岱東齊北燕之間或謂之𥂥。」廣韻引埤倉云：「櫨，盂也。」玉篇：「𥂡𥃩，大盂也。」字亦作「安殘」。太平御覽引李尤安殘銘云：「安殘令名，甘旨是盛。埏埴之巧，甄陶所成。食彼美珍，思此鹿鳴。」「𣏾」，各本譌作「抉」，今訂正。方言「椀謂之梋𣏾」，二字共爲一名，則廣雅「梋、𣏾」二字之間不當有「栓」字。當本在「梋」字之上，或在「𣏾」字之下，而寫者誤倒其文也。「𥂥」之言「卷曲」也。玉藻「母没而杯圈不能飲焉」，注云：「屈木所爲，謂巵匜之類。」孟子告子篇：「以杞柳爲桮棬。」「棬、圈」並與「𥂥」通。「椀」之言「宛曲」也。急就篇「橢杅槃案桮問盌」，顏師古注云「盌，似盂而深長」，「盌」與「椀」同〔一〕。〔𥂖櫨案𥃩銚鋭柯櫂梋栓𣏾盦𥂥椀盂也，七・二一九〕卷一三第一五二條；卷一三第一五三條；卷一三第一五四條；卷五第四條

〔一〕王念孫補正於「同」字下補：賈子時變篇云：「母取瓢椀箕帚。」

五　𥁑、音雅。椷、封緘。盞、酒醆。温、薄淹反。閜、呼雅反。𥂕、音章。𥂥，音摩。桮也。秦晉之郊謂之𥁑；所謂伯𥁑者也。自關而東趙魏之間曰椷，或曰盞，最小桮也。或曰温。其大者謂之閜，吴越之間曰𥂕，齊右平原以東或謂之𥂥。桮，其通語也。1b

【大】大開謂之「閜」。許也切。説文：「閜，大開也。」司馬相如上林賦：「谽呀豁閜。」大桮謂之「閜」。方言：「桮，其大者謂之閜。」急就篇「橢杅槃案桮閜盌」，顔注：「閜，大桮也。」〔七·七八〕

【廣】閜者：説文：「閜，大開也。」司馬相如上林賦云「谽呀豁閜」，方言「杯大者謂之閜」，廣韻「㗿，大笑也」，義並相近。〔閜開也，三·一〇七〕

【廣】方言「𥁑、椷、盞、温、閜、𥂕、𥂥，桮也。秦晉之郊謂之𥁑；自關而東趙魏之間曰椷，或曰盞，或曰温。其大者謂之閜，吴越之間曰𥂕，齊右平原以東或謂之𥂥。桮，其通語也」，「桮」與「杯」同。説文：「桮，𠤵也。」「𠤵，小桮也。或作𣝈。」「𠤵」與「椷」，古同聲。方言作「椷」，蓋即「𠤵」之假借字也。廣韻：「𥴨，箱屬。或作𥶃。」是其例矣。方言注云：「𥁑，所謂伯𥁑者也。」太平御覽引典論云「劉表諸子好酒，造三爵：大曰伯雅，中曰仲雅，小曰季雅」，「雅」與「𥁑」通。説文：「閜，大開也。大桮亦爲閜。」急就篇云：「橢杅槃案桮閜盌。」藝文類聚引李尤杯銘云：「小之爲杯，大之爲閜。」凡言「閜」者，皆大開之貌。司馬相如上林賦「谽呀豁閜」，司馬彪注云「谽呀，大貌。豁閜，空虛也」，郭璞注云「皆澗谷之形容也」；廣韻「閜，大笑」：義並同也。「盞」與「琖」通，說見下條。太平御覽引通俗文云：「漿杯曰盞，或謂之盄。」〔櫑𧆓𥂕椷盄閜盞盄杯也，七·二二〇〕

【廣】明堂位云「爵用玉琖仍彫」，周官量人釋文云「琖，劉本作湔」，字並與「醆」同。爵謂之「醆」，杯謂之「盞」，一也。方言注云：「盞，最小桮也。」爾雅「鍾小者謂之棧」，李巡注云：「棧，淺也。」「棧、盞」並音側限反，其義同。〔醆爵也，七·二二〇〕

六　𧅈，瓠勺也，音麗。**陳楚宋魏之間或謂之箄，或謂之櫼**，今江東通呼勺爲櫼，音羲。**或謂之瓢。** 1b

【戴】天頭朱批：「陳楚宋魏之間謂蠡爲櫼」，郭璞曰：「櫼、蠡，瓠勺也。今江東呼勺爲櫼。」一切經音義十六。又：蠡或謂之櫼，今江東呼勺櫼。十八。

【廣】方言：「**𧅈，陳楚宋魏之間或謂之櫼，或謂之瓢。**」衆經音義卷十八引三倉云：「瓢，瓠勺也。」說文：「瓢，蠡也。」周官鬯人「禜門用瓢齎」，杜子春注云：「瓢謂瓠蠡也。」漢書東方朔傳「以蠡測海」，張晏注云：「蠡，瓠瓢也。」楚辭九歎「瓟𧅈蠹於筐篚」，王逸注云：「瓟，瓠。蠡，瓢也。」「蠡、蠡、蠡」並通[一]。説文：「𧯷，蠡也。」士昏禮「實四爵合巹」，鄭注云：「合巹，破匏也。」昏義云「共牢而食，合巹而酳」，「巹」與「𧯷」通。太平御覽引三禮圖云：「巹取四升瓠中破，夫婦各一。」**「𤮬」即方言「㰏」字也。**衆經音義卷十八引廣雅作「𤭁」，音「羲」。「𤮬」從虜聲，「𤭁」從虘聲，「虜、虘」並從虍聲，是「虜」與「虘」同聲。故從虜之字或從虘。方言注云：**「今江東通呼勺爲㰏，音羲。」**衆經音義云：「江南曰瓢㰏，蜀人言蠡㰏。」漢書王莽傳「立斗獻」，顏師古注云：「獻，音羲。謂斗魁及杓末如勺之形也。」「獻」從虜聲而讀爲「羲」，猶「𤮬」從虜聲而讀爲「羲」矣。［瓠蠡𧯷𤮬瓢也，七·二三〇］

七　案，陳楚宋魏之間謂之槝，自關東西謂之案。1b

【廣】「槝」，各本譌作「搗」，今訂正。方言：**「案，陳楚宋魏之間謂之槝，自關東西謂之案。」**説文：「案，几屬。」急就篇「橢杅槃案桮閜盌」，顏師古注云：「無足曰槃，有足曰案，所以陳舉食也。」考工記玉人「案十有二，棗栗十有二列」，鄭注云：「案，玉

[一]「蠡」字重出。

飾案也。玉案十二以爲列。棗栗實於器，乃加於案。」戴先生補注云：「案者，梡禁之屬。儀禮注曰：『梡之制，上有四周，下無足。』禮器注云：『禁如今方案，隋長局足，高三寸。』此以案承棗栗，上宜有四周。漢制小方案局足，此亦宜有足。」謹案：「案」之言「安」也，所以安置食器也。「㯄」之言「寫」也。説文：「寫，置物也。」案亦所以置食器。其制蓋如今承槃而有足，或方或圓。禮器注言「方案」，説文訓「檈」爲「圓案」，是也。古人持案以進食，若今人持承槃。漢書外戚傳云「許后朝皇太后，親奉案上食」，是也。亦自持案以食，若今持酒杯者并槃而舉之。鹽鐵論取下篇云「從容房闈之間，垂拱持案而食」，是也。凡案或以承食器，或以承用器，皆與几同類，故説文云「案，几屬」。〔案謂之㯄，七·二一九〕

八　**桮落**，盛桮器籠也。**陳楚宋魏之間謂之桮落**〔一〕，**又謂之豆筥；自關東西謂之桮落**。1b

【戴】天頭朱批：箸，方言：「桮箸也。」一切經音義十六。又天頭墨批：御覽引注無「落」字。又於正文「自關東西謂之桮落」右側夾注：御覽「東」作「而」。

〔一〕「魏」，王念孫引方言作「衛」。

【廣】方言「桮落，陳楚宋衛之間謂之豆筥，自關而西謂之桮落」，郭注云：「盛桮器籠也。」說文「笿，桮笿也」，徐鍇傳云：「笿亦籠也。笿者，絡也，猶今人言籮。」「落、笿」並與「落」通。卷二云：「落，居也。」杯落亦所以居杯也。說文：「⿱竹夆，桮笿也。」「⿱竹豦」與「筥」通，義亦與筐筥之「筥」同。〔⿱竹夆豆⿱竹豦桮落也，七·二二〇〕

【廣】說文「⿱竹豦，飤牛筐也。方曰筐，圜曰⿱竹豦」，義與毛傳同。又云：「箱，飯筥也，受五升。」聘禮云：「米百筥，筥半斛。」呂氏春秋季春紀「具栚曲⿱竹豦筐」，高誘注云：「員底曰⿱竹豦，方底曰筐，皆受桑器也。」月令作「⿱竹豦筐」。淮南子時則訓作「筥筐」。方言「桮落，陳楚宋衛之間謂之豆筥」，郭注云：「盛桮器籠也。」以上諸筥，異用而同名，皆筐之圜者也。〔籅⿱竹臽箄簍⿱竹豦也，八·二五七〕

九　箸筩，盛朼箸籫也。陳楚宋魏之間謂之筲，鞭鞘。或謂之籯〔一〕；漢書曰：「遺子黃金滿籯。」音盈也。自關而西謂之桶檧〔二〕。今俗亦通呼小籠爲桶檧，音籠冠。檧，蘇勇反，或作篣。2a

【戴】天頭朱批：「箸筩」，郭璞曰：「謂盛箸籫也。」一切經音義二。又於郭注「今俗

〔一〕「籯」，王念孫引方言作「籝」。注內同。

〔二〕「檧」，王念孫引方言作「樬」。注內同。

亦通呼小籠爲桶檧」右側夾注：御覽「籠」作「籯」〔一〕。

【廣】方言「箸筩，陳楚宋魏之間謂之筲，或謂之籯；自關而西謂之桶檧」，郭注云「盛杙箸籫也」，「籯」與「籝」同。「籯」之言「盛受」也，説見下文「籯，籠也」下。説文「宋魏謂箸筩爲箾」，「箾」與「筲」通。箸筩謂之「筲」，猶刀室謂之「削」也。方言注云：「今俗亦通呼小籠爲桶檧。」急就篇「槫榼椑榹匕箸籫」，顔師古注云：「籫，盛匕箸籠也。」玉篇音子短切。箸筩謂之「籫」，猶竹筥謂之「篹」。喪大記「食粥於盛，不盥；食於篹者，盥」，鄭注云：「篹，竹筥也。」〔籯筲桶檧籫箸筩也，七·二二〇〕

【廣】説文：「籯，笭也。」漢書韋賢傳「遺子黄金滿籯」，如淳注云：「籯，竹器，受三四斗。今陳留俗有此器。」顔師古云「今書本贏字，或作盈」，並與「籯」同。「籯」之言「贏」也，盛受之名也。襄三十一年左傳「以隸人之垣以贏諸侯」，賈逵注云：「贏，受也。」方言「箸筩，陳楚宋魏之間或謂之籯」，郭注云「盛杙箸籫也」，義亦與籯籠之「籯」同。〔籯籠也，八·二五六〕

〔一〕今本御覽與方言同，注内亦作「籠」。

一〇　瓬、音岡。㼰、都感反，亦音沈。甒、音舞。𦈢、音由。𤮊、音鄭。㼪、胙江反。甀、度睡反。瓮、瓿甊、瓿，音部。甊，洛口反。㽋，牛志反。甖。於庚反。靈桂之郊謂之瓬，今江東通名大瓮爲瓬。其小者謂之㼰；周魏之間謂之甒；今江東亦呼甖爲甒子。秦之舊都謂之𤮊；淮汝之間謂之𦈢；江湘之間謂之㼪。自關而西晉之舊都河汾之間，汾水出太原，經絳北，西南入河。其大者謂之甀，其中者謂之瓿甊；自關而東趙魏之郊謂之瓮，或謂之甖；東齊海岱之間謂之㽋。甖，其通語也。2a

【大】岡，山脊也。爾雅釋山：「山脊，岡。」亢，人頸也。説文：「亢，人頸也。從大省，象頸脈形。」二者皆有大義。故山脊謂之「岡」，亦謂之「嶺」；人頸謂之「領」，亦謂之「亢」。彊謂之「剛」，大繩謂之「綱」，特牛謂之「犅」，音岡。説文：「犅，特牛也。」公羊傳文十三年：「周公用白牡，魯公用騂犅。」通作「剛」。詩閟宮四章：「白牡騂剛。」大貝謂之「魧」，音岡。爾雅釋魚：「貝大者，魧。」説文：「讀若岡。」大瓮謂之「瓬」，音岡。方言「**甖，靈桂之郊謂之瓬**」，郭注：「**今江東通名大瓮爲瓬。**」其義一也。「岡、頸、勁」聲之轉。故彊謂之「剛」，亦謂之「勁」；領謂之「頸」，亦謂之「亢」。〔一·六七〕

【明】將正文中兩「㼰」字改作「瓬」。又於正文「瓬……甖」之「甖」字下增一「也」字。

【戴】天頭朱批：甀、甂、瓺，罌也。自關而東趙魏之間或謂之罌，罌亦通語也。一切經音義三。又：甀，甂，罌也。四。又「瓺，罌也」，注云：「今江東通名大甕爲瓺。」十、十八。

又天頭朱批僅有「罌」，後無他字。

【廣】説文：「缾，罌也。或作瓶。」方言：「瓺、㼜、甒、甾、甀、甇、甄、瓮、瓿甊、甖，罌也。靈桂之郊謂之瓺，其小者謂之㼜；周魏之間謂之甒；秦之舊都謂之甀；淮汝之間謂之甾；江湘之間謂之甇。自關而西晉之舊都河汾之間，其大者謂之甄，其中者謂之瓿甊；自關而東趙魏之郊謂之瓮，或謂之甖；東齊海岱之間謂之甖。甖，其通語也。」「甖」與「罌」同。「甇」，各本譌作「甇」，今訂正。玉篇：「甖，大甖也。」説文：「甈，器也。」方言注云：「今江東通呼大瓮爲瓺。」[一]爾雅「甌瓿謂之瓵」，郭注云：「瓿甊，小甖。」襄二十四年左傳「部婁無松柏」，杜預注云：「部婁，小阜。」小阜謂之「部婁」，猶小罌謂之「瓿甊」也。單言之則曰「瓿」。字亦作「錇」。説文：「錇，小缶也。」漢書揚雄傳「吾恐後人用覆醬瓿也」，顔師古注云：「瓿，小甖也。」説文：「甾，瓦器

[一] 王念孫補正於「今江東通呼大瓮爲瓺」下補：晉書五行志：「建興中江南謡歌曰：『訇如白坑破，合集持作甒。揚州破换敗，吴興覆瓿甊。』」「坑」與「瓺」同。

也。」又云「⿱垂缶，小口罌也」，徐鍇傳云：「周禮注『鑑，如⿱垂缶大口』，是⿱垂缶小口也。」「⿱垂缶」與「甀」同。字亦作「垂」。墨子備城門篇云：「救門火者，各一垂，水容三石以上。」列子湯問篇云：「山名壺領，狀若甔甀。」東周策云：「夫鼎者，非效醯壺醬甀，可懷挾提挈以至齊者。」淮南子氾論訓「抱甀而汲」，高誘注云：「甀，武也。今兗州謂小武爲甀。」[一]方言注云：**「今江東呼罌爲𤮐子。」**士喪禮下篇「甒二」，鄭注云：「甒，瓦器。古文甒皆作廡。」「甒、𤮐、廡、武」並通。禮器「君尊瓦甒」，鄭注云：「瓦甒大五斗。」正義云：「此瓦甒即燕禮『公尊瓦大』也。」「禮圖：瓦大受五斗，口徑尺，頸高二寸，大中身鋭，下平。瓦甒與瓦大同。」［瓮𩮜甄㼮瓬𤬪瓿甊甀𤮐瓶也，七・二一七］

一一　**罃，陳魏宋楚之間曰㼣，**音臾。**或曰𤭛；**音殊。**燕之東北朝鮮洌水之間謂之瓺；**音暢，亦腸。**齊之東北海岱之間謂之儋；**所謂「家無儋石之餘」也。音儋，字或作甔。**周洛韓鄭之間謂之甀，或謂之罃。罃謂之𤭝，**鼓鼙。**𤮐謂之甚瓦。**　2b

【明】將郭注「音儋」之「儋」字改作「擔」。

［一］王念孫補正於「甀」後注加墨籤云：「大宗師『皆在鑪捶之間耳』，崔譔注：『捶，當作甀。』」

【戴】於正文「陳魏宋楚之間曰甀，或曰㼚」右側夾注：御覽兩「曰」字皆作「謂之」。

【廣】説文：「瓮，罌也。」通作「罋」、「甕」。士喪禮下篇注云：「罋，瓦器，其容蓋一觳。」説文：「罌，缶也。」墨子備城門篇云：「用瓦木罌容十升以上者盛水。」方言：「罃，陳魏宋楚之間曰甀，或曰㼚；燕之東北朝鮮洌水之間謂之瓺；齊之東北海岱之間謂之甔；周洛韓鄭之間謂之甄，或謂之罃。」「甔」，字通作「儋」，又作「擔」[一]。史記貨殖傳「漿千甔」，集解：「徐廣曰：『甔，大罌也。』」索隱云：「甔，漢書作儋，孟康曰：『儋，甖也。』甖受一石，故云儋石。」漢書蒯通傳「守儋石之禄」，應劭注云：「齊人名小甖爲儋，受二斛。」後漢書明帝紀「生者無擔石之儲」，李賢注引埤倉云：「甔，大罌也。」案：諸説或訓「甔」爲「罌」，或以爲「大罌」，或以爲「小罌」，古無定訓，疑莫能明也[二]。玉篇：「㼚，小甖也。」又云：「瓿甑，鉼有耳也。」〔瓮罌甔㼚甀瓺瓶也，七·二一八〕

【廣】方言：「䍣謂之𤮊。」字亦作「罋」，通作「甕」。説文：「甕，汲鉼也。」井九二「井谷射鮒，甕敝漏」，虞翻注云：「羸其瓶，凶，故甕敝漏也。」「𤮊」與「甋」同。〔䍣甋瓶也，七·二一八〕

[一] 王念孫補正「甔字通作儋又作擔」下補：又作「檐」。吕氏春秋異寶篇「禄萬檐」，高誘注云：「萬檐，萬石也。」

[二] 王念孫補正於「罌」注末加墨籤云：穆天子傳：「二天子乃賜之黄金之罌三六。」

【廣】方言：「**罃謂之甀。**」説文：「罃，備火長頸缾也。」急就篇云：「甀缶盆盎甕罃壺。」〔罃瓶也，七·二二八〕

一二　**缶謂之瓿甌，**即盆也。音偶。**其小者謂之瓶。**2b

【廣】説文：「缶，瓦器，所以盛酒漿。秦人鼓之以節歌。」陳風宛丘篇「坎其擊缶」，正義云：「易離卦九三『不鼓缶而歌』，是樂器爲缶也。坎卦六四『尊酒簋貳，用缶』，則缶是酒器。襄九年宋災，左傳曰『具綆缶，備水器』，則缶是汲水之器。然則缶是瓦器，可以節樂，又可以盛水、盛酒，即今之瓦盆也。」禮器「五獻之尊，門外缶，門内壺，君尊瓦甒」，鄭注云：「壺大一石，瓦甒五斗，缶大小未聞也。」正義云：「以小爲貴，近者小，則遠者大。缶在門外，則大於壺矣。」方言「**缶謂之瓿甌**」，郭璞注云：「**即盆也。**」〔瓿甌罏缶也，七·二一七〕

一三　**罃甀謂之盎。**案爾雅「甀，康壺」，而方言以爲盆，未詳也。甀，郄罽反。盎，烏浪反。**自關而西或謂之盆，或謂之盎。其小者謂之升甌。**惡牟反，亦音憂。2b

【戴】天頭朱批：盆之小者謂之甌。一切經音義十五。又於正文「其小者謂之升甌」之

「升」字右側注「斗」字。

【廣】爾雅「盎謂之缶」，郭璞注云：「盆也。」方言：「甈謂之盎〔一〕。自關而西或謂之盆，或謂之盎。」急就篇「甀缶盆盎甕罃壺」，顏師古注云：「缶、盆、盎，一類耳。缶即盎也，大腹而斂口。盆則斂底而寬上。」考工記：「陶人爲盆，實二鬴，厚半寸，脣寸。」［盎謂之盆，七・二一七］

【廣】廣韻：「劓〔二〕，罌屬。」玉篇：「甈，甈甗也。」爾雅：「康瓠謂之甈。」説文：「甈，康瓠，破罌也。或作㼜。」方言：「甈謂之盎。」［甈甈甗也，七・二一七］

一四　甂，音邊。陳魏宋楚之間謂之題；今河北人呼小盆爲題子，杜啟反。自關而西謂之甂，其大者謂之甌。2b

【戴】天頭墨批：瓦甂，陋器也。説苑反質。又：甂題，卑小也。衆經音義六引纂文云：「扁匾，薄也。今俗呼薄爲扁匾，關中呼𥚪匾。」〔三〕

〔一〕王念孫此處所引方言，「甈」上疑脱「罃」字。
〔二〕「劓」字誤，當作「甗」。
〔三〕續修四庫本玄應音義引纂文云：「扁匾，薄也，今俗呼廣薄爲扁匾。關中呼𥚪匾。」

【廣】方言：「甂，陳魏宋楚之間謂之題；自關而西謂之甂，其大者謂之甌。」說文：「甂，佀小瓿，大口而卑。」淮南子說林訓云：「狗彘不擇甂甌而食。」楚辭七諫云：「甂甌登於明堂兮，周鼎潛乎深淵。」說苑反質篇云：「瓦甂，陋器也。」方言注云：「今河北人呼小盆爲題子，杜啟反。」太平御覽引通俗文云：「小甌曰題。」「甂題」猶「匾㔸」也。衆經音義卷六云：「韻集：匾，方殄反；㔸，他奚反。纂文云：『匾㔸，薄也。今俗呼廣薄爲匾㔸，關中呼𥏠㔸。』」器之大口而卑者與廣薄同義，故亦有「甂題」之名。又「匾㔸」與「𥏠㔸」，一聲之轉。大口而卑者謂之「甂」，猶下文「匾榼」謂之「椑」矣。「甌」之言「區」也。卷二云：「區，小也。」說文：「甌，小盆也。」爾雅「甌瓿謂之瓵」，郭注云：「瓿甊，小甖。」小甖謂之「甌、瓿」，猶小盆謂之「甌」也。甌與甂題皆小盆，而甂題又小於甌。故方言云：「其大者謂之甌。」［題甌甂也，七·二一七］

【讀】隗囂傳「牽馬操刀，奉盤錯鍉，遂割牲而盟」，李賢注曰：「按：蕭該音引字詁『鍉即題，音徒啟反』。方言曰：『宋楚之間謂盎爲題。』據下文云『鍉不濡血』，明非盆盎之類。前書匈奴傳云『漢遣韓昌等與單于及大臣俱登諾水東山，刑白馬，單于以徑路刀、金留犂撓酒』，應劭云：『留犂，飯匕也；撓，攪也。以匕攪血而歃之。』今亦奉盤措匙而歃也。以此而言，鍉即匙字。錯，置也，音七故反。」引之曰：「鍉」當爲「鍉」，其字從缶不從金。廣韻「鍉，都奚切，歃血器」，集韻「鍉，歃器」，皆沿誤本後漢書。注内「題」字當爲「甈」，其字從瓦不從頁。方言「甂，陳魏宋楚之間謂之題」，郭璞曰：「今河北人呼小盆爲題子，杜啟反。」廣雅曰：「甈、甌，甂也。」太平御覽引通俗文曰：「小甌曰甈。」凡從瓦之字或從缶。故字詁「鍉與甈同」；玉篇「鍉，徒啟切，亦作甈」「甈，徒啟切，小盆也」；集韻亦曰「甈，或從缶作鍉」：皆其證矣。賢意謂據「鍉」字則爲盆盎之「甈」，據下文則當訓爲「匙」耳。案：周官玉府職「合諸侯，則共珠槃、玉敦」，鄭注曰：「合諸侯者，必割牛耳，取其血，歃之以盟。珠槃以盛牛耳，尸盟者執之。玉敦，歃血玉器。」戎右職「盟則以玉敦辟盟，遂役之，贊牛耳、桃茢」，注曰：「役之者，傳敦血，授當歃者，血在敦中，以桃茢拂之。耳者，盛以珠盤，尸盟者執之。」若然，則盤以盛耳，敦以盛血，二器並設矣。今傳曰「奉盤」，盤外當更有盛血之器。下文曰「有司奉血鍉進，護軍舉手揖諸將軍曰：鍉不濡血，歃不入口，是欺神明也」，明鍉者盆盎之類，所以盛血，如古之有敦耳，不得如賢注所云。且隗囂遵用古禮，何肯效法匈奴乎？［奉盤錯鍉，餘編上·一〇〇三］

一五　**所以注斛，**盛米穀寫斛中者也。**陳魏宋楚之間謂之篱，**今江東亦呼爲篱。音巠覡。**自關而西謂之注。箕，陳魏宋楚之間謂之籮。**篱亦籮屬也，形小而高，無耳。 3a

【明】將郭注「音巠覎」之「巠」字改作「巫」，「覎」字改作「覡」。又於正文「箕，陳魏宋楚之間謂之籮」之「箕」字上加横杠别爲一條。又將郭注「篙亦籮屬也」之「篙」字改作「箕」。

【戴】於正文「所以注斛」右側夾注：御覽「所」上有「篙」字。又於正文「自關而西謂之注箕陳魏宋楚之間謂之籮」右側夾注：御覽「箕」字别爲一句[一]。

【廣】箕，所以簸揚米而去其糠也。方言：「箕，陳魏宋楚之間謂之籮。」説文：「箕，簸也。」「簛，大箕也。」〔簛籮箕也，七·二二二〕

【廣】方言「所以注斛，陳魏宋楚之間謂之篙，自關而西謂之注」，郭注云：「盛米穀寫斛中者也。今江東亦呼爲篙。」〔斛注謂之篙，八·二五六〕

一六　**炊籅謂之縮，**漉米籅也。**或謂之𥳓，**音藪。**或謂之𠤳。**音旋，江東呼浙籤。 3a

【明】將郭注「江東呼浙籤」之「浙」字改作「淅」。

【戴】天頭墨批：鄭興注周禮甸師云：「莤，讀爲縮。束茅立之祭前，沃酒其上，酒

[一] 太平御覽卷七百六十四引方言曰：「篙所以注斛，陳魏宋楚之間謂之篙，或謂之籮；自關而西謂之注箕。」「箕」字並未别爲一句。

滲下去，若神飲之，故謂之縮。縮，浚也。故齊桓公責楚：『不貢包茅，王祭不共，無以縮酒。』」廣雅：「滲，⿰氵盝也。」[一]

【廣】圎者：說文：「圎，規也。」玉篇音似沿切。「圎」之言「旋」也。司馬彪注莊子達生篇云：「旋，圓也。」說文：「檈，圜案也。」「鏇，圜鑪也。」方言「炊䉛謂之⿷匚台」，郭璞注云：「漉米䉛也。」漉米䉛亦器之圓者。「旋、圎、檈、鏇、⿷匚台」五字並音似沿反，其義一也。「圎」，曹憲音「旋」。各本脱去「圎」字，其音内「旋」字遂誤入「圜」字下。考玉篇、廣韻、集韻、類篇「圎」字並與「旋」同音，今據以補正。［圎梋圌圓也，三・八四］

【廣】方言「炊䉛謂之縮，或謂之篗，或謂之⿷匚台」，郭注云：「漉，米䉛也。」說文：「䉛，漉米籔也。」太平御覽引纂文云：「䉛，淅箕也。一曰籔。魯人謂之淅⿱竹囊。」急就篇云：「笔篅箯筥䉛箅篝。」玉篇：「⿱竹斦，⿰氵盝米具也。」「⿱竹囊䉛，漉米竹器也。」「漉」與「⿰氵盝」同。亦作「盝」。說文：「籔，炊䉛也。」玉篇：「籔，或作䈰、篗。」方言又作「縮」。「縮、䈰、篗、籔」四字，古聲並相近。「篗」之言「縮」也，漉米而縮去其汁，如漉酒然。鄭興注周官甸師云「束茅立之祭前，沃酒其上，酒滲下去，若神飲之，故謂之縮。

［一］四庫本春秋左傳要義卷十四引周禮甸師「祭祀共蕭茅」，鄭興云「蕭字或爲莤」，下與王念孫所引同。

縮，浚也」；郊特牲「縮酌用茅」，鄭注云「泲之以茅，縮去滓也」：義並與「䈾」同。周官大宰注云「澤無水曰藪」，澤虞注云「水希曰藪」，義與「籔」亦相近。説文：「匴，盝米藪也。」集韻：「匴，或作㔯。」方言注云：「江東呼㔯爲淅籤。」「㔯」之言「浚」也。卷二云：「浚，漉也。」周官注云：「縮，浚也。」「縮、籔、匴」，一聲之轉。「籔」之轉爲「匴」，猶「數」之轉爲「算」矣。［箭籮籅匴籅也，七·二二二］

一七　篝，今薫籠也。**陳楚宋魏之間謂之牆居。**3a

【廣】方言「篝，陳楚宋魏之間謂之牆居」，郭注云「今薫籠也」，「薫」與「熏」同。説文：「篝，笿也，可熏衣。宋楚謂篝牆居也。」［熏篝謂之牆居，八·二五六］

一八　扇，自關而東謂之箑，今江東亦通名扇爲箑。音𥳍。**自關而西謂之扇。**3a

【戴】天頭墨批：御覽七百二引此作「自關而東謂之扇，自關而西謂之箑」。

【廣】方言：「扇，自關而東謂之箑，自關而西謂之扇。」説文：「箑，或作𥳍。」呂氏春秋有度篇：「夏不衣裳，冬不用翣。」「箑、𥳍、翣」並通。［箑謂之扇，八·二五五］

【廣】蘇頌圖經云：「葉似蠻薑而狹長，横張，疎如翅羽狀，故一名烏翣，謂其葉耳。」案：「翣」與「萐」通。「翣、扇」一聲之轉。高誘注淮南說林訓云：「扇，楚人謂之翣。」字亦作「箑」。方言云：「扇，自關而東謂之箑。」「箑、萐」皆從疌聲。射干之葉，横張如扇，故謂之「烏扇」，又謂之「烏萐」也。說文云：「萐莆，瑞草也。堯時生於庖廚，扇暑而涼。」瑞草扇暑而涼，謂之「萐莆」；烏扇之草謂之「烏萐」，又謂之「烏蒲」：其義一也。〔鳶尾烏萐射干也，一〇·三四八〕

一九　**碓機**，碓梢也。**陳魏宋楚自關而東謂之梴**音延。**磑**〔一〕**，或謂之䃎。**即磨也。錯碓反。 3a

【廣】𤭛𤮊者：廣韻：「𤭛𤮊，屑瓦洗器也。」方言「磑或謂之䃎」，郭璞注云：「即磨也。」「䃎」與「𤭛」，聲近義同。「𤮊」，玉篇音所兩切，廣韻又初兩切。說文「𤮊，瑳垢瓦石也」，徐鍇傳云：「以碎瓦石𤮊去瓶内垢也。」西山經「錢來之山，其下多洗石」，郭璞注云：「澡洗可以磢體去垢圿。」木華海賦「飛澇相磢」，李善引方言注云：「漺，錯也。」「𤭛、𤮊、磢、漺」並通。〔𤭛𤮊磨也，三·七六〕

〔一〕王念孫引方言，疑將「磑」字下屬爲句。

二〇　**繘，**汲水索也。音橘。**自關而東周洛韓魏之間謂之綆，或謂之絡；**音洛。**關西謂之繘綆。**3b

【明】删正文「關西謂之繘綆」之「綆」字。

【戴】天頭朱批：韓魏之間謂之綆。一切經音義二。

【廣】方言「**繘，自關而東周洛韓魏之間謂之綆，或謂之絡；關西謂之繘**」，郭注云：「**汲水索也。**」説文：「綆，汲井繩也。」「繘，綆也。」襄九年左傳云：「具綆缶，備水器。」士喪禮云：「管人汲，不説繘。」〔繘絡綆也，七·二三八〕

二一　**櫪，**養馬器也。**梁宋齊楚北燕之間或謂之樎，**音縮。**或謂之皁。**皁隸之名，於此乎出。3b

【廣】方言「**櫪，梁宋齊楚北燕之間或謂之樎，或謂之皁**」，郭注云：「**養馬器也。**」周官校人云：「三乘爲皁，三皁爲毄，六毄爲廄，六廄成校。」呂氏春秋權勳篇「猶取之内皁而著之外皁也」，高誘注云：「皁，櫪也。」史記鄒陽傳集解引漢書音義云：「皁，食牛馬器，以木作如槽。」「槽」與「皁」，聲相近。今人言「馬槽」是也。〔樎皁櫪也，七·二四三〕

二二　**飲馬橐，自關而西謂之裺囊，**音鶬。**或謂之裺篼，或謂之嘍篼；**音樓。**燕齊之間**

謂之帪。廣雅作振，字音同耳。 3b

【明】將正文「飲馬橐」之「飲」字改作「飤」。

【戴】於正文「飤馬橐，自關而西謂之裺囊」右側夾注：御覽七百四引此「飤」作「食」，「橐」作「囊」〔二〕。又天頭墨批：帪，□也。

【廣】「㡋」，或作「裺」。方言：**「飤馬橐，自關而西謂之裺囊，或謂之裺篼，或謂之㡘篼；燕齊之間謂之帪。」**説文「篼，飤馬器也」，「篼」猶「兜」也。今人謂以布盛物曰「兜」，義與此同。㡋、㡘、帪皆收斂之名。「㡋」之言「掩」也。説文云：「掩，斂也。」釋名云「綃頭，齊人謂之㡋，言斂髮使上從也」，義與「㡋篼」同。「㡘」之言「婁」也。小雅角弓箋云：「婁，斂也。」「帪」之言「振」也。中庸「振河海而不泄」，鄭注云：「振猶收也。」方言注云：**「帪，廣雅作振，字音同耳。」**是郭所見本正作「振」。〔㡋篼㡘篼帪囊也，七·二四三〕

【廣三】方言：**「箄、簍、籅、䈾，𥳑也。**江沔之間謂之籅，趙代之間謂之䈾，淇衛之間謂之牛筐。**𥳑，其通語也。」「𥳑小者，南楚謂之簍，自關而西秦晉之間謂之箄。」**「籅」之言「輿」也。卷二云：「輿，載也。」「䈾」之言「韜」也。自上覆物謂之「韜」，自下盛物亦謂

〔二〕四庫本方言曰：「自關而西食囊謂之裺囊。」

之「韜」。方言注云「箈，音弓弢」，蓋得其義矣。「箄」之言「卑小」也。方言注云：「今江東亦名小籠爲箄。」説文：「簍，竹籠也。」急就篇云：「簁箄箕帚筐篋簍。」「簍」之言「婁」也，斂聚之名也。小雅角弓箋云：「婁，斂也。」方言：「飤馬橐，自關而西或謂之⿰巾婁兜。」「⿰巾婁」與「簍」，義相近。〔籅箈箄簍篆也，八・二五七〕卷一三第一四五條；卷一三第一四六條；卷五第二二條

一二三　**鉤，**懸物者。**宋楚陳魏之間謂之鹿觡，**或呼鹿角。**或謂之鉤格；自關而西謂之鉤，或謂之⿰金微。**音微。3b

【廣】「幾」之言「幾希」也。繫辭傳云：「幾者，動之微。」臯陶謨云：「惟幾惟康。」説文：「僟，精詳也。」「嘰，小食也。」司馬相如大人賦云：「咀噍芝英兮嘰瓊華。」衆經音義卷九引字林云：「璣，小珠也。」玉篇：「鐖，鉤逆鋩也。」淮南子説林訓云：「無鐖之鉤，不可以得魚。」方言云「鉤，自關而西或謂之⿰金微」，郭璞音微。是凡言「幾」者，皆微之義也。〔幾微也，四・一二二〕

【廣】「觡」之言「格」，「角」之言「觸」也。方言「鉤，宋楚陳魏之間謂之鹿觡，或謂之鉤格」，郭璞注云：「或呼鹿角。」説文：「觡，骨角之名也。」樂記「角觡生」，鄭注云：「無䚡曰觡。」説文：「䚡，角中骨也。」東山經「其神狀皆獸身人面載觡」，郭璞注云：「麋鹿角曰

觡。」淮南子主術訓「桀之力別觡伸鉤」，漢書司馬相如傳「犧雙觡共柢之獸」，服虔、高誘注並云：「觡，角也。」各本譌作「角，觡也」，今訂正。〔觡角也，五・一七〇〕

【廣】說文：「鉤，鐵曲也。」方言：**「鉤，宋楚陳魏之間謂之鹿觡，或謂之鉤格；自關而西謂之鉤，或謂之鑯。」**鹿觡，謂鉤形如鹿觡也。**方言注云：「或呼鹿角。」**玉篇：「觡，麋鹿角也。有枝曰觡，無枝曰角。」「觡」之言「枝格」也。史記律書云：「角者，言萬物皆有枝格如角也。」「格」與「鉤」同義，故鉤或謂之「鉤格」。淮南子主術訓云「桀之力別觡伸鉤」，亦以兩形相近而類舉之矣。廣韻引埤倉云：「鑯，縣物鉤也。」〔鹿觡鑯鉤也，八・二五三〕

二四　臿，燕之東北朝鮮洌水之間謂之⿸广⿰月斗〔一〕；湯料反，此亦鍫聲轉也。**宋魏之間謂之鏵，或謂之鍏；**音韋。**江淮南楚之間謂之臿；沅湘之間謂之畚；趙魏之間謂之喿；**字亦作鍫也。**東齊謂之梩。**音駭。江東又呼鍫刃爲鐅，普蔑反。 3b

【戴】天頭朱批：趙魏之間謂臿爲鍫。一切經音義十、十五、又〔二〕。又天頭墨批：管子輕

〔一〕「⿸广⿰月斗」，王念孫引方言作「⿰月斗」。

〔二〕「又」指在卷十五兩次引用此條。

重篇：「一農之事，必有一耜一銚一鎌一鎒一椎一銍，然後成爲農。」

【廣】爾雅「斛謂之疀」，郭注云「皆古鍫鍤字」；管子度地篇云「籠臿版築各什六」；齊策云「坐而織蕢，立則杖插」：並字異而義同。釋名云：「鍤，插也，插地起土也。」方言：「臿，燕之東北朝鮮洌水之間謂之斛；宋衛之間謂之鏵，或謂之鍏；江淮南楚之間謂之臿；沅湘之間謂之畚；趙魏之間謂之⿱臼木；東齊謂之梩。」「⿰臿支」音嫣汭之「嫣」，字從臿支聲。「⿰臿支」從支聲而讀若「嫣」，猶「有頍者弁」之「頍」從支聲而讀若「跬」也。説文「⿰金危，臿屬也。讀若嫣」，高誘注淮南子精神訓云「三輔謂臿爲⿰金危」，字並與「⿰臿支」同。各本「⿰臿支」字皆作「⿰臿攵」，音插。案：音插則與下文「臿」字重出。且説文、玉篇、廣韻、集韻、類篇皆無「⿰臿攵」字。此因「⿰臿支」字譌作「⿰臿攵」，後人遂妄改曹憲之音耳。今考集韻、類篇「⿰臿支」，俱爲切，引廣雅「⿰臿支，臿也」，其音即本於曹憲。是廣雅本作「⿰臿支」，不作「⿰臿攵」；曹憲本音「嫣」，不音「插」。今據以訂正。……方言注云：「⿱臼木，字亦作鍫。」釋名云：「鍤，或曰銷。銷，削也，能有所穿削也。」新序刺奢篇云：「魏王將起中天臺，許綰負⿰衤⿱臼木鍤入。」「⿱臼木、⿰木⿱臼木、鍫、銷」，並字異而義同。少牢下篇注云「二匕皆有淺斗，狀如飯⿰木⿱臼木」，義與「臿謂之⿱臼木」亦相近。「⿱臼木」音七遥反，「斛」音土貂反，二者同物而異名。故方言云：「燕之東北謂之斛，趙魏之間謂之⿱臼木。」爾雅注以「斛」爲

古「鍪」字，非也。〔鍏畚𣂁梩梟臿也，八·二六〇〕

【廣】説文：「鍪，河内謂臿頭金也。」方言注云：**「今江東呼鍪刃爲鍪。」**説文：「苿，兩刃臿也。宋魏曰苿。或作釪。」**方言作「鏵」。**淮南子齊俗訓「脩脛者使之跖鑺」，高誘注云：「長脛者以蹋插，使入深也。」太平御覽引淮南子「鑺」作「鏵」。吴越春秋夫差内傳云：「寡人夢兩鋘殖吾宫牆。」後漢書戴就傳注引字詁云：「鋘，臿刃也。」「苿、釪、鏵、鋘」，並字異而義同。今俗語猶謂臿爲「鏵鍪」。淮南子精神訓注云：「臿，鏵也。青州謂之鏵，三輔謂之鍋。」「鍋、鏵」語之轉。釋言篇云：「蔿、譌，譁也。」「蔿、譌」之轉爲「譁」，猶「鍋」之轉爲「鏵」矣。釋名云：「鍤，或曰鏵。鏵，刳也，刳地爲坎也。」曲禮「爲國君削瓜者華之」，鄭注云「華，中裂之也」，義與「鏵」同。〔鏵鋖鍪也，八·二六〇〕

【讀】「捍寵虆筫，勝籯屑糉」，洪云：「寵，當作籠。」念孫案：「勝」當爲「幐」，字之誤也。「勝」字本作「勝」，與「幐」極相似。説文：「幐，音騰。囊也。」商子賞刑篇曰：「贊茅、岐周之粟以賞天下之人，不得人一幐。」今本亦譌作「勝」。趙策曰「贏幐負書擔橐」，秦策「幐」作「縢」，義同。屑，碎米也，廣雅作「糏」。劉曰：「糉，糗字之誤。糗，乾飯也。」引之曰：「捍」蓋「梩」字之誤。説文：「梠，音似。臿也。或作梩。」方言曰：**「臿，東齊謂之梩。」**周官鄉師注引司馬法曰：「輂一斧一斤一鑿一梩一鉏。」孟子滕文公篇「蘽梩而掩之」，趙注曰：「蘽梩，籠臿之屬。」謂蘽爲籠屬，梩爲臿屬也。故管子亦以「梩籠」並言之。〔捍籠，管子第十一·五〇四〕

【讀】「故伊尹之興土功也，脩脛者使之跖钁」，高注曰：「長脛以蹋插者，使入深。」太平御覽地部二、器物部九引此「钁」並作「鏵」。念孫案：「鏵」字是也。鏵即臿也。跖，蹋也。文選舞賦注引淮南許注如此。故高注言「蹋插」。説文：「茉，玉篇胡瓜切。兩刃臿也。宋魏曰茉。或作釫。」玉篇云：「今爲鏵。」方言云：「臿，宋魏之間謂之鏵。」高注精神篇云：「臿，鏵也。青州謂之鏵。」釋名云：「鍤，或曰鏵。鏵，剞也，剞地爲坎也。」「茉、釫、鏵」，字異而義同。「臿、鍤、插」亦同。今人謂臿爲「鏵鍬」是也。使長脛者蹋臿，則入地深而得土多，故高注曰：「長脛以蹋插者，使入深也。」後人不識「鏵」字，遂妄改爲「钁」。埤雅引此作「钁」，則所見本已然。案：説文：「钁，大鉏也。」鉏以手揮，非以足蹋，不得言「跖钁」。且高注明言「蹋插」，不言「蹋钁」。〔跖钁，淮南内篇第十一·八六二〕

二一五　**杷**，無齒爲朳。**宋魏之間謂之渠挐**，今江東名亦然。諾猪反。**或謂之渠疏。**語轉也。4a

【明】將正文「杷」字改作「杷」。又於郭注「無齒爲朳」之「無」字上增「有齒爲杷」四字。

【戴】天頭朱批：「杷謂之渠挐」，郭璞：「有齒曰杷，無齒曰朳。」一切經音義十八。

【廣】「杝」，今「籬」字也。説文：「杝，落也。」王逸注招魂云：「柴落爲籬。」衆經音義卷十四云「籬、杝同，力支反」，引通俗文云：「柴垣曰杝，木垣曰柵。」釋名云：「籬，離也，以柴作之，疏離離然也。」各本「杝」字譌作「地」，「地」下又衍一「籬」字。集韻、類篇引廣雅「㯫、栫，籬也」「欏、落，籬也」，則宋時廣雅本已有「籬」字。蓋今本「籬」字本作「離」，乃是「杝」字之音，既誤入正文，後人又改「離」爲「籬」耳。今訂正。釋名云「青徐謂籬曰椐」，「椐」與「㯫」同。「㯫」，玉篇音渠。「㯫」之言渠疏然也。**方言「杷，宋魏之間或謂之渠疏」**，亦言杷齒渠疏然也。其謂之「杷」者，謂其齒扶疏然也。史記張儀傳索隱云：「今江南謂葦籬曰芭籬。」「芭」與「杷」，義亦相近也[一]。［㯫杝也，七·二一二］

【廣】**方言「杷，宋魏之間謂之渠挐，或謂之渠疏」，郭注云：「有齒爲杷，無齒爲朳。」**説文：「杷，收麥器也。」急就篇「捃穫秉把插捌杷」，顔師古注云「捌、把，皆所以

[一] 王念孫補正於「芭與杷義亦相近也」下補：引之云：周官掌固「掌脩城郭溝池樹渠之固」，「渠」與「㯫」同，謂籬落也。因樹木以爲籬落，故曰「樹渠」。司險職云「設國之五溝五涂而樹之林以爲阻固」，鄭注云：「樹之林，作藩落也。」是其證矣。城郭爲一類，溝池爲一類，樹渠爲一類。賈疏以爲渠上有樹，失之。

推引聚禾穀也」，「捌」與「朳」同。六韜軍用篇云：「鷹爪方胸鐵杷，柄長七尺以上。」漢書貢禹傳「捽中杷土」，顏注云：「杷，手掊之也。音蒲巴反。」是杷爲掊聚土之名也。通藝録云：「握物謂之把，指爪微屈焉謂之爬。」此杷之所由名也。方言注云：「**今江東亦名杷爲渠挐。**」釋名：「齊魯謂四齒杷爲欋。」「欋」與「渠挐、渠疏」，皆語之轉也。〔渠挐謂之杷，八·二六〇〕

二一六　**僉，**今連架〔一〕，所以打穀者。**宋魏之間謂之攝殳，**音殊，亦杖名也。**或謂之度；**今江東呼打爲度，音量度也。**自關而西謂之棓，**蒲項反。**或謂之拂；**音拂。**齊楚江淮之間謂之柍，**音悵快，亦音爲車鞅。此皆打之別名也。**或謂之桲。**音勃。4a

【明】將正文「或謂之拂」之「拂」字改作「柫」。

【戴】天頭墨批：度之薨薨〔二〕。又司市：「胥執鞭度守門。」又天頭墨批：廣成頌：「枷天狗。」又天頭墨批：漢書王莽傳中：「必躬載柫。」

【廣】方言「僉，宋魏之間謂之欇殳，或謂之度；自關而西謂之棓；齊楚江淮之間

〔一〕「架」，王念孫引方言作「枷」。
〔二〕詩大雅緜。

謂之柍，或謂之桲」，郭注云：「此皆打之別名也。」「棓」之言「掊擊」也。説文：「棓，梲也。」淮南子詮言訓「羿死于桃棓」，太平御覽引許慎注云：「棓，大杖，以桃木爲之。」説山訓作「桃部」，古字假借也。俗作「棒」。六韜軍用篇云：「方首鐵棓，維朌，重十二斤，柄長五尺以上。一名天棓。」開元占經石氏中官占引石氏云：「天棓五星，天之武備也。棓者，大杖，所以打賊也。」史記天官書索隱引詩緯云：「槍三星，棓五星，主槍人、棓人。」是棓爲打也。説文：「柭，棓也。」急就篇「捃穫秉把插捌杷」，碑本「捌」作「拔」。「柭、拔」並與「桲」同。説文：「梲，木杖也。」急就篇「鐵棰檛杖梲柲殳」，顔師古注云：「梲，小棓也。今俗呼爲袖梲，言可藏於懷袖之中也。」淮南子主術訓云：「無以異於執彈而來鳥，揮梲而狎大也。」[一]宣十八年穀梁傳「梲殺也」，范甯注云：「梲謂捶打殘賊而殺。」是梲爲打也。曹風候人篇「何戈與祋」，毛傳云：「祋，殳也。」「祋」與「梲」，聲義亦相近。説文：「枷，柫也。淮南謂之柍。」説見下文「柫謂之枷」下。「柍」之言「抰」也。卷三云：「抰，擊也。」〔棓桲柍杖也，八·二五八〕

【廣】方言「僉，自關而西或謂之柫」，郭注云：「今連枷，所以打穀者。」説文：

〔一〕「大」字誤，當作「犬」。

「柫，擊禾連枷也。」漢書王莽傳「予之北巡，必躬載柫」，顔師古注云：「柫，所以擊治禾者也。今謂之連枷。」齊語「耒耜枷芟」，韋昭注云：「枷，柫也，所以擊草也。」王褒僮約云：「刻木爲枷，屈竹作杷。」釋名云：「枷，加也，加杖於柄頭，以檛穗而出其穀也。或曰羅枷，羅三杖而用之也。」「羅、連」一聲之轉。今江淮間謂打穀器爲「連皆」。「皆、枷」亦一聲之轉。「柫」之言「拂」也。説文：「拂，過擊也。」「枷」之言「敂」也。卷三云：「敂，擊也。」柫、枷皆擊也，故馬融廣成頌云：「拂游光，枷天狗。」**方言注以「枷、柫」爲「打」之别名**，是也。［柫謂之枷，八・二二六〇］

【述】司市「凡市入，則胥執鞭度守門」，鄭注曰：「必執鞭度，以威正人衆也。度謂殳也，因刻丈尺耳。」引之謹案：方言曰**「僉，宋魏之間謂之欘殳，或謂之度」，郭璞注曰：「僉，今連枷，所以打穀者。殳亦杖名也。今江東呼打爲度。」**廣雅曰：「殳、度，杖也。」然則古人謂「殳」爲「度」，以打得名，故鄭云「以威正人衆」也。又云「因刻丈尺」者，以上文云「以量度成賈而徵儥」，故並及之。其實鞭度但供撻戮，下文胥職云「執鞭度而巡其前。凡有罪者，撻戮而罰之」是也。若均平物賈，則當兼操權量，不得獨持丈尺矣。賈公彦不解謂「殳」爲「度」之義，乃云「一物以爲二用。若以繫鞘於上則爲鞭，以長丈二因刻丈尺則爲度」，失之。［鞭度，八・二二〇四］

【述】「何」，讀爲「枷」。音加。「弗」，讀爲「柫」。音拂。説文：「柫，擊禾連枷也。枷，柫也。」釋名：「枷，加也。加杖於柄頭，以撾穗而出其穀也。」方言：「僉，自關而西謂之柫，齊楚江淮之間謂之桲。」音勃。案：「柫」之言「拂」也，擊物之名也。説文：「拂，過擊也。」擊謂之「拂」，故擊禾者謂之「柫」。「柫、桲」聲相近，故又謂之「桲」耳。古音「何」與「枷」通，故「枷」通作「何」。陳風澤陂篇「有蒲與荷」，樊光爾雅注引作「有蒲與茄」，見澤陂正義。茄，音加。是其例也。「枷」之爲「何」，猶「加」之爲「柯」也。爾雅「陵莫大於加陵」，即春秋成十七年之柯陵。齊語「耒耜枷芟」，漢書王莽傳「予之北巡，必躬載柫」，韋、顔注與説文同。〔宋公子何字弗父，二三·五五〇〕

二七　刈鉤，江淮陳楚之間謂之鉊，音昭。或謂之鐹；音果。自關而西或謂之鉤，或謂之鎌，或謂之鍥。音結。4a

【廣】魝者：説文：「魝，楚人謂治魚也。從刀、魚。讀若鍥。」方言：「刈鉤，自關而西或謂之鉤，或謂之鎌，或謂之鍥。」鍥所以割草，義與「魝」同也。「鍥」又音苦結反。定九年左傳「盡借邑人之車，鍥其軸」，杜預注云：「鍥，刻也。」説文作「栔」。又作「契」。爾雅「契，絶也」，郭璞注云「今江東呼刻斷物爲契斷」，義與「魝」亦同也。

〔劊割也，二·五八〕

【廣】墨子備城門篇云：「長鎌柄長八尺。」六韜軍用篇云：「芟草木大鎌，柄長七尺以上。」説文：「鎌，鍥也。」字或作「鐮」。釋名云：「鐮，廉也，體廉薄也。」方言云「**刈鉤，江淮陳楚之間謂之鉊，或謂之鐹；自關而西或謂之鉤，或謂之鎌，或謂之鍥**」，「鐹」與「划」同，「鉤」與「劬」同。「划」之言「過」也，所割皆決過也。鉤孑戟謂之「戈」，義與此同也。説文：「鉊，大鎌也。鎌或謂之鉊，張徹説。」管子輕重己篇云：「鉊鉛乂欘。」「鉊」之言「釗」也。説文：「釗，刓也。」「刓，剸也。」又云：「劬，鎌也。」急就篇「鈐鏞鉤銍斧鑿鉏」，顔師古注云：「鉤即鎌也。形曲如鉤，因以名云。」淮南子氾論訓「木鉤而樵」，高誘注與説文同。説文：「鍥，鎌也。」「鍥」之言「契」也。爾雅「契，絶也」，郭注云：「今江東呼刻斷物爲契斷。」〔划鉊劬鍥鏺鎌也，八·二五三〕

二八　**薄，宋魏陳楚江淮之間謂之苗，或謂之麴；**此直語楚轉聲耳。**自關而西謂之薄；南楚謂之蓬薄。**4b

【戴】天頭朱批：「江淮陳楚之間謂之苗」，注云：「楚語轉耳。」一切經音義十五。其中「楚語」二字右側加墨圈。又將郭注「此直語楚轉聲耳」之「語楚」二字乙轉爲「楚語」。又天頭墨批：宋魏陳楚謂之𥷚，自關而西謂之箔，南楚謂之蓬薄〔一〕。御覽七百。

【廣】説文：「薄，蠶薄也。」方言：「薄，宋魏陳楚江淮之間謂之苗，或謂之𥷚；自關而西謂之薄；南楚謂之蓬薄。」説文：「苗，蠶薄也。」又云：「曲，蠶薄也。」「曲、苗、笛」並同。月令「具曲植籧筐」，鄭注云：「曲，薄也。」高誘注吕氏春秋云：「青徐謂薄爲曲。」史記絳侯世家「勃以織薄曲爲生」，索隱引許慎淮南子注云：「曲，葦薄也。」豳風七月傳云：「豫畜萑葦，可以爲曲。」「薄」，各本譌作「簙」，惟影宋本不譌。

［笛謂之薄，八·二五七］

二九　橛，燕之東北朝鮮洌水之間謂之椴。

揭杙也。江東呼都。音段。4b

【明】將正文「椵」字改作「椴」。又將郭注「揭杙」改作「楬杙」。又將郭注「音段」之「段」字改作「段」。

【廣】説文：「弋，橜也。或作杙。」爾雅：「樴謂之杙。」「樴」與「杙」之言皆「直」也。方言：「橛，燕之東北朝鮮洌水之間謂之椴。」「椴」之言「段」也。今人言

〔一〕御覽卷七百引揚雄方言：「宋魏陳楚謂之笛，或謂之𥷚；自關以西謂之箔；南楚謂之蓬箔。」

木「一段、兩段」是也。「椴」，各本譌作「椵」，今訂正。說文「檿，弋也」，「檿」與「橛」同。月令注引農書云：「土長冒橛。」今俗語猶謂杙爲「橛」。「橛」之言「厥」也。凡木形之直而短者謂之「橛」。說見卷二「孑孓，短也」下。漢書尹賞傳「楬著其姓名」，顏師古注云：「楬，杙也。」爾雅「雞栖於弋爲桀」，「桀」與「楬」通。方言注云：「**橛，楬杙也。江東呼都。**」「都」與「櫫」，古同聲。合言之則曰「楬櫫」。說文：「楬，楬櫫也。」周官蜡氏「若有死於道路者，則令埋而置楬焉，書其日月焉」，鄭衆注云：「楬，欲令其識取之，今時楬櫫是也。」〔椴橛楬櫫杙也，七·二一三〕

三〇　**槌，**絲蠶薄柱也〔一〕。度畏反。**宋魏陳楚江淮之間謂之植，**音值。**自關而東謂之槌，齊謂之样。**音陽。**其橫，關西曰榺**〔二〕，音朕。亦名校，音交。**宋魏陳楚江淮之間謂之㯓，**音帶。**齊部謂之𣐈。**丁謹反。**胡以縣㯓，關西謂之𦇌，**力冉反。**東齊海岱之間謂之繏；**相主反。**宋魏陳楚江淮之間謂之繯，**擐甲。**或謂之環。**檈。 4b

〔一〕「絲」，王念孫引方言作「縣」。「柱」，王氏所本似作「拄」，王氏改作「柱」。

〔二〕「榺」，他本作「𢸁」。

【明】將正文「自關而東謂之槌」之「東」字改作「西」。又將正文「胡以縣㮰」之「胡」字改作「所」。又將郭注「㮮」字改作「擐」。

【戴】圈改郭注「音交」作「音爻」。又於郭注「音朕。亦名校，音交」天頭墨批：「爻」字據廣雅音。

【廣】説文「縋，以繩有所縣鎮也」，引襄十九年左傳「夜縋納師」。又僖三十年傳「夜縋而出」，杜注云：「縋，縣城而下也。」今俗語亦謂以繩有所縣鎮曰「縋」。「縋」之言「重膇」也。成六年傳「於是乎有沈溺重膇之疾」，注云「重膇，足腫也」；方言注云「槌，縣蠶薄柱也」：義與「縋」並相近。方言云：「槌之横者，宋魏陳楚江淮之間謂之㮰。所以縣㮰，關西謂之䌈，東齊海岱之間謂之繏。」〔縋索也，七·二二三七〕

【廣】方言「槌，宋魏陳楚江淮之間謂之植，自關而西謂之槌，齊謂之样。其横，關西曰㯳，宋魏陳楚江淮之間謂之㮰，齊部謂之㭙」，郭注云：「槌，縣蠶薄柱也。」説文「縋，以繩有所縣鎮也」，義與「槌」相近。説文：「關東謂之槌，關西謂之㭙。」齊民要術引崔寔云：「三月清明節，令蠶妾具槌㭙箔籠。」「㯳」，説文作「栚」，云：「槌之横者也。關西謂之㯳。」呂氏春秋季春紀「具栚曲篆筐」，高誘注云「栚，讀曰朕。栚，棏也。三輔謂之栚，關東謂之棏」，「棏」與「㭙」同。淮南子時則訓注作「㭙」。「校」，曹憲音「爻」。各本「校」譌作「杈」，音内「爻」字又譌作「殳」。集韻、類篇「校，音爻，桷也」，今據以訂正。方言注云「椺亦名校，音爻」，「校」與「校」通。「校」之言「較」也。爾雅云：「較，直也。」説文：「持，槌也。」玉篇音陟革切。「持、植」之爲言皆「直」也。月令「具曲植籧筐」，鄭注云：「植，槌也。」「样」之言「愓」也。卷三云：「愓，直也。」「样、愓」並音「羊」，其義同也。［㯂椺校持桷植样槌也，八·二五七］

【讀】「具撲曲筥筐」，高注曰：「撲，持也。三輔謂之撲，撲，讀南陽人言山陵同。曲，薄也。」呂氏春秋季春篇作「挾曲」，高注曰：「挾，讀曰朕。三輔謂之挾，關東謂之得。」月令作「曲植」，鄭注曰：「植，槌也。」念孫案：「撲」與「挾」，皆「栚」字之誤。「栚」字本作「栚」，形與「撲」相近。「挾」字隸書作「挾」，形與「栚」亦相近。「栚」讀若「朕」，架蠶薄之木也。「持」，陟革反。呂氏春秋注「關東謂之得」，乃「棏」字之誤。「棏」與「持」同。見玉篇、廣韻。説文：「栚，槌之横者也。」方言作「椺」，云：「槌，宋魏陳楚江淮之間謂之植，自關而西謂之槌。其横，關西曰椺，齊部謂之持。」郭璞曰：「槌，縣蠶薄柱也。」「朕」字古音本在蒸部，讀若澄清之「清」。説文「謄、榺、賸、幐、騰、滕、𠗓、縢、螣、塍、勝」十一字並從朕聲。淮南要略「形埒之朕」，與「應」爲韻。又兵略篇「凡物有朕，唯道無朕」，文子自然篇「朕」作「勝」。説文「𠗓」字從仌朕聲，或作「凌」，從仌夌聲。是「朕、夌」古同聲。故呂氏春秋注云「栚，讀

曰朕」，此注云「栿，讀南陽人言山陵同」。〔撲曲，淮南内篇第五·八一一〕

三一　**簟，宋魏之間謂之笙，**今江東通言笙。**或謂之籧苗；自關而西謂之簟，或謂之⿱艹折。**今云⿱艹折篾篷也。**其麄者謂之籧篨，自關而東或謂之篕掞**〔一〕**。**音剡。江東呼籧篨爲⿱竹廢，音廢。**4b**

【戴】天頭朱批：宋魏之間謂簟麤者爲籧篨。一切經音義十七。又於正文「其麄者謂之籧篨」右側夾注：御覽作「粗」〔二〕。

【廣】制者：文選張協雜詩注引李奇漢書注云：「制，折也。」大戴禮保傅篇「不中於制獄」，制獄即折獄也〔三〕。論語爲政篇「片言可以折獄者」，魯讀「折」爲「制」。莊子庚桑楚篇「夫尋常之溝，巨魚無所還其體，而鯢鰌爲之制」，釋文引廣雅「制，折也」，「謂小魚得曲折也」。「折、制」古同聲，故「制」有「折」義。史記項羽紀「渡浙江」，索隱云：「浙江在今錢塘，蓋其流曲折。莊子所謂制河，即其水也。」玉篇「𥲤」音「制」。」**方言云「自關而西謂簟曰𥲤」**，亦取曲折之義也。〔制折也，一·三八〕

〔一〕「掞」，王念孫引方言作「棪」。

〔二〕卷七百六十六。

〔三〕王念孫補正於注「制獄即折獄也」下補：呂刑「制以刑」，墨子尚同篇「制」作「折」。

【廣】晉語「籧篨不可使俛，戚施不可使仰，僬僥不可使舉，侏儒不可使援，矇瞍不可使視，嚚瘖不可使言，聾聵不可使聽，僮昏不可使謀」，韋昭注云：「籧篨，偃人。戚施，僂人。僬僥，長三尺，不能舉重。侏儒，短者，不能抗援。有眸子而無見曰矇，無眸子曰瞍。口不道忠信之言爲嚚。瘖，不能言者。耳不别五聲之和爲聾。生而聾曰聵。僮，無知。昏，闇亂也。」「戚施」與「規覭」同。「覭」，各本譌作「頗」，今訂正。襄四年左傳云「我君小子，朱儒是使」，「朱」與「侏」通。魯語「僬僥氏長三尺，短之至也」，注云：「僬僥，西南蠻之别名。」海外南經云「周饒國，其爲人短小冠帶。一曰焦僥國」，「焦」與「僬」通。「僬僥、周饒」聲相近。説文：「瘖，不能言病也。」釋名云：「瘖，唵然無聲也。」淮南子地形訓云「障氣多喑，風氣多聾」，「喑」與「瘖」通。晉語「嚚瘖不可使言」，則嚚、瘖皆不能言之疾。韋注「口不道忠信之言爲嚚」，非也。廣雅所列八疾之名，皆本晉語，唯「嚚瘖」之「嚚」作「瘂」，音烏下反。疑廣雅本作「嚚」，後人不解其義而改爲「瘂」，且並改曹憲之音也。卷三「伹，鈍也」，曹憲音「疸」，今本作「但」，音度滿反；卷八「敲，臿也」，曹憲音「嫣」，今本作「敵」，音「插」：此後人改音之明證矣。卷三云：「僮，癡也。」周官司刺「三赦曰惷愚」[一]，鄭注云「惷愚，生而癡騃童昏者」，「童」與「僮」通。説文：「聾，無聞也。」「聵，生聾也。」釋名云：「聾，籠也，如在蒙籠之内，聽不察也。」法言問明篇云：「吾不見震風之能動聾聵也。」「聵」，各本譌作「瞶」，今訂正。聾、聵皆不能聽之疾。韋注「耳不别五聲之和爲聾」，亦非也。大雅靈臺篇「矇瞍奏公」，毛傳與韋注同。釋名云：「矇，有眸子而失明，蒙蒙無所别也。」「瞍，縮壞也。」凡事理之相近者，其名即相同。籧篨、戚施、侏儒皆疾也。故人之不肖者亦曰「籧篨、戚施、侏儒」。邶風新臺篇云「燕婉之求，籧篨不鮮」，又云「燕婉之求，得此戚施」；鄭語云「侏儒戚施，寔御在側，近頑童也」：皆謂不肖之人也。淮南子脩務訓注云「籧篨偃，戚施僂，皆醜貌也」，故物之粗醜者亦曰「籧篨、戚施」。**方言**云：**「簟之粗者，自關而西謂之籧篨。」**太平御覽引薛君韓詩章句云「戚施，蟾蜍，喻醜惡」，是也。侏儒短人也，故梁上短柱亦謂之「侏儒」。淮南子主術訓云「脩者以爲檷榱，短者以爲朱儒枅櫨」，是也。不能言謂之「瘖」，故不言亦謂之「瘖」。晏子春秋諫篇云「近臣嘿，遠臣瘖」，是也。不能言謂之「嚚」，不能聽謂之「聾」；故口不道忠信之言

[一]「惷」字誤，當作「憃」。

亦謂之「嚚」，耳不聽五聲之和亦謂之「聾」。左傳僖二十四年富辰所云是也。［規覘籧篨侏儒僬僥瘂瘖僮昏聾聵矇瞍八疾也，六・一九五］

【廣】説文：「籧篨，粗竹席也。」淮南子本經訓「若簟籧篨」，高誘注云：「籧篨，葦席也。」鹽鐵論散不足篇云：「庶人即草蓐索經，單藺籧篨而已。」方言「簟之粗者，自關而西謂之籧篨，自關而東或謂之篕棪」，「棪」與「⿰木⿸厂炎」通。［篕⿰木⿸厂炎謂之籧篨，八・二六一］

【廣二】方言「簟，宋魏之間謂之笙，或謂之籧苗〔一〕；自關而西或謂之簟，或謂之銌」，郭注云：「今江東通言笙。」左思吴都賦「桃笙象簟」，劉逵注云：「桃笙，桃枝簟也。吴人謂簟爲笙。」案：笙者，精細之名。方言云：「自關而西秦晉之間凡細貌謂之笙。」簟爲籧篨之細者，故有斯稱矣。「銌」之言「曲折」也。方言注云：「今云銌篾篷也。」又云「江東呼籧篨爲籧」，「籧」與「蕟」同。漢祝睦後碑「垂誨素棺，幣以葮蕟」，「葮蕟」即今人所謂「蘆籧」也。説文：「簟，竹席也。」釋名云：「簟，簟也，布之簟簟然正平也。」齊風載驅傳云：「簟，方文席也。」小雅斯干篇「下莞上簟」，鄭箋云：「莞，小蒲之席也。竹葦曰簟。」「籧篨」猶「拳曲」，語之轉也。簟可卷，故有「籧

〔一〕「苗」字誤，當作「笛」。

笛」之名。關西謂之「筕」，亦此義也。各本「籧笛」二字之間有「篨」字，蓋後人以意加之。「籧篨」自見下條，乃竹席之粗者，與「籧笛」不同。今據方言刪。［笙筕䉒簟籧笛席也，八·二六一］卷二第六條；卷五第三一條

【述】「籧篨不可使俛，戚施不可使仰，僬僥不可使舉，侏儒不可使援，矇瞍不可使視，嚚瘖不可使言，聾聵不可使聽，童昏不可使謀」，韋解「嚚、聾」二字云：「口不道忠信之言爲嚚，耳不別五聲之和爲聾。」家大人曰：傳言「不可使言、不可使聽」，則嚚瘖爲不能言之人，聾聵爲不能聽之人。韋氏以左傳釋之，非其本指也。凡事理之相近者，其名即相同。籧篨、戚施、侏儒皆疾也，故人之不肖者亦曰「籧篨、戚施、侏儒」。邶風新臺篇曰「燕婉之求，籧篨不鮮」，又曰「燕婉之求，得此戚施」；鄭語曰「侏儒戚施，寔御在側，近頑童也」：皆謂不肖之人也。淮南脩務篇注云：「籧篨偃，戚施僂，皆醜貌也。」故物之粗醜者亦曰「籧篨、戚施」。方言曰：**「簟之粗者，自關而西謂之籧篨。」**太平御覽引薛君韓詩章句曰「戚施蟾蜍，喻醜惡」，是也。侏儒短人也，故梁上短柱亦謂之「侏儒」。淮南主術篇曰「脩者以爲櫚榱，短者以爲朱儒枅櫨」，是也。不能言謂之「瘖」，故不言亦謂之「瘖」。晏子春秋諫篇曰「近臣嘿，遠臣瘖」，是也。不能言謂之「嚚」，不能聽謂之「聾」；故口不道忠信之言亦謂之「嚚」，耳不聽五聲之和亦謂之

「聾」。左傳僖二十四年富辰所云是也。故事理之相近者，既有本意，即有借義。説經者不以本義廢借義，不以借義亂本義，斯兩得之矣。［囂瘖不可使言聾聵不可使聽，二一·五〇五］

三二　筕篖，似籧篨，直文而麄[一]。江東呼笪，音靼。自關而東周洛楚魏之間謂之倚佯，音羊。自關而西謂之筕篖，南楚之外謂之篖。5a

【戴】天頭朱批：江東謂籧篨直文而麤者爲笪，斜文者爲⿱竹廢，一名筕篖。一切經音義十七、十八。

【廣】方言「筕篖，自關而東周洛楚魏之間謂之倚佯，自關而西謂之筕篖，南楚之外謂之篖」，郭注云「似籧篨，直文而粗。江東呼笪」，「倚佯」與「倚陽」同。［佯篖倚陽筕篖也，八·二六一］

三三　牀，齊魯之間謂之簀，牀版也。音迮。陳楚之間或謂之笫。音滓，又音姊。其杠，北燕朝鮮之間謂之樹，自關而西秦晉之間謂之杠，南楚之間謂之趙，趙當作兆，聲之轉也。中國亦

[一]「麄」，王念孫引方言作「粗」。

呼杠爲桃牀，皆通也。**東齊海岱之間謂之樺。**音先。**其上板**〔一〕，**衛之北郊趙魏之間謂之牒，**簡牒。**或曰牑。**履屬。 5a

【明】將郭注「趙當作兆，聲之轉也。中國亦呼杠爲桃牀，皆通也」之「兆、桃」並改作「⿰爿兆」。又將正文「東齊海岱之間謂之樺」之「樺」字改作「梓」。又將郭注「音先」之「先」改作「詵」。

【廣】**方言：「牀上版，衛之北郊趙魏之間謂之牒，或曰牑。」**廣韻「書版曰牒」，義與「牀版」同。論衡量知篇云「截竹爲筒，破以爲牒，加筆墨之跡，乃成文字」，是也。説文：「牑，牀版也。讀若邊。」牀版謂之「牑」，亦謂之「牒」；簡謂之「牒」，亦謂之「編」：其義一也。〔牑版也，七·二二二五〕

【廣】説文：「簀，牀棧也。」「笫，牀簀也。」爾雅「簀謂之笫」，**方言「牀，齊魯之間謂之簀，陳楚之間或謂之笫」，郭注並云：「牀版也。」**檀弓「華而睆，大夫之簀與」，鄭注云：「簀謂牀笫。」周官玉府「掌王之衽席牀笫」，襄二十七年左傳「牀笫之言不踰閾」，鄭、杜注並云：「笫，簀也。」「笫」之言「齊」也。編竹木爲之，均齊平正，故謂之「笫」。聲轉爲「簀」。「簀」之言「嫧」也。凡言「嫧」者，皆齊平之意。説見卷四「嫧，齊也」下。〔簀笫，八·二二六八〕

〔一〕「板」，王念孫引方言作「版」。

【廣】説文：「杠，牀前横木也。」鹽鐵論散不足篇云：「古者無杠樠之寢、牀移之案。」急就篇云：「奴婢私隸枕牀杠。」杠者，横亘之名。石橋謂之「杠」，義與「牀杠」相近也。方言「牀杠，北燕朝鮮之間謂之樹，自關而西秦晉之間謂之杠，南楚之間謂之趙」，郭注云「趙當作桃，聲之轉也。中國亦呼杠爲桃牀，皆通語也」，「桃」與「㫋」同。上文云「㫋，版也」，義與「牀㫋」亦相近。〔樹㫋杠也，八·二六九〕

三四　俎几也，西南蜀漢之郊曰杫。音賜。5a

【戴】天頭朱批：俎，几也。一切經音義九。

【廣】方言：「俎几也，西南蜀漢之郊曰杫。」後漢書鍾離意傳「無被枕杫」，李賢注云：「杫謂俎几也。」〔俎几也，八·二六八〕

三五　榻前几，江沔之間曰桯，今江東呼爲承。桯，音刑。趙魏之間謂之椸。音易。凡〔一〕，其高者謂之虡。即筍虡也。音巨。5a

〔一〕「凡」字誤，當作「几」。

【廣】**方言「榻前几，江沔之間曰桯，趙魏之間謂之椸。其高者謂之虡」**，「虡」與「虡」同。「虡」之言「舉」也，所以舉物也，義與「筍虡」相近。郭注以爲即「筍虡」，殆非也。説文：「桯，牀前几也。」廣韻云：「牀前長几也。」「桯」，郭璞音「刑」。「桯」之言「經」也，横經其前也。牀前長几謂之「桯」，猶牀邊長木謂之「桯」。士喪禮下篇注云「輁，狀如長牀，穿桯，前後著金而關軸焉」，是也。**「㸧」即方言「椸」字。**鹽鐵論散不足篇云「古者無杠樠之寑、牀栘之案」，「栘」與「㸧」同。几謂之「椸」，衣架謂之「椸」，義亦相近也。〔虡桯㸧几也，八·二六八〕

【述】「盈」，讀爲「桯」。户經、他丁二切。**方言「榻前几，江沔之間曰桯」，郭注曰：「今江東呼爲承桯。」**説文：「桯，牀前几也。」廣韻：「桯，牀前長几。」「桱，古零切。桯也。東方謂之蕩。」段注曰：「謂之桯者，言其平也。」「桯」之言「呈」。説文：「呈，平也。」案：蕩亦平也。齊風南山傳云：「蕩，平易也。」几平則謂之「桯」，又謂之「蕩」矣。古音「盈」與「呈」通。昭二十三年穀梁春秋「胡子髡、沈子盈滅」，釋文：「盈，本亦作逞。」襄二十二年左傳「欒盈自楚適齊」，史記晉世家作欒逞。説文「緼，從糸，盈聲。讀若聽。或從呈作綎」，是其例也。〔宋太宰盈字蕩，二三·五五〇〕

三六　篗，榬也。所以絡絲也。音爰。兖豫河濟之間謂之榬。5b

【明】將正文之「篗」字改作「籆」。

【廣】方言「籆，榬也。兖豫河濟之間謂之榬」，郭注云：「所以絡絲也。」説文：「籆，收絲者也。或作𧤗。」「籆」從竹蒦聲，各本譌作「篗」，今訂正。［榬謂之篗，八・二五五］

三七　絡謂之格。所以轉篗給車也。5b

【明】將郭注之「給」字改作「絡」。

三八　䌯車，蘇對反。趙魏之間謂之轣轆車，東齊海岱之間謂之道軌。5b

【戴】天頭朱批：䌯車，趙魏之間謂之歷鹿。一切經音義十四。

【廣三】方言「䌯車，趙魏之間謂之轣轆車，東齊海岱之間謂之道軌」，「轣轆」與「厤鹿」同。説文：「䌯，箸絲於筟車也。」秦風小戎篇「五楘梁輈」，毛傳云：「楘，歷録也。一輈五束，束有歷録。」墨子備高臨篇説連弩車之法，云「以磨鹿卷收」〔一〕，義與

〔一〕「磨」，據王念孫讀書雜志當作「磿」。

「維車謂之厤鹿」並相近。方言「車下鉄，陳宋淮楚之間謂之畢。大者謂之綦」，郭注云：「鹿車也。」疏證云：「此言維車之索也。考工記玉人『天子圭中必』，鄭注云：『必，讀如鹿車繂之繂。謂以組約其中央。』圭中必爲組，鹿車繂爲索，其約束相類，故讀如之。」［維車謂之厤鹿道軌謂之鹿車，七·二三九］卷五第三八條；卷九第九條；卷九第一〇條

【讀】「以磨鹿卷收」，畢云：「磨疑麻，鹿乃麤字之譌。」引之曰：畢説非也。「磨鹿」，當爲「磿鹿」。磿，郎擊反。上文云「備臨以連弩之車」，則此謂車上之磿鹿，轉之以收繩者也，故曰「以磿鹿卷收」。「磿鹿」猶「鹿盧」，語之轉耳。方言曰「維車，趙魏之間謂之轣轆」，廣雅曰「維車謂之厤鹿」，並字異而義同。［磨鹿，墨子第五·六一六］

三九　户鑰，自關之東陳楚之間謂之鍵，巨蹇反。自關之西謂之鑰。5b

【戴】天頭朱批：關東謂之鍵，關西謂之鑰。一切經音義二、四、六、十五、十七、廿一、廿二。

四〇　簙謂之蔽[一]，或謂之箘。音困。秦晉之間謂之簙；吴楚之間或謂之蔽，或謂之箭裏，簙著名箭，廣雅云。或謂之簙毒，或謂之夗專，夗，於辯反。專，音轉。或謂之匴璇，或曰竹器，所以整頓簙者。銓璇陑音。或謂之棊。所以投簙謂之枰，評論。或謂之廣平。所以行棊謂之局，

［一］「簙」，王念孫引方言作「簙」。下文及注内同。

或謂之曲道。5b

【明】將郭注「銓琁陃音」之「琁」字改作「旋」，「陃」字改作「兩」。

【戴】於正文「或謂之箭裏」右側夾注：招魂注作「箭囊」。又天頭朱批：博或謂之棊。一切經音義二。又：博或謂之棊，或謂之曲道，吴楚之間或謂之箭，或謂之博，博亦箸名也。二。又天頭朱批：自關而東齊魯之間皆謂圍棊爲弈。二、八。又：博或謂之棊，齊魯謂圍棊爲弈。三、十七、廿二

【廣】枰者：説文：「枰，平也。」方言：「**所以投簙謂之枰，或謂之廣平。**」初學記引通俗文云：「牀三尺五曰榻，板獨坐曰枰。」釋名云：「枰，平也，以板作之，其體平正也。」「枰」，各本譌作「抨」。集韻、類篇並引廣雅「枰，平也」，今據以訂正。［枰平也，三・一〇六］

【廣】「簙」，通作「博」。各本皆作「夗專，轉也」。下條「圍棊，弈也」作「問棊〔一〕，簙奕也」。案：簙與弈異事，不得訓「簙」爲「弈」。方言：「**簙，吴楚之間或謂之夗專。**」是「夗專」爲「簙」之異名。方言注云：「**夗，音於辯反；專，音轉。**」是廣雅「專」下「轉」字，乃曹憲之音。此因「轉」字誤入正文，校書者又誤謂「夗專」之訓爲「轉」，遂移「簙」字入下條耳。今訂正。［夗專簙也，五・一三五］

〔一〕「問」，他本作「圍」，當據改。

【廣】「棡」，通作「局」。説文：「局，簙所㠯行棊也。」方言：**「所以行棊謂之局，或謂之曲道。」**［曲道棡也，八·二五五］

【廣】「簙」，通作「博」。韓非子外儲説云：「秦昭王以松柏之心爲博箭。」方言：**「秦晉之間謂之簙；吴楚之間謂之蔽，或謂之箭裏。」**説文：「簙，局戲也，六箸十二棊也。」楚辭招魂「箟蔽象棊，有六簙些」，王逸注云：「箟，玉也；蔽，簙箸，以玉飾之也。或言箟簬，今之箭囊也。投六箸，行六棊，故爲六簙也。」西京雜記云：「許博昌善陸博，法用六箸，以竹爲之，長六分。或用二箸。」列子説符篇釋文引六博經云：「博法：二人相對坐向局。局分爲十二道，兩頭當中名爲水。用棊十二枚，法六白六黑。又用魚二枚置於水中。其擲采以瓊爲之。二人互擲采行棊。棊行到處即豎之，名爲『驍棊』，即入水食魚。亦名『牽魚』，每牽一魚獲二籌，翻一魚獲三籌。若己牽兩魚而不勝者，名曰『被翻雙魚』。彼家獲六籌爲大勝也。」［簙箸謂之箭，八·二五五］

【廣】廣平爲博局之枰，榻爲牀榻之枰，皆取義於「平」也。説文：「枰，平也。」方言：**「所以投簙謂之枰，或謂之廣平。」**韋昭博弈論云：「所志不出一枰之上。」釋名：「牀長狹而卑曰榻，言其榻然近地也。」「枰，平也；以版作之，其體平正也。」衆經音義卷四引埤倉云：「枰，榻也。」初學記引通俗文云：「牀三尺五曰榻，版獨坐曰枰。」「枰」與「榻」對文則異，

散文則通。榻亦平意也，今人言「平𣈆」是也。〔廣平榻枰也，八·二六九〕

【廣】「箘」之言「圓」也。説文云：「圓謂之囷，方謂之京。」是「囷、圓」聲近義同。箘竹小而圓，故謂之「箘」也。竹圓謂之「箘」，故桂之圓如竹者亦謂之「箘」。名醫別録云「菌桂正圓如竹」，是也。竹圓謂之「箘」，故簙箸形圓亦謂之「箘」。方言云：**「簙，或謂之箘，或謂之箭裹，或謂之兊專，或謂之𠥱璇，或謂之棊。」**案：兊專、𠥱璇皆圓之貌。「兊專」猶「宛轉」也。簙棊謂之「箭」，亦謂之「箘」；竹謂之「箭」，亦謂之「箘」；簙箭謂之「箘」，亦謂之「宛轉」；箭竹謂之「箘簬」，亦謂之「宛簬」：其義一也。籢笴即簻竹，詳見上文「箭、簻，𥵊也」下。「簫」，古「篠」字。馬融長笛賦云「林簫蔓荊」，李善注云：「簫與篠通。」爾雅云：「篠，箭。」説文「篠」作「筱」，云「箭屬，小竹也。筱可爲矢」，引夏書「瑶琨筱蕩」，今本「筱」作「篠」。「篠」之爲言猶「小」也。竹譜云：「𥷚，細竹也，出蜀志，薄肌而勁，中三續射博箭。」𥷚，音衛。見三倉。」字通作「衛」。淮南原道訓云：「射者扜烏號之弓，彎綦衛之箭。」兵略訓云「括淇衛箘簬」，「淇」與「綦」同。「淇衛、箘簬」對文，皆箭竹之名也。方言云：**「簙，或謂之箭裹，或謂之棊。」**竹譜云：「𥷚，竹中博箭。」是𥷚與棊一物也。「棊、綦」古同聲。以𥷚爲博箭謂之「棊」，以𥷚爲射箭則亦謂之「綦」耳。綦者，箭莖之名。説文云：

「萁，豆莖也。」孫子作戰篇「萁秆一石」，魏武帝注云「萁，豆稭也」，稭猶莖也。豆莖謂之「萁」，箭莖謂之「綦」，聲義並同矣。乃高誘注原道訓云：「綦，美箭所出地名也。衛，利也。」注兵略訓云：「淇衛箘簬，箭之所出也。」竹譜引淮南子而釋之云：「淇園，衛地，毛詩所謂『瞻彼淇奥，緑竹猗猗』是也。」案：淇特衛之水名，先言「淇」而後言「衛」則不詞矣。晉有澤曰董，蒲之所出也，然不得曰「董晉之蒲」。楚有藪曰雲，竹箭之所生也，然不得曰「雲楚之竹箭」。且淇水之地去堯都非甚遠，當禹作貢時，何反不貢箘簬，而貢者乃遠在荆州乎？［箘簬簣篏笴簫䈙箭也，一〇・三三四］

【讀】引之曰：廣雅：「箘、簬、䈙，箭也。」禹貢曰「惟箘簬楛」，「簬」與「簵」同。戴凱之竹譜曰：「䈙，細竹也，出蜀志，薄肌而勁，中三續射博箭。䈙，音衛。見三倉。」以上竹譜。字通作「衛」。原道篇曰：「射者扜烏號之弓，「扜」，讀若「紆」。今本「扜」誤作「扞」。辯見韓子「扞弓」下。彎綦衛之箭。」兵略篇曰「栝淇衛箘簬」，「淇」與「綦」同。「淇衛、箘簬」對文，皆箭竹之名也。方言曰：**「箭或謂之箘，或謂之綦。」**竹譜曰：「䈙，竹中博箭。」是䈙與綦一物也。以䈙爲博箭謂之「綦」，以䈙爲射箭則亦謂之「綦」耳。綦者，箭莖之名。説文曰：「萁，豆莖也。」豆莖謂之「萁」，箭莖謂之「綦」，聲義並同矣。乃高注原道篇云：「綦，美箭所出地名也。衛，利也。」注兵略篇云：「淇衛箘簬，箭之所出也。」竹譜引淮南子而釋之云：「淇園，衛地，毛詩所謂『瞻彼淇奥，緑竹猗猗』是也。」案：淇乃衛之水名，先言「淇」而後言「衛」則不詞矣。晋有澤曰董，蒲之所出也，然不得曰「董晋之蒲」。楚有藪曰雲，竹箭之所生也，然不得曰「雲楚之竹箭」。且淇水之地去堯都非甚遠，當禹作貢時，何反不貢箘簬，而貢者乃遠在荆州乎？〔綦衛之箭，淮南内篇第一·七六四〕

四一　圍棊謂之奕。自關而東齊魯之間皆謂之奕。 6a

【明】將正文兩「奕」字並改作「弈」。

王念孫方言遺説輯録卷六

一　聳、𤕭，欲也。皆强欲也。山頂也。荆吴之間曰聳，晋趙曰𤕭。自關而西秦晋之間相勸曰聳，或曰𤕭。中心不欲而由旁人之勸語亦曰聳。凡相被飾亦曰𤕭。1a

【明】將正文四「𤕭」字並改作「𤖻」。又將郭注「山頂也」改作「山項反」。

【戴】將郭注内「頂」改作「項」。又天頭墨批：史記衡山王傳「日夜從容勸之」，漢書「從容」作「將養」。師古曰：「將，讀曰奬。」[一]其中「將，讀曰奬」四字右側加墨圈。又：「凡相被飾曰將，將猶裝也。」

【廣二】食閻、慫慂者：方言：「食閻、慫慂，勸也。南楚凡己不欲喜而旁人説之、不欲怒而旁人怒之謂之食閻，或謂之慫慂。」漢書衡山王傳「日夜縱臾王謀反事」，顔師古注云：「縱臾謂奬勸也。」史記作「從容」，汲黯傳「從諛承意」，並與「慫慂」同。案：「慫慂」疊韻也。單言之，則謂之「聳」。方言云：「自關而西秦晋之間相勸曰聳，

[一] 漢書淮南衡山濟北王傳「皆將養勸之」，師古曰：「將，讀曰奬。」

或曰將。中心不欲而由旁人之勸語亦曰聳。」昭六年左傳「誨之以忠，聳之以行」，杜預注云：「聳，懼也。」漢書刑法志「聳」作「㒖」，顏師古注云：「㒖謂獎也。」案：顏説是也。聳之以行，謂舉善行以獎勸之。故楚語「教之春秋，而爲之聳善而抑惡焉，以戒勸其心」，韋昭注云：「聳，獎也。」又案：慫慂者，從旁動之也。因而物之自動者，亦謂之「聳慂」。漢書司馬相如傳「紛鴻溶而上厲」，張注云：「鴻溶，竦踊也。」「竦踊、鴻溶」，又語之轉矣。〔食閻慫慂勸也，一・二四〕卷六第一條；卷一〇第四〇條

【正】注「聳獎也」下補：「獎」與「將」，古字通。故**方言作「將」**。史記衡山王傳「日夜從容勸之」，漢書作「將養」。「將養」即「慫慂」之轉。〔慫慂勸也，補・四一八〕

【述二】「誨之以忠，聳之以行」，杜注曰：「聳，懼也。」漢書刑法志「聳」作「㒖」，顏師古注曰：「㒖謂獎也。」家大人曰：顏説是也。聳之以行，謂舉善行以獎勸之。故楚語「教之春秋，而爲之聳善而抑惡焉，以戒勸其心」，韋注曰：「聳，獎也。」方言曰：**「自關而西秦晉之間相勸曰聳，或曰𤟹。**〔「𤟹」與「獎」同。〕**中心不欲而由旁人之勸語亦曰聳。」**又曰：**「慫慂，勸也。南楚凡己不欲喜而旁人説之、不欲怒而旁人怒之謂之慫慂。」**「慫」與「聳」，義亦相近。〔聳之以行，一九・四五二二〕卷一〇第四〇條；卷六第一條

二　聳、睟，聾也。半聾，梁益之間謂之睟。言胎睟煩憒也。音宰。秦晋之間聽而不聰〔一〕、聞而不達謂之睟。生而聾，陳楚江淮之間謂之聳。言無所聞常聳耳也。荆揚之間及山之東西雙聾者謂之聳。聾之甚者，秦晋之間謂之𦗦。五刮反。言其無所聞知也。外傳聾聵二字音蒯聵〔二〕。吴楚之外郊凡無有耳者亦謂之𦗦〔三〕。其言聧者，若秦晋中土謂墮耳者明也。五刮反。1a

【明】删去郭注「五刮反。言其無所聞知也」之「其」字。又删去郭注「外傳聾聵二字音蒯聵」之「二」字。又將正文「其言聧者」之「聧」字改作「𦗦」。又將正文「若秦晋中土謂墮耳者明也」之「明」字改作「明」。

【戴】天頭墨批：無尾謂之屈〔四〕。又：斷足謂之刖〔五〕。

【廣】聳、睟者：方言「聳、睟，聾也。半聾，梁益之間謂之睟。秦晋之間聽而不聰、聞而不達謂之睟。生而聾，陳楚江淮之間謂之聳。荆揚之間及山之東西雙聾者謂之

〔一〕「聰」，王念孫引方言作「聽」。
〔二〕「外傳」二字後，各本皆有「聾聵伺火」四字，作：外傳：「聾聵伺火。」音蒯聵。
〔三〕「無有耳」，王念孫引方言作「無耳」，無「有」字。
〔四〕説文：「屈，無尾也。」
〔五〕鄭注周禮：「刖，斷足也。」

聳」，郭璞注云：「聹，言胎聹煩憒也。聳，言無所聞，常聳耳也。」馬融廣成頌云：「子野聽聳，離朱目眩。」漢繁陽令楊君碑云：「有司聳昧，莫能識察。」𦗦者：方言「聾之甚者，秦晋之間謂之𦗦。吴楚之外郊凡無耳者亦謂之𦗦。其言𦗦者，若秦晋中土謂墮耳者明也」，注云：「𦗦，言聉額無所聞知也。」[一]説文：「明，墮耳也。」「聉，無知意也。」「𦗦、明、聉」，聲義並相近。［聳聹𦗦聾也，三·八五］

三　**陂**、偏頗。**傜**，逍遥。**衺也**[二]。**陳楚荆揚曰陂。自山而西凡物細大不純者謂之傜。**言陂傜也[三]。1b

【明】圈郭注内「陂」字，未改。

【廣】佊者：玉篇音陂髮切。廣韻又音彼，引埤倉云「佊，邪也」，又引論語「子西佊哉」。今論語作「彼」，馬融注云「彼哉彼哉，言無足稱也」，與廣韻所引異義。案：「佊」字讀偏佊之「佊」，於義爲長。廣韻所引，當是鄭、王、虞諸人説也。方言：「陂，

[一]「額」字衍，當删。
[二]「衺」，王念孫引方言作「邪」。
[三]「陂」，他本皆作「娥」。

邪也。陳楚荆揚曰陂。」泰九三「无平不陂」，虞翻注云「陂，傾也」；詩序「無險詖私謁之心」，崔靈恩注云「險詖，不正也」：並字異而義同。「佊陂衺也，二·六九」

四　由迪，正也。東齊青徐之間相正謂之由迪。 1b

【戴】天頭朱批：爾雅：「督，正也。」「督、迪」亦相近。又天頭墨批：文六年左傳：「宣子爲國政，制事典，正法罪，辟獄刑，董逋逃，由質要。」由，正也。杜注「由，用也」，失之。又書曰「盤庚斅於民，由乃在位，以常舊服，正法度」，是也。書傳訓「由」爲「用」，非。「匪由勿語」，由，正也。箋訓爲「從」，失之〔一〕。

【述二】「由乃在位，以常舊服，正法度。」引之謹案：由者，正也。方言曰：**「由迪，正也。東齊青徐之間相正謂之由迪。」**又曰**「胥、由，輔也」**，郭注：**「胥，相；由，正。皆謂輔持也。」**上句「盤庚斅于民」，民字兼臣與民言之。此二句則專指在位者言之，故曰「正乃在位」，又曰「無或敢伏小人之攸箴」也。「以常舊服，正法度」，即正乃在位之事。又曰「各共爾事，齊乃位」，齊亦正也。下篇曰「邦伯師長百執事之人，尚皆隱哉」，彼傳

〔一〕小雅賓之初筵。引詩語原有墨筆所畫之尖括號。

曰「相隱括共爲善政」，「隱括」與「檃栝」同，荀子性惡篇「枸木必將待檃栝烝矯然後直」，楊倞注：「檃栝，正曲木之木也。」即此所謂「正乃在位」也。傳訓「由」爲「用」，而以此爲教民之詞，云「教民使用汝在位之命」，失之。［由乃在位，三·八〇］卷六第四條；卷六第七條

【詞】洛誥曰「四方迪亂未定，于宗禮亦未克敉，公功迪將其後」，當以「四方迪亂未定」爲句，「于宗禮亦未克敉」爲句，「公功迪將其後」爲句。爾雅曰：「亂，治也。」方言曰：「迪，正也。」「四方迪亂」，猶言「亂正四方」。見微子篇。于，越也。言四方正治未定，越宗禮亦未克安也。［于，一·一六］

五　㥏，音腆。**恧**，人力反，又女六反。**慙也。荊揚青徐之間曰㥏，若梁益秦晉之間言心内慙矣。山之東西自愧曰恧**；小爾雅曰：「心愧爲恧。」**趙魏之間謂之䀛。**音密，亦祕。　1b

【戴】天頭朱批：㥏、恧，慙也。荊揚青徐之間曰㥏，梁益秦晉之間曰慙。山之東西自愧曰恧。十九。

【廣】㥏者：方言：「**㥏，慙也。荊揚青徐之間曰㥏，若梁益秦晉之間言内慙矣。**」左思魏都賦「㥏墨而謝」，㥏、墨皆慙也。「墨」與「䀛」，聲相近。［㥏慙也，一·二二］

【廣】䀛者：方言：「**趙魏之間謂慙曰䀛。**」［䀛慙也，一·二二］

【廣】恧者：方言：「恧，慙也。山之東西自愧曰恧。」小爾雅云：「心慙曰恧。」司馬相如封禪文云：「不亦恧乎？」太玄睟次二云「䀿于中」，「䀿」與「恧」同。〔恧慙也，一·二四〕

【述三】舍人曰：「靦，擅也。」釋文曰：「謂自專擅之貌。」家大人曰：諸書無訓「靦」爲「擅」者，「擅」字疑有誤。一曰面貌也。」孫、李並曰：「靦，人面姡然也。」郭義與孫、李同。家大人曰：今人以靦爲面慙貌，非也。説文：「靦，人面皃也。」今本「人面皃」譌作「面見」。案：舍人曰：「靦，面貌也。」孫、李亦曰：「靦，人面姡然也。」越語注曰：「靦，面目之貌。」是靦爲人面貌也。小雅何人斯正義引説文「靦，面見人」，亦是「人面皃」之譌。説文繫傳及段氏注皆誤解「靦」字，今訂正。「姡，面靦也。」爾雅訓「靦」爲「姡」，説文訓「姡」爲「面靦」，其義一也。今本「面靦」譌作「面醜」。何人斯釋文引説文「姡，面醜也」，亦後人據誤本説文改之。今據何人斯正義及邢疏所引訂正。又案：説文：「嫙，好也。嬺，材也。姡，面靦也。嫷，直好皃。」「姡」字在「嫙、嬺、嫷」之間，則其義亦與「好」相近。故何人斯箋曰「姡然有面目」，則姡非面醜明矣。即孫、李所云「人面姡然」也。然則靦與姡皆人面之貌，而非面慙貌明矣。小雅何人斯篇「爲鬼爲蜮，則不可得。有靦面目，視人罔極」，毛傳曰：「靦，姡也。」鄭箋曰：「使女爲鬼爲蜮也，則女誠不可得見也。姡然有面目，女乃人也。人相視無有極時，終必與女相見。」是「靦」爲人面目之貌，故對「鬼蜮」言之。若以靦爲面慙，則與詩意相遠矣。

又越語「余雖靦然而人面哉，吾猶禽獸也」，韋注曰：「靦，面目之貌。」是「靦」爲人面目之貌，故對「禽獸」言之。若以靦爲面慙，則又與「靦然人面」之文不合矣。又後漢書樂成靖王黨傳安帝詔曰「萇有靦其面，而放逸其心」，意亦與越語同。言萇雖靦然人面，而放逸其心，實與禽獸無異。下文「風淫于家，娉取人妻」，是其事也。李賢不達，乃云「靦，姡也。言面姡然無媿」，則誤解「靦」字，並誤解「姡」字矣。又案：方言：**「忸，慙也。荆楊青徐之間曰忸。」**此與「有靦面目」之「靦」異義。而左思魏都賦曰「有靦瞢容，神蘂形茹」，任昉彈曹景宗奏曰「惟此人斯，有靦面目」，玉篇亦曰「靦，慙皃」，則皆誤以「靦」爲「忸」矣。總之，「靦」爲人面目之貌，或以爲「慙」，或以爲「無媿」，皆非也。自後人誤解「靦」字，而詩之「有靦面目」、國語之「靦然人面」、爾雅之「靦，姡也」義皆不可通矣。又案：方言曰：**「獪，楚鄭或曰姡。」**又曰：**「姡，獪也。江湘之間凡小兒多詐而獪或謂之姡。」郭彼注皆曰：「言黠姡也。」**方言「姡」字，自是黠姡之義，非爾雅「靦，姡也」之「姡」。而釋文引之以釋爾雅，誤矣。臧氏用中爾雅漢注又以引方言者爲孫炎注，則誤之又誤也。〔靦姡也，二七·六四五〕卷二第三七條；卷六第五條；卷一〇第二條

【讀】樂成靖王黨傳安帝詔曰「萇有靦其面，而放逸其心」，注曰：「靦，姡也。言面姡然無媿。姡，音胡八反。」念孫案：李訓「靦」爲「姡」，本於爾雅。然云「面姡然無

媿」，則未解「靦」字之義，并未解「姡」字之義也。今案：説文：「靦，人面皃也。」今本「人面皃」譌作「面見」。案：爾雅釋文引舍人曰：「靦，擅也。一曰面貌也。」越語「靦然而人面」，韋昭曰：「靦，面目之貌。」是靦爲人面貌也。小雅何人斯正義引説文「靦，面見人」，亦是「人面皃」之譌。今訂正。或沿「面見人」之誤，解爲「無面目相見」，失之。「姡，面靦也。」爾雅訓「靦」爲「姡」，説文訓「姡」爲「面靦」，其義一也。今本「面靦」譌作「面醜」，何人斯釋文引説文「姡，面醜也」，亦後人據誤本説文改之。今據何人斯正義及爾雅釋言疏所引訂正。又案：説文：「嫙，好也。嫷，材也。姡，面靦也。嬥，直好皃。」「姡」字在「嫙、嫷、嬥」三字之間，則其義亦與「好」相近。故何人斯箋曰「姡然有面目」，則姡非面醜之貌明矣。爾雅「靦，姡也」，李巡、孫炎注並曰：「人面姡然也。」見釋文。然則靦與姡皆人面之貌，而非無恥之貌明矣。小雅何人斯篇「爲鬼爲蜮，則不可得。有靦面目，視人罔極」，毛傳曰：「靦，姡也。」鄭箋曰：「使女爲鬼爲蜮也，則女誠不可得見也。姡然有面目，女乃人也。人相視無有極時，終必與女相見。」是「靦」爲人面目之貌，故對「鬼蜮」言之。若以靦爲無恥，則與詩意相違矣。又越語「余雖靦然而人面哉，吾猶禽獸也」，韋注曰：「靦，面目之貌。」是「靦」爲人面目之貌，故對「禽獸」言之。若以靦爲無恥，則與「靦然人面」之文不合矣。此詔云「蒑有靦其面，而放逸其心」，義亦與越語同。言蒑雖靦然人面，而放逸其心，實與禽獸無異。下文「風淫于家，娉取人妻」，是其事也。李以「靦」爲「面姡然無媿」，失之矣。又案：方言：

「㥏，慙也。荆揚青徐之間曰㥏。」此與「有靦面目」之「靦」異義。而左思魏都賦云「有靦瞢容，神蘂形茹」，任昉彈曹景宗奏云「惟此人斯，有靦面目」，玉篇亦云「靦，慙皃」，則是誤以「靦」爲「㥏」矣。總之，「靦」爲人面目之貌，或以爲「恥」，或以爲「無恥」，皆非也。或誤解説文之「靦」爲「㥏」，云「㥏從心，慙在中。靦從面，媿在外」，亦沿左思、任昉之誤。不知説文之「靦」爲面貌，不與訓「慙」之「㥏」同義也。〔有靦其面，餘編上·一〇〇六〕

六　寋〔一〕、音蹇。展，難也。齊晉曰寋。山之東西凡難貌曰展。荆吴之人相難謂之展，若秦晉之言相憚矣。齊魯曰燀。難而雄也。昌羨反。1b

【廣】「蹇、展」聲相近。蹇象傳云：「蹇，難也。」方言「𡨄、展，難也。齊晉曰𡨄。山之東西凡難貌曰展。荆吴之人相難謂之展，若秦晉言相憚矣」，「𡨄」與「蹇」同。〔蹇展難也，三·一〇一〕

七　胥、由，輔也。胥，相也；由，正。皆謂輔持也。吴越曰胥，燕之北鄙曰由。2a

【廣】由、胥者，方言「胥、由，輔也。吴越曰胥，燕之北鄙曰由」，郭璞注云：「胥，相

〔一〕「寋」，王念孫引方言作「𡨄」。下同。

也；由，正也〔一〕。皆謂輔持也。」案：「由」之言「道」也。爾雅：「道、助，勴也。」「由胥助也，二·五一」

【述】郭曰：「覛，謂相視也。公羊傳曰：『胥盟者何？相盟也。』今公羊桓三年傳作「胥命者何？相命也」。艾、歷未詳。」引之謹案：「艾」與「乂」同。皋陶謨「俊乂在官」，漢書谷永傳作「艾」。禹貢「淮、沂其乂」，漢書地理志作「艾」。洪範「乂用三德」，漢書五行志作「艾」。史記三代世表楚熊乂，楚世家作熊艾。「乂」爲輔相之「相」。君奭曰「用乂厥辟」，謂用相厥辟也。某氏傳曰：「用治其君事。」案：傳訓「乂」爲「治」，「用治其君」則義不可通，故加「事」字以增成其義，失之。多方曰「爾曷不夾介乂我周王享天之命」，夾、介、乂皆輔相之義也。傳曰「汝何不近大見治於我周王」，失之。「歷、覛」爲相視之「相」。郊特牲曰「簡其車賦而歷其卒伍」，邵有。歷謂閱視之也。大戴禮文王官人篇曰「變官民能，歷其才藝」，謂相其才藝也。晉語曰「夫言以昭信，奉之如機，歷時而發之」，謂相時而發之也。説文：「眽，目財視也。」「覛，衺視也。」周語曰「古者太史順時覛士」，韋注：「覛，視也。」邵有。魏策曰「前眽地形之險阻」，「眽」與「覛」同。「胥」爲公羊傳「相命」之「相」，又爲輔相之「相」。釋文：「相，息羊反。讀者或息亮

〔一〕「也」字衍，當删。

反，今不用。」案：「胥」之訓爲「相」，有平、去二音。若「艾、歷、覛」之訓爲「相」，則當音息亮反。陸説非也。方言曰「**胥、由，輔也。吳越曰胥，燕之北鄙曰由**」，郭注：「**胥，相**〔一〕**；由，正。皆謂輔持也。**」廣雅曰「由、胥、輔，助也」，皆輔相之義也。「胥」又爲相視之「相」。大雅緜篇「爰及姜女，聿來胥宇」，毛傳：「胥，相也。」鄭箋曰：「於是與其妃太姜自來相可居者。」公劉篇「于胥斯原」，箋曰：「相此原地以居民。」〔艾歷覛胥相也，二六・六三〇〕

【述二】「由乃在位，以常舊服，正法度。」引之謹案：由者，正也。方言曰：「**由迪，正也。東齊青徐之間相正謂之由迪。**」又曰「**胥、由，輔也**」，郭注：「**胥，相；由，正。皆謂輔持也。**」上句「盤庚斆于民」，民字兼臣與民言之。此二句則專指在位者言之，故曰「正乃在位」，又曰「無或敢伏小人之攸箴」也。「以常舊服，正法度」，即正乃在位之事。又曰「各共爾事，齊乃位」，齊亦正也。下篇曰「邦伯師長百執事之人，尚皆隱哉」，彼傳曰「相隱括共爲善政」，「隱括」與「檃栝」同，荀子性惡篇「枸木必將待檃栝烝矯然後直」，楊倞注：「檃栝，正曲木之木也。」即此所謂「正乃在位」也。傳訓「由」爲「用」，而以此爲教民之詞，云「教民使用汝在位之命」，失之。〔由乃在位，三・八〇〕卷六第四條；卷六第七條

〔一〕「相」下脱「也」字，當補。

八　蛩烘，戰慄也。鞏恭兩音。荆吴曰蛩烘。蛩烘又恐也。2a

【戴】天頭墨批：曾子立事篇、荀子君道篇並云「君子敬而不挐」，「挐」與「蛩」同[一]。

【廣】「蛩、烘」之爲言皆「恐」也。方言：「蛩烘，戰慄也。荆吴曰蛩烘。蛩烘又恐也。」荀子君道篇「故君子恭而不難，敬而不鞏」，「難」即「不戁不竦」之「戁」，「鞏」與「蛩」同。說文：「烘，戰慄也。」〔蛩烘懼也，二·六一〕

【廣】說文「忕，愓也」，引吴語「于其心忕然」。今本作「戚然」，韋昭注云：「戚猶愓也。」「戚」字蓋傳寫之誤。廣韻云：「忕，意慎忕也。」管子弟子職篇云：「顔色整齊，中心必式。」「式」與「忕」，聲義相近。卷四云：「慎，恐也。」慎亦恐也。玉篇「慎，心動也」，方言「蛩烘，戰慄也。荆吴曰蛩烘。蛩烘又恐也」，並與「慎」聲近義同。〔忕慎慎也，五·一三七〕

【述】「君子恭而不難，安而不舒。」引之謹案：「難」，讀爲「戁」。爾雅曰：「戁，動也。」又曰：「戁，懼也。」「動」與「懼」，義相近。故詩言「不震不動，不戁不竦」；爾雅「震、戁」同訓

[一]　四庫本荀子君道篇：「故君子恭而不難，敬而不鞏。」

爲「動」，又同訓爲「懼」。商頌長發篇「不戁不竦」，毛傳曰：「戁，恐也。」恭敬太過則近於恐懼，故曰「君子恭而不戁」。荀子君道篇「君子恭而不難，敬而不鞏」，「難」亦讀爲「戁」。**「鞏」，方言作「蛩」，云：「蛩烘，戰栗也。荆吴曰蛩烘。蛩烘又恐也。」「蛩」，郭璞音「鞏」。**「鞏」與「蛩」，聲義並同，又與「恐」聲相近也。「恭而不戁，敬而不鞏」，「鞏」與「戁」義正相承。「恭而不戁，安而不舒」，「舒」與「戁」義正相反也。［恭而不難，一一·二七九］

【讀】「故君子恭而不難，敬而不鞏。」引之曰：「難」，讀詩「不戁不竦」之「戁」。**「鞏」，讀方言「蛩烘，戰栗也」之「蛩」。**説見經義述聞大戴記曾子立事篇。盧説「難、鞏」二字皆失之。［難，荀子第四·六八八］

九　錪，吐本反。**錘，**直睡反。**重也。東齊之間曰錪，宋魯曰錘。** 2a

【戴】天頭朱批：錘，重也。一切經音義十一、十七。又：錘，重也。宋魯曰錘。十二。又：腆，重也。東齊之間謂之腆。十三。

【廣二】錘、錪者：方言：**「錪、錘，重也。東齊之間曰錪，宋魯曰錘。」**釋器云：「錘謂之權。」「錘」之言「垂」也；下垂，故重也。「錪」之言「腆」也。方言：**「腆，厚也。」**

「厚」與「重」同義。説文云：「重，厚也。」〔錪錘重也，三・一〇七〕卷六第九條；卷一三第一三一條

一〇 **鋡、**音含。**龕，受也。**今云龕囊，依此名也。**齊楚曰鋡，揚越曰龕。受，盛也，猶秦晉言容盛也。** 2a

【戴】天頭朱批：龕，受也。一切經音義四。

【廣二】堪、輂者：方言：「**堪、輂，載也。**」又云「**龕，受也。揚越曰龕。受，盛也，猶秦晉言容盛也**」，郭璞注云：「**今云龕囊，依此名也。**」「龕」與「堪」同聲；「盛」與「載」，義相近。**郭注又云：**「**輂輿，載物者也。**」説文：「輂，大車駕馬也。」周官鄉師「與其輂輦」，鄭注云：「輂，駕馬；輦，人輓行。所以載任器也。」管子海王篇云：「行服連軺輂者，必有一斤一鋸一椎一鑿，若其事立。」史記夏本紀「山行乘檋」，漢書溝洫志作「山行則梮」，韋昭注云「梮，木器，如今輿牀，人舉以行也」，「梮」與「檋」同。檋亦有載義，故書言「予乘四載」也。襄九年左傳「陳畚挶」，漢書五行志作「輂」，應劭注云：「輂，所以輿土也。」説文「暴，舉食者」，徐鍇傳云：「如今食牀，兩頭有柄，二人對舉之。」是凡言「輂」者，皆載之義也。〔堪輂載也，二・五六〕卷六第一〇條；卷一二第六五條

【廣】鈴、堪、龕、受者：方言：「鈴、龕，受也。齊楚曰鈴，揚越曰龕。受，盛也，猶秦晉言容盛也。」「鈴」，通作「含」。凡言「堪受」者，即是容盛之義。昭二十一年左傳「鍾窕則不咸，摦則不容。今鍾摦矣，王心弗堪」，是也。「龕」與「堪」，聲義亦同。方言「龕」字注云「今云龕囊，依此名也」；説文「堪，地突也」；淮南子天文訓「堪輿徐行，雄以音知雌」，文選甘泉賦注引許慎注云「堪，天道也。輿，地道也」：皆容盛之義也。

［鈴堪龕受盛也，三・八二］

一一　矔、慣習。眮，侹侗。轉目也。梁益之間瞋目曰矔，轉目顧視亦曰矔；吳楚曰眮。2a

一二　逴、勑略反。騷、先牢反。䑘，蹇也。跛者行跣踔也。吳楚偏蹇曰騷，齊楚晉曰逴。行略逴也。2a

【戴】圈改郭注「行、路，逴也」之「路」字作「略」。天頭墨批：據卷二注改〔一〕。

【廣二】逴、騷、䑘者：方言「逴、騷、䑘，蹇也。吳楚偏蹇曰騷，齊晉曰逴」，郭璞注

〔一〕王氏原作「據廣韻、集韻、類篇、玉篇改」，改作「據卷二注改」。

云：「尳，跛者行跣踔也。逴，行略逴也。」「逴」與「尳、踔」並同。方言又云：「自關而西秦晋之間凡蹇者或謂之逴，體而偏長短亦謂之逴。」莊子秋水篇云「夔謂蚿曰吾以一足跉踔而行」，「跉踔」與「跣踔」同。亦作「踸踔」。文選文賦「故踸踔於短垣」，李善注云：「廣雅曰：『踸踔，無常也。』今人以不定爲踸踔，不定亦無常也。」海賦「跣踔湛灤」，注云：「波前卻之貌。」案：前卻即不定之意。跛者行一前一卻，故謂之「跣踔」矣。「騷」之言「蕭」也。卷二云：「蕭，衺也。」故謂偏蹇曰「騷」。〔逴騷尳蹇也，三·八〇〕卷六第一二條；卷二第一三條

一三　㾜、音斯。嗌〔一〕惡介反。噎也。皆謂咽痛也。音翳。楚曰㾜；秦晋或曰嗌，又曰噎。2b

【戴】天頭朱批：「㾜、嗑，噎也」，郭璞曰：「謂咽痛也。」楚曰㾜；秦晋或曰嗑，又曰噎。一切經音義三。又：嘶，噎也。廿二。又：廿三作「誓」。又於正文末尾墨批：莊子天地篇：「嗑然而笑」，釋文：「嗑，本又作嗌。」

【廣二】方言：「㾜、嚂，噎也。楚曰㾜；秦晋或曰嚂，又曰噎。」「噎」與「咽」同，

〔一〕「嗌」，王念孫手校戴震方言疏證作「嗑」，廣雅疏證引方言作「嚂」。

謂嗚咽也。「嗌」與「喝」同。司馬相如子虛賦「榜人歌，聲流喝」，郭璞注云：「言悲嘶也。」論衡氣壽篇云：「兒生號啼之聲，鴻朗高暢者壽，嘶喝濕下者夭。」後漢書張酺傳「王青被矢貫咽，音聲流喝」，李賢注云「流，或作嘶」，又引廣倉云：「喝，聲之幽也。」**方言又云「東齊聲散曰㾷。秦晉聲變曰㾷」**；説文「誓，悲聲也」；周官内饔「鳥皫色而沙鳴」，鄭注云「沙，澌也」；内則注作「嘶」，正義作「斯」，云「斯謂酸嘶」；漢書王莽傳「莽爲人大聲而嘶」，顔師古注云「嘶，聲破也」：並字異而義同。［喝嘶也，五・一七四］卷六第一三條；卷六第三三條

一四　怠、陁〔一〕**，壞。**謂壞落也。音虫豸，未曉。 2b

【明】於正文之「壞」字下增「也」字。

【戴】天頭朱批：阤，壞也。一切經音義六。

【廣】「陁」與「阤」，一字也。**方言：「阤，壞也。」**周語「聚不阤崩」，後漢書蔡邕傳注引賈逵注云：「小崩曰阤。」説文：「阤，小崩也。」淮南子繆稱訓云：「岸峭者必阤。」劉昌宗考工記音讀「阤」爲「陀」。「阤、陁、陀」，三字並通。魯語「文公欲弛孟

〔一〕「陁」，王念孫引方言作「阤」。

文子之宅」，韋昭注云：「弛，毁也。」「弛」與「阤」，亦聲近義同。「陊」亦「陀」也，方俗語有輕重耳。説文：「陊，落也。」張衡西京賦云：「期不陁陊。」荀子富國篇云「徙壞墮落」，「墮」與「陊」通。殆者：方言：「怠，壞也。」「怠」與「殆」通。［陁阤殆壞也，一·二〇］

【廣二】皆謂墮壞也。小雅正月篇「載輸爾載」，鄭箋云：「輸，墮也。」公羊春秋隱六年「鄭人來輸平」，傳云：「輸平猶墮成也。何言乎墮成？敗其成也。」穀梁傳云：「輸者，墮也。來輸平者，不果成也。」是輸爲墮壞也。其輸寫物亦謂之「墮」。昭四年左傳「寡君將墮幣焉」，服虔注云：「墮，輸也。」方言「攋、隓，壞也」，「隓」與「墮」同。太玄度次三「小度差差，大攋之階」，測曰：「小度之差，大度傾也。」是攋爲墮壞也。方言云：「怠，壞也。」故壞謂之「墮」，亦謂之「攋」，亦謂之「輸」；怠謂之「惰」，亦謂之「嬾」，亦謂之「窳」。「惰」與「墮」、「嬾」與「攋」、「窳」與「輸」，古聲並相近也。［輸攋墮也，五·一三八］卷一三第九五條；卷六第一四條

一五　**埕**、音涅。**墊**，丁念反。**下也。凡柱而下曰埕，屋而下曰墊。**2b

【廣二】埕、埝、𥨊者：方言：「**埕、墊，下也。凡柱而下曰埕，屋而下曰墊。**」又云

「埝，下也」，郭璞注云：「謂陷下也。」靈樞經通天篇云「太陰之人，其狀念然下意」，「念」與「埝」通。卷三云：「㘨，深也。」「㘨」與「埝」，義亦相近。說文：「窾，屋傾下也。」又云：「墊，下也。」皋陶謨「下民昏墊」，鄭注云：「昏，没也。墊，陷也。」莊子外物篇「廁足而墊之至黃泉」，司馬彪注云「墊，下也」，「墊」與「埝」同。「墊」訓爲「下」，故居下地而病困者謂之「墊隘」。成六年左傳云「郇瑕氏土薄水淺，其惡易覯，易覯則民愁，民愁則墊隘，於是乎有沈溺重膇之疾」，是也。〔埕埝窾下也，一·三六〕卷六第一五條；卷一三第五八條

【廣】墊者：下之藏也。方言：「埕、墊，下也。凡柱而下曰埕，屋而下曰墊。」皋陶謨「下民昏墊」，鄭注云：「昏，没也。墊，陷也。」〔墊藏也，四·一一三〕

【廣】說文：「厭，笮也。一曰合也。」玉篇於冉、於葉二切。衆經音義卷一引倉頡篇云：「伏合人心曰厭。」說文：「寱，寐而厭也。」字亦作「眯」。高誘注淮南子精神訓云：「楚人謂厭爲眯。」西山經「鵸鵌，服之使人不眯」，郭璞注云「不厭夢也」，引周書王會篇云：「服者不眯。」莊子天運篇「彼不得夢，必且數眯焉」，司馬彪注云：「眯，厭也。」說文：「窾，屋傾下也。」方言云「凡柱而下曰埕，屋而下曰墊」，亦謂厭伏也，「墊」與「窾」通。〔寱窾厭也，五·一四二〕

一六　伆、邈，離也。謂乖離也。音刎。楚謂之越，或謂之遠；吴越曰伆。2b

【廣】邈、𨑶、離者：方言「伆、邈，離也。楚謂之越，或謂之遠；吴越曰伆」，郭璞注云：「離謂乖離也。」楚辭離騷「神高馳之邈邈」，王逸注云：「邈邈，遠貌。」九章云：「邈而不可慕。」「𨑶」與「伆」同。玉篇：「𨑶，音勿。又音忽。」楚辭九歌云：「平原忽兮路超遠。」荀子賦篇云：「忽兮其極之遠也。」「𨑶、忽」，古亦通用。［邈𨑶離遠也，一·一二］

一七　顛、頂，上也。2b

【廣】顛者：方言：「顛，上也。」楚辭九章云：「處雌蜺之標顛。」［顛末也，一·二七］

一八　誙，䛳与也。乙劒反。吴越曰誙；荆齊曰䛳与，猶秦晋言阿与。相阿与者，所以致誙䛳也。2b

【明】將正文及郭注内「誙」字並改作「誣」。又將正文「猶秦晋言阿与」之「与」字下增一「也」字。

【廣】誣、䛳，謂相阿與也。方言：「誣，䛳與也。吴越曰誣，荆齊曰䛳與，猶秦晋言

阿與也。」玉篇「𧦅，匿也」，匿即阿與之意。〔誣𧦅與也，三・九八〕

【述】「怒之而觀其不惛也，喜之而觀其不誣也」，盧注曰：「誣，妄也。」家大人曰：「喜」與「誣妄」，義不相承。「誣」，當爲「輕」。荀子不苟篇「君子喜則和而理，小人喜則輕而翾」，楊倞注曰：「輕謂輕佻失據。」是喜而不輕者，惟君子能之，故曰「喜之而觀其不輕」。文王官人篇曰「喜之以物以觀其不輕」，是其明證也。俗書「巫」字或作「巠」，形與「巠」相似。故從巠、從巫之字往往譌溷。楚辭招魂「帝告巫陽」，「巫」一作「巠」。**方言「誣，𧦅與也」，今本「誣」作「誙」。**爾雅「莁荑，殺蘠」，釋文云：「莁，亡符反。讀者又户耕反。」蓋「莁」字或作「莖」，譌作「莖」，故讀者又户耕反也。吕氏春秋察傳篇沈尹筮，贊能篇作沈尹莖，亦其類也。顔氏家訓書證篇曰「巫混經旁」，正謂此也。韓策：「輕强秦之禍。」韓子十過篇「輕誣强秦之實禍」，此則一本作「輕」，一本譌作「誣」，而後人又誤合之也。〔喜之而觀其不誣也，一一・二八一〕

【讀】「昭翦與東周惡。」或謂昭翦曰：『西周甚憎東周，嘗欲東周與楚惡，西周必令賊賊公，因宣言東周也，以惡之於王也。』舊本「惡」字譌作「西周」二字，今從鮑改。昭翦曰：『善。吾又恐東周之賊己，而以輕西周惡之於楚。』」鮑注曰：「翦惡東，必善西。西善翦，則楚亦因重西矣。東欲壞其交，故賊翦。翦死，則西無内主於楚，東因得使楚惡之。」引之曰：鮑説甚謬。「吾又恐東周之賊己，而以輕西周惡之於楚」者，「輕」當爲「誣」。謂恐東周殺翦，而因以殺翦之事誣西周惡之於楚也。上文曰「西周必令賊賊公，因宣言東周也，以惡之於王」，亦謂西周殺翦以誣東周也。俗書「巫」字或作「巠」，「誣」字或作「誙」。楚辭招魂「帝告巫陽」，「巫」一作「巠」。方言**「誣，淹與也」**，今本「誣」作「誙」。爾雅「莁荑，蔱蘠」，釋文云：「莁，亡符反。讀者又户耕反。」蓋「莁」字或作「茎」，譌作「莖」，故讀者又户耕反也。其右畔與「輕」相似，因譌而爲「輕」。大戴禮曾子立事篇「喜之而觀其不輕」，今本「輕」譌作「誣」。説見經義述聞。又「執誣以彊」，盧辯注曰「自執而誣於善」，今本「誣」譌作「輕」。「誣、輕」二字，書傳往往相亂。［輕西周，戰國策第一・三六］

一九　掩、索，取也。自關而東曰掩；自關而西曰索，或曰狚［一］。　2b

【明】將正文「或曰狚」之「狚」字改作「担」。

【廣】索者：方言：**「索，取也。自關而西曰索。」**經傳通作「索」。［索取也，一・一八］

【廣】掩者：方言：**「掩，取也。自關而東曰掩。」**説文作「揜」，同。曲禮云：「大夫不掩群。」［掩取也，一・一八］

［一］他本此處有郭注「狚，伺也」。

二〇　**暥、**烏拔反。**略，**音略。**視也。東齊曰暥，吴揚曰略。**今中國亦云目暥也〔一〕。**凡以目相戲曰暥。**2b

【明】圈郭注「今中國亦云目暥也」之「暥」字，未改。

【廣】略者：方言「**略，視也**。吴揚曰略」，郭璞注云：「**略，音略。今中國亦云目略也。**」宋玉神女賦「目略微眄」，「略」與「略」通。〔略視也，一·三二〕

【廣】暥者：方言：「**暥，視也**。東齊曰暥。**凡以目相戲曰暥。**」〔暥視也，一·三二〕

二一　**遥、廣，遠也。梁楚曰遥。**3a

【廣】曠者：方言「**廣，遠也**」，「廣」與「曠」同。漢書五行志「師出過時兹謂廣」，李奇音曠。趙策云：「曠遠於趙而近於大國。」〔曠遠也，一·一二〕

二二　**汩、遥，疾行也。**汩汩，急貌也。于筆反。**南楚之外曰汩，或曰遥。**3a

〔一〕「暥」，他本皆作「略」。

【戴】天頭朱批：汩乎吾將行兮[一]。

【廣】汩者：方言「**汩，疾行也。南楚之外曰汩**」，注云：「**汩汩，急皃也。**」説文：「𡿧，水流也。」楚辭離騷「汩余若將不及兮」，王逸注云：「汩，去皃，疾若水流也。」九章云「分流汩兮」，「汩」與「𡿧」同。〔汩疾也，一·二二〕

【廣二】搖、扇者：方言：「**搖扇，疾也。燕之外鄙朝鮮洌水之間曰搖扇。**」又云：「**遥，疾行也。**」楚辭九章[二]：「願搖起而横奔兮。」[三]爾雅「蠅醜，扇」，郭璞注云：「好搖翅。」是搖、扇皆有疾義也。「搖」與「遥」通。〔搖扇疾也，一·二二〕卷二第三四條；卷六第二二一條

【廣二】𨂝、蹠、䠯、䟤、䟷者：方言：「**𨂝、䠯、䟤，跳也。楚曰䟷；陳鄭之間曰䠯；楚曰蹠；自關而西秦晋之間曰跳，或曰𨂝。**」説文「蹠、䠯、䟤」三字，訓與方言同。張衡西京賦云：「高掌遠蹠。」䠯亦躍也。楚辭九章云：「願搖起而横奔兮。」王延壽夢賦云：「群行而奮搖，忽來到吾前。」方言：「**遥，疾行也。**」「䠯、遥、搖」，義並相近。

[一] 此條當作「汩余若將不及兮」。

[二] 王念孫補正於「楚辭九章」下補「云」字。

[三] 王念孫補正於「願搖起而横奔兮」下補：淮南子原道訓云：「疾而不搖。」

説文：「⿺走契，超特也。」漢書禮樂志「體容與，迣萬里」，如淳注云：「迣，超踰也。」史記樂書「迣」作「跇」。枚乘七發云：「清升踰跇。」揚雄羽獵賦云：「亶觀夫剽禽之紲踰。」「⿺走契、迣、跇、紲」並與「跅」同。王褒洞簫賦：「超騰踰曳。」「曳」與「跅」，亦聲近義同。［踏蹠䠛䟡跅跳也，二・六四］卷一第二七條；卷六第二二條

【廣】**方言「遥，疾行也。南楚之外曰遥」**，「遥」與「遙」同。重言之則曰「遥遥」。「遥遥」猶「躍躍」耳。［遥遥行也，六・一八二］

【讀二】「世有僊人，服食不終之藥，遙興輕舉，登遐倒景」，如淳曰：「遙，遠也。」師古曰：「遙，古遥字也；興，起也。謂起而遠去也。」念孫案：遙興者，疾興也。「疾興」與「輕舉」，義正相承。方言曰：**「搖，疾也。**廣雅同。**燕之外鄙朝鮮洌水之間曰搖。」又曰：「遥，疾行也。」**楚辭九章曰「願搖起而横奔兮」，淮南原道篇曰「疾而不搖」，「搖」與「遥」通。此但言其疾興輕舉，下文「登遐倒景」乃言其遠去耳。［遙興輕舉，漢書第五・二三二］卷二第三四條；卷六第二二條

【讀二】「鳳皇翔于千仞兮，覽德煇而下之。見細德之險徵兮，遥增擊而去之」，如淳曰：「遥，遠也；增，高高上飛意也。」李奇曰：「增，益也。」並見文選注。師古曰：「增，重也。言重擊其羽而高去。」念孫案：如以「增」爲「高高上飛」之意，是也。梅福傳

曰：「夫戴鵲遭害，則仁鳥增逝；愚者蒙戮，則知士深退。」「增逝」與「深退」對文，是增爲高也。「增」，或作「曾」。淮南覽冥篇「鳳皇曾逝萬仞之上」，高注曰：「曾猶高也。」高擊謂上擊也。宋玉對楚王問曰「鳳皇上擊九千里」，是也。李訓「增」爲「益」，顏訓爲「重」，皆失之。遥者，疾也。方言曰：「摇，疾也。廣雅同。燕之外鄙朝鮮洌水之間曰摇。」又曰：「遥，疾行也。」楚辭九章曰「願摇起而横奔兮」，淮南原道篇曰「疾而不摇」，「摇」與「遥」通。此言鳳皇必覽德煇而後下，若見細德之險徵，則速高擊而去之也。如訓「遥」爲「遠」，亦失之。〔遥增擊而去之，漢書第九·二九八〕卷一第三四條；卷六第二二條

二三　蹇、妯，擾也。謂躁擾也。妯，音迪。人不靜曰妯。秦晋曰蹇，齊宋曰妯。3a

【廣】方言：「蹇、妯，擾也。人不靜曰妯。秦晋曰蹇，齊宋曰妯。」爾雅「妯，動也」，動亦擾也。小雅鼓鍾篇云：「憂心且妯。」楚辭九章有抽思篇，「抽」與「妯」通。〔蹇妯擾也，三·八〇〕

二四　絓、音乖。挈、口八反。儝、古煢字。介，特也。楚曰儝，晋曰絓，秦曰挈。物無耦曰

特，獸無耦曰介。傳曰：「逢澤有介麋。」**飛鳥曰雙，鴈曰椉**〔一〕**。** 3a

【明】於正文「絓、挈、僟、介，特也」右側夾注：玉篇引此「介」字作「㝏」。又將正文「楚曰傑」之「傑」字改作「僟」。又將正文「獸無耦曰介」之「獸」字改作「罾」。又將正文「飛鳥曰雙」之「雙」字改作「隻」。

【戴】圈改正文「獸無耦曰介」之「獸」字作「罾」。又圈改正文「飛鳥曰雙」之「雙」字作「隻」。又天頭墨批：「罾」字據玉篇「㝏」字注及哀十四年正義改〔二〕。又天頭墨批：管子地員篇「有三分而去其乘」，尹知章注：「乘，三分之一也。」又圈改戴氏疏證「春秋哀公十四年左傳疏引方言『獸無耦曰介』」之「獸」字作「畜」。又於戴氏疏證「雙鳧飛不爲之少」右側夾注：省作「隻」。

【廣】絓、挈、僟、介、特者：**方言：「絓、挈、僟、介，特也。楚曰僟，晉曰絓，秦曰挈。物無耦曰特，罾無耦曰介。」**「挈」亦「介」也，語之轉耳。説文「絜，麻一耑也」，聲與「挈」近而義同。鄭注大司寇云「無兄弟曰惸」，洪範云「無虐煢獨」，小雅正月篇云「哀

〔一〕「雙」，王念孫引方言或作「隻」。又「椉」，王念孫引方言作「乘」。

〔二〕玉篇注及左傳疏並作「畜」，不作「罾」。

此惸獨」，唐風杕杜篇云「獨行睘睘」，周頌閔予小子篇云「嬛嬛在疚」，説文「赹，獨行也」，並字異而義同。「儯」，各本譌作「傑」，今訂正。昭十四年左傳「收介特」，杜預注云：「介特，單身民也。」哀十四年傳云：「逢澤有介麇焉。」集韻、類篇引廣雅並作「夰」。［絓挈儯介特獨也，三·七九］

【廣】乘者：方言：「飛鳥曰雙，鴈曰乘。」周官校人「乘馬」，鄭注云：「二耦爲乘。」凡經言「乘禽、乘矢、乘壺、乘韋」之屬，義與此同也。［乘二也，四·一一五］

【正】「乘」注加墨籤云：方言六之五：「物無耦曰特，嘼無耦曰介。飛鳥曰雙，鴈曰乘。」管子地員篇二。「有三分而去其乘」，尹知章注：「乘，三分之一也。」揚雄解嘲：「乘鴈集不爲之多，雙鳧飛不爲之少。」［補·四一七］

【讀】「譬若江湖之雀，勃解之鳥，乘鴈集不爲之多，雙鳧飛不爲之少」，應劭曰：「乘鴈，四鴈也。」師古曰：「雀字或作厓，鳥字或作島，其義兩通。」臧氏玉林經義雜記曰：「古島字有通借作鳥者。書禹貢『鳥夷』，孔讀『鳥』爲『島』可證。此言江湖之厓，勃解之島，其地廣闊，故鴈鳧飛集，不足形其多少。子雲借『鳥』爲『島』，淺者因改『厓』作『雀』以配之。師古不能定，因謂『其義兩通』也。若此文先言『雀、鳥』，則下文之『乘鴈、雙鳧』爲贅語矣。文選載此，正作『江湖之崖，渤澥之島』。」念孫案：

臧説是也。又案：應以「乘鴈」爲「四鴈」，非也。「雙鳧」，當爲「隻鳧」。乘鴈隻鳧，謂一鴈一鳧也。子雲自言生逢盛世，群才畢集，有一人不爲多，無一人不爲少，故以一鳥自喻，不當言四鴈雙鳧也。「乘」之爲數，其訓不一。有訓爲「四」者。若經言「乘馬、乘禽、乘矢、乘壺、乘皮」之屬是也。有訓爲「二」者。廣雅曰：「雙、耦、匹、乘，二也。」淮南泰族篇曰：「關雎興於鳥，而君子美之，爲其雌雄之不乘居也。」今本「乘」譌作「乖」，辯見淮南。列女傳仁智傳曰：「夫雎鳩之鳥，猶未見其乘居而匹處也。」是「乘」又訓爲「二」也。有訓爲「一」者。方言：**「絓、挈、儀、介，特也。楚曰儀，晋曰絓，秦曰挈。物無耦曰特，嘼無耦曰介。飛鳥曰隻，**今本「隻」作「雙」，義與上文不合，乃後人所改。辯見方言疏證補。**鴈曰乘。」**廣雅曰：「乘、壹，弌也。」「弌」，古「一」字。管子地員篇曰「有三分而去其乘」，尹知章曰：「乘，三分之一也。」是「乘」又訓爲「一」也。「乘鴈、隻鳧」，即方言所謂**「飛鳥曰隻，鴈曰乘」**矣。應仲遠但知「乘」之訓爲「四」，而不知其又訓爲「一」，故以「乘鴈」爲「四鴈」。後人又改「隻鳧」爲「雙鳧」，以配四鴈，殊失子雲之旨。文選作「雙鳧」亦誤。李善注引方言「飛鳥曰雙，四鴈曰乘」，「四」字亦後人所加，方言無「四」字。〔雀，漢書第十三・三七一〕

【讀】「遷損善士，捕援貨人，入則乘等，出則黨騈」，尹注曰：「其貨賄之人，與之入國則同乘而等至；至其出也，又朋黨而駢并。」念孫案：尹以「乘」爲「同乘」，則「乘等」二字義不相屬。今案：乘者，匹耦之名。廣雅曰：「雙、耦、匹、乘，二也。」方言曰：「**飛鳥曰雙，鴈曰乘。**」淮南泰族篇曰：「關雎興於鳥，而君子美之，爲其雌雄之不乘居也。」今本「乘」譌作「乖」，辯見淮南。乘爲匹耦之名，故二謂之「乘」，四亦謂之「乘」。周官校人「乘馬」，鄭注曰：「二耦爲乘。」凡經言「乘禽、乘矢、乘壺、乘韋」之屬，義與此同也。等亦乘也。廣雅曰：「等，輩也。」「入則乘等，出則黨駢」，「乘等」與「黨駢」，其義一也。〔乘等，管子第六・四六二二〕

二五　台、既，失也。宋魯之間曰台。 3a

【戴】天頭墨批：太史公自序：廿九頁。「不既信，不倍言。」其中「不既信」三字右側加墨圈。

【廣】台、既者：方言：「**台、既，失也。宋魯之間曰台。**」説文：「駘，馬銜脱也。」後漢書崔寔傳：「馬駘其銜。」「駘」與「台」，聲義相近[一]。〔台既失也，二・六六六〕

〔一〕王念孫補正於「『駘』與『台』，聲義相近」下補：史記太史公自序云：「不既信，不倍言。」是既爲失也。

【讀】「不既信，不倍言，義者有取焉。」念孫案：不既信，不失信也。方言、廣雅並云：「**既，失也。**」〔不既信，史記第六·一七一〕

二六　既、隱、據，定也。3a

【戴】天頭墨批：爾雅：「忥，靜也。」「忥、既」聲相近，「靜、定」義相近。又於正文末尾墨批：玉篇：「厩，去罽切，心思也。今爲憩。」又衆經音義卷二引倉頡篇「憩」作「厩」，墟例反。又天頭墨批：襄九年穀梁傳：「恥不能據鄭也。」又白起傳：「趙軍長平，以按據上黨民。」

【廣】隱者：説文：「𤔌，所依據也。讀與隱同。」方言「**隱、據，定也**」，「隱」與「𤔌」通。今俗語言「安穩」者，「隱」聲之轉也。〔隱安也，一·一三〕

【廣】隱、據者：方言：「**隱、據，定也。**」「隱」又音於靳反。説文「𤔌，所依據也。讀與隱同」；檀弓「其高可隱也」，鄭注云「隱，據也」；孟子公孫丑篇「隱几而臥」：皆安定之意也。僖五年左傳「神必據我」，杜預注云：「據猶安也。」釋名云「據，居也」，居亦定也。〔隱據定也，四·一〇九〕

【述】九年「同盟于戲」，傳曰：「不異言鄭，善得鄭也。不致，恥不能據鄭也。」

范注曰：「戲盟還而楚伐鄭，故恥不能終有鄭。」家大人曰：方言：「據，定也。」戲盟還而楚伐鄭，是諸侯不能定鄭也。史記白起傳曰「趙軍長平，以按據上黨民」，按據猶安定也。〔恥不能據鄭也，二五·六〇八〕

【讀】「不誅之則爲亂，誅之則爲人主所案據腹而有之」，孫曰：「據腹，言據君之腹心也。」念孫案：孫以「據腹」連讀，非也。此當以「案據」連讀。方言曰：「據，定也。」廣雅同。僖五年左傳注曰：「據猶安也。」案：據謂安定之也。史記白起傳曰「趙軍長平，以案據上黨民」，正與此「案據」同義。爾雅曰：「腹，厚也。」小雅蓼莪篇「出入腹我」，毛傳與爾雅同。昭二十年左傳注曰：「有，相親有也。」腹而有之，謂恩厚而親有之，即案據之意也。説苑政理篇文與此同。今本説苑「案」誤作「察」。群書治要引不誤。韓子外儲説右篇作「安據」，猶「案據」也。今本韓子有脱誤。元和顧氏千里已辯之。而今本韓子、説苑皆有脱誤，唯晏子不誤。又經淵如誤讀，故釋其義如此。〔則爲人主所案據腹而有之，晏子春秋第一·五三四〕

二七　稟、浚，敬也。秦晉之間曰稟，齊曰浚。吴楚之間自敬曰稟。 3b

【戴】天頭朱批：懍，敬也。一切經音義十。

【廣】懍、浚者：方言「稟、浚，敬也。秦晉之間曰稟，齊曰浚。吴楚之間自敬曰稟」，「稟」與「懍」通。〔懍浚敬也，一·一三〕

二八　悛、音銓。懌，音奕。改也。自山而東或曰悛，或曰懌。論語曰：「悦而不懌。」3b

【廣】悛、懌者：方言「悛、懌，改也。自山而東或曰悛，或曰懌」，郭璞注引論語「悦而不懌」。成十三年左傳「康猶不悛」，杜預注與方言同。〔悛懌更也，三·一〇四〕

二九　坻、水泜。坦，癰疽。塲也。音傷。梁宋之間蚍蜉䵅鼠之塲謂之坻，䵅鼠，蚡鼠也。螾塲謂之坦。螾，蟥蟮也〔一〕。其糞名坦。螾，音引。3b

【明】將正文及郭注内「坦」字並改作「坥」。又將正文及郭注内「䵅」字並改作「𪏮」。

【戴】天頭朱批：坻、封，塲也。一切經音義十一、廿三。

【廣】坻者：方言：「坻，塲也。梁宋之間蚍蜉𪏮鼠之塲謂之坻。」揚雄苔劉歆書

〔一〕「蟥」，他本作「蛐」。

云：「由鼠坻之與牛場也。」潘岳藉田賦云：「坻場染屨。」案：天將雨，則蟻聚土爲封以禦溼，如水中之坻，故謂之「坻」。秦風蒹葭篇云「宛在水中坻」，是也。場者：**郭璞方言注音傷**。衆經音義卷十一引埤倉云：「場，鼠垤也。」字通作「壤」。隱三年穀梁傳疏引麋信注云：「齊魯之間謂鑿地出土、鼠作穴出土皆曰壤。」莊子天道篇云：「鼠壤有餘蔬。」［坻場也，三·七八］

【廣】古今注云：「蚯蚓，一名蜿蟺，一名曲蟺，善長吟於地中。江東謂之歌女，或謂之鳴砌。」一作「蛐蟮」。**郭璞注方言「螾場謂之坥」云：「螾，蛐蟮也。」**［蚯蚓蜿蟺引無也，一〇·三六三］

【廣】案：此鼠所在田中多有之，尾長寸許，體肥而匾，毛色灰黑，行於地中，起土上出，若螘之有封。故**方言「蚍蜉犂鼠之場謂之坻」，郭璞云：「場，音傷。犂鼠，蚡鼠也。」**爾雅疏云：「謂起地若耕，因名云。」今順天人猶呼「鼢鼠」。莊子釋文引説文舊音鼢，扶問反，正與俗音相合矣。［鼹鼠鼢鼠，一〇·三八六］

【述】「祖」讀爲「菹」，［「祖、菹」皆從且得聲。］「襄」讀爲「蘘」，［「蘘」從釀聲，「釀」從襄聲。］聲近假借也。廣雅「蘘，［曹憲音攘。］葅也」，「葅」與「菹」同。説文：「蘘，菜也。」廣韻云「蘘菜爲菹」，「葅」亦與「菹」同。「蘘」之言「釀」也。鄭注内則説「菹」云：「釀菜而柔之以醢，殺腥肉及其氣。」釋名云：「菹，阻也；生釀之，遂使阻於寒温之間，不得爛也。」或曰：「祖」讀爲「坥」，「襄」讀爲「壤」。方言「坻、坥，郭音疽。場也。場，郭音傷。梁宋之間蚍蜉犁鼠之場謂之坻，螾場謂之坥」，郭注云：「螾，蛐蟮也。其糞名坥。」隱三年穀梁傳疏「壤，徐邈音傷，麋信云『齊魯之間謂鑿地出土、鼠作穴出土皆曰壤』」，壤即場也。［顔祖字襄，二三·五五七］

三〇　**偍、用，行也。**偍皆，行貌。度揩反。**朝鮮洌水之間或曰偍。** 3b

【廣】偍者：方言：「偍，行也。朝鮮洌水之間或曰偍。」説文：「偍偍，行皃。」［偍行也，一·一四］

【戴】圈改郭注「偍偍」作「偍偕」。

【明】將郭注之「皆」字改作「偕」。

三一　**鋪頒，索也。東齊曰鋪頒，猶秦晋言抖藪也。**謂斗藪舉索物也。鋪，音敷。 3b

【明】將正文兩「頒」字並改作「須」。又將郭注内「敷」字改作「旉」。

【戴】天頭朱批：斗藪，舉也。一切經音義十一、十四。又：斗擻，舉也。十八。

三二一　**參、蠡，分也。**謂分割也。音麗。**齊曰參，楚曰蠡，秦晉曰離。**3b

【戴】天頭朱批：「參，分也。齊曰參」，郭璞曰：「謂分割也。」一切經音義九。又：劙、分，割也。廿。

【廣】參者：方言：「**參、蠡，分也。齊曰參，楚曰蠡，秦晉曰離。**」案：參者間廁之名，故爲分也。曲禮云「離坐離立，毋往參焉」，是其義也。［參分也，一・二〇］

【廣二】劆、劙者：方言「**劆、劙，解也**」，注云：「**劆，音廓。劙，音儷。**」「劆」，亦作「劐」。卷二云：「劐，裂也。」荀子議兵篇「霍焉離耳」，「霍」與「劆」亦聲近義同。荀子彊國篇「劙盤盂，刎牛馬」，楊倞注云：「劙，割也。」方言：「**蠡，分也。楚曰蠡，秦晉曰離。**」「離、蠡、劙」，亦聲近義同。［劆劙解也，一・二八］卷一三第二二條；卷六第三二條

三三　**㾷、披，散也。東齊聲散曰㾷，器破曰披。秦晉聲變曰㾷，器破而不殊其音亦謂之㾷，器破而未離謂之璺。**音問。**南楚之間謂之敀。**妨美反。一音把塞。3b

【戴】天頭朱批：披，散也。一切經音義。又：甈，聲散也。十四、廿二。又於正文「南楚

之間謂之敀」右側以朱筆夾注：有女仳離〔一〕。

【廣二】斯者：爾雅：「斯，離也。」方言云：「齊陳曰斯。」陳風墓門篇「斧以斯之」，毛傳云：「斯，析也。」莊子則陽篇云：「斯而析之。」史記河渠書「乃廝二渠以引其河」，集解引漢書音義云「廝，分也」，「廝」與「斯」通。今俗語猶呼手裂物爲「斯」。楚辭九歌「流澌紛兮將來下」，王逸注云「澌，解冰也」；方言「**廝，散也。東齊聲散曰廝。秦晉聲變曰廝，器破而不殊其音亦謂之廝**」；集韻引字林云「甈，甕破也」：義並與「斯」通。〔斯分也，一・二〇〕卷六第三三條；卷七第一二條

【廣】「璺」之言「釁」也。方言：「**秦晉器破而未離謂之璺。**」周官太卜「掌三兆之灋：一曰玉兆，二曰瓦兆，三曰原兆」，鄭注云：「其象似玉、瓦、原之璺罅，是用名之焉。」沈重注云：「璺，玉之坼也。」素問六元正紀大論篇「厥陰所至，爲風府，爲璺啟」，王冰注云：「璺，微裂也。啟，開坼也。」案：今人猶呼器破而未離曰「璺」。「璺」字蓋從玉、釁省聲。「釁」與「璺」聲相近，故周官釋文「璺」作「舋」。「舋」即「釁」之變體也。「璺」，各本譌作「璺」，今訂正。〔璺裂也，二・四六〕

〔一〕詩王風中谷有蓷。

【廣】廝、披者：方言：**「𤺊、披，散也。東齊聲散曰𤺊，器破曰披。秦晉聲變曰𤺊，器破而不殊其音亦謂之𤺊。」**集韻引字林云：「𤭛，甕破也。」漢書王莽傳「莽爲人大聲而嘶」，顏師古注云：「嘶，聲破也。」「廝、𤺊、嘶、𤭛」並通。爾雅「斯，離也」，春秋繁露度制篇云「是大亂人倫而靡斯財用也」，王逸注九歌云「澌，解冰也」，義並與「廝」同。成十八年左傳「今將崇諸侯之姦而披其地」，杜預注云：「披猶分也。」〔廝披散也，三·一〇八〕

【廣二】方言：**「𤺊、嗑，噎也。楚曰𤺊；秦晉或曰嗑，又曰噎。」**「噎」與「咽」同，謂嗚咽也。「嗑」與「喝」同。司馬相如子虛賦「榜人歌，聲流喝」，郭璞注云：「言悲嘶也。」論衡氣壽篇云：「兒生號啼之聲，鴻朗高暢者壽，嘶喝濕下者夭。」後漢書張酺傳「王青被矢貫咽，音聲流喝」，李賢注云「流，或作嘶」，又引廣倉云：「喝，聲之幽也。」方言又云**「東齊聲散曰𤺊，秦晉聲變曰𤺊」**；説文「𧩲，悲聲也」；周官内饔「鳥皫色而沙鳴」，鄭注云「沙，澌也」；内則注作「嘶」，正義作「斯」，云「斯謂酸嘶」；漢書王莽傳「莽爲人大聲而嘶」，顏師古注云「嘶，聲破也」：並字異而義同。〔喝嘶也，五·一七四〕卷六第一三條；卷六第三三條

三四　**緡、緜，施也。秦曰緡，趙曰緜。吴越之間脱衣相被謂之緡緜。**相覆及之名也。音旻。　4a

【廣】「緡、緜」，一聲之轉。方言「**緡、緜，施也。秦曰緡，趙曰緜。吴越之間脱衣相被謂之緡緜**」，**郭璞注云「相覆及之名也」**；説文亦云「吴人解衣相被謂之緡」；大雅抑篇「言緡之絲」，毛傳云「緡，被也」：義並同。〔緡緜施也，三・八七〕

三五　**悀、**音踊。**偪，**妨逼反。**滿也。凡以器盛而滿謂之悀，**言涌出也。**腹滿曰偪。**言勑偪也。　4a

【明】將正文兩「偪」字並改作「愊」。

【戴】天頭朱批：畐，滿也。一切經音義十二。其中「畐」字右側加朱圈。

【廣】悀、愊者：方言「**悀、愊，滿也。凡以器盛而滿謂之悀，腹滿曰愊**」，**郭璞注云：「悀，言涌出也。愊，言勑偪也。」**説文：「畐，滿也。」玉篇普逼、扶六二切，云：「腹滿謂之涌，腸滿謂之畐。」「悀、涌」「愊、畐」並通。漢書陳湯傳「策慮愊億」，顔師古注云：「愊億，憤怒之貌也。」玉篇云「䭾，飽也」，又云「稫稄，滿皃」，義並與「愊」同。「愊」，各本譌作「幅」，今訂正。〔悀愊滿也，一・一二〕

【述二】楚茨篇「我倉既盈，我庾維億」，毛傳曰：「萬萬曰億。」箋曰：「倉言盈，庾言億，亦互辭，喻多也。十萬曰億。」家大人曰：「億」亦「盈」也，語之轉耳。「億」，字本作「𢡃」，或作「意」，又作「臆」。説文曰：「𢡃，滿也。」**方言曰「臆，滿也」，郭璞注曰：「愊臆，氣滿也。」**凡怒而氣滿謂之「愊臆」。漢書陳湯傳「策慮愊臆」，顔師古注曰「愊臆，憤怒之貌」，是也。哀而氣滿亦謂之「愊臆」。史記扁鵲傳「噓唏服億，悲不能自止」，「服億」即「愊臆」；問喪曰「悲哀志懣氣盛」：是也。憂而心懣亦謂之「愊臆」。馮衍顯志賦曰「心愊臆而紛紜」，是也。文選長門賦「心憑噫而不舒兮」，李善注曰「憑噫，氣滿貌」，「憑噫」即「愊臆」之轉。故**方言曰「愊，滿也」**，王逸注離騷曰「憑，滿也」。漢書賈誼傳「衆人惑惑，好惡積意」，意者滿也，言好惡積滿於中也。李奇曰「所好所惡，積之萬億也」，薛瓚曰「言衆懷好惡，積之心意也」，皆失之。「𢡃、意、臆」並與「億」同。易林乾之師曰：「倉盈庾億。」漢巴郡大守樊敏碑曰：「持滿億盈。」是億即盈也。襄二十五年左傳曰「今陳介恃楚衆以馮陵我敝邑，不可億逞」，「億逞」即「億盈」，言其欲不可滿盈也。「盈」與「逞」，古字通。説見後「不可億逞」下。「我黍與與，我稷翼翼」，「翼翼」猶「與與」也。「我倉既盈，我庾維億」，「維億」猶「既盈」也。此「億」字但取盈滿之義，而非紀其數，與「萬億及秭」之「億」不同。［我庾維億，六・一五四］卷六第三五條；卷一三第一二二條

三六　**傒醯、**醯酢。**冉鐮，**冉，音髯。**危也。東齊椅物而危謂之傒醯，**椅，居枝反。**偽物謂之**

冉鐮。 4a

【廣】谿醯、冉鐮者：方言：「**谿醯、冉鐮，危也。東齊掎物而危謂之谿醯，僞物謂之冉鐮。**」「僞物」即所云「僞謂之扤」也。「鐮」與「鎌」同。〔谿醯冉鐮危也，一・二九〕

三七　紕、音毗。**繹、**音亦。**督、雉，理也。秦晉之間曰紕。凡物曰督之，**言正理也。**絲曰繹之。**言解繹也。 4a

【戴】天頭朱批：督，理也。一切經音義五、七、十六。又：繹，理也。九。

【廣】紕者：方言：「**紕，理也。秦晉之間曰紕。**」案：紕者，總理之意。鄘風干旄篇「素絲紕之」，毛傳云「紕，所以織組也，總紕於此，成文於彼」，是也。督者，正之理也。爾雅：「督，正也。」方言「**繹、督，理也。凡物曰督之，絲曰繹之**」，郭璞注云：「**督，言正理也。**」僖二十年左傳云：「謂督不忘。」考工記匠人注「分其督旁之脩」，疏云：「中央爲督。督者，所以督率兩旁。」説文：「裻，衣背縫也。」晉語「衣之偏裻之衣」，韋昭注云：「裻在中，左右異色，故曰偏裻。」王冰注素問骨空論云：「所以謂之督脈者，以其督領經脈之海也。」是凡言「督」者，皆正理之義也。「督」，曹憲音「篤」，各本「篤」字誤入正文。釋言篇「督，促也」，曹憲音「篤」，今據以訂正。雉者：方言：「**雉，**

理也。」〔紕督雉理也，二·五七〕

三八　弞、呂，長也。古矧字。東齊曰弞，宋魯曰呂。4b

【廣】矧、呂者：方言「弞、呂，長也。東齊曰弞，宋魯曰呂」，注云：「弞，古矧字。」「矧」之言「引」也。爾雅：「引，長也。」〔矧呂長也，二·五五〕

【述】「呂」之言「甫」也。周書呂刑，禮記、孝經並引作甫刑。爾雅曰：「甫，大也。」淮南天文篇：「仲呂者，中充大也。南呂者，任包大也。」方言「呂，長也。宋魯曰呂」，長亦大也。商頌殷武篇「封建厥福」，毛傳曰：「封，大也。」〔鄭公子呂字子封，二二·五二六〕

三九　𨃩、𦢊[一]，力也。東齊曰𨃩，律𨃩，多力貌。宋魯曰𦢊。𦢊，由力也。謂耕墾也。4b

【明】將正文「由力也」之「由」字改作「田」。

【戴】天頭朱批：「宋魯謂力曰旅。旅，田力也」，郭璞曰：「謂耕墾也。」

【廣】𨃩、膂者：方言「𨃩、膂，力也。東齊曰𨃩，宋魯曰膂。膂，田力也」，郭璞注

〔一〕「𦢊」，王念孫引方言作「膂」。下同。

云：「律𨃏，多力貌。田力，謂耕墾也。」漢書陸賈傳「屈强於此」，顔師古注云「屈强，謂不柔服也」，「屈」與「𨃏」通。戴先生方言疏證曰：「膂，通作旅，詩小雅『旅力方剛』是也。毛傳『旅，衆也』，失之。」謹案：大雅桑柔篇云「靡有旅力」，秦誓云「番番良士，旅力既愆」，周語云「四軍之帥，旅力方剛」，義並與「膂」同。「膂、力」一聲之轉。今人猶呼力爲「膂力」，是古之遺語也。舊訓「旅」爲「衆」，皆失之。［𨃏膂力也，二·四三］

四〇　瘱、理也。又翳。**諦，**瓜蔕。**審也。齊楚曰瘱，秦晋曰諦。**　4b

【明】將郭注「理也。又翳」之「理」字改作「埋」。

【戴】將戴氏疏證「説文：瘞，靜也」之「瘞」字，墨筆圈改作「瘱」。

【廣二】譩、諦者：方言：「**瘱、諦，審也。齊楚曰瘱，秦晋曰諦。**」又云：「**譩諦，諟也。吳越曰譩諦。**」［譩諦諟也，三·八七］卷六第四〇條；卷六第四一條

【廣二】方言：「**瘱、諦，審也。齊楚曰瘱，秦晋曰諦。**」又云「**譩諦，諟也。吳越曰譩諦**」，郭璞注云：「**諟亦審，互見其義耳。**」説文：「瘱，靜也。」「靜，審也。」漢書外戚傳「爲人婉瘱有節操」，顔師古注云：「瘱，靜也。」文選神女賦「澹清靜其愔嫕兮」，李善注引説文「嫕，靜也」，五臣本作「瘱」，並字異而義同。廣雅之訓，多本方言。方言

「瘱、謕」同訓爲「審」，則廣雅「瘱」下亦當有「謕」字。［瘱審也，五・一四三］卷六第四〇條；卷六第四一條

四一　譩音翳。謕，亦音蔕。諟也。亦審諟，𤘘見其義耳。音帝。吴越曰譩謕。4b

【明】將郭注「亦審諟」乙轉爲「諟亦審」。又將郭注内「𤘘」字改作「互」。

【戴】天頭墨批：卷二「抱、嬔，耦也」，注云：「耦亦匹也，互見其義耳。」又將郭注「亦審諟」乙轉爲「諟亦審」。

【廣二】抑者：方言：「抑，安也。」爾雅：「抑抑，密也。」大雅抑篇正義引舍人注云：「威儀靜密也。」方言「譩，審也〔一〕，諟也」，與「抑」聲近而義同。故大雅抑篇，楚語謂之懿戒矣。［抑安也，一・一二二］卷六第四一條；卷一三第九七條

【廣二】譩、謕者：方言：「瘱、謕，審也。齊楚曰瘱，秦晉曰謕。」又云：「譩謕，諟也。吴越曰譩謕。」［譩謕諟也，三・八七］卷六第四〇條；卷六第四一條

【廣二】方言：「瘱、謕，審也。齊楚曰瘱，秦晉曰謕。」又云「譩謕，諟也。吴越曰

〔一〕「審也」二字衍，當删。

譩譆」，郭璞注云：「諟亦審，互見其義耳。」説文：「瘱，靜也。」「靜，審也。」漢書外戚傳「爲人婉瘱有節操」，顔師古注云：「瘱，靜也。」文選神女賦「澹清靜其愔嫕兮」，李善注引説文「嫕，靜也」，五臣本作「瘱」，並字異而義同。廣雅之訓，多本方言。方言「瘱、譆」同訓爲「審」，則廣雅「瘱」下亦當有「譆」字。［瘱審也，五·一四三］卷六第四〇條；卷六第四一條

四二　揞、烏感反。**揜、錯、**音酢。**摩，滅也**〔一〕。**荆楚曰揞，吴揚曰揜，周秦曰錯，陳之東鄙曰摩。**4b

【廣】揞、揜、錯、摩者：方言：「**揞、揜、錯、摩，藏也。荆楚曰揞，吴揚曰揜，周秦曰錯，陳之東鄙曰摩。**」「揞」猶「揜」也，方俗語有侈斂耳。廣韻「揞，手覆也」，覆亦藏也。今俗語猶謂手覆物爲「揞」矣。大戴禮曾子制言篇云：「君子錯在高山之上、深澤之污，聚橡栗藜藿而食之，生耕稼以老十室之邑。」是錯爲藏也。考工記弓人「强者在内而摩其筋」，鄭注云「摩猶隱也」，隱亦藏也。［揞揜錯摩藏也，四·一一四］

〔一〕「滅」，王念孫引方言作「藏」。

四三　抾摸，去也。齊趙之總語也〔一〕。抾摸，猶言持去也。4b

【廣】抾莫者：方言「抾摸，去也。齊趙之總語也。抾摸，猶言持去也」，「摸」與「莫」通。揚雄羽獵賦「抾靈蠵」，韋昭注云「抾，捧也」，即持去之義也。「抾」，各本譌作「怯」，今訂正。〔抾莫去也，二・五二〕

四四　舒勃，展也。東齊之間凡展物謂之舒勃。4b

【廣】舒勃者：方言：「舒勃，展也。東齊之間凡展物謂之舒勃。」〔舒勃展也，三・九二〕

【述】「舍」與「舒」，古字通。小雅何人斯五章「舍、車、盱」爲韻。聘禮記「發氣怡焉」，鄭注曰「發氣，舍息也」，「舍息」即「舒息」。史記律書：「舍者，舒氣也。」方言：「舒〔二〕，展也。」〔鄭公孫舍之字子展，二三・五四〇〕

四五　摳揄，旋也。秦晉凡物樹稼早成熟謂之旋，燕齊之間謂之摳揄。4b

〔一〕「總」，王念孫引方言作「總」。

〔二〕「舒」下疑脱「勃」字。

四六　絙、罔鄧反。筳，湯丁反。竟也。秦晉或曰絙，或曰竟；楚曰筳。5a

【明】將郭注内「罔」字改作「岡」。

【廣】挺、桓者：方言「絙、筳，竟也。秦晉或曰絙，或曰竟；楚曰筳」，「筳」與「挺」通。説文：「桓，竟也。」考工記弓人「恒角而短」，鄭注云「恒，讀爲桓。桓，竟也」；楚辭招魂「姱容脩態，絙洞房些」，王逸注云「絙，竟也」；班固荅賓戲云「絙以年歲」，西都賦云「北彌明光而亘長樂」：並字異而義同。〔挺桓竟也，三·七四〕

四七　擱〔一〕、音剡。剿，音妾。續也。秦晉續折謂之擱〔二〕，繩索謂之剿。5a

【戴】於正文「謂」字上以朱筆補「木」字。天頭墨批：「木」字據集韻補。

【廣】繝、剿者：方言：「繝、剿，續也。秦晉續折木謂之繝，繩索謂之剿。」淮南子氾論訓云：「緂麻索縷。」人間訓云：「婦人不得剡麻考縷。」「緂、剡」並與「繝」通。高

〔一〕「擱」，王念孫引方言作「繝」。下同。

〔二〕王念孫引方言「折」下有「木」字。

誘注訓「綅」爲「銳」，失之。說文：「緁，緶衣也。」漢書賈誼傳「緁以偏諸」，晉灼注云：「以偏諸緁著衣也。」廣韻：「緁，連緁也。」「㔉、緁」並音且葉反，義相近也。〔䌌㔉續也，二・五六〕

【廣】紩繏者：玉篇：「紩繏，續縫也。」廣韻云：「補衣也。」方言：「㔉，續也。秦晉繩索謂之㔉。」「㔉」與「繏」，義相近也。〔紩繏縫也，二・五九〕

【讀二】「伯余之初作衣也，綅麻索縷，手經指挂」，高注曰：「綅，銳。索，功也。」念孫案：高訓「綅」爲「銳」，則與「麻」字義不相屬。今案：綅者，續也，緝而續之也。方言「䌌，續也。廣雅同。秦晉續折木謂之䌌」，郭璞音「剡」。人間篇曰：「婦人不得剡麻考縷。」「䌌、剡」並與「綅」通。「索」如「宵爾索綯」之「索」，謂切撚之也。高云「索，功也」，「功」即「切」字之誤。顏師古注急就篇曰：「索謂切撚之令緊者也。」廣雅曰「紉，索也」，「紉」與「切」通。〔綅麻，淮南内篇第十三・八八〇〕卷一第二六條；卷六第四七條

四八　擘，音糵。楚謂之紉。今亦以綫貫針爲紉，音刃。5a

【廣】紉者：方言：「擘，楚謂之紉。」說文：「紉，繟繩也。」楚辭離騷「紉秋蘭以爲佩」，王逸注云：「紉，索也。」〔紉索也，三・一〇七〕

【廣】説文：「紉，繟繩也。」玉篇：「紉，繩縷也，展而續之也。」楚辭離騷「紉秋蘭以爲佩」，王逸注云：「紉，索也。」「紉」，各本譌作「紐」。方言「擘，楚謂之紉」，郭璞音刃，今據以訂正。各本所載曹憲音釋「擘」下有「古萬」二字。案：古萬反非「擘」字之音。卷一云：「絭，曲也。」曹憲音「古萬反」。疑此條下尚有「擘，絭也」三字，而「古萬」則「絭」字之音也。「擘」之言「屈辟」，「絭」之言「卷曲」也。卷四云：「襞、絭，詘也。」説文：「詘，詰詘也。一曰屈襞。」又云：「襞，絭衣也。」士喪禮注云：「以席覆重，辟屈而反兩端，交於後。」莊子田子方篇「口辟焉而不能言」，司馬彪注云：「辟，卷不開也。」「卷」與「絭」通，「辟、擘」並與「襞」通。「紉」訓爲「擘」，「擘」又訓爲「絭」，所以別異義也。若上文「羌」訓爲「卿」，「卿」又訓爲「章」矣。〔紉擘也，五·一四五〕

四九　閻笘〔一〕，開也。東齊閉户謂之閻笘，楚謂之闓。亦開字也。　5a

【明】將正文「闓」字改作「開」。

〔一〕「笘」，他本作「苫」。下同。

【戴】將正文「苫」字朱筆圈改作「苦」。

【廣】闓、闍苦者：方言：「闍苦，開也。東齊開户謂之闍苦，楚謂之闓。」漢書兒寬傳云：「發祉闓門。」「苦」，各本譌作「苫」，惟影宋本、皇甫本不譌。〔闓闍苦開也，三·一〇七〕

五〇　**杼、柚，作也。東齊土作謂之杼，木作謂之柚。** 5a

五一　**厲、卬**〔一〕**，爲也。**爾雅曰：「俶、厲，作。」作亦爲也。**甌越曰卬，吴曰厲。** 5a

【明】浮簽：廣雅：「厲、印，爲也。」「印」，曹憲音於信反。又將郭注「爾雅曰：『俶，厲，作』」之「作」字下增「也」字。

【廣】厲、印者：方言「**厲、印，爲也。甌越曰印，吴曰厲**」，郭璞注云：「**爾雅曰：『厲，作也。』作亦爲也。**」皋陶謨「庶明厲翼」，鄭注云：「厲，作也。」〔厲印爲也，三·一〇四〕

〔一〕「印」，王念孫引方言作「印」。

五二　**戲、憚，怒也。齊曰戲，楚曰憚。** 5a

【廣】戲、憚者：方言：**「戲、憚，怒也。齊曰戲，楚曰憚。」**「戲」，讀當爲赫戲之「戲」。楚辭離騷「陟陞皇之赫戲兮」，王逸注云：「赫戲，光明貌。」張衡西京賦「叛赫戲以煇煌」，薛綜注云：「赫戲，炎盛也。」盛光謂之「赫戲」，盛怒亦謂之「赫戲」，故廣雅「赫、戲」並訓爲「怒」也。憚亦盛怒貌也。大雅桑柔篇云「逢天僤怒」，「僤」與「憚」通。秦策云「王之威亦憚矣」，「憚」亦威之盛，義與僤怒之「僤」相近；高誘注以「憚」爲「難」，失之。史記春申君傳「憚」作「單」，古字假借耳；司馬貞以「單」爲「盡」，亦失之。周語「陽癉憤盈」，舊音引方言：「楚謂怒爲癉。」「癉」與「憚」，古亦通用。〔戲憚怒也，二·四七〕

五三　**爰、暖，恚也。** 謂悲恚也。 **楚曰爰，秦晉曰暖，皆不欲應而强畣之意也。** 5a

【廣三】爰、暖者：方言「爰、暖，恚也。楚曰爰，秦晉曰暖，皆不欲應而强畣之意也」，郭璞注云：**「謂悲恚也。」**又「爰、暖，哀也」，注云：「暖，哀而恚也。」廣韻：「暖，恚也。」玉篇「愋，恨也」，「愋」與「暖」同。引之云：楚辭九章「曾傷爰哀，永歎喟兮」，「爰哀」猶「曾傷」，謂哀而不止也。方言云：**「凡哀泣而不止曰咺。」**「爰、暖、咺」，古同聲而通用。齊策狐咺，漢書古今人表作狐爰，是其證。王逸注訓「爰」爲「於」，失之。〔爰暖恚也〔二〕，一二·四七〕卷六第五三條；卷一二第一條；卷一第八條

五四　傁、艾〔三〕**，長老也。東齊魯衛之間凡尊老謂之傁，或謂之艾；**禮記曰：「五十曰艾。」**周晋秦隴謂之公，或謂之翁；南楚謂之父，或謂之父老。南楚瀑洭之間**暴匡兩音。洭水在桂陽。**母謂之媓，謂婦妣曰母姼，**音多。**稱婦考曰父姼。**古者通以考妣爲生存之稱。5b

【大】艾，大也。小爾雅：「艾，大也。」故老謂之「艾」，方言：「**艾，老也。東齊魯衛之間凡尊老謂之艾。**」禮記曲禮：「五十曰艾。」長謂之「艾」，爾雅釋詁：「耆、艾，長也。」周語「耆艾脩之」，韋注：「耆艾，師傅也。」久謂之「艾」。詩庭燎二章「夜未艾」，毛傳：「艾，久也。」〔四·七二〕

【戴】天頭朱批：叜、父、長，老也。東齊魯衛之間凡尊老者謂之叜。一切經音義四。

又：叜、父、長，老也。東齊魯衛之間凡尊老謂之叜，南楚曰父。十六。

【廣】傁、艾、耆、長者：方言「**傁、艾，老也。東齊魯衛之間凡尊老謂之傁，或謂之**

〔二〕「恚」字脱，據王念孫疏證補。

〔三〕「艾」，王念孫引方言或作「父」。

艾」，「傁」與「叜」同。曲禮云：「五十曰艾，六十曰耆。」爾雅云：「耆、艾，長也。」〔傁艾耆長老也，一・一〇〕

【廣】「爸」者，「父」聲之轉。「爹、奢」聲相近。廣韻：「爹，北人呼父也。」「奢，吴人呼父也。」「奢」，曹憲音止奢反。高誘注淮南子説山訓云：「雒家謂公爲阿社。」「社」與「奢」聲相近。「翁、公、叜、父」，古或以爲長老之稱。史記馮唐傳：「文帝問唐曰：『父知之乎？』」方言「傁、父，老也。東齊魯衛之間凡尊老謂之傁；周晋秦隴謂之公，或謂之翁；南楚謂之父，或謂之父老」，「傁」與「叜」同。下文「妻之父謂之父㚤，妻之母謂之母㚤」，「㚤」與「爹」聲亦相近。〔爸爹奢父也，六・一九九〕

【廣】方言：「南楚瀑洭之間母謂之媓。」〔媓母也，六・一九九〕

【廣】方言：「南楚瀑洭之間謂婦妣曰母㚤，稱婦考曰父㚤。」説文：「江淮之間謂母曰媞。」「媞」與「㚤」，聲義相近。各本「母㚤」上脱「之」字，今補。〔妻之父謂之父㚤妻之母謂之母㚤，六・二〇二〕

【讀】「臨武，秦水東南至湞陽入匯」，「秦」，讀爲「溱」。師古曰：「匯音胡罪反。」又下文：「桂陽，匯水南至四會入鬱。」今本「鬱」下有「林」字。辯見下條。念孫案：「匯」皆當爲「洭」，字之誤也。「洭」讀若「匡」，隸省作「洭」。説文曰：「洭水出桂陽盧聚，南出洭浦關爲桂水。「出」字舊本譌作「山」，「山」上又脱「南」字，今據水經訂正。從水，匡聲。」又曰：「溱水出桂陽臨武入⿰氵⿷匚圭。」「⿰氵⿷匚圭」字或作「⿷匚洼」，形與「匯」相似，因譌而爲「匯」。案：方言「南楚瀑洭之間」，郭璞曰：「洭，音匡。洭水在桂陽。」水經曰：「⿰氵⿷匚圭水出桂陽縣盧聚，今本譌作「匯」。東南過含洭縣，南出洭浦關爲桂水。」史記南越傳「出桂陽，下⿷匚洼水」，今本譌作「匯」。漢書作湟水。水經注曰：「⿷匚洼水，山海經謂之湟水。」今山海經海内東經作潢水。「⿰氵⿷匚圭」與「湟」聲相近，故字相通。若作「匯」，則聲與「湟」遠而不可通矣。魏策「楚王登强臺而望崩山，左江而右湖，以臨彷徨」，一本作方湟。説苑正諫篇、後漢書文苑傳並作方淮。「淮」亦「⿰氵⿷匚圭」之譌，故與「湟」通。下文有含洭縣，南海郡有洭浦關，舊本「關」譌作「官」，今據説文、水經改。其字正作「洭」，不作「匯」也。又案：漢成陽令唐扶頌曰「賦政于外，爰及鬼方。⿷匚洼夷來降，寇賊迸亡」，「⿷匚洼」即「⿰氵⿷匚圭」字，⿰氵⿷匚圭夷謂⿰氵⿷匚圭水上之夷也。上文云：「除豫章鄡陽長。夷粵抪𢫬，忮强難化。君奮威颺武，視㠯好惡。蠻貉振疊，稽顙帥服。」以今輿地考之，⿰氵⿷匚圭水發源於連州，南至廣州府之三水縣入於鬱水，鬱水，今謂之西江。於漢爲桂陽、南海兩郡之地。故云「夷粵抪𢫬」，又云「⿰氵⿷匚圭夷來降」也。而隸釋乃讀「⿷匚洼」爲「匯」，而以爲「匯澤之盜」；漢隸字原又讀爲「淮夷來同」之淮：胥失之矣。據漢碑及方言、説文，則此志之匯水，明是⿰氵⿷匚圭水之譌，而史記、水經亦譌作「匯」。唯「含洭縣、洭浦關」兩「洭」字不譌。師古又有「胡罪反」之音。

後之學者多見「匯」，少見「滙」，遂莫有能正其失者矣。〔匯，漢書第六·二六二二〕

五五　巍、嶢、崝、嶮，高也。嶕嶢，崝嶸，高峻之貌也。5b

【戴】天頭墨批：戰國策楚篇：「上崢山，踰深谿。」

【廣】又轉之爲「嶕嶢」。莊子徐無鬼篇「君亦必無盛鶴列於麗譙之間」，郭象注云：「麗譙，高樓也。」釋文：「譙，本亦作嶕。」漢書趙充國傳「爲壍壘木樵」，顔師古注云：「樵與譙同。謂爲高樓以望敵也。」方言：「嶢，高也。」説文：「堯，高也。」「垚，土之高也。」揚雄甘泉賦云：「直嶢嶢以造天兮。」河東賦云：「陟西岳之嶢崝。」合言之則曰「嶕嶢」。揚雄解難云「泰山之高不嶕嶢，則不能浡滃雲而散歊烝」，班固西都賦云「内則別風之嶕嶢」，説文「焦嶢，山高皃」，並字異而義同。〔嶕嶢高也，四·一二二六〕

五六　猒、塞，安也。物足則定。5b

【戴】天頭墨批：荀子王霸篇：「厭焉有千歲之固。」

【廣】懕、寋者：方言「猒、塞，安也」，郭璞注云「物足則定」，「猒」與「懕」通，「塞」與「寋」通。「懕」，曹憲音一占反。爾雅：「懕懕，安也。」秦風小戎篇「厭厭良人」，毛傳云「厭厭，安靜也」；小雅湛露篇「厭厭夜飲」，韓詩作「愔愔」；昭十二年左傳「祈招之愔愔」，杜預注云「愔愔，安和貌」；宋玉神女賦「澹清靜其愔嫕兮」，王褒洞簫賦作「厭瘱」：並字異而義同。〔懕㥟安也，一·一二〕

【讀】「天下厭然猶一也。」念孫案：厭然，安貌。字本作「懕」，或作「猒」，又作「愔」。方言曰「猒，安也」；説文曰「懕，安也」，玉篇音於廉切；爾雅曰「懕懕，安也」；秦風小戎篇「厭厭良人」，毛傳曰「厭厭，安靜也」；小雅湛露篇「厭厭夜飲」，韓詩作「愔愔」；昭十二年左傳「祈招之愔愔」，杜注曰「愔愔，安和貌」：皆其證也。下文曰「猒猒兮其能長久也」，王霸篇曰「厭焉有千歲之固」，正論篇曰「天下厭然與鄉無以異也」，義並與此同。乃楊注於「天下厭然猶一」，則云「厭然，順從之貌。一涉反」；正論篇注又云「順服之貌」，古皆無此訓。於「猒猒兮其能長久」，則云「猒，足也」；於「厭焉有千歲之固」，則云「厭讀爲黶，黶然深藏千歲不變改」：皆由不知「厭」之訓爲「安」，故望文生義，而卒無一當矣。〔厭然猶一，荀子第二·六六二〕

五七　㥄、音凌。**㦳**，亡主反。**憐也**。5b

五八　掩、翳，薆也。謂蔽薆也。詩曰：「薆而不見。」音愛。 5b

【廣】翳者：爾雅釋木「蔽者，翳」，郭璞注云：「樹蔭翳覆地者。」方言**「掩、翳，薆也」**，**郭注云「謂薆蔽也」**，**引邶風靜女篇「薆而不見」**，今本作「愛」。爾雅「薆，隱也」，注云：「謂隱蔽。」大雅烝民篇「愛莫助之」，毛傳云：「愛，隱也。」「掩、翳、愛、隱」，一聲之轉。「愛」與「薆」通。［翳愛也，一·一七］

【廣】晻、篓者：説文：「晻，不明也。」楚辭離騷「揚雲霓之晻藹兮」，王逸注云：「晻藹猶薆欝，蔭貌也。」説文：「篓，蔽不見也。」爾雅「篓，隱也」，郭璞注云：「謂隱蔽。」**方言「掩、翳，薆也」**，**郭璞注云「謂薆蔽也」**，**引邶風靜女篇「薆而不見」**。説文「僾，仿佛也」，引詩「僾而不見」，今詩作「愛」。方言疏證云『「薆而」猶『隱然』。『而、如』『若、然』，一聲之轉也』。楚辭離騷云：「衆薆然而蔽之。」張衡南都賦云：「晻曖蓊蔚。」思玄賦云：「繽連翩兮紛暗曖。」「晻、暗」古通用。「篓、薆、僾、曖、愛」古通用。月令「處必掩」，鄭注云：「掩猶隱翳也。」「掩」與「晻」，古亦同聲。「晻」，各本譌作「晻」，今訂正。［晻篓障也，二·六三］

【讀】思玄賦「通人闇於好惡兮，豈愛惑之能剖」，注曰：「剖，分也。言通人尚闇於好惡，況愛寵昏惑者豈能分之！」念孫案：李以「愛」爲「愛寵」，非也。愛者，蔽也。

說文：「𥳐，蔽不見也。」廣雅曰：「𥳐、壅、蔽，障也。」爾雅「薆，隱也」，郭璞曰：「謂隱蔽。」**方言「掩、翳，薆也」**，郭璞曰「**謂薆蔽也**」，引詩邶風靜女篇「**薆而不見**」，今詩「薆」作「愛」。楚辭離騷云：「衆薆然而蔽之。」「𥳐、薆、愛」古字通，皆謂障蔽也。此言通人尚闇於好惡，豈蔽惑之人所能分剖也！「蔽」與「惑」義相近，「蔽惑」與「通人」義相反。若以「愛」爲「愛寵」，則與上下文俱不相涉矣。文選「愛惑」作「昏惑」，蓋後人不曉「愛」字之義而改之也。〔豈愛惑之能剖，餘編上·一〇〇八〕

五九　佚惕，緩也[一]。跌唐兩音。　5b

【明】將正文之「惕」字改作「愓」。

【廣二】𠡷婸者：**方言：「佚惕，婬也。」**又云：**「江沅之間或謂戲曰惕。」**「佚」與「𠡷」通，字或作「逸」，又作「泆」。「惕」與「婸」通，字或作「蕩」。〔𠡷婸婬也，一·三九〕卷六第五九條；卷一〇第一條

[一]「緩」，王念孫引方言作「婬」。

王念孫方言遺説輯録卷七

一　**諄憎，所疾也。**之潤反。**宋魯凡相惡謂之諄憎，若秦晉言可惡矣。**1a

【廣】憝者：説文：「憝，怨也。」康誥「罔不憝」，傳云：「人無不惡之者。」孟子萬章篇引書作「譈」。荀子議兵篇云：「百姓莫不敦惡。」法言重黎篇「楚憞群策而自屈其力」，李軌注云：「憞，惡也。」「譈、憞、敦」並與「憝」同。凡人凶惡亦謂之「憝」。康誥云「元惡大憝」，逸周書銓法解云「近憝自惡」，是也。方言：「**諄憎，所疾也。宋魯凡相疾惡謂之諄憎，若秦晉言可惡矣。**」「諄」與「憝」，聲亦相近。［憝惡也，三・一〇五］

【廣二】諄憎、𧩯、毒者：方言：「**諄憎，所疾也。宋魯凡相疾惡謂之諄憎，若秦晉言可惡矣。**」康誥「罔不憝」，傳云：「人無不惡之者。」「憝」與「諄」，聲近而義同。方言「**憎，憚也**」，郭璞注云：「**相畏憚也。**」相畏憚即相患苦，故諄憎又爲苦也。説文：「㑵，妎也。一曰毒也。或作嫉。」秦誓云：「冒疾以惡之。」玉篇：「𧩯，毒苦也。」「𧩯、㑵、嫉、疾」並通，故疾又爲疾苦矣。周官醫師「聚毒藥以其醫事」，鄭注云：「毒藥，藥

之辛苦者。」小雅小明篇云：「心之憂矣，其毒大苦。」〔諄憎毒譈苦也，四·一一九〕卷七第一條；卷七第六條

二 杜、蹻，䟖也。趙曰杜，今俗語通言䟖如杜，杜黎子䟖，因名之。山之東西或曰蹻。郄蹻〔一〕，燥䟖貌，音笑謔。1a

【明】將郭注內「黎」字改作「棃」。

【戴】天頭朱批：「杜，䟖也。趙曰杜」，郭璞曰：「今俗通語也。䟖如杜，杜棃子䟖，因以名也。」十九。

【廣】杜、蹻者：方言「杜、蹻，䟖也。趙曰杜，山之東西或曰蹻」，郭璞注云：「今俗語通言䟖如杜。杜棃子䟖，因名云。郤蹻，燥䟖貌。」〔杜蹻䟖也，三·七九〕

三 佻、抗，縣也。趙魏之間曰佻，自山之東西曰抗。燕趙之郊縣物於臺之上謂之佻。了佻，縣物。丁小反。1a

【戴】天頭朱批：「佻，縣也，趙魏之間曰佻」，注云：「了佻，縣兒也。」一切經音義

〔一〕「郄」，王念孫引方言作「郤」。

十三。又：佻，縣也。方言：「趙魏之間曰佻。」集韻二十九篠〔一〕。又於正文「佻、抗，縣也」右側夾注：僖元年公羊傳：「抗輈經而死。」其中「抗」字右側加雙墨圈。

【廣】佻、抗者：方言**「佻、抗，縣也。趙魏之間曰佻，自山之東西曰抗。燕趙之郊縣物於臺之上謂之佻」**，郭璞注云：**「了佻，縣物貌。丁小反。」**今俗語謂縣物爲「弔」，聲相近也。〔佻抗縣也，四·一三〇〕

四　發、税，舍車也。舍，宜音寫。**東齊海岱之間謂之發，**今通言發寫也。**宋趙陳魏之間謂之税。**税猶脱也。 1a

【戴】天頭墨批：爾雅：「廢、税，舍也。」又天頭墨批：今俗語曰「卸車」。

【廣】廢者：爾雅「廢，舍也」，郭璞注云：「舍，放置也。」宣八年公羊傳注云：「廢，置也。」方言：**「發，舍車也。」**「發」與「廢」，聲近而義同。〔廢置也，四·一〇八〕

【讀】「子贛發貯鬻財曹魯之間」，師古曰：「多有積貯，趣時而發。鬻，賣之也。」念孫案：師古說「發」字之義非是。「發」，讀爲「廢」。宣八年公羊傳注曰：「廢，置

〔一〕「篠」，當作「筱」。

也。」周官籥師疏引鄭志同。謂廢置之，積貯之，以轉鬻於曹魯之間也。史記作「廢著鬻財於曹魯之間」，徐廣曰「著，讀音如貯」，是其證也。「廢貯」猶「廢居」也。平準書云「富商大賈或蹛財役貧，轉轂百數，廢居居邑」，徐廣曰：「廢居者，貯畜之名也。有所廢，有所畜，言其乘時射利也。」有所廢，謂有所廢置也。師古注食貨志亦云：「有所廢置，有所居畜。」劉伯莊以「廢」爲「出賣」，非是。越世家云：「陶朱公約要父子耕畜廢居，候時轉物。」「廢居」，或作「廢舉」。仲尼弟子傳「子貢好廢舉，與時轉貨資」，裴駰曰「廢舉謂停貯」，此即貨殖傳所云「子贛發貯鬻財」者也。「廢」與「發」，古同聲而通用。爾雅曰「廢、税，舍也」，**方言**曰「**發，税，舍車也**」，是「發」與「廢」同。論語微子篇「廢中權」，「廢」，鄭作「發」。莊子列御寇篇「曾不發藥乎」，「發」，司馬本作「廢」，云：「置也。」張湛注列子黄帝篇同。荀子禮論篇「大昏之未發齊也」，史記禮書「發」作「廢」。史記扁鵲傳「色廢脈亂」，徐廣曰：「一作發。」〔發貯，漢書第十四·三七九〕

五　肖，類，法也。齊曰類，西楚梁益之間曰肖。**秦晉之西鄙自冀隴而西**冀縣，今在天水。**使犬曰哨。**音騷。**西南梁益之間凡言相類者亦謂之肖。**肖者，似也。1b

【明】於正文「秦晉之西鄙自冀隴而西使犬曰哨」右側夾注：玉篇引此作「謂使犬曰嗾」。

【廣】肖者：方言：「肖，法也。西楚梁益之間曰肖。」〔肖灋也，一·九〕

【廣】類者：方言：「類，法也。齊曰類。」緇衣「身不正，言不信，則義不壹，行無類也」，鄭注云：「類謂比式。」釋文云：「比方法式也。」楚辭九章「吾將以爲類兮」，王逸注云：「類，法也。」荀子儒效篇云：「其言有類，其行有禮。」「類」之言「律」也，律亦法也。樂記「律小大之稱」，史記樂書作「類」。是「類」與「律」聲義同。相似謂之「類」，亦謂之「肖」；法謂之「肖」，亦謂之「類」：義亦相近也。〔類灋也，一·一〇〕

【述】引之謹案：「物」之爲「事」，常訓也。又訓爲「類」。繫辭傳「爻有等，故曰物」，韓注曰：「等，類也。」桓二年左傳「五色比象，昭其物也」，謂昭其比類也。杜注云「示器物不虛設」，失之。宣十二年傳「百官象物而動」，謂象類而動也。杜注：「物猶類也。」周語「象物天地，比類百則」，象物猶比類也。方言曰：「類，法也。」「物」訓爲「類」，故又有「法則」之義。大雅烝民篇：「天生烝民，有物有則。」孟子告子篇引此而釋之曰：「有物必有則。」言其性有所象類，則其情必有所法效。性有象類，「秉夷」之謂也；情有法效，「好是懿德」之謂也。故下文遂曰：「民之秉夷也，故好是懿德。」周語：「昭明物則以訓之。」「物」猶「則」也。韋注訓「物」爲「事」，失之。又曰：「比之地物，則非義也；類之民則，則非仁也。」物也、則也，皆法也。隱五年左傳：「君將納民於軌物者也，故講事以度軌量謂之軌，取材以章物采謂之物。不軌不物，謂之亂政。」軌也、物也，皆法也。有所法則謂之「有物」。家人象傳：「君子以言有物而行有恒。」謂言有法，行有常也。孝經「非先王之法言不敢言，非先王之法行不敢行」，是也。正義訓「物」爲「事」，失之。緇衣曰「言有物而行有格也」，鄭注：「物謂事驗也。格，舊法也。」案：此謂言行皆有法制也。是也。不失法則謂之「不過乎物」。哀公問「仁人不過乎物，孝子不過乎物。是故仁人之事親也如事天，事天如事親」，言事親以事天爲法則，事天以事親爲法則，而孝敬相同不差繆也。鄭注訓「物」爲「事」，失之。是也。不如常法謂之「不物」。地官司稽「掌巡市而察其犯禁者與其不物者」，鄭注：「不物，衣服視古不與衆同〔一〕，及所操物不如品式。」司門「幾出入不物者」，秋官野廬氏「幾禁行作不時者、不物者」，注：「不物，謂衣服操持非比常人也。」是也。解者失其義久矣。〔物，三二·七三八〕

【讀】「甚僻違而無類」，楊注曰：「謂乖僻違戾，而不知善類也。」念孫案：楊說非也。僻、違皆邪也。說見脩身篇。類者，法也。言邪僻而無法也。方言：「類，法也。」廣雅同。齊曰類。」楚辭九章「吾將以爲類兮」，王注與方言同。太玄毅次七「觥羊之毅，鳴不類」，測曰：「觥羊之毅，言不法也。」是古謂「法」爲「類」。儒效篇「其言有類，其行

〔一〕「古」，皇清經解本作「占」，當據改。

有禮」，謂言有法也。楊注「類，善也。謂比類於善」，失之。王制篇「飾動以禮義，聽斷以類」，謂聽斷以法也。楊注「所聽斷之事皆得其善類」，失之。富國篇「誅賞而不類」，謂誅賞不法也。楊注「不以其類」，失之。「類」之言「律」也，律亦法也。故樂記「律小大之稱」，史記樂書「律」作「類」。王制篇曰：「其有法者以法行，無法者以類舉。」蓋「法」與「類」對文則異，散文則通矣。［類，荀子第二·六五六］

六 **憎、懹，憚也。**相畏憚也。**陳曰懹。** 1b

【廣】憎、懹、畏、憚者：方言「**憎、懹，憚也。陳曰懹**」，郭璞注云：「**相畏憚也。**」説文：「憚，忌難也。」屯釋文引賈逵周語注云：「難，畏憚也。」［憎懹憚難也，三·一〇一］

【廣二】諄憎、誎、毒者：方言：「**諄憎，所疾也。宋魯凡相疾惡謂之諄憎，若秦晉言可惡矣。**」康誥「罔不憝」，傳云：「人無不惡之者。」「憝」與「諄」，聲近而義同。方言「**憎，憚也**」，郭璞注云：「**相畏憚也。**」相畏憚即相患苦，故諄憎又爲苦也。説文：「㑵，妎也。一曰毒也。或作嫉。」秦誓云：「冒疾以惡之。」玉篇：「誎，毒苦也。」「誎、㑵、嫉、疾」並通，故疾又爲疾苦矣。周官醫師「聚毒藥以共醫事」，鄭注云：「毒藥，藥之辛苦者。」小雅小明篇云：「心之憂矣，其毒大苦。」［諄憎毒誎苦也，四·一一九］卷七第一條；

七　譙、字或作誚。**讙**，火袁反。**讓也。齊楚宋衛荆陳之間曰譙。自關而西秦晉之間凡言相責讓曰譙讓，北燕曰讙。** 1b

【廣】讙、譙者：方言：「譙、讙，讓也。齊楚宋衛荆陳之間曰譙。自關而西秦晉之間凡言相責讓曰譙讓，北燕曰讙。」説文：「讙，譁也。」字亦作「諠」。凡人相責讓，則其聲諠譁，故因謂「讓」爲「諠」，猶今人謂「諠呼」爲「讓」也。金縢云：「王亦未敢誚公。」管子立政篇云「里尉以譙于游宗」，「譙」與「誚」同。［讙譙讓也，二·五七］

【讀】「以樵禽子」，畢云：「樵，當爲譙。」引之曰：方言：「自關而西秦晉之間凡言相責讓曰譙讓。」上文「子墨子甚哀之，乃管酒槐脯」云云，殊無譙讓之意。「樵」蓋「醮」之借字也。士冠禮注曰「酌而無酬酢曰醮」，故上文言「酒脯」。［樵，墨子第五·六一六］

八　僉、胥，皆也。自山而東五國之郊曰僉，六國唯秦在山西。**東齊曰胥。** 1b

【戴】天頭朱批：自關而東五國之郊謂皆爲僉。一切經音義一、十二。其中「關」字右側劃朱綫。又：自關而東五國之郊謂皆曰僉，東齊曰胥。三。

【述】説文曰：「巽，具也。」又曰：「僎，具也。」字亦作「選」。齊語曰「牛馬選具」，是也。廣雅：「具，備也。」斂亦具也。荀子非十二子篇「斂然聖王之文章具焉，佛然平世之法起焉」，楊倞注曰：「斂然，聚集之貌。佛，讀爲勃。勃然，興起貌。」案：佛然爲興起，則斂然爲具備矣。「斂」之言「僉」也，「檢」也。方言曰：「**僉，皆也。**」爾雅曰：「檢，同也。」是具備之義也。「巽」與「斂」，皆有具備之義。故名巽字子斂。或曰：「巽」之言「選」。選，擇取也；斂，收取也：義相因也。〔魯邦巽字子斂，一二一·五三四〕

九　侔莫，强也。北燕之外郊凡勞而相勉若言努力者謂之侔莫。1b

【廣】勑、莫者：方言「**侔莫，强也。北燕之外郊凡勞而相勉若言努力者謂之侔莫**」，「侔」與「勑」通。淮南子繆稱訓「猶未之莫與」，高誘注云：「莫，勉之也。」案：「勑」之言「茂」也。爾雅：「茂，勉也。」「莫」之言「慔」也。爾雅：「慔慔，勉也。」合言之，則曰「勑莫」矣。〔勑莫强也，一·二八〕

【述】邵曰：「説文云：『慔，勉也。』重言之義同。」引之謹案：「慔」音慕，又音莫。釋文：「慔慔，音慕。」集韻又末各切，亦云「勉也」。字亦作「莫」。方言：「**侔莫，强也。北燕**

之外郊凡勞而相勉若言努力者謂之侔莫。」淮南繆稱篇「猶未之莫與」，高注曰：「莫，勉之也。」重言之則曰「莫莫」。小雅楚茨篇説祭祀之事，曰：「君婦莫莫。」「莫莫」與「慔慔」同，猶言「勉勉」也。祭義曰「君牽牲，夫人奠盎；君獻尸，夫人薦豆。齊齊乎其敬也，愉愉乎其忠也，勿勿諸其欲其饗之也」，鄭注曰：「勿勿猶勉勉也。」禮器注同。「勉勉、勿勿、莫莫」，一聲之轉。言君婦當祭之時，奉承而進之，既忠且敬，莫莫然其欲其饗之也。毛傳曰「莫莫，言清靜而敬至也」，訓「莫莫」爲「清靜」，則與忠敬異義，故又加「而敬至」三字以足之；正義亦曰「后能清靜恭敬，又至篤」：皆未免迂回矣。［慔慔勉也，二一七・六四六］

【讀】「行之曰士也，敦慕焉君子也」，楊注曰：「敦厚慕之。」引之曰：楊説非也。敦、慕皆勉也。爾雅曰：「敦，勉也。」大戴記五帝德篇曰：「幼而彗齊，長而敦敏。」內則曰：「惇行孝弟。」「敦、惇」古字通。是敦爲勉也。説文：「慔，莫故切。勉也。」爾雅曰「慔慔，勉也」，釋文：「慔音墓，亦作慕。」是慕爲勉也。方言：**「侔莫，强也。北燕之外郊凡勞而相勉若言努力者謂之侔莫。」**淮南繆稱篇「猶未之莫與」，高注：「莫，勉之也。」「莫」與「慕」，亦聲近而義同。此承上文而言，言能行之則爲士，行而加勉則爲君子。故曲禮云「敦善行而不怠，謂之君子」，非徒厚慕之而已也。［敦慕焉，荀子第二一・六六五］

一〇　倸偢〔一〕，**罵也。** 羸小可憎之名也。倸，音印竹。 **燕之北郊曰倸偢。** 2a

【明】將郭注「倸音印竹」之「印」字改作「邛」。

【廣三】倸，偢者：方言「**倸偢，罵也。燕之北郊曰倸偢**」，郭璞注云：「**羸小可憎之名也。**」方言：「**南楚凡罵庸賤謂之田儓。**」又云「**庸謂之偢，轉語也**」，義與「倸偢」亦相近。〔倸偢罵也，三·七七〕卷一〇第一〇條；卷三第四五條；卷三第四六條

一一　展、惇，信也。東齊海岱之間曰展，燕曰惇。 惇亦誠信貌。 2a

【戴】天頭朱批：惇，信也，謂誠皃。 一切經音義一。

【廣】惇者：方言：「**惇，信也。燕曰惇。**」大戴禮王言篇云「士信民敦，工璞商慤」，「敦」與「惇」通。〔惇信也，一·二四〕

一二　斯、掬，離也。齊陳曰斯，燕之外郊朝鮮洌水之間曰掬。 2a

〔一〕「倸」，王念孫引方言作「倸」。下同。

【廣二】斯者：爾雅：「斯，離也。」方言云：「齊陳曰斯。」陳風墓門篇「斧以斯之」，毛傳云：「斯，析也。」莊子則陽篇云：「斯而析之。」史記河渠書「乃廝二渠以引其河」，集解引漢書音義云「廝，分也」，「廝」與「斯」通。今俗語猶呼手裂物爲「斯」。楚辭九歌「流澌紛兮將來下」，王逸注云「澌，解冰也」；方言「㾷，散也。東齊聲散曰㾷。秦晉聲變曰㾷，器破而不殊其音亦謂之㾷」；集韻引字林云「𤮐，甕破也」：義並與「斯」通。［斯分也，一・二〇］卷六第三三條；卷七第一二條

一三 **蝎**、音曷。**噬**，卜筮。**逮也。東齊曰蝎，北燕曰噬。逮，通語也。** 2a

【廣】諸書無訓「肆」爲「噬」者。「肆，噬也」當是「噬，逮也」之譌。「逮」字隸書作「建」，與「肆」字相近，因譌而爲「肆」。爾雅「遏、遾，逮也」，郭璞注云：「皆相逮及。」方言作「蝎、噬」，云：「東齊曰蝎，北燕曰噬。逮，通語也。」邶風日月篇「逝不古處」，毛傳云：「逝，逮也。」唐風有杕之杜篇「噬肯適我」，傳云：「噬，逮也。」「逝、遾、噬」並通。廣雅釋詁、釋言之文，固多與爾雅相複者矣。［肆噬也，五・一五二］

一四　皮傅〔一〕、彈憸，强也。謂强語也。音歛。秦晉言非其事謂之皮傅，東齊陳宋江淮之間曰彈憸。2a

【廣】憚憸者：方言「皮傳、彈憸，强也。秦晉言非其事謂之皮傳，東齊陳宋江淮之間曰彈憸」，郭璞注云「謂强語也」，「彈」與「憚」通。〔憚憸强也，一・二八〕

一五　膊、普博反。曬、霜智反。晞，暴也。東齊及秦之西鄙言相暴僇爲膊。暴僇，謂相暴磔惡事。音膊脯。燕之外郊朝鮮洌水之間凡暴肉、發人之私、披牛羊之五藏謂之膊。暴五穀之類，秦晉之間謂之曬，東齊北燕海岱之郊謂之晞。2a

【明】將正文及郭注内「膊」字並改作「膞」。

【戴】天頭朱批：晞，暴也。北燕海岱之間謂暴乾爲晞。一切經音義十二、十八。

【廣】「膞」，各本譌作「暷」，自宋時本已然，故集韻、類篇並云：「暷，暴也。」考説文、玉篇、廣韻俱無「暷」字。方言：「膞，暴也。燕之外郊朝鮮洌水之間凡暴肉、發人之私、披牛羊之五藏謂之膞。」今據以訂正。「暴」與「曝」同。説文：「膞，薄脯膞之屋

〔一〕「傅」，王念孫引方言作「傳」。

上也。」成二年左傳云：「殺而膊諸城上。」釋名：「膊，迫也，薄㧻肉迫著物使燥也。」又云：「脯，搏也，乾燥相搏著也。」「脯」與「膊」，聲相近。「膊」與「曝」，聲之轉也。漢書宣帝紀「爲取暴室嗇夫許廣漢女」，應劭曰：「暴室，宫人獄也，今曰薄室。」顔師古曰：「暴室者，掖庭主織作染練之署，故謂之暴室，取暴曬爲名耳。或云薄室者，薄亦暴也。今俗語亦云『薄曬』。」〔膊曝也，二·四六〕

【廣二】昲、㬓、曬者：方言「**昲、曬，乾物也。揚楚通語也**」，郭璞注云：「**亦皆北方常語耳。或云㬓也。**」列子周穆王篇云：「酒未清，肴未昲。」淮南子地形訓云「日之所曊」，「曊」與「昲」同。玉篇：「㬓，置風日中令乾也。」方言又云：「**曬，暴也。凡暴五穀之類，秦晉之間謂之曬。**」〔昲㬓曬曝也，二·四六〕卷一〇第一八條；卷七第一五條

【廣】説文「膊，薄脯膊之屋上也」，徐鍇傳云：「今人謂作脯爲膊脯也。」方言：「**膊，暴也。燕之外郊朝鮮洌水之間凡暴肉謂之膊。**」釋名云：「膊，迫也，薄㧻肉迫著物使燥也。」春秋繁露求雨篇云：「敬進清酒膊脯。」〔膊脯也，八·二四五〕

【讀】「鮐鮆千斤，鮿千石，鮑千鈞」，集解：「徐廣曰：鮿音輒，鮿魚也。」本作「鮿音輒，膊魚也」，説見下。索隱曰：「鮿音輒，一音昨苟反，小魚也。」又曰：「注『鮿音輒，膊魚也』，膊音鋪博反，破鮑不相離謂之膊。聲類及韻集雖爲此解，而鮿生之字見與此同。鮿

者，小雜魚也。」自「鯫，音輒」以下至此，今本皆删去，唯單行本有。念孫案：「鯫」音昨苟反，字從魚取聲，説文：「白魚也。」「鮿」音輒，字從魚耴聲，耴，音輒。玉篇：「膊魚也。」方言：**「膊，暴也。燕之北郊朝鮮洌水之間凡暴肉謂之膊。」**兩字絶不相通。此文以鮐鮆爲一類，鮿鮑爲一類。「鮿」音輒，字從耴，不從取。世人多見「取」，少見「耴」，故「鮿」誤爲「鯫」。今俗書「輒」字作「輙」，誤與此同也。「鯫千石，鮑千鈞」，當作「鮿鮑千鈞」。「鮐鮆千斤，鮿鮑千鈞」，相對爲文。「鮿」下不當有「千石」二字，蓋因上文「榻布皮革千石」而誤衍也，當依漢書删。徐廣注「鯫音鯫，鯫魚也」，當作「鮿音輒，膊魚也」。索隱引徐廣注正作「音輒，膊魚也」，正義同。考漢書正作「鮿鮑千鈞」，顔師古曰「鮿，膊魚也，即今不著鹽而乾者也。鮿音輒」，是其證矣。索隱不用徐廣之説，乃云「鯫音輒，一音昨苟反，小魚也」，且云「鯫生之字與此同」，是直不辨「鯫、鮿」之爲兩字矣。且鮿爲膊魚，鮑爲鹽漬魚，見玉篇。二類相近，故以「鮿鮑」連文。若改「鮿」爲「鯫」，而訓爲小魚，比之於「鮑」，斯爲不類矣。正義説亦與索隱同誤。〔鮿千石，史記第六·一六七〕

一六　熬、㷅、即鬻字也。創眇反。煎、僃、皮力反。鞏[一]，火乾也。凡以火而乾五穀之類，自山而東齊楚以往謂之熬，關西隴冀以往謂之僃，秦晉之間或謂之㷅。凡有汁而乾謂之煎，東齊謂之鞏。拱手。2b

【戴】天頭朱批：熬欺煎僃火乾也。一切經音義一、十四。又：取，火乾也。五。又：僃，火乾也。七。又：僃，火乾也。關西隴冀以往謂之僃。九。又：㷅，火乾也。秦晉之間或謂之㷅。十三。

【廣二】煎者：方言：「煎，盡也。」又云：「煎，火乾也。凡有汁而乾謂之煎。」成二年左傳「余姑翦滅此而朝食」，杜預注云：「翦，盡也。」「翦」與「煎」，聲近義同。〔煎盡也，一·四一〕卷一三第三八條；卷七第一六條

【廣】熬、煎、煼、稨者：方言：「熬、㷅、煎、僃，火乾也。凡以火而乾五穀之類，自山而東齊楚以往謂之熬，關西隴冀以往謂之僃，秦晉之間或謂之㷅。凡有汁而乾謂之煎。」說文：「熬，乾煎也。或作䵅。」內則云：「煎醢加于陸稻上，沃之以膏曰淳熬。」說文：「煎，熬也。」又云：「鬻，熬也。」楚辭九思「我心兮煎熬」，一本作「熬鬻」。郭

[一]「鞏」，王念孫引方言作「鞏」。

璞注方言云「**焣即鬻字也**」；又注爾雅釋草云「豨首可以熐蠶蛹」，釋文引三倉云「熐，熬也」；衆經音義卷一云「崔寔四民月令作炒，古文奇字作檦」：並字異而義同。今俗語猶呼乾煎曰「炒」矣。説文：「𤎅，以火乾肉也。」周官籩人注云：「鮑者，於福室中糗乾之。」「𤎅、𥹉」並與「𦤎」同。説文：「糒，乾飯也。」「糒」與「𦤎」，亦聲近義同。

〔熬煎𤈦𤎅乾也，二・四五〕

【廣】㶿者：玉篇：「㶿，乾也。」廣韻云：「火乾物也。」方言：「**鞏，火乾也。凡有汁而乾，東齊謂之鞏。**」「鞏」與「㶿」，聲近義同。〔㶿乾也，二・四五〕

【廣】説文：「糒，乾飯也。」史記李將軍傳云：「大將軍使長史持糒醪遺廣。」説文：「糗，熬米麥也。」粊誓「峙乃糗糧」，鄭注云：「糗，擣熬穀也。」周官籩人「糗餌粉餈」，鄭衆注云：「糗，熬大豆與米也。」昭二十五年公羊傳「敢致糗于從者」，何休注云：「糗，糒也。」糗、糒皆乾也。玉篇「糗」音丘九、尺沼二切。「糗」之言「炒」，「糒」之言「𦤎」也。方言「**凡以火而乾五穀之類，關西隴冀以往謂之𦤎，秦晉之間或謂之焣**」，「焣」與「炒」同。鄭注籩人云「鮑者，於𥹉室中糗乾之」，「𥹉」與「𦤎」同。程氏易疇通藝録云：「糗有擣粉者，有未擣粉者。『籩實』之麷蕡白黑，其糗之未擣粉者與？既夕篇之『四籩』棗糗栗脯，直呼糗餌爲糗，則已擣之糗粉於餌者也。其已擣粉之糗可和水而服之者，若今北方之麪茶，南方之麪䴺，皆其類也。其未擣粉而亦可和水者，則鄭氏注『六飲』之『涼』云『今寒粥若糗飯雜水』是也。」〔糗糇糒也，八·二四六〕

一七　胹、而。**飪、**荏。**亨、爛、糦、**熾。**酋、**囚。**酷，熟也。自關而西秦晉之郊曰胹，徐揚之間曰飪，嵩嶽以南陳潁之間曰亨。自河以北趙魏之間火熟曰爛，氣熟曰糦，久熟曰酋，穀熟曰酷。熟，其通語也。** 2b

【戴】天頭朱批：亨，熟也。嵩岳以南陳潁之間曰亨。一切經音義十八。又：亨，孰也。十六。又於正文「久熟曰酋」右側夾注：酒正注：「酋酒，今之酋久白酒。」其中「酋久」二字右側加墨圈。

【廣】爢、爤、鬺、胹、飪、饎、秙、酋者：說文：「爢，爤也。」「爤，孰也。」「爢」，通作「糜」。「爤」，亦作「爛」。「孰」，亦作「熟」。方言「**胹、飪、亨、爛、糦、酋、酷，熟也。自關而西秦晉之郊曰胹，徐揚之間曰飪，嵩嶽以南陳潁之間曰亨。自河以北趙魏之間火熟曰爛，氣熟曰糦，久熟曰酋，穀熟曰酷。熟，其通語也**」，「亨」與「鬺」通。說文：「胹，爛也。」宣二年左傳「宰夫胹熊蹯不熟」，正義引字書云：「過熟曰胹。」內則「濡豚」，鄭注云：「濡謂亨之以汁和也。」楚辭招魂「肥牛之腱，臑若芳些」，王逸注云：「臑若，熟爛也。」「胹、臑、濡」並通。説文「䎟，丸之熟也」，義與「胹」亦相近。説文：「飪，大孰也。古文作𦙶，又作恁。」士昏禮「皆飪」，鄭注云：「飪，熟也。」郊特牲「腥肆爓腍祭」，鄭注云「腍，熟也」；爾雅「饙、餾，稔也」：並字異而義同。説文「稔，穀孰也」，引昭元年左傳「鮮不五稔」，義亦與「飪」同。爾雅釋訓釋文引字林云：「饎，熟食也。」士虞禮「饎爨在東壁」，鄭注云：「炊黍稷曰饎。」周官「饎人」，鄭衆注云：「主炊官也。故書饎作𩟄。」「饎、𩟄、糦」並同。玉篇「䅼，禾大熟也」，「䅼」與「酷」通。周官酒正「二曰昔酒」，鄭注云：「昔酒，今之酋久白酒。」月令「乃命大酋」，鄭注云：「酒孰曰酋。大酋者，酒官之長也。」高誘注吕氏春秋仲冬紀云：「醞釀米麴，使之化熟，故謂之酋。」鄭語「毒之酋腊者，其殺也滋速」，韋昭注云「精熟爲酋。腊，極也」，「腊」與昔酒之「昔」同義。説文：「酋，繹酒也。」釋名云「酒，酋也，釀之米麴酉澤，久而味美也」，「酉澤」與「酋繹」通。月令「麥秋至」，太平御覽引蔡邕章句云：「百穀各以其初生爲春，熟爲秋。故麥以孟夏爲秋。」説文：「秋，穀孰也。」「秋」與「酋」，亦聲近義同。〔𪎊爤䰞胹飪饎䅼酋熟也，三・七八〕

【讀】「説難既酋，其身迺囚」，應劭曰：「酋音酋豪之酋。酋，雄也。」宋祁引蕭該音義曰：「酋，鄭氏曰：『酋，孰也。』」「孰」與「熟」同。今本「孰」譌作「執」，據方言、廣雅及月令、鄭語注改。韋昭曰：『酋，終也。』」念孫案：「酋」，讀爲「就」。就，成也。言説難之書既成，而其身乃囚也。太玄玄文曰：「酋，西方也，秋也，物皆成象而就也。」又曰「酋考其就」，范望曰：「考，成也，物咸成就也。」史記魯世家「魯公伯禽卒，子考公酋立」，索隱曰：「酋，世本作就。」「就」與「酋」聲近而義同，故字亦相通也。韋訓「酋」爲「終」，「終」與「就」義相近，故爾雅「酋、就」並訓爲「終」。鄭訓「酋」爲「熟」，則於義稍疏。應訓爲「雄」，則於義甚疏，而師古獨取其説，誤矣。〔説難既酋，漢書第十五·四〇四〕

一八　**魏盈**〔一〕**，怒也。**魏，上已音。**燕之外郊朝鮮洌水之間凡言呵叱者謂之魏盈。**2b

【廣】嫢盈者：**方言「嫢盈，怒也。燕之外郊朝鮮洌水之間凡言呵叱者謂之嫢盈」，注：「嫢，音羌箠反。」**「嫢」，舊本作「覣」，曹憲音於危反。方言疏證云：「玉篇云『嫢，盛貌』，則嫢盈爲盛氣呵斥，如馮之訓滿、訓怒也。廣雅：『覣盈，怒也。』曹憲不察『覣』爲『嫢』之譌，音於危反，殊失之。」今據以訂正。〔嫢盈怒也，二·四七〕

〔一〕「魏」，王念孫引方言作「嫢」。下同。

一九　**跟蹬**、音務。**隑企**，欺豉反。**立也**。**東齊海岱北燕之郊跪謂之跟蹬**，今東郡人亦呼長跽爲跟蹬。**委痿謂之隑企**。腳躄不能行也。 3a

【廣】跟蹬、跪者：方言「東齊海岱北燕之郊跪謂之跟蹬」，郭璞注云：「今東郡人亦呼長跽爲跟蹬。」衆經音義卷二十四云：「今江南謂屈膝立爲跟跪。」説文「跪，拜也」，「拜」與「㩉」同。〔跟蹬跪㩉也，三·七七〕

【廣二】隑𠈍者：方言「隑企，立也。東齊海岱北燕之郊委痿謂之隑企」，郭璞注云：「腳躄不能行也。」方言又云：「隑，陭也。」「陭」與「倚」聲相近，故「倚、隑」俱訓爲「立」也。説文：「企，舉踵也。古文作𠈍」。衛風河廣篇：「跂予望之」。「企、𠈍、跂」並同字。「𠈍」，各本譌作「𠆨」，今訂正。〔隑𠈍立也，四·一一九〕卷七第一九條；卷一三第一〇二條

二〇　**瀧涿謂之霑漬**〔一〕。瀧涿猶瀨滯也〔二〕。音籠。 3a

【戴】天頭墨批：衆經音義二引通俗文云：「霝滴謂之𤅊滯。」釋名：「下重而赤白

〔一〕「涿」，王念孫引方言作「涿」。注内同。
〔二〕「瀨」，王念孫引方言作「瀨」。

曰髒，言厲髒而難差也。」〔一〕

【廣】瀧涿者：説文：「瀧，雨瀧瀧也。」論衡自紀篇云：「筆瀧漉而雨集，言潏淈而泉出。」説文：「涿，流下滴也。」方言「**瀧涿謂之霑漬**」，郭璞注云：「**瀧涿猶瀨滯也。**」廣韻：「瀧涷，霑漬也。」荀子議兵篇「案角鹿埵隴種東籠而退耳」，楊倞注云：「東籠與涷瀧同，霑溼貌。」「瀧涿、瀨滯、瀧涷、鹿埵、隴種、東籠」，皆語之轉也。〔瀧涿漬也，二・六二〕

二二　希、鑠，摩也。燕齊摩鋁謂之希。音慮。 3a

【廣】希、鑠者：方言：「**希、鑠，摩也。燕齊摩鋁謂之希。**」周語「衆口鑠金」，史記鄒陽傳索隱引賈逵注云「鑠，消也」，消亦磨也。考工記云「爍金以爲刃」，「爍」與「鑠」通。〔希鑠磨也，三・七六〕

【廣】鑢者：説文：「鑢，錯銅鐵也。」太玄大次二云：「大其慮，躬自鑢。」大雅抑箋云：「玉之缺，可磨鑢而平。」鄭衆注考工記云：「摩鐧之器。」方言：「**燕齊摩**

〔一〕四庫本釋名作「下重而赤白曰髒，言厲髒而難也」。

鋁謂之希。」「鑢、錭、鋁」並同。〔鑢磨也，三·七七〕

二二二　平均，賦也。燕之北鄙東齊北郊凡相賦斂謂之平均。3a

【廣】方言：「平均，賦也。燕之北鄙東齊之北郊凡相賦斂謂之平均。」史記平準書云：「桑宏羊以諸官各自市，相與爭，物故騰躍，而天下賦輸或不償其僦費，乃請置大農部丞數十人，分部主郡國，各往往縣置均輸鹽鐵官，令遠方各以其物貴時商賈所轉販者爲賦，而相灌輸。置平準於京師，都受天下委輸。大農之諸官，盡籠天下之貨物，貴則賣之，賤則買之。如此，富商大賈無所牟大利則反本，而萬物不得騰踊。故抑天下物，名曰平準。」是平、均皆賦也。急就篇云：「司農少府國之淵，遠取財物主平均。」〔平均賦也，五·一四〇〕

二二三　羅謂之離，離謂之羅。皆行列物也。3a

二二四　釗、超，遠也。釗，上已音。燕之北郊曰釗，東齊曰超。3a

【廣】釗者：方言：「釗，遠也。燕之北郊曰釗。」〔釗遠也，一·一二〕

【廣】「超」之言「迢」也。方言：「超，遠也。東齊曰超。」九歌云：「平原忽兮路超遠。」祭法「遠廟爲祧」，鄭注云「祧之言超也，超上去意也」，義亦同矣。［超遠也，一·一二］

二五　漢漭[一]**、賑眩，懣也。**賑，音瞋恚。**朝鮮洌水之間煩懣謂之漢漭，顛眴謂之賑眩。**眩，音懸。3a

【戴】天頭朱批：賑眩，懣也。朝鮮洌水之間煩懣謂之漢漫。一切經音義十二。又天頭墨批：國語：「若視聽不和而有震眩。」[二]

【廣】漢漫者：方言：「漢漫，懣也。朝鮮洌水之間煩懣謂之漢漫。」各本「漫」字誤入音内，今訂正。［漢漫懣也，二·六〇］

二六　憐職，愛也。言相愛憐者，吴越之間謂之憐職。3b

[一]「漭」，王念孫引方言作「漫」。下同。

[二] 國語周語下。

【戴】天頭墨批：王風葛藟篇「謂他人母，亦莫我有」，箋云「有，識有也」，「識」與「職」通。爾雅「職，常也」，説文作「識」。漢樊毅脩華嶽碑「職方氏」作「識方氏」。荀子哀公篇「其事不可識」，大戴作「職」。又於戴氏疏證内「斯仰之爲宗主」六字右側劃墨綫。又於戴氏疏證末尾墨批：楚辭九章「章畫志墨兮」，王注：「志，念也。」史記「志」作「職」。

【述】家大人曰：「有」與「友」，古字通。故「友」訓爲「親」，見廣雅。「有」亦可訓爲「親」；「友」訓爲「愛」，「有」亦可訓爲「愛」。王風葛藟篇「謂他人母，亦莫我有」，言莫我親愛也。故鄭箋曰「有，識有也」，識有即相親愛之謂。「識」，通作「職」。方言：「憐職，愛也。凡言相愛憐者，吴越之間謂之憐職。」小雅四月篇「盡瘁以仕，甯莫我有」，義亦同也。僖二十二年左傳「雖及胡耉，獲則取之，何有於二毛」，言何愛於二毛也。下文曰：「愛其二毛。」二十四年傳「蒲人、狄人，余何有焉」，言何愛於蒲人、狄人也。杜注曰「君爲蒲、狄之人，於我有何義」，則是以「有」爲有無之「有」而增字以成其義，失之矣。襄二十三年傳「群臣若急，君於何有」，言何愛於君也。二十九年傳「以杞封魯猶可，而何有焉」，言何愛於杞也。杜注曰「何有盡歸之」，愈失之矣。昭三年傳「君若辱有寡君，在楚何害」，言辱親愛寡君也。六年傳「女喪而宗室，於人何有，人亦於女何有」，杜注曰「言人亦不能愛女」是也。九年傳「伯父若裂冠毁冕，拔本塞原，專棄謀主，雖戎狄其何有余一人」，「雖」與「唯」同，「唯」字古通作「雖」。說見釋詞。言伯父猶暴蔑宗周，唯彼戎狄何愛於余一人也。吴語曰「君有短垣而自踰之，況荆蠻則何有於周室」，義與此同。韋注曰「荆蠻有何義於周室」，則亦誤以「有」爲有無之「有」而增字以足之矣。二十年傳「是不有寡君也」，杜注曰「有，相親有」是也。宣十五年公羊傳「潞子離於夷狄而未能合於中國，晉師伐之，中國不救，狄人不有」，言不與潞子相親有也。定八年傳「以季氏之世世有子，子可以不免我死乎」，言季氏世世親子也。何注曰「言我季氏累世有女以爲臣」，則亦誤以爲有無之「有」矣。楚語「君實有國而不愛，臣何有於死」，韋注曰「何惜於死」，惜亦愛也。管子戒篇「今夫易牙，子之不能愛，將安能愛君」，小稱篇作「於子之不愛，將何有於公」。說經者多誤以「有」爲有無之「有」，故略言之。〔有，三一・七二六〕

二七　茹，食也。吴越之間凡貪飲食者謂之茹。今俗呼能麄食者爲茹〔一〕，音勝如。3b

【廣】茹者：方言「吴越之間凡貪飲食者謂之茹」，注云：「今俗呼能麤食者爲茹。」

〔一〕「麄」，王念孫引方言作「麤」。

［茹貪也，二・四三］

【廣】茹者：方言「茹，食也。吳越之間凡貪飲食者謂之茹」，郭璞注云：「今俗呼能麤食者爲茹。」案：大雅烝民篇云：「柔則茹之，剛則吐之。」是食謂之「茹」也。禮運云：「飲其血，茹其毛。」孟子盡心篇云：「飯糗茹草。」是食麤食者謂之「茹」也。「麤」與「疏」，義相近。食麤食者謂之「茹」，故食菜亦謂之「茹」；食菜謂之「茹」，故所食之菜亦謂之「茹」。莊子人間世篇云：「不茹葷。」漢書董仲舒傳云：「食於舍而茹葵。」是食菜謂之「茹」也。食貨志云：「菜茹有畦。」七發云：「秋黄之蘇，白露之茹。」是所食之菜亦謂之「茹」也。［茹食也，二・六二］

【廣】「嗺」與「嚼」同。方言云：「茹，食也。」［嗺茹也，五・一六八］

二八　竘，貌，治也。謂治作也。竘，恪垢反。吳越飾貌爲竘，或謂之巧。語楚聲轉耳。 3b

【廣】竘、貌者：方言「竘、貌，治也。吳越飾貌爲竘，或謂之巧」，郭璞注云：「謂治作也。」說文：「竘，匠也。」小爾雅：「匠，治也。」淮南子人間訓云：「室始成，竘然善也。」說文：「皃，頌儀也。籀文作貌。」是竘、貌皆爲治也。「貌」，各本作「貎」，乃隸書之譌，今訂正。［竘貌治也，三・九五］

二九　煦州呼。**煆，**呼夏反。**熱也，乾也。**熱則乾熮。**吴越曰煦煆。**3b

【明】將郭注内「呼夏反」之「呼」字改作「吁」。又將郭注内「熱則乾熮」之「熮」字改作「燥」。

【廣】煦、煆者：方言：「**煦煆，熱也。**吴越曰煦煆。」説文：「煦，烝也。」「昫，日出温也。」「煦、昫」義相近。〔煦煆爇也，二·四九〕

三〇　攍、音盈。**膂、賀、艜，儋也。**今江東呼擔兩頭有物爲艜，音鄧。**齊楚陳宋之間曰攍，**莊子曰：「攍糧而赴之。」**燕之外郊越之垂甌吴之外鄙謂之膂，**擔者用膂力，故名云。**南楚或謂之攍，自關而西隴冀以往謂之賀。**今江東語亦然。**凡以驢馬馲駝載物者謂之負他，**音大。**亦謂之賀。**3b

【戴】於正文「越之垂甌」右側夾注：御覽八百二十九引作東甌。又於正文「凡以驢馬馲駝載物者」右側夾注：御覽無「馲」字〔一〕。

〔一〕御覽卷八百四十九。

【廣】攍、旅、何、⿰扌希者：方言「攍、膂、賀、幐，儋也。齊楚陳宋之間曰攍，燕之北郊越之垂甌吴之外鄙謂之膂，南楚或謂之攍，自關而西隴冀以往謂之賀。凡以驢馬馲駝載物者謂之負佗，亦謂之賀」，「儋」與「擔」同。釋言云：「攍，負也。」莊子胠篋篇「贏糧而趨之」，「贏」與「攍」通。「攍、⿰扌希」二字並從手，各本譌從木，今訂正。「旅」，各本譌作「核」，自宋時本已然，故集韻、類篇「核」字注並云：「一曰擔也。」考玉篇、廣韻「核」字俱不訓爲「擔」。又「膂」字古通作「旅」。秦誓「旅力既愆」，小雅北山篇「旅力方剛」，並以「旅」爲「膂」。廣韻：「旅，俗作㧖。」「㧖」與「核」，字形相近。方言「攍、膂、賀、幐，儋也」，此云「攍、核、何、揭、⿰扌希，擔也」，「核」字明是俗「旅」字之譌。郭璞注云：「儋者用膂力，因名云。」今據以訂正。「何」與「賀」通，亦通作「荷」。說文：「幐，囊也。」方言注云：「今江東呼儋兩頭有物爲幐。」後漢書儒林傳云：「制爲縢囊。」「⿰扌希、幐、縢」並通。［攍旅何⿰扌希擔也，三·七七］

三一　樹植，立也。燕之外郊朝鮮洌水之間凡言置立者謂之樹植。4a

【戴】天頭朱批：樹植，立也。一切經音義九。

【廣二】「殖、蒔、置」，聲近而義同。方言：「樹植，立也。燕之外郊朝鮮洌水之間

凡言置立者謂之樹植。」又云「蒔、殖，立也」，「殖」與「植」通。［殖蒔立也，四·一一九］卷七第三一條；卷一二第八〇條

三二　**過度謂之涉濟。**猶今云濟度。　4a

三三　**福禄謂之祓戩。**廢箭兩音。　4a

三四　**傺、**音際。**眙，**敕吏反。**逗也。**逗，即今住字也。**南楚謂之傺，西秦謂之眙。**眙，謂住視也。西秦，酒泉、燉煌、張掖是也。**逗，其通語也。**　4a

【戴】天頭朱批：逗，住也。一切經音義六。其中「逗」字右側劃朱綫。

【廣】傺、眙者：**方言「傺、眙，逗也。南楚謂之傺，西秦謂之眙。逗，其通語也」，郭璞注云：「逗，即今住字也。」**楚辭離騷「忳鬱邑余侘傺兮」，王逸注云：「侘傺，失志貌。侘猶堂堂，立貌也。傺，住也。楚人名住曰傺。」九章「欲儃佪以干傺兮」，注云：「傺，住也。」**方言注云「眙，謂住視也」，**説文「眙，直視也」，九章云「思美人兮，擥涕而竚眙」，劉逵注吴都賦云「佇眙，立視也。今市聚人謂之立眙」，張載注魯靈光殿賦

云「愕視曰眙」，義並同也。説文：「佁，癡皃。」漢書司馬相如傳「沛艾赳螑，仡以佁儗兮」，張注云：「佁儗，不前也。」玉篇、廣韻「眙、佁」並音丑吏切，義亦相近也。莊子山木篇云：「侗乎其無識，儻乎其怠疑。」「怠疑」與「佁儗」，義亦相近。「佁」之言「待」也，「止」也。故不前謂之「佁」，不動亦謂之「佁」。呂氏春秋本生篇云「出則以車，入則以輦，務以自佚，命之曰佁蹷之機」，高誘注云：「佁儗，至也；蹷機，門内之位也。乘輦於宮中遊翔，至於蹷機，故曰『務以自佚』也。」案：佁蹷，謂痿蹷不能行也。凡人過佚，則血脈凝滯，骨幹痿弱，故有佁蹷不能行之病。是出車入輦，即佁蹷之病所由來，故謂之「佁蹷之機」。枚乘七發云「出輿入輦，命曰蹷痿之機」，是也。高注訓「佁」爲「至」，「蹷機」爲「門内之位」，皆失之。今本呂氏春秋作「招蹷之機」。案：李善注七發引作「佁蹷」，又引聲類「佁，嗣理切」；集韻、類篇並云「佁，象齒切，至也。呂氏春秋『佁蹷之機』高誘讀」：則舊本作「佁」明甚。今本作「招」者，後人不解「佁」字之義而妄改之耳。［傺眙逗也，二·六四］

王念孫方言遺説輯録卷八

一　虎，陳魏宋楚之間或謂之李父；江淮南楚之間謂之李耳，虎食物值耳即止，以觸其諱故。或謂之於䖘；於，音烏。今江南山夷呼虎爲䖘，音狗竇。自關東西或謂之伯都。俗曰伯都事抑虎説。1a

【廣】説文：「虎，山獸之君。從虍，虎足象人足。象形。」方言「虎，陳魏宋楚之間或謂之李父；江淮南楚之間謂之李耳，或謂之於䖘；自關東西或謂之伯都」，郭璞注云：「於，音烏。今江南山邊呼虎爲䖘〔一〕，音狗竇。」「䖘」，或作「菟」。宣四年左傳云「楚人謂虎於菟」，釋文：「菟，音徒。」案：於䖘，虎文貌。説文：「䖵，黄牛虎文。」讀若涂。」「䖘、䖵」聲義並同。虎有文謂之「於䖘」，故牛有虎文謂之「䖵」。春秋傳楚鬭穀於菟字子文，是其證也。説文又云：「虍，虎文。」「於䖘」與「虍」，聲近而義同。單言之則爲「虍」，重言之則爲「於䖘」耳。「於䖘、李耳」，皆疊韻字。「李耳、李父」，語之變轉。而御覽引風俗通義云「俗説虎本南郡中廬李氏公所化爲，呼李耳因喜，呼班便

〔一〕「邊」字誤，當作「夷」。

怒」，方言注又云「虎食物值耳即止，以觸其諱故」，皆失之鑿矣。易林隨之否云「鹿求其子，虎廬之里。唐伯李耳，貪不我許」，豈更有唐氏公所化哉！〔於䖘李耳虎也，一〇·三八二〕

二　**貔**〔一〕，狸别名也。音毗。**陳楚江淮之間謂之𧳋**，音來。**北燕朝鮮之間謂之䝖**，今江南呼爲䝖俚。音丕。**關西謂之狸**〔二〕**。**此通名耳。貔，未聞語所出。1a

【明】將郭注内「俚」字改作「狸」。

【廣】貍之搏鼠者曰「貓」。郊特牲云：「迎貓，爲其食田鼠也。」御覽引尸子云：「使牛捕鼠，不如貓狌之捷。」莊子秋水篇云：「騏驥驊騮，一日而馳千里，捕鼠不如貍狌。」是貓亦稱「貍」也。諸書無言貓名「貔」者。據方言「貔、豾」皆貍之别名，則「貔」字當在下條内，寫者誤耳。〔貔貍貓也，一〇·三八二〕

【廣】爾雅「貍、狐、貒，貈醜。其足蹯，其跡内」，郭璞注云：「皆有掌蹯。内，指頭處也。」又「貍子，隸」，郭注云：「今或呼豾貍。」釋文引字林云：「豾，貍也。」「豾」，

〔一〕「貔」，王念孫引方言作「貔」。
〔二〕「狸」，王念孫引方言作「貍」。

或作「貊」。方言：「貔，陳楚江淮之間謂之貅，北燕朝鮮之間謂之貊，關西謂之貍。」大射儀鄭注云：「貍之言不來也。」「不」與「豾」、「來」與「貍」，古並同聲。說文：「貍，伏獸似貙也。」周官射人「以貍步張三侯」，鄭注云：「貍，善搏者也，行則止而擬度焉，其發必獲，是以量侯道法之也。」今貍有二種，或似豹文，或似虎文。其皮可以爲裘，故禹貢「梁州，厥貢熊羆狐貍織皮」也。「豾貍也，一〇·三八二」

【述】郭曰：「一名執夷，虎豹之屬。」引之謹案：經文明言「白狐」，則非虎豹之屬也。牧誓所謂「如虎如貔」，大雅韓奕所謂「獻其貔皮」，曲禮所謂「貔貅」，皆非爾雅之「貔」也。爾雅之貔即狐也。方言曰：「貔，陳楚江淮之間謂之貅，北燕朝鮮之間謂之貊，關西謂之貍。」貍與狐同類，故貍謂之「貔」，狐亦謂之「貔」。「貍子，貄。貈子，貆。貒子，貗。貔，白狐，其子豰」，四者類相近，而文亦相連，正下文所謂「貍、狐、貒、貈醜」也。若虎豹，則非其類矣。而郭氏爾雅圖讚乃云：「書稱猛士，如虎如貔。貔蓋豹屬，亦曰執夷。白狐之云，似是而非。」見藝文類聚獸部下。是其注爾雅既以「貔，白狐」爲虎豹之屬，及其作圖讚又謂貔爲豹屬，而非白狐。蓋但知貔爲豹屬，而不知其又爲白狐之異名，遂致斯謬矣。豹屬謂之「貔」，白狐亦謂之「貔」，二者同名而異實。說文「貔」字解、大雅韓奕傳及鄭注牧誓、曲禮，皆未嘗以豹屬之貔爲白狐。陸機疏云「貔似虎，或曰似羆，一名執夷，一名白狐」，則已誤合二者爲一物，不始於景純矣。字林云「貔，豹屬，出貉國，一曰白狐」，分豹屬與白狐爲二，而皆謂之「貔」，較陸疏、郭注爲長。〔貔白狐其子豰，二八·六七九〕

三　**貛，**豚也，音歡。**關西謂之貒。**波湍。1a

【廣】爾雅「貍、狐、貒，貈醜」，説文引作「狐、貍、貛，貉醜」。又「貒子，貗」，郭璞注云：「貒豚，一名貛。」釋文引字林云：「貒，獸似豕而肥。」方言：「貛，關西謂之貒。」説文：「貛，野豕也。」淮南脩務訓「貛貉爲曲穴」，御覽引作「貒知曲穴」。〔貒貛也，一〇·三八二〕

四　**雞，陳楚宋魏之間謂之鸊鷉；**避祇兩音。**桂林之中謂之割雞，或曰𪃵。**音從。**北燕朝鮮冽水之間謂伏雞曰抱。**房奥反。江東呼蓲，央富反。**爵子及雞雛皆謂之鷇**〔一〕**。**恪遘反。關西曰鷇，音顧。**其卵伏而未孚始化謂之涅。**1a

〔一〕「鷇」，王念孫引方言作「鷇」。下同。

【明】將正文「雞，陳楚宋魏之間謂之鸊䲭」之「䲭」字改作「鴟」。又將郭注「避祇兩音」之「祇」字改作「祗」。

【廣】「㝅」之言「孺」也。字本作「㝅」，通作「穀」。莊子駢拇篇「臧與穀二人相與牧羊」，崔譔本「穀」作「㝅」，云：「孺子曰㝅。」方言「北燕朝鮮洌水之間爵子及雞雛皆謂之鷇」，義與「㝅」相近也。〔㝅子也，六・二〇〇〕

【廣】爾雅「生哺，鷇」，郭璞注云「鳥子須母食之」，「鷇」與「㲉」同。又「生噣，雛」，郭注云：「能自食。」釋文云：「鳥子須哺而食者，燕雀之屬也。」史記云「趙武靈王探雀鷇而食之」，是也。鳥子生而能自啄者，禮記云「雛尾不盈握弗食」是也。說文：「鷇，鳥子生哺者。」「雛，雞子也。」案：「鷇」與「雛」對文則異，散文則通。方言云「爵子及雞雛謂之鷇」，郭注云：「關西曰鷇。」是雞子生噣亦謂之「鷇」也。易林訟之睽云：「秋科探巢，不得鵲雛。」是鳥子生哺亦謂之「雛」也。「鷇」之言「㝅」也。說文云：「㝅，乳也。從子，㱿聲。」司馬彪注莊子齊物論篇云「鷇，鳥子欲出者」，則在卵已謂之「鷇」。魯語云「鳥翼鷇卵」，管子五行篇云「不癘雛鷇」，皆連類而舉矣。〔鷇雛也，一〇・三七八〕

【廣】方言「雞，陳楚宋魏之間謂之鸊䲭」，郭璞音「避祇」，「鸊䲭」與「辟鴟」同。

[辟雖鷄也，一〇·三九一]

五　豬，北燕朝鮮之間謂之豭；猶云豭斗也。**關東西或謂之彘，或謂之豕；南楚謂之豨。其子或謂之豚，或謂之豯，**音奚。**吳揚之間謂之豬子。其檻及蓐曰橧。**爾雅曰：「所寢，橧。」音繒。 1b

【廣】爾雅「豕子，豬」，郭璞注云：「今亦曰彘，江東呼豨，皆通名。」方言：「豬，北燕朝鮮之間謂之豭；關東西或謂之彘，或謂之豕；南楚謂之豨。」說文「豕，彘也。竭其尾，故謂之豕。象毛、足而後有尾。讀與豨同」，然則「豨、豕」古同聲。故史記天官書「奎曰封豕」，漢書天文志作「封豨」。李頤注莊子知北遊云：「豨，大豕也。」鄧展注漢書高祖紀云：「東海人名豬曰豨。」墨子耕柱篇云：「狗豨猶有鬬。」說文又云：「狙，豕屬也。」「豭，牡豕也。」隱十一年左傳「鄭伯使卒出豭」，正義云：「豭謂豕之牡者。爾雅釋獸：『豕牝曰豝。』豝者是牝，知豭者是牡。祭祀例不用牝，且宋人謂宋朝爲『艾豭』，明以雄豬喻也。」案：爾雅「鹿牡，麚；牝，麀」，釋文：「麚，音加。」牡鹿之名「麚」，猶牡豕之名「豭」也。豭爲牡豕，又爲豕之通稱；猶豬爲豕子，又爲豕之通稱矣。說文又云：「彘，豕也，後蹏廢謂之彘。」[豨狙豭彘豕也，一〇·三八三]

【廣】「豨」與「豚」同。方言：**「豬，其子謂之豚，或謂之豯。」**說文：「豨，小豕也。篆文從肉、豕作豚。」「豯，生三月豚，腹豯豯皃也。從豕，奚聲」，徐鍇傳云：「奚，腹大也。」〔豯豨也，一〇·三八三〕

【廣】爾雅「豕所寢，橧」，舍人注云：「豕所寢草爲橧。」某氏云：「臨淮人謂野豬所寢爲橧。」郭璞云：「橧，其所臥蓐。」「橧」之言增累而高也。禮運「夏則居橧巢」，鄭注云：「暑則聚薪柴居其上。」人居薪上謂之「橧」，猶豕居草上謂之「橧」也。「橧」本圈中臥蓐之名，因而圈亦謂之「橧」。**方言「豬，吳揚之間謂其檻及蓐曰橧」，檻即圈也。**〔橧圈也，一〇·三八四〕

【述】「豕子，豬。」家大人曰：豬即豕，非豕子也。「子」字蓋涉上文「兔子，娩」而衍，自唐石經已然，而邢疏遂沿其誤。疏云：「其子名豬。」廣韻引爾雅「豕子，豬」亦誤。案：郭注云：「今亦曰彘，江東呼豨，皆通名。」郭以豕、豬、彘、豨爲一物，則豬非豕子甚明。今人皆謂豕爲豬，無謂豕子爲豬者。下文之「𧱰，豶。幺，幼。奏者，豱」，皆指豕言之，非指豕子言之。「𧱰，豶」謂豕之犍者，「幺，幼」謂豕之小者，「奏者，豱」謂豕之皮理腠蹙者。至「豕生三，豵；二，師；一，特」，乃言豕子多寡之異名耳。又案：方言云：**「豬，北燕朝鮮之間謂之豭；關東西或謂之彘，或謂之豕；南楚謂之豨。**小爾雅：「豕，彘也。彘，豬也。」**其子或謂**

之豚，或謂之貕，吴楊之間謂之豬子。」然則豬也、豭也、彘也、豕也、豨也，五者一物也；豚也、貕也、豬子也、豕子也，四者一物也。今以豕子與豬爲一物，可乎？説文「豬，豕而三毛叢居者」，亦不以豬爲豕子也。定十四年左傳：「既定爾婁豬，盍歸吾艾豭。」婁豬、艾豭皆豕也，但有牝牡之分耳，則不得以豬爲豕子明矣。小雅漸漸之石傳及楚辭大招注並云「豕，豬也」，即用爾雅之文，則爾雅原無「子」字可知。今本左傳正義及急就篇注、藝文類聚獸部中引此並作「豕子，豬」，則後人依誤本爾雅加之也。案：左傳正義云：「釋獸云：『豕，豬。牝，豝。』牝者謂之豝，則豭是豬之牡。」是孔以豭爲牡，豝爲牝，豬爲總名也。今改「豕，豬」爲「豕子，豬」，則與孔説不合矣。急就篇注云：「豕之三毛藂居者曰豬。而春秋左氏傳曰『既定爾婁豬』，爾雅曰『豕，豬』，然則亦其通稱也。」是顔以豬爲豕之通稱。今改爲「豕子，豬」，則又與顔説不合矣。藝文類聚引爾雅云「豕，豬。豬，豶。幺，幼。奏者，豱」，皆謂豕，非謂豕子也。今改爲「豕子，豬」，則又與下文不合矣。初學記獸部、太平御覽獸部十五引此並無「子」字，正與郭注、毛傳、方言合。今據以訂正。［豕子豬，二八・六七八］

六　布穀，自關東西梁楚之間謂之結誥，周魏之間謂之擊穀〔一〕，自關而西或謂之布

〔一〕「擊」，王念孫引方言作「擊」。

穀。今江東呼䙶穀。1b

【明】將郭注「今江東呼䙶穀」之「䙶」字改作「穫」。

【廣】爾雅「鳲鳩、鴶鵴」，郭璞注云：「今之布穀也。江東呼爲穫穀。」説文：「秸鵴，尸鳩也。」「鴶鵴、秸鵴」，字異而義同。一作「結誥」。方言：「布穀，自關而東梁楚之間謂之結誥，周魏之間謂之擊穀，自關而西謂之布穀。」「擊穀、鴶鵴」，聲之轉耳。「鴶鵴」，又作「秸鞠」。召南雀巢篇「維鵲有巢，維鳩居之」，傳云：「鳩，鳲鳩，秸鞠也。鳲鳩不自爲巢，居鵲之成巢。」義疏云：「今梁宋之間謂布穀爲鴶鵴，一名擊穀，一名桑鳩。」又曹風鳲鳩篇「鳲鳩在桑，其子七兮」，傳云：「鳲鳩，秸鞠也。鳲鳩之養其子，朝從上下，莫從下上，平均如一。」故昭十七年左傳「鳲鳩氏，司空也」，正義引樊光爾雅注云：「鳲鳩心平均，故爲司空也。」鳲鳩與鷹，轉相變化。夏小正「正月，鷹則爲鳩。五月，鳩爲鷹」，傳云：「鷹則爲鳩，善變而之仁也。鳩爲鷹，變而之不仁也。」月令「鷹化爲鳩」，鄭注云：「鳩，搏穀也。」正義云：「布、搏，聲相近。」高誘注淮南時則訓云：「鷹化爲鳩，喙正直，不鷙搏也。鳩謂布穀也。」故列子天瑞篇云：「鷂之爲鸇，鸇之爲布穀，布穀久復爲鷂也。」古者或以布穀飾杖首。續漢書禮儀志云：「仲秋之月，年始七十者授之以玉杖，端以鳩鳥爲飾。鳩者，不噎之鳥也，欲老人不噎。」又謂之「雄鳩」。淮南天文訓「孟夏之月，以孰穀禾，雄鳩長鳴，爲帝候歲」，高誘注云：「雄鳩，布穀也。」此則後漢書襄楷傳所謂「布穀鳴於孟夏」者矣。本草拾遺云：「布穀，江東呼爲郭公，北人云撥穀，似鷂長尾。」六書故云：「其聲若曰布穀，故謂之布穀。又謂勃姑，又謂步姑。」「郭公」者，「擊穀」之轉聲。「撥穀、勃姑、步姑」者，「布穀」之轉聲也。今揚州人呼之爲「卜姑」，德州人呼之爲「保姑」。身灰色，翅末、尾末並雜黑毛，以三四月間鳴也。〔擊穀鴶鵴布穀也，一〇·三七三〕

七　鶡鴠，鳥似雞五色，各無毛，赤倮，晝夜鳴。侃旦兩音。**周魏齊宋楚之間謂之定甲，或謂之獨春；**好自低仰。**自關而東謂之城旦，**言其辛苦有似於罪禍者〔一〕。**或謂之倒懸**〔二〕，好自懸於樹也。**或謂之鴠鴠；自關而西秦隴之内謂之鶡鴠。**1b

【明】將郭注「各無毛」之「各」字改作「冬」。又將正文「或謂之鴠鴠」之上「鴠」字改作「鶡」，即改作「或謂之鶡鴠」。

【廣】方言「鶡鴠，周魏齊宋楚之間謂之定甲，或謂之獨春；自關而東謂之城旦，或

〔一〕「禍」，王念孫引方言作「譎」。
〔二〕「懸」，王念孫引方言作「縣」。注内同。

謂之倒縣，或謂之鶡鴠；自關而西秦隴之内謂之鶡鴠」，郭璞注云：「鳥似雞五色，冬無毛，赤倮，晝夜鳴。獨春，好自低仰也。城旦，言其辛苦有似於罪讁者。倒縣，好自縣於樹也。」月令「仲冬之月，鶡旦不鳴」，鄭注云：「鶡旦，夜鳴求旦之鳥也。」吕氏春秋仲冬紀注云：「鶡鴠，山鳥，陽物也。是月陰盛，故不鳴也。」鹽鐵論利議篇云「鶡鴠夜鳴，無益於明」，亦謂其求旦也。「鶡」，或作「渴」。説文：「鴠，渴鴠也。」或作「盍」。坊記引詩云「相彼盍旦，尚猶患之」，鄭注云：「盍旦，夜鳴求旦之鳥也。求不可得也，人猶惡其欲反晝夜而亂晦明。」「鴠」，或作「鴇」。七發云：「朝則鸝黄鳱鴠鳴焉。」或作「侃」。御覽引廣志云：「侃旦，冬毛希，夏毛盛，後世則謂之寒號蟲。」嘉祐本草云：「寒號蟲，四足，有肉翅，不能遠飛。」〔城旦倒縣鶡鴠定甲獨春鴇鴠也，一〇·三七七〕

八　鳩，自關而東周鄭之郊韓魏之都謂之鵖。音郎。 2a

【廣二】鳩之總名曰「鵖鷎」。其大而有班者謂之「鳻鳩」，小而無班者謂之「鶌鳩」。故此及下文分别釋之。方言：「鳩，自關而東周鄭之郊韓魏之都謂之鵖鷎。」是「鵖鷎」爲鳩之總名也。方言又云「其鵴鳩謂之鸊鷎，自關而西秦漢之間謂之鵴鳩。其大者謂之鳻鳩；其小者謂之鵴鳩，或謂之鷄鳩，或謂之鴉鳩，或謂之鶻鳩。梁宋之間謂之鵻」，

郭璞注云：「鳻，音班。䳟鳩，今荆鳩也。」是鳻鳩即班鳩，字或作「鴘」，鳩之大者也。䳟鳩、鸊鷎、鴶鳩、鵴鳩、鵧鳩，則鳩之小者也。鳩之大者，爾雅所謂「鶌鳩，鶻鵃」也。舍人注云：「鶌鳩，一名鶻鵃，今之班鳩。」樊光引昭十七年春秋傳云：「鶻鳩氏司事，春來冬去。」孫炎云「鶻鵃，一名鳴鳩」，引月令云：「鳴鳩拂其羽。」衛風氓篇傳云：「鳩，鶻鳩也。」小雅小宛傳云「鳴鳩，鶻雕也」，「雕」與「鵃」通。義疏云：「班鳩也。桂陽人謂之班隹，似鵧鳩而大，項有繡文班然，故曰班鳩。」高誘注吕氏春秋季春紀云：「鳴鳩，班鳩也。是月拂擊其羽，直刺上飛，數十丈乃復者是也。」夏小正云：「三月鳴鳩。」東京賦云：「鶻鵃春鳴。」是班鳩繡項而能鳴，故晉傅咸班鳩賦云「體郁郁以敷文，音邕邕而有序」也。凡此皆謂鳩之大者也。鳩之小者，爾雅所謂「鵻其，鳺鴀」也。李巡注云：「鳺鴀，一名鵻，今楚鳩也。」樊光引春秋傳云「祝鳩氏司徒」，「祝鳩即『鵻其，鳺鴀』，孝，故爲司徒」。郭璞云：「今鵧鳩也。」「鵧」之爲言猶「鳺鴀」也。説文云：「鵻，祝鳩也。」衆經音義卷十六引通俗文云：「隹其謂之鴶鳩。」小雅四牡篇「翩翩者鵻」，傳云：「鵻，夫不也。」箋云：「夫不，鳥之慤謹者，人皆愛之。」南有嘉魚篇傳云「鵻，壹宿之鳥也」，箋云：「壹宿者，壹意於其所宿之木也。」義疏云：「鵻，今小鳩也，一名鵧鳩。幽州人或謂之鷎鵖，梁宋之間謂之隹，揚州人亦然。」又云：「鵧鳩，灰色，無繡項，陰則屏逐其匹，晴則呼之，語曰『天將雨，鳩逐婦』是也。」鴉鳩小於班鳩，故謂之「鴓鳩」，亦若小矛謂之「殺」矣。舍人謂之「楚鳩」，郭璞謂之「荆鳩」，荆猶楚也。水經濟水注引廣志云：「楚鳩，一名嘷啁。」高唐賦云：「正冥楚鳩。」又謂之「學鳩」。莊子逍遥遊篇「蜩與學鳩」，司馬彪云：「學鳩，小鳩也。」凡此皆謂鳩之小者也。諸書以鶻鳩爲班鳩，乃是鳩之大者。而方言云「其小者或謂之鶻鳩」，爾雅釋文引字林亦云「鶻鵃，小種鳩也」，與廣雅異。左傳正義引郭璞爾雅音義云「鶻鵃，今江東亦呼爲鶻鵃，似山鵲而小，短尾，青黑色，多聲。即是此也。舊説及廣雅皆云『班鳩』，非也」，亦與廣雅異。未知孰是。〔鵖鷎鳩也，一〇·三七六〕卷八第八條；卷八第九條

九　**鷎，**音皋。**其鴓鳩謂之鸊鷎，自關而西秦漢之間謂之鵴鳩。**菊花。**其大者謂之鳻鳩；**音班。**其小者謂之鴓鳩，**今荆鳩也。**或謂鷄鳩，**音葵。**或謂之鴉鳩，**音浮。**或謂之鶻鳩。梁宋之間謂之鷦鳫**〔一〕。　2a

【明】此條王氏移與上條連寫爲一條。又正文「自關而西秦漢之間謂之鵴鳩」之

〔一〕「鷦鳫」，王念孫引方言作「鷦」。

「漢」字，王氏所本漫漶不清，王氏徑補「晉」字。又將正文「其小者謂之𪀦鳩」之「𪀦」字改作「𪀦」。又於正文「或謂鷄鳩」之「謂」字下增一「之」字。

【廣二】鳩之總名曰「鵖鷎」。其大而有班者謂之「鳻鳩」，小而無班者謂之「鵴鳩」。故此及下文分別釋之。方言：**「鳩，自關而東周鄭之郊韓魏之都謂之鵖鷎。」**是「鵖鷎」爲鳩之總名也。方言又云**「其𪀦鳩謂之鸊鷎，自關而西秦漢之間謂之鵴鳩。其大者謂之鳻鳩；其小者謂之𪀦鳩，或謂之鷄鳩，或謂之鴉鳩，或謂之鶻鳩。梁宋之間謂之鷦」**，郭璞注云：**「鳻，音班。𪀦鳩，今荊鳩也。」**是鳻鳩即班鳩，字或作「鳻」，鳩之大者也。𪀦鳩、鸊鷎、鵴鳩、鷄鳩、鴉鳩，則鳩之小者也。鳩之大者，爾雅所謂「鶌鳩，鶻鵃」也。舍人注云：「鶌鳩，一名鶻鵃，今之班鳩。」樊光引昭十七年春秋傳云：「鶻鳩氏司事，春來冬去。」孫炎云「鶻鵃，一名鳴鳩」，引月令云：「鳴鳩拂其羽。」衛風氓篇傳云：「鳩，鶻鳩也。」小雅小宛傳云「鳴鳩，鶻雕也」，「雕」與「鵃」通。義疏云：「班鳩也。桂陽人謂之班隹，似鴉鳩而大，項有繡文班然，故曰班鳩。」高誘注呂氏春秋季春紀云：「鳴鳩，班鳩也。是月拂擊其羽，直刺上飛，數十丈乃復者是也。」夏小正云：「三月鳴鳩。」東京賦云：「鶻鵃春鳴。」是班鳩繡項而能鳴，故晉傅咸班鳩賦云「體郁郁以敷文，音邕邕而有序」也。凡此皆謂鳩之大者也。鳩之小者，爾雅所謂「鵻其，鳺鴀」也。

李巡注云：「鳺鴀，一名雛，今楚鳩也。」樊光引春秋傳云「祝鳩氏司徒」，「祝鳩即『雛其，鳺鴀』，孝，故爲司徒」。郭璞云：「今鵓鳩也。」「鵓」之爲言猶「鳺鴀」也。説文云：「雛，祝鳩也。」衆經音義卷十六引通俗文云：「隹其謂之鵓鳩。」小雅四牡篇「翩翩者雛」，傳云：「雛，夫不也。」箋云：「夫不，鳥之慤謹者，人皆愛之。」南有嘉魚篇傳云「雛，壹宿之鳥也」，箋云：「壹宿者，壹意於其所宿之木也。」義疏云：「雛，今小鳩也，一名鵓鳩。幽州人或謂之鶻鵃，梁宋之間謂之隹，揚州人亦然。」又云：「鵓鳩，灰色，無繡項，陰則屏逐其匹，晴則呼之，語曰『天將雨，鳩逐婦』是也。」鵓鳩小於班鳩，故謂之「鵽鳩」，亦若小矛謂之「殺」矣。舍人謂之「楚鳩」，郭璞謂之「荆鳩」，荆猶楚也。水經濟水注引廣志云：「楚鳩，一名嗥啁。」高唐賦云：「正冥楚鳩。」又謂之「學鳩」。莊子逍遥遊篇「蜩與學鳩」，司馬彪云：「學鳩，小鳩也。」凡此皆謂鳩之小者也。諸書以鶻鳩爲班鳩，乃是鳩之大者。而方言云「**其小者或謂之鶻鳩**」，爾雅釋文引字林亦云「鶻鵃，小種鳩也」，與廣雅異。左傳正義引郭璞爾雅音義云「鶻鵃，今江東亦呼爲鶻鵃，似山鵲而小，短尾，青黑色，多聲。即是此也。舊説及廣雅皆云『班鳩』，非也」，亦與廣雅異。未知孰是。〔鶻鶏鳩也，一〇·三七六〕卷八第八條；卷八第九條

一〇　尸鳩，按爾雅即布穀，非戴勝也。或云鶝，皆失之也。燕之東北朝鮮洌水之間謂之鶝䃾；福丕兩音。自關而東謂之戴鵀；東齊海岱之間謂之戴南，南猶鵀也，此亦語楚聲轉也。或謂之鵀鶝，案爾雅說戴鵀下鵀鶝自別一鳥名，方言似依此義，又失也。或謂之戴鳻，或謂之戴勝；勝，所以纏紝。東齊吴揚之間謂之鵀；自關而西謂之服鶝，或謂之鷎鶝；燕之東北朝鮮洌水之間謂之䳕。音或。2a

【明】將正文「燕之東北朝鮮洌水之間謂之鶝䃾」之「䃾」字改作「䅹」。又於正文「東齊吴揚之間謂之鵀」旁夾注：爾雅疏引此作「謂之鴟鳺」。

【廣】說文：「縢，機持經者也。」玉篇音詩證切。衆經音義卷十四引三倉云：「經所居機曰縢。」方言注云：「勝，所以纏紝。」淮南子氾論訓云：「後世爲之機杼勝複以便其用。」王逸機賦云「勝複迴轉」，「勝」與「縢」通。〔榺謂之縢，八・二五五〕

【廣】方言「鳸鳩，燕之東北朝鮮洌水之間謂之鶝䃾；自關而東謂之戴鵀；東齊海岱之間謂之戴南，南猶鵀也，或謂之鵀鶝，或謂之戴鳻，或謂之戴勝；東齊吴揚之間謂之鵀；自關而西謂之服鶝，或謂之鷎鶝；燕之東北朝鮮洌水之間謂之䳕」，「䃾」與「䅹」同，「鶝」與「澤」同，「鳸」與「尸」同。高誘注淮南時則訓云「戴任，戴勝鳥也。詩曰『尸鳩在桑』，是也」，月令正義引孫炎爾雅注云「鳲鳩，自關而東謂之戴鵀」，並與方言相合。毛詩義疏辨之云：「鳲鳩，一名擊穀。案：戴勝自生穴中，不巢生，而方言云戴勝，非也。」**郭璞方言注亦云：「按爾雅鳲鳩即布穀，非戴勝也。」又云：「按爾雅説戴鵀下鶭鶝自別一鳥名，方言似依此義，又失也。」**然則爾雅之「鳲鳩，鴶鵴」「鶭，澤虞」，方言皆誤以爲戴勝矣。此云「澤虞、尸鳩，戴勝也」，亦沿方言之誤。方言之「服鶝」猶「鵖鶝」也，轉之則爲「鶝鴀」，其變轉則爲「⿰或鳥鶝」。廣韻「⿰或鳥、鶝」二字注並云「鶝⿰或鳥，鳥也」，即⿰或鳥鶝也。廣雅此條悉本方言，疑方言「謂之⿰或鳥」下亦有「鶝」字，寫者脱落耳。月令「季春之月，戴勝降于桑」，鄭注云：「戴勝，織紝之鳥，是時恒在桑。言降者，若時始自天來。重之也。」御覽引春秋考異郵云「載紝出，蠶期起」，「載」與「戴」同。**方言注説戴勝云：「勝，所以纏紝。」**是解「紝」爲機縷之「紝」，「勝」爲持經之「縢」。説文云「紝，機縷也」「縢，機持經者也」，亦猶鄭云「織紝之鳥」也。其爾雅注則云「鵀即頭上勝」，是又解爲華勝之「勝」。廣韻亦云：「鵀，戴勝鳥也，頭上毛似勝也。」案：此鳥又名「戴鵀」，莫詳所以，則「戴紝」之義，亦安可諦知？古今聲音遞轉，假借滋多，未必如諸家所説也。吕氏春秋季春紀注云：「戴勝剖生於桑，是月其子彊飛，從桑空中來下。」此則戴勝生於桑空，故毛詩義疏云「戴勝自生穴中」矣。魏志管寧傳云：「戴鵀，陽鳥也。」爾雅翼云：「似山鵲而尾短，青色，毛冠俱有文。」〔戴鵀

戴紝鶝鴀澤虞鵖鴔尸鳩戴勝也，一〇·三七六〕

一一　**蝙蝠，**邊福兩音。**自關而東謂之服翼，或謂之飛鼠，或謂之老鼠，或謂之䙳鼠**〔一〕**；自關而西秦隴之間謂之蝙蝠；北燕謂之蟙蠌。**軄墨兩音。2b

【明】將正文「或謂之䙳鼠」之「䙳」字改作「䙴」。又將郭注「軄墨兩音」之「軄」字改作「職」。

【廣】「伏」與「服」同，「蚮」與「蟙」同。爾雅「蝙蝠，服翼」，郭璞注云：「齊人呼爲蟙蠌，或謂之仙鼠。」方言：「**蝙蝠，自關而東謂之服翼，或謂之飛鼠，或謂之老鼠，或謂之僊鼠；自關而西秦隴之間謂之蝙蝠；北燕謂之蟙蠌。**」李當之本草云：「伏翼即天鼠也。」新序雜事篇云：「黄鵠、白鶴一舉千里，使之與燕、服翼試之堂廡之下、盧室之間，其便未必能過燕、服翼也。」曹植蝙蝠賦云「二足爲毛，飛而含齒。巢不哺鷇，空不乳子。不容毛群，斥逐羽族。下不蹈陸，上不馮木」，是其情狀也。今蝙蝠似鼠黑色，翅與足連，棲于屋隙，黄昏出飛，故鮑照飛蛾賦云「仙鼠伺闇，飛蛾候明」矣。〔伏翼飛鼠

〔一〕「䙳」，王念孫引方言作「僊」。

仙鼠蚮蟔也，一〇・三七九」

一二　鴚，自關而東謂之鴚鵝；音加。南楚之外謂之鵝，或謂之鶬鴚。今江東通呼爲鴚。 2b

【廣】「鳫」與「鴈」同，或作「雁」。爾雅「舒鴈，鵝」，郭璞注云「今江東呼鳴」，引聘禮記云：「出如舒鴈。」李巡注云：「野曰鳫，家曰鵝。」案：「鴈」之與「鵝」，對文則異，散文則通。莊子山木篇云「命豎子殺鴈而烹之」，是家畜者亦稱「鴈」也。説文：「鴈，鵝也。」「鴚，鴚鵝也。」宋祁漢書揚雄傳校本引字林云：「鴚鵝，鳥似鴈。」方言：「鴈，自關而東謂之鴚鵝；南楚之外謂之鵝，或謂之倉鴚。」「鴚」，或作「鴐」。楚辭七諫云「畜鳧駕鵝」，是也。春秋時，魯大夫有榮駕鵝，亦以爲名。「鳴鵝」以象其聲，「倉鳴」則兼指其色。齊民要術引晉沈充鵝賦序云「太康中得大蒼鵝，體色豐麗」，本草拾遺云「蒼鵝食蟲，白鵝不食蟲。主射工當以蒼者良」，「蒼」與「倉」通。「鳴鵝倉鳴鳫也，一〇・三七五」

【述】膳夫「凡王之饋，食用六穀，膳用六牲」，鄭注曰：「六牲，馬、牛、羊、豕、犬、雞也。鄭司農云：『六穀，稌、黍、稷、粱、麥、苽也。』」引之謹案：此六牲與牧人不同。牧人之六牲，謂馬、牛、羊、豕、犬、雞。此六牲，則牛、羊、豕、犬、鴈、魚也。蓋膳夫之食飲膳羞，與食醫之六食、六飲、六膳、百羞相應。食醫職曰：「凡會膳食之宜，「食」，當音「飼」。膳食謂六膳、六食也。釋文缺音，失之。牛宜稌，羊宜黍，豕宜稷，犬宜粱，鴈宜麥，魚宜苽。」牛、羊、豕、犬、鴈、魚，所謂六膳也。稌、黍、稷、粱、麥、苽，所謂六食也。鄭司農以稌、黍、稷、粱、麥、苽爲六穀，其説洵不可易。由是推之，則牛、羊、豕、犬、鴈、魚亦膳夫之六牲明矣。鴈謂鵝也。爾雅「舒鴈，鵝」，李巡注曰：「野曰鴈，家曰鵝。」對文則「鵝」與「鴈」異，散文則「鵝」亦謂之「鴈」。方言：**「鴈，自關而東謂之鴚鵝，南楚之外謂之鵝。」**説文：「鵝，鴈也。」「鴈，鵝也。」莊子山木篇「命豎子殺鴈而亨之」，謂殺鵝也。齊策「士三食不得饜，而君鵝鶩有餘食」，韓詩外傳及説苑尊賢篇並作「鴈鶩有餘粟」。晏子春秋外篇亦曰：「君之鳧鴈食以菽粟。」此鳧謂鴨也。廣雅「鳧、鶩，䳺也」，「䳺」與「鴨」同。墨子雜守篇曰「寇至，先殺牛、羊、雞、狗、鳧、鴈」，今本「鳧」譌作「烏」。説苑臣術篇「秦穆公悦百里奚之言，公孫支歸取鴈以賀」，鵝是常畜之物，故歸而取之甚便也。漢書翟方進傳「有狗從外入，齧其中庭群鴈數十」，皆謂鵝爲鴈也。堯典「二生太平御覽禮儀部十六、十八，羽族部四並引作「二牲」。案：「牲」，本字也；「生」，借字也。論語鄉黨篇「君賜生」，魯讀「生」爲「牲」是也。一死贄」，馬融以「二生」爲「羔鴈」，見史記五帝紀集解。鴈則鵝也。史記封禪書、漢書郊祀志並作「二牲」。蓋羔與鵝皆常畜之物，故謂之「牲」也。魚亦可畜之池，故亦謂之「牲」。大司馬「大祭祀、饗食，羞牲魚」，鄭司農曰「大司馬主進魚牲」；昏義曰「教成祭之牲用魚」；管子禁藏篇曰「舉春祭，塞久禱，以魚爲牲」，輕重己篇曰「祭日犧牲以魚」：是也。「牛宜稌，羊宜黍，豕宜稷，犬宜粱，鴈宜麥，魚宜苽」，猶月令「食麥與羊」「食菽與雞」「食稷與牛」「食麻與犬」「食黍與彘」，皆以牲配穀耳。鄭未考食醫之文，故説之未確。王制曰「庶人春薦韭，夏薦麥，秋薦黍，冬薦稻。韭以卵，麥以魚，黍以豚，稻以鴈」，鴈亦謂鵝也。〔膳用六牲，八·一九〇〕

【讀】「文繡被臺榭，菽粟食鳧鴈。」引之曰：鳧，鴨也；鴈，鵝也。此云「菽粟食鳧鴈」，下云「君之鳧鴈，食以菽粟」，則鳧鴈乃家畜，非野鳥也。爾雅「舒鳧，鶩」，郭璞曰：「鴨也。」廣雅曰「鳧、鶩，𪇆也」，「𪇆」與「鴨」同。即此所謂「鳧」也。故對文則「鳧」與「鶩」異，散文則「鶩」亦謂之「鳧」。爾雅「舒鴈，鵝」，郭璞曰：「今江東呼鴚。」**方言曰：「鴈，自關而東謂之鴚鵝，南楚之外謂之鵝。」**説文曰：「鵝，鴈也。」「鴈，鵝也。」廣雅曰「鴚鵝，鴈也」，即此所謂「鴈」也。故對文則「鵝」與「鴈」異，散文則「鵝」亦謂之「鴈」。莊子山木篇「命豎子殺鴈而亨之」，謂殺鵝也。説苑臣術篇「秦穆公悅百里奚之言，公孫支歸取鴈以賀」，鵝是家畜，故歸而取之甚便。漢書翟方進傳「有狗從外入，齧其中庭群鴈數十」，皆謂鵝爲鴈也。詳見經義述聞周官「膳夫」下。楚辭七諫：「畜鳧駕鵝，滿堂壇兮。」今本「駕鵝」下有「雞鶩」二字，乃後人所加，與王注不合。齊策「士三食不得饜，而君鵝鶩有餘食」，韓詩外傳及説苑尊賢篇並作「鴈鶩有餘粟」，即此所謂「菽粟食鳧鴈」也。孫以「鴈」爲「鴨」，云「鴈、鴨聲相近」，又引本草「鴈肪」，皆失之。［鳧鴈，晏子春秋第二·五五二］

一三　**桑飛，**即鷦鷯也。又名鷦鸎。**自關而東謂之工爵，或謂之過鸁，**音螺。**或謂之女鴎；**今亦名爲巧婦，江東呼布母。**自關而東謂之鸋鴂；**案爾雅云：「鸋鴂，鴟鴞。」鴟屬，非此小雀明矣。甯玦兩音。**自關而西謂之桑飛，或謂之懱爵。**言懱截也〔一〕。2b

【廣二】懱、私、茦、葼者：方言「私、茦，小也。自關而西秦晋之郊梁益之間凡物小者謂之私。江淮陳楚之内謂木細枝爲蔑，青齊兖冀之間謂之葼，燕之北鄙朝鮮洌水之間謂之茦」，「蔑」與「懱」同。郭璞注云：「蔑，小貌也。」法言學行篇云：「視日月而知衆星之蔑也，仰聖人而知衆説之小也。」又君奭「茲迪彝教，文王蔑德」，鄭注云：「蔑，小也。」正義云：「小謂精微也。」逸周書祭公解「追學於文武之蔑」，孔晁注云：「言追學文武之微德也。」説文「懱，輕易也」，輕易亦小也。今人猶謂輕視人爲

〔一〕「截」，王念孫引方言作「𢧐」。

「蔑視」。周語「鄭未失周典，王而蔑之，是不明賢也」，韋昭注云「蔑，小也」，「蔑」與「懱」同。又廣韻「絤，莫結切」，引倉頡篇云：「絤，細也。」玉篇：「𩈈，面小也。」説文：「𥻃，麩也。」衆經音義卷十引埤倉云：「篾，析竹膚也。」字通作「蔑」。顧命「敷重蔑席」，鄭注云：「蔑，析竹之次青者。」玉篇：「鸔，鸔雀也。」字亦通作「懱」。**方言「桑飛，自關而西或謂之懱爵」，注云：「即鷦鷯也。」**「懱」言「懱截」也。廣韻「𥇗尐，小也」，「𥇗尐」與「懱截」同。荀子勸學篇「南方有鳥焉，名曰蒙鳩」，楊倞注云：「蒙鳩，鷦鷯也。」「蒙鳩」猶言「蔑雀」。「蔑、蒙」，語之轉耳。爾雅：「蠓，蠛蠓。」李善注甘泉賦引孫炎注云：「蟲小於蚊。」是凡言「蔑」者，皆「小」之義也。「私」亦「細」也，方俗語有緩急耳。**方言引傳曰：「慈母之怒子也，雖折葼笞之，其惠存焉。」**左思魏都賦「弱葼係實」，張載注云：「葼，木之細枝者也。」案：葼者，細密之貌。爾雅「緵罟謂之九罭。九罭，魚罔也」，注云「今之百囊罟」，是也。説文「布之八十縷爲稯」，玉篇「騣，馬鬣也」，皆細密之義也。豳風七月篇「言私其豵，獻豜于公」，毛傳云「豕一歲曰豵，三歲曰豜。大獸公之，小獸私之」，義亦同也。卷三云：「㚇，聚也。」説文：「㚇，斂足也。」爾雅：「揫、斂，聚也。」「揫」與「㚇」，一聲之轉。「斂」與「小」，義相近。故小謂之「葼」，亦謂之「揫」；聚斂謂之「揫」，亦謂之「㚇」矣。〔懱私茦葼小也，二·五四〕卷

二第八條；卷八第一三條

【廣三】尐者：説文：「尐，少也。從小，乀聲。」物多則大，少則小。故方言云：「尐，小也。」廣韻：「礣尐，小也。」方言注作「懱截」。孟子告子篇「力不能勝一匹雛」，趙岐注云：「言我力不能勝一小雛。」孫奭音義云：「匹，丁作疋。方言：『尐，小也。』蓋與疋字相似，後人傳寫誤耳。」案：孫説是也。玉篇「⿺截鳥，小雞也」，「⿺截鳥」與「尐」通。小雞謂之「⿺截鳥」，猶小蟬謂之「蠽」。爾雅「蠽，茅蜩」，注云：「江東呼爲茅蠽，似蟬而小。」説文：「⿱髟截，束髮少小也。」張衡西京賦云：「朱鬘⿱髟截髽。」「尐、⿺截鳥、蠽、⿱髟截」並音姊列反，其義同也。方言謂小雞爲䅿子。「䅿、⿺截鳥」一聲之轉。廣韻「吣，姊列切，鳴吣吣也」，「吣吣」猶「啾啾」。「啾、吣」亦一聲之轉也。〔尐小也，二·五四〕卷一二第二九條；卷八第一三條；卷八第一八條

【廣二】「⿰糸丙」之言「蔑」也。廣韻引倉頡篇云：「⿰糸丙，細也。」君奭「茲迪彝教，文王蔑德」，鄭注云：「蔑，小也。」正義云：「小謂精微也。」逸周書祭公解「追學於文武之蔑」，孔晁注云：「言追學文武之微德也。」法言學行篇云：「視日月而知衆星之蔑也，仰聖人而知衆説之小也。」卷二云：「懱，小也。」周語「鄭未失周典，王而蔑之，是不明賢也」，韋昭注云「蔑，小也」，「蔑」與「懱」同。今人謂小視人爲「蔑視」，或

曰「眇視」，或曰「忽視」，義與「緫、紗、緲」並同。法言先知篇云「知其道者，其如視忽眇緜作昞」，「忽眇緜」即「緫紗緲」。故漢書嚴助傳「越人緜力薄材」，孟康曰：「緜，音滅。」玉篇：「⿰面蔑，面小也。」説文：「⿰米蔑，麩也。」方言「江淮陳楚之内謂木細枝爲蔑」〔一〕，注云：「蔑，小貌也。」衆經音義卷十引埤倉云：「篾，析竹膚也。」字通作「蔑」。顧命「敷重蔑席」，鄭注云：「蔑，析竹之次青者。」玉篇：「⿰蔑鳥，⿰蔑鳥雀也。」亦通作「懱」。方言「桑飛，自關而西或謂之懱爵」，注云：「即鷦鷯也，又名鷦鸎。」「懱」言「懱截」也。廣韻：「⿰面蔑尐，小也。」「⿰面蔑尐」與「懱截」同，即「鷦鷯」之轉也。荀子勸學篇「南方有鳥焉，名曰蒙鳩」，楊倞注云：「蒙鳩，鷦鷯也。」「蒙」亦「蔑」之轉，「蒙鳩」猶言「蔑雀」。爾雅：「蠓，蠛蠓。」文選甘泉賦注引孫炎注云：「蟲小於蚊。」是凡言「蔑」者，皆微之義也。〔緲微也，四·一二二〕卷二第八條；卷八第一三條

【廣】爾雅：「鴟鴞，鸋鴂。」又云「桃蟲，鷦。其雌，鴱」，郭璞注云：「鷦鷯，桃雀也，俗呼爲巧婦。」方言「桑飛，自關而東謂之工爵，或謂之過贏，或謂之女匠；自關而東謂之鸋鴂；自關而西謂之桑飛，或謂之懱爵」，「爵」與「雀」同，「過」與「果」同，「匠」

〔一〕「蔑」字誤，當作「篾」。下注中「蔑」亦當作「篾」。

與「鷗」同。郭注云：「即鷦鷯也。又名鷦鸎。今亦名爲巧婦，江東呼布母。懱爵，言懱截也。」説文：「鷦䳟，桃蟲也。」玉篇：「女鷗，巧婦也，又名鷗雀。」「鷦鵬」者，「鷦鷯」之轉聲。鷦鵬、鷦鷯皆小貌也。小謂之「糕」，一目小謂之「眇」，茆中小蟲謂之「蛁蟟」，剖葦小鳥謂之「鳭鷯」，聲義並同矣。果蠃亦小貌。小蜂謂之「果蠃」，小鳥謂之「果蠃」，其義一也。以其巧於作巢，故又有「女鷗、工雀」之名。李善檄吴將校部曲注引韓詩云「鴟鴞鴟鴞，既取我子，無毀我室」，「鴟鴞，鸋鴂，鳥名也。鴟鴞所以愛養其子者，適以病之。愛憐養其子者，謂堅固其窠巢。病之者，謂不知託於大樹茂枝，反敷之葦蔄，風至蔄折巢覆，有子則死，有卵則破，是其病之也」。荀子勸學篇「南方有鳥，名曰蒙鳩。以羽爲巢，編之以髮，繫之葦苕。風至苕折，卵破子死。巢非不完也，所繫者然也」，楊倞注云「蒙鳩，鷦鷯也。苕，葦之秀也。今巧婦鳥之巢至精密，多繫於葦竹之上，是也」，引説苑「鷦鷯巢於葦之苕，箸之以髮，可謂完堅矣。大風至則苕折卵破者，何也？所託者然也」。易林噬嗑之渙亦云：「桃雀竊脂，巢於小枝。摇動不安，爲風所吹。」是鷦鵬、桃蟲即荀子之「蒙鳩」。或謂之「蒙鳩」，或謂之「鷦鵬」，或謂之「懱雀」。「鵬、懱、蒙」一聲之轉，皆小貌也。故方言「懱爵」注云「言懱截也」，謂懱截然小也。木細枝謂之「蔑」，小蟲謂之「蠛蠓」，小鳥謂之「懱雀」，又謂之「蒙鳩」，其義一也。或以爲鷦鷯非蒙鳩者，失之。莊子逍遥遊篇「鷦鷯巢於深林，不過一枝」，吕氏春秋求人篇「鷦鷯」作「啁噍」，皆「鷦鵬」之變轉也。毛詩義疏云：「鴟鴞，似黄雀而小，其喙尖如錐，取茅莠爲巢，以麻紩之，如刺襪然，縣箸樹枝，或一房，或二房。幽州人謂之鸋鴂，或曰巧婦，或曰女匠，或曰巧女。」又周頌「肇允彼桃蟲，拚飛維鳥」，傳云：「桃蟲，鷦也，鳥之始小終大者。」箋云：「鷦之所爲鳥，題肩也，或曰鴞，皆惡聲之鳥。」義疏云：「今鷦鷯是也，微小於黄雀，其雛化而爲鵰，故俗語『鷦鷯生鵰』。」焦貢易林亦謂「桃蟲生鵰」。或云：「布穀生子，鷦鷯養之。」案：鷦鷯之鳥，今揚州謂之「柳串」，毛色青黄，目間有白色如銀，數編麻爲巢于竹樹枝間，條理緻密，莫能尋其端緒。時則雌雄交鳴，聲小而清徹。始小終大之説，則未之驗也。郭璞注爾雅「鴟鴞，鸋鴂」云「鴟屬」，**又注方言「鸋鴂」云：「按爾雅『鸋鴂，鴟鴞』，鴟屬，非此小雀明矣。」**郭意以爾雅「鴟鴞」與「狂，茅鴟。怪鴟。梟，鴟」連類而及，故斷以爲「鴟屬」。案：賈誼弔屈原文云「鸞鳳伏竄兮，鴟梟翱翔」，蔡邕弔屈原文云「鸋鴂軒翥，鸞鳳挫翮」，似以鸋鴂爲鴟梟之屬矣；而昔人説詩，則皆以爲鷦鷯：未知孰是。［鷦鵬鸋鴂果蠃桑飛女鴎工雀也，一〇·二七七］

一四　鸝黄，自關而東謂之創鶬；又名商庚。**自關而西謂之鸝黄，**其色黧黑而黄，因名之。

或謂之黄鳥，或謂之楚雀。3a

【明】將正文「自關而東謂之創鶬」之「創」字改作「鶬」。

一五　野鳧其小而好没水中者〔一〕，南楚之外謂之鷿鷉，鷿，音指辟。鷉，音他奚反。大者謂之鶻蹏。滑蹄兩音。3a

【廣】方言「野鳧其小而好没水中者，南楚之外謂之鷿鷉，大者謂之鶻蹏」，「蹏」與「鷉」通。廣韻：「鸊鷉，鳥名，似鳧而小，足近尾。」本草拾遺云：「鸊鷉，水鳥也，如鳩鴨，脚連尾，不能陸行，常在水中，人至即沈，或擊之便起。」是其情狀也。〔鷿鷉鶻鷉也，一〇·三七九〕

一六　守宮，秦晉西夏謂之守宮，或謂之蠦蠝，盧纏兩音。或謂之蜤易。南陽人又呼蝘蜓。其在澤中者謂之易蜴。音析。南楚謂之蛇醫，或謂之蠑螈；榮元兩音。東齊海岱謂之螔𧍪；似蜤易，大而有鱗，今所在通言蛇醫耳。斯侯兩音。北燕謂之祝蜓。音延。桂林之中守宮大者而

〔一〕「鳧」，王念孫引方言作「鳬」。

能鳴謂之蛤解。似蛇醫而短，身有鱗采，江東人呼爲蛤蚖，音頭頷。汝潁人直名爲蛤鬭，音解誤聲也。 3a

【明】浮簽：「易蜴」，説郛本作「易蜥」。又將郭注「南陽人又呼蝘蜒」之「蜒」字改作「蜓」。又將郭注「似蜇易大而有鱗」之「大而」二字乙轉爲「而大」。

【廣】爾雅：「蠑螈，蜥蜴。蜥蜴，蝘蜓。蝘蜓，守宮也。」方言：**「守宮，秦晉西夏謂之守宮，或謂之蠦蝘，或謂之刺易。其在澤中者謂之易蜴。南楚謂之蛇醫，或謂之蠑螈；東齊海岱謂之螔蝾；北燕謂之祝蜓」，郭璞注云：「刺易，南陽人又呼蝘蜓。螔蝾，似蜇易而大，有鱗，今所在通言蛇醫耳。」**説文：「易，蜥易，蝘蜓，守宮也。象形。」又云：「在壁曰蝘蜓，在草曰蜥易。」又云：「蠑蚖，蛇醫，以注鳴者。」小雅正月篇「胡爲虺蜴」，傳云：「蜴，螈也。」箋云：「虺蜴之性，見人則走。」義疏云：「蜴，一名蠑原，水蜴也。或謂之螔蜼，或謂之蛇醫。如蜥蜴，青緑色，大如指，形狀可惡也。」漢書東方朔傳射守宮覆云「臣以爲龍又無角，謂之爲蛇又有足，跂跂眽眽善緣壁，是非守宮即蜥蜴」，顔師古注云：「跂跂，行貌也；眽眽，視貌也。爾雅曰『蠑螈，蜥蜴。蜥蜴，蝘蜓，守宮』，是則一類耳。」古今注云：「蝘蜓，一名龍子，一曰守宮，善上樹捕蟬食之。其長細五色者名爲蜥蜴；短大者名蠑螈，一曰蛇醫。大者長三尺，其色玄紺，善螫人，一名玄螈，一曰緑螈。」皆其一種而小異者也。蛤蚧以聲得名。方言**「桂林之中守宮大者而**

能鳴謂之蛤解」，郭璞注云：「似蛇醫而短，身有鱗采。江東人呼爲蛤蚧。」南海藥譜引廣州記云：「蛤蚧，生廣南水中，有雌雄，狀若小鼠，夜即居於榕樹上，投一獲二。」唐劉恂嶺表録異云「蛤蚧首如蝦蟇，背有細鱗如蠶子，土黄色，身短尾長，多巢於樹中，端州古牆内有巢於廳署城樓間者，旦暮則鳴，自呼『蛤蚧』」，是也。各本「解」上脱「蛤」字，今據方言補。〔蛤解蠦�蚵蠪蜇蝪也，一〇·三六九〕

一七　宛野謂鼠爲⿰隹鼠。宛、新野，今皆在南陽。音錐。3b

【廣】説文：「鼠，穴蟲之揔名也。象形。」方言「宛野謂鼠爲⿰隹鼠」，郭璞注云：「宛新野，今皆在南陽。音錐。」玉篇云「南陽呼鼠爲⿰鼠隹」，本方言注也。〔⿰隹鼠鼠，一〇·三八五〕

一八　鷄雛，徐魯之間謂之秋侯子。子幽反。徐，今下邳僮縣東南大徐城是也。3b

【明】將正文「秋侯」改作「鵞」。

【廣二】嫛、笙、擎、摻者：方言「嫛、笙、擎、摻，細也。自關而西秦晉之間凡細而有容謂之嫛。凡細貌謂之笙。斂物而細謂之擎，或曰摻」，郭璞注云：「嫛嫛，小成貌。」

「嫢嫢」猶「規規」也。莊子秋水篇云「子乃規規然而求之以察，索之以辯，不亦小乎」，說文「䝿，小頭䝿䝿也。讀若規」，義並同也。説文：「秦晋謂細腰曰嫢。」廣韻：「纗，細繩也。」「嫢、纗」並音姊宜反，義亦同也。「笙」之言「星星」也。周官内饔「豕盲眡而交睫，腥」，鄭注云：「腥當爲星，肉有如米者似星。」「星」與「笙」，聲近義同。鄉飲酒義「秋之爲言愁也」，鄭注云：「愁讀爲揫；揫，斂也。」漢書律曆志云：「秋，𩏙也，物𩏙斂乃成孰。」説文云：「𩏙，收束也。從韋，⿰米焦聲。或從手秋聲作揫。」又云：「⿰米焦，小也。」「⿰米焦」訓爲「小」，「𩏙、揫」訓爲「斂」，物斂則小。故方言云：**「斂物而細謂之揫。」**「揫、𩏙、⿰米焦」，並聲近義同。説文：「啾，小兒聲也。」字亦作「噍」。三年問云：「小者至於燕雀，猶有啁噍之頃焉。」吕氏春秋求人篇「啁噍巢於林，不過一枝」，高誘注云：「啁噍，小鳥也。」方言云：**「雞雛，徐魯之間謂之䅿子。」**「揫、啾、䅿」並音即由反，義亦同也。「揫」，各本作「⿱秋丰」，乃隸書之譌，今訂正。鄭風遵大路篇「摻執子之袪兮」，正義引説文云：「摻，斂也。」故斂物而細，或謂之「摻」。「摻」之言「纖」也。魏風葛屨篇「摻摻女手」，毛傳云：「摻摻猶纖纖也。」古詩云：「纖纖出素手。」「纖」與「摻」，聲近義同。［嫢笙揫摻小也，二·五三］卷二第六條；卷八第一八條

【廣三】尐者：説文：「尐，少也。從小，乀聲。」物多則大，少則小。故方言云：

「尐，小也。」廣韻：「礣尐，小也。」方言注作**「懱截」。**孟子告子篇「力不能勝一匹雛」，趙岐注云：「言我力不能勝一小雛。」孫奭音義云：「『匹』，丁作『疋』。方言：『尐，小也。』蓋與疋字相似，後人傳寫誤耳。」案：孫説是也。玉篇「⿰截鳥，小雞也」，「⿰截鳥」與「尐」通。小雞謂之「⿰截鳥」，猶小蟬謂之「蠽」。爾雅「蠽，茅蜩」，注云：「江東呼爲茅蠽，似蟬而小。」説文：「䰆，束髮少小也。」張衡西京賦云：「朱鬘䰆髽。」「尐、⿰截鳥、蠽、䰆」並音姊列反，其義同也。**方言謂小雞爲⿱秋隹子。**「⿱秋隹、⿰截鳥」一聲之轉。廣韻「⿰口尐，姊列切，鳴⿰口尐⿰口尐也」，「⿰口尐⿰口尐」猶「啾啾」。「啾、⿰口尐」亦一聲之轉也。［尐小也，一一·五四］卷一二第二九條；卷八第一三條；卷八第一八條

【廣】方言：**「雞雛，徐魯之間謂之⿱秋隹子。」**「⿱秋隹」之言「揫」也。釋詁云：「揫，小也。」「⿱秋隹」，或作「秋」。高誘注淮南原道訓云：「屈，讀秋雞無尾屈之屈。」雞雛無尾，故以爲屈。説文云：「屈，無尾也。」今高郵人猶謂雞雛爲「⿱秋隹雞」，聲正如「秋」矣。［⿱秋隹子⿱秋隹⿱秋隹雛也，一〇·三七八］

【讀】「今天下之君子之爲文學、出言談也，非將勤勞其惟舌，而利其脣呡也」，「呡」與「吻」同。一本「惟舌」作「頬舌」。念孫案：「惟」與「頬」，形聲俱不相近；若本是「頬」字，無緣誤而爲「惟」。一本作「頬」者，後人以意改之耳。「惟舌」，當爲「喉舌」。

「喉」誤爲「唯」，因誤爲「惟」耳。潛夫論斷訟篇「愼己喉舌，以示下民」，今本「喉」作「唯」，其誤正與此同。凡從侯、從隹之字，隸書往往譌溷。隸書「侯」字作㑀，「隹」字作佳，二形相似。海内東經「少室在雍氏南，一曰緱氏」，「緱」與「雍」形相近。晏子諫篇「昔夏之衰也，有推侈、大戲」，韓子説疑篇推侈作侯侈。淮南兵略篇「疾如鍭矢」，高注曰「鍭，金鏃翦羽之矢也」，今本「鍭」作「錐」。後漢書臧宮傳「妖巫維汜」，「維」或作「緱」。**方言「雞雛，徐魯之間謂之⿱秋隹子」**，今本作「秋侯子」。皆以字形相似而誤。〔惟舌，墨子第三·五九二〕

王念孫方言遺説輯録卷九

一　戟，楚謂之孑。取名於鉤釨也。凡戟而無刃，秦晉之間謂之釨，或謂之鏔；音寅。吳揚之間謂之戈。東齊秦晉之間謂其大者曰鏝胡，泥鏝。其曲者謂之鉤釨鏝胡。即今雞鳴，句孑戟也。1a

【廣】方言「戟，楚謂之釨。凡戟而無刃，秦晉之間謂之釨，或謂之鏔；吳揚之間謂之戈。東齊秦晉之間謂其大者曰鏝胡，其曲者謂之鉤釨鏝胡」，「孑」與下「釨」字同。方言注云：「釨，取名於鉤釨也。」莊四年左傳「授師孑焉」，考工記疏引舊注云：「孑，句孑戟也。」「鏝」，各本譌作「饅」，唯影宋本、皇甫本不譌。考工記注云「俗謂戈胡爲曼胡」，「曼」與「鏝」通。鏝胡者，寬大之貌。釋名云「胡餅，作之大漫沍也」，義與「鏝胡」同。［鏔孑鏝胡釨戟也，八·二六五］

二　三刃枝，今戟中有小孑刺者，所謂雄戟也。南楚宛郢謂之匽戟。音偃。郢，今江陵也。余正反。其柄，自關而西謂之柲，音祕。或謂之殳。音殊。1a

【大】匽，雄戟也。音偃。方言「三刃枝，南楚宛郢謂之匽戟」，郭注：「今戟中有小孑刺者，所謂雄戟也。」廣雅：「匽謂之雄戟。」故鳳謂之「鶠」，音偃。爾雅釋鳥：「鶠，鳳。其雌皇。」大鼠謂之「鼴」，音偃。玉篇：「鼴，大鼠也。」字亦作「鼹」。本草「鼹鼠在土中行」，陶注：「俗中一名隱鼠，一名鼢鼠。形如鼠，大而無尾，黑色，長鼻，甚强，常穿耕地中行，討掘即得。今諸山林中有獸大如水牛，形似豬，灰赤色，下腳似象，胸前尾上皆白，有力而口，亦名鼹鼠，人常取食之。」通作「偃」。莊子逍遥遊篇：「偃鼠飲河。」旌旗之游謂之「放」。音偃。説文：「放，旌旗之游放蹇之貌。從屮，曲而下，垂入相出入也。古人名放字子游。」通作「偃」。［五·七四］

【廣】方言：**「戟柄，自關而西謂之柲。」**説文：「柲，欑也。」「欑，積竹杖也。」考工記「廬人爲廬器，戈柲六尺有六寸，殳長尋有四尺，車戟常，酋矛常有四尺，夷矛三尋」，鄭注云：「柲猶柄也。」昭十二年左傳「君王命剥圭以爲鏚柲」，則斧柄亦謂之「柲」矣。［柲柄也，八·二五八］

【廣三】欑殳亦殳也。説文：「殳，㠯杸殊人也。禮：殳㠯積竹，八觚，長丈二尺，建於兵車。」「杸，軍中士所持殳也。」經傳皆作「殳」。考工記：「廬人爲廬器，殳長尋有四尺，五分其長，以其一爲之被而圍之。」衛風伯兮傳云：「殳長丈二而無刃。」周官司戈盾注云：「殳，如杖。」方言：**「戟柄，自關而西謂之柲，或謂之殳。」「矛柄謂之矜。」「矜謂之杖。」**柲、矜、殳皆杖也，故廬人爲廬器，殳、矛、戈、戟皆有焉。「殳」之言「投」也，投亦擊也。釋名云：「殳，殊也；有所撞挃於車上，使殊離也。」［欘殳杖也，八·二五九］卷九第二條；卷九第三條；卷九第六條

【廣】方言「三刃枝，南楚宛郢謂之匽戟」，郭注云：「今戟中有小孑刺者，所謂雄戟也。」史記商君傳云：「屈盧之勁矛，干將之雄戟。」子虛賦「建干將之雄戟」，張注云：「雄戟，胡中有鮔者。」［匽謂之雄戟，八·二六五］

三　**矛，吴揚江淮南楚五湖之間謂之鍦，**嘗蛇反。五湖，今吴興太湖也。先儒之多亦有所未能詳者〔一〕。**或謂之鋋，**音蟬。**或謂之鏦。**漢書曰：「鏦殺吴王。」錯江反。**其柄謂之鈐。**今字作槿，巨今反。1a

【明】將正文「其柄謂之鈐」之「鈐」字改作「矜」。又將郭注「巨今反」之「今」字改作「巾」。

【廣】説文：「摼，擣頭也。」楚辭招魂「鏗鍾搖簴」，王逸注云：「鏗，撞也。」班固東都賦云：「發鯨魚，鏗華鐘。」「摼、鏗、𨧫」並通。文選子虛賦「摐金鼓」，李善注引韋昭曰：「摐，擊也。」字亦作「鏦」。史記吴王濞傳：「即使人鏦殺吴王。」南越傳「欲鏦嘉

〔一〕此處郭注脱漏數字。華學誠匯證作「先儒處之多亦不了，所未能詳者」。

以矛」，索隱引韋昭曰：「鏦，撞也。」撞謂之「鏦」，故矛亦謂之「鏦」。方言云：「矛，吴揚江淮南楚五湖之間或謂之鏦。」〔鍏摐撞也，五·一四〇〕

【廣二】方言「矛柄謂之矜」，郭注云：「今字作穫。」又「矜謂之杖」，注云：「矛戟穫，即杖也。」考工記廬人注云：「凡矜八觚。」漢書陳勝項籍傳贊「鉏櫌棘矜」，服虔注云：「以棘作矛穫也。」淮南子兵略訓云：「伐棘棗而爲矜。」〔矜柄也，八·二五八〕卷九第二條；卷九第六條

【廣三】欇殳亦殳也。說文：「殳，目杸殊人也。」禮：「殳目積竹，八觚，長丈二尺，建於兵車。」「杸，軍中士所持殳也。」經傳皆作「殳」。考工記：「廬人爲廬器，殳長尋有四尺，五分其長，以其一爲之被，而圍之。」衛風伯兮傳云：「殳長丈二而無刃。」周官司戈盾注云：「殳，如杖。」方言：「戟柄，自關而西謂之柲，或謂之殳。」「矛柄謂之矜。」「矜謂之杖。」柲、矜、殳皆杖也，故廬人爲廬器，殳、矛、戈、戟皆有焉。「殳」之言「投」也，投亦擊也。釋名云：「殳，殊也；有所撞挃於車上，使殊離也。」〔欇殳杖也，八·二五九〕卷九第二條；卷九第三條；卷九第六條

【廣】方言：「矛，吴揚江淮南楚五湖之間謂之鍦，或謂之鏦。」淮南子兵略訓「脩鍛短鏦」，華嚴經卷十五音義引許慎注云：「鏦，小矛也。」「鏦」之言「摐」也。釋言

篇云：「摋，撞也。」［鏦矛也，八・二六五］

【廣】方言：「矛，吴揚江淮南楚五湖之間或謂之鋋。」説文：「鋋，小矛也。」史記匈奴傳「其長兵則弓矢，短兵則刀鋋」，索隱引埤倉云：「鋋，小茅鐵矜。」漢書鼂錯傳云：「萑葦竹蕭，中木蒙蘢，支葉茂接，此矛鋋之地也。」六韜軍用篇云：「曠林草中，方胸鋋矛千二百具。」矛謂之「鋋」，故以矛刺物亦謂之「鋋」。上林賦云「格蝦蛤，鋋猛氏」，是也。釋名云：「鋋，延也，達也，去此至彼之言也。」［穳謂之鋋，八・二六五］

四　箭，自關而東謂之矢，江淮之間謂之鍭，音侯。關西曰箭。箭者竹名，因以爲號。1b

【廣二】方言「箭，自關而東謂之矢，關西曰箭」，郭注云：「箭者竹名，因以爲號。」釋名云：「矢，指也，言其有所指向迅疾也。」又謂之箭；箭，進也。」考工記矢人注云：「矢稾長三尺，羽者六寸，刃二寸。」方言：「箭，三鐮長六尺者謂之飛虻。」文選閒居賦「激矢虻飛」，李善注引東觀漢紀「光武作飛虻箭以攻赤眉」，「虻」與「蝱」同。［飛蝱矢箭也，八・二六三］卷九第四條；卷九第二二條

【讀】「疾如錐矢，合如雷電，解如風雨」，高注曰：「錐，金鏃箭羽之矢也。」引之曰：「錐」當爲「鍭」，注内「箭羽」當爲「翦羽」，皆字之誤也。爾雅「金鏃翦羽謂之

鍭」，説文同。**方言曰：「箭，江淮之間謂之鍭。」**大雅行葦篇曰：「四鍭既鈞。」周官司弓矢曰：「殺矢鍭矢，用諸近射田獵。」考工記矢人曰：「鍭矢參分，一在前，二在後。」隱元年穀梁傳曰：「聘弓鍭矢不出竟場。」「鍭」，字亦作「翭」。士喪禮記曰：「翭矢一乘，骨鏃短衛。」**是其明證矣。下文云「疾如鏃矢」，「鏃」亦「鍭」之誤。**「侯」字隸書作「矦」，「隹」字隸書作「佳」，二形相似。「族」字隸書或作「𣃘」，形與「侯」亦相似。故鍭矢之字非誤爲「錐」，即誤爲「鏃」。齊策「疾如錐矢，戰如雷電，解如風雨」，文與此同，則「錐矢」亦是「鍭矢」之誤。高注以「錐矢」爲「小矢」，非也。史記蘇秦傳又誤作「鋒矢」，索隱引呂氏春秋貴卒篇「所爲貴錐矢者，爲其應聲而至」，今本呂氏春秋誤作「鏃矢」。莊子天下篇「鏃矢之疾」，「鏃」亦「鍭」之誤。郭象音「族」，非也。鶡冠子世兵篇「發如鏃矢」，「鏃」本或作「鍭」，亦當以作「鍭」者爲是。〔錐矢，淮南内篇第十五·八九九〕

五　鑽謂之鍴。音端。1b

【廣二】説文：「鑽，所㠯穿也。」管子輕重乙篇云「一車必有一斤一鋸一釭一鑽一鑿一銶一軻，然後成爲車」，此謂鑽鑿之鑽也。**方言「鑽謂之鍴」「矜謂之杖」**，此謂矛戟刃也。廣雅「鍴謂之鑽」，訓本方言，而列於「鑴、鉊、鋟，錐也」之上，則似誤以爲鑽鑿之「鑽」矣。〔鍴謂之鑽，八·二五四〕卷九第五條；卷九第六條

【廣二】衆經音義卷十一云「穳，小矛也」，引字詁古文「鑹、穳」二形，今作「穳」。

「穳」之言「鑽」也。小矛謂之「穳」，猶矛戟刃謂之「鑽」。方言「鑽謂之鏅」「矜謂之杖」，是也。凡戈戟矛，皆以其刃得名。［穳謂之鋋，八·二六五］卷九第五條；卷九第六條

六　矜謂之杖。矛戟槿，即杖也。1b

【廣二】説文：「鑽，所㠯穿也。」管子輕重乙篇云「一車必有一斤一鋸一釭一鑽一鑿一銶一軻，然後成爲車」，此謂鑽鑿之鑽也。方言「鑽謂之鏅」「矜謂之杖」，此謂矛戟刃也。廣雅「鏅謂之鑽」，訓本方言，而列於「鑴、鉊、鋟，錐也」之上，則似誤以爲鑽鑿之「鑽」矣。［鏅謂之鑽，八·二五四］卷九第五條；卷九第六條

【廣二】方言「矛柄謂之矜」，郭注云：「今字作槿。」又「矜謂之杖」，注云：「矛戟槿，即杖也。」考工記廬人注云：「凡矜八觚。」漢書陳勝項籍傳贊「鉏耰棘矜」，服虔注云：「以棘作矛槿也。」淮南子兵略訓云：「伐棘棗而爲矜。」［矜柄也，八·二五八］卷九第三條；卷九第六條

【廣三】櫑殳亦殳也。説文：「殳，㠯杸殊人也。禮：殳㠯積竹，八觚，長丈二尺，建於兵車。」「杸，軍中士所持殳也。」經傳皆作「殳」。考工記：「廬人爲廬器，殳長

尋有四尺，五分其長，以其一爲之被而圍之。」衛風伯兮傳云：「殳長丈二而無刃。」周官司戈盾注云：「殳，如杖。」方言：**「戟柄，自關而西謂之柲，或謂之殳。」「矛柄謂之矜。」「矜謂之杖。」**柲、矜、殳皆杖也，故廬人爲廬器，殳、矛、戈、戟皆有焉。「殳」之言「投」也，投亦擊也。釋名云：「殳，殊也；有所撞挃於車上，使殊離也。」〔欘殳杖也，八·二五九〕卷九第二條；卷九第三條；卷九第六條

【廣二】衆經音義卷十一云「穳，小矛也」，引字詁古文「鏦、穳」二形，今作「𥎊」。「穳」之言「鑽」也。小矛謂之「穳」，猶矛戟刃謂之「鑽」。方言**「鑽謂之鍴」「矜謂之杖」**，是也。凡戈戟矛，皆以其刃得名。〔穳謂之鋋，八·二六五〕卷九第五條；卷九第六條

【讀】「鉏櫌棘矜，不敵於鉤戟長鎩」，服虔曰：「以鉏柄及棘作矛穜也。」師古曰：「服説非也。櫌，摩田器也；棘，戟也；矜與穜同，謂矛鋋之把也。言往者秦銷兵刃，陳涉起時，但用鉏櫌及戈戟之穜以相攻戰也。」念孫案：方言曰：**「矜謂之杖。」**棘矜，謂伐棘以爲杖也。淮南兵略篇曰「陳勝伐橪棗而爲矜」，義與此同。伐棘爲矜，即上文所云「斬木爲兵」也。後徐樂傳曰「陳涉起窮巷，奮棘矜」，嚴安傳曰「陳勝、吴廣起窮巷，杖棘矜」，史記淮南厲王傳曰「適戍之衆，鐖鑿棘矜」，義並與此同。師古以「棘」爲

「戟」，非也。下文「鉤戟長鍛」，乃始言「戟」耳。〔棘矜，漢書第八·二八〇〕

七　劒削，自河而北燕趙之間謂之室；自關而東或謂之廓，或謂之削；自關而西謂之鞞。方婢反。1b

【明】將正文「自河而北燕趙之間謂之室」之「室」字改作「室」。又將正文「自關而西謂之鞞」之「鞞」字改作「鞞」。

【廣】凡刀劒室通謂之「削」。字或作「鞘」。說文：「削，鞞也。」釋名云：「刀室曰削；削，峭也，其形峭殺裹刀體也。」方言「**劒削，自河而北燕趙之間謂之室；自關而東或謂之廓，或謂之削；自關而西謂之鞞**」，「鞞」與「鞞」同。〔劒削也，八·二六三〕

八　盾，自關而東或謂之瞂，音伐。**或謂之干；**干者，扞也。**關西謂之盾。**1b

【明】將正文「盾，自關而東或謂之瞂」之「瞂」字改作「瞂」。

【廣】方言：「**盾，自關而東或謂之瞂，或謂之干；關西謂之盾。**」周官司兵「掌五兵五盾」，鄭注云：「五盾，干櫓之屬。」是「盾」爲干、楯、瞂之總名也。〔干瞂盾也，八·二六六〕

九　車下鐵，陳宋淮楚之間謂之畢[一]。 1b

【明】將正文「鐵」字改作「鉄」。

【廣】玉篇：「紩，索也。古作鉄。」方言：「車下鉄，陳宋淮楚之間謂之畢。」玉篇「舦，帆索也」，義亦與「紩」同。〔紩索也，七·二三三七〕

【廣三】方言「維車，趙魏之間謂之轣轆車，東齊海岱之間謂之道軌」，「轣轆」與「厤鹿」同。説文：「維，箸絲於箏車也。」秦風小戎篇「五楘梁輈」，毛傳云：「楘，歷録也。一輈五束，束有歷録。」墨子備高臨篇説連弩車之法，云「以磨鹿卷收」[二]，義與「維車謂之厤鹿」並相近。方言「車下鉄，陳宋淮楚之間謂之畢。大者謂之綦」，郭注云：「鹿車也。」疏證云：「此言維車之索也。考工記玉人『天子圭中必』，鄭注云：『必，讀如鹿車縪之縪。謂以組約其中央。』圭中必爲組，鹿車縪爲索，其約束相類，故讀如之。」〔維車謂之厤鹿道軌謂之鹿車，七·二三三九〕卷五第三八條；卷九第九條；卷九第一〇條

【述二】「綦、結」雙聲，其義相近。夏官弁師「王之皮弁，會五采玉璂」，鄭注云：

[一] 此處他本均有郭注「未詳」二字。
[二] 「磨」，王念孫讀書雜志作「磿」，當據改。

「鄭司農曰：『瑾，讀如「綦車轂」之綦。』玄謂：瑾，讀如『薄借綦』之綦。綦，結也。皮弁之縫中，每貫結五采玉十二以爲飾，謂之綦。」士喪禮「綦結于跗」，又「組綦繫于踵」，鄭注云：「綦，屨係也，所以拘止屨也。綦，讀如『馬絆綦』之綦。」然則弁與屨之綦皆結也。云「綦車轂」者，方言：**「車下鉄，大者謂之綦。」郭璞音「忌」**。疏證云：「此言維車之索。玉篇：『鉄，持栗切。索也。古作鉄。』」案：今江淮之間以帶束腰而作結以固之謂之「綦」，以繩束物亦然，其音正與「忌」同。維車之索，必約束而作結以固之，故謂之「綦」。「綦車轂」之「綦」亦此義也。云「薄借綦」者，薄借，屨名，急就章所謂「不借」、釋名所謂「搏腊」也。薄借屨有係以結于跗，故謂之「落借綦」也〔一〕。説文作「不借綼」，同。云「馬絆綦」者，昭二十年穀梁傳云：「兩足不能相過，齊謂之綦，楚謂之踂，衛謂之輒。」釋文：「劉兆云：『綦，連并也。』踂，聚合不解也。』輒，本亦作縶。劉兆云：『如見縶絆也。』」連并、縶絆同爲聚合不解，皆固結之意也。〔楚公子結字子綦，二二一·五四三〕卷九第九條；卷九第一〇條

〔一〕「落」，皇清經解本作「薄」，當據改。

一〇　**大車謂之綦。**鹿車也。音忌。 2a

【明】王氏與上條連寫，合爲一條。又將正文「大車謂之綦」之「車」字改作「者」。

【廣三】方言「**維車，趙魏之間謂之轣轆車，東齊海岱之間謂之道軌**」，「轣轆」與「厤鹿」同。説文：「維，箸絲於筟車也。」秦風小戎篇「五楘梁輈」，毛傳云：「楘，歷録也。一輈五束，束有歷録。」墨子備高臨篇説連弩車之法，云「以磨鹿卷收」〔一〕，義與「維車謂之厤鹿」並相近。方言「**車下鉄，陳宋淮楚之間謂之畢。大者謂之綦**」，郭注云：「**鹿車也。**」疏證云：「此言維車之索也。考工記玉人『天子圭中必』，鄭注云：『必，讀如鹿車縪之縪。謂以組約其中央。』圭中必爲組，鹿車縪爲索，其約束相類，故讀如之。」[維車謂之厤鹿道軌謂之鹿車，七・二三九]卷五第三八條；卷九第九條；卷九第一〇條

【述二】「綦、結」雙聲，其義相近。夏官弁師「王之皮弁，會五采玉璂」，鄭注云：「鄭司農曰：『璂，讀如「綦車轂」之綦。』玄謂：璂，讀如『薄借綦』之綦。綦，結也。皮弁之縫中，每貫結五采玉十二以爲飾，謂之綦。」士喪禮「綦結于跗」，又「組綦繫于踵」，鄭注云：「綦，屨係也，所以拘止屨也。綦，讀如『馬絆綦』之綦。」然則弁與屨之綦皆結

〔一〕「磨」，王念孫讀書雜志作「磿」，當據改。

也。云「綦車轂」者，方言：「車下鉄，大者謂之綦。」郭璞音「忌」。疏證云：「此言維車之索。玉篇：『鉄，持栗切。索也。古作鉄。』」案：今江淮之間以帶束腰而作結以固之謂之「綦」，以繩束物亦然，其音正與「忌」同。維車之索，必約束而作結以固之，故謂之「綦」。「綦車轂」之「綦」亦此義也。云「薄借綦」者，薄借，屨名，急就章所謂「不借」、釋名所謂「搏腊」也。薄借屨有係以結于跗，故謂之「落借綦」也〔一〕。說文作「不借綼」，同。云「馬絆綦」者，昭二十年穀梁傳云：「兩足不能相過，齊謂之綦，楚謂之踂，衛謂之輒。」釋文：「劉兆云：『綦，連并也。踂，聚合不解也。』輒，本亦作縶。劉兆云：『如見縶絆也。』」連并、縶絆同爲聚合不解，皆固結之意也。〔楚公子結字子綦，二一·五四三〕卷九第九條；卷九第一〇條

一一　**車轊**，車軸頭也。干厲反。**齊謂之𨏔。**又名轎。2a

【明】將正文「車轊」之「轊」字改作「轉」。又將郭注「干厲反」之「干」字改作「于」。

〔一〕「落」，皇清經解本作「薄」，當據改。

【廣】説文：「害，車軸耑也。或作轊。」鄧析子無厚篇云：「夫木擊折轊，水戾破舟。」「轊」之言「鋭」也。昭十六年左傳注云：「鋭，細小也。」軸兩耑出轂外細小也。小聲謂之「嘒」，小鼎謂之「鏏」，小棺謂之「槥」，小星貌謂之「嘒」，蜀細布謂之「繐」，鳥翮末謂之「⿰犭彗」，車軸兩耑謂之「轊」，義並同也。方言：「車轊，齊謂之⿰車龍。」史記田單傳「盡斷其車軸末而傅鐵籠」，「籠」與「⿰車龍」通。各本譌作「轊、⿰車龍，⿰車堯也」。案：「⿰車龍、⿰車堯」皆轊之異名，當以「轊」釋「⿰車龍、⿰車堯」，不當以「⿰車堯」釋「轊」。集韻、類篇並引廣雅「⿰車堯，轊也」，今據以訂正。［⿰車龍⿰車堯轊也，七・二四一］

一二　**車枸簍**，即車弓也。音縷。**宋魏陳楚之間謂之篌**，今呼車子弓爲篌。音巾⿰亻國〔一〕。**或謂之䉤籠**〔二〕。穹隆兩音。**其上約謂之箹**，即傘帶也。音瓜瓝。**或謂之簚**。音脉〔三〕。**秦晉之間自關而西謂之枸簍；西隴謂之⿰木畚；**即畚字，薄晚反。**南楚之外謂之篷**，今亦通呼篷。**或謂之隆屈**。尾屈。

2a

〔一〕「⿰亻國」，王念孫引方言作「幗」。
〔二〕「䉤」，王念孫引方言作「䉤」。
〔三〕「脉」，王念孫引方言作「覓」。

【明】將正文「秦晉之間自關而西」乙轉爲「自關而西秦晉之間」。

【廣】釋名云：「簂，恢也，恢廓覆髮上也。魯人曰頍；頍，傾也，著之傾近前也。齊人曰帨，飾形貌也。」士冠禮注云：「滕薛名簂爲頍。」續漢書輿服志云：「太皇太后、皇太后入廟，翦氂簂，簪珥。」後漢書烏桓傳「婦人著句決，飾以金碧，猶中國有簂步摇」，李賢注云：「簂，字或爲幗，婦人首飾也。」魏志明帝紀注引魏氏春秋云：「諸葛亮遣使致巾幗婦人之飾以怒宣王。」方言「車枸簍，宋魏陳楚之間謂之筱」，郭注云：「今呼車子弓爲筱，音巾幗。」覆髮謂之「幗」，車蓋弓謂之「筱」，其義一也。［簂謂之帨，七·二二九］

【廣】廣韻：「䌐，綱繩也。」集韻云：「荆州謂帆索曰䌐。」方言「車枸簍，其上約或謂之簚」，郭注云：「即奄帶也，音覓。」「簚」與「䌐」同義。［䌐索也，七·二三七］

【廣】此謂蓋弓也。方言「車枸簍，宋魏陳楚之間謂之筱，或謂之簦籠；自關而西秦晉之間謂之枸簍；西隴謂之㭒；南楚之外謂之篷，或謂之隆屈」，郭注云「即車弓也」，「㭒」與「奄」同。釋名云：「奄，藩也，藩蔽雨水也。」説文作「轒」，云：「淮陽名車穹隆轒。」四民月令有「上犢車蓬奄法」，見齊民要術。「枸」，各本譌作「拘」，今訂正。枸簍者，蓋中高而四下之貌。山顛謂之「岣嶁」，曲脊謂之「痀僂」，高田謂之「甌寠」，義與「枸簍」並相近。倒言之則曰「僂句」。昭二十五年左傳「臧會竊其寶龜僂句」，龜背中高，故有斯稱矣。「枸簍」或但謂之「簍」。玉篇：「簍，車弓也。」漢書季布傳「置廣柳車中」，李奇注云「廣柳，大隆穹也」，「柳」與「簍」通。「隆屈」猶「僂句」也。張衡西京賦云「終南太一，隆崛崔崒」，是其義也。釋名謂車弓爲「隆强」，云「隆强，言體隆而强也」，强亦屈也，猶漢書言「屈强」矣。「䉀籠」，説文作「穹隆」，倒言之則曰「隆穹」。故李奇漢書注云：「廣柳，大隆穹也。」司馬相如大人賦云「詘折隆窮，躩以連卷」，是其義也。或但謂之「䉀」。玉篇：「䉀，姑簍也。」「姑簍」即「枸簍」之轉。考工記謂之「弓」，弓亦穹也。故釋名云：「弓，穹也，張之穹隆然也。」方言注云：「**今呼車子弓爲篠，音巾幗。**」後漢書烏桓傳注云：「幗，婦人首飾也。」釋名作「簂」，云「簂，恢也，恢廓覆髮上也」，與車弓謂之「篠」同義。方言注云：「**今通呼車弓爲篷。**」廣韻「篷，織竹夾箬覆舟也」，與車弓之「篷」亦同義。［枸簍隆屈篠篷䉀籠傘也，七·二四二］

【廣】方言「**車枸簍，其上約謂之箹，或謂之簨**」，郭注云：「**即傘帶也。**」「箹」亦「約」也，「簨」之言「緽」也。上文云：「緽，索也。」高誘注淮南子原道訓云「小車蓋四維謂之紘繩」，即傘帶也。［箹簨傘帶也，七·二四二］

【讀】「雨輂什二」，尹注曰：「車輂所以禦雨，故曰雨輂。」念孫案：説文「輂，大車駕馬也」，輂非所以禦雨。「輂」當爲「軬」，扶遠、步本二反。字之誤也。軬謂車蓋弓也。方言「車枸簍，西隴謂之棆」，郭注曰「即車弓也」。「棆」與「軬」同。釋名曰「軬，藩也，藩蔽雨水也」，故注云「車軬所以禦雨，故曰雨軬」。［雨輂，管子第九・四九二］

【重】篷：方言云：「車拘簍，南楚之外謂之篷。」［遺書一五一］

一三　輪，車輅也。韓楚之間謂之軑，音大。或謂之軝；詩曰：「約軝錯衡。」音祇。關西謂之輚。音揔。2a

【廣】方言：「輪，韓楚之間謂之軑，關西謂之輚。」釋名云「輪，綸也，言彌綸也，周帀之言也。或曰䡅，言輻總入轂中也」，「䡅」與「輚」同。［軑輚輪也，七・二四一］

一四　輑謂之軸。牛忿反。2a

【廣】「軸」之言「持」也。説文：「軸，持輪也。」舟柁謂之「舳」，機持經者謂之「柚」，義並同也。方言：「輑謂之軸。」「輑」之言「闗」也，横亘之名也。説文「輑，軺車前横木也」，與「輑謂之軸」亦同義。［輑謂之軸，七・二四一］

一五　**轅，楚衛之間謂之輈。**張由反。2a

【廣】方言「轅，楚衛之間謂之輈」，謂小車轅也。僖元年公羊傳注云：「輈，小車轅，冀州以此名之。」[一]釋名云：「轅，援也，車之大援也。輈，句也，轅上句也。」秦風小戎篇「五楘梁輈」，毛傳云：「梁輈，輈上句衡也。」正義云：「輈從軫以前，稍曲而上，至衡則向下句之。」考工記輈人「國馬之輈，深四尺有七寸。田馬之輈，深四尺。駑馬之輈，深三尺有三寸」，鄭衆注云：「深謂轅曲中。」〔轅謂之輈，七·二二三九〕

一六　**箱謂之輫。**音俳。2b

【廣】「輫」之言「棐」也。爾雅：「棐，輔也。」方言：「**箱謂之輫。**」轓謂之「輫」，亦謂之「箱」；篋謂之「箱」，亦謂之「篚」：其義一也。士冠禮注云：「篚，竹器如笭者。」說文：「篚，車笭也。」車笭謂之「篚」，車箱謂之「輫」：其義一也。〔輫轓箱也，七·二四〇〕

〔一〕「此」字疑誤，阮刻春秋公羊傳注疏作「北」。

一七　軫謂之枕。車後橫木。　2b

一八　車紂，自關而東周洛韓鄭汝潁而東謂之緧，音秋。**或謂之曲綯，**綯亦繩名。詩曰：「宵爾索綯。」**或謂之曲綸；**今江東通呼索綸，音倫。**自關而西謂之紂。**　2b

【明】將正文「自關而東周洛韓鄭汝潁而東謂之緧」之「而東」二字改作「之間」。

【廣】豳風七月篇云：「宵爾索綯。」爾雅「綯，絞也」，絞亦索也。急就篇云「纍繘繩索絞紡纑」，是也。方言「車紂，自關而東周洛韓鄭汝潁之間或謂之曲綯」，注云：「綯亦繩名。」小爾雅「縚，索也」，「縚」與「綯」同。索謂之「綯」，猶編絲繩謂之「絛」矣。［綯索也，七·二三八］

【廣】方言「車紂，自關而東周洛韓鄭汝潁之間謂之緧，或謂之曲綯，或謂之曲綸；自關而西謂之紂」，郭注云「綯亦繩名」，引豳風七月篇「宵爾索綯」。説文：「紛，馬尾韜也。」小爾雅：「縚，索也。」「韜、縚」並與「綯」通。説文：「紂，馬緧也。」「緧，馬紂也。」釋名云：「鞧，遒也，在後遒迫，使不得卻縮也。」考工記輈人「必緧其牛後」，鄭衆注云：「關東謂紂爲緧。」「緧、鞦、緧」並同[一]。「綯」與「紂、緧」，古聲亦相近。

〔綯紂緧也，七·二四二〕

【述二】「宵爾索綯」，毛傳曰：「綯，絞也。」爾雅釋言文。箋曰：「夜作絞索。」引之謹案：索者糾繩之名，綯即繩也。「索綯」猶言「糾繩于茅」。「索綯」文正相對。趙岐注孟子曰「晝取茅草，夜索以爲綯」，是也。廣雅釋詁曰：「紉、紆、紉，索也。」此謂糾繩。楚辭離騷「紉秋蘭以爲佩」，王逸注曰：「紉，索也。」又曰：「矯菌桂以紉蕙兮，索胡繩之纚纚。」淮南氾論篇「緂麻索縷」，高誘注曰「索，切也」，「切」與「紉」同。謂切撚之使緊也。是索爲糾繩之名也。廣雅釋器曰：「綯、繩，索也。」此謂繩索。字或作「縚」。小爾雅曰：「縚，索也。」方言曰「車紂，自關而東周洛韓鄭汝潁之間或謂之曲綯」，郭璞注曰「綯亦繩名」，引詩曰：「宵爾索綯。」是綯爲繩也。爾雅訓「綯」爲「絞」者，絞亦繩也。急就篇曰：「纍繘繩索絞紡纑。」哀二年左傳「絞縊以戮」，杜注曰：「絞，所以縊人物。」墨子尚賢篇曰：「傅説被褐帶索。」辭過篇曰「古之民未知爲衣服時，衣皮帶茭」，「茭」與「絞」同。是絞亦繩也。方言「緉、䋐，絞也。關之東西或謂之緉，或謂之䋐。絞，通語

[一] 後「緧」字誤，當作「鞧」。

也」，郭注曰「**謂履中絞也**」，義與「繩謂之絞」同。説文「筊，竹索也」，義與「絞」亦相近。箋曰「夜作絞索」，則是以「索」爲繩索之「索」；爾雅訓「綯」爲「絞」，而郭注曰「糾絞繩索」，則是以「絞」爲糾絞之「絞」：胥失之矣。［宵爾索綯，五・一四〇］卷九第一八條；卷四第四〇條

一九　輨、音管。**軑**，音大。**錬鏅**[一]。錬，音柬。鏅，音度果反。**關之東西曰輨，南楚曰軑，趙魏之間曰錬鏅。**2b

【明】於正文「輨、軑，錬鏅」之「鏅」字下增一「也」字。

【廣】「錧」之言「管」也。説文：「輨，轂耑錔也。」吳子論將篇云：「車堅管轄，舟利櫓楫。」「輨、管」並與「錧」同。方言：「**輨、軑，錬鏅也。關之東西曰輨，南楚曰軑，趙魏之間曰錬鏅。**」説文：「軑，車輨也。」楚辭離騷「齊玉軑而並馳」，王逸注云：「軑，錮也。」漢書揚雄傳「肆玉釱而下馳」，「釱」與「軑」同。「軑」之言「鈐制」也。史記平準書「敢私鑄鐵器煮鹽者，釱左趾」，索隱引三倉云：「釱，踏腳鉗也。」「軑、錔」，一聲之轉。踏腳鉗謂之「釱」，轂耑錔謂之「釱」，其義一也。［錬鏅釱錧也，七・二四一］

[一] 王念孫引方言，「鏅」下有「也」字。

二〇　車釭，齊燕海岱之間謂之鍋，音戈。或謂之錕；衮衣。自關而西謂之釭，盛膏者乃謂之鍋。2b

【廣】方言：「車釭，燕齊海岱之間謂之鍋，或謂之錕；自關而西謂之釭。」「鍋」，釋名作「輠」，云：「輠，裹也，裹軹頭也。」「錕」之言「緷」也。卷三云：「緷，束也。」

［鍋錕釭也，七·二四一］

二一　凡箭鏃胡合嬴者，胡鏑在於喉下。嬴，邊也。四鐮廣，棱也〔一〕。或曰拘腸；三鐮者謂之羊頭；其廣長而薄鐮謂之錍，普蹄反。或謂之鈀〔二〕。音葩。2b

【廣】方言「凡箭鏃胡合嬴者，四鐮或曰鉤腸；三鐮者謂之羊頭」，郭璞注云：「鐮，棱也。」餘見上文「廉、柧，棱也」。［鐮柧也，五·一七二］

【廣二】方言「凡箭鏃胡合嬴者，四鐮或曰拘腸；三鐮者謂之羊頭；其廣長而薄鐮者

〔一〕「廣、棱」，王念孫引方言作「鐮、棱」。

〔二〕王念孫引方言，似從戴震疏證本將本條與下條合并。

謂之錍，或謂之鈀箭；其小而長中穿二孔者謂之鉀鑪；內者謂之平題」，郭注云：「平題，今戲射箭也。題，頭也。」廣韻引方言注云：「江東呼錍箭曰鈀。」爾雅「金鏃翦羽謂之鍭」，郭注云：「今之錍箭是也。」後世言「金鎞」，名出於此也。「鉤腸」與「拘腸」同。「鉾鑪」，當爲「鉀鑪」。隸書「甲」字作「宇」，「牢」字作「宇」，二形相似，故「鉀」字譌而爲「鉾」。「鉾」，曹憲音牢。玉篇：「鉀，古狎切。鉀鑪，箭也。」「鉾，力刀切。鉾鑪，錍也。」廣韻同。則「鉀」之譌「鉾」，由來已久。方言注云：「鉀鑪，今箭錍鑿空兩邊者也。嗑盧兩音。」郭氏讀「鉀」爲「嗑」，是其字本從甲，不從牢。今據以辨正。

[平題鈀錍鉤腸羊頭鉾鑪鏑也，八·二六三]卷九第二一條；卷九第二二條

二二一　箭，其小而長中穿二孔者謂之鉀鑪，今箭錍鑿空兩邊者也。嗑嚧兩音。其三鐮長尺六者謂之飛宜〔一〕，此謂今射箭也。內者謂之平題。今戲射箭。頭，題，猶羊頭也〔二〕。所以藏箭弩謂之箙；盛弩箭器也。外傳曰：「檿弧箕箙。」弓謂之鞬，鞬牛。或謂之韇〔三〕。牛韇。3a

〔一〕「尺六」，王念孫引方言作「六尺」。

〔二〕王念孫引方言注作「平題，今戲射箭也。題，頭也」。

〔三〕王念孫引方言，「韇」下有「丸」字。

【明】將郭注「嗑嚧兩音」之「嚧」字改作「盧」。

【廣】「鞬」之言「鍵閉」也。方言：「所以藏弓謂之鞬。」晉語「其左執鞭弭，右屬櫜鞬」，韋昭注云：「櫜，矢房；鞬，弓弢也。」僖二十三年左傳注同。〔鞬弓藏也，八・二六二〕

【廣】皾⿰皮丸，蓋矢箙之圓者也。「皾」，字或作「櫝」，又作「韇」。「⿰皮丸」，通作「丸」。方言：「所以藏弓謂之鞬，或謂之皾丸。」後漢書南匈奴傳「弓鞬韇丸」，李賢注引方言作「藏弓爲鞬，藏箭爲韇丸」，與廣雅合。案：賈逵、馬融、服虔並以「掤」爲「櫝丸蓋」，則櫝丸之爲矢箙甚明。然鄭注士冠禮云「今時藏弓矢者謂之韇丸」，則弓弢亦同斯稱矣。〔皾⿰皮丸矢藏也，八・二六二〕

【廣二】方言「凡箭鏃胡合嬴者，四鐮或曰拘腸；三鐮者謂之羊頭；其廣長而薄鐮者謂之錍，或謂之鈀箭；其小而長中穿二孔者謂之鉀鑪；内者謂之平題」，郭注云：「平題，今戲射箭也。題，頭也。」廣韻引方言注云：「江東呼錍箭曰鈀。」爾雅「金鏃翦羽謂之鍭」，郭注云：「今之錍箭是也。」後世言「金鎞」，名出於此也。「鉤腸」與「拘腸」同。「鉾鑪」，當爲「鉀鑪」。隸書「甲」字作「宇」，「牢」字作「宇」，二形相似，故「鉀」字譌而爲「鉾」。「鉾」，曹憲音牢。玉篇：「鉀，古狎切。鉀鑪，箭也。」「鉾，力刀切。鉾鑪，錍也。」廣韻同。則「鉀」之譌「鉾」，由來已久。方言注云：「鉀鑪，今箭錍鑿

空兩邊者也。嗑盧兩音。」郭氏讀「鉀」爲「嗑」，是其字本從甲，不從牢。今據以辨正。［平題鈀鉀鉤腸羊頭鉼鑪鏑也，八・二六三］卷九第二一條；卷九第二二條

【廣二】**方言「箭，自關而東謂之矢，關西曰箭」，郭注云：「箭者竹名，因以爲號。」**釋名云：「矢，指也，言其有所指向迅疾也。又謂之箭；箭，進也。」考工記矢人注云：「矢槀長三尺，羽者六寸，刃二寸。」**方言：「箭，三鐮長六尺者謂之飛䖟。」**文選閒居賦「激矢䖟飛」，李善注引東觀漢紀「光武作飛䖟箭以攻赤眉」，「䖟」與「蝱」同。［飛蝱矢箭也，八・二六三］卷九第四條；卷九第二二條

【述】鄭注曰「建讀爲鍵，字之誤也。兵甲之衣曰櫜。鍵櫜，言閉藏兵甲也」，正義曰：「鍵是管籥閉藏之名，故讀爲鍵。或以管籥，或以櫜衣閉藏兵革，故云『鍵櫜』也。」引之謹案：鍵所以持門户，與櫜不倫，無由並舉。且凡府庫之藏，皆有鍵閉，無以見其爲藏兵革也。王肅注家語辨樂篇以建櫜之「建」爲「建諸侯」，與「櫜」字文義不屬，尤誤。今案：「建」，當讀爲「鞬」。**方言曰：「所以藏弓謂之鞬。」**説文曰：「鞬，所以戢弓矢也。」釋名曰：「鞬，建也，弓矢並建立於其中也。」僖二十三年左傳「左執鞭弭，右屬櫜鞬」，杜注曰：「櫜以受箭，鞬以受弓。」是鞬、櫜皆所以戢弓矢也。「名之曰鞬櫜」者，即詩「載櫜弓矢」之義，言藏弓矢而干戈之戢可知矣。馬融廣成頌正作「鞬櫜」。［名之曰建櫜，

［一五・三七一］

二三　**凡矛骹細如鴈脛者謂之鶴厀。**今江東呼爲鈐釘。**有小枝刃者謂之鉤釨。**3a

二四　**矛或謂之釨。**3a

二五　**鋑謂之鈹。**今江東呼大矛爲鈹，音彼。鋑，音聃。3a

【廣】方言：「鋑謂之鈹。」説文：「鋑，長矛也。」「鋑」之言「剡」也。爾雅云：「剡，利也。」［鋑矛也，八・二六五］

【廣】「鈹」之言「破」也。**方言「鋑謂之鈹」，郭注云：「今江東呼大矛爲鈹。」**［鈹也，八・二六五］

二六　**骹謂之銎**〔一〕**。**即矛刃下口，音凶。3b

〔一〕「銎」，王念孫引方言作「銎」。

【廣】説文：「銎，斤斧穿也。」豳風七月傳云：「斨，方銎也。」破斧傳云：「隋銎曰斧。」「銎」之言「空」也，其中空也。斤斧穿謂之「銎」，猶車穿謂之「釭」。「釭、銎」聲相近。説見上文「鍋、錕，釭也」下。方言「矛骹謂之銎」，郭注云：「矛刃下口。」則凡鐵之空中而受柄者，皆謂之「銎」矣。六韜軍用篇「方胸鋋矛千二百具」，「胸」即「銎」字也。「銃、銎」聲亦相近。太平御覽引通俗文云：「鑿充曰銃。」〔銃謂之銎，八·二五三〕

二七　**鐏謂之釬。**音扞，或名爲鐓，音頓。3b

【明】將正文「鐏謂之釺」之「釺」字改作「釬」。又將郭注「音扜」之「扜」字改作「扞」。

【廣】説文：「錞，矛戟柲下銅鐏也。」「鐏，柲下銅也。」釋名：「矛下頭曰鐏，鐏入地也。」方言：「矛鐏謂之釬。」「釬」之言「榦」也。卷三云：「榦，本也。」凡矛戟以足爲本，首爲末。「釬」，各本譌作「釺」，唯影宋本、皇甫本不譌。〔鐓釬鐏也，八·二六五〕

二八　**舟，自關而西謂之船；自關而東或謂之舟，或謂之航。**行伍。**南楚江湘凡船**

大者謂之舸；始可反〔一〕。小舸謂之艖，今江東呼艖小底者也，音叉。艖謂之艒䑐；目宿二音。小艒䑐謂之艇；𦨖也。艇長而薄者謂之艜；衣帶。短而深者謂之𦨴；今江東呼艖𦨴者，音步。小而深者謂之𣝫。即長舼也，音印竹。東南丹陽會稽之間謂艖爲欚。音禮。泭謂之篺，音敷。篺謂之筏。音伐。筏，秦晉之通語也。江淮家居篺中謂之薦。音符。方舟謂之潢，揚州人呼渡津航爲抗〔二〕，荆州人呼樹，音横。艁舟謂之浮梁。即今浮橋。楫謂之橈，如寮反。或謂之櫂。今云櫂歌，依此名也。所以隱櫂謂之䉶。摇櫓小橛也。江東又名爲胡人。音槳。所以縣櫂謂之緝。繫櫂頭索也。所以刺船謂之橋。音高。維之謂之鼎。係船爲維。首謂之閤閭，今江東呼船頭屋謂之飛閭是也。或謂之艗艏。鷁，鳥名也。今江東貴人船前作青雀，是其像也。音亦。後曰舳；今江東呼柂爲舳，音軸。舳，制水也。僞謂之仡；吾教反。僞，音訛，船動摇之貌也。仡，不安也。3b

【大】大船謂之「舸」。古我切。方言：「南楚江湘凡船大者謂之舸。」左思吳都賦：「宏舸連舳。」

［一·六七］

【明】浮簽：説郛本「江湘」之湘字下有「之間」二字。又將郭注「音印竹」之「印」字改作「邛」。又浮簽：説郛本「艁舟謂之浮梁」下有「音造」二字。又浮簽：

〔一〕「始」當從他本作「姑」，王氏圈而未改。

〔二〕「航、抗」，王念孫引方言作「舫、杭」。

「維之謂之鼎」之上「之」字，説郛本無。又浮簽：「制水」，説郛本作「制木」。又浮簽：「船動摇之貌也」，説郛本作「船摇動傾側之貌也」。

【廣】方言：「舟，自關而西謂之船，自關而東謂之舟。」釋名云：「船，循水而行也。又曰舟，言周流也。」〔舟船也，九·三〇三〕

【廣】方言：「南楚江湘之間凡船大者謂之舸；小舸謂之艖，艖謂之艒䑿；小艒䑿謂之艇；艇長而薄者謂之艜；短而深者謂之䒀；小而深者謂之棎。東南丹陽會稽之間謂艖爲欚。」小爾雅云：「艇之小者曰䒀。」方言注云：「今江東呼艖䒀者。」梁書羊侃傳云「于兩艖䒀起三間通梁水齋」，是也。陳書侯景傳「以⿰舟叉⿰舟步貯石，沈塞淮口」，「⿰舟叉⿰舟步」與「艖䒀」同。〔艜艒䑿䒀舟也，九·三〇四〕

【廣】方言注云：「今江東呼艖，小底者也。」〔艖舟也，九·三〇四〕

【廣】方言注云：「棎，即長舼也。」「棎、舼」並渠容反。玉篇：「舼，小船也。」方氏密之通雅云：「今皖之太湖呼船小而深者曰艓艚。」淮南子「越舲蜀艇」，太平御覽引作「越舼、蜀艇」，又引注云「舼，小艇」，所引蓋許慎注也。後漢書馬融傳「方餘皇，連舼舟」，李賢注引淮南子亦作「舼」。〔舼舟也，九·三〇四〕

【廣】小爾雅云：「小船謂之艇。」**方言注云：「艇，䑼也。」**[一]釋名云：「二百斛以下曰艇。其形徑挺，一人二人所乘行也。」高誘注俶真訓云：「蜀艇，一版之舟。」案：高注訓「蜀」爲「一」，義本方言。但「越舲蜀艇」，皆以其地名之。若以「蜀艇」爲「一版之舟」，則於文不類矣。〔艇舟也，九・三〇四〕

【廣】「艗首」，本作「鷁首」。畫鷁於船首，因命其船爲「鷁首」也。**方言「船首謂之閤閭，或謂之鷁首」，注云：「鷁，鳥名也。今江東貴人船前作青雀，是其像也。」**淮南子本經訓「龍舟鷁首」，高注云：「鷁，水鳥。畫其象，著船頭，故曰鷁首也。」張衡西京賦「浮鷁首，翳雲芝」，薛綜注云：「船頭象鷁鳥，厭水神，故天子乘之。」「鷁首」，或但謂之「鷁」。司馬相如子虛賦云「浮文鷁，揚旌枻」，是也。〔艗艏舟也，九・三〇五〕

【廣】「⿰舟蠡」，本作「欚」。説文：「欚，江中大船名。」洪氏稚存釋舟云：「案：方言艖爲小舸，欚與艖同，則欚亦不盡是大舟矣。」又云：「小舟謂之欐。莊子秋水篇『梁麗可以衝城』，司馬彪注：『梁麗，小船也。』裴松之三國志王朗傳注稱獻帝春秋朗對孫策使者云『獨與老母共乘一欐，流矢始交，便棄欐就俘』，亦欐爲小舟之證。『欐、麗』

[一]「䑼」字誤，當作「舸」。

古字通。」念孫案：玉篇、廣韻「艤、欐」並力底切。方言艤爲小舸，則「艤」與「欐、麗」並通。莊子人間世篇「楸柏桑三圍四圍，求高名之麗者斬之」，司馬彪注亦以「麗」爲「小船」。曹植盤石篇云「呼吸吞船欐」，則「欐」又爲船之通稱矣。［艤舟也，九·三〇五］

【廣】方言：**「泭謂之䉵，䉵謂之筏。筏，秦晉之通語也。」**衆經音義卷三云：「筏，通俗文作橃，韻集作欚，編竹木浮於河以運物也。南土名簰，北人名筏。」字又作「栰」。論語公冶長篇馬融注云：「編竹木大者曰栰，小者曰桴。」「簰」之言「比次」也。後漢書岑彭傳「乘枋箄下江關」，李賢注云：「枋箄，以木竹爲之，浮於水上。」「箄、䉵、簰」並同。「䈏」之言「比附」也。說文：「泭，編木㠯渡也。」爾雅釋言「舫，泭也」，孫炎注云：「方木置水中爲泭筏也。」釋文：「泭，字或作䈏，樊本作柎。」周南漢廣釋文引郭璞音義云：「木曰䉵，竹曰筏，小筏曰泭。」釋水「庶人乘泭」，李巡注云：「并木以渡也。」齊語「方舟設泭，乘桴濟河」，韋昭注云：「編木曰泭，小泭曰桴。」管子輕重甲篇云：「冬不爲杠，夏不束泭。」楚辭九章「乘氾泭以下流兮」，王逸注云：「編竹木曰泭。楚人曰泭，秦人曰橃。」「䈏、䈏、泭、柎」並同。［䉵䈏筏也，九·三〇五］

【廣】「潢」之言「横」也，横流而渡也。說文：「潢，㠯船渡也。」方言**「方舟謂之潢」**，郭注云：**「揚州人呼渡津舫爲杭，荆州人呼潢。」**「潢」亦「杭」也，語之轉耳。六韜軍用篇云：「天橫，一名天船。」張衡思玄賦云：「乘天潢之汎汎兮，浮雲漢之湯湯。」「橫、潢」並與「𣿅」通。據方言、説文，則「𣿅」爲方舟之名，非筏名也。玉篇、廣韻亦不訓爲「筏」，至集韻始引廣雅「𣿅，筏也」。然衆經音義卷十四引廣雅「簰、䈏，筏也」，而無「𣿅」字。疑廣雅「𣿅」字本别爲一條，而脱誤在此也。［𣿅筏也，九・三〇五］

【廣】方言「艁舟謂之浮梁」，郭璞注云：「即今浮橋。」説文：「艁，古文造。」案：「造」之言「曹」也，相比次之名也。「造、次」一聲之轉。故凡物之次謂之「簉」。昭十一年左傳「僖子使助薳氏之簉」，杜注云「簉，副倅也」；張衡西京賦「屬車之簉」，薛綜注云「簉，副也」：義與「造舟」並相近。大雅大明篇：「造舟爲梁。」爾雅「天子造舟」，李巡注云：「比其舟而渡曰造舟。」孫炎云：「比舟爲梁也。」薛綜注東京賦云：「造舟，以舟相比次爲橋也。」以上諸説，皆合「造」字之義。昭元年左傳「秦后子造舟于河」，正義云：「李巡、孫炎、郭璞皆不解『造』義。蓋『造』爲『至』義，言船相至而並比也。」案：「比舟」二字，正釋「造」字之義。沖遠不得其解，而轉訓爲「至」。爾雅釋文訓「造」爲「作」；宣十二年公羊傳疏引舊説，訓「造」爲「詣」，又轉訓爲「成」：皆由不知「造」爲「比次」之義，故望文生訓，而卒無一當矣。「艁」，各本皆作「造」。此後人據經文改之也。詩及爾雅釋文並云「造，廣雅作艁」，今據以訂正。［艁舟謂之浮梁，

九·三〇五

【廣】刖者：説文：「扤，動也。」玉篇音虞厥、午骨二切。方言：**「僞謂之扤；扤，不安也。」**釋名：「危，阢也，阢阢不固之言也。」小雅正月篇云：「天之扤我，如不我克。」晉語云：「故不可捐也。」「刖、捐、扤、阢」並與杌隉之「杌」同義。［刖危也，一·二九］

【廣】「扤」之言「杌隉」也。説文：「扤，動也。」玉篇虞厥、午骨二切。方言**「僞謂之扤；扤，不安也」**，郭璞注云：**「船動搖之貌也。」**小雅正月篇「天之扤我」，毛傳云：「扤，動也。」考工記輪人云：「則是以大扤，雖有良工，莫之能固。」晉語「故不可捐也」，韋昭注云：「捐，動也。」傅毅舞賦云：「兀動赴度，指顧應聲。」「捐、兀」並與「扤」通。［扤動也，一·三七］

王念孫方言遺説輯録卷十

一　**娙、㑥，遊也。江沅之間謂戲爲娙，或謂之㑥，**音羊。**或謂之嬉。**香其反。 1a

【明】將正文之兩「娙」字並改作「媱」。

【廣二】劮婸者：方言：「佚㑥，娙也。」又云：「江沅之間或謂戲曰㑥。」「佚」與「劮」通，字或作「逸」，又作「泆」。「㑥」與「婸」通，字或作「蕩」。〔劮婸娙也，一·三九〕卷六第五九條；卷一〇第一條

【廣二】媱、窕者：方言「遥、窕，淫也。九疑荆郊之鄙謂淫曰遥，沅湘之間謂之窕」，郭璞注云「遥，言心摇蕩也」，「遥」與「媱」通。方言又云：「江沅之間謂戲曰媱。」「戲」與「淫」，亦同義。「媱」，各本譌作「娙」，今訂正。〔媱窕娙也，一·三九〕卷一〇第一條；卷一〇第二一條

【廣】媱、㑥、嬉者：方言：「媱、㑥，遊也。江沅之間謂戲爲媱，或謂之㑥，或謂之嬉。」「媱」之言「逍遥」，「㑥」之言「放蕩」也。説文：「㑥，放也。」玉篇音杜朗切。莊子大宗師篇「女將何以遊夫遥蕩恣睢轉徙之塗乎」，「遥蕩」與「媱㑥」通。方言注

「愓，音羊。言彷徉也」，「彷徉」猶「放蕩」耳。［婬愓嬉戲也，三・七七］

二　曾、訾，何也。湘潭之原潭，水名，出武陵，音潭，一曰淫。荆之南鄙謂何爲曾，或謂之訾，今江東人語亦云訾，爲聲如斯。若中夏言何爲也。1a

【廣】方言：「曾，何也。湘潭之原荆之南鄙謂何爲曾，若中夏言何爲也。」「何」，各本譌作「阿」，今訂正。［曾何也，五・一四四］

【詞】方言曰：「曾，何也。廣雅同。湘潭之原荆之南鄙謂何爲曾，若中夏言何爲也。」［曾，八・八二］

三　央亡、嚜杘、嚜，音目。杘，丑夷反。姡，胡刮反。獪也。江湘之間或謂之無賴，或謂之𤢲。恐㤻，多智也。恪交反。凡小兒多詐而獪謂之央亡，或謂之嚜杘，嚜杘，潛潛狡也。或謂之姡。言黠姡也。姡，娗也，言恫娗也。或謂之猾。音滑。皆通語也。1a

【明】將郭注「恐㤻」二字改作「恐㤉」。

【廣】嚜杘者：方言：「嚜杘，獪也。江湘之間凡小兒多詐而獪謂之嚜杘。」列子力命篇云「墨杘單至」，「墨」與「嚜」通。「杘」，各本譌作「尿」，惟影宋本不譌。［嚜杘欺

也，二·七一〕

【廣二】方言「江湘之間謂獪爲𤞞」，郭璞注云：「憀㤜，多智也。恪交反。」列子力命篇「𤞞㤜情露」，釋文引阮孝緒文字集略云「憀㤜，伏態貌」，「憀」與「𤞞」同。方言「膠，詐也。涼州西南之間曰膠」，義與「𤞞」亦相近。〔𤞞獪也，四·一二三〕卷一〇第三條；卷三第一四條

【廣二】玉篇：「誕，詭言也。」方言云「江湘之間凡小兒多詐而獪謂之姡。姡，娗也」，又云「眠娗，欺謾之語也」，「娗」與「誕」通。說文：「沇州謂欺曰詑。」燕策云「寡人甚不喜訑者言也」，「訑」與「詑」同。〔誕訑也，五·一六三〕卷一〇第三條；卷一〇第三一條

【廣】方言「央亡，獪也。江湘之間或謂之無賴。凡小兒多詐而獪謂之央亡」，「央亡」與「鞅罔」同。〔鞅罔無賴也，六·一九六〕

【述三】舍人曰：「靦，擅也。」釋文曰：「謂自專擅之貌。」家大人曰：諸書無訓「靦」爲「擅」者，「擅」字疑有誤。一曰面貌也。」孫、李並曰：「靦，人面姡然也。」郭義與孫、李同。家大人曰：今人以靦爲面慙貌，非也。說文：「靦，人面皃也。」今本「人面皃」譌作「面見」。案：舍人曰：「靦，面貌也。」孫、李亦曰：「靦，人面姡然也。」越語注曰：「靦，面目之貌。」是靦爲人面貌也。小雅何人斯正義引說文「靦，面見人」，亦是「人面皃」之譌。說文繫傳及段氏注皆誤解「靦」字，今訂正。「姡，面靦也。」爾雅

訓「靦」爲「姡」，説文訓「姡」爲「面靦」，其義一也。今本「面靦」譌作「面醜」。何人斯釋文引説文「姡，面醜也」，亦後人據誤本説文改之。今據何人斯正義及邢疏所引訂正。又案：説文：「嫙，好也。齎，材也。姡，面靦也。嬥，直好皃。」「姡」字在「嫙、齎、嬥」之間，則其義亦與「好」相近。故何人斯箋曰「姡然有面目」，則姡非面醜明矣。即孫、李所云「人面姡然」也。然則靦與姡皆人面之貌，而非面慙貌明矣。小雅何人斯篇「爲鬼爲蜮，則不可得。有靦面目，視人罔極」，毛傳曰：「靦，姡也。」鄭箋曰：「使女爲鬼爲蜮也，則女誠不可得見也。姡然有面目，女乃人也。人相視無有極時，終必與女相見。」是「靦」爲人面目之貌，故對「鬼蜮」言之。若以靦爲面慙，則與詩意相遠矣。又越語「余雖靦然而人面哉，吾猶禽獸也」，韋注曰：「靦，面目之貌。」是「靦」爲人面目之貌，故對「禽獸」言之。若以靦爲面慙，則又與「靦然人面」之文不合矣。又後漢書樂成靖王黨傳安帝詔曰「萇有靦其面，而放逸其心」，意亦與越語同。言萇雖靦然人面而放逸其心，實與禽獸無異。下文「風淫于家，娉取人妻」，是其事也。李賢不達，乃云「靦，姡也。言面姡然無媿」，則誤解「靦」字，並誤解「姡」字矣。又案：方言：**「㥏，慙也。荆揚青徐之間曰㥏。」**此與「有靦面目」之「靦」異義。而左思魏都賦曰「有靦瞢容，神蘂形茹」，任昉彈曹景宗奏曰「惟此人斯，有靦面目」，玉篇亦曰「靦，慙皃」，則皆誤以「靦」爲「㥏」矣。總之，「靦」爲人面目之貌，或以爲「慙」，或以爲「無媿」，皆非也。自後人誤解「覸」字，而詩之「有覸面目」、國語之「覸然人面」、爾雅之「覸，姡也」義皆不可通矣。又案：方言曰：「獪，楚鄭或曰姡。」又曰：「姡，獪也。江湘之間凡小兒多詐而獪或謂之姡。」郭彼注皆曰：「言黠姡也。」方言「姡」字，自是黠姡之義，非爾雅「覸，姡也」之「姡」。而釋文引之以釋爾雅，誤矣。臧氏用中爾雅漢注又以引方言者爲孫炎注，則誤之又誤也。〔覸姡也，二七・六四五〕卷二第三七條；卷六第五條；卷一〇第三條

四　崽者，子也。崽音枲，聲之轉也。**湘沅之會**兩水合處也，音獪。**凡言是子者謂之崽，若東齊言子矣。**聲如宰。1b

【廣】方言「崽者，子也。湘沅之會凡言是子者謂之崽，若東齊言子矣」，郭璞注云：「崽音枲，聲之轉也。」〔崽子也，五・一七一〕

五　誺，不知也。音廄眩。江東曰咨，此亦如聲之轉也。**沅澧之間**澧水，今在長沙，音禮。**凡相問而不知荅曰誺；使之而不肯荅曰吂。**音茫，今中國語亦然。**秕，不知也。**今淮楚間語，呼聲如非也。1b

【明】將郭注「音廄眩」之「眩」字改作「抵」。

【廣】秕者：方言「秕，不知也」，郭璞注云：「今淮楚間語，呼聲如非也。」曹憲云

「彼比，俱得」，方語有輕重耳。「倗」即「不肯」之合聲，「粃」即「不知」之合聲。説文「秕，不成粟也」，義亦與「粃」同。〔粃不也，四・一一七〕

【廣】玉篇引埤倉云：「嗃，不知是誰也。」方言：「誺，不知也。沅澧之間凡相問而不知荅曰誺。」〔嗃誺也，五・一四五〕

六　**煤，火也。**呼隗反。**楚轉語也，猶齊言焜，火也**〔一〕。音毁。1b

【大】火謂之「焜」。音毁。説文「焜，火也」，引詩汝墳三章「王室如焜」，今詩作「燬」。爾雅釋言：「燬，火也。」方言：「**煤，火也。楚轉語也，猶齊言火焜也。**」又作「烜」。周禮「司烜氏」，鄭注：「烜，火也。讀如衛侯燬之燬。」〔七・七九〕

【廣】「煨」，曹憲音隈。案：卷四云：「煨，煴也。」然則煨者以火温物，不得直訓爲「火」。「煨」當爲「煤」，字之誤也。方言「**煤，火也。楚轉語也，猶齊言火焜也**」，郭璞注：「**煤，呼隗反。**」玉篇、廣韻及汝墳釋文並同。〔煨火也，五・一六〇〕

〔一〕「焜火」二字，王念孫引方言作「火焜」。

七　**嘳、無寫，憐也。**皆秦漢之代語也。音蒯。**沅澧之原凡言相憐哀謂之嘳，或謂之無寫；江濱謂之思。**濱，水邊也。**皆相見驩喜有得亡之意也。九嶷湘潭之間謂之人兮**〔一〕**。**九嶷，山名，今在零陵營道縣。 1b

【正】墨籤云：方言十：**「凡言相憐哀，九疑湘潭之間謂之人兮。」**〔補·四二六〕

【述】「公子遂如齊納幣」，傳曰：「納幣不書，此何以書？譏。何譏爾？譏喪娶也。三年之恩疾矣，非虛加之也，以人心爲皆有之。」何注曰：「以人心爲皆有疾痛，不忍娶。」引之謹案：「人」之言「仁」也。墨子經説篇：「仁，愛也。」方言：**「凡相憐哀，九疑湘潭之間謂之人兮。」**表記「仁者，人也」，鄭注曰：「人也，謂施以人恩也。」成十六年「晉人執季孫行父，舍之于招丘」，傳曰：「執未有言舍之者，此其言舍之何？仁之也。曰在招丘悕矣。」何彼注曰：「悕，悲也。仁之者，若曰在招丘可悲矣，閔録之辭。」表記注引公羊「仁之」作「人之」。是人即仁也。以仁心爲皆有之者，以哀痛父母之心爲衆所同有也。作「人」者，借字耳。下文「以爲有人心焉者，則宜於此焉變矣」，

〔一〕「嶷」，王氏父子引方言均作「疑」。

何注曰：「有人心念親者，聞有欲爲己圖婚，則當變慟哭泣矣。」此解得之。〔以人心爲皆有之，二四·五八一〕

【述】「莊元年，夫人孫于齊」，傳曰：「孫之爲言猶孫也，諱奔也。接練時，録母之變，始人之也。」范注曰：「夫人初與桓俱如齊，今又書者，於練時感夫人不與祭，故始以人道録之。」家大人曰：傳言「録」者，閔録之也。「閔録」義見下。漢書賈捐之傳「孝武皇帝録冒頓以來數爲邊害」，亦謂閔録也。人之者，仁之也。仲尼燕居「郊社之禮，所以仁鬼神也」，鄭注曰：「仁猶存也。」墨子經説篇曰「仁，愛也」，説文曰「仁，親也」，義並相近。謂於練時閔録夫人之不與祭，於是始仁之也。公羊傳曰：「夫人固在齊矣，其言孫于齊何？念母也。」彼言「念母」，此言「人之」，其義一也。**方言曰：「凡相憐哀，九疑湘潭之間謂之人兮。」**中庸、表記並曰：「仁者，人也。」鄭注中庸曰「人也，讀如相人偶之人。漢時謂相親爲「人偶」。賈子匈奴篇曰：「胡嬰兒得近侍側，胡貴人更進，得佐酒前。上時人偶之。」檜風匪風箋曰：「人偶能割亨者，人偶能輔周道治民者。」聘禮注曰：「每門輒揖者，以相人偶爲敬也。」以人意相存偶之言。」今本作「相存問」，乃後人以意改之。今據聘禮疏訂正。注表記曰「人也，謂施以人恩也」，則「人」與「仁」同義。公羊春秋成十六年「晋人執季孫行父，舍之于招丘」，傳曰：「執未有言舍之者，此其言舍之何？仁之也。曰在招丘悕矣。」何注曰：「悕，悲也。仁之者，若曰在招丘可悲矣，閔録之辭。」表記注引公羊傳「仁之」作「人之」，是其明證也。「仁」與「人」義相通，故字亦相通。繫辭傳「何以守位曰人」，王肅本作「仁」。大戴禮曾子立事篇「觀其所愛親，可以知其人矣」，墨子非命篇「命者，非人者之言也」，呂氏春秋論人篇「哀之以驗其人」，「人」並與「仁」同。漢韓勑造孔廟禮器碑「四方士仁，聞君風燿」，「士仁」與「士人」同。〔始人之也，二五·五九七〕

八　婩、魚踐反。**嫧**、音策。**鮮，好也。南楚之外通語也。** 2a

【廣】婩、嫧、鮮者：方言：「婩、嫧、鮮，好也。南楚之外通語也。」説文「嫧，齊也」，卷四云「婩、嫧，齊也」，皆好之義也。「婩」與「忓」，聲近而義同。廣韻「瞔，淨也」，義與「嫧」亦相近。〔婩嫧鮮好也，一·二六〕

【廣】⿰王困、砡、婩、嫧者：玉篇：「⿰王困，齊玉也。」「⿰王困」之言「捆」也。大射儀「既拾取矢，捆之」，鄭注云：「捆，齊等之也。」廣韻：「砡，齊頭皃。」方言：「婩、嫧、鮮，好也。南楚之外通語也。」鮮絜即整齊之意，故説卦傳云：「齊也者，言萬物之絜齊也。」列子力命篇釋文引字林云：「婩，齊也。」説文：「嫧，齊也。」荀子君道篇云「斗斛敦槩者，所以爲嘖也」〔一〕，「嘖」與「嫧」通〔二〕。説文又云：「齰，齒相值也。」字通作「幘」。定九年左傳「晳幘而衣貍製」，杜預注云「幘，齒上下相值也」；釋名云「幘，賾也，下齊眉賾然也」，又云「柵，賾也，以木作之，上平賾然也」，又云「册，賾也，敕使整賾，不犯之也」：並聲近而義同。文選長笛賦「重巘增石，簡積頵砡」，李善注引字林云：「砡，齊也。」李周翰注云：「頵砡，石齊頭貌。」「頵砡」與「珚砡」同，「簡積」與「嫧嫧」聲亦相近。〔珚砡嫧嫧齊也，四·一一九〕

九　**㘓哰**、闌牢二音。**謰謱**，上音連，下力口反。**拏也**。言譇拏也。奴加反。**東齊周晋之鄙曰㘓哰。㘓哰亦通語也。**平原人好㘓哰也。**南楚曰謰謱，或謂之支註**，支，之豉反。註，音注。**或謂之詀謕**，上託兼反，下音啼。**轉語也。拏，揚州會稽之語也，或謂之惹**，言情惹也。汝邪反，一音若。**或謂之䛳。**言誙䛳也。2a

【明】將郭注「平原人好㘓哰也」之「好」字改作「呼」。又將郭注「言誙䛳也」之

〔一〕王念孫補正於「所以爲嘖也」下補：太玄玄掜云：「嘖以牙者童其角。」
〔二〕王念孫補正於「嘖與嫧通」之「嘖」下補「並」字。

「誙」字改作「誣」。

【廣】此釋紛拏之義也。説文：「拏，牽引也。」文選吴都賦注引許慎淮南子注云：「挐，亂也。」方言**「囒哰、嗹嘍，拏也。拏，揚州會稽之語也」**，**郭璞注云：「言諸拏也。」**玉篇云：「諸詉，言不可解也。」廣韻云：「諸詉，語不正也。」淮南子本經訓云：「芒繁紛挐，以相交持。」「拏、挐、詉」並通。[拏也，三·七七]

【廣】惹、䛳者：方言**「挐，揚州會稽或謂之惹，或謂之䛳」**，**郭注云：「惹，言情惹也。」**「䛳」字又作「媕」。説文：「媕，誣挐也。」[惹䛳拏也，三·七七]

【廣】此雙聲之相近者也。「囒、謰」聲相近。魏風伐檀篇「河水清且漣猗」，爾雅「漣」作「瀾」，是其例也。「浶、謱」聲亦相近。士喪禮「牢中旁寸」，鄭注云「牢，讀爲樓」，是其例也。方言**「囒哰、謰謱，拏也。東齊周晉之鄙曰囒哰。囒哰亦通語也。南楚曰謰謱。拏，揚州會稽之語也」**，**郭璞注云：「拏，言諸拏也。平原人呼囒哰也。」**玉篇：「諸詉，言不可解也。」説文「拏，牽引也」，「拏」與「詉」通。説文「謱，連謱也」「謱，謰謱也」；玉篇「嗹嘍，多言也」「謰謱，繁拏也」；楚辭九思云「媒女詘兮謰謱」；淮南子原道訓「終身運枯形于連嶁列埒之門」，高誘注云「連嶁猶離婁也，委曲之貌」：並字異而義同。劉向熏鑪銘云：「彫鏤萬獸，離婁相加。」説文：「廔，屋麗廔也。」

「離妻、麗廔」，聲與「連遱」皆相近。故離象傳云「離，麗也」，王弼注兑卦云「麗猶連也」，鄭注士喪禮云「故文麗爲連」。王延壽王孫賦云：「羌難得而覶縷。」玉篇：「覶，力和切。覶縷，委曲也。」「覶縷」與「連遱」，聲亦相近，故同訓爲「委曲」矣。〔嚫咤謰謱也，六・一九六〕

一〇　**亄、嗇，貪也。**謂慳貪也。音懿。**荆汝江湘之郊凡貪而不施謂之亄，**亦中國之通語。**或謂之嗇，或謂之悋。悋，恨也。**慳者多情恨也。2a

【明】將正文「嗇」字改作「嗇」。又將郭注「慳者多情恨也」之「情」字改作「猜」。

【廣】亄、嗇者：方言：「亄、嗇，貪也。荆汝江湘之郊凡貪而不施謂之亄，或謂之嗇。」襄二十六年左傳「小人之性嗇於禍」，杜預注云：「嗇，貪也。」〔亄嗇貪也，二・四三〕

【廣】遴者：方言：「荆汝江湘之郊凡愛而不施或謂之悋。悋，恨也。」說文：「吝，恨惜也。」「遴、吝、悋」並通。〔遴貪也，二・四三〕

【讀】張衡傳應閒「得之不休，不獲不吝」，注曰：「休，美也；吝，恥也。」念孫案：休，喜也；吝，恨也。言得之不喜，不得不恨也。小雅菁菁者莪篇曰「我心則喜，我心則休」，休亦喜也。呂刑曰「雖畏勿畏，雖休勿休」，言雖喜勿喜也。並見經義述聞。周語曰「爲晉休戚」，韋注曰：「休，喜也。」廣雅同。今俗語猶云「休戚相關」。楚語曰「教之世，而爲之昭明德而廢幽昏焉，以休懼其動」，言喜懼其動也。説文曰：「吝，恨惜也。」屯六三「往吝」，馬融注曰：「吝，恨也。」廣雅同。下文思玄賦曰：「柏舟悄悄吝不飛。」字或作「恡」。**方言曰：「恡，恨也。」**〔得之不休不獲不吝，餘編上·一〇〇七〕

一一　**遥、窕，淫也。九嶷荆郊之鄙謂淫曰遥**〔一〕，言心遥蕩也〔二〕。**沅湘之間謂之窕。**

窈窕，冶容。　2a

【廣二】媱、窕者：方言**「遥、窕，淫也。九疑荆郊之鄙謂淫曰遥，沅湘之間謂之窕」**，**郭璞注云「遥，言心摇蕩也」**，「遥」與「媱」通。方言又云：**「江沅之間謂戲曰媱。」**「戲」與「淫」，亦同義。「媱」，各本譌作「婬」，今訂正。〔媱窕婬也，一·三九〕卷一〇第一條；卷一〇第一一條

〔一〕「嶷」，王念孫引方言作「疑」。
〔二〕「遥」，王念孫引方言注作「摇」。

一二　**潛、涵**〔一〕**，沈也。楚郢以南曰涵，**音含，或古南反。**或曰潛。潛又遊也。**潛行水中亦爲游也。　2b

【廣】潛者：方言：**「潛，沈也。楚郢以南曰潛。」**〔潛没也，一·三二〕

【廣】説文：「䨡，久雨也。」又云：「涵，水澤多也。」「涵」與「䨡」，義相近。説文：「涔，漬也。」「濱，久雨涔濱也。」淮南子主術訓「時有涔旱災害之患」，高誘注云「涔，久雨水潦也」，「涔」與「𩅰」同。爾雅云：「久雨謂之淫。淫謂之霖。」「霖、淫、涔」，古聲亦相近也。方言：**「潛、涵，沈也。」**沈謂之「涵」，亦謂之「潛」；猶久雨謂之「䨡」，亦謂之「𩅰」也。〔䨡𩅰霖也，五·一三八〕

一三　**家、安，靜也。江湘九嶷之郊謂之家**〔二〕**。**　2b

【廣】宋者：方言：**「宋，靜也。江湘九疑之間謂之宋。」**説文「宋，無人聲也。」或

〔一〕「涵」，王念孫引方言作「涵」。
〔二〕「嶷、郊」，王念孫引方言作「疑、間」。

作訹」，又云「啾，嘆也」；繫辭傳云「寂然不動」；楚辭大招云「湯谷宋只」：並字異而義同。合言之則曰「宋募」。説文「嘆，啾嘆也」「募，死宋募也」，文選西征賦注引薛君韓詩章句云「寂，無聲之貌也。寞，靜也」，莊子天道篇云「寂漠無爲」，楚辭九辯云「蟬宋漠而無聲」，淮南子俶真訓云「虛無寂寞」，並字異而義同。［宋靜也，四·一二四］

一四　**拌，棄也。**音伴，又普槃反。**楚凡揮棄物謂之拌，或謂之敲；**恪交反。今汝潁間語亦然。或云撅也。**淮汝之間謂之伇**[一]。江東又呼撅，音黶，又音犳音豹。 2b

【廣】拌、墩者：方言：「**拌，棄也。楚凡揮棄物謂之拌，或謂之敲。**」「拌」之言「播棄」也。吴語云「播棄黎老」，是也。「播」與「拌」，古聲相近。士虞禮「尸飯，播餘于篚」，古文「播」爲「半」，「半」即古「拌」字，謂棄餘飯于篚也。「敲」與「墩」通。「拌、捐」字並從手，各本譌從木，今訂正。［拌墩棄也，一·一三］

【廣】投者：方言：「**淮汝之間謂棄曰投。**」［投棄也，一·一三］

【正】注「『搒』，各本譌作『榜』，今訂正」下補：撅者：方言「**楚凡揮棄物謂之敲**」，

[一]「伇」，王念孫引方言作「投」。

郭璞注云：「敲，今汝潁間語亦然。或云撅也。」大荒東經「橛以雷獸之骨」，郭注云「橛猶擊也」，「橛」與「撅」通。［補·四二一］

一五　諑，愬也。諑譖亦通語也。**楚以南謂之諑。**2b

【廣】諑者：方言「**諑，愬也。楚以南謂之諑**」，郭璞注云：「**諑譖亦通語也。**」楚辭離騷「謠諑謂余以善淫」，王逸注云：「謠謂毁也，諑猶譖也。」哀十七年左傳「太子又使椓之」，杜預注云：「椓，訴也。」「椓」與「諑」通，「毁」與「[言呈]」通。［諑[言呈]也，二·六五］

一六　戲、泄，歇也。楚謂之戲音義。**泄。奄，息也。楚揚謂之泄。**2b

【明】將郭注「音義」之「義」字改作「羲」。

【廣】奄者：方言：「**奄，息也。**」漢書司馬相如傳「奄息葱極」，張注云：「奄然休息也。」枚乘七發「掩青蘋」，李善注引方言「掩，息也」，「掩」與「奄」通。秦風有子車奄息，義取諸此與？［奄息也，二·四九］

【廣】戲、歇者：方言：「**戲、泄，歇也。楚謂之戲泄。**」説文：「歇，氣越泄也。」高誘注淮南子精神訓云：「[月曷]，讀精神歇越之歇。」後人不知「戲」訓爲「泄」本出方言，

遂移「戲」字入上條，今訂正。〔戲歇泄也，二·六六〕

一七　攓，取也。音騫，一曰騫。楚謂之攓。2b

【明】將郭注「音騫」之「騫」字改作「蹇」。

一八　昲、曬，乾物也。揚楚通語也。昲音曬，亦皆北方通語。或云𣆶。2b

【廣二】昲、𣆶、曬者：方言「昲、曬，乾物也。揚楚通語也」，郭璞注云：「亦皆北方常語耳。或云𣆶也。」[一]列子周穆王篇云：「酒未清，肴未昲。」淮南子地形訓云「日之所曊」，「曊」與「昲」同。玉篇：「𣆶，置風日中令乾也。」方言又云：「曬，暴也。凡暴五穀之類，秦晉之間謂之曬。」〔昲𣆶曬曝也，二·四六〕卷一〇第一八條；卷七第一五條

一九　𦺗，猝也[二]。謂倉卒也。音斐。江湘之間凡卒相見謂之𦺗相見，或曰突。他骨反。3a

【廣】𦺗、突者：方言：「𦺗，卒也。江湘之間凡卒相見謂之棐相見，或曰突。」説文

[一]「也」字衍，當刪。
[二]「猝」，王念孫引方言作「卒」。

「突，犬從穴中暫出也。一曰：匪，突也」，「匪」與「棐」同。〔棐突猝也，二·六九〕

二〇　**迹迹、屑屑，不安也。**皆往來之貌也。**江沅之間謂之迹迹；秦晉謂之屑屑，或謂之塞塞，或謂之省省：不安之語也。**3a

【廣二】屑、往者：説文：「屑，動作切切也。」方言「屑屑，不安也」，郭璞注云：「往來之貌也。」又「屑、往，勞也」，注云：「屑屑、往來，皆劬勞也。」昭五年左傳云：「屑屑焉習儀以亟。」漢書董仲舒傳云：「凡所爲屑屑，夙興夜寐，務法上古者。」後漢書王良傳云：「何其往來屑屑不憚煩也？」爾雅云：「來，勤也。」「往」之爲「勞」，猶「來」之爲「勤」也。孟子萬章篇「舜往于田」，往者勞也，即下文所云「竭力耕田」也。「往」，各本譌作「佳」。「往」，篆作「𢓸」，隸或省作「徃」，故譌而爲「佳」，今據方言訂正。〔屑往勞也，一·三二〕卷一〇第二〇條；卷一二第三〇條

【廣】方言：「迹迹、屑屑，不安也。江沅之間謂之迹迹；秦晉謂之屑屑，或謂之塞塞，或謂之省省：不安之語也。」餘見卷一「屑，勞也」下。〔屑屑迹迹不安也，六·一八〇〕

二一　澗沭〔一〕、音閑。征伀，遑遽也。江湘之間凡窘猝怖遽謂之澗沭，喘喈貌也。或謂之征伀。3a

【廣】征伀者：方言「征伀，遑遽也。江湘之間凡窘猝怖遽謂之征伀」，「遑」與「惶」同。釋訓篇云：「屏營，征伀也。」漢書王莽傳「人民正營」，顏師古注云「正營，惶恐不安之意也」，「正」與「征」同。釋名：「夫之兄曰兄公，俗間曰兄伀，言是己所敬，見之伀遽，自肅齊也。俗或謂舅曰公，亦如此也。」王褒四子講德論云：「百姓征伀，無所措其手足。」潛夫論救邊篇云「乃復怔忪如前」，「怔忪」與「征伀」同。〔征伀懼也，二·六一〕

【廣】「勮」，各本譌作「劇」，今訂正。上文云：「惶惶、佂佂，勮也。」文選舞賦注引埤倉云：「躟，疾行貌。」字通作「攘」。史記貨殖傳云：「天下攘攘，皆爲利往。」合言之則曰「佂躟」。馬融圍棊賦云「狂攘相救兮，先後並沒」，義與「佂躟」同。方言云「澗沭、征伀，惶遽也」，「遽」與「勮」通。惶遽謂之「佂躟」，故擾亂亦謂之「佂躟」。楚辭九辯「悼余生之不時兮，逢此世之佂攘」，是也。王逸注以爲遇讒而惶遽，失之。

〔一〕「澗」，王念孫引方言作「澗」。下同。

哀時命「摡塵垢之枉攘兮」，王注云：「枉攘，亂貌。」「俇攘、枉攘」並與「俇儴」同。［俇儴惶劇也，六・一九二］

【廣二】「沭」，各本譌作「沐」，今訂正。方言「脅閱，懼也。齊楚之間曰脅閱」，「閱」與「濶」通。說文「怵，恐也」，「怵」與「沭」通。合言之則曰「濶沭」。方言「濶沭，遑遽也。江湘之間凡窘猝怖遽謂之濶沭」，郭璞注云：「喘喈貌也。」卷二云「遽，懼也」，「遽」與「懅」通。［濶沭怖懅也，六・一九六］卷一第一五條；卷一〇第二一條

一二二　翥，舉也。謂軒翥也。楚謂之翥。3a

【明】浮簽：廣雅音云：「翥，方言音曙。」

【廣】翺、翥者：卷三云「翺、翥，飛也」，飛亦舉也。楚辭九歌「翾飛兮翠曾」，王逸注云「曾，舉也」，「曾」與「翺」通。方言「翥，舉也。楚謂之翥」，方言注云：「謂軒翥也。」說文：「翥，飛舉也。」爾雅釋蟲云：「翥醜，罅。」楚辭遠遊云：「鸞鳥軒翥而翔飛。」［翺翥舉也，一・三五］

一二三　忸怩，慙歰也。歰猶苦者。楚郢江湘之間謂之忸怩，或謂之嘁咨。子六、莊伊二反。3a

【廣】⿱衄心怩、⿱戚日咨者：方言：「**忸怩，慙歰也。楚郢江湘之間謂之忸怩，或謂之⿱戚日咨。**」晋語「君忸怩顔」，韋昭注云：「忸怩，慙貌。」孟子萬章篇云「象曰：『鬱陶思君爾。』忸怩」，「忸」與「⿱衄心」同。「⿱衄心」字從心、衄聲，各本譌作「恧」，今訂正。「⿱戚日咨」，各本譌作「慼恣」。集韻、類篇並引廣雅「慼，慙也」，則宋時廣雅本已譌。釋訓篇「忸怩，⿱戚日咨也」，「⿱戚日」字亦譌作「慼」，惟「咨」字不譌。考方言、玉篇、廣韻並作「⿱戚日咨」，離釋文亦云「⿱戚日咨，慙也」，今據以訂正。忸怩、⿱戚日咨皆局縮不伸之貌也。「⿱戚日咨」倒言之則曰「資戚」。太玄親初一云「其志齟齬」，次二云「其志資戚」，「資戚」猶「齟齬」，謂志不伸也。范望注訓「資」爲「用」，「戚」爲「親」，皆失之。卷三云：「側匿、蹴，縮也。」釋言云：「衄，縮也。」「縮」與「慙」，義相近。縮謂之「側匿」，猶慙謂之「㥾」也；縮謂之「衄」，又謂之「蹴」，猶慙謂之「忸怩」，又謂之「⿱戚日咨」也。［⿱衄心怩⿱戚日咨恧慙也，一・二二三］

【廣】謂退縮也。釋名云：「辱，衄也，言折衄也。」方言：「**忸怩，慙歰也。**」說文：「朔而月見東方謂之縮朒。」「衄、忸、朒」並音女六反，義相近也。［衄縮也，五・一七一］

二四　垤、封，塲也。楚郢以南蟻土謂之垤。垤中齊語也〔一〕。3a

【廣】封、垤者：方言：「垤、封，塲也。楚郢以南蟻土謂之垤。垤亦中齊語也。」易林震之蹇云：「蟻封穴户。」周官封人注「聚土曰封」，故蟻塲亦謂之「封」也。豳風東山篇「鸛鳴于垤」，毛傳云：「垤，螘冢也。」韓非子姦劫弑臣篇云「猶螘垤之比大陵也」，「螘」與「蟻」同。〔封垤塲也，三・七八〕

二五　讁，過也。謂罪過也，音賾，亦音適，罪罰也。南楚以南凡相非議人謂之讁，或謂之衇。血脉。衇又慧也。今名黠鬼衇。3b

二六　膂，兄也。皆音義所未詳。荆揚之鄙謂之膂，桂林之中謂之䊵。3b

二七　讓、極，吃也。楚語也。亦北方通語也。或謂之軋，鞅軋，氣不利也。烏八反。或謂之𨇾。語𨇾難也。今江南又名吃爲嗹，若葉反。3b

〔一〕王念孫引方言「垤」下有「亦」字。

【明】將郭注「若葉反」之「若」字改作「苦」。

【廣】譴、極、軋、歰者：方言：「譴，極，吃也。楚語也。或謂之軋，或謂之歰。」蹇彖傳云：「蹇，難也。」説文：「吃，言蹇難也。」衆經音義卷一引通俗文云：「言不通利謂之謇吃。」列子力命篇「讓慳淩誶」，張湛注云：「讓慳，訥澀之貌。」「譴、讓、謇、蹇」古通用。「極、慳」古通用。「澀」與「歰」同。方言注云：「軋，鞅軋，氣不利也。」史記律書云：「乙者，言萬物生軋軋也。」説文云：「乙，象春草木冤曲而出，陰氣尚彊，其出乙乙也。」李善注文賦云：「乙乙，難出之貌。」「乙」與「軋」通。方言注云：「歰，語歰難也。」説文：「歰，不滑也。」楚辭七諫云：「言語訥歰。」難謂之「蹇」，亦謂之「歰」；口吃謂之「歰」，亦謂之「譴」：其義一也。〔極軋歰吃也，二·六七〕

【廣】歰者：説文：「歰，不滑也。」方言「譴，吃也。或謂之歰」，郭璞注云：「語歰難也。」楚辭七諫「言語訥歰兮」，注云：「歰者，難也。」風俗通十反篇云「冷澀比如寒蜓」，「澀」與「歰」同。「歰」，各本譌作「澀」，今訂正。〔歰難也，三·一〇一〕

二八　**呰**、昨啟反。**矲**，蒲揩反。**短也。江湘之會謂之呰。凡物生而不長大亦謂之鮆，又曰瘠。**今俗呼小爲瘠，音薺菜。**桂林之中謂短矲。**言矲偕也。**矲，通語也。東陽之間謂之府。**

言㾈視之，因名云。　3b

【明】將正文兩「呰」字並改作「呰」。又將正文「東陽之間謂之㾈」之「陽」字改作「揚」。又將郭注「言㾈視之」之「㾈」字改作「俯」。

【廣】癠、鮆、㾈、矲者：**方言「鮆、矲，短也。江湘之會謂之鮆。凡物生而不長大亦謂之鮆，又曰癠。桂林之中謂短矲。矲，通語也。東陽之間謂之㾈」，郭璞注云：「今俗呼小爲癠，音薺菜。」**案：薺亦菜之小者，故又謂之「靡草」。月令「靡草死」，鄭引舊説云：「靡草，薺，亭歷之屬。」正義云「以其枝葉靡細，故云靡草」，是也。「癠」，亦通作「濟」。襄二十八年左傳「濟澤之阿，行潦之蘋藻，寘諸宗室，季蘭尸之，敬也」，濟澤，小澤也；若言「澗谿沼沚之毛，蘋蘩薀藻之菜，可薦於鬼神，可羞於王公」耳。正義乃釋「濟」爲江淮河濟之濟，失其義也。方言「鮆」字或作「呰」。説文：「呰，窳也。」漢書地理志「呰窳偷生」，如淳注云：「呰，音紫。」顏師古注云：「呰，短也；窳，弱也。言短力弱材，不能勤作也。」史記貨殖傳「呰」作「呰」。「鮆、呰、啙」並通。**方言注云：「㾈，言俯視之也。」**説文：「㾈，俛病也。」**方言注云：「矲，言矲𥏮也。」**廣韻：「矲𥏮，短也。」説文：「䇑，短人立䇑䇑皃。」周官典同「陂聲散」，鄭興注云：「陂，讀爲人短罷之罷。」司弓矢「痹矢」，鄭衆注云：「痹，讀爲人罷短之罷。」「䇑、罷」

並與「矲」通。爾雅「犤牛」，注云：「犤牛庳小。」説文「䅣，短脛狗也」，義亦與「矲」同。「矲𪐴」與「𥏋䂣」，聲亦相近也。〔癠𪐴府矲短也，二·六八〕

【述】郭曰：「犤牛庳小。」家大人曰：「庳、犤」聲相近。「犤」之言「矲」也，「庳」也。方言「**矲**，蒲楷反。**短也。桂林之中謂短矲**」，郭彼注曰：「**言矲𥏪也。**」周官典同「陂聲散」，鄭少贛注曰：「陂，讀爲人短罷之罷。」司弓矢「庳矢」，鄭仲師注曰：「庳，讀爲人罷短之罷。」「罷」與「矲」同。人短謂之「矲」，牛庳小謂之「犤」，其義一也。〔犤牛，二八·六八三〕

二九　鉗、鉗害，又惡也。**疲**、疲恎，惡腹也。妨反反。**憋**，憋忕，急性也。妨滅反。**惡也。南楚凡人殘罵謂之鉗**，殘猶惡也。**又謂之疲。癡，騃也。**吾駭反。**揚越之郊凡人相侮以爲無知謂之眲。**諾革反。**眲，耳目不相信也。**因字名也。**或謂之斫。**斫郄。斫，頑直之貌，今關西語亦皆然。3b

【明】於正文「癡，騃也」之「癡」字上加横杠别爲一條。

【廣】嫳者：説文：「嫳，易使怒也。」方言「**憋，惡也**」，注云：「**憋忕，急性也。**」列子力命篇云：「嘽咺憋懯。」「懯」與「忕」同，「憋」與「嫳」同。〔嫳怒也，二·四七〕

【廣】騃者：方言：「**癡，騃也。**」衆經音義卷六引倉頡篇云：「騃，無知也。」漢

書息夫躬傳云：「駿不曉政事。」〔駿，癡也，三·八〇〕

【廣】憋者：方言「憋，惡也」，郭璞注云：「憋怤，急性也。」列子力命篇云：「嘽咺憋憋。」後漢書董卓傳「敝腸狗態」，李賢注云「言心腸敝惡也」，續漢書「敝」作「憋」。漢司隸校尉楊孟文石門頌云「惡蟲蔽狩」，「蔽狩」與「憋獸」同。釋名云：「鷩雉，山雉也。鷩，憋也，性急憋，不可生服，必自殺也。」潘岳射雉賦云：「山鷩悍害。」南山經「基山有鳥焉，其狀如鷄，而三首六目，六足三翼，其名曰⿰敝鳥⿰付鳥」，郭璞注云：「⿰敝鳥⿰付鳥，急性。」廣韻「⿰敝鳥，⿰付鳥鷗也」，⿰付鳥鷗亦鳥之惡者。是凡言「憋」者，皆惡之義也。周官司弓矢「句者謂之弊弓」，鄭注云：「弊猶惡也。」徐邈音扶滅反。「弊」與「憋」，聲義亦同。故大司寇「以邦成弊之」，故書「弊」爲「憋」矣。〔憋惡也，三·一〇五〕

【廣】鉗、⿸疒反、痓者：方言「鉗，⿸疒反，惡也。南楚凡人殘罵謂之鉗，又謂之⿸疒反」，注云：「鉗害，口惡也。」[一] 荀子解蔽篇云「彊鉗而利口」；後漢書梁冀傳「性鉗忌」，注云「言性忌害，如鉗之銸物也」；説文「拑，脅持也」：皆惡之義也。方言注云：「⿸疒反恎，惡腹也。」玉篇「⿸疒反，惡也」「⿰忄反，惡心也，急性也」，「⿰忄反」與「⿸疒反」同。定三年左傳

〔一〕「口」字誤，當作「又」。

「莊公卞急而好絜」，「卞」與「疲」亦聲近義同。玉篇「痓，惡也」「恎，惡性也」，「恎」與「痓」同。「恎」又音大結反。説文：「蛈，蛇惡毒長也。」爾雅「蛈，惡」，注云：「蝮屬，大眼，最有毒。今淮南人呼蛋子。」釋文：「蛈，大結反。」字亦作「蛭」。楊孟文石門頌云「惡蟲⿱艹幣狩，虵蛭毒蟃」，毒蟃謂毒長也。「蛈」與「蛭」、「蛋」與「惡」，聲義亦同。〔鉗疲痓惡也，三·一〇五〕

【讀】「案彊鉗而利口」，楊注曰：「鉗，鉗人口也。」念孫案：方言「鉗，惡也」。廣雅同。**南楚凡人殘罵謂之鉗」，郭璞曰：「殘猶惡也。」**然則彊鉗者，既彊且惡也，非「鉗人口」之謂。〔彊鉗，荀子第七·七二二〕

【讀】「惡虫⿱艹幣狩」，「狩」與「獸」同。隸釋以⿱艹幣爲「⿱敝毛」字，非也。「⿱艹幣」與「憋」同。**方言「憋，惡也」，郭璞音方滅反。**字亦作「敝」。後漢書董卓傳「敝腸狗態」，李賢云：「言心腸敝惡也。」續漢書「敝」作「憋」，憋亦惡也。「惡虫、憋獸」，互文耳。〔司隸校尉楊渙石門頌，漢隸拾遺·九八九〕

三〇　**惃、**衮衣。**慜、**音敎。**頓愍，惽也。**謂迷昏也。**楚揚謂之惃，或謂之慜。江湘之間謂之頓愍，**頓愍，猶頓悶也。**或謂之氐惆。**丁弟、丁牢二反。**南楚飲毒藥懣謂之氐惆，亦謂之頓愍，猶中齊言眠眩也。**

愁恚憒憒、毒而不發謂之氐惆。 氐惆，猶懊憹也。 4a

【明】將正文及郭注四處「頓愍」之「愍」字改作「愍」。

【廣】愁者：秦策云「上下相愁，民無所聊」，謂上下相恚也[一]。方言云：「愁恚憒憒、毒而不發。」［愁恚也，二·四七］

【廣二】惃、慠、頓、愍、眠、眩者：方言：「**惃、慠、頓、愍，惛也。楚揚謂之惃，或謂之慠；江湘之間謂之頓愍。南楚飲藥毒懣謂之頓愍，猶中齊言眠眩也。**」説文：「誖，亂也。或作悖。」玉篇：「慠，迷亂也。」「慠、誖、悖」並同。「慠」，曹憲音「勃」。各本「慠」作「愂」，蓋因音内「勃」字而誤。考説文、玉篇、廣韻、集韻、類篇俱無「愂」字；衆經音義卷十三引廣雅「慠，亂也」：今據以訂正。淮南子要略云：「終身顛頓乎混溟之中，而不知覺寤乎昭明之術。」是頓爲昏亂也。爾雅：「訰訰，亂也。」「訰」與「頓」，聲近義同。「頓」，各本皆作「頊」。「頓」，隸省作「頓」，因譌而爲「頊」。今訂正。「愍」，字本作「忞」，或作「暋」，又作「泯」，其義並同。説文引立政云「在受德忞」，今本作「暋」。康誥云「天惟與我民彝大泯亂」，泯亦亂也。呂刑云「泯泯棼棼」，是也。

［一］王念孫補正於「謂上下相恚也」下補：淮南子詮言訓云：「己之所生，乃反愁人。」

傳訓「泯」爲「滅」，失之。莊子外物篇「慰暋沈屯屯」，「屯」與「頓」通，「暋」與「愍」通。合言之則曰「頓愍」。方言注云：**「頓愍，猶頓悶也。」**淮南子脩務訓「精神曉泠，鈍聞條達」，高誘注云「鈍聞猶頓惛也」；文子精神篇作「屯閔」：義並與「頓愍」同。「眠」，字或作「瞑」。玉篇：「瞑，音眉田切。又音麵。」荀子非十二子篇「瞑瞑然」，楊倞注云「瞑瞑，視不審之貌」；淮南子覽冥訓云「其視瞑瞑」：並與「眠」同。玉篇「眩」音胡偏、胡蠲二切。周語「觀美而眩」，李善注景福殿賦引賈逵注云：「眩，惑也。」合言之則曰「眠眩」。**方言又云：「凡飲藥傅藥而毒，東齊海岱之間謂之瞑，或謂之眩。」**楚語及孟子滕文公篇並引書「若藥不眠眩」，趙岐注云「瞑眩，憒亂也」，韋昭注云「頓暋也」；史記司馬相如傳「視眩眠而無見」，漢書作「眩泯」；揚雄傳「目冥眴而亡見」：並與「眠眩」同。〔惃慠頓愍眠眩亂也，三·七九〕卷一〇第三〇條；卷三第一二條

【讀】「貪饕多欲之人，漠暋於勢利，誘慕於名位」，高注曰：「漠暋猶鈍暋，不知足貇。」「貇」與「貌」同。各本「貇」誤作「類」，今改正。念孫案：「漠暋」皆當爲「滇眠」，字之誤也。隸書「真」字作貞，「莫」字作莫，二形相似而誤。史記高祖功臣侯者表「甘泉戴侯莫摇」，漢表莫摇作真粘；朝鮮傳「嘗略屬真番」，徐廣曰「真，一作莫」；新序雜事篇「黄帝學乎大真」，路史疏仡紀曰「大真，或作大莫」，非」：皆其例也。「眠」之爲「暋」，則涉注文「鈍暋」而誤。「滇」音顛，「眠」音莫賢反。「滇眠」，或作

「顛冥」。文子九守篇作「顛冥乎勢利」，是其證也。莊子則陽篇「顛冥乎富貴之地」，釋文「冥，音眠。司馬云：『顛冥猶迷惑也。』言其交結人主，情馳富貴」，即此所云「滇眠於勢利，誘慕於名位」也。高以「滇眠」爲「不知足」，司馬以「顛冥」爲「迷惑」，「迷惑」與「不知足」義相因也。又案：高云：「滇眠猶鈍暋。」暋，讀齊湣王之湣。見集韻。「滇眠、鈍暋」，皆疊韻也。「鈍暋」或爲「鈍閔」，或爲「頓愍」。方言：**「頓愍，惽也。江湘之間謂之頓愍。」**淮南俶務篇「精神曉泠，鈍閔條達」，高彼注云：「鈍閔猶鈍惽也。」此注云：「鈍暋，不知足貌。」「鈍惽」與「不知足」，義亦相因也。［漠暋，淮南内篇第一·七七二］

【讀】「南見老聃，受教一言，精神曉泠，鈍閔條達。案：「閔」與「惽」，聲相近。故高注云：「鈍閔猶鈍惽。」方言曰**「頓愍，惽也。江湘之間謂之頓愍」**，文子精誠篇作「屯閔條達」，並與「鈍閔」同。舊本「閔」誤作「聞」，今改正。欣然七日不食如饗太牢。」引之曰：「七日不食」上當有「若」字。「如」，讀爲「而」。言聞老聃之言，若七日不食而饗太牢也。賈子云「南榮跦既遇老聃，見教一言，若飢十日而得大牢」，是其證。文子精誠篇襲用此文而改之曰「勤苦七日不食，如享太牢」，失其指矣。［欣然七日不食如饗太牢，淮南内篇第十九·九四三］

三一　**悦、舒，蘓也**〔一〕。謂蘓息也。**楚通語也。** 4a

三二　**眠娗**、莫典、淦殄二反。**脉蝪**、音析。**賜施**、輕易。**茭媞**、恪交〔二〕、得懈二反。**譠謾**、託蘭、莫蘭二反。**惛忚**，麗醯二音。**皆欺謾之語也。楚郢以南東揚之郊通語也。**六者中國相輕易蚩岸之言也〔三〕。 4a

【明】將郭注「莫典、淦殄二反」之「淦」字改作「塗」。又將正文「脉蝪」之「蝪」字改作「蜴」。又將郭注「六者中國相輕易蚩岸之言也」之「岸」字改作「弄」。

【廣】惛忚、謾譠者：集韻、類篇引此，「謾譠」作「譠謾」。方言云**「眠娗、脈蝪、賜施、茭媞、譠謾、惛忚，皆欺謾之語也。楚郢以南東揚之郊通語也」**，郭璞注云：**「六者亦中國相輕易蚩弄之言也。」**廣雅釋訓篇云「惛怶，欺慢也」，「怶」與「忚」同，「慢」與「謾」同。說文：「謾，欺也。」韓子守道篇云：「所以使衆人不相謾也。」賈子道術篇云：「反信爲慢。」「譠」之言「誕」也。合言之則曰「譠謾」，倒言之則曰「謾譠」。

〔一〕「蘓」，他本作「蘇」。下同。
〔二〕「交」，他本作「挍」。
〔三〕「者」，他本下有「亦」字。

「謾譠」猶「謾誕」。韓詩外傳云「謾誕者，趨禍之路」，是也。倒之則曰「誕謾」。史記龜策傳云「人或忠信而不如誕謾」，是也。「眠娗」亦「謾譠」也，方俗語有侈弇耳。〔憎怹謾譠欺也，二·七一〕

【廣二】玉篇：「誕，詭言也。」方言云「江湘之間凡小兒多詐而獪謂之姡。姡，娗也」，又云「眠娗，欺謾之語也」，「娗」與「誕」通。説文：「沇州謂欺曰詑。」燕策云「寡人甚不喜訑者言也」，「訑」與「詑」同。〔誕訑也，五·一六三〕卷一〇第三條；卷一〇第三二條

三三　**瀬、頷、顏，顙也。湘江之間謂之瀬，**今建平人呼頷爲瀬，音旃裘。**中夏謂之頷，東齊謂之顙，汝潁淮泗之間謂之顏。** 4b

【大】顙謂之「頟」。五陌切。方言：「頟，顙也。中夏謂之頟。」亦作「額」。釋名：「額，鄂也，有垠鄂也。故幽州人則謂之鄂也。」山高大謂之「峉」。五陌切。集韻：「峉，山高大貌。」楚辭九思：「山峊兮峉峉。」教令嚴謂之「詻」。五陌切。禮記玉藻「戎容暨暨，言容詻詻」，鄭注：「暨暨，果毅貌也；詻詻，教令嚴也。」〔四·七二〕

【明】將正文「湘江之間謂之瀬」之「湘江」乙轉爲「江湘」。

【廣】方言：「瀬、頷、顏，顙也。江湘之間謂之瀬，中夏謂之頷，東齊謂之顙，

汝潁淮泗之間謂之顔。」釋名云「額，鄂也，有垠鄂也。故幽州人則謂之鄂也」，「額」與「頟」同。方言注云：「今建平人呼頟爲顙。」「顔」之爲言岸然高也。鄘風君子偕老篇「揚且之顔也」，毛傳云：「廣揚而顔角豐滿。」呂氏春秋遇合篇「陳有惡人焉，曰敦洽讎麋，椎顙廣顔，色如漆赭」，史記蔡澤傳「先生曷鼻巨肩，魋顔蹙齃」，顔皆謂頟也。索隱以爲「顔貌」，失之。爾雅：「頞，題也。」説文：「題，頟也。」王制云：「南方曰蠻，雕題交趾。」北山經云：「狀如豹而文題白身。」頟謂之「顔題」，故所以飾頟者亦謂之「顔題」。續漢書輿服志云：「古者有冠無幘。至秦乃加其武將首飾爲絳袙，以表貴賤，其後稍稍作顔題。」宋衛策云「宋康王爲無顔之冠」，是也。莊子馬蹄篇「齊之以月題」，司馬彪注云「月題，馬頟上當顱如月形者也」，義與「顔題」亦相近。説文：「顙，頟也。」説卦傳云：「其於人也，爲廣顙。」又云：「其於馬也，爲的顙。」爾雅：「的顙，白顛。」「顛、頞、題」，一聲之轉。〔顙顔題顙頟也，六・二〇二〕

三四　**頷、頤，頜也。**謂頷車也。**南楚謂之頷，**亦今通語爾。**秦晉謂之頜。頤，其通語也。** 4b

【明】於正文「頷、頤，頜也」右側夾注：玉篇引此作「頷、頤，頜也」。

【廣】方言「頷、頤，頜也。南楚謂之頷，秦晉謂之頜。頤，其通語也」，郭注云「謂頷車也」,「頷」與「顄」同。説文:「顄,頤也。」宣六年公羊傳「絶其頷」,何休注云:「頷,口也。」漢書王莽傳作「顄」。説文:「𦣝,顄也。篆文作頤,籀文作䪿。」「頷」之言「合」也。説文:「頷,顄也。」釋名云:「頤,養也;動於下,止於上,上下咀物以養人也。或曰頷車;頷,含也,口含物之車也。」[顄頤頷也,六·二〇二]

三五　紛怡,喜也。湘潭之間曰紛怡,或曰巸已。嬉怡二音。**⿰氵耶,或也。**酒酣。**沅澧之間凡言或如此者曰⿰氵耶如是。**此亦憨聲之轉耳。4b

【明】於正文「⿰氵耶,或也」之「⿰氵耶」字上加横杠別爲一條。

【廣】紛怡者:方言:**「紛怡,喜也。**湘潭之間曰紛怡。」後漢書延篤傳云:「紛紛欣欣兮,其獨樂也。」爾雅:「怡,樂也。」[紛怡喜也,一·三四]

【廣二】芬者:方言**「芬,和也」**,郭璞注云:**「芬香和調。」**周官鬯人注云「鬯,釀秬爲酒,芬香條暢於上下也」,大雅鳧鷖篇云「旨酒欣欣,燔炙芬芬」,皆「芬香和調」之意也。凡人相和好亦謂之「芬」。荀子議兵篇云「其民之親我歡若父母,其好我芬若椒蘭」,非相篇云「驩欣芬薌以送之」,皆是也。方言:**「紛怡,喜也。」**「紛」與「芬」,義亦相近。[芬和也,三·九一]卷一三第一〇七條;卷一〇第三五條

三六　愮、療，治也。江湘郊會謂醫治之曰愮。俗云厭愮病。音曜。愮又憂也。博異義也。或曰療。4b

【廣】亂者：說文：「𤔔，治也。一曰理也。」爾雅「亂，治也」，皋陶謨云「亂而敬」，「亂」與「𤔔」同。樂之終有亂，詩之終有亂，皆理之義也。故樂記云：「復亂以飭歸。」王逸離騷注云：「亂，理也。所以發理辭指，總撮其要也。」「理」與「治」同意。故「理」謂之「亂」，亦謂之「敕」；「治」謂之「敕」，亦謂之「亂」。「理」謂之「紕」，猶「治」謂之「庀」也；「理」謂之「伸」，猶「治」謂之「神」也；「理」謂之「撩」，猶「治」謂之「療」也。魯語注云「庀，治也」，爾雅「神，治也」，方言「療，治也」，是其證矣。〔亂理也，二·五七〕

【廣】搖、療者：方言「愮、療，治也。江湘郊會謂醫治之曰愮，或曰療」，注云「俗云厭愮病」，「愮」與「搖」通。說文：「𤻲，治也。」陳風衡門篇「可以樂飢」，鄭箋「樂」作「𤻲」，韓詩外傳作「療」，並字異而義同。說文：「藥，治病草也。」大雅板篇云：「不可救藥。」襄二十六年左傳云：「不可救療。」「療、搖、藥」並同義。「搖、療」之同訓爲「治」，猶「遥、遼」之同訓爲「遠」，「燿、燎」之同訓爲「照」：聲相近，故義相同也。「摇」，曹憲音「亦咲反」。各本「亦咲反」三字誤入正文内，「咲」字又誤作「唌」。**方言「愮、療，治也。」**，注「**愮，音曜**」，正與「亦咲反」相合。今據以訂正。〔摇療治也，三·九五〕

【述】「孟孫之惡我，藥石也。」引之謹案：「藥」字古讀若「曜」，説見唐韻正。聲與「療」相近。方言「**愮、療，治也。江湘郊會謂醫治之曰愮，或曰療**」，注：「**愮，音曜。**」「愮」與「藥」，古字通。故申鑒俗嫌篇云：「藥者，療也。」藥石謂療疾之石，專指一物言之，非分藥與石爲二物。故下文云「美疢不如惡石」，又云「石猶生我」也。三十一年傳「不如吾聞而藥之也」，家語正論篇同。王肅云：「藥，療也。」大雅板篇「不可救藥」，韓詩外傳「藥」作「療」。正義云「不可救以藥」，讀「藥」爲藥餌之「藥」，失之。莊子天地篇曰「有虞氏之藥瘍也」，荀子富國篇曰「不足以藥傷補敗」，「藥」字並與「療」同義。「藥石」猶「療石」耳。注、疏説此二字皆未了。〔藥石，一八·四三七〕

【述】郭曰：「繇役亦爲憂愁。」錢曰：「詩：『心之憂矣，我歌且謡。』『謡』，本又作『繇』。見廣韻。是繇有憂義。景純以『繇役』爲『憂愁』，似曲。」引之謹案：郭固失之，錢亦未爲得也。廣韻引詩「我歌且繇」，「繇」即「謡」之借字，非以「繇」爲「憂」也。若以「繇」爲「憂」，則是「心之憂矣，我歌且憂」，大爲不詞矣。今案：**方**

言：「愮，憂也。」重言之則曰「愮愮」。釋訓曰「灌灌、愮愮，憂無告也」，王風黍離篇曰「中心摇摇」，義並與「繇」同。「繇」音遥，又音攸。説文：「悠，憂也。」小雅十月之交篇「悠悠我里」，毛傳曰：「悠悠，憂也。」昭十三年左傳「恤恤乎，湫乎，修乎」，恤、湫、攸皆憂也。「湫」與「楸」同，「攸」與「悠」同。杜以「攸」爲「縣危之貌」，非是。「悠、攸」二字，義亦與「繇」同。漢書韋賢傳注：「繇與悠同。」「悠」之爲「悠悠」，亦猶「愮」之爲「愮愮」。「愮」與「悠」古同聲，故皆與「繇」通。邶風雄雉篇「悠悠我思」，説苑辯物篇引作「遥遥我思」，是其例也。［寫繇憂也，二六·六二二］

三七　芔、凶位反。莽，嫫母反。草也。東越揚州之間曰芔，南楚曰莽。4b

【明】删郭注「嫫母反」之「反」字。

三八　慽鰓、慽，音良愺。鰓，音魚鰓。乾都、音干。耇、音垢。革，老也。皆老者皮色枯瘁之形也。皆南楚江湘之間代語也。凡以異語相易謂之代也。4b

三九　**抋**、揰祕。**扰**，都感反，亦音甚。**推也**〔一〕。**南楚凡相推搏曰抋，或曰揔**；苦骨反。**沅湧澆幽之語**澆水，今在桂陽，音扶。涌水，今在南郡華容縣也。**或曰攩**。今江東人亦名推爲攩，音晃。5a

【明】將正文「或曰揔」之「揔」字改作「揔」。又將正文「沅湧澆幽之語或曰攩」之「湧」字改作「涌」。

【廣】揔、抋者：方言：「**抋、扰，椎也。南楚凡相椎搏曰抋，或曰揔。**」列子黄帝篇云：「攩抋挨扰。」張衡西京賦云：「徒搏之所撞抋。」〔揔抋擊也，三·八七〕

【廣】攩者：方言「**沅涌澆幽之語相椎搏曰攩**」，郭璞注云：「**今江東人亦名椎爲攩，音晃。**」列子「攩抋挨扰」，釋文云：「攩，搥打也。」西京賦「竿殳之所揘畢」，薛綜注云：「揘畢，謂撞抋也。」「揘」與「攩」，聲近義同。〔攩擊也，三·八八〕

【讀】「故解捽者不在於捌格，在於批伉」，高注曰：「批，擊。伉，推。」劉本「伉」作「伉」。諸本及莊本同。引之曰：「伉」與「伉」，皆「扰」字之誤也。隸書「冘」字或作「冗」，「亢」字或作「冗」，二形相似，故「扰」字右邊或誤爲「冗」，或誤爲「亢」，其左邊「手」旁又誤爲「人」旁，故藏本作「伉」，劉本作「伉」也。列子「攩抋挨扰」，釋文「扰，一本作抗」，此「冘」誤爲「亢」之證也。俗書「沈」字作「沉」，

〔一〕「推」，王念孫引方言作「椎」。下文及注内「推」字亦作「椎」。

此尤誤爲「冗」之證也。注内「推」字當爲「椎」。方言曰：「抋、扰，椎也。郭璞曰：「扰，都感反，亦音甚。」今本方言「椎」字亦誤作「推」。一切經音義卷四、卷八所引並作「椎」，今據改。南楚凡相椎搏曰抋，或曰攩。」列子黄帝篇曰：「攩抋挨扰。」説文「椎，擊也」、「𢪱，反手擊也」、「扰，深擊也」，「𢪱」與「批」同。故高注云「批，擊。扰，椎」矣。或謂：史記孫子傳「夫解雜亂紛糾者不控捲，救鬬者不搏撠，批亢擣虚，形格勢禁，則自爲解耳」，語意略與此同。此言「批伉」，即史記之「批亢」。今知不然者，史記「批亢擣虚」，是謂批其亢，擣其虚。日知録曰：「亢與劉敬傳『搤其肮』之肮同，謂喉嚨也。」此文「捌格、批扰」皆兩字平列，則與史記異義。且高注訓「扰」爲「椎」，則非「伉」字明矣。［批伉，淮南内篇第十七·九二一］

四〇　**食閻，**音鹽。**慫慂，**上子竦反，下音涌。**勸也。南楚凡己不欲喜而旁人説之、不欲怒而旁人怒之謂之食閻，或謂之慫慂。** 5a

【廣二】食閻、慫慂者：方言：「食閻、慫慂，勸也。南楚凡己不欲喜而旁人説之、不欲怒而旁人怒之謂之食閻，或謂之慫慂。」漢書衡山王傳「日夜縱臾王謀反事」，顔師古注云：「縱臾謂奬勸也。」史記作「從容」，汲黯傳「從諛承意」，並與「慫慂」同。案：「慫慂」疊韻也。單言之，則謂之「聳」。方言云：「自關而西秦晉之間相勸曰聳，

或曰將。中心不欲而由旁人之勸語亦曰聳。」昭六年左傳「誨之以忠，聳之以行」，杜預注云：「聳，懼也。」漢書刑法志「聳」作「愯」，顔師古注云：「愯謂奬也。」案：顔説是也。聳之以行，謂舉善行以奬勸之。故楚語「教之春秋，而爲之聳善而抑惡焉，以戒勸其心」，韋昭注云：「聳，奬也。」又案：慫慂者，從旁動之也。因而物之自動者，亦謂之「聳慂」。漢書司馬相如傳「紛鴻溶而上厲」，張注云：「鴻溶，竦踊也。」「竦踊、鴻溶」，又語之轉矣。「食閣慫慂勸也，一·二四」卷六第一條；卷一〇第四〇條

【述二】「誨之以忠，聳之以行」，杜注曰：「聳，懼也。」漢書刑法志「聳」作「愯」，顔師古注曰：「愯謂奬也。」家大人曰：顔説是也。聳之以行，謂舉善行以奬勸之。故楚語「教之春秋，而爲之聳善而抑惡焉，以戒勸其心」，韋注曰：「聳，奬也。」方言曰：**「自關而西秦晉之間相勸曰聳，或曰將。**「將」與「奬」同。**中心不欲而由旁人之勸語亦曰聳。」**又曰：**「慫慂，勸也。南楚凡己不欲喜而旁人説之、不欲怒而旁人怒之謂之慫慂。」**「慫」與「聳」，義亦相近。「聳之以行，一九·四五二」卷一〇第四〇條；卷六第一條

四一　**欸**、音醫，或音塵埃。**譩**，烏鷖。**然也。南楚凡言然者曰欸，或曰譩。**5a

【廣】欸、譩、訡者：方言：「**欸、譩，然也。南楚凡言然者曰欸，或曰譩。**」衆經音義

卷十二引倉頡篇云：「唉，詒也。」說文：「誒，然也。」「唉，應也。」莊子知北遊篇「狂屈曰唉」，李軌注云：「唉，應聲也。」「誒、唉」並與「欸」同。管子小問篇：「管仲曰：『國必有聖人。』桓公曰：『然。』」呂氏春秋重言篇「然」作「譆」，說苑權謀篇作「歖」。「譆、歖」與「欸」，亦聲近而義同。「欸」，各本譌作「欵」，惟影宋本不譌。〔欸詒譍也，一・三四〕

四二　緤、末、紀，緒也。南楚皆曰緤，音薛。**或曰端，或曰紀，或曰末，皆楚轉語也。** 5a

【廣】耑者：方言「**末，緒也。南楚或曰端，或曰末**」，「端」與「耑」通。〔耑末也，一・二七〕

【廣】耑者：說文：「耑，物初生之題也。」方言「**末，緒也。南楚或曰端，或曰末**」，皆小之義也。「端」與「耑」通。書大傳「以朝乘車輲輪，送至于家」，鄭注云：「言輲輪，明其小也。」小雅小宛篇云：「惴惴小心。」齊策云「安平君以惴惴之即墨，三里之城，五里之郭，敝卒七千，禽其司馬，而反千里之齊」，潛夫論救邊篇云「昔樂毅以慱慱之小燕，破滅彊齊」，並與「耑」聲近義同。玉篇引廣雅「耑，小也」，今本脱「耑」字。〔耑小也，二・五四〕

四三　瞍、音揔。䚡、音麗。闚、貼、敕纖反〔一〕。占、伺，視也。凡相竊視，南楚謂之闚，或謂之瞍，或謂之貼，或謂之占，或謂之䚡。䚡，中夏語也。亦言倮也〔二〕。闚，其通語也。自江而北謂之貼，或謂之覗。凡相候謂之占，占猶瞻也。5a

【廣】覘者：方言：「貼，視也。凡相竊視，南楚或謂之貼，自江而北謂之貼。」説文：「覘，窺視也。」晉語「公使覘之」，韋昭注云「覘，微視也」，「覘」與「貼」同。〔覘視也，一·三三二〕

【廣】覗者：方言：「覗，視也。自江而北或謂之覗。」字或作「伺」，通作「司」。〔覗視也，一·三三二〕

【廣】睩者：方言「凡相竊視，南楚或謂之䚡」，注云：「亦言⿰目累也。」「䚡、⿰目累」語之轉。玉篇「⿰目累，視也」，廣韻作「⿰目纍」，字並與「睩」同。〔睩視也，一·三三二〕

【廣】瞍亦小視之名。「瞍」之言「葼」也。卷二云：「葼，小也。」方言：「凡相竊視，南楚或謂之瞍。」王延壽王孫賦云：「眙睆瞍而眽睗。」〔瞍視也，一·三三二〕

〔一〕「敕」，他本作「勑」。

〔二〕「倮」，他本作「⿰目累」，王念孫引方言注作「⿰目累」。

【廣】占者：方言「凡相竊視，南楚或謂之占」，「占」猶「瞻」也。説文「占，視兆問也」，義亦同。［占視也，一·三二］

四四　䝝、惡孔反。**䵬、**奴動反。**晠，多也。南楚凡大而多謂之䝝，或謂之䵬。凡人語言過度及妄施行亦謂之䵬。**5b

【大】䝝，大而多也。烏孔切。方言：「䝝、䵬、晠，多也。南楚凡大而多謂之䝝，或謂之䵬。」故雲氣起謂之「滃」，烏孔切。説文：「滃，雲氣起也。」漢書揚雄傳：「浡滃雲而散歊烝。」大水貌謂之「滃」。廣韻：「滃，大水貌。」「滃、奄、淹、央」並聲之轉。故大謂之「奄」，亦謂之「泱」；久謂之「央」，亦謂之「淹」；雲貌謂之「滃」，亦謂之「渰」，亦謂之「霙」。［五·七四］

【廣】䝝、䵬者：「䝝」之言「擁」，「䵬」之言「濃」，皆盛多之意也。方言：「**䝝、䵬、晠，多也。南楚凡大而多謂之䝝，或謂之䵬。凡人語言過度及妄施行亦謂之䵬。**」後漢書崔駰傳「紛繷塞路」，李賢注引方言「繷，盛多也」，「繷」與「䵬」通，「盛」與「晠」通。［䝝䵬多也，三·九三］

【廣】呂刑「泯泯棼棼」，傳云「泯泯爲亂，棼棼同惡」；方言云「**南楚凡人語言過度及妄施行謂之䵬**」：皆謂不善也。「棼」與「紛」通，「䵬」與「繷」通。合言之則曰「紛纕」。崔駰達旨云：「紛纕塞路，凶虐播流。」「纕」，曹憲音女交、奴孔二反。大雅民勞篇「無縱詭隨，以謹惛怓」，傳云：「惛怓，大亂也。」「惛怓」與「紛纕」，聲近而義同。［紛纕不善也，六・一八九］

四五　抯、抯黎。摣，以加反。取也。南楚之間凡取物溝泥中謂之抯，或謂之摣。5b

【明】將正文之兩「摣」字並改作「摣」。又將郭注「抯黎」改作「相棃」。

【廣】「摣」與下「抯」字同。方言：「抯、摣，取也。南楚之間凡取物溝泥中謂之抯，或謂之摣。」說文：「抯，挹也。」「叡，叉取也。」釋名：「摣，叉也，五指俱往叉取也。」今俗語猶呼五指取物曰「摣」。張衡西京賦「摣狒猥，批窳狻」，薛綜注云：「摣、批皆謂戟撮之。」「摣、叡、抯」並同。「抯」，各本譌作「担」，今據曹憲音訂正。［摣抯取也，一・一八］

四六　仉、音汎。僄，飄零。輕也。楚凡相輕薄謂之相仉，或謂之僄也。5b

【廣】僄、仉者：方言「仉、僄，輕也。楚凡相輕薄謂之相仉，或謂之僄也」，郭璞注云：「僄，音飄零之飄。」玉篇音匹妙切。「僄」之言「飄」也。說文「僄，輕也」，又云

「嫖，輕也」；周官草人云「輕票用犬」；考工記弓人云「則其爲獸必剽」；荀子議兵篇云「輕利僄遬」；史記賈誼傳云「鳳漂漂其高逝」，漢書作「縹」；司馬相如傳云「飄飄有凌雲之氣」：並字異而義同。「𠆩」之言「汎」也。方言注：「𠆩，音汎。」説文：「汎，浮皃。」左思魏都賦「過以汎剽之單慧」，張載注引方言「汎、剽，輕也」，「汎」與「𠆩」通。玉篇：「𠆩，又音凡。」又玉篇「凡」字注及衆經音義卷二十三並引廣雅「凡，輕也」。衆經音義云：「謂輕微之稱也。」孟子盡心篇云「待文王而後興者，凡民也」，「凡」亦與「𠆩」通。〔僄𠆩輕也，三·七六〕

王念孫方言遺説輯録卷十一

一　蛥蚗，蛥，音折。蚗，于列反，一音玦。齊謂之螇螰；奚鹿二音。楚謂之蟪蛄，莊子曰「蟪蛄不知春秋」也。或謂之蛉蛄；音零。秦謂之蛥蚗；自關而東謂之虭蟧，貂料二反。或謂之蝭蟧，音帝。或謂之蜓蚞。廷木二音。西楚與秦通名也。江東人呼蟂蟧〔一〕。 1a

【明】將郭注「貂料二反」之「反」字改作「音」。

【廣二】方言云：「蛥蚗，楚謂之蟪蛄，或謂之蛉蛄；秦謂之蛥蚗；自關而東謂之虭蟧，或謂之蝭蟧。」又云「蟬，其小者謂之麥蚻，有文者謂之蜻蜻」，郭璞注云：「爾雅云：即蚻也。」是蛥蚗爲蛁蟟，不與蚻同也。廣雅之訓，多本方言。則「蛥蚗」當入下條「蛁蟟也」內，無由得訓爲「蚻」。疑「蚻」上本有二字而今脱去，「蛥蚗」二字則又從下文竄入此條耳。蛥蚗，一名「蛚蚗」。説文云：「蛚蚗，蛁蟟也。」夏小正「四月鳴札」，傳云「札者，寧縣也。鳴而後知之，故先鳴而後札」，「札」與「蚻」同。衛風碩人篇「螓首

〔一〕「蟂」，王念孫引方言注作「嘄」。

蛾眉」，傳云：「螓首，顙廣而方。」箋云：「螓謂蜻蜻也。」正義云「此蟲額廣而且方」，引舍人爾雅「蚻，蜻蜻」注云「小蟬色青青者」，又引某氏云：「鳴蚻蚻者。」〔蛥蚗蚻也，一〇·三五七〕卷一一第一條；卷一一第二條

【廣】方言「䗖」作「蝭」，「蛁蟟」作「虭蟧」。四者皆蛥蚗别名也。莊子逍遥遊篇「蟪蛄不知春秋」，司馬彪注云：「蟪蛄，寒蟬也。一名蝭蠑〔一〕。春生夏死，夏生秋死。」崔譔注云：「蛁蟟也，或曰山蟬。秋鳴者不及春，春鳴者不及秋。」夏小正「七月，寒蟬鳴」，傳云：「寒蟬也者，蝭蠑也。」「蝭蠑」與「䗖蟧」同，「蛁蟟」之轉聲也。今揚州人謂此蟬爲「都蟟」，亦「蛁蟟」之轉聲也。郭注方言云「江東人呼嘄蟧」，又「蛁蟟」之變轉矣。太玄飾次八「蛁鳴喁喁」，范望注云：「蛁，蟬也，恒託於木。」本草「蚱蟬」，陶注云：「七月鳴者名蛁蟟，色青。」〔蟪蛄蛉蛄䗖蟧蛁蟟也，一〇·三五七〕

二　蟬，楚謂之蜩，音調。宋衛之間謂之螗蜩，今胡蟬也，似蟬而小，鳴聲清亮，江南呼螗蛦。陳鄭之間謂之蜋蜩，音良。秦晉之間謂之蟬，海岱之間謂之蛴。齊人呼爲巨蛴，音技。其大者

〔一〕「蠑」，王念孫補正作「蟧」，當據改。

謂之蟧，或謂之蝒馬；按爾雅云：「蝒馬者蜩。」非别名蝒馬也，此方言誤耳。**其小者謂之麥蚻，**如蟬而小，青色。今關西呼麥蠽，音癰癥之癥。**有文者謂之蜻蜻。**即蚻也，爾雅云耳。**其鳴蜻謂之疋，**祖一反。**大而黑者謂之𧍱，**音棧。**黑而赤者謂之蜺。**雲霓。**蜩蟧謂之蠤蜩。**江東呼爲蠤蠽也。**蠵謂之寒蜩；寒蜩，瘖蜩也。**按爾雅以蜺爲寒蜩，月令亦曰「寒蜩鳴」，知寒蜩非瘖者也。此諸蟬名，通出爾雅而多駮雜，未可詳據也。寒蜩，螿也，似小蟬而色青。蠵，音應。

【明】將正文「其鳴蜻謂之疋」之「疋」字改作「尐」。

【廣】「𧍞、蛣」，聲之轉也。方言云**「蟬，楚謂之蜩，秦晉之間謂之蟬，海岱之間謂之𧍞」**，郭璞注云：**「齊人呼爲巨𧍞。」**「蛣」，曹憲音「去結反」。玉篇「蛪，古頡切」，廣韻「苦結切」，並云：「蛪蚼，似蟬而小。」「苦結」之音與「去結」同，疑「蛪」即「蛣」也。

［𧍞蛣蟬也，一〇・三五七］

【廣】「闇」與「瘖」同。「𧕴」之爲言猶「瘖」也。方言云**「𧕴謂之寒蜩；寒蜩，瘖蜩也」**，郭璞注云：**「按爾雅以蜺爲寒蜩，月令亦曰『寒蜩鳴』，知寒蜩非瘖者也。寒蜩，螿也，似小蟬而色青。」**據此，則寒蜩非瘖蜩矣。而後漢書杜密傳「劉勝知善不薦，聞惡無言，隱情惜己，自同寒蟬」，李賢注云「寒蟬謂寂默也」，引楚詞九辨曰「悲哉秋之爲氣也，蟬寂寞而無聲」，則寒蜩、瘖蜩又似無别。瘖蜩，一名「瘂蟬」。本草「蚱蟬」，陶注

云：「蚱蟬即是瘂蟬。瘂蟬，雌蟬也，不能鳴者。」〔闇蜩蟪也，一〇·三五七〕

【廣二】方言云：**「蛥蚗，楚謂之蟪蛄，或謂之蛉蛄；秦謂之蛥蚗；自關而東謂之虭蟧，或謂之蝭蟧。」**又云**「蟬，其小者謂之麥蚻，有文者謂之蜻蜻」**，郭璞注云：**「爾雅云：即蚻也。」**是蛥蚗爲蛁蟟，不與蚻同也。廣雅之訓，多本方言。則「蛥蚗」當入下條「蛁蟟也」內，無由得訓爲「蚻」。疑「蚻」上本有二字而今脱去，「蛥蚗」二字則又從下文竄入此條耳。蛥蚗，一名「蚜蚗」。說文云：「蚜蚗，蛁蟟也。」夏小正「四月鳴札」，傳云「札者，寧縣也。鳴而後知之，故先鳴而後札」。「札」與「蚻」同。衛風碩人篇「螓首蛾眉」，傳云：「螓首，顙廣而方。」箋云：「螓謂蜻蜻也。」正義云「此蟲額廣而且方」，引舍人爾雅「蚻，蜻蜻」注云「小蟬色青青者」，又引某氏云：「鳴蚻蚻者。」〔蛥蚗蚻也，一〇·三五七〕卷一一第一條；卷一一第二條

【廣】蜩之大者也。爾雅「蝒，馬蜩」，郭璞注云：「蜩中最大者爲馬蟬。」**方言「蟬，楚謂之蜩。其大者謂之蟧，或謂之蝒馬」，郭璞注云：「按爾雅蝒者馬蜩，非別名蝒馬也。此方言誤耳。」**馬蜩，一名「馬蟧」。廣韻云：「馬蟧，大蟬也。」蘇頌本草圖經云：「今夏中所鳴者，比衆蟬最大。」〔蟧蝒馬蜩也，一〇·三五七〕

三　**蛄詣謂之杜蛒。**音格。**螻螲謂之螻蛄，**音窒塞。**或謂之蟓蛉。**象零二音〔一〕。**南楚謂之杜狗，或謂之蛞螻。**1b

【明】將正文「詣」字改作「諸」。

【廣】「螻蛄」疊韻字，聲轉而爲「螻蟈」，倒言之則爲「蛞螻」矣。方言云：「**螻螲謂之螻蛄，或謂之蟓蛉。南楚謂之杜狗，或謂蛞螻。**」今人謂此蟲爲「土狗」，即「杜狗」也。順天人謂之「拉拉古」，即「螻蛄」之轉聲也。其單言之，則或爲「螻」。呂氏春秋應同篇「黄帝之時，天先見大螾、大螻」，高誘注云：「螻，螻蛄也。」慎小篇「巨防容螻」，注云：「隄有孔穴，容螻蛄也。」或又謂之「蟉蛄」。埤雅引廣志小學篇云：「螻蛄，會稽謂之蟉蛄。」孟子滕文公篇「蠅蚋姑嘬之」，釋文云：「蚋，諸本或作蟉。一說云：蟉蛄即螻蛄也。」「蟉」與「螻」，聲正相近矣。螻蛄短翅四足，穴土而居，至夜則鳴，聲如蚯蚓。〔螻蟈蟓蛉蛞螻螻姑也，一〇·三五九〕

四　**蜻蛚，**即趨織也。精列二音。**楚謂之蟋蟀，或謂之蛬；**梁園呼蛬，音鞏。**南楚之間謂之蚟**

〔一〕「零」，他本作「鈴」。

孫。孫，一作絲。1b

【廣】方言：「蜻蛚，楚謂之蟋蟀，或謂之蛬；南楚之間謂之蛀孫。」古今注云「蟋蟀，一名吟蛩，一名蛩」，「蛩」與「蛬」同。今人謂之「屈屈」，則「蛬」之轉聲也。陸機詩義疏云：「蟋蟀，似蝗而小，正黑，有光澤如漆，有角翅。一名蛬，一名蜻蛚。楚人謂之王孫，幽州謂之趨織。里語曰『趨織鳴，嬾婦驚』，是也。」〔蛬起織蛀孫蜻蛚也，一〇·三五九〕

五　螳蜋謂之髦，有斧蟲也。江東呼爲石蜋，又名齕肬。或謂之虰，按爾雅云：「螳蜋，蛑。」「虰」義自應下屬，方言依此說，失其指也。或謂之蛘蛘〔一〕。姑䗍謂之强蛘。米中小黑甲虫也。江東名之蛒，音加。建平人呼芉子，音芉。芉即姓也。2a

【明】將郭注「又名齕肬」之「肬」字改作「朧」。又於正文「姑䗍謂之强蛘」之「姑」上加橫杠別爲一條。又將郭注「建平人呼芉子」之「芉」字改作「蛘」。

【廣】方言「螳螂謂之髦，或謂之虰，或謂之蝆蝆」，注云：「又名齕肬。」集韻：「蝆，母婢切。蝆蝆，螗蜋也。」「蝆」與「芈」同。各本「芈」譌作「芉」，今訂正。說文：

〔一〕「蛘蛘」，王念孫引方言作「蝆蝆」。

「堂蜋，一名斫父。」月令「仲夏之月，螳蜋生」，鄭注云：「螳蜋，螵蛸母也。」藝文類聚引鄭志荅王瓚問云：「今沛魯以南謂之蟷蠰，三河之域謂之螳蜋，燕趙之際謂之食肬，齊濟以東謂之馬敫。然名其子，則同云螵蛸。是以注云『螳蜋，螵蛸母』也。」高誘注吕氏春秋仲夏紀云「螳蜋，一曰天馬，一曰齕疣。兖州謂之拒斧」，「疣」與「肬」同。「肬」從尤聲，古音當爲羽其反。「食肬、齕肬」，皆疊韻字也。［芈芈齕肬螗蜋也，一〇·三六一］

六　**蟒**，即蝗也。莫鯁反。**宋魏之間謂之蚮**[一]；音貸。**南楚之外謂之蟅蟒**，蟅音近詐，亦呼吒陌。**或謂之蟒，或謂之螣。**音滕。2a

【明】將郭注「亦呼吒陌」之「吒陌」字改作「蚝蛨」。

【廣】方言「蟒，宋魏之間謂之蟘；南楚之外謂之蟅蟒，或謂之蟒，或謂之螣」，郭璞注云：「即蝗也。亦呼蚝蛨。」案：「蚝蛨」猶言「蟅蟒」也，「蟘」猶言「螣」也，方俗語有重輕耳。「蟘」，一作「蟦」。爾雅：「食葉，蟦。」小雅大田篇「去其螟螣」，正義引舍人爾雅注以螣爲蝗也。月令「百螣時起」，鄭注云：「螣，蝗屬。言百者，明衆類並

[一]「蚮」，王念孫引方言作「蟘」。

爲害。」高誘注吕氏春秋仲夏紀云：「百螣，動股之屬。兗州人謂蝗爲螣。」又注淮南時則訓云：「百螣，動股，蝗屬也。」是鄭以「螣」爲蝗名，高以「百螣」爲蝗名也。案：「百、蛨」聲相近。蝗謂之「螣」，又謂之「蚝蛨」，因又謂之「百螣」與？〔蟅蟒蚮也，一〇·三六一〕

七　蜻蛉謂之蝍蛉。六足四翼虫也。音靈。江東名爲狐黎，淮南人呼蠊蛜。蠊，音康。蛜，音伊。 2a

【明】將郭注「江東名爲狐黎」之「黎」字改作「棃」。又於郭注「淮南人呼蠊蛜」之「呼」字上增一「又」字。又將郭注「淮南人呼蠊蛜。蠊，音康。蛜，音伊」之兩「蛜」字並改作「蛜」。

【廣】爾雅「虰蛵，負勞」，郭璞注云：「或曰即蜻蛉也。江東呼狐棃。」**方言「蜻蛉謂之蝍蛉」，注云：「六足四翼蟲也。淮南人呼蠊蛜。」**說文：「蛉，蜻蛉也，一名桑根。」淮南齊俗訓「水蠆爲蟌」，高誘注云：「蟌，青蛉也。」又注吕氏春秋精諭篇云：「蜻蜓，小蟲，細腰四翅，一名白宿。」列子天瑞篇「厥昭生乎濕」，釋文引曾子云：「狐蔾，一名厥昭，恒翔繞其水，不能離去。」又引師説云：「狐蔾，蜻蛉蟲也。」古今注云：「蜻蛉，一名青亭，色青而大者是也。小而黄者曰胡梨，一曰胡離。小而赤者曰赤卒，一名絳騶，一名赤衣使者，一名赤弁丈人。好集水上。」案：此蟲色青者爲蜻蛉。「蜻蛉」之言「蒼筤」也。說卦傳「震爲蒼筤竹」，九家易云：「蒼筤，青也。」故又謂之「倉螘」，又謂之「蟌」。「倉」猶「蒼」也，「蟌」猶「蔥」也。爾雅云：「青謂之蔥。」由「蜻蛉」轉之則爲「蝱蛉」，爲「蜻蜓」，又轉之則爲「桑根」。「桑根」猶言「蒼筤」耳。［蜻蛉蝍倉螘也，一〇·三六二］

八　春黍謂之蠜蝑。 蠜，音蘩。蝑，音壞沮反。又名蚣蠜，江東呼虴蛨。2a

【廣】爾雅「蜇螽，蚣蝑」，郭璞注云：「蚣，蜙也。俗呼蝽蟝。」方言「**春黍謂之蠜蝑**」，注：「**又名蚣蠜。江東呼虴蛨。**」豳風七月篇「五月斯螽動股」，傳云：「斯螽，蚣蝑也。」周南螽斯篇正義引義疏云：「幽州人謂之春箕。春箕即春黍，蝗類也。長而青，長角長股，股鳴者也。或謂似蝗而小，班黑，其股似瑇瑁文，五月中以兩股相切作聲，聞數十步。」考工記梓人「以股鳴者」，鄭注云：「蚣蝑，動股屬。」今揚州人謂色青者爲「青抹札」，班黑者爲「土抹札」。「土抹札」蓋即爾雅之「土螽，蠰谿」也。郭璞注「土螽」云「似蝗而小」，正與詩義疏相合矣。［蟿螽蜙蝑也，一〇·三六一］

九　蟦蝛謂之蚇蠖。 即趿二音。蠖，烏郎反，又呼步屈。2a

【明】將郭注「烏郎反」之「郎」字改作「郭」。

【廣】方言「蟦⿰虫就謂之蚇蠖」，郭璞注云：「又呼步屈。」衆經音義卷十八云「尺蠖，一名尋桑」，引纂文云「吴人以步屈名桑闔」，是其異名也。説文：「尺蠖，屈申蟲也。」繫辭傳云：「尺蠖之屈，以求信也。」考工記弓人「麋筋斥蠖濇」，鄭注云「斥蠖，屈蟲也」，「斥」與「尺」同。尺蠖之行，屈而後申，故謂之「步屈」，又謂之「蟦⿰虫就」。「蟦⿰虫就」者，「趑趄」之轉聲。説文云：「趑趄，行不進也。」廣韻「⿰虫就」作「⿰虫宿」，音縮，云：「蝍⿰虫宿，尺蠖也。」則「蝍⿰虫宿」之名，正以退縮爲義矣。〔尺蠖蟦⿰虫就也，一〇・三六〇〕

一〇　**蠭，燕趙之間謂之蠓螉。**蒙翁二音。**其小者謂之蠮螉，**小細腰蠭也。音鰋噎。**或謂之蚴蜕。**幽悅二音。**其大而蜜謂之壺蠭。**今黑蠭，穿竹林作孔亦有蜜者，或呼笛師。2a

【明】於正文「其大而蜜謂之壺蠭」之「蜜」字下增一「者」字。又將郭注「今黑蠭穿竹林作孔亦有蜜者」之「林」字改作「木」。

【廣】胡者：逸周書謚法解云：「胡，大也。」僖二十二年左傳「雖及胡耇」，杜預注云：「胡耇，元老之稱。」説文「湖，大陂也」；爾雅「壺棗」，郭璞注云「今江東呼棗大而鋭上者爲壺」；方言「蠭大而蜜者，燕趙之間謂之壺蠭」：義並與「胡」同。賈子容

經篇云：「祜，大福也。」「祜」與「胡」，亦聲近義同。〔胡大也，一·五〕

【廣】説文「蠭，飛蟲螫人者」，「蠭」與「蜂」同。爾雅「土蠭」，郭璞注云：「今江東呼大蠭在地中作房者爲土蠭，啖其子，即馬蠭也，今荆巴間呼爲蟺。」「木蠭」，注云：「似土蠭而小，在樹上作房，江東亦呼爲木蠭，人食其子。」方言：「蠭，燕趙之間謂之蠓螉。」〔蠓螉蜂也，一〇·三六〇〕

【廣】方言：「蠭，其小者謂之蠮螉，或謂之蚴蛻。」「蚴蛻」也，「蠮螉」也，「⿰虫意」也，一聲之轉也。爾雅「果蠃，蒲盧。螟蛉，桑蟲」，郭璞注云：「果蠃，即細腰蜂也。俗呼爲蠮螉。」説文「蠣蠃，蒲盧，細要土蠭也。天地之性，細要純雄無子」，引小雅小宛篇「螟蠕有子，蠣蠃負之」。小宛箋云：「蒲盧取桑蟲之子，負持而去，煦嫗養之，以成其子。」御覽引義疏云：「蜾蠃，土蜂，一名蒲盧，似蜂而小腰，取桑蟲負之於木空中、筆筒中，七日而化其子。里語曰：『祝云：象我象我也。』」〔⿰虫懕⿰虫意也，一〇·三六〇〕

一一　**蠅，東齊謂之羊，**此亦語轉耳。今江東人呼羊聲如蠅。凡此之類，皆不宜別立名也。**陳楚之間謂之蠅，自關而西秦晉之間謂之蠅。** 2b

一二一 **蚍蜉**，毗浮二音。亦呼蟞蜉。**齊魯之間謂之蚼蟓**，駒養二音。**西南梁益之間謂之玄蚼**，法言曰「玄駒之步」，是。**燕謂之蛾蛘**〔一〕。蟻養二音。建平人呼蚳，音侈。**其場謂之坻**，直尸反。**或謂之蛭**。亦言象也〔二〕。 2b

【明】將正文「齊魯之間謂之蚼蟓，西南梁益之間謂之玄蚼」之兩「蚼」字並改作「蚼」。又將正文「或謂之蛭」之「蛭」字改作「垤」。

【廣】「螘」與「蛾」同，俗作「蟻」。爾雅「蚍蜉，大螘；小者，螘」，郭璞注云：「齊人呼螘爲蛘。」方言「**蚍蜉，齊魯之間謂之蚼蟓，西南梁益之間謂之玄蚼，燕謂之蛾蛘**」，郭璞注云：「**蚍蜉，亦呼蟞蜉。**」案：「蚍」與「蟞」，一聲之轉。「蟞、蜉」，亦一聲之轉也。「蚼」與「駒」通。夏小正「十有二月，玄駒賁」，傳云：「玄駒也者，螘也。賁者何也？走于地中也。」法言先知篇：「吾見玄駒之步，雉之晨雊也，化其可以已矣哉。」「蟓」，一作「蛘」。廣韻云：「蚼蛘，蚍蜉也。」各本「蟓」上脱「蚼」字，今據方言補。〔蛾蛘玄蚼蚼蟓蟞蜉螘也，一〇·三五七〕

〔一〕「蛘」，王念孫引方言作「蛘」。
〔二〕「象」，他本作「冢」。

一三　蠀螬謂之蟦。翡翠反。自關而東謂之蝤蠀，猶餈二音。或謂之蜷蠾〔一〕，書卷。或謂之蝖螜；亦呼當齊，或呼地蝅〔二〕，或呼蟦蝖。喧斛兩音。梁益之間謂之蛒，音格。或謂之蝎，或謂之蛭蛒；音質。秦晉之間謂之蠧〔三〕，或謂之天螻。按爾雅云「螜，天螻」，謂螻蛄耳。而方言以爲蝎，未詳其義也。四方異語而通者也。2b

【明】删郭注「翡翠反」之「反」字。

【廣】「蠀」與「蠐」同。爾雅「蟦，蠐螬」，郭璞注云：「在糞土中。」「蝤蠐，蝎」，注云：「在木中。今雖通名爲蝎，所在異。」「蝎，蛣蜛」，注云：「木中蠹蟲。」「蝎，桑蠹」，注云：「即蛣蜛。」方言云「蠀螬謂之蟦。自關而東謂之蝤蠀，或謂之卷蠾，或謂之蝖螜；梁益之間謂之蛒，或謂之蝎，或謂之蛭蛒；秦晉之間謂之蠹」，郭璞注云：「亦呼當齊，或呼地蠶，或呼蟦蝖。」是土中之蟦、木中之蠹，同類而通名。故衛風碩人篇「領如蝤蠐」，正義引爾雅釋之，以爲「蟦也、蠐螬也、蝤蠐也、蛣蜛也、桑蠹也，一蟲而六名也」。本草云：「蠐螬，一名蟦蠐。」「蠐螬」雙聲字，「蟦蠐」疊韻字也。單言之，則或

〔一〕「蜷」，王念孫引方言作「卷」。
〔二〕「蝅」，王念孫引方言注作「蠶」。
〔三〕「蠧」，王念孫引方言作「蠹」。

爲「蟦」，或爲「螬」。爾雅「蟦，蠐螬」，孟子滕文公篇「井上有李，螬食實者過半矣」，是也。名醫別録云：「一名蟹齊，一名教齊。」「蟹齊」與「蟦蠐」通，聲轉而爲「教」耳。莊子至樂篇「烏足之根爲蠐螬」，司馬彪本作「螬蠐」，云：「蝎也。」「螬蠐」即「蝤蠐」。「蝤、螬」聲相近也。論衡無形篇云「蠐螬化而爲復育，復育轉而爲蟬」，御覽引博物志云「蠐螬以背行，駛於用足」，皆其情狀也。各本脱「也」字，今補。［蛭蛒蚉蠾地蠶蠹蟦蠀螬也，一〇・三五八］

一四　蚰蜒，由延二音。自關而東謂之螾蜇，音引。或謂之入耳，或謂之䗂蠷；音麗。趙魏之間或謂之蚨虶；扶于二音。北燕謂之蚎蚭。蚎，奴六反。蚭，音尼。江東又呼蛩，音鞏。3a

【廣】方言云「蚰蜒，自關而東謂之螾蜇，或謂之入耳，或謂之䗂蠷；趙魏之間或謂之蚨虶；北燕謂之蚎蚭」，郭璞注云：「江東又呼蛩。」淮南泰族訓「昌羊去蚤蝨而人弗席者，爲其來蛉窮也」，御覽引高誘注云：「蛉窮，幽冀謂之蛸蚔，入耳之蟲也。」案：「蛸蚔」與「蚎蚭」，聲相近。「蚰蜒」與「螾蜇」，聲之轉。謂之「蚰蜒」者，言其行蜿蜒然也。鄭注考工梓人云「卻行，螾衍之屬」，釋文云：「此蟲能兩頭行，是卻行也。」［䗂蠷蚎蚭蚨虶蚰蜒也，一〇・三五八］

一五　鼅鼄〔一〕，知株二音。鼄蝥也。音無。自關而西秦晉之間謂之鼄蝥；今江東呼蝃蝥，音掇。自關而東趙魏之郊謂之鼅鼄，或謂之蠾蝓。燭臾二音。蠾蝓者，侏儒語之轉也。北燕朝鮮洌水之間謂之蝳蜍。齊人又呼社公，亦言周公，音毒餘。 3a

【明】將郭注「亦言周公」之「周」字改作「罔」。

【廣二】絀者：方言「絀，短也」，注云「蹶絀，短小貌也」；玉篇音知劣切，云「吴人呼短物也」，又云「炪，短也」；莊子秋水篇「遥而不悶，掇而不跂」，郭象注云「遥，長也。掇猶短也」；淮南子人間訓「聖人之思脩，愚人之思叕」，高誘注云「叕，短也」：並字異而義同。説文「窶，短面也」，廣韻「𩓥，頭短也」，衆經音義卷四引聲類云「惙，短氣貌」，義亦與「絀」同。今俗語謂短見爲「拙見」，義亦同也。「絀」與「侏儒」，語之轉也。故短謂之「侏儒」，又謂之「絀」；梁上短柱謂之「棳」，又謂之「侏儒」，又謂之「棳儒」；蜘蛛謂之「蝃」，又謂之「蝃蝥」，又謂之「侏儒」。爾雅「梁上楹謂之棳」，釋文：「棳，本或作棁。」雜記「山節而藻棁」，鄭注云：「棁，侏儒柱也。」釋名云：「棳

〔一〕「鼅」，王念孫引方言作「䵹」。下同。

儒，梁上短柱也。棳儒猶侏儒短，故以名之也。」方言云「鼅鼄，鼄蝥也。自關而西秦晉之間謂之鼄蝥；自關而東趙魏之郊謂之鼅鼄，或謂之蠾蝓。蠾蝓者，侏儒語之轉也」，注云：「今江東呼蝃蝥音棳。」玉篇云：「蝃，蜘蛛也。」蓋凡物形之短者，其命名即相似，故屢變其物，而不易其名也。［黜短也，二·六八］卷一三第一〇一條；卷一一第一五條

【廣】方言「鼅鼄，鼄蝥也。自關而西秦晉之間謂之鼄蝥；自關而東趙魏之郊謂之鼅鼄，或謂之蠾蝓。蠾蝓者，侏儒語之轉也。北燕朝鮮洌水之間謂之蝳蜍」，郭璞注云「齊人又呼社公，亦言罔工」，「罔」與「网」同。各本「网」譌作「冈」，今訂正。「罔工」，以作罔得名也。賈子禮篇云：「蛛蝥作罟。」太玄務「蜘蛛之務，不如蠶之緰」，測曰：「蜘蛛之務，無益人也。」玉篇云：「蝳蜍，肥大蜘蛛。」「蝳蜍、蠾蝓」，聲亦相近耳。［蛛蝥冈工蠾⿰虫央蝳蜍也，一〇·三五九］

一六　蛥蚗，浮由二音。秦晉之間謂之蟒蟴。似天牛而小，有甲角，出糞土中，朝生夕死。3a

一七　馬蚿，音弦。北燕謂之蛆蟝。蝍蛆。其大者謂之馬蚰。音逐。今關西云。3a

【廣】方言「馬蚿，北燕謂之蛆蟝。其大者謂之馬蚰」，郭璞注云「今關西云馬蚰」，「蚰」

與「蝬」同。字通作「軸」。御覽引吴普本草云：「馬蚿，一名馬軸。」又謂之「馬陸」。本草云：「馬陸，一名百足。」「馬陸」猶言「馬蝬」也。草名「蓫薚」，一名「商陸」；蟲名「馬蝬」，一名「馬陸」：皆聲近而轉耳。「蛆蝶」之轉聲爲「蠽蛆」，又轉而爲「秦渠」。高誘注吕氏春秋季夏紀云「馬蚿，幽州謂之秦渠」，是也。［蛆蝶馬蝬馬蚿也，一〇·三五九］

王念孫方言遺説輯録卷十二

一　**爰、暖，哀也。**暖，哀而恚也。音叚。 1a

【明】將郭注「音叚」之「叚」字改作「段」。

【廣三】爰、暖者：方言「**爰、暖，恚也。楚曰爰，秦晉曰暖，皆不欲譍而强畣之意也**」，郭璞注云：「**謂悲恚也。**」又「**爰、暖，哀也**」，注云：「**暖，哀而恚也。**」廣韻：「暖，恚也。」玉篇「愋，恨也」，「愋」與「暖」同。引之云：楚辭九章「曾傷爰哀，永歎喟兮」，「爰哀」猶「曾傷」，謂哀而不止也。方言云：「**凡哀泣而不止曰咺。**」「爰、暖、咺」，古同聲而通用。齊策狐咺，漢書古今人表作狐爰，是其證。王逸注訓「爰」爲「於」，失之。〔爰暖恚也〔一〕，二·四七〕卷六第五三條；卷一二第一條；卷一第八條

【讀二】「曾傷爰哀，永歎喟兮」，王注曰：「爰，於也。」引之曰：王訓「爰」爲「於」，「曾傷於哀」則爲不詞矣。今案：爰哀，謂哀而不止也。「爰哀」與「曾傷」，相對

〔一〕「恚」字脱，據王念孫疏證補。

爲文。方言曰：「凡哀泣而不止曰咺。」又曰：「爰、喛，哀也。」「爰、喛、咺」，古同聲而通用。齊策狐咺，漢書古今人表作狐爰，是其證也。［曾傷爰哀，餘編下・一〇四〇］卷一第八條；卷一二第一條

二　**儒輸，愚也。**儒輸，猶儒撰也〔一〕。　1a

【廣】儒輸者：方言「**儒輸，愚也**」，郭璞注云：「**儒輸，猶懦撰也。**」案：「儒輸」倒言之則曰「輸儒」。荀子脩身篇云「偷儒憚事」，「偷儒」即「輸儒」。鄭注玉藻云：「舒懦者，所畏在前也。」漢書西南夷傳云：「恐議者選耎。」「舒懦、選耎」並「輸儒」之轉耳。［儒輸愚也，一・三二］

【述】「孺」與「濡」通。孟子公孫丑篇「三宿而後出晝，是何濡滯也」，趙岐注曰：「濡滯猶稽也。既去，留於晝三日，怪其猶久。」「濡」之言「需」也。需象傳曰：「需，須也。」爾雅「頦，待也」，「頦」與「須」同。雜卦傳曰：「需，不進也。」是濡爲遲鈍也。魯亦遲鈍也。説文：「魯，鈍詞也。」論語先進篇「參也魯」，孔注曰：「魯，鈍也。」曾子性遲鈍。」孺又愚也。方言「**儒輸，愚也**」，「儒」與「孺」通。魯鈍亦愚也。大顔注漢

〔一〕「儒」，王念孫引方言作「懦」。

書周勃傳曰：「俗謂愚爲鈍椎。」見史記周勃世家索隱。〔魯冉孺字子魯，二二一·五三五〕

三　**㥲、諒，知也。**　1a

【廣】㥲、諒者：方言：「**㥲、諒，知也。**」「知」與「智」通，「智」即今「智」字也。說文：「智，識詞也。」隸省作「智」。各本「智」字分爲「于、智」二字，雙行並列，今訂正。〔㥲諒智也，三·七八〕

四　**拊、撫，疾也。**　謂急疾也。音府。1a

【廣】拊、舞者：方言「**拊、撫，疾也**」，注云「**謂急疾也**」，「撫」與「舞」通。說文：「駙，疾也。」「駙」與「拊」，亦聲近義同。〔拊舞疾也，一·二二〕

五　**菲、惄，悵也。**　謂惋惆也。音翡。1a

【明】將正文「菲」字改作「悲」。

【廣】惆悵者：玉篇云：「惆悵，悲愁也。」方言「**菲、惄，悵也**」，郭璞注云：「**謂惋惆也。**」荀子禮論篇云：「惆然不嗛。」問喪云：「心悵焉愴焉。」楚辭九辯：「惆悵兮

而私自憐。」〔惆悵痛也，二·四八〕

【廣三】悲、惄者：方言「悲、惄，悵也」，郭璞注云：「謂惋惆也。」方言又云：「惄，傷也。」又云：「惄，憂也。自關而西秦晋之間凡志而不得、欲而不獲、高而有墜、得而中亡謂之惄。」皆惆悵之意也。詳見卷一「惄，憂也」下。〔悲惄悵也，三·七五〕卷一二第五條；卷一第九條；卷一第一〇條

六　**鬱、熙，長也。**謂壯大也。音怡。　1a

【大】**鬱，長也，大也。**方言「鬱，長也」，郭注：「謂壯大也。」故茂謂之「鬱」，木叢生謂之「鬱」，説文：「鬱，木叢生者。」詩晨風首章：「鬱彼北林。」字亦作「菀」。詩正月七章：「有菀其特。」又作「蔚」。易革象傳「其文蔚也」，釋文：「又音鬱。」芳草謂之「鬱」。音鬱。説文：「鬯，以秬釀鬱艸，芬芳條暢，以降神也。」「鬱，芳艸也。十葉爲貫，百二十貫築以煮之爲鬱。從臼、冂、缶、鬯；彡，其飾也。」通作「鬱」。周禮鬱人「和鬱鬯」，鄭注：「築鬱金煮之以和鬯酒。鄭司農云：『鬱，草名，十葉爲貫，百二十貫爲築以煮之鐎中，亭於祭前。鬱爲草若蘭。』」〔五·七四〕

【大】**巸，長也，大也。**音怡。方言「巸，長也」，郭注：「謂壯大也。」故廣頤謂之「巸」。説文「巸，廣𦣝也」，「𦣝」與「頤」同。「怡、陽、養」聲之轉。故養謂之「頤」，大謂之「巸」，亦謂之

「洋」；長謂之「巸」，亦謂之「易」；廣頷謂之「巸」，眉上廣謂之「揚」。〔六·七六〕

【廣】鬱、巸者：方言「鬱、巸，長也」，郭璞注云：「謂壯大也。」小雅正月篇「有菀其特」，鄭箋云：「菀然茂特。」司馬相如長門賦云「正殿塊以造天兮，鬱並起而穹崇」，班固西都賦云「神明鬱其特起」，皆高出之貌，義與「長」相近也。「鬱」與「菀」通。〔鬱巸長也，二·五五〕

七　娋、孟，姉也。 外傳曰「孟啖我」，是也。今江東山越間呼姉聲如市，此因字誤遂俗也。娋，音義未詳。 1a

【明】將正文及郭注內「姉」字並改爲「姊」。

【廣】**此方言文也。** 廣韻作「嫠」，云：「齊人呼姊也。」〔娋孟姊也，六·一九九〕

八　築娌〔一〕**，匹也。** 今關西兄弟婦相呼爲築里。度六反。廣雅作妯。 1b

【廣二】娌者：**方言「築娌，匹也。」「娌，耦也」，郭璞注云：「今關西兄弟婦相呼爲築娌。」**〔耦娌二也，四·一一五〕卷一二第八條；卷一二第九條

〔一〕「築」，王念孫引方言作「築」。注內同。

【廣二】方言「築娌，匹也」，郭注云：「今關西兄弟婦相呼爲築娌。」「築」與「妯」通。「妯」之言「儔」也。集韻：「妯，又音儔。」方言云：「妯，耦也。」〔妯娌先後也，六·一九九〕卷一二第八條；卷一二第九條

九　娌，耦也。1b

【廣二】鼈孳、僆、孿者：方言：「陳楚之間凡人嘼乳而雙産謂之鼈孳，秦晉之間謂之僆子，自關而東趙魏之間謂之孿生。」堯典傳云：「乳化曰孳。」「鼈、僆」，語之轉。「鼈孳」猶言「連生」。方言：「娌，耦也。」「娌」與「鼈」，亦聲近義同。僆亦連也。衆經音義卷十七引倉頡篇云：「孿，一生兩子也。」説文作「孿」，徐鍇傳云：「孿猶連也。」呂氏春秋疑似篇云：「夫孿子之相似者，其母常識之。」太玄玄掜「兄弟不孿」，范望注云：「重生爲孿。」「孿」亦「雙」也，語之轉耳。〔鼈孳僆孿也，三·八二〕卷三第一條；卷一二第九條

【廣二】娌者：方言「築娌，匹也」。「娌，耦也」，郭璞注云：「今關西兄弟婦相呼爲築娌。」〔耦娌二也，四·一一五〕卷一二第八條；卷一二第九條

【廣二】方言「築娌，匹也」，郭注云：「今關西兄弟婦相呼爲築娌。」「築」與「妯」通。「妯」之言「儔」也。集韻：「妯，又音儔。」方言云：「妯，耦也。」〔妯娌先後也，六·一九九〕卷

一〇　**礹、嵤，習也。**謂玩習也，音盈。1b

【廣】礹、嵤者：方言「**礹、嵤，習也**」，郭璞注云：「**謂玩習也。**」後漢書馮異傳「忸忕小利」，李賢注云：「忸忕猶慣習也。謂慣習前事而復爲之。」爾雅釋言〔一〕：「狃，復也。」詩大叔于田正義引孫炎注云：「狃忕前事復爲也。」〔二〕釋詁釋文云：「忕，張揖雜字音曳，説文：『怈，習也。』」左傳桓十三年正義引説文作「忕」。魯公山不狃字子洩，亦取慣習之義。「怈、洩、忕、嵤」，並字異而義同。〔礹嵤習也，二·六四〕

一一　**躔、**度展反。**逡，**逡巡。**循。**1b

【明】於正文「循」下增「也」字。

【廣二】躔、逡者：方言：「**躔、逡，循也。**」「**日運爲躔，月運爲逡。**」呂氏春秋圜道篇

〔一〕王念孫補正於「爾雅釋言狃復也」乙「釋言」二字。
〔二〕王念孫補正於「狃忕前事復爲也」下乙「釋詁釋文云」十二字。

云：「月躔二十八宿。」逡亦遵也。哀三年左傳「外内以悛」，杜預注云「悛，次也」；漢書公孫弘傳「有功者上，無功者下，則群臣逡」，李奇注云「言有次第也」；王莽傳云「俊儉隆約，以矯世俗」；史記遊俠傳「逡逡有退讓君子之風」，漢書作「循循」；揚雄傳「穆穆肅肅，蹲蹲如也」，顔師古注云「蹲蹲，行有節也」：並字異而義同。〔躔逡循也，四·一二二〕卷一二第一一條；卷一二第一二條

【讀】「俊儉隆約，以矯世俗」，師古曰：「俊，退也。」引之曰：「俊儉」與「隆約」對文，則俊非退也。「俊」，讀爲「遵」。遵，循也。謂循儉尚約，以矯世俗之奢侈也。「遵」與「俊」，古字通。爾雅曰：「遵，循也。」方言曰：「逡，循也。」集韻：「逡，亦作俊。」故「遵儉」之爲「俊儉」，亦猶「遵循」之爲「逡循」。「遵」之通作「俊」，亦猶「逡」之通作「遵」。晏子春秋外篇「晏子遵循而對」，「遵循」即「逡巡」。〔俊儉，漢書第十五·三九八〕

一二一　**躔、歷，行也。**躔猶踐也。**日運爲躔，月運爲逡。**運猶行也。

【廣】躔者：方言「**躔，行也。日運爲躔，月運爲逡**」，郭璞注云：「**運猶行也。**」呂氏春秋圜道篇云：「月躔二十八宿。」〔躔行也，一·一四〕

【廣二】躔、逡者：方言：「**躔、逡，循也。**」「**日運爲躔，月運爲逡。**」呂氏春秋圜道篇

云：「月躔二十八宿。」逡亦遵也。哀三年左傳「外内以悛」，杜預注云「悛，次也」；漢書公孫弘傳「有功者上，無功者下，則群臣逡」，李奇注云「言有次第也」；王莽傳云「後儉隆約，以矯世俗」；史記遊俠傳「逡逡有退讓君子之風」，漢書作「循循」；揚雄傳「穆穆肅肅，蹲蹲如也」，顔師古注云「蹲蹲，行有節也」：並字異而義同。〔躔逡循也，四·一一二〕卷一二第一一條；卷一二第一二條

一三　**逭、**音換，亦管。**遺，**陽六反。**轉也。逭、遺，步也。**轉相訓耳。1b

【廣】逭、遺者：方言「逭、遺，轉也。逭、遺，步也」，皆謂行也。〔逭遺行也，一·一四〕

【廣】逭、遺者：方言「**逭、遺，轉也**」，郭璞注「**逭音換，亦音管**」，「逭」猶「斡」也。淮南子時則訓「員而不垸」，高誘注云「垸，轉也」，「垸」與「逭」通。〔逭遺轉也，四·一〇八〕

一四　**𨗊、虞，望也。**今云烽火是也。1b

【廣】𨗊、虞、候者：方言「**𨗊、虞，望也**」，郭璞注云：「**今云烽火是也。**」説文：「𨗊，候表也。邊有警則舉火。」「烽」與「𨗊」同。虞亦候望也。桓十一年左傳「且日虞

四邑之至也」，杜預注云：「虞，度也。」案：虞，望也。言日望四邑之至也〔一〕。「虞、候」皆訓爲「望」，故古守藪之官謂之「虞候」。昭二十年左傳「藪之薪蒸，虞候守之」，正義云「立官使之候望，故以虞候爲名」，是也。昭六年左傳「始吾有虞於子，今則已矣」，杜注：「虞，度也。言準度子產以爲己法。」案：虞，望也。言昔也吾有望於子，今則無望矣。〔遻虞望也，一·三四〕

【述】十一年傳「且日虞四邑之至也」，杜注曰：「虞，度也。」家大人曰：方言曰：「虞，望也。」廣雅同。言日望四邑之至也。昭六年傳「始吾有虞於子，今則已矣」，杜注曰：「虞，度也。言準度子產以爲己法。」案：虞亦望也。言昔也吾有望於子，今則無望矣。〔日虞四邑之至，一七·四〇一〕

一五　揄、楕〔二〕，脱也。1b

【明】將正文「揄」字改作「揄」。

〔一〕王念孫補正於「案虞望也言日望四邑之至也」下乙「虞候皆訓爲望」下四十七字。

〔二〕「揄、楕」，王念孫引方言作「揄、撱」。

【廣】「揹」之言「墮」也。玉篇音他果切。**方言：「揄、揹，脱也。」**「揄揹」猶言「揄棄」。枚乘七發云「揄弃恬怠」，是也。［揹棄也，一・一三］

【廣二】揄、墮者：**方言：「揄、揹，脱也。」又云「輸，挩也」，郭璞注云：「挩猶脱耳。」**枚乘七發云：「揄弃恬怠，輸寫淟濁。」「揄、輸」聲相近。「輸、脱」聲之轉。「輸」之轉爲「脱」，若「愉」之轉爲「悦」矣〔一〕。「揹」與「墮」通。［揄墮脱也，四・一二八］

卷一二第一五條；卷一二第一六條

【廣二】毻亦蜕也。**方言「毻，易也」，郭璞注云：「謂解毻也。」**廣韻：「毻，鳥易毛也。」郭璞江賦「産毻積羽」，李善注云：「字書曰：毤，落毛也。毤與毻同。」管子輕重篇云：「請文皮毤服而以爲幣。」今俗語猶謂鳥獸解毛爲「毤毛」。「毻、毤、蜕」，並同義〔二〕。**方言「隋，易也」「揹，脱也」**，義亦與「毻」同〔三〕。又案：「毻」字從毛、隋省

〔一〕王念孫補正於「若愉之轉爲悦矣」下補：太玄格次三「裳格鞶鉤，渝」，范望注云：「渝，解也。」「渝」與「揄」，義亦相近。又加墨籤注云：淮南子道應訓「敖幼而好游，至長不渝」，蜀志郤正傳引作「不喻解」，論衡道虚篇作「不偷解」。

〔二〕王念孫補正於「今俗語猶謂鳥獸解毛爲毤毛」下乙「毻毤」下六字，又補「矣」字。

〔三〕王念孫補正於「方言揹易也揹脱也」下補改：論衡道虚篇云：「龜之解甲、蛇之脱皮、鹿之墮角。」「隋、揹、墮」，義並與「毻」相近。

聲，方言注音他臥反，玉篇音湯果切，廣韻音湯臥、他外二切。曹憲欲改「毻」爲「毤」，音門悼反，非也。集韻三十七号内有「毤」字，引廣韻「毤，解也」，即承曹憲之誤。考江賦及方言、玉篇、廣韻俱作「毻」，不作「毤」，今據以辨正。〔毻解也，一·二七〕卷一三第三一條；卷一二第一五條

【讀二】「敖幼而好游，至長不渝。」念孫案：此本作「至長不渝解」。今本無「解」字者，後人不曉「渝解」二字之義而削之也，不知「渝」與「解」同義。太玄格次三「裳格鞶鉤，渝」，范望曰：「渝，解也。」字亦作「愉」。吕氏春秋勿躬篇「百官慎職，而莫敢愉綎」〔一〕，高注曰：「愉，解也。綎，緩也。」又方言：「揄、揞，脱也。」「解、輸，脱也」〔二〕，郭璞曰：「捝猶脱耳。」文選七發「揄弃恬怠，輸寫淟濁」，李善注引方言「揄，脱也」，脱亦解也。「渝、愉、揄、輸」，並聲近而義同。太平御覽引作「至長不渝解」，蜀志注引作「長不喻解」，論衡作「至長不偷解」，字雖不同，而皆有「解」字。〔不渝，淮南内篇第十二·八七四〕卷一二第一五條；卷一二第一六條

〔一〕「綎」字誤，當作「綖」。下同。

〔二〕「脱」字誤，當作「捝」。

一六　解、輸，梲也。梲猶脱也。1b

【明】將正文及郭注内兩「梲」字並改作「挩」。

【廣二】揄、墮者：方言：「揄、撱，脱也。」又云「輸，挩也」，郭璞注云：「挩猶脱耳。」枚乘七發云：「揄弃恬怠，輸寫淟濁。」「揄、輸」聲相近。「輸、脱」聲之轉。「輸」之轉爲「脱」，若「愉」之轉爲「悦」矣〔一〕。「撱」與「墮」通。〔揄墮脱也，四·一二八〕卷一二第一五條；卷一二第一六條

【讀二】「敖幼而好游，至長不渝。」念孫案：此本作「至長不渝解」。今本無「解」字者，後人不曉「渝解」二字之義而削之也，不知「渝」與「解」同義。太玄格次三「裳格鞶鉤，渝」，范望曰：「渝，解也。」字亦作「愉」。吕氏春秋勿躬篇「百官慎職，而莫敢愉綎」〔二〕，高注曰：「愉，解也。綎，緩也。」又方言：「揄、撱，脱也。」「解、輸，脱

〔一〕王念孫補正於「若愉之轉爲悦矣」下補：太玄格次三「裳格鞶鉤，渝」，范望注云：「渝，解也。」「渝」與「揄」，義亦相近。又加墨籤注云：淮南子道應訓「敖幼而好游，至長不渝」，蜀志郤正傳引作「不喻解」，論衡道虚篇作「不偷解」。

〔二〕「綎」字誤，當作「綖」。下同。

也」〔一〕，郭璞曰：「捝猶脱耳。」文選七發「揄弃恬怠，輸寫淟濁」，李善注引方言「揄，脱也」，脱亦解也。「渝、愉、揄、輸」，並聲近而義同。太平御覽引作「至長不渝解」，蜀志注引作「長不喻解」，論衡作「至長不偷解」，字雖不同，而皆有「解」字。〔「不渝，淮南内篇第十二·八七四〕卷一二第一五條；卷一二第一六條

一七　**賦、與，操也。**謂操持也。　1b

一八　**盪、**音鹿。**歇，**泄气。**涸也。**謂渴也。音鶴。　2a

【明】將正文之「盪」字改作「盝」。

【廣二】滲、盝者：説文：「滲，下漉也。」「滲」，曹憲音「所蔭反」。各本「所蔭」二字誤入正文，在「滲」字上。衆經音義卷十「滲，所蔭反」，引廣雅「滲，盡也」，今據以訂正。説文：「漉，水下皃也。」爾雅：「盝，竭也。」方言：**「盝，涸也。」「漉，極也」**，郭璞注云：**「滲漉，極盡也。」**司馬相如封禪文云：「滋液滲漉。」考工記㡃氏云：「清其

〔一〕「脱」字誤，當作「捝」。

灰而盈之。」月令云：「毋竭川澤，毋漉陂池。」「盪、盈、漉」並通。淮南子本經訓「竭澤而漁」，高誘注云：「竭澤，漏池也。」「漏池」，即所謂「漉陂池」也。「漉、漏」聲相近，故「滲漉」或謂之「滲漏」。卷二云：「歇、漏，泄也。」「泄」謂之「漏」，猶「盡」謂之「漉」也；「泄」謂之「歇」，猶「盡」謂之「竭」也。〔滲盪盡也，一·四〇〕卷一二第一八條；卷一三第八七條

【讀二】「筐篋已富，府庫已實，而百姓貧，夫是之謂上溢而下漏。」引之曰：溢，滿也。「漏」之言「漉」也。字或作「盈、盪」。爾雅曰：「盈、涸，竭也。」方言曰：「盪，涸也。」「漉，極也。」郭璞曰：「滲漉，極盡也。」月令曰：「毋竭川澤，毋漉陂池。」淮南本經篇「竭澤而魚」，高注曰：「竭澤，漏池也。」「漏池」，即所謂「漉陂池」也。「漉、漏」古同聲，故「滲漉」或謂之「滲漏」。本經篇又曰「禹疏三江五湖，流注東海。鴻水漏，九州乾」，亦謂鴻水涸也。上溢而下漏，即是上富而下貧。楊説「溢、漏」二字皆未了。〔下漏，荀子第三·六七二〕卷一二第一八條；卷一三第八七條

一九　**潎**、妨計反。**澂**，音澄。**清也**。2a

【廣】澂者：方言：「**澂，清也。**」字或作「澄」，同。潎者：方言：「**潎，清也。**」〔澂

澈清也，一・二九〕

二〇　**逯**、音鹿，亦録。**遡**〔一〕，音素。**行也。** 2a

【廣】逯者：方言：「**逯，行也。**」説文云：「行謹逯逯也。」淮南子精神訓云：「逯然而往。」〔逯行也，一・一四〕

【廣】遡者：方言：「**遡，行也。**」爾雅「逆流而上曰泝洄，順流而下曰泝游」，是也。「泝」與「遡」同。〔遡行也，一・一四〕

二一　**墾、牧，司也。墾，力也。** 耕墾用力。2a

【廣】墾者：方言「**墾，力也**」，注云「**耕墾用力**」也，「墾」與「墾」同。〔墾力也，二・四三〕

二二　**牧，飤也。** 謂放飤牛馬也。2a

〔一〕「遡」，王念孫引方言作「遡」。

二三　監、牧，察也。2a

【讀】「令民爲什伍而相收司連坐。」引之曰：「收」當爲「牧」，字之誤也。俗書「收」字作「收」，與「牧」相似。晏子雜篇「蠶桑豢牧之處不足」，吕氏春秋論人篇「不可牧也」，淮南原道篇「中能得之，則外能牧之」，今本「牧」字並誤作「收」。方言曰：「監、牧，察也。」鄭注周官禁殺戮曰：「司猶察也。」凡相監察謂之「牧司」。周官禁暴氏曰：「凡奚隸聚而出入者，則司牧之，戮其犯禁者。」酷吏傳曰：「置伯格長，以牧司姦盜賊。」漢書譌作「收司」，顔師古以爲「收捕司察姦人」，非也。辯見下。皆其證也。索隱本作「牧司」，注云：「牧司謂相糾發也。一家有罪，則九家連舉發。」然則必先司察而後舉發，舉發而後收捕，不得先言「收」而後言「司」矣。索隱之「牧司謂相糾發」，後人亦依正文改爲「收司」，而不知「收」非「糾發」之謂也。〔收司，史記第四·一一九〕

二四　奮，始也。奮，化也。別異訓也。音歡。2a

【廣】奮者：方言：「奮，化也。」〔奮匕也，三·八二〕

二五　鋪、脾，止也。 義有不同，故異訓之。鋪，妨孤反。 2a

【廣】鋪、脾者：方言：「**鋪、脾，止也。**」疏證云：「詩大雅『匪安匪舒，淮夷來鋪』，言爲淮夷之故來止，與上『匪安匪遊，淮夷來求』文義適合。舊説讀『鋪』爲『痡』，謂爲淮夷而來，當討而病之，失於迂曲。『鋪、脾』一聲之轉。方俗或云『鋪』，或云『脾』耳。」漢書天文志「晷長爲潦，短爲旱，奢爲扶」，鄭氏注云：「扶，當爲蟠。齊魯之間聲如酺，酺、扶聲近。蟠，止不行也。」案：齊魯之間言「蟠」聲如「酺」，與「鋪」聲亦相近也。〔鋪脾止也，三·九二〕

二六　攘、掩，止也。 2a

二七　幕，覆也。 2a

【廣】幕者：方言：「**幕，覆也。**」説文：「帷在上曰幕。」釋名云：「幕，幕絡也，在表之稱也。」井上六「井收勿幕」，王弼注云：「幕猶覆也。」周官幕人「掌帷幕幄帟綬之事」，鄭注云：「在旁曰帷，在上曰幕。」〔幕覆也，二·六一〕

二八　**侗**他動反。**胴**，挺挏。**狀也。**謂形狀也。2b

二九　**疋、杪，小也。**樹細枝爲杪也。2b

【明】將正文「疋」字改作「尐」。

【廣三】尐者：説文：「尐，少也。從小，乀聲。」物多則大，少則小。故**方言云：「尐，小也。」**廣韻：「𧅗尐，小也。」**方言注作「懱截」。**孟子告子篇「力不能勝一匹雛」，趙岐注云：「言我力不能勝一小雛。」孫奭音義云：「匹，丁作疋。」方言：『尐，小也。』蓋與疋字相似，後人傳寫誤耳。」案：孫説是也。玉篇「𪇗，小雞也」，「𪇗」與「尐」通。小雞謂之「𪇗」，猶小蟬謂之「蠽」。爾雅「蠽，茅蜩」，注云：「江東呼爲茅蠽，似蟬而小。」説文：「𩯣，束髮少小也。」張衡西京賦云：「朱鬉𩯣髽。」「尐、𪇗、蠽、𩯣」並音姊列反，其義同也。**方言謂小雞爲𥢆子。**「𥢆、𪇗」一聲之轉。廣韻「吣，姊列切，鳴吣吣也」，「吣吣」猶「啾啾」。「啾、吣」亦一聲之轉也。［尐小也，二·五四］卷一二第二九條；卷八第一三條；卷八第一八條

三〇　**屑、往，勞也。**屑屑、往來，皆劬勞也。2b

【廣二】屑、往者：説文：「屑，動作切切也。」方言「屑屑，不安也」，郭璞注云：「往來之貌也。」又「屑、往，勞也」，注云：「屑屑、往來，皆劬勞也。」昭五年左傳云：「屑屑焉習儀以亟。」漢書董仲舒傳云：「凡所爲屑屑，夙興夜寐，務法上古者。」後漢書王良傳云：「何其往來屑屑不憚煩也？」爾雅云：「來，勤也。」「往」之爲「勞」，猶「來」之爲「勤」也。孟子萬章篇「舜往于田」，往者勞也，即下文所云「竭力耕田」也。「往」，各本譌作「佳」。「往」，篆作「𢓊」，隸或省作「徃」，故譌而爲「佳」，今據方言訂正。［屑往勞也，一・三二］卷一〇第二〇條；卷一二第三〇條

三一　**屑、恎，**王相。**獪也。**市儈。　2b

三二　**效、**音皎。**烓，**口類反。**明也。**　2b

【廣】烓者：方言：「**烓，明也。**」説文：「烓，讀若冋。」又云：「炯，光也。」小雅無將大車篇「不出于熲」，毛傳云：「熲，光也。」「烓、炯、熲」，並聲近而義同。説文：「烓，從火，圭聲。」玉篇音口迥、烏圭二切。爾雅：「蠲，明也。」「蠲」，古讀若「圭」，亦與「烓」聲近義同。［烓明也，四・一一二］

三三　溱、將，威也。2b

三四　嫣、居僞反。**娗，**音挺。**偒也。**爛偒，健狡也。博丹反。2b

三五　儇、虔，謾也。謂惠黠也。莫錢反。2b

【廣二】虔者：方言：「虔，謾也。」又云：「虔，慧也。」［虔慧也，一・三八］卷一二第三五條；卷一第二條

【廣二】儇者：方言：「儇，謾也。」又云：「儇，慧也。」楚辭九章：「忘儇蕝以背衆兮。」淮南子主術訓「辯慧懁給」，「懁」與「儇」通。［儇慧也，一・三八］卷一二第三五條；卷一第二條

三六　佻[一]**，疾也。**謂輕疾也。音糶。2b

【廣】「獧、挑」，方言作「儇、佻」，云：「儇、佻，疾也。」郭璞注云：「謂輕疾也。」齊

［一］王念孫引方言，於「佻」下補「儇」字，即作「儇、佻，疾也」。

風還傳云：「儇，利也。」荀子非相篇「鄉曲之儇子」，楊倞注引方言「儇，疾也，慧也」。不苟篇「小人喜則輕而翾」，韓詩外傳「翾」作「快」。説文：「趯，疾也。」「儇、趯、翾」並通。方言注云：**「佻，音糶。」**韓子詭使篇云：「躁佻反覆謂之智。」成十六年左傳「楚師輕窕」，「窕」與「佻」通。史記荆燕世家「遂跳驅至長安」，跳驅謂疾驅也，義亦與「佻」同。「佻」與「朓」，聲義又相近也。［獧挑疾也，一・二二］

【廣】翾亦翧也。説文：「翾，小飛也。」釋訓云：「翾翾，飛也。」楚辭九歌「翾飛兮翠曾」，王逸注云：「言身體翾然若飛，似翠鳥之舉也。」鬼谷子揣篇云「蜎飛蠉動」，韓詩外傳作「蝖」，淮南子原道訓作「蠉」，並字異而義同。「翾」之言「儇」也。方言：**「儇，疾也。」**荀子不苟篇「小人喜則輕而翾」，楊倞注云：「言輕佻如小鳥之翾。」是「翾」與「儇」同義。［翾飛也，三・七五］

【述】「流辟、邪散、狄成、滌濫之音作，而民淫亂。」引之謹案：「狄」，讀爲「誂」。「成」者，「戉」之譌。「戉」與「越」通。吕氏春秋音初篇「流辟、誂越、慆濫之音出」，「慆濫」即「滌濫」也，「誂越」即「狄戉」也。楚辭九思：「聲噭誂兮清和。」「誂」，字亦作「咷」。漢書韓延壽傳「噭咷楚歌」，服虔曰「咷，音滌濯之滌」，正與「狄」同音。故「誂」通作「狄」。鄭云：「狄，往來疾貌。」方言曰：**「佻，疾也。」**廣雅曰：「越，疾也。」「佻」與「誂」同聲，「越」與「戉」同聲。是誂越、狄戉皆謂樂聲往來之疾也。隸書「戉」字或作朮，「成」字或作朮，形極相似，故「戉」字譌而爲「成」。史記樂書亦作「成」，則此字之譌已久。史記高祖功臣侯者年表索隱曰：「任侯張成，漢表作張越。」汲古閣所刻索隱單行本如是，今本史記作張越，乃後人依漢書改之。又建元已來王子侯者年表定敬侯劉越，水經河水注作劉成。說苑正諫篇「左伏楊姬，右擁越姬」，藝文類聚人部八引此「越姬」作「成姬」。其作「成」者，皆「戉」之譌也。鄭以「狄」爲「往來疾貌」，而不解「成」字，蓋闕之也。王肅解「狄成」謂「成而似夷狄之音」，見史記集解。孔穎達謂「速疾而成」，望文生義，胥失之矣。〔狄成，一五·三三六七〕

【讀】「翾鳥舉而魚躍兮，將往走乎八荒」，舊注曰：「廣雅曰：『翾，飛也。』」張衡傳注同。念孫案：「飛鳥舉而魚躍」，甚爲不詞。且訓「翾」爲「飛」，則既與「魚躍」不協，又與「鳥舉」相複矣。今案：翾者，疾也。猶言倏鳥舉而魚躍也。**方言「儇，疾也」，郭璞曰「謂輕疾也」**，「儇」與「翾」通。荀子不苟篇「小人喜則輕而翾」，韓詩外傳「翾」作「快」，快亦疾也。說文「趯，疾也」，義亦與「翾」同。〔翾鳥舉而魚躍兮，餘編下·一〇五三〕

三七　鞅、倖，强也。謂强戾也。音教。 **2b**

【廣】悖、怏者：方言「鞅、侼，强也」，注云：「謂强戾也。」「悖、侼」「怏、鞅」並通。「怏」，各本譌作「快」，惟影宋本不譌。［悖怏强也，一·二八］

三八　鞅、侼，懟也。亦爲怨懟。鞅猶怏也。3b

【明】將郭注「鞅猶怏也」之「怏」字改作「快」。

【廣】侼者：方言：「侼，懟也。」荀子不苟篇云「身之所長，上雖不知，不以悖君」，「悖」與「侼」通。［侼懟也，四·一一九］

【廣】方言：「鞅、侼，懟也。」卷四云：「侼，恨也。」「侼」與「勃」通。説文：「怏，不服懟也。」史記伍子胥傳云：「常鞅鞅怨望。」白起傳云「其意怏怏不服」，「怏」與「鞅」通。「懟」謂之「勃、怏」，故「怒」亦謂之「勃、怏」。趙策云「新垣衍怏然不悦」，即勃然不悦也。［勃怏懟也，五·一四〇］

【讀】「身之所長，上雖不知，不以悖君。」引之曰：「悖」，讀若「勃」。玉篇：「悖，蒲突切，又蒲輩切。」廣韻同。悖，怨懟也。謂君雖不知，而不怨君也。仲尼篇曰「君雖不知，無怨疾之心」，是也。方言曰：「侼，懟也。」廣雅曰：「勃，懟也。」「侼、怨、懟，恨也。」「悖、侼、勃」，字異而義同。莊十一年左傳「其興也悖焉」，「悖」一作「勃」。莊子庚桑楚篇「徹志之勃」，

「勃」本又作「悖」。秦策「秦王悖然而怒」，「悖然」即「勃然」。楊注云「不怨君而違悖」，其失也迂矣。
［不以悖君，荀子第一·六四三］

三九　追、末，隨也。3a

【廣二】撚、末者：方言：「撚、末，續也。」衆經音義卷十四引方言而釋之云：「撚謂兩指索之相接續也。」逸周書大武解「後動撚之」，孔晁注云「撚，從也」，從亦相續之意。「末」與「續」，義不相近。方言、廣雅「末」字，疑皆「未」字之譌。方言「末，隨也」，隨亦相續之意。［撚末續也，二·五六］卷一第二六條；卷一二第三九條

【廣】追、末者：方言：「追、末，隨也。」［追末逐也，三·一〇七］

四〇　僉、怚，劇也。謂勤劇。音驕怚也。3a

【明】於郭注「謂勤劇」之「劇」字下增一「也」字，刪「音驕怚也」之「也」字。即改作：謂勤劇也。音驕怚。

【廣三】「過」之言「過」也，「夥」也。方言云：「凡物盛而多，齊宋之郊楚魏之際曰夥。自關而西秦晉之間凡人語而過謂之過，或曰僉。」又云「僉，勮也」「僉，夥

也」，勮亦過甚之意。［僉過也，五・一六〇］卷一第二一條；卷一二第四〇條；卷一二第四一條

四一　僉，夥也。 僉者同，故爲多。音禍。 3a

【廣二】僉、怒者：方言「**僉，夥也**」，又云「**自關而西秦晉之間凡人語而過曰僉。東齊謂之劒，或謂之弩。弩猶怒也**」，皆盛多之意也。爾雅「僉，皆也」，義與「多」亦相近。［僉怒多也，三・九三］卷一二第四一條；卷一第二一條

【廣三】「濄」之言「過」也，「夥」也。方言云：「**凡物盛而多，齊宋之郊楚魏之際曰夥。自關而西秦晉之間凡人語而過謂之過，或曰僉。**」又云「**僉，勮也**」「**僉，夥也**」，勮亦過甚之意。［僉過也，五・一六〇］卷一第二一條；卷一二第四〇條；卷一二第四一條

四二　夸、烝，婬也。 上婬爲蒸。 3a

【廣】夸、蒸、通、報者：方言「**夸、烝，婬也**」，「烝」與「蒸」通。「夸」訓爲「婬」，與下「媱、窕、牞婸」同義，皆謂淫泆無度也。「夸、淫」皆過度之義，故上文云「夸，大也」，爾雅云「淫，大也」。「淫」與「婬」通。「夸」，各本譌作「夻」，自宋時本已然，故集韻、類篇並云：「夸，或作夻。」案：「夸」字，隸或作「夽」，故譌而爲「夻」。考説

文、玉篇、廣韻俱無「夅」字，今訂正。邶風雄雉正義云：「桓十六年左傳曰『衛宣公烝於夷姜』，服虔云：『上淫曰烝。』則烝，進也，自下進上而與之淫也。十八年傳曰『文姜如齊』。齊侯通焉』，服虔云：『傍淫曰通。』言傍者，非其妻妾，傍與之淫，上下通名也。牆有茨云『公子頑通於君母』，左傳曰『孔悝之母，與其豎渾良夫通』，皆上淫也。『齊莊公通於崔杼之妻』『蔡景侯爲太子般娶於楚，通焉』，皆下淫也。以此，知『通』者揔名。故服虔又云『凡淫曰通』是也。宣三年傳曰『文公報鄭子之妃』，服虔云：『鄭子，文公叔父子儀也。報，復也。淫親屬之妻曰報。漢律，淫季父之妻曰報。』」案：報者，進也。樂記「禮減而不進則銷，樂盈而不反則放，故禮有報而樂有反」，鄭注云：「報讀爲褒，褒猶進也。」「報」與「烝」皆訓爲「進」。上淫曰「烝」，淫季父之妻曰「報」，其義一也。［夅蒸通報婬也，一·三九］

四三　眦、䫉，懣也。謂憤懣也。音頻。3a

【廣】眦、䫉者：方言「眦、䫉，懣也」，郭璞注云：「謂憤懣也。」［眦䫉懣也，二·六〇］

四四　茪、激，清也。3a

【廣二】清、躡者：方言：「清、躡，急也。」又云：「激，清也。」〔一〕後漢書趙壹傳「捷懾逐物」，「懾」與「躡」同，言急於趨時也。李賢注「懾，懼也」，失之。説文「踂，馬行疾也」，義亦與「躡」同。〔清躡急也，一·三五〕卷一二第四四條；卷一二第四六條

四五　紓、𨒌，緩也。 謂寬緩也。音舒。 3a

【明】將正文「𨒌」字改作「𨓐」，即「退」字。

【廣】𨓐者：説文：「復，卻也。一曰行遲也。古文作𨓐。」方言：「𨓐，緩也。」〔退緩也，二·五二〕

四六　清、躡，急也。 3a

【廣二】清、躡者：方言：「清、躡，急也。」又云：「激，清也。」〔二〕後漢書趙壹傳「捷懾逐物」，「懾」與「躡」同，言急於趨時也。李賢注「懾，懼也」，失之。説文「踂，馬行

〔一〕〔二〕　王念孫補正於「激清也」下補：莊子齊物論篇「廉清而不信」，郭象注云：「激然廉清，貪名者耳，非真廉也。」

疾也」，義亦與「躡」同。［清躡急也，一・三五］卷一二第四四條；卷一二第四六條

【説】疌，機下足所履者。音躡。玉篇注同。繫傳作「機下足所履者疾」。念孫按：上「疌」字注云「疾也」，鍇注：「手足共爲之，故疾也。」此字與上「疌」字並从止、从又，則並有「疾」意。又「機下足所履」，漢蘇伯玉妻盤中詩「急機絞」，「機」亦有「疾」意。又按：字之音「躡」者，多訓爲「疾」。説文云：「䮒，馬步疾也。」或作「薾」。又方言：「躡，急也。」然玉篇無「疾」字，未知其審。

四七　杼、杼井。**瘛**〔一〕，胡計反。**解也。**　3a

【廣二】紓、摰、蕆、呈者：方言：「抒、瘛，解也。」莊三十年左傳「紓楚國之難」，「紓」與「抒」同。亦作「舒」。「摰」即方言「瘛」字也。玉篇「瘛」音尺世、胡計二切，「摰」與「瘈、掣」同音充世切。「充世」即「尺世」，是「摰」與「瘛」同音。方言：「抒、瘛，解也。」「蕆、逞，解也。」廣雅：「紓、摰、蕆、呈，解也。」是「摰」與「瘛」同義。又案：「摰、摯」二字音義各别。「摰」音充世反，與「掣」同，引也，又解也，字從手，執

〔一〕「杼、瘛」，王念孫引方言作「抒、瘛」。

聲」；「摯」音至，又音貞二反，握持也，字從手，執聲。廣雅「摰」訓爲「解」，當音充世反。曹憲音貞二反，又音至，皆失之也。集韻、類篇「摯」音至，引說文「握持也」；又陟利切，引廣雅「解也」；又尺制切，與「掣」同。是直不辨「摯、摰」之爲二字矣。考玉篇「摯」從執，音至；「摰」從埶，音充世切，與「掣」同：今據以辨正。方言注云「**蕆，音展**」，蕆亦展也。隱九年左傳「乃可以逞」，杜預注云：「逞，解也。」論語鄉黨篇云：「逞顏色。」僖二十三年左傳釋文云：「呈，勑景反，本或作逞。」是「呈」與「逞」通。枚乘七發云：「雖有金石之堅，猶將銷鑠而挺解也。」「挺」與「逞」，亦聲近義同。呂氏春秋仲夏紀「挺衆囚，益其食」，高誘注云「挺，緩也」，緩亦解也。故序卦傳云：「解者，緩也。」〔紓摰蕆呈解也，一·二七〕卷一二第四七條；卷一二第四八條

四八　蕆，逞，解也。蕆訓敕，復言解，錯用其義。音展。　3b

【廣二】紓、摰、蕆、呈者：方言：「**抒、瘛，解也。**」莊三十年左傳「紓楚國之難」，「紓」與「抒」同。亦作「舒」。「摰」即方言「**瘛**」字也。玉篇「瘛」音尺世、胡計二切，「摰」與「瘳、掣」同音充世切。「充世」即「尺世」，是「摰」與「瘛」同音。方言：「**抒、瘛，解也。**」「**蕆、逞，解也。**」廣雅：「紓、摰、蕆、呈，解也。」是「摰」與「瘛」同義。

又案：「摯、摯」二字音義各别。「摯」音充世反，與「掣」同，引也，又解也，字從手，執聲；「摯」音至，又音貞二反，握持也，字從手，執聲。廣雅「摯」訓爲「解」，當音充世反。曹憲音貞二反，又音至，皆失之也。集韻、類篇「摯」音至，引説文「握持也」；又陟利切，引廣雅「解也」；又尺制切，與「掣」同。是直不辨「摯、摯」之爲二字矣。考玉篇「摯」從執，音至；「摯」從執，音充世切，與「掣」同：今據以辨正。**方言注**云「**蕆，音展**」，蕆亦展也。隱九年左傳「乃可以逞」，杜預注云：「逞，解也。」論語鄉黨篇云：「逞顔色。」僖二十三年左傳釋文云：「呈，勑景反，本或作逞。」是「呈」與「逞」通。枚乘七發云：「雖有金石之堅，猶將銷鑠而挺解也。」「挺」與「逞」，亦聲近義同。吕氏春秋仲夏紀「挺衆囚，益其食」，高誘注云「挺，緩也」，緩亦解也。故序卦傳云：「解者，緩也。」〔紓摯蕆呈解也，一·二七〕卷一二第四七條；卷一二第四八條

【讀】弟十一行「群臣號咷，靡所復逞」。逞者，解也。言悲痛不可解也。**方言**云：「**逞，解也。**」成元年左傳「知難而有備，乃可以逞」，杜注與方言同。〔博陵太守孔彪碑，漢隸拾遺·九九四〕

【讀二】「莊周反入，三月不庭。藺且從而問之：『夫子何爲頃間甚不庭乎？』莊周

曰：『今吾遊於雕陵而忘吾身，異鵲感吾顙，遊於栗林而忘吾真，栗林虞人以吾爲戮，吾所以不庭也。』」釋文曰：「『三月不庭』，一本作『三日』。司馬云：『不出，坐庭中三月。』」念孫案：如司馬説，則「庭」上須加「出」字而其義始明。下文云「夫子何爲頃間甚不庭乎」，若以「甚不庭」爲「甚不出庭」，則尤不成語。今案：「庭」當讀爲「逞」。不逞，不快也。甚不逞，甚不快也。忘吾身，忘吾真，而爲虞人所辱，是以不快也。方言曰：**「逞、曉，快也。自關而東或曰曉，或曰逞；江淮陳楚之間曰逞。」**桓六年左傳「今民餒而君逞欲」，周語「虢公動匱百姓以逞其違」，韋、杜注並曰：「逞，快也。」「逞」字古讀若「呈」，聲與「庭」相近，故通作「庭」。張衡思玄賦「怨素意之不逞」，與「情、名、聲、營、平、崢、禎、鳴、榮、甯」爲韻。説文「逞」從辵呈聲。僖二十三年左傳「淫刑以逞」，釋文「逞」作「呈」。方言**「逞，解也」**，廣雅作「呈」。「三月不庭」，一本作「三日」是也。下文言夫子頃間甚不庭，若三月之久，不得言「頃間」矣。〔三月不庭，餘編上·一〇一七〕卷三第一三條；卷一二第四八條

四九　柢、柲〔一〕**，刺也。** 皆矛戟之槿，所以刺物者也。音觸抵。 3b

〔一〕「柢、柲」，王念孫引方言作「抵、拯」。

【廣】抵、㧝者：方言：「抵、㧝，刺也。」說文：「牴，觸也。」「抵、牴」義相近。「㧝」字，說見卷三「㧝，擊也」下。［抵㧝刺也，一·二二］

五〇　倩、荼，借也。荼猶徒也。3b

【欣】荼者：方言「荼，借也」，郭注云：「荼猶徒也。」案：「荼」蓋「賒」之借字。「賒、荼」古聲相近。說文：「賒，貰賣也。」「貰，貸也。」「賒、貸」同義，故俱訓爲「借」也。［荼借也，二·五九］

五一　僁朴，猝也。謂急速也。劈歷、打撲二音。3b

【廣】僁朴者：方言「僁朴，猝也」，郭璞注云：「謂急速也。」案：今俗語狀聲響之急速者曰「僁朴」，是其義也。［僁朴猝也，二·六九］

五二　麋、黎，老也。麋猶眉也。3b

五三　萃〔一〕、離，時也。3b

【廣】崪、離者：方言：「崪、離，時也。」楚辭天問「北至回水萃何喜」，王逸注云：「萃，止也。」「萃」與「崪」通，「時」與「待」通。「離」，讀爲「麗」。宣十二年左傳注云「麗，著也」，著亦止也。〔崪離待也，二·六四〕

【廣】跱者：説文：「峙，躇也。」玉篇云：「爾雅：『室中謂之跱。』跱，止也。」列子湯問篇「五山常隨潮波上下往還，不得蹔峙」，「峙」與「跱」同。引之云：玉篇引爾雅「室中謂之跱」，今本作「時」。「時」與「跱」，聲近而義同。大雅緜篇「曰止曰時」，箋云：「時，是也。曰可止居於是。」正義曰：如箋之言，則上『曰』爲辭，下『曰』爲於也。」案：經文疊用「曰」字，不當上下異訓，二「曰」字皆語辭。「時」亦「止」也，古人自有複語耳。爾雅：「爰，曰也。」「曰止曰時」猶言「爰居爰處」。爾雅又云「雞棲于弋爲榤，鑿垣而棲爲塒」，王風君子于役篇釋文「塒」作「時」。棲止謂之「時」，居止謂之「時」，其義一也。莊子逍遥遊篇「猶時女也」，司馬彪注云「時女猶處女也」，處亦止也。爾雅：「止，待也。」廣雅：「止、待，逗也。」「待」與「跱」，亦聲近義同。

〔一〕「萃」，王念孫引方言作「崪」。

「待」，又通作「時」。**廣雅「崪、離，待也」**，方言「崪」作「萃」，「待」作「時」，皆古字假借。或以「時」爲「待」之譌，非也。」〔跱止也，三·九三〕

【述】歸妹九四「歸妹愆期，遲歸有時」，虞翻曰：「震春兑秋，坎冬離夏，四時體正，故歸有時也。」王弼曰：「愆期遲歸，以待時也。」家大人曰：「時」當讀爲「待」。經言「歸妹愆期，遲歸有待」，故傳申之曰「愆期之志，有待而行也」。釋文：「有待而行也，一本待作時。」是傳之「有待」，亦或借「時」爲之。愈以知經之「有時」爲「待」之假借也。「待、時」俱以寺爲聲，故二字通用。蹇象傳「宜待也」，張璠本「待」作「時」；**方言「萃、離，時也」**，廣雅「時」作「待」；月令「毋發令而待」，吕氏春秋季夏紀作「無發令而干時」：是其例矣。「歸妹愆期，遲歸有待」，「待」與「期」爲韻；猶離騷「路脩遠以多艱兮，騰衆車使徑待。路不周以左轉兮，指西海以爲期」，「待」與「期」亦爲韻也。隱七年穀梁傳注引此，正作「遲歸有待」。〔遲歸有時，一·三二〕

【述】「曰止曰時」，箋曰：「時，是也。曰可止居於是。」正義曰：「如箋之言，則上『曰』爲辭，下『曰』爲於也。」引之謹案：經文疊用「曰」字，不當上下異訓，二「曰」字皆語辭。「時」亦「止」也，古人自有複語耳。爾雅曰：「爰，曰也。」「曰止曰時」猶言「爰居爰處」。玉篇曰：「爾雅：『室中謂之跱。』跱，止也。」廣雅同。玉篇又曰：「跱〔一〕，止不前也。」今本爾雅「跱」作「時」。爾雅又曰「雞棲于弋爲榤，鑿垣而棲爲塒」，王風君子于役釋文「塒」作「時」。棲止謂之「時」，居止謂之「時」，其義一也。莊子逍遥遊篇曰「猶時女也」，司馬彪注曰「時女猶處女也」，處亦止也。爾雅曰：「止，待也。」廣雅曰：「止、待，逗也。」「待」與「時」，聲近而義同。「待」，亦通作「時」。廣雅曰「崪、離，待也」，**方言「崪」作「萃」，「待」作「時」**，皆古字假借。或以「時」爲「待」之譌，非也。蹇象傳「宜待也」，張璠本「待」作「時」。歸妹象傳「有待而行也」，一本「待」作「時」。〔曰止曰時，六·一六〇〕

【述】郭曰：「替、戾、底者，皆止也。止亦相待。」家大人曰：「須、竢、徯」爲竢待之「待」，「替、戾、底、止」爲止待之「待」。待亦止也。廣雅曰：「止、待，逗也。」是「待」與「止、逗」同義。論語微子篇「齊景公待孔子」，史記孔子世家「待」作「止」。皇侃疏曰「景公欲處待孔子，共爲政治」，處亦止也。故「替、戾、底、止」皆訓爲「待」也。引之謹案：「待」或通作「時」。廣雅「崪、離，待也」，**方言作「萃、離，時也」**，時亦止也。楚辭天問注：「萃，止也。」大雅緜篇曰「曰止曰時」，「時」與「止」同義，猶言「爰居爰處」耳。

〔一〕「跱」，皇清經解本作「跱」，當據改。

説見前「曰止曰時」下。莊子逍遥遊篇「猶時女也」，司馬彪注曰「時女猶處女也」，處亦止也。玉篇引爾雅「室中謂之跱」，「跱，止也」，今爾雅「跱」作「時」。家大人曰：「止」又爲竢待之「待」。檀弓「吉事雖止不怠」，鄭注曰「止，立俟事時也」，俟亦待也。襄二十三年左傳：「齊侯將伐晉。陳文子見崔武子，曰：『將如君何？』武子曰：『群臣若急，君於何有？子姑止之。』」「子姑止之」，猶言「子姑待之」也。〔顉竢替戾底止徯待也，二六·六二四〕

五四　漢、𧹞，怒也。 3b

【明】將正文「𧹞」字改作「赫」。

【廣】漢、赫者：方言：「**漢、赫，怒也。**」大雅皇矣篇「王赫斯怒」，鄭箋云：「赫，怒意也。」桑柔篇「反予來赫」，釋文：「赫，毛許白反，炙也。與『王赫斯怒』同意。本亦作嚇，鄭許嫁反，口距人也。」正義云：「嚇是張口瞋怒之貌。」莊子秋水篇「鴟得腐鼠，鵷鶵過之。仰而視之曰：嚇」，釋文：「嚇，許嫁反，又許白反。司馬云：『嚇，怒其聲，恐其奪己也。』」素問風論云「心風之狀善怒嚇」，「嚇」與「赫」通。〔漢赫怒也，二·四八〕

五五　𡚁，發也。 3b

【廣】𡚁者：方言：「**𡚁，發也。**」［𡚁發也，四・一二九］

五六　謣、呼瓜反。**吁，然也。**音于。皆應聲也。3b

【廣】謣、吁者：方言「**謣、吁，然也**」，郭璞注云「**皆應聲也**」，「應」與「譍」通。［謣吁譍也，一・三四］

五七　猜、恀，恨也。 3b

【廣】倸、恀者：方言：「**猜、恀，恨也。**」衆經音義卷十三云：「猜，今作倸，同。」［倸恀恨也，四・一一九］

五八　艮、磑，堅也。艮、磑皆石名物也。五碓反。4a

【廣】艮、磑者：方言：「**艮、磑，堅也。**」説卦傳云「艮爲山，爲小石」，皆堅之義也。今俗語猶謂物堅不可拔曰「艮」。「艮」，各本譌作「良」，惟影宋本不譌。文選高唐賦「振陳磑磑」，思玄賦「行積冰之磑磑兮」，李善注並引方言「磑，堅也」。釋名云「鎧猶

塏也」；塏，堅重之言也」，並與「磑」聲近義同。〔艮磑堅也，一・四〇〕

五九　炗、眼〔一〕**，明也。** 炗，光也。音淫。 4a

【明】將正文及郭注「炗」字並改作「𤆍」。

【廣】「𤆍」之言「炎炎」也。説文引小雅節南山篇「憂心𤆍𤆍」，今本作「憂心如惔」，韓詩作「如炎」。説文：「炎，火光上也。」**方言：「𤆍，明也。」**憂心如火之炎，故與「明」同義。凡詩言「憂心烈烈」「憂心弈弈」「憂心炳炳」「耿耿不寐，如有隱憂」之類，皆其義也。説文：「覝，察視也。讀若鎌。」「覝」與「𤆍」，亦聲近義同。〔𤆍明也，四・一一一〕

六〇　怤愉，悦也。 怤愉，猶呴愉也。音敷。 4a

【廣】怤愉者：方言「**怤愉，悦也**」，郭璞注云「**怤愉，猶呴喻也**」，「悦」與「説」同。説貌謂之「怤愉」，故容貌可悦者亦謂之「怤愉」。漢瑟調曲隴西行云「好婦出迎客，顔色正敷愉」，是也。「敷」與「怤」通。〔怤愉説也，三・七六〕

〔一〕「眼」字誤，戴震疏證改作「𥇍」。

六一　**即、圍，就。即，半也。** 即，一作助。 4a

【明】於正文「就」字下增「也」字。

【廣】「圍」，各本譌作「⿴囗至」。方言、玉篇並云**「圍，就也」**，今據以訂正。「圍」猶「帀」也。周官典瑞注云「一帀爲一就」，是其義也。〔圍就也，三・七四〕

六二　**惙、怞，中也。** 中宣爲忡。忡，惱怖意也。 4a

【明】將郭注「中宣爲忡」之「宣」字改作「宜」。

六三　**籌**〔一〕、**蒙，覆也。** 4a

【廣】燾者：説文：「燾，溥覆照也。」方言**「薵，覆也」**；襄二十九年左傳「如天之無不幬也」，史記吳世家作「燾」，集解引賈逵注云「燾，覆也」；周官司几筵「每敦一几」，鄭注云「敦，讀曰燾。燾，覆也」：並字異而義同。今俗語猶謂覆物爲「幬」。

〔一〕「籌」，王念孫引方言作「薵」。

爾雅「翿，纛也」，注云：「今之羽葆幢。」又「纛，翳也」，注云：「舞者所以自蔽翳。」「翿、纛」與「翢」，聲義亦同。「翢」，各本譌作「幬」，自宋時本已然。故集韻、類篇「翢」又作「幬」。考説文、玉篇、廣韻俱無「幬」字，今訂正。［翢覆也，二·六二］

【廣二】「載」，通作「戴」。方言：「幬、蒙，覆也。」「幬，戴也。」小爾雅：「蓋、戴、幬、蒙，覆也。」班固西都賦云：「上反宇以蓋戴。」太玄玄文「蒙，南方也，夏也，物之脩長也，皆可得而載也」，范望注云：「枝葉已成，蒙覆於人上，皆可幬載者也。」是「載」與「翢」同義。「載」，各本皆作「戟」。隸書「載」字或省作「軙」，因譌而爲「戟」，今訂正。［翢戴也，五·一四四］卷一二第六三條；卷一二第六四條

六四　幬〔一〕，戴也。

此義之反覆兩通者。字或作幬，音俱波濤也。4a

【廣二】「載」，通作「戴」。方言：「幬、蒙，覆也。」「幬，戴也。」小爾雅：「蓋、戴、幬、蒙，覆也。」班固西都賦云：「上反宇以蓋戴。」太玄玄文「蒙，南方也，夏也，物之脩長也，皆可得而載也」，范望注云：「枝葉已成，蒙覆於人上，皆可幬載者也。」

〔一〕「幬」，王念孫引方言作「幬」。

是「載」與「⿱鬲灬」同義。「載」，各本皆作「戟」。隸書「載」字或省作「𨊧」，因譌而爲「戟」，今訂正。［⿱鬲灬載也，五・一四四］卷一二第六三條；卷一二第六四條

六五　堪、輂，載也。 輂轝亦載物者也[一]。音釘鋦。 4a

【廣二】堪、輂者：方言：「堪、輂，載也。」又云「龕，受也。揚越曰龕。受，盛也，猶秦晉言容盛也」，郭璞注云：「今云龕囊，依此名也。」「龕」與「堪」同聲；「盛」與「載」，義相近。郭注又云：「輂輿，載物者也。」説文：「輂，大車駕馬也。」周官鄉師「與其輂輦」，鄭注云：「輂，駕馬；輦，人輓行。所以載任器也。」管子海王篇云：「行服連軺輂者，必有一斤一鋸一椎一鑿，若其事立。」史記夏本紀「山行乘檋」，漢書溝洫志作「山行則梮」，韋昭注云「梮，木器，如今輿牀，人舉以行也」，「梮」與「檋」同。檋亦有載義，故書言「予乘四載」也。襄九年左傳「陳畚挶」，漢書五行志作「輂」，應劭注云：「輂，所以輿土也。」説文「𦥑，舉食者」，徐鍇傳云：「如今食牀，兩頭有柄，二人對舉之。」是凡言「輂」者，皆載之義也。［堪輂載也，二・五六］卷六第一〇條；卷一二第六五條

[一]「轝」，王念孫引方言作「輿」。

六六　搖、祖，上也。　4a

【廣四】搖、祖者：「搖」亦「躍」也，方俗語有輕重耳。楚辭九章云：「願搖起而横奔兮。」漢書禮樂志「將搖舉，誰與期」，顔師古注云：「言當奮搖高舉，不可與期也。」班固西都賦云：「遂乃風舉雲搖。」是搖爲上也。方言：**「䠥，跳也。」**爾雅「扶搖謂之猋」，李巡注云：「暴風從下升上。」説文「沖，涌搖也」，管子君臣篇云「夫水波而上，盡其搖而復下」，義並同也。爾雅：「祖，始也。」説文：「祖，始廟也。」是祖爲上也。其自下而上亦謂之「祖」。方言：**「搖、祖，上也。」「祖，搖也。」「祖，轉也」**，郭璞注云：**「動搖即轉矣。」**然則祖者，旋轉上起之意。説文：「瑑，圭璧上起兆瑑也。」「珇，琮玉之瑑也。」「珇」與「祖」，義亦相近。［搖祖上也，一·三三］卷一第二七條；卷一二第六六條；卷一二第六七條；卷一二第六八條

六七　祖，搖也。　4a

【廣四】搖、祖者：「搖」亦「躍」也，方俗語有輕重耳。楚辭九章云：「願搖起而横奔兮。」漢書禮樂志「將搖舉，誰與期」，顔師古注云：「言當奮搖高舉，不可與期也。」班固西都賦云：「遂乃風舉雲搖。」是搖爲上也。方言：**「䠥，跳也。」**爾雅「扶

搖謂之猋」，李巡注云：「暴風從下升上。」説文「沖，涌搖也」，管子君臣篇云「夫水波而上，盡其搖而復下」，義並同也。爾雅：「祖，始也。」説文：「祖，始廟也。」是祖爲上也。其自下而上亦謂之「祖」。方言：**「搖、祖，上也。」「祖，搖也。」「祖，轉也」**，郭璞注云：**「動搖即轉矣。」**然則祖者，旋轉上起之意。説文：「瑑，圭璧上起兆瑑也。」「珇，琮玉之瑑也。」「珇」與「祖」，義亦相近。［搖祖上也，一·三三］卷一第二七條；卷一二第六六條；卷一二第六七條；卷一二第六八條

六八　祖，轉也。互相釋也。動搖即轉矣。4b

【廣四】搖、祖者：「搖」亦「躍」也，方俗語有輕重耳。楚辭九章云：「願搖起而橫奔兮。」漢書禮樂志「將搖舉，誰與期」，顔師古注云：「言當奮搖高舉，不可與期也。」班固西都賦云：「遂乃風舉雲搖。」是搖爲上也。方言：**「䠛，跳也。」**爾雅「扶搖謂之猋」，李巡注云：「暴風從下升上。」説文「沖，涌搖也」，管子君臣篇云「夫水波而上，盡其搖而復下」，義並同也。爾雅：「祖，始也。」説文：「祖，始廟也。」是祖爲上也。其自下而上亦謂之「祖」。方言：**「搖、祖，上也。」「祖，搖也。」「祖，轉也」**，郭璞注云：**「動搖即轉矣。」**然則祖者，旋轉上起之意。説文：「瑑，圭璧上起兆瑑也。」

「珇，琮玉之瑑也。」「珇」與「祖」，義亦相近。［搖祖上也，一・三三］卷一二第二七條；卷一二第六六條；卷一二第六七條；卷一二第六八條

六九　括、闗，閉也。 易曰：「括囊無咎。」音活。 4b

【廣】闗、括者：方言：「**括、闗，閉也。**」説文：「括，絜也。」鄭注大學云：「絜猶結也。」坤六四「括囊」，虞翻注云：「括，結也。」閉、結皆塞也。［闗括塞也，三・七六］

七〇　衝、俶，動也。 4b

【廣】衝、佅者：方言「**衝、俶，動也**」，「衝、俶」與「衝、佅」同。「衝」亦「動」也，方俗語有輕重耳[一]。釋訓云「衝衝，行也」，説文：「憧，意不定也。」咸九四「憧憧往來」，皆動貌也[二]。聲轉爲「俶」。爾雅：「動、俶，作也。」是「俶」與「動」同義。説文「埱，氣出於土也」，義亦與「俶」同。孟子梁惠王篇「於我心有戚戚焉」，趙岐注

[一] 王念孫補正於「衝亦動也方俗語有輕重耳」下乙「釋訓云衝衝行也」七字，改作：易「是類謀萌之衝」，鄭注云：「萌之始動。」

[二] 王念孫補正將「咸九四憧憧往來皆動貌也」之「皆」字改作「亦」。

云：「戚戚然心有動也。」「戚」與「俶」，亦聲近義同。［衛佅動也，一・三七］

【述】郭曰：「公羊傳曰：『俶，甚也。』穀梁傳曰：『始厲樂矣。』迪未詳。」錢曰：「説文：『妯，動也。』『迪、妯』文異義同。詩崧高『有俶其城』，傳云：『俶，作也。』」邵解「俶」字與錢同，又曰：「迪者：微子云：『詔王子出迪。』迪訓爲行，行即作也。厲者：皋陶謨云『庶明厲翼』，鄭注：『厲，作也。以衆賢明作輔翼之臣。』」引之謹案：邵解「迪」字未確。錢謂「迪、妯」義同，是也。下文曰「蠢、妯，動也」，此曰「動、蠢、迪，作也」，是「妯」與「迪」通。郭解「俶、厲」二字，所引傳文皆與「作」字之義無涉。隱九年公羊傳：「大雨雪，何以書？記異也。何異爾？俶甚也」，「俶」字不得訓爲「作」。五年穀梁傳：「舞夏，自天子至諸侯皆用八佾，初獻六羽，始厲樂矣」，「厲」字亦不得訓爲「作」。錢、邵説是也。「俶、厲」爲作爲之「作」，又爲動作之「作」。方言曰：「俶，動也。」廣雅曰：「搖、佅，與「俶」同。動也。」此曰：「搖、動、俶，作也。」是俶爲動作也。樂記曰「發揚蹈厲之已蚤」，蹈厲謂騰躍也。小雅菀柳傳曰：「蹈，動也。」漢書揚雄傳注曰：「厲，奮也。」周語曰「王以黄鍾之下宫布戎于牧之野，故謂之厲，所以厲六師也」，厲六師謂作士氣也。齊策曰「田單厲氣循城」，謂作氣也。是厲亦爲動作也。［迪俶厲作也，二二六・六二八］

七一　羞、厲，熟也。熟食爲羞。4b

【廣】羞者：方言「**羞，熟也**」，郭璞注云：「**熟食爲羞。**」聘禮「燕與羞，俶獻無常數」，鄭注云：「羞謂禽羞，鴈鶩之屬，成熟煎和也。」爾雅「饋、餾，稔也」，郭璞注云「今呼餐飯爲饋」，釋文「餐，音脩」，義亦與「羞」同。礪者：方言「**厲，熟也**」，「厲」與「礪」同。［羞礪熟也，三・七八］

七二　厲，今也[一]。4b

【廣】厲者：方言：「**厲，合也。**」「厲」與「連」聲相近，故得訓爲「合」。周易正義序引世譜「神農，一曰連山氏，亦曰列山氏」，祭法作厲山氏，是其例也。［厲合也，二・六三］

七三　備、該，咸也。咸猶皆也。4b

【廣】**此方言文也。**樂記「大章，章之也。咸池，備矣」，史記樂書「備矣」作「備也」。餘見卷二「晐，備也」下。［備晐咸也，五・一三六］

[一]「今」，王念孫引方言作「合」。

【詞】「矣」猶「也」也。詩車攻曰「允矣君子，展也大成」，「允矣」與「允也」同。禮記緇衣引作「允也君子」。長發曰：「允也天子。」禮記樂記曰：「大章，章之也。咸池，備矣。韶，繼也。夏，大也。」「大章、咸池、韶、夏」，皆釋字義。「備矣」與「備也」同。史記樂書作「備也」，集解：「王肅曰：包容浸潤，行化皆然，故曰備也。」方言：**「備，咸也。」**是「咸」與「備」同義。論語里仁篇曰：「惡不仁者，其爲仁矣，不使不仁者加乎其身。」其爲仁矣，即其爲仁也。「也、矣」一聲之轉，故「也」可訓爲「矣」，「矣」亦可訓爲「也」。互見「也」字下。〔矣，四·四四〕

七四　噬，食也。4b

【明】將正文「噬」字改作「噬」。

七五　噬，憂也。4b

【明】將正文「噬」字改作「噬」。

【廣】噬者：方言：**「噬，憂也。」**〔噬憂也，一·一九〕

七六　㒟，悴也。謂悚悴也。4b

七七　虜，鈔，强也。皆强取物也。4b

【廣二】擄、鈔者：方言「虜、鈔，强也」，注云「皆强取物也」，「虜」與「擄」通。「虜、鈔、略」同義，故方言又云：「略，强取也。」〔擄鈔强也，一·二八〕卷二第三二條

七八　鹵，奪也。5a

七九　鏙，正也。謂堅正也。奴俠反。5a

【廣】鏙者：方言「鏙，正也」，郭璞注云：「謂堅正也。」〔鏙正也，一·一〇〕

八〇　蒔、殖，立也。5a

【廣二】「殖、蒔、置」，聲近而義同。方言：「樹植，立也。燕之外郊朝鮮洌水之間凡言置立者謂之樹植。」又云「蒔、殖，立也」，「殖」與「植」通。〔殖蒔立也，四·一一九〕卷七第三一條；卷一二第八〇條

【廣二】方言：「蒔，殖，立也。」「蒔，更也。」説文：「蒔，更別種也。」「蒔、殖」聲相近，故「播殖」亦謂之「播蒔」。引之云：玉篇：「蒔，石至切。又音時。」堯典「播時百穀」，周頌思文正義引鄭注云：「時讀曰蒔，種蒔五穀也。」晏子春秋諫篇云「民盡得種時」，説苑辨物篇「時」作「樹」，樹亦殖也。倒言之則曰「時播」。史記五帝紀：「時播百穀草木，淳化鳥獸蟲蛾，旁羅日月星辰。」「時播、淳化、旁羅」，皆連語耳。集解訓「時」爲「是」，正義謂「順四時而布種」，皆失之。［蒔種也，九·二九七］卷一二第八〇條；卷一二第八一條

八一　蒔，更也。爲更種也。音侍。　5a

【廣二】方言：「蒔，殖，立也。」「蒔，更也。」説文：「蒔，更別種也。」「蒔、殖」聲相近，故「播殖」亦謂之「播蒔」。引之云：玉篇：「蒔，石至切。又音時。」堯典「播時百穀」，周頌思文正義引鄭注云：「時讀曰蒔，種蒔五穀也。」晏子春秋諫篇云「民盡得種時」，説苑辨物篇「時」作「樹」，樹亦殖也。倒言之則曰「時播」。史記五帝紀：「時播百穀草木，淳化鳥獸蟲蛾，旁羅日月星辰。」「時播、淳化、旁羅」，皆連語耳。集解訓「時」爲「是」，正義謂「順四時而布種」，皆失之。［蒔種也，九·二九七］卷一二第八〇條；卷一二第

【讀二】「故文飾麤惡、聲樂哭泣、恬愉憂戚，是反也。」楊注：「是相反也。」然而禮兼而用之，時舉而代御。」念孫案：此「時」字非謂天時。時者，更音庚。也。謂文飾與麤惡，聲樂與哭泣，恬愉與憂戚，皆更舉而代御也。方言曰：「蒔，郭音侍。更也。」古無「蒔」字，故借「時」爲之。莊子徐無鬼篇云：「堇也，桔梗也，雞雍也，豕零也，是時爲帝者也。」爾雅：「帝，君也。」淮南齊俗篇云：「見雨則裘不用，升堂則蓑不御，此代爲帝者也。」「帝」，今本誤作「常」。說林篇云：「旱歲之土龍，疾疫之芻靈，是時爲帝者也。」今本脱「時」字，據高注補。太平御覽器物部十引馮衍詣鄧禹牋云：「見雨則裘不用，上堂則蓑不御，此更爲適者也。」「適」，讀嫡子之「嫡」。廣雅：「嫡，君也。」或言「時爲」，或言「代爲」，或言「更爲」，是時、代皆更也。方言：「更，代也。」說文：「代，更也。」故曰「時舉而代御」。楊說「時」字之義未了。［時舉而代御，荀子第六·七一四］卷三第二五條；卷一二第八一條

八二　鬙[一]、尾、梢，盡也。 鬙，毛物漸落去之名。除爲反。5a

[一]「鬙」，王念孫引方言作「髾」。注内同。

【廣二】髾者，落之盡。稍者，尾之盡也。方言「髾、尾、梢，盡也。尾，梢也」，注云「髾者，毛漸落去之名」，「梢」與「稍」通。〔髾稍盡也，一・四一〕卷一二第八二條；卷一二第八三條

八三　尾，梢也。5a

【廣二】髾者，落之盡。稍者，尾之盡也。方言「髾、尾、梢，盡也。尾，梢也」，注云「髾者，毛漸落去之名」，「梢」與「稍」通。〔髾稍盡也，一・四一〕卷一二第八二條；卷一二第八三條

八四　⿰歹豦、⿰亻执，㑥也。今江東呼極爲⿰歹豦，音劇。外傳曰：「余病⿰歹豦矣。」5a

【明】將正文「⿰亻执」字改作「谻」。

【廣二】⿰歹豦者：方言「⿰歹豦，㑥也」，「㑥」與「倦」同。又云「⿸疒豦，極也」，郭璞注云：「今江東呼極爲⿸疒豦，倦聲之轉也。」大雅緜篇「維其喙矣」，毛傳云「喙，困也」；晉語「余病喙矣」，韋昭注云「喙，短氣貌」：皆謂困極也。「⿰歹豦、⿸疒豦、喙」並通。〔⿰歹豦極也，一・一九〕卷一二第八四條；卷一三第三七條

【廣】⿰彳卻者：趙策云「恐太后玉體之有所郤也」，史記趙世家「郤」作「苦」。司馬相如子虛賦「徼谻受詘」，郭璞注云：「谻，疲極也。」上林賦「與其窮極倦谻」，郭注

云：「窮極倦谻，疲憊者也。」方言「⿰亻谻，⿰亻劵也」，説文「㣣，徼㣣受屈也」「⿰忄卻，勞也」，並字異而義同。「窮、極、倦、谻」，一聲之轉也。爾雅釋詁釋文引廣雅「憖，勮也」，「勮」亦與「㣣」同。史記平準書云「作業勮而財匱」，是也。［㣣極也，一·一九］

【述】「郤獻子傷，曰：『余病喙。』」家大人曰：「喙」下有「矣」字而今本脱之，則語勢不完。「喙」，字亦作「𣨼」。**方言「𣨼，⿰亻劵也」**，「⿰亻劵」，古「倦」字。**郭璞曰：「今江東呼極爲𣨼。音喙。」**玉篇：「𣨼，困極也。」大雅緜篇「維其喙矣」，毛傳：「喙，困也。」外傳曰「余病𣨼矣」，太平御覽兵部八十七引作「余病喙矣」；成二年左傳作「余病矣」：皆有「矣」字。［「余病喙」，二一·五〇七］

【讀】「而恐太后玉體之有所卻也，故願望見太后」，鮑注曰：「恐太后不能前。」念孫案：鮑未解「卻」字之義。「卻」字本作「㣣」，讀如煩勮之「勮」，謂疲羸也。言恐太后玉體之疲羸，故願望見也。廣雅「困、疲、羸、券、考工記輈人注曰：「券，今倦字也。」㣣，極也」，皆謂困極也。漢書司馬相如傳子虚賦「徼谻受詘」，蘇林曰：「谻，音倦谻之谻。」郭璞曰：「谻，疲極也。」又上林賦「與其窮極倦谻」，郭璞曰：「窮極倦谻，疲憊也。」**方言曰：「⿰亻谻，⿰亻劵也。」**「⿰亻劵」亦與「倦」同。説文曰：「㣣，徼卻受屈也。」「㣣、⿰亻谻、谻、卻」，並字異義同。趙世家作「恐太后體之有所苦也」，「苦」與「卻」同義，則「卻」爲倦㣣之

「御」明矣。［有所郤，戰國策第二·五九］

【讀】「沈沈容容，遥噱虖紭中。」晋灼曰：各本晋灼作師古。案：下有「師古曰」，則此非師古之注。今據文選注改。「口之上下名爲噱。言禽獸奔走倦極，皆遥張噱吐舌於紭罔之中也。」師古曰：「噱，音其略反。紭，古紘字。」念孫案：晋以口之上下爲噱，則「噱虖紭中」四字義不相屬，故又言「張噱吐舌」以曲通其義，殆失之迂矣。余謂：「噱」讀爲窮極倦谻之「谻」。字本作「御」，又作「㑞」。方言曰：「㑞，傍也。」「傍」與「倦」同。説文作「御」。玉篇、廣韻並其虐切。廣雅曰：「疲、羸、券、谻，極也。」「券」亦與「倦」同。「御」，曹憲音巨略、去逆二反。司馬相如傳子虛賦「徼谻受詘」，郭璞曰：「谻，疲極也。」上林賦「與其窮極倦谻，驚憚讋伏」，郭璞曰：「窮極倦谻，疲憊也。」然則遥噱虖紭中，謂禽獸皆遥倦谻於羅網之中也。作「噱」者，假借字耳。「谻、噱」並音其略反，故字亦相通。［沈沈，漢書第十三·三六九］

八五　　𪓰、律，始也。音蛙。　5a

【廣】𪓰、崒者：方言「𪓰、律，始也」，「律」與「崒」通。説文：「肁，始開也。從户、聿。」「聿」亦始也，聲與「崒」近而義同。凡事之始，即爲事之法。故始謂

之「方」，亦謂之「律」；法謂之「律」，亦謂之「方」矣。〔蘦萃始也，一·四〕

八六　蓐、臧，厚也。　5a

【廣】蓐、臧者：方言：「**蓐、臧，厚也。**」説文：「蓐，陳草復生也。」又云：「縟，繁采飾也。」張衡西京賦云：「采飾纖縟。」「縟」與「蓐」同義。引之云：文七年左傳「訓卒利兵，秣馬蓐食」，杜預注云：「蓐食，早食於寢蓐也。」漢書韓信傳「亭長妻晨炊蓐食」，張晏注云：「未起而牀蓐中食。」案：「訓卒利兵，秣馬」，非寢之時矣。「亭長妻晨炊」，則固已起矣。而云「早食於寢蓐」，云「未起而牀蓐中食」，義無取也。蓐者，厚也。食之豐厚於常，因謂之「蓐食」。「訓卒利兵，秣馬蓐食」者，商子兵守篇云「壯男之軍，使盛食厲兵，陳而待敵。壯女之軍，使盛食負壘，陳而待令」，是其類也。兩軍相攻，或竟日未已，故必厚食乃不飢。亭長妻欲至食時不具食以絶韓信，故亦必厚食乃不飢也。成十六年傳「蓐食申禱」，襄二十六年傳「秣馬蓐食」，並與此同〔一〕。凡「厚」與「大」義相近：「厚」謂之「敦」，猶「大」謂之「敦」也；「厚」謂之「醇」，猶「大」

〔一〕王念孫補正於注加墨籤云：其飲食不溽。鵬飛按：出自禮記儒行篇。

謂之「純」也；「厚」謂之「臧」，猶「大」謂之「將」也。〔蓐臧厚也，三·九一〕

【述】七年傳「訓卒利兵，秣馬蓐食」，杜注曰：「蓐食，早食於寢蓐也。」漢書韓信傳「亭長妻晨炊蓐食」，張晏曰：「未起而牀蓐中食。」引之謹案：「訓卒利兵，秣馬」，非寢之時矣。「亭長妻晨炊」，則固已起矣。而云「早食於寢蓐」，云「未起而牀蓐中食」，義無取也。方言曰：「**蓐，厚也。**」食之豐厚於常，因謂之「蓐食」。「訓卒利兵，秣馬蓐食」者，商子兵守篇曰「壯男之軍，使盛食負壘，陳而待敵。壯女之軍，使盛食負壘，陳而待令」，是其類也。兩軍相攻，或竟日未已，故必厚食乃不飢。亭長之妻欲至食時不具食以絶韓信，故亦必厚食乃不飢也。成十六年傳「蓐食申禱」，襄二十六年傳「秣馬蓐食」，並與此同。〔秣馬蓐食，一七·四一八〕

【讀】「迺晨炊蓐食」，張晏曰：「未起而牀蓐中食。」引之曰：方言：「**蓐，厚也。**」「厚食」猶言「多食」。説見經義述聞「秣馬蓐食」下。〔蓐食，漢書第八·二八一〕

八七　遵、遃，行也。 遃遃，行貌也。魚晚反。 5a

【廣】遵、遃者：方言「**遵、遃，行也**」，郭璞注云：「**遃遃，行貌也。**」〔遵遃行也，一·一四〕

八八　**鑴**、音攜。**錣**，祭餟。**餽也。**音愧。5b

【明】將正文「鑴」字改作「䭨」，「錣」字改作「餟」。

【廣】「祱」，本作「䬽」。說文：「䬽，小餟也。」玉篇：「䬽，或作䭨。」方言：「**䭨，餽也。**」說文云：「吳人謂祭曰餽。」「祱祭也，九・二八八」

【廣】方言：「**餟，餽也。**」說文：「餟，祭酹也。」易林豫之大畜云「住馬醊酒」，「醊」與「餟」同。「䬽、餟、酹」，聲並相近。「餟祭也，九・二八八」

八九　**鎎**、香既反。**鐛**，音映。**飽也。**5b

【明】將正文「鐛」字改作「⿰食景」。

【廣】「愾」音口代、許氣二反，謂氣滿也。玉篇引廣雅作「嘅」〔一〕。說文「鎎，怒戰也」，引文四年左傳「諸侯敵王所鎎」，今本作「愾」，杜預注云「愾，恨怒也」；說文「忾慨，壯士不得志於心也」，徐鍇繫傳云「內自高亢憤激也」：義並與「愾」同。

〔一〕王念孫補正於「廣雅作嘅」下乙「說文鎎怒戰也」云云五十八字，改作：哀公問「君行此三者同，則愾乎天下矣」，鄭注云：「愾猶至也。」家語大婚解與此同。王肅注云：「愾，滿也。」案：「愾」訓爲「滿」，於義爲長。「行此三者，則愾乎天下」，猶孔子閒居言「致五至而行三，無以橫於天下也」。

方言「䭰、餦，飽也」，「䭰」與「愾」亦同義。故廣雅「愾、餦、飽」三字同訓爲「滿」矣。［愾滿也，一·一二］

【廣】餦者：方言：「**餦，飽也。**」［餦滿也，一·一二］

九〇　惵、度協反。**耇，**音垢。**嬴也。**音盈。5b

九一　趙、肖，小也。5b

【廣】肖者：方言：「**肖，小也。**」莊子列御寇篇「達生之情者傀，達於知者肖」，傀者大也，肖者小也。「肖」與「傀」，正相反。郭象注以「傀」爲「大」是也，其以「肖」爲「失散」則非〔一〕。「肖」猶「宵」也。學記「宵雅肄三」，鄭注云：「宵之言小也。」「宵、肖」古同聲，故漢書刑法志「肖」字作「宵」。史記太史公自序「申呂肖矣」，徐廣注云「肖，音痟。痟猶衰微」，義並同也。［肖小也，二·五四］

【讀】列御寇篇「達生之情者傀，達於知者肖」，郭象曰：「傀然大，恬解之貌。肖，

〔一〕「失」，當作「釋」。見下條。

釋散也。」念孫案：郭以「傀」爲「大」是也，以「肖」爲「釋散」則非。**方言曰：「肖，小也。」**廣雅同。「肖」與「傀」，正相反。言任天則大，任智則小也。「肖」猶「宵」也。學記「宵雅肄三」，鄭注曰：「宵之言小也。」「宵、肖」古同聲，故漢書刑法志「肖」字通作「宵」。史記太史公自序「申呂肖矣」，徐廣曰「肖，音痟。痟猶衰微」，義亦相近也。

〔達於知者肖，餘編上·一〇二〇〕

九二　蚩、慆，悖也。謂悖惑也。音遥。 5b

【廣】蚩、慆者：**方言「蚩、慆，悖也」，注云：「謂悖惑也。」**法言重黎篇云「六國蚩蚩」，張衡西京賦云「蚩眩邊鄙」，皆惑亂之義也。爾雅「灌灌慆慆，憂無告也」，釋文引廣雅「慆，亂也」。王風黍離篇云「中心摇摇」，楚策云「心摇摇如懸旌而無所終薄」，「摇」與「慆」通。〔蚩慆亂也，三·七九〕

九三　吹、扇，助也。吹嘘、扇拂，相佐助也〔一〕。 5b

〔一〕王念孫引方言注「相」上有「皆」字。

【廣】吹、扇者：方言「吹、扇，助也」，注云：「吹噓、扇拂，皆相佐助也。」〔吹扇助也，二·五一〕

九四　焜、暈，眩也。 韡暈焜燿〔一〕，眩貌也。5b

【明】將郭注之「韡」字改作「韡」。

【廣】「昆」，讀爲「焜」。方言「焜，眩也」，注云：「焜煌，眩貌也。」説文：「焜，煌也。」昭三年左傳「焜燿寡人之望」，服虔注云：「焜，明也。燿，照也。」釋文：「焜，胡本反，又音昆。」鄭注王制云：「昆，明也。」司馬相如封禪文云：「煥炳煇煌。」急就篇云：「靳靷韉鞊色焜煌。」「焜、昆、煇」並通。〔昆盛也，二·五三〕

九五　苦、翕，熾也。 5b

【廣二】苦、翕者：方言：「苦、翕，熾也。」又云：「煬、翕，炙也。」揚雄甘泉賦「翕赫曶霍」，李善注云「翕赫，盛皃」；卷二云「熻，爇也」：義並相近。〔苦翕熾也，三·七五〕

卷一二第九五條；卷一三第一三四條

〔一〕「燿」，王念孫引方言作「煌」。

【廣三】炙、煬、烈、熻者：方言：**「煬、翕，炙也。」「煬、烈，暴也。」**説文：「煬，炙燥也。」**方言注云：「今江東呼火熾猛爲煬。」**管子禁藏篇云：「夏日之不煬，非愛火也。」莊子盜跖篇云：「冬則煬之。」「煬」之言「揚」也。周官卜師「揚火以作龜」，鄭注云「揚猶熾也」，即郭所云「火熾猛」也。説文：「烈，火猛也。」商頌長發篇云：「如火烈烈。」又大雅生民篇「載燔載烈」，毛傳云：「貫之加于火曰烈。」「烈」，各本譌作「裂」。衆經音義卷七、卷十七並引廣雅「烈，熱也」，今據以訂正。**方言又云：「翕，熾也。」**揚雄甘泉賦「翕赫曶霍」，李善注云「翕赫，盛皃」，「翕」與「熻」通。〔炙煬烈熻爇也，二·四九〕卷一三第一三四條；卷一三第一三五條；卷一二第九五條

九六　蘊，崇也。　5b

【廣二】薀、崇者：説文「薀，積也」，引昭十年左傳「薀利生孽」，今本作「蘊」。**方言：「蘊，崇也，積也。」**隱六年左傳「芟夷蘊崇之」，杜預注云：「蘊，積也。崇，聚也。」爾雅「崇，重也」，大雅鳧鷖篇「福禄來崇」，皆積之義也。〔蘊崇積也，一·一七〕卷一二第九六條；卷一二第九七條

九七　藴、嗇，積也。 嗇者貪，故爲積。　5b

【明】將正文及郭注内「嗇」字並改作「嗇」。

【廣二】藴、崇者：説文「藴，積也」，引昭十年左傳「藴利生孽」，今本作「藴」。方言：**「藴，崇也，積也。」**隱六年左傳「芟夷藴崇之」，杜預注云：「藴，積也。崇，聚也。」爾雅「崇，重也」，大雅鳧鷖篇「福禄來崇」，皆積之義也。〔藴崇積也，一・一七〕卷一二第九六條；卷一二第九七條

【廣】嗇者：方言「**嗇，積也**」，郭璞注云：「**嗇者貪，故爲積。**」魏風伐檀傳云「種之曰稼，斂之曰穡」，是其義也。〔嗇積也，一・一七〕

九八　嗇〔一〕**、殄**〔二〕**，合也。**　6a

【廣二】繬、彌者：上文云：「繬、彌，縫也。」方言：**「嗇、彌，合也。」**枚乘七發云：「中若結轖。」「繬、轖、嗇」並通。魏風伐檀傳云「種之曰稼，斂之曰穡」；説文「轖，

〔一〕「嗇」，王念孫引方言作「嗇」，見上條手校明本。
〔二〕「殄」，王念孫引方言作「彌」。

車籍交革也」」；急就篇「革轖髹漆油黑蒼」，顔師古注云「革轖，車籍之交革也」」；廣韻「轖，車馬絡帶也」」：皆合之義也。方言又云：「彌，縫也。」繫辭傳云：「故能彌綸天地之道。」」昭二年左傳「敢拜子之彌縫鄙邑」」，杜預注云：「彌縫猶補合也。」」［繬彌合也，二·六三］卷一二第九八條；卷一三第一一八條

九九　翬、翻，飛也。 翬翬，飛貌也。音揮。6a

【廣】翬者：方言：「**翬，飛也。**」説文云：「大飛也。」釋訓篇云：「翬翬，飛也。」爾雅「鷹隼醜，其飛也翬」，舍人注云：「翬翬，其飛疾羽聲也。」春秋魯公子翬、鄭公孫揮，皆字羽。「揮」與「翬」通。「翬」之言「揮」也。説文云：「揮，奮也。」爾雅云：「雉絶有力，奮。」又云：「魚有力者，徽。」北山經「獄法之山有獸焉。其狀如犬而人面，其名曰山𤟤，其行如風」，郭璞注云：「言疾也。」又「歸山有獸焉。其狀如𪊨羊而四角，馬尾而有距。其名曰驒，善還」，注云：「還，旋旋舞也。」是凡言「揮」者，其義皆與「飛」相近也。［翬飛也，三·七四］

【廣】〔一〕矯者：玉篇：「翻，飛也。」孫綽遊天台山賦「整輕翮而思矯」，李善注引方言「**矯，飛也**」。今方言作「**翻**」，同。〔矯飛也，三·七四〕

一〇〇　憤、自，盈也。 6a

【廣】憤者：方言：「**憤，盈也。**」樂記「粗厲猛起，奮末廣賁之音作」，鄭注云：「賁，讀爲憤。憤，怒氣充實也。」周語「陽癉憤盈」，韋昭注云：「憤，積也。盈，滿也。」〔憤盈也，一·三〇〕

一〇一　譟、喚。**諠，**從横。**音也。** 6a

【明】於郭注「喚」字下增「譟」字。

【廣】譟者：方言：「**譟，音也。**」説文：「譟，擾聒也。」周官大司馬「車徒皆譟」，鄭注云：「譟，讙也。書曰：『前師乃鼓鼗譟。』」各本皆脱「譟」字。衆經音義卷二十引廣雅「譟、讙，鳴也」，今據以補正。〔譟鳴也，二·四四〕

〔一〕本條方言爲李善所引，後有王氏所引異文，因此也算作王氏引用。

【廣】鍠者：玉篇胡觥切，集韻又胡光切。説文「鍠，鐘聲也」「瑝，玉聲也」「喤，小兒聲也」；爾雅「韹韹，樂也」；方言「**韹，音也**」；周頌執競篇云「鍾鼓喤喤」，小雅斯干篇云「其泣喤喤」；呂氏春秋自知篇云「鍾況然有音」；馬融廣成頌云「鍠鍠鎗鎗」，長笛賦云「錚鐄警嗃」：並字異而義同。［鍠聲也，四·一二二］

一〇二　**攎**、音盧。**⿺辶勑**，音勑。**張也**。6a

【明】將正文「⿺辶勑」字改作「遫」。又將郭注「音勑」之「勑」字改作「敕」。

【廣】攄者：卷四云「攄，舒也」，舒亦張也。楚辭九章：「據青冥而攄虹兮。」史記司馬相如傳「攄之無窮」，「攄」一本作「臚」。方言：「**攎，張也。**」「攄、攎、臚」，聲並相近。「攄、舒」，聲亦相近。「攄」與「攎」之同訓爲「張」，猶「舒」與「臚」之同訓爲「敘」也。遫者：方言：「**遫，張也。**」［攄遫張也，一·一四］

【廣】攎者：方言「**攎，張也**」，張亦引也。故引弓謂之「張弓」。［攎引也，一·四一］

一〇三　**岑**、**夤**，**大也**。6a

【大】寅，引也，進也。史記律書：「寅言萬物始生螾然也。」螾，音引。淮南子天文訓「斗指寅，則萬物螾」，高注：「螾，動生貌。」漢書律曆志：「引達於螾。」白虎通：「寅者，演也。」釋名：「寅，演也，演生萬物也。」「演」，古亦讀若「引」。爾雅釋詁：「寅，進也。」詩六月四章「元戎十乘，以先啓行」，毛傳：「夏后氏曰鉤車，殷曰寅車，周曰元戎。」鄭箋：「寅，進也。」釋名：「進，引也，引而前也。」「引、螾、演、寅」，聲義皆相近。故大謂之「夤」。方言：**「夤，大也。」**［六·七五］

【廣】岑、夤者，**方言：「岑、夤，大也。」**淮南子地形訓「九州之外，乃有八夤」，高誘注云「夤猶遠也」，遠亦大也。［岑夤大也，一·四］

一〇四　岑，高也。 岑崟，峻貌也。 6a

【廣】巉巗者：説文：「磛礹，石也。」小雅「漸漸之石，維其高矣」，釋文：「漸，亦作嶃。」説文：「巖，岸也。」「礹，石山也。」小雅節南山篇「維石巖巖」，釋文：「巖，本或作嚴。」合言之則曰「巉巗」。説文「碞，磛碞也」；宋玉高唐賦云「登巉巖而下忘兮」；楚辭招隱士云「谿谷嶄巖兮水横波」〔一〕；淮南子覽冥訓云「熊羆匍匐，丘山磛巖」：並字異而義同。轉之爲「岑崟」。**方言：「岑，高也。」**爾雅：「山小而高，岑。」

〔一〕王念孫補正於「谿谷嶄巖兮水横波」下乙「淮南子覽冥訓」云云十五字。

孟子告子篇「可使高於岑樓」，趙岐注云：「岑樓，山之鋭嶺者。」釋名云：「岑，嶄也，嶄嶄然也。」「岑、嶄」聲相近。故呂氏春秋審己篇「齊攻魯，求岑鼎」，韓非子説林篇作「讒鼎」。「讒」與「岑」，皆言其高也。説文：「厰，崟也。」又云：「嵒，山巖也。讀若吟。」僖三十三年穀梁傳云：「必於殽之巖唫之下。」楚辭招隱士「嶔岑碕礒兮」，上音「欽」，下音「吟」。又云：「狀貌崟崟兮峨峨。」張衡思玄賦云：「冠喦喦其映蓋兮。」合言之則曰「岑崟」。説文「崟，山之岑崟也」；漢書司馬相如傳「岑崟參差」，史記作「岑巖」；揚雄傳「玉石嶜崟」，蕭該音義引字詁云「嶜，古文岑字」；張衡南都賦「幽谷嶜岑」，上音「岑」，下音「吟」；嵇康琴賦「崔嵬岑嵓」：並字異而義同。又轉之爲「巑岏」。高唐賦云：「盤岸巑岏。」楚辭九歎「登巑岏以長企兮」，王逸注云：「巑岏，鋭山也。」［巉巖岑崟巑岏高也，四·一二六］

一〇五　效、昈，文也。 昈昈，文采貌也。音户。 6a

【廣】昈者：**方言「昈，文也」**，郭璞注云：**「昈昈，文采貌也。」**文選西京賦「赫昈昈以宏敞」，李善注引埤倉云：「昈，赤文也。」司馬相如上林賦云：「煌煌扈扈，照曜鉅野。」淮南子俶真訓「萑蒚炫煌」，高誘注云：「采色貌也。」「扈、蒚」並與「昈」通。

亦通作「户」。初學記引論語摘衰聖云「鳳有九苞：八曰音激揚，九曰腹文户」，户亦文采貌也。宋均注云「户，所由出入也」，失之。［㫚文也，三·七四］

一〇六　鈵、董，錮也〔一〕。謂堅固也。音柄。6a

【廣】鈵、董者：方言：「鈵、董，固也。」［鈵董固也，二·六九］

一〇七　扞〔二〕、搷，揚也。謂播揚也。音填。6a

【廣】扜、搷者：方言「扜、搷，揚也」，郭璞注云：「謂播揚也。」卷一云：「㐲、瞋，張也。」「㐲」與「扜」、「瞋」與「搷」，聲義並相近。「扜」，各本譌作「扞」，今訂正。［扜搷揚也，四·一三〇］

一〇八　水中可居爲洲。三輔謂之淤，音血瘀。上林賦曰：「行乎洲淤之浦也。」蜀漢謂之嫢。手臂。6b

〔一〕「錮」，王念孫引方言作「固」。
〔二〕「扞」，王念孫引方言作「扜」。

一〇九　殹，幕也。謂蒙幕也。音醫。6b

一一〇　刳，音枯。狄也〔一〕。宜音剔。6b

【廣】刳者：方言：「刳，⿱犭力也。」說文：「刳，判也。」衆經音義卷九引倉頡篇云：「刳，屠也。」繫辭傳「刳木爲舟」，九家本作「挎」，注云「挎，除也」；周官掌戮「殺王之親者，辜之」，鄭注云「辜之言枯也。謂磔之」；荀子正論篇云「斬斷枯磔」：義並相近。「刲、刳」一聲之轉，皆空中之意也。故以手摳物謂之「挎」，亦謂之「挎」。玉篇：「挎，苦攜切，中鉤也。」鄉飲酒禮「挎越」，釋文「挎，口孤反」，疏云：「瑟下有孔越，以指深入謂之挎。」此即玉篇所謂「中鉤」也。兩股間謂之「奎」，亦謂之「胯」。說文：「奎，兩髀之間也。」莊子徐無鬼篇「奎蹄曲隈」，向秀注云：「股間也。」廣雅釋言：「胯，奎也。」玉篇音口故切。是凡與「刲、刳」二字聲相近者，皆空中之意也。〔刳屠也，三·七四〕

〔一〕「狄」，王念孫引方言作「⿱犭力」。

一一一　**度高爲揣。**裳絹反。6b

一一二　**半步爲跬。**差箠反。6b

【明】將郭注之「差」字改作「羌」。

【廣】「胯」，通作「跨」。爾雅「驪馬白跨，驈」，釋文引倉頡篇云：「跨，兩股間也。」説文：「胯，股也。」又云：「奎，兩髀之間也。」莊子徐無鬼篇「奎蹄曲隈」，向秀注云：「股間也。」説文：「跨，渡也。」方言「**半步爲跬**」，跬亦跨也。「跨」與「胯」、「跬」與「奎」，聲相近，皆中空之意也。互見卷三「刲、刳，屠也」下。［胯奎也，五・一六七］

一一三　**半盲爲睺。**呼鉤反。一音猴。6b

一一四　**未陞天龍謂之蟠龍。**6b

一一五　裔，夷狄之總名〔一〕。邊地爲裔，亦四夷通以爲號也。6b

一一六　考，引也。6b

一一七　弼，高也。7a

【廣二】弼者：爾雅：「弼、崇，重也。」方言：「弼，高也。」「上，重也。」是弼爲上也。〔弼上也，一·一三三〕卷一二第一一七條；卷一二第一一八條

【廣】弼者：方言：「弼，高也。」義見卷一「弼，上也」下。凡「高」與「大」義相近。「高」謂之「岑」，猶「大」謂之「岑」也；「高」謂之「嵬」，猶「大」謂之「巍」也；「高」謂之「弼」，猶「大」謂之「奰」也。〔弼高也，四·一二六〕

一一八　上，重也。7a

【廣二】弼者：爾雅：「弼、崇，重也。」方言：「弼，高也。」「上，重也。」是弼爲上

〔一〕「總」，他本作「摠」。

也。［弼上也，一・二三二］卷一二第一一七條；卷一二第一一八條

一一九　**箇，枚也。** 爲枚數也。古餓反。 7a

【明】將郭注之「爲」字改作「謂」。

【廣二】方言：「枚，凡也。」昭十二年左傳「南蒯枚筮之」，杜預注云：「不指其事，汎卜吉凶。」正義云：「或以爲汎卜吉凶，謂枚雷總卜。禮云：『無雷同。』是總衆之辭也。今俗語云枚雷，即其義。」哀十六年左傳「王與葉公枚卜子良以爲令尹」，注云：「枚卜，不斥言所卜以令龜。」是枚爲凡也。方言「箇，枚也」，郭璞注云：「謂枚數也。」字或作「个」。特牲饋食禮「俎釋三个」，鄭注云：「个猶枚也。今俗言物數有若干个者，此讀然。」是「箇」與「枚」同義。［枚箇凡也，五・一三六］卷一二第八八條；卷一二第一一九條

一二〇　**一，蜀也。南楚謂之獨。** 蜀猶獨耳。 7a

【廣】蜀者：方言「蜀，一也。南楚謂之獨」，郭璞注云：「蜀猶獨耳。」爾雅釋山云：「獨者，蜀。」説文「蜀，葵中蠶也」，引豳風東山篇「蜎蜎者蜀」。今本作「蠋」，正義引郭璞爾雅注云：「大蟲如指，似蠶。」案：凡物之大者，皆有獨義。蠋，獨行無群

匹，故詩以比敦然獨宿者。鄭箋云「蠋蜎蜎然特行」，是也。爾雅「雞大者，蜀」，義亦同也。卷三云：「介，獨也。」獨謂之「蜀」，亦謂之「介」；大謂之「介」，亦謂之「蜀」：義相因也[一]。管子形勢篇：「抱蜀不言，而廟堂既循。」惠氏定宇周易述云：「抱蜀，即老子抱一也。」說文：「弌，古文一字。」各本譌作「戈」，今訂正。［蜀壹弌也，一·一六］

[一] 王念孫補正於「蜀義相因也」下乙「管子形勢篇」云云三十字。

王念孫方言遺說輯録卷十三

一　**奝、歷，相也。** 1a

【述】文王官人篇：「變官民能，歷其才藝。」引之謹案：「變」，讀爲「辯」。坤文言「由辯之不早辯也」，釋文：「辯，荀作變。」禮運「大夫死宗廟謂之變」，注：「變，當爲辯。」孟子告子篇「萬鍾則不辯禮義而受之」，音義：「辯，丁本作變。」漢梁相費汎碑「變爭路銷」，亦以「變」爲「辯」。**辯，徧也。**樂記「其治辯者，其禮具」，注：「辯，徧也。」字亦作「辨」。定八年左傳「子言辨舍爵於季氏之廟而出」，杜注：「辨猶周徧也。」**歷，相也。**見爾雅、方言。晉語「夫言以昭信，奉之如機，歷時而發之」，言相時而發之也。楚辭離騷「歷吉日乎吾將行」，言相吉日也。言徧授民能以官，而相度其才藝也。盧注皆未了。〔變，一三·三〇二〕

二　**奝、旅，末也。** 1a

【廣】苗、奝者：禾之始生曰苗。對本言之，則爲末也。「苗」猶「杪」也。說文「奝，衣裾」，徐鍇傳云：「裾，衣邊也。故謂四奝。」方言：「**奝，末也。**」晉語「延及寡君之紹續昆奝」，韋昭注云：「奝，末也。」楚辭離騷：「帝高陽之苗奝兮。」〔苗奝末也，

三　䚯、緣，廢也。1a

四　純、毣，好也。毣毣，小好貌也。音沐。1a

【廣】純者：方言：「純，好也。」漢書地理志「織作冰紈綺繡純麗之物」，顔師古注云：「純，精好也。」〔純好也，一·二五〕

【廣】毣者：方言「毣，好也」，注云：「毣毣，小好貌也。」司馬相如上林賦「長眉連娟，微睇緜藐」，郭璞注云：「緜藐，遠視貌。」張衡西京賦「眳藐流眄，一顧傾城」，薛綜注云：「眳，眉睫之間。藐，好視容也。」案：「眳藐」即「緜藐」，皆好視貌也。郭注以「緜藐」爲「遠視」，薛注以「眳」爲「眉睫之間」，皆失之也。爾雅：「藐藐，美也。」大雅崧高篇「既成藐藐」，毛傳云：「藐藐，美貌。」説文：「䫌，美也。」廣韻「毣、眊、藐、䫌」四字並莫角切，其義同也。〔眊好也，一·二五〕

五　藐、素，廣也。藐藐，曠遠貌。音邈。1a

【廣】藐、素者：方言「藐、素，廣也」，郭璞注：「藐藐，曠遠貌。」大雅瞻卬篇云：「藐藐昊天。」楚辭九章云：「藐蔓蔓之不可量兮。」卷四云「素，博也」，博亦廣也。〔藐素廣也，二・四五〕

【廣】素者，方言：「素，廣也。」〔素博也，四・一三二〕

六　藐，漸也。　1a

七　𨇨、踊躍。**拼**，掾拔。**拔也。出水爲拼，出火爲踚也。**拼，一作椒。𨇨，一作踚。　1a

【明】將郭注「掾拔」之「掾」字改作「拯」。又將正文「出水爲拼」之「水」字改作「㳈」。又將正文「出火爲踚也」之「踚」字改作「𨇨」。

【廣】拼者：方言：**「拼，拔也。出㳈爲拼。」**艮六二「不拯其隨」，虞翻注云「拯，取也」，「拯」與「拼」同。莊子達生篇「見痀僂者承蜩，猶掇之也」，「承」亦與「拼」同。艮釋文「拯」作「拼」，是其證矣〔一〕。〔拼取也，一・一八〕

〔一〕王念孫補正於「拼」注加墨籤云：大戴禮禮察篇「人主胡不承殷周秦事以觀之乎」，承，取也。漢書賈誼傳「承」作「引」，引亦取也。故晉語「引黨以封己」，韋昭注云：「引，取也。」

【廣】「踚」之言「躍」，「抍」之言「升」，皆上出之義也。方言：「**踚、抍，拔也。出休爲抍，出火爲踚。**」説文「抍，上舉也」，引易「抍馬壯吉」。今易明夷六二及渙初六「抍」並作「拯」，王肅注云：「拯，拔也。」子夏作抍。」艮六二「不拯其隨」，釋文作「承」；淮南子齊俗訓云「子路撜溺而受牛謝」；揚雄羽獵賦云「丞民乎農桑」：並字異而義同。「抍」，各本譌作「枡」，今訂正。［踚抍拔也，三・一〇〇］

八　炖、託孫反。**焃**、音閲。**煓**，波湍。**赤貌也**〔一〕。皆火盛熾之貌。 1b

【明】將正文「赤」改作「赫」。

【廣】焃亦赫也。故方言云：「**焃，赫也。**」［焃赤也，八・二七二］

【述】「歂」，視專、視兖二切。讀爲「煓」。他丸切。方言「**煓，赫也**」，郭注曰：「**火熾盛之貌。**」説文：「然，燒也。」或曰：「歂」讀爲「顓」，［莊十一年左傳歂孫生，古今人表「歂」作「顓」。］「然」讀爲「儺」，式善、如善二切。皆敬慎之義也。説文：「顓，頭顓顓謹皃。」「顓顓」之言「惴惴」也。小雅小宛篇「惴惴小心」，與「温温、戰戰」爲韻。莊子齊物論篇

〔一〕王氏父子引方言均無「貌」字。

「小恐惴惴」與「縵縵」爲韻。則「惴」字古讀爲「顓」，故其義同也。玉篇引説文曰：「㦗，意膬也。一曰意急而懼也。一曰戁也。」今本説文脱下二句。案：「一曰意急而懼」者，訓「㦗」爲「不戁不竦」之「戁」也。爾雅「戁，女板切。與「㦗」聲相近。懼也」，是也。「一曰戁」者，訓「㦗」爲「敬」也。説文「戁，敬也」，此云「㦗，戁也」，其義一也。爾雅「熯，敬也」，「熯」與「戁」同。熯，而善切。小雅楚茨曰「我孔熯矣」，是也。「㦗」之言「戁」也。［鄭駟歂字子然，二二·五四六］

【述】郭曰：「庉庉，熾盛之貌。」邵曰：「易象傳云『風自火出』，此釋其名爲『庉』也。孔疏云：『火出之初，因風方熾，火既炎盛，還復生風。』象皆言實事，故爾雅釋之。舊説以爲假象，非也。」引之謹案：此釋「庉」字之義，非釋易之「風自火出」，蓋誤證也。釋文：「庉，本或作炖，字同。」玉篇：「炖，風與火也。」方言「**炖、焃、煓，赫也**」，**郭彼注曰：「皆火盛熾之貌。」**然則炖者，火得風而炖；炖然盛，非謂風自火出也。古無「炖」字，故借「庉」爲之。［風與火爲庉，二七·六五二］

九　憒、竅，孔竅。**阨也。**謂迫阨。烏革反。**1b**

一〇　杪、眇，小也。1b

【廣二】緫、紗、糸、紖、細，皆絲之微也。「緫」之言「恍惚」，「紗」之言「眇小」也。孫子算經云：「蠶所吐絲爲忽，十忽爲秒。」「緫、忽」「紗、秒」並通。說文云：「秒，禾芒也。」史記太史公自序「閒不容翲忽」，正義云：「翲當作秒，秒，禾芒表也。忽，一蠶口出絲也。」漢書敘傳「造計秒忽」，劉德注云：「秒，禾芒也；忽，蜘蛛網細者也。」皆微之義也。顧命云：「眇眇予末小子。」僖九年左傳云：「以是藐諸孤。」方言：「眇，小也。」又云「杪，小也。凡木細枝謂之杪」，郭璞注云：「言杪梢也。」爾雅：「管小者謂之篎。」說文：「眇，一目小也。」又云「鷦䳄，桃蟲也」，爾雅釋鳥注作「鷦鷯」。周頌小毖篇「肇允彼桃蟲，拚飛維鳥」，毛傳云：「桃蟲，鷦也，鳥之始小終大者。」陸機疏云：「今鷦鷯是也。」「鷦」之疊韻爲「鷦鷯」，又爲「鷦鷖」，皆小貌也。文選長笛賦「焦眇睢維」，李善注以「焦眇」爲「合目」，「睢維」爲「開目」。是凡言「眇」者，皆微之義也。［緫紗微也，四・一二二二］卷一三第一〇條；卷二第八條

【述】九年傳「以是藐諸孤」，杜注曰：「言其幼稚，今本作「幼賤」，乃後人所改。時奚齊已立爲太子，不得言賤。正義曰「言年既幼稚，縣藐於諸子之孤」，則注本作「幼稚」明矣。文選寡婦賦注引注亦作「幼稚」。今改正。與諸子縣藐。」顧氏甯人杜解補正曰：「藐，小也。」惠氏定宇補注曰：

「案：吕忱字林曰『藐，小兒笑也』，文選注。顧君訓『藐』爲『小』，亦未當。」引之謹案：杜以「藐」爲「縣藐」，「諸」爲「諸子」，「以是縣藐諸子孤」斯爲不詞矣。文選寡婦賦「孤女藐焉始孩」，李善注：「廣雅曰：『藐，小也。』字林曰：『孩，小兒笑也。』」是「小兒笑」乃釋「孩」字，出説文。非釋「藐」字。俗本文選注脱「孩」字，而惠遂以「藐」爲「小兒笑」，其失甚矣。顧訓「藐」爲「小」是也，「藐」之言「杪」也，「眇」也。方言：「杪、眇，小也。」廣雅：「杪、眇、藐，小也。」但未解「諸」字。今案：「諸」即「者」字也。「者」與「諸」，古字通。郊特牲曰「不知神之所在於彼乎？於此乎？或諸遠人乎」，「或諸」即「或者」。士虞禮注作「或者遠人乎」。大戴禮衹將軍文子篇「夫子之施教也[一]，先以詩世，道者孝悌，説之以義，而觀諸體」，「者」亦「諸」也。爾雅釋魚「龜，俯者，靈；仰者，謝；前弇諸，句。果；後弇諸，句。獵」，「諸」亦「者」也。「藐者孤」，猶言「嬴者陽」耳。周語「此嬴者陽也」，韋注：「嬴，弱也。」又詩言「彼茁者葭、彼姝者子、彼蒼者天、有頍者弁、有菀者柳、有芃者狐、有卷者阿」，文義並與此相似。[藐諸孤，一七·四〇六]

【讀】先知篇：「敢問先知，曰：不知。知其道者其如視，忽眇緜作昞」，李軌斷「其

[一]「衹」，皇清經解本作「衛」，當據改。

如視」爲句，「忽眇緜作眪」爲句，注云：「眇緜遠視。」宋咸讀「其如視忽眇緜作眪」爲一句，注云：「忽，輕也；眇，細也；緜，遠也；眪，謂炳然光明也。此言先知之道，臨事則悟，如明目之視忽輕眇細緜遠之物，皆炳然而見也。」李從『其如視』隔爲一句，復以『眇緜』爲一事釋之，頗失其義。」念孫案：宋説近之，而未盡然也。忽、眇、緜皆微也。一切經音義五引三蒼云：「眪，著明也。」視忽眇緜作眪者，見微而知著也。漢書律曆志「無有忽微」，孟康曰：「忽微，若有若無，細於髮者也。」大戴禮文王官人篇曰：「微忽之言，久而可復。」是忽爲微也。方言曰：「**眇，小也。**」顧命曰：「眇眇予末小子。」是眇爲微也。説文曰：「緜，聯微也。」廣雅曰：「緜，小也。」大雅緜篇「緜緜瓜瓞」，鄭箋曰：「緜緜然若將無長大時。」司馬相如上林賦曰：「微睇緜藐。」是緜爲微也。廣雅曰「緫、紗、𥿄，微也」，曹憲緫音忽，紗音眇，𥿄音蔑。集韻「𥿄」又音緜。「緫、紗、𥿄」與「忽、眇、緜」同義。孫子算經曰：「蠶所吐絲爲忽。十忽爲秒。」「忽」與「緫」同，「秒」與「紗」同。説文：「緬，微絲也。」玉篇「𥿄」與「緬」同。然則緫、紗、𥿄皆絲之微者。李以「眇緜」爲「遠視」，宋以「忽」爲「輕」、「緜」爲「遠」，皆失之。［忽眇緜，餘編上・一〇三五］

一一　**讟、咎，謗也。** 謗言噂讟也。音沓。 1b

【廣二】讟者：方言：「讟、咎，謗也。」又云：「讟，痛也。」説文：「讟，痛怨也。」宣十二年左傳云：「君無怨讟。」〔讟惡也，三·一〇五〕卷一三第一一條；卷一三第六九條

一二　**葴、敕、戒，備也。**　葴亦訓敕。　1b

【廣】葴、飭、戒者：方言：「**葴、敕、戒，備也。**」文十七年左傳「寡君又朝，以葴陳事」，賈逵注云：「葴，勑也。」説文：「敕，誡也。」「誡，敕也。」鄭注曾子問云：「戒猶備也。」「飭、勑、敕」古通用。「戒、誡」古通用。〔葴飭戒備也，二·七一〕

【廣】葴者：方言：「**葴、敕、戒，備也。**」文十七年左傳「寡君又朝，以葴陳事」，賈逵注云「葴，勑也」，「勑」與「敕」通。〔葴敕也，四·一三一〕

一三　**摵**、音蹜。　**㨖**，音致。　**到也。**　1b

【廣】㨖亦致也。説文：「㨖，刺之財至也。」廣韻豬几、陟利二切。方言：「**㨖，到也。**」漢書揚雄傳「㨖北極之嶟嶟」，應劭注云：「㨖，至也。」説文「夂，從後至也。象人兩脛，後有致之者。讀如黹」，義與「㨖」通。「㨖、摵」二字並從手，各本譌從木，今訂正。〔㨖至也，一·七〕

【廣】摵者：方言：「摵，到也。」「摵」之言「造」也，造亦至也。「造」與「摵」，古同聲。孟子「舜見瞽瞍，其容有蹙」，韓子忠孝篇作「其容造焉」；大戴禮保傅篇「靈公造然失容」，「造然」即「蹙然」：是其例矣。〔摵至也，一·七〕

一四　聲、腆，忘也。1b

【明】將正文「聲」字改作「𪎙」。

【廣】「𪎙」，各本譌作「𪎙」，惟影宋本、皇甫本不譌。方言：「𪎙，忘也。」説文云：「𪎙者，忘而息也。」玉篇云：「𪎙然忘也。」〔𪎙忘也，二·七四〕

【廣】腆者：方言：「腆，忘也。」〔腆忘也，二·七二〕

一五　黮、度感反。䵞，莫江反。私也。皆冥闇，故爲陰私也。1b

【廣】黮、䵞者：方言「黮、䵞、私也」，郭璞注云：「皆冥闇，故爲陰私也。」〔黮䵞私也，四·一一六〕

一六　龕、音堪。喊、音減。𠴲、荒麥反，亦音郁。唏，靈几反。聲也。1b

【明】將郭注「靈几反」之「靈」字改作「虛」。

一七　**筡**、音涂。**箄**，方婢反。**析也。析竹謂之筡。**今江東呼篾竹裹爲筡，亦名爲筡之也。　1b

【廣】筡者：方言「**筡，析也。析竹謂之筡**」，郭璞注云：「**今江東呼篾竹裹爲筡。**」説文：「筡，析竹笢也。」「笢，竹膚也。」〔筡分也，一·二〇〕

【廣】「捭」之言「擘」也。鬼谷子捭闔篇云：「捭之者開也，闔之者閉也。」張衡西京賦「置互擺牲」，薛綜注云：「擺謂破磔懸之。」後漢書馬融傳注引字書云：「擺亦捭字也。」周官大宗伯「以疈辜祭四方百物」，故書「疈」爲「罷」，鄭衆注云：「罷辜，披磔牲以祭。」「捭、擺、罷」，聲義並同。方言：「**箄，析也。**」「箄」與「捭」，亦聲近義同。〔捭開也，三·一〇六〕

一八　**𠢕**、音逵。**宵**，音蹣。**使也。**　2a

一九　**蠢，作也。**謂動作也。　2a

二〇　**忽、達，芒也。** 謂草杪芒䠶出。 2a

二一　**芒、濟，滅也。** 外傳曰：「二帝用師，以相濟也。」 2a

二二　**劆、**音廓。**劙，**音儷。**解也。魏，能也。㯖，刻也。** 2a

【明】將正文「㯖」字改作「㨷」。

【廣二】劆、劙者：方言「**劆、劙，解也**」，注云：「**劆，音廓。劙，音儷。**」「劆」，亦作「䣍」。卷二云：「䣍，裂也。」荀子議兵篇「霍焉離耳」，「霍」與「劆」亦聲近義同。荀子彊國篇「劙盤盂，刎牛馬」，楊倞注云：「劙，割也。」方言：「**蠡，分也。楚曰蠡，秦晉曰離。**」「離、蠡、劙」，亦聲近義同。〔劆劙解也，一·二八〕卷一三第二二條；卷六第三二條

【廣】䣍者：玉篇作「䨣」，與「劆」同。方言：「**劆，解也。**」釋名云：「矟矛，長九尺者也。矟，霍也，所中霍然即破裂也。」「霍」與「䣍」，亦聲近義同。〔䣍裂也，二·四七〕

二三　**聳，悚也。** 謂警聳也。山頂反。 2a

【明】將郭注「山頂反」之「頂」字改作「項」。

二四　趺，蹷也。 偃地反。江東言路。丁賀反。 2a

【明】將郭注「偃地反」之「反」字改作「也」。

二五　虋，蕪也。 謂草穢蕪也。音務。 2a

二六　湧[一]**、淹，敗也。溼敝爲湧，水敝爲淹。** 皆謂水潦湧澇壞物也。 2a

【廣】漫、淹者：方言「漫、淹，敗也。溼敝爲漫，水敝爲淹」，郭璞注云：「皆謂水潦漫澇壞物也。」荀子榮辱篇「汚僈突盜」，楊倞注云：「僈當爲漫，漫亦汚也。水冒物謂之漫。」儒行「淹之以樂好」，鄭注云：「淹謂浸漬之。」[二]今俗語猶謂水漬物爲「淹」，又謂以鹽漬魚肉爲「醃」，義並相近也。［漫淹敗也，三・九〇］

[一]「湧」，王念孫引方言作「漫」。下文及注內同。

[二] 王念孫補正於「鄭注云淹謂浸漬之」下補：後漢書安帝紀云：「秋稼垂可收穫，而連雨未霽，懼必淹傷。」

二七　**𪏭**、音狸。**悔**，亡改反。**貪也**。　2a

【明】將正文「𢜽」字改作「悔」。

【廣】悔者：方言：「**悔，貪也。**」楚辭天問「穆王巧悔」，王逸注云：「悔，貪也。」莊子人間世篇「無門無毒」，「毒」，崔譔本作「每」，云：「貪也。」漢書賈誼傳「品庶每生」，孟康注云：「每，貪也。」「每」與「悔」通。昭十四年左傳云：「貪以敗官爲墨。」「墨」與「悔」，亦聲近義同。〔悔貪也，二・四三〕

【廣】𪏭者：方言：「**𪏭，貪也。**」「𪏭」，各本譌作「𪐴」，今訂正。〔𪏭貪也，二・四三〕

二八　**𢷾**、恪頴反。**挻**，音延。**竟也**。　2b

【明】將正文「𢷾」字改作「𢷾」。又將郭注「恪頴反」之「頴」字改作「頴」。

【廣】𢷾、挻者：方言：「**𢷾、挻，竟也。**」「挻」，各本作「挺」，蓋因下「挺」字而誤，今訂正。〔𢷾挻竟也，三・七四〕

二九　**讉喘，傳也**〔一〕。讉喘，猶宛轉也。2b

【明】浮簽：廣雅：「讉喘，轉也。」

【廣】讉喘者：方言「**讉喘，轉也**」，注云：「**讉喘，猶宛轉也。**」「讉」，各本譌作「讃」，今訂正。〔讉喘轉也，四·一〇八〕

三〇　**困、胎、傁，逃也。**皆謂逃叛也。傁，音鞭撻。2b

【明】將正文及郭注内「傁」字並改作「僆」，即「僆」字。

【廣】方言云「**困、胎、僆，逃也**」，郭璞注云：「**皆謂叛逃也。**」〔困胎僆逃也，三·七四〕

【述】「姚」，讀爲「佻」。説文「達，行不相遇也」，引詩「佻兮達兮」。鄭風子衿篇。今詩「佻」作「挑」，毛傳曰：「挑達，往來相見貌。」「姚、佻、挑」古字通。「達」之爲「姚」，猶「僆」之爲「逃」，皆有所往也。方言「**僆，逃也**」，尚書大傳曰「晦而月見西方謂之朓」，鄭注曰「朓，條也。條達，行疾貌」：太平御覽天部四。聲義並相近。「達」與「佻」，一聲之轉也。〔鄭罕達字子姚，二二·五二八〕

〔一〕「傳」，他本作「轉」。

三一　**隋、毻，易也。**謂解毻也。他臥反。2b

【廣二】毻亦蜕也。**方言「毻，易也」，郭璞注云：「謂解毻也。」**廣韻：「毻，鳥易毛也。」郭璞江賦「産毻積羽」，李善注云：「字書曰：毤，落毛也。毤與毻同。」管子輕重篇云：「請文皮毤服而以爲幣。」今俗語猶謂鳥獸解毛爲「毤毛」[一]。「毻、毤、蜕」，並同義。**方言「隋，易也」「撱，脱也」**，義亦與「毻」同[二]。又案：「毻」字從毛、隋省聲，**方言注音他臥反**，玉篇音湯果切，廣韻音湯臥、他外二切。曹憲欲改「毻」爲「毷」，音門悼反，非也。集韻三十七号内有「毷」字，引廣韻「毷，解也」，即承曹憲之誤。考江賦及方言、玉篇、廣韻俱作「毻」，不作「毷」，今據以辨正。［毻解也，一・二七］卷一三第三一條；卷一二第一五條

[一] 王念孫補正於「今俗語猶謂鳥獸解毛爲毤毛」下乙「毻毤蜕並同義」六字，又補「矣」字。

[二] 王念孫補正於「方言撱易也撱脱也」下補改：論衡道虛篇云：「龜之解甲、蛇之脱皮、鹿之墮角。」「隋、撱、墮」，義並與「毻」相近。

三二一　**朓説**〔一〕**，好也。**謂姅悦也。音遥。2b

【明】將正文「朓説」之「朓」字改作「姚」。

【廣】姚、娧者：方言：「**姚娧，好也。**」荀子非相篇「莫不美麗姚冶」，楊倞注引説文云：「姚，美好貌。」禮論篇「故其立文飾也，不至於窕冶」，「窕」與「姚」通。説文「瑶，石之美者」，亦與「姚」同義。故大雅公劉篇「維玉及瑶」，毛傳云：「瑶，言有美德也。」**方言注云：「娧，謂妦娧也。」**神女賦「倪薄裝」，李善注云：「倪與娧通。」春秋宋公子説字好父，「説」亦與「娧」同。廣韻「娧」他外切，又音悦，云：「姚娧，美好也。」楚辭九辯「心摇悦而日幸兮」，王逸注云：「意中私喜。」「摇悦」爲喜，故人之美好可喜者謂之「姚娧」矣。〔姚娧好也，一·二五〕

【廣二】妦，音丰。各本「妦」譌作「姅」，曹憲音内「丰」字又譌作「半」。**方言「趙魏燕代之間謂好曰姝，或曰妦」，注云：「言妦容也，音蜂。」**今據以訂正。鄭風丰篇「子之丰兮」，毛傳云「丰，豐滿也」，「丰」與「妦」通。**方言注云：「娧，謂娃娧**

〔一〕「説」，王念孫引方言作「娧」，下郭注「姅悦」作「妦娧」。

也。」〔一〕廣韻：「丰茸，美好也。」「姅娧、姅容、丰茸」，皆語之轉耳。〔姅好也，一·二五〕卷一第三條；卷一三第三二條

【述】方言「娧，好也」，郭注曰：「謂姅娧也。」「娧、説」古字通。好謂之「説」，好焉亦謂之「説」。周語「厲王説榮夷公」，韋注曰：「説，好也。」小雅彤弓篇「中心好之」，毛傳曰：「好，説也。」「説」，亦作「悦」。廣雅曰：「悦，喜也。」吕氏春秋壅塞篇高注曰：「好，喜也。」〔宋公子説字好父，二二·五二九〕

三三　**憚、怛，惡也。**心怛懷，亦惡難也。2b

三四　**吴，大也。**2b

【廣】楚辭九歌「操吴戈兮被犀甲」，王逸注云「或曰操吾科。吾科，楯之名也」，「吾科」與「吴魁」同。太平御覽引廣雅作「吴科」。「科、魁」聲相近，故後漢書東夷傳謂「科頭」爲「魁頭」。釋名云：「盾大而平者曰吴魁。本出於吴，爲魁帥者所持也。」案：

〔一〕「娃」字誤，當作「姅」。

吴者，大也。魁亦盾名也。「吴魁」猶言「大盾」，不必出於吴，亦不必爲魁帥所持也。方言：「吴，大也。」吴語「奉文犀之渠」，韋昭注云：「渠，楯也。」「渠」與「魁」，一聲之轉。故盾謂之「渠」，亦謂之「魁」；帥謂之「渠」，亦謂之「魁」；芋根謂之「芋渠」，亦謂之「芋魁」也。［吴魁盾也，八·二六六］

【述二】「虞、吴」古字通。周頌絲衣篇「不吴不敖」，褚少孫補史記孝武紀引作「不虞不驁」。方言曰：「吴，大也。」又曰：「于，大也。」檀弓「易則易，于則于」，正義曰：「于音近迂，是廣大之義。」文王世子「况于其身以善其君乎」，鄭注曰：「于，讀爲迂。迂猶廣也，大也。」尚書大傳「羲伯之樂，名曰朱于」，鄭注曰：「于，大也。」見儀禮經傳通解續因事之祭。或曰：「虞」，古「娱」字。衆經音義三引張揖古今字詁云：「古文虞，今作娱。」白虎通云：「虞者，樂也。」「虞」之言「娱」也。「于」讀爲「盱」，盱亦樂也。豫六三「盱豫」，釋文：「向云：『睢盱，小人喜悦之貌。』」鄭風溱洧篇「洵訏且樂」，釋文：「洵，韓詩作恂。訏，韓詩作盱，云：『恂盱，樂貌也。』」［周王子虞字子于，二二·五二五］卷一第二一條；卷一三第三四條

【讀】「魁梧」則曰「梧者，言其可驚悟」，「魁岸」則曰「岸者，有廉棱如崖岸」。張陳王周傳贊「其貌魁梧奇偉」，應劭曰：「魁梧，丘虚壯大之意也。」蘇林曰：「梧，音悟。」師古曰：「魁，大貌也。悟者，言其可驚悟。今人讀爲吾，非也。」念孫案：師古以「梧」爲「驚悟」，則義與「魁大」不相屬，故又加一「可」字

以增成其義，其失也鑿矣。今案：魁、梧皆大也。「梧」之言「吴」也。方言曰：「吴，大也。」後漢書臧洪傳「洪體貌魁梧」，李賢曰：「梧，音吾。」蓋舊有此讀。「魁梧奇偉」四字平列，「魁」與「梧」同義，「奇」與「偉」同義。應劭以「魁梧」爲「丘虚壯大之意」，是也。又江充傳「充爲人魁岸，容貌甚壯」，師古曰：「魁，大也。岸者，有廉棱如崖岸之形。」念孫案：傳言「魁岸」，不言「魁如岸」，師古説非也。今案：魁岸者，高大之貌。小爾雅曰：「岸，高也。」廣雅曰：「魁岸，雄傑也。」「魁岸」猶「魁梧」，語之轉耳。〔連語，漢書第十六·四〇九〕

三五　灼，驚也。猶云恐熵也〔一〕。 2b

【廣】㣿者：方言「**灼，驚也**」，注云：「**猶云恐灼也。**」風俗通義十反篇云：「人數恐灼。」「灼」與「㣿」通。〔㣿驚也，一·二七〕

三六　賦，動也。賦斂所以擾動民也。 2b

【廣】賦者：方言：「**賦，動也。**」〔賦動也，一·三七〕

〔一〕「熵」，王念孫引方言郭注作「灼」。

三七　㾖，極也。巨畏反。江東呼極爲㾖，倦聲之轉也。2b

【廣二】殔者：方言「殔，𠍹也」，「𠍹」與「倦」同。又云「㾖，極也」，郭璞注云：「今江東呼極爲㾖，倦聲之轉也。」大雅緜篇「維其喙矣」，毛傳云「喙，困也」；晉語「余病喙矣」，韋昭注云「喙，短氣貌」：皆謂困極也。「殔、㾖、喙」並通。［殔極也，一·一九］卷一二第八四條；卷一三第三七條

三八　煎，盡也。3a

【廣二】煎者：方言：「煎，盡也。」又云：「煎，火乾也。凡有汁而乾謂之煎。」成二年左傳「余姑翦滅此而朝食」，杜預注云：「翦，盡也。」「翦」與「煎」，聲近義同。［煎盡也，一·四一］卷一三第三八條；卷七第一六條

三九　爽，過也。謂過差也。3a

【廣】爽者：爾雅「爽，差也。爽，忒也」，郭璞注云：「皆謂用心差錯不專一。」方言「爽，過也」，郭璞注云：「謂過差也。」衛風氓篇云：「女也不爽。」［爽過也，三·一〇四］

四〇　蟬，毒也。 3a

四一　慘，𢡘也。音酒。 3a

【廣三】𢡘者：方言：「慘，𢡘也。」「𢡘，惡也」，注云「慘悴，惡事也」，玉篇「𢡘，悒也」，義並相近。［𢡘惡也，三・一〇五］卷一三第四一條；卷一三第四二條

四二　𢡘，惡也。慘悴，惡事也。 3a

【廣三】𢡘者：方言：「慘，𢡘也。」「𢡘，惡也」，注云「慘悴，惡事也」，玉篇「𢡘，悒也」，義並相近。［𢡘惡也，三・一〇五］卷一三第四一條；卷一三第四二條

四三　還，積也。 3a

【讀】「人者，「人」與「仁」同。說見脩身篇「愛人」下。好告示人，告之示之，靡之儇之，鉛之重之」，楊注曰：「靡，順從也；儇，疾也。靡之儇之，猶言緩之急之也。」引之曰：楊說非也。「靡之儇之」，即賈子所云「服習積貫」也。儒效篇曰：「居楚而楚，居越而越，居夏而夏，是非天性也，積靡使然也。楊注「靡，順也。順其積習故能然」，非是。故人知謹注錯，慎習俗，大積靡，則爲君子矣。」性惡篇曰：「身日進於仁義，而不自知者，靡使然也。」

方言曰：「**還，積也。**」「還」與「儇」，聲近而義同。是靡之儇之，皆積貫之意也。［靡之儇之，荀子第一·六四八］

四四　宛，蓄也。 謂宛樂也。言婉。 3a

四五　猴，本也。 今以鳥羽本爲猴，音侯。 3a

【廣】「猴」，曹憲音「侯」。各本「猴」作「睺」，因上「眗」字而誤。音内「侯」字又譌作「候」。集韻、類篇「睺」下遘切，引廣雅「睺，本也」，則宋時廣雅本已然。考玉篇云「睺，龍貝，出南海」，廣韻云「睺瞜，貪財之皃」，皆不訓爲「本」。方言「**猴，本也**」，郭璞音「侯」，云：「**今以鳥羽本爲猴。**」説文：「猴，羽本也。」玉篇、廣韻並音「侯」。九章算術粟米章「買羽二千一百猴」，劉徽注云：「猴，羽本也。數羽稱其本，猶數草木稱其株。」今據以訂正[一]。［猴本也，三·九六］

[一] 王念孫補正於「數羽稱其本猶數草木稱其根株今據以訂正」下補：後漢書南蠻傳「雞羽三十鍭」，「鍭」與「猴」通。李賢注以爲「鍭矢」，失之。

【讀】南蠻傳「其民户出雞羽三十鍭」，注曰：「毛詩：『四鍭既均。』儀禮『鍭矢一乘』，鄭注曰：『鍭猶候也，候物而射之也。』」念孫案：鍭者，矢名。此言「雞羽三十鍭」，則非謂鍭矢也。「鍭」，讀爲「翭」。**方言「翭，本也」**，廣雅同。郭璞曰：**「今以鳥羽本爲翭。」**説文曰：「翭，羽本也。」九章算術粟米章「買羽二千一百翭」，劉徽曰「翭，羽本也。數羽稱其本，猶數草木稱其根株也」，義與此「雞羽三十翭」同。作「鍭」者，借字耳。［三十鍭，餘編上·一〇〇九］

四六　懼，病也，驚也。　3a

【述】「閭丘嬰與申鮮虞乘而出，行及弇中，將舍，嬰曰：『崔慶其追我！』鮮虞曰：『一與一，誰能懼我！』」家大人曰：與猶當也，敵也。**方言曰：「懼，病也。」**言狹道之中，一以當一，雖崔慶之衆，不能病我也。故下文「出弇中，謂嬰曰：速驅之！崔慶之衆不可當也」，當亦與也。二十四年傳曰「大國之人不可與也」，與亦當也。管子輕重戊篇曰「即以戰鬭之道與之矣」，與之，敵之也。秦策曰「以此與天下，天下不足兼而有也」，淮南人間篇曰「大之與小、强之與弱也，猶石之投卵、虎之啗豚」，史記燕世家曰「龐煖易與耳」，白起傳曰「廉頗易與」，淮陰侯傳曰「吾平生知韓信爲人，易與耳」，與皆謂敵也。高祖紀曰「上自東往擊陳豨，聞豨將皆故賈人也。上曰：吾知所以與之」，言吾知所以敵之也。是相當、相敵，古皆謂之「與」也。晉語：「楚令尹子玉曰：請殺晉公子。弗殺，而反晉國，必懼楚師」，言必病楚師也。下文「王曰：天之祚楚，誰能懼之」，言誰能病之；猶申鮮虞言「誰能懼我」也。是懼爲病也。成十六年左傳「盍釋楚以爲外懼乎」，晉語「懼」作「忠」[一]。「患」與「病」，義亦相近。〔一與一誰能懼我，一八·四三八〕

【讀】「陳豨反。上問豨將，皆故賈人。上曰：『吾知與之矣。』乃多以金購豨將。」師古曰：「與，如也。言能如之何也。」念孫案：顔説甚迂。與猶敵也。言吾知所以敵之矣。史記作「吾知所以與之」。襄二十五年左傳：「閭丘嬰與申鮮虞乘而出，行及弇中，將舍，嬰曰：『崔慶其追我！』鮮虞曰：『一與一，誰能懼我！』」與，敵也；**懼，病也。**出方

〔一〕「忠」，皇清經解本作「患」，當據改。

言。言狹道之中，一以敵一，雖崔慶之衆，不能病我也。秦策曰「以此與天下，天下不足兼而有也」，言以此敵天下也。史記孫子傳曰「今以君之下駟與彼上駟，取君上駟與彼中駟，取君中駟與彼下駟」，燕世家曰「龐煖易與耳」，白起傳曰「廉頗易與」，淮陰侯傳曰「吾平生知韓信爲人，易與耳」，與皆謂敵也。［吾知與之矣，漢書第一・一八一］

【讀】班固傳兩都賦「遂繞酆鎬，歷上蘭，六師發胄，「胄」與「逐」同。百獸駭殫」，注曰：「駭殫，言驚懼也。」念孫案：李訓「駭殫」爲「驚懼」，則「殫」字本作「憚」。今作「殫」者，後人據誤本文選改之也。韋昭注周語曰：「憚，懼也。」「懼」與「驚」，義相通。爾雅：「驚，懼也。」方言：**「懼，驚也。」**故楚辭招魂「君王親發兮憚青兕」，王逸注曰：「憚，驚也。」淮南人間篇曰：「驚憚遠飛。」司馬相如上林賦曰：「驚憚讋伏。」驚憚即駭憚，故廣雅曰：「駭、憚，驚也。」言六師發逐，而百獸皆驚也。又案：文選「百獸駭殫」，「殫」字李善無注。張銑注曰：「言天子縱六軍，逐百獸，駭驚踐蹋，十分殺其二三。」「駭驚」即「駭憚」，「踐蹋」即下文之「蹂躪」，而獨不爲「殫」字作解。然則李善及五臣本皆作「百獸駭憚」；而今本作「殫」，亦是後人所改明矣。後人改「憚」爲「殫」者，以「憚」音徒案反，與「蘭」字韻不相協故耳。不知「憚」從單聲，古音徒丹反，故與「蘭」爲韻。莊子達生篇「以鉤注者憚」，釋文「憚，徒丹反」，是其證也。後人不曉古音而妄改爲「殫」，殫者盡也，「百獸駭盡」則甚爲不詞。且此句但言百獸驚駭，下文乃言「蹂躪其十二三」，卒乃言「草木無餘，禽獸殄夷」。若先言百獸已盡，則下文皆成贅語矣。此字蓋近代淺學人所改，而各本、後漢書、文選皆相承作「殫」，莫能正其失，良可怪也。［百獸駭殫，餘編上·一〇〇五］

四七　葯，薄也。 謂薄裹物也。葯猶纏也。音決。

3a

四八　䁵，短也。 便旋，庳小貌也。

3b

【明】將郭注「痺小貌也」之「痺」字改作「庳」。

【廣】䁵者：方言「**䁵，短也**」，注云：「**便旋，庳小貌也。**」爾雅「還味，棯棗」，注云「還味，短味也」，義與「䁵」同。［䁵短也，二·六八］

【廣】御覽引廣志云：「沙蝨色赤，大不過蟣，在水中，入人皮中，殺人。」又引淮南萬畢云：「沙蝨，一名蓬活，一名地脾。」「蓬活」即「蝡蜁」之轉聲也。「蝡蜁」之言「便旋」也。方言「**䁵，短也**」，郭璞注云：「**便旋，庳小貌也。**」［沙蝨蝡蜁也，一〇·三六四］

【廣】「𦏧」之言「𦝫」。方言「𦝫，短也」，郭璞注云：「便旋，庳小貌也。」〔𦏧羔也，一〇·三九〇〕

【讀】「旋縣而不可究，纖微而不可勤」，高注曰：「縣猶小也，勤猶盡也。」念孫案：諸書無訓「縣」爲「小」者。「縣」當爲「緜」，字之誤也。隸書「縣」字或作「縣」，「緜」字或作「緜」，二形相似，故「緜」誤爲「縣」。漢緜竹令王君神道「緜」字作「縣」，是其證也。荀子彊國篇「今巨楚緜吾前」，史記孝文紀「歷日緜長」，今本「緜」字並誤作「縣」。逸周書和寤篇曰：「緜緜不絶，曼曼若何。」説文：「緜聯，微也。」廣雅：「緜，小也。」故高注亦訓爲「小」。旋亦小也。方言「𦝫，短也」，郭璞曰「便旋，庳小貌」，「𦝫」與「旋」同。此言道至微眇，宜若易窮，而實則廣大可究也。此言「旋緜」，下言「纖微」，其義一也。又主術篇「鞅鞈鐵鎧，瞋目捥掔，古「腕」字。其於以御兵刃縣矣；券契束帛，刑罰斧鉞，其於以解難薄矣」，高注曰：「縣，遠也。比於德不及之遠。」案：「縣」亦當爲「緜」。緜，薄也。此言「緜」，下言「薄」，其義一也。漢書嚴助傳「越人緜力薄材」，孟康曰：「緜，薄也。」言德之所禦，折衝千里，若鞅鞈鐵鎧，瞋目捥掔，其於以禦兵刃則薄矣。高訓「縣」爲「遠」，而曰「比於德不及之遠」，殆失之迂。〔旋縣，淮南内篇第一·七六〇〕

四九　掊，深也。 掊尅〔一〕，深能。 3b

【廣】掊者：**方言「掊，深也」**，**郭璞注云：「掊克，深能。」**大雅蕩篇「曾是掊克」，釋文云：「掊克，聚斂也。」漢書郊祀志「見地如鉤狀，掊視得鼎」，顏師古注云「掊，謂手杷土也」；説文云「今鹽官入水取鹽曰掊」：皆深之義也。〔掊深也，三·八四〕

五〇　湟，休也。 35

【明】將正文「湟」字改作「涅」。

【廣】涅者：**方言「涅，休也」**，「休」與「溺」通。〔涅没也，一·三二〕

五一　撈，取也。 謂鉤撈也。音料。 3b

【廣】撈者：**方言「撈，取也」**，**郭璞注云：「謂鉤撈也。」**衆經音義卷五引通俗文云「沈取曰撈。」今俗呼人水取物曰「撈」，是其義也。「撈」，通作「勞」。齊語「犧牲不略，則牛羊遂」，管子小匡篇作「犧牲不勞，則牛羊育」。「勞、略」一聲之轉，皆謂奪取

〔一〕「尅」，王念孫引方言作「克」。

也。尹知章注云「過用謂之勞」，失之。〔撈取也，一・一八〕

【讀】「無奪民時，則百姓富；犧牲不勞，則牛馬育」，尹注曰：「過用謂之勞。」念孫案：尹説非也。「勞」，讀爲「撈」。**方言曰：「撈，取也。」**廣雅同。古無「撈」字，借「勞」爲之。齊語作「犧牲不略，則牛羊遂」，韋注曰：「略，奪也。」「略」與「勞」一聲之轉，皆謂奪取也。「無奪民時」，不輕用民也。「犧牲不勞」，不妄取於民也。今俗語猶謂略取人物曰「撈」矣。〔犧牲不勞，管子第四・四四五〕

五二　**膜**〔一〕**，撫也。**謂撫順也〔二〕。音莫。3b

【廣】**方言「摸，撫也」，郭璞注云：「謂撫循也。」**釋名云：「門，捫也，在外爲人所捫摸也。」今俗語猶謂撫曰「摸」。〔摸撫也，五・一五〇〕

五三　**由，式也。**3b

〔一〕「膜」，王念孫引方言作「摸」。
〔二〕「順」，王念孫引方言作「循」。

【廣】由者：王風君子陽陽傳云「由，用也」，爾雅「式，用也」，方言「由，式也」，義並相通。［由式也，四·一三三］

五四　猷〔一〕**，詐也。**猶者言，故爲詐。　3b

【廣】猶者：方言「猷，詐也」，「猷」與「猶」同。［猶欺也，二·七一］

【讀】「仲尼將爲司寇，魯之鬻牛馬者不豫賈」，楊注曰：「豫賈，定爲高價也。」引之曰：楊說非也。豫猶誑也。周官司市注曰「使定物賈，防誑豫」，是也。「豫」與「誑」同義。賈疏云「恐有豫爲誑欺，故云防誑豫」，失之。晏子問篇曰「公市不豫，宮室不飾」，鹽鐵論力耕篇曰「古者商通物而不豫，工致牢而不僞」，不豫謂不誑也。又禁耕篇曰「教之以禮，則工商不相豫」，謂不相誑也。「豫、猶」一聲之轉。方言曰「猶，詐也」，詐亦誑也。惑謂之「猶」，亦謂之「豫」；老子「與兮若冬涉川，猶兮若畏四鄰」，「與」與「豫」同。詐說惑人謂之「猶」，亦謂之「豫」：此轉語之相因者也。「豫」，又作「儲」。家語相魯篇：「孔子爲政三月，則鬻牛馬者不儲賈。」「儲」與「奢」，古聲相近。說文曰「奢，張也」，爾雅曰

〔一〕「猷」，王念孫引方言或作「猶」。

「侔、張，誑也」，亦古訓之相因者也。然則市不豫賈者，市賈皆實，不相誑豫也。淮南覽冥篇曰「黄帝治天下，市不豫賈」，史記循吏傳曰「子産爲相，市不豫賈」，索隱云「謂臨時評其貴賤，不豫定賈」，失之。說苑反質篇曰「徒師沼治魏，而市無豫賈」，義並與此同。說者皆讀「豫」爲「凡事豫則立」之「豫」，望文生義，失其傳久矣。［豫賈，荀子第二·六六三］

五五　萑，隨也。 3b

五六　揣，試也。 揣度試之。3b

【廣】方言「揣，試也」，郭璞注云：「揣度試之。」［揣試也，五·一三五］

五七　䫴，怒也。 䫴䫴，恚貌也。巨廩反。3b

【廣】䫴者：方言「䫴，怒也」，注云：「䫴䫴，恚貌也。」廣韻「䫴，切齒怒也」，義與「噤齘」之「噤」同。［䫴怒也，二·四八］

五八　埝，下也。 謂陷下也。音坫肆。4a

【廣二】埕、埝、𥥔者：方言：「埕、墊，下也。凡柱而下曰埕，屋而下曰墊。」又云「埝，下也」，郭璞注云：「謂陷下也。」靈樞經通天篇云「太陰之人，其狀念然下意」，「念」與「埝」通。卷三云：「坅，深也。」「坅」與「埝」，義亦相近。説文：「𥥔，屋傾下也。」又云：「墊，下也。」臯陶謨「下民昏墊」，鄭注云：「昏，没也。墊，陷也。」莊子外物篇「廁足而墊之至黄泉」，司馬彪注云「墊，下也」，「墊」與「埝」同。「墊」訓爲「下」，故居下地而病困者謂之「墊隘」。成六年左傳云「郇瑕氏土薄水淺，其惡易覯，易覯則民愁，民愁則墊隘，於是乎有沈溺重膇之疾」，是也。［埕埝𥥔下也，一·三六］卷六第一五條；卷一三第五八條

五九　讚，解也。　讚訟，所以解釋理物也。　4a

六〇　賴，取也。　4a

【廣】賴者：方言：「**賴，取也。**」莊子讓王篇云：「若伯夷、叔齊者，其於富貴也，苟可得已，則必不賴。」［賴取也，一·一八］

六一　**扲，業也。**謂基業也。音鉗。4a

【廣】扲者：方言「扲，業也」，郭璞注云：「謂基業也。」〔扲業也，四·一〇九〕

六二　**帶，行也。**隨人行也。4a

【廣】帶者：方言「帶，行也」，郭璞注云：「隨人行也。」案：「帶」，當讀爲「遰」。說文：「遰，去也。」夏小正「九月，遰鴻鴈」，傳云：「遰，往也。」去、往皆行也。史記屈原傳「鳳漂漂其高遰兮」，漢書作「逝」，逝亦行也。鄭氏易大有「明辯遰也」，陸績作「逝」。「帶、遰、逝」，古聲並相近。〔帶行也，一·一四〕

六三　**漮**〔一〕**，空也。**漮窘，空貌。康或作歋虛字也。4a

【大】康，尊也，大也。易晉彖辭康侯，鄭注：「康，尊也，廣也。」禮記祭統「康周公」，鄭注：「康猶襃大也。」故五達道謂之「康」。爾雅釋宮：「五達謂之康。」史記鄭奭傳：「爲開第康莊之衢。」釋名：「五達曰康。康，昌也；昌，盛也：車步併列並用之，言充盛也。」空謂之「康」。說文：「穅，穀之皮也。從禾、米，

〔一〕「漮」，王念孫引方言作「㡿」。下注內同。

庚聲。或省作康。」今作「康」。爾雅釋器「康謂之蠱」，郭注：「米皮也。」徐鍇説文繫傳：「康從米，米皮去其内空之意也。」故凡物之空者皆謂之「康」。詩賓之初筵二章「酌彼康爵」，鄭箋：「康，虚也。」逸周書謚法解：「穅，虚也。」爾雅釋詁「漮，虚也」，釋文「漮」字又作「歑」。**方言「康，空也」，郭璞曰：「康㝗，空貌。」**説文：「漮，水虚也。」「歑，飢虚也。」「㝩，屋㝩㝗也。」又爾雅釋器「康瓠謂之甈」，釋文：「康，埤蒼作甗。」史記賈誼傳「斡棄周鼎兮而寶康瓠」，集解：「應劭曰：康，容也。一曰空也。」「穅、康、康、歑、㝩、甗」並通。「空、孔、康」，聲之轉。故虚謂之「空」，亦謂之「孔」，亦謂之「康」，通謂之「孔」。説文：「孔，通也。」五達道謂之「康」，嘉美謂之「孔」。説文：「孔，嘉美之也。從乙、子。乙，請子之侯鳥也。乙至而得子，嘉美之也。故古人名嘉字子孔。」褒大謂之「康」。「康、荒」聲相近。易泰九二「包荒」，釋文：「荒，鄭讀爲康。」爾雅釋詁「漮，虚也」，釋文引郭璞音義云：「本或作荒。」〔一〕故虚謂之「荒」，亦謂之「康」；大謂之「荒」，亦謂之「康」。互見第七篇「㡯」字下。穀不升謂之「穅」，亦謂之「歑」。説文：「穅，虚無食也。」通作「荒」。韓詩外傳：「四穀不升謂之荒。」廣雅：「四穀不升曰歑。」穀梁傳襄二十四年作「康」。好樂怠政謂之「荒」，亦謂之「穅」。逸周書謚法解：「好樂怠政曰荒。」漢書諸侯王表「中山穅王昆侈」，顔注：「好樂怠政曰穅。」〔二·六九〕

〔一〕鵬飛按：自「易泰」至「本或作荒」當爲注文。

【明】將郭注「漮窘」之「窘」字改作「㝗」。

【廣】釋名「車弓上竹曰郎」,「郎」與「筤」通。「筤」之言「㝗」也。説文:「㝗,康也。」方言:「康,空也。」蓋弓二十有八,稀疏分布㝗㝗然也。[筤謂之笑,七·二四二]

【讀】「故三歲而一饑,六歲而一衰,十二歲而一康」,今本高注曰:「康,盛也。」念孫案:「盛」當爲「虛」,此淺學人改之也。「康」之爲言「荒」也。康、荒皆虛也。小雅賓之初筵篇「酌彼康爵」,鄭箋「康,虛也」;爾雅「漮,虛也」;方言「康,空也」:並字異而義同。郭璞爾雅音義曰:「漮,本或作荒。」大雅桑柔篇「具贅卒荒」,毛傳:「荒,虛也。」泰九二「包荒」,鄭讀爲「康」,云:「康,虛也。」「康、荒」古字通。襄二十四年穀梁傳「一穀不升謂之嗛,二穀不升謂之饑,三穀不升謂之饉,四穀不升謂之康」,范甯曰:「康,虛也。」廣雅「四穀不升曰歉」,説文「歉,飢虛也」,逸周書謚法篇「凶年無穀曰穅。穅,虛也」,並字異而義同。「康」與「荒」,古字通。故韓詩外傳作「四穀不升謂之荒」。史記貨殖傳曰「十二歲一大饑」,鹽鐵論水旱篇曰「六歲一饑,十二歲一荒」,義與此同也。自三歲一饑以下,皆年穀不登之名,但有小大之差耳。太平御覽時序部二引此作「十二歲而一荒」,是康即荒也。若訓「康」爲「盛」,則與正文顯相違戾矣。且「四穀不升謂之康」乃春秋古訓,「十二年一荒」亦漢時舊語。是之不知,而訓「康」爲「盛」,明是淺學人所改,漢人無此謬也。[十二歲而一康,淮南内篇第三·七九九]

【讀】「施瑰木之欂櫨兮，委參差以槺梁」，李善曰：「言以瑰奇之木爲欂櫨，委積參差以承虚梁。方言曰：『康，虚也。』康與槺同，音康。」念孫案：如李説，則「槺梁」之上必加「承」字而其義始明。且以梁爲屋梁，則與上文「飾文杏以爲梁」相複矣。今案：「參差」，雙聲也。「槺梁」，疊韻也。槺梁者，中空之貌。言衆欂櫨羅列參差而中空也。方言「康，空也」，郭璞曰：「康宦，空貌。」説文曰：「康，屋康宦也。」「宦，康也。」「康宦」與「槺梁」同。說文繫傳「宦，力量反」，正與「梁」同音，蓋説文舊音也。玉篇音郎。「郎」與「梁」，古今聲有侈弇耳。［委參差以槺梁，餘編下・一〇五五］

六四　湛，安也。 湛然，安貌。 4a

【廣】湛者：方言「湛，安也」，郭璞注云：「湛然，安貌。」［湛安也，一・一二］

六五　⿰口虔，樂也。 ⿰口虔⿰口虔，歡貌。音諐。 4a

【廣】「⿰口虔」之言「衎衎」也。方言「⿰口虔，樂也」，郭璞注云：「⿰口虔⿰口虔，歡貌。」集韻「⿰口虔」或作嘕。丘虔、虚延二切，引廣雅「嘕，樂也」。釋訓篇云「嘕嘕，喜也」；楚辭大招「宜笑嘕只」，王逸注云「嘕，笑貌」：義並與「⿰口虔」同。［⿰口虔樂也，一・八］

【廣】楚辭大招「宜笑嘕只」，王逸注云：「嘕，笑貌也。」重言之則曰「嘕嘕」。方言「⿰口虔，樂也」，郭璞注云：「⿰口虔⿰口虔，歡貌。」集韻「嘕、⿰口虔」並虛延切，其義同也。［嘕嘕喜也，六・一七七］

六六　倇，歡也。歡樂也。音婉。4a

六七　衎，定也。衎然，安定貌也。音看。4a

六八　⿰月鼻，⿰月息也。謂息肉也。魚自反。4b

六九　讟，痛也。謗誙怨痛也。亦音讀。4b

【明】將郭注「謗誙怨痛也」之「誙」字改作「誣」。

【廣】讟者：方言：「讟，痛也。」説文云：「痛怨也。」宣十二年左傳云：「君無怨讟。」［讟痛也，二・四八］

【廣二】讟者：方言：「讟、咎，謗也。」又云：「讟，痛也。」説文：「讟，痛怨也。」宣

十二年左傳云：「君無怨讟。」〔讟惡也，三・一〇五〕卷一三第一一條；卷一三第六九條

七〇　皐〔一〕**，始也。嘼之初生謂之皐，人之初生謂之首。梁益之間謂皐爲初，或謂之祖。祖，居也。**皐、祖，皆始之別名也。轉復訓以爲居，所謂代語者也。4b

【廣】「鼻」之言「自」也。説文「自，始也。讀若鼻。今俗以始生子爲鼻子」是。方言：「**鼻，始也。**」嘼之初生謂之「鼻」，人之初生謂之「首」。莊子天地篇「誰其比憂」，「比」，司馬彪本作「鼻」，云：「始也。」漢書揚雄傳「或鼻祖於汾隅」，劉德注亦云：「鼻，始也。」〔鼻始也，一・四〕

七一　兖〔二〕**，養也。**4b

【明】浮簽：廣雅：「充，養也。」

【廣】充者：方言：「**充，養也。**」周官牧人、充人皆養牲之官。鄭注云：「牧人，養

〔一〕「皐」，王念孫引方言作「鼻」。
〔二〕「兖」，王念孫引方言作「充」。

牲於野田者。」「充猶肥也，養繫牲而肥之。」〔充養也，一·一七〕

七二　翳，掩也。謂掩覆也。　4b

【廣】翳、薈者：方言又云：「翳，掩也。」楚語「好縱過而翳諫」，韋昭注云：「翳，障也。」説文：「薈，草多皃。」曹風候人篇「薈兮蔚兮」，毛傳云：「薈蔚，雲興貌。」孫子行軍篇「軍行有險阻潢井葭葦山林翳薈者」，魏武帝注云：「翳薈者，可屏蔽之處也。」〔翳薈障也，二·六三〕

七三　臺，支也。　4b

【廣】方言：「臺，支也。」釋名：「臺，持也，築土堅高，能自勝持也。」「持」與「支」同義。〔臺支也，五·一六二〕

七四　純，文也。　4b

【廣】純者：方言：「純，文也。」漢書地理志云：「織作冰紈綺繡純麗之物。」〔純文也，三·七四〕

七五　祐，亂也。 亂宜訓治。 4b

七六　恌，理也。 謂情理也。音遥。 5a

七七　薀，晠也。 薀藹，茂貌。 5a

【廣】蕰者〔一〕：方言「薀，晠也」，注云「薀藹，茂貌」，「薀」與「蕰」同。大雅雲漢篇云「旱既大甚，蕰隆蟲蟲」，是盛之義也。釋文：「蕰，韓詩作鬱。」秦風晨風篇云「鬱彼北林」，亦盛之義也。「蕰、鬱」，語之轉耳。〔蕰盛也，二·五二〕

七八　搪，張也。 謂彀張也。音堂。 5a

【明】將郭注「謂穀張也」之「穀」字改作「彀」。

〔一〕「薀」字誤，當作「蕰」。

七九　**惲，謀也。**謂議也。嘔憒反。5a

【廣】惲者：方言：「惲，謀也。」〔惲謀也，四·一一二〕

八〇　**陶，養也。**5a

八一　**襟，格也。**今之竹木格是也。音禁惡。5a

八二　**眦**〔一〕**、曉，明也。**5a

【廣】䀨、曉者：方言：「䀨、曉，明也。」〔䀨曉明也，四·一一一〕

八三　**扱，擭也。**扱猶級也。5a

〔一〕「眦」，王念孫引方言作「䀨」。

八四　扶〔一〕，**護也。**扶挾，將護。5a

【廣】挾者：上文云：「挾，輔也。」方言「**挾，護也**」，郭璞注云：「**扶挾將護。**」〔挾護也，四·一二九〕

【讀】「財以成者，畢云：『「以」同「已」。』扶而埋之。」引之曰：「扶」字義不可通。「扶」，當爲「挾」。謂挾已成之財而埋之也。隸書「挾」字或作「挟」，與「扶」相似而誤。方言「**挾，護也**」，今本「挾」譌作「扶」。〔扶，墨子第二·五七九〕

八五　淬，寒也。淬猶淨也。作憒反。5a

【明】將正文及郭注内「淬」字並改作「淬」。

【廣】淬者：方言「**淬，寒也**」，郭璞注云「**淬猶浄也**」，「淬」與「淬」通。〔淬寒也，四·一一二〕

八六　漺，淨也。皆冷貌也。初兩、禁耕二反。5b

〔一〕「扶」，王氏父子引方言作「挾」。

八七　瀌，極也。　滲瀌，極盡也。　5b

【廣二】滲、盪者：說文：「滲，下漉也。」「滲」，曹憲音「所蔭反」。各本「所蔭」二字誤入正文，在「滲」字上。衆經音義卷十「滲，所蔭反」，引廣雅「滲，盡也」，今據以訂正。說文：「瀌，水下皃也。」爾雅：「盝，竭也。」方言：「**盪，涸也。**」「**瀌，極也**」，郭璞注云：「**滲瀌，極盡也。**」司馬相如封禪文云：「滋液滲瀌。」考工記幬氏云：「清其灰而盝之。」月令云：「毋竭川澤，毋瀌陂池。」「盪、盝、瀌」並通。淮南子本經訓「竭澤而漁」，高誘注云：「竭澤，漏池也。」「漏池」，即所謂「瀌陂池」也。「瀌、漏」聲相近，故「滲瀌」或謂之「滲漏」。卷二云：「歇、漏，泄也。」「泄」謂之「漏」，猶「盡」謂之「瀌」也；「泄」謂之「歇」，猶「盡」謂之「竭」也。〔滲盪盡也，一·四〇〕卷一二第一八條；卷一三第八七條

【讀二】「筐篋已富，府庫已實，而百姓貧，夫是之謂上溢而下漏。」引之曰：溢，滿也。「漏」之言「瀌」也。字或作「盝、盪」。爾雅曰：「盝、涸，竭也。」方言曰：「**盪，涸也。**」「**瀌，極也**」，郭璞曰：「**滲瀌，極盡也。**」月令曰：「毋竭川澤，毋瀌陂池。」淮南本經篇「竭澤而魚」，高注曰：「竭澤，漏池也。」「漏池」，即所謂「瀌陂池」也。

「漉、漏」古同聲，故「滲漉」或謂之「滲漏」。本經篇又曰「禹疏三江五湖，流注東海。鴻水漏，九州乾」，亦謂鴻水涸也。上溢而下漏，即是上富而下貧。楊説「溢、漏」二字皆未了。［下漏，荀子第三·六七二］卷一二第一八條；卷一三第八七條

八八　牧，凡也。 5b

【明】將正文「牧」字改作「枚」。

【廣二】**方言：「枚，凡也。」**昭十二年左傳「南蒯枚筮之」，杜預注云：「不指其事，汎卜吉凶。」正義云：「或以爲汎卜吉凶，謂枚雷總卜。禮云：無雷同。是總衆之辭也。今俗語云枚雷，即其義。」哀十六年左傳「王與葉公枚卜子良以爲令尹」，注云：「枚卜，不斥言所卜以令龜。」是枚爲凡也。**方言「箇，枚也」，郭璞注云：「謂枚數也。」**字或作「个」。特牲饋食禮「俎釋三个」，鄭注云：「个猶枚也。今俗言物數有若干个者，此讀然。」是「箇」與「枚」同義。［枚箇凡也，五·一三六］卷一三第八八條；卷一二第一一九條

八九　易，始也。 易代，更始也。 5b

【廣】皆一聲之轉也。宋定之云：「繫辭傳『易者，象也。象也者，像也』，像

即如似之意。」引之云：「論語『賢賢易色』，易者如也，猶言『好德如好色』也。」二説並通。「易」訓爲「如」，又有「平、均」之義。下文云：「如，均也。」爾雅：「平、均，易也。」是「易、如」與「平、均」同義。方言「易，始也」，郭璞注云「易代更始也」，義近於鑿。廣雅之訓，多本方言。此條訓「易」爲「如」，而釋詁「始也」一條内不載「易」字，疑張氏所見本始作「如」也。〔易與如也，五·一二三八〕

九〇　逭，周也。 謂周轉也。 5b

九一　黵，色也。 黵然，赤毛貌也〔一〕。音奭。 5b

【廣】黵者：方言「**黵，色也**」，郭璞注云：「**黵然，赤黑貌也。**」〔黵色也，二·五七〕

【廣】衆經音義卷十九引字林云：「赩，赤皃也。」楚辭大招「逴龍赩只」，王逸注云：「赩，赤色也。」王延壽魯靈光殿賦云：「丹柱歙赩而電烻。」小雅采芑篇「路車有奭」，毛傳云「奭，赤也」，「奭」與「赩」同。故瞻彼洛矣篇「靺韐有奭」，白虎通義引作

〔一〕「毛」，王念孫引方言作「黑」。

「赩」。方言「䵣，色也」，郭注云：「䵣然，赤黑貌也。」玉篇「赩、䵣」並音許力切，義亦相近也。［赩赤也，八·二七一］

九二　恬，靜也。恬淡，安靜。5b

【廣】恬者：方言：「恬，靜也。」説文：「恬，安也。」吴語「今大夫老而又不自安恬逸」，韋昭注與方言同。［恬靜也，四·一二四］

九三　禔，福也。謂福祚也。音祇。5b

【廣二】禔者：方言「禔，福也。」「禔，喜也」，注云：「有福即喜。」［禔喜也，一·三四］卷一三第九三條；卷一三第九四條

【廣】方言：「禔，福也。」漢書司馬相如傳「中外禔福」，史記作「提」，同。［禔福也，五·一四一］

九四　禔，喜也。有福即喜。5b

【廣二】禔者：方言「禔，福也。」「禔，喜也」，注云：「有福即喜。」［禔喜也，一·三四］卷

一三第九三條；卷一三第九四條

九五　攋、洛旱反。**陸**，許規反。**壞也。**　5b

【廣】「陸」之言「虧」也。方言：「**陸，壞也。**」皋陶謨「萬事墮哉」，「墮」與「陸」同。〔陸壞也，一・二〇〕

【廣二】皆謂墮壞也。小雅正月篇「載輸爾載」，鄭箋云：「輸，墮也。」公羊春秋隱六年「鄭人來輸平」，傳云：「輸平猶墮成也。何言乎墮成？敗其成也。」穀梁傳云：「輸者，墮也。來輸平者，不果成也。」是輸爲墮壞也。其輸寫物亦謂之「墮」。昭四年左傳「寡君將墮幣焉」，服虔注云：「墮，輸也。」方言「**攋、陸，壞也**」，「陸」與「墮」同。太玄度次三「小度差差，大攋之階」，測曰：「小度之差，大度傾也。」是攋爲墮壞也。方言云：「**怠，壞也。**」故壞謂之「墮」，亦謂之「攋」，亦謂之「輸」；怠謂之「惰」，亦謂之「嬾」，亦謂之「窳」。「惰」與「墮」、「嬾」與「攋」、「窳」與「輸」，古聲並相近也。〔輸攋墮也，五・一三八〕卷一三第九五條；卷六第一四條

【讀】「故其人也不廢，其事也不隨。」念孫案：「隨」，當爲「墮」。字本作「陸」。方言曰：「**陸，壞也。**」呂氏春秋必己篇注曰：「墮，廢也。」「不廢、不墮」，義正相承。

今作「不隨」者，涉上文「不始不隨」而誤。尹注非。〔不隨，管子第七・四七〇〕

九六　息，歸也。 6a

【廣】息者：方言：「**息，歸也。**」〔息歸也，二・六〇〕

九七　抑，安也。 6a

【廣二】抑者：方言：「**抑，安也。**」爾雅：「抑抑，密也。」大雅抑篇正義引舍人注云：「威儀靜密也。」方言「**譩，審也**〔一〕**，諟也**」，與「抑」聲近而義同。故大雅抑篇、楚語謂之懿戒矣。〔抑安也，一・一二二〕卷六第四一條；卷一三第九七條

九八　潛，亡也。 6a

九九　曉，過也。 6a

〔一〕「審也」二字衍，當删。

【廣二】曉、贏者：方言：「曉，過也。」「曉，贏也。」開元占經順逆略例篇引七曜云：「超舍而前，過其所當舍之宿以上一舍二舍三舍，謂之贏。退舍以下一舍二舍三舍，謂之縮。」項岱注幽通賦亦云：「贏，過也。縮，不及也。」考工記弓人「撟幹欲孰於火而無贏」，鄭注云：「贏，過孰也。」逸周書常訓解云「六極不羸，八政和平」，「羸」與「贏」通。［曉贏過也，三·一〇四］卷一三第九九條；卷一三第一〇〇條

一〇〇 **曉，贏也。** 6a

【廣二】曉、贏者：方言：「曉，過也。」「曉，贏也。」開元占經順逆略例篇引七曜云：「超舍而前，過其所當舍之宿以上一舍二舍三舍，謂之贏。退舍以下一舍二舍三舍，謂之縮。」項岱注幽通賦亦云：「贏，過也。縮，不及也。」考工記弓人「撟幹欲孰於火而無贏」，鄭注云：「贏，過孰也。」逸周書常訓解云「六極不羸，八政和平」，「羸」與「贏」通。［曉贏過也，三·一〇四］卷一三第九九條；卷一三第一〇〇條

一〇一 **黜，短也。** 蹶黜，短小貌。音剟。 6a

【廣二】黜者：方言「黜，短也」，注云「蹶黜，短小貌也」；玉篇音知劣切，云「吴人

呼短物也」，又云「炪，短也」；莊子秋水篇「遥而不悶，掇而不跂」，郭象注云「遥，長也。掇猶短也」；淮南子人間訓「聖人之思脩，愚人之思叕」，高誘注云「叕，短也」：並字異而義同。説文「窡，短面也」，廣韻「顈，頭短也」，衆經音義卷四引聲類云「惙，短氣貌」，義亦與「黜」同。今俗語謂短見爲「拙見」，義亦同也。「黜」與「侏儒」，語之轉也。故短謂之「侏儒」，又謂之「黜」；梁上短柱謂之「棳」，又謂之「侏儒」，又謂之「棳儒」；蜘蛛謂之「蝃」，又謂之「蝃蝥」，又謂之「侏儒」。爾雅「梁上楹謂之棳」，釋文：「棳，本或作棁。」雜記「山節而藻棁」，鄭注云：「棁，侏儒柱也。」釋名云：「棳儒，梁上短柱也。棳儒猶侏儒短，故以名之也。」方言云**「鼅鼄，鼄蝥也。自關而西秦晋之間謂之鼄蝥；自關而東趙魏之郊謂之鼅鼄，或謂之蠾蝓。蠾蝓者，侏儒語之轉也」**，注云：**「今江東呼蝃蝥音棳。」**玉篇云：「蝃，蜘蛛也。」蓋凡物形之短者，其命名即相似，故屢變其物，而不易其名也。〔黜短也，二・六八〕卷一三第一〇一條；卷一一第一五條

【廣】孑孓者：説文「孑，無右臂也」「孓，無左臂也」，皆短之義也。「短」與「小」同義，故井中小蟲亦謂之「孑孓」。釋蟲篇云：「孑孓，蜎也。」爾雅「蜎，蠉」，注云：「井中小蛣蟩，赤蟲。一名孑孓。」「孑孓」與「蛣蟩」，聲義並同。「孑」之言孑然小也。釋名云：「盾狹而短者曰孑盾；孑，小稱也。」「孓」之言「蹷」也。漢書王莽傳「莽爲

人侈口𪋿顱」，顏師古注云：「𪋿，短也。」方言注云：「**蹶𪘏，短小貌也。**」凡物之直而短者謂之「蹶」，或謂之「𪘏」。列子黃帝篇「吾處身也，若厥株駒」，張湛引崔譔莊子注云：「厥株駒，斷樹也。」釋文云：「厥，說文作氒，木本也。株駒亦枯樹本也。」又爾雅「樴謂之栻」[一]，注云：「橜也。」又「橜謂之闑」，注云：「門閫也。」玉藻正義云：「闑謂門之中央所豎短木也。」「蹶、厥、橜、氒」並同聲。「蹶」與「𪘏」，聲又相近。木本謂之「氒」，杙謂之「橜」，門閫謂之「橜」，梁上柱謂之「棳」，皆木形之直而短者也。故蔡邕短人賦云「木門閫兮梁上柱，視短人兮形如許」矣。又案：說文：「蟨，鼠也。一曰西方有獸，前足短，與蛩蛩巨虛比，其名謂之蟨。」字亦作「蹶」。淮南子道應訓「北方有獸，其名曰蹶，鼠前而兔後。趨則頓，走則顛」，高誘注云：「鼠前足短，兔後足長，故謂之蹶。」「蹶」與「𪘏」，聲相近。合之則爲「蹶𪘏」，轉之則爲「孑孓」。故短貌謂之「蹶𪘏」，獸前足短謂之「蹶」，頭短謂之「䫑」，無左右臂謂之「孑孓」，其義並相通也。[孑孓短也，二·六八]

【廣三】**方言「隑，陭也」，郭璞注云：「江南人呼梯爲隑，所以隑物而登者也。音剴切也。」**案：隑、陭皆長貌也。方言「**𪘏，短也**」「**隑，陭也**」「**迒，長也**」，三者文義相承。

[一] 王念孫補正將「爾雅樴謂之栻」之「栻」字改作「杙」。

廣雅卷二云「隑，長也」，曹憲音牛哀反。漢書司馬相如傳「臨曲江之隑州兮」，張注云：「隑，長也。」「陭」，玉篇音於奇切。説文：「陭，上黨陭氏阪也。」小雅節南山篇「有實其猗」，毛傳云「猗，長也」，「猗」與「陭」通。淮南子本經訓「積牒旋石，以純脩碕」，文選吴都賦注引許慎注云：「碕，長邊也。」「碕」與「陭」，亦聲近義同。［隑陭也，五·一五八］卷一三第一〇二條；卷一三第一〇一條；卷一三第一〇三條

一〇二　**隑，**剴切。**陭也。**江南人呼挮爲隑，所以隑物而登者也。音剴切也。　6a

【明】將郭注「江南人呼挮爲隑」之「挮」字改作「梯」。

【廣二】隑𧻚者：方言「**隑企，立也。東齊海岱北燕之郊委痿謂之隑企**」，郭璞注云：「**腳躄不能行也。**」方言又云：「**隑，陭也。**」「陭」與「倚」聲相近，故「倚、隑」俱訓爲「立」也。説文：「企，舉踵也。古文作𧻚」。衛風河廣篇：「跂予望之」。「企、𧻚、跂」並同字。「𧻚」，各本譌作「𧽒」，今訂正。［隑𧻚立也，四·一一九］卷七第一九條；卷一三第一〇二條

【廣三】**方言「隑，陭也」，郭璞注云：「江南人呼梯爲隑，所以隑物而登者也。音剴切也。」**案：隑、陭皆長貌也。方言「**𪓿，短也**」「**隑，陭也**」「**迒，長也**」，三者文義相承。廣雅卷二云「隑，長也」，曹憲音牛哀反。漢書司馬相如傳「臨曲江之隑州兮」，張注

云：「隑，長也。」「陭」，玉篇音於奇切。説文：「陭，上黨陭氏阪也。」小雅節南山篇「有實其猗」，毛傳云「猗，長也」，「猗」與「陭」通。淮南子本經訓「積牒旋石，以純脩碕」，文選吴都賦注引許慎注云：「碕，長邊也。」「碕」與「陭」，亦聲近義同。〔隑陭也，五·一五八〕卷一三第一〇二條；卷一三第一〇一條；卷一三第一〇三條

一〇三　**迒，長也。** 謂長短也。胡郎反。 6a

【廣】迒者：方言：「**迒，長也。**」玉篇云：「長道也。」張衡西京賦云：「迒杜蹊塞。」〔迒長也，二·五五〕

【廣三】方言「隑，陭也」，郭璞注云：「江南人呼梯爲隑，所以隑物而登者也。音剴切也。」案：隑、陭皆長貌也。方言「⿰叕出，短也」「隑，陭也」「迒，長也」，三者文義相承。廣雅卷二云「隑，長也」，曹憲音牛哀反。漢書司馬相如傳「臨曲江之隑州兮」，張注云：「隑，長也。」「陭」，玉篇音於奇切。説文：「陭，上黨陭氏阪也。」小雅節南山篇「有實其猗」，毛傳云「猗，長也」，「猗」與「陭」通。淮南子本經訓「積牒旋石，以純脩碕」，文選吴都賦注引許慎注云：「碕，長邊也。」「碕」與「陭」，亦聲近義同。〔隑陭也，五·一五八〕卷一三第一〇二條；卷一三第一〇一條；卷一三第一〇三條

【廣二】「道」之言「由」也，人所由也。「墿」，通作「驛」。玉篇：「驛，道也。」「墿」之言「繹」也。繹、迒皆長意也。故方言云「**繹，長也**」「**迒，長也**」。［墿迒道也，七·二一三］卷一第一九條；卷一三第一〇三條

一〇四　迒，迹也。 爾雅以爲兔迹。6a

【廣】方言：「**迒，迹也。**」説文：「迒，獸迹也。或作踁。」釋名云：「鹿兔之道曰亢；行不由正，亢陌山谷草野而過也。」太玄居次四云：「見豕在堂，狗繫之迒。」張衡東京賦云：「軌塵掩迒。」「亢、踁」並與「迒」同。「迒」，各本皆作「亢」，惟影宋本作「迒」。［迒迹也，三·一〇七］

一〇五　賦，臧也。 6a

一〇六　藴，饒也。 音温。6b

【廣】緼者：方言「**藴，饒也**」，「藴」與「緼」通。漢書禮樂志郊祀歌「后土富媪，昭明三光」，張晏注云：「坤爲母，故稱媪。」吴仁傑兩漢刊誤補遺云：「媪，當作煴。」

字書温有兩義〔一〕：一曰煙煴，天地合氣也；一曰鬱煙也。『富煴』以煙煴爲義。『后土富煴，昭明三光』即賈誼新書『天清澈，地富煴，物時孰』之意。晏説謬矣。」案：吴所引賈誼新書見禮篇。「媪、煴」並與「緼」通。史記高祖紀索隱引班固泗水亭長碑「媪」字作「温」。集韻「媪」烏浩切，又於云、烏昆、委隕、紆問四切。是「媪」與「煴、緼」同聲。「后土富媪、地富煴」，皆謂生殖饒多也。吴説「富煴以煙煴爲義」，亦未確。

〔緼饒也，四・一二九〕

一〇七　芬，和也。 芬香和調。 6b

【廣二】芬者：**方言「芬，和也」**，**郭璞注云：「芬香和調。」**周官鬯人注云「鬯，釀秬爲酒，芬香條暢於上下也」，大雅鳧鷖篇云「旨酒欣欣，燔炙芬芬」，皆「芬香和調」之意也。凡人相和好亦謂之「芬」。荀子議兵篇云「其民之親我歡若父母，其好我芬若椒蘭」，非相篇云「驩欣芬薌以送之」，皆是也。方言：**「紛怡，喜也。」**「紛」與「芬」，義亦相近。〔芬和也，三・九一〕卷一三第一〇七條；卷一〇第三五條

〔一〕王念孫補正將「字書温有兩義」之「温」字改作「煴」。

【讀】「欣驩芬薌以送之」，楊注曰：「芬薌，言至芳潔也。薌與香同。」念孫案：芬薌，和也。方言「芬，和也」，郭璞曰：「芬香和調。」廣雅與方言同。周官鬯人注曰「鬯，釀秬爲酒，芬香條暢於上下也」，大雅鳧鷖篇曰「旨酒欣欣，燔炙芬芬」，皆「芬香和調」之意。欣驩、芬薌皆謂和氣以將之也。議兵篇曰「其民之親我歡若父母，其好我芬若椒蘭」，義與此同。［芬薌，荀子第二·六五四］

一〇八　擣，依也。 謂可依倚之也。 6b

【廣】擣者：方言「**擣，依也**」，郭璞注云：「**謂可依倚之也。**」説文「海中往往有山可依止曰島」，義與「擣」相近也。［擣依也，四·一二二］

【廣】「樢」之言「擣」也。方言云「**擣，依也**」，郭注云：「**謂可依倚之也。**」依倚樹上而生，故謂之「樢」矣。［寄屑寄生也，一〇·三一九］

一〇九　依，禄也。 禄位可依憑也。 6b

一一〇　**䐁，腯也**〔一〕。腯腯，肥充也。音腞，亦突。6b

【廣】腯者：**方言「腯，䐁也」**，**注云：「腯腯，肥充也。」** 説文：「牛羊曰肥，豕曰腯。」字或作「腞」。曲禮「豚曰腞肥」，鄭注云：「腞亦肥也。」桓六年左傳「吾牲牷肥腯」，杜預注與鄭同。正義云：「重言肥腯者，古人自有複語耳。」服虔云：『牛羊曰肥，豕曰腯。』案：禮記豚亦稱肥，非獨牛羊也。」今案：傳云「備腯咸有」，則腯亦不專屬豕，孔説是也。〔腯盛也，二·五三〕

【述】「豚曰腯肥」，鄭注曰：「腯亦肥也。春秋傳作腯。桓六年左傳：「吾牲牷肥腯。」腯，充貌也。」釋文釋經云：「腯肥，徒忽反。注同。本或作豚。」又釋注云：「作腯，徒忽反。」臧氏玉林經義雜記曰：「鄭既云『春秋傳作腯』，明禮記不作『腯』矣。據釋文所引之本，知本作『豚曰豚肥』，注本作『豚亦肥也』。鄭以此『豚肥』即春秋傳之『肥腯』，可驗此本之不作『腯』也。正義曰『豚曰腯肥』者云云，釋文亦從『腯』爲正字，唐時經、注俱已誤作『腯』矣。」家大人曰：古無讀「豚」爲「腯」者，亦無訓「豚」爲「肥」者，臧説非也。此「豚」字本作「腞」，即「腯」字也。正文本作「豚曰腞肥」。注

〔一〕「䐁，腯也」，王氏父子引方言作「腯，䐁也」。下郭注「音腞，亦突」作「亦作腞，音突」。

文本作「腞亦肥也。春秋傳作腯」。釋文本作「腞肥，徒忽反。注同。本或作腯」，此釋正文、注文之「腞」字也。下又云「作腯，徒忽反」，此釋注文之「春秋傳作腯」也。集韻「腯，肥也。或作腞」，即本於釋文。而不云「腯，或作豚」，則釋文之作「腞」不作「豚」可知。龍龕手鏡亦以「腞」爲「腯」之或作。**方言「腯，晠也」**，「晠」與「盛」同。舊本「腯、晠」二字倒轉。廣雅「腯，盛也」，即本方言，今據改。**郭璞曰：「腯腯，肥充也。亦作腞，音突。」**舊本作「音腞，亦突」，錯脱不成文理，今正。此皆「腯、腞」同字之明證也。盾聲與彖聲相近，故字亦相通。漢書匈奴傳贊「遂逃竄伏」，師古曰「遂，古遁字」，是其例也。若正義本，則正文、注文皆作「腯」，此即釋文「或作」之本。而「春秋傳作腯」之語遂不可通。後人不知，而改陸以就孔，遂改釋文之「腞肥」爲「腯肥」，「本或作腯」爲「本或作腞」[一]。案：釋文云：「腞肥，徒忽反。注同。本或作腯。」「腞」字有音而「腯」字無音，故下文又云「作腯，徒忽反」。若如後人所改，則「腯」字先已有音，下文何須再出一音而兩見？則妄改之迹顯然矣。「腞、豚」字形相近，世人多見「豚」，少見「腞」，故「腞」又譌而爲「豚」。玉藻「圈豚行，不舉足」，釋文作「圈腞」，云：「腞，本又作豚。」既與「腯」音不合，又與「豚曰」之「豚」相亂。

[一]「腞」，皇清經解本作「豚」，當據改。

臧氏不知「豚」爲「豫」之譌，故强爲之説，而終不可通。〔腯肥，一四・三一九〕

一一一　**盬、雜，猝也。** 皆倉卒也。音古。6b

【廣二】盬、雜者：方言：「**盬、雜，猝也。**」「**盬，且也。**」玉篇：「盬，倉猝也，姑也。」凡言「姑且」者，皆倉猝不及細審之意，故云「猝」也。「盬」，各本譌作「監」，今訂正。〔盬雜猝也，二・六九〕卷一三第一一一條；卷一三第一一三條

一一二　**⿰足龠**〔一〕**，行也。** 音跳⿰足龠也。音藥。6b

【明】將郭注「音跳⿰足龠也」之「音」字改作「言」。

【廣】踚者：玉篇、廣韻並云「踚，行也」，音倫。方言「**踚，行也**」，郭璞注云：「**言跳踚也。音藥。**」説文：「⿺走侖，趠⿺走侖也。」廣韻云：「趠⿺走侖，行皃。」「趠⿺走侖、跳踚」聲相近。廣雅之訓，多本方言，疑「踚」爲「踚」之譌也。下文云「踚，履也」，履亦行也。〔踚行也，一・一四〕

〔一〕「⿰足龠」，王念孫引方言作「踚」。下郭注同。

一一三　　鹽，且也。鹽猶黏也。6b

【廣二】鹽、雜者：方言：「鹽、雜，猝也。」「鹽，且也。」玉篇：「鹽，倉猝也，姑也。」凡言「姑且」者，皆倉猝不及細審之意，故云「猝」也。「鹽」，各本譌作「監」，今訂正。

［鹽雜猝也，二·六九］卷一三第一一一條；卷一三第一一三條

一一四　　抽，讀也。6b

一一五　　媵，託也。6b

【廣二】媵、庇、寓、餬、侂者：方言：「餬、託、庇、寓、媵，寄也。齊衛宋魯陳晉汝潁荆州江淮之間曰庇，或曰寓。寄食爲餬。凡寄爲託，寄物爲媵。」又云：「媵，託也。」爾雅：「庇、庥，蔭也。」高誘注呂氏春秋懷寵篇云「庇，依廕也」，依廕即寄託之義。襄三十一年左傳云：「大官大邑，身之所庇也。」説文：「餬，寄食也。」隱十一年左傳云：「使餬其口於四方。」「侂」與「託」同。［媵庇寓餬侂寄也，三·八二］卷二第一六條；卷一三第一一五條

二一六　**適，牾也。**相觴迕也。7a

【明】將郭注「相觴迕也」之「觴」字改作「觸」。

【廣】**方言「適，牾也」，郭璞注云「相觸迕也」，**「牾」與「悟」通。史記韓非傳云「大忠無所拂悟」，是也。「適」之言「枝」也，相枝梧也。「枝、適」語之轉。小雅我行其野傳云：「祇，適也。」「祇」之轉爲「適」，猶「枝」之轉爲「適」矣。〔適牾也，五·一五八〕

二一七　**捭**〔一〕**，予也。**予猶與。音卑。7a

【明】浮簽：廣雅：「裨、埤，予也。」

【廣】各本「予」下皆無「與」字。此因「予、與」二字同聲，故傳寫脱去「與」字耳。集韻引廣雅「歛，予也」，則宋時廣雅本已脱去「與」字。案：此條「與」字有二義：一爲取與之「與」，「歛、歈、匃、貸、授、施」諸字是也；一爲與共之「與」，「誣、譕、越、以」四字是也。義雖不同，而皆得訓爲「與」。若「予」字，則但有「取與」之義，

〔一〕「捭」，王念孫引方言作「埤」。

無「與共」之義，故「誣、淹、越、以」四字可訓爲「與」，不可訓爲「予」。又衆經音義卷十一、十八並引廣雅「稟，與也」，卷十二引廣雅「分，與也」，卷一、卷三、卷九、卷十四並引廣雅「遺，與也」，皆作「與」，不作「予」。今據以補正。或謂「予、與」二字同聲，不當並見。案：爾雅云「輔，俌也」「嗟，蹉也」「迺，乃也」，廣雅云「壹，弌也」「炳，爇也」「煖，煗也」，若斯之類，皆同聲而並見。蓋古今異字，必以此釋彼，而其義始明。「予」之訓「與」，亦猶是也。説文「與」本作「与」，云「賜予也」；鄭衆注周官太卜云「與謂予人物也」；郭璞注爾雅云「與猶予也」，**注方言云「予猶與也」**：此又「予、與」二字互訓之證矣。〔予與也，三·九七〕

【廣】「裨」與下「埤」字同義。**方言：「埤，予也。」**説文：「裨，接益也。」〔裨與也，三·九八〕

一一八　彌，縫也。　7a

【廣二】繬、彌者：上文云：「繬、彌，縫也。」**方言：「嗇、彌，合也。」**枚乘七發云：「中若結轖。」「繬、轖、嗇」並通。魏風伐檀傳云「種之曰稼，斂之曰穡」；説文「轖，車籍交革也」；急就篇「革轖髤漆油黑蒼」，顔師古注云「革轖，車籍之交革也」；廣韻

「轖，車馬絡帶也」：皆合之義也。方言又云：「彌，縫也。」繫辭傳云：「故能彌綸天地之道。」昭二年左傳「敢拜子之彌縫鄙邑」，杜預注云：「彌縫猶補合也。」［繪彌合也，二·六三］卷一二第九八條；卷一三第一一八條

一一九　譯[一]，傳也。　7a

【廣二】譯者：方言：「譯，傳也。」「譯，見也」，郭璞注云：「傳宣語，即相見。」案：見者，著見之義。謂傳宣言語，使相通曉也。齊風載驅箋云「闓，明也」，義與「譯」相近。［譯見也，三·八三］卷一三第一一九條；卷一三第一二〇條

【廣】譯者：王制云：「五方之民，言語不通，嗜欲不同。達其志，通其欲，東方曰寄，南方曰象，西方曰狄鞮，北方曰譯。」方言：「譯，傳也。」說文云：「傳譯四夷之語者。」［譯傳也，四·一一六］

【廣】皆傳驛之義也。方言「譯，傳也」，郭璞注云「傳宣語」也。爾雅「馹、遽，傳也」，注云：「皆傳車驛馬之名。」玉篇云：「驛，譯也。」二者皆取傳遞之義，故皆謂之

［一］「譯」，王念孫引方言作「譯」。

「驛」。〔驛也，四・一三三〕

一二〇　譯〔一〕，見也。傳宣語，即相見。　7a

【廣三】譯者：方言：「譯，傳也。」「譯，見也」，郭璞注云：「傳宣語，即相見。」案：見者，著見之義。謂傳宣言語，使相通曉也。齊風載驅箋云「圛，明也」，義與「譯」相近。〔譯見也，三・八三〕卷一三第一一九條；卷一三第一二〇條

【廣二】「曎」之言「奕奕」也。方言：「曎，明也。」「譯，見也。」小爾雅：「斁，明也。」洪範「曰圛」，史記宋世家「圛」作「涕」，集解引鄭氏書注云：「圛者，色澤而光明也。」齊風載驅篇「齊子豈弟」，鄭箋云：「此豈弟猶言發夕也。豈，讀爲闓；弟，古文尚書以弟爲圛，圛，明也。」爾雅「愷悌，發也」，發亦明也。司馬相如封禪文「昆蟲闓懌」，亦是發明之意，猶言「蟄蟲昭蘇」耳。王延壽魯靈光殿賦「赫燡燡而燭坤」，李善注云：「燡燡，光明貌。」何晏景福殿賦云：「鎬鎬鑠鑠，赫奕章灼。」集韻引字林

〔一〕「譯」，王念孫引方言作「譯」。

云：「烣，火光也。」是凡與「曎」同聲者，皆光明之意也。「曎」，各本譌作「晘」，今訂正。〔曎明也，四・一一一〕卷一三第一四二條；卷一三第一二〇條

一二一　**梗，略也。**梗概，大略也。7a

【廣】**方言「梗，略也」，郭璞注云：「梗概，大略也。」**張衡東京賦「故粗謂賓言其梗概如此」，薛綜注云：「梗概，不纖密，言粗舉大綱如此之言也。」〔梗略也，五・一五八〕

一二二　**臆，滿也。**愊臆，氣滿之也。7a

【廣】臆者：説文：「意，滿也。」方言「**臆，滿也**」，郭璞注云：「**愊臆，氣滿也。**」凡怒而氣滿謂之「愊臆」。漢書「策慮愊億」，是也。哀而氣滿亦謂之「愊臆」。史記扁鵲傳「噓唏服億，悲不能自止」，「服億」即「愊臆」；問喪云「悲哀志懣氣盛」：是也。憂而心懣亦謂之「愊臆」。馮衍顯志賦云「心愊憶而紛紜」，是也。「臆、臆、憶、億、意」五字並通。司馬相如長門賦「心憑噫而不舒兮」，李善注云「憑噫，氣滿貌」，「憑噫」

即「愊臆」之轉〔一〕。説文「十萬曰意」，玉篇云：「今作億。」億亦盈數之名也。故小雅楚茨篇云「我倉既盈，我庾維億」，易林乾之師云「倉盈庾億」。「盈、億」亦語之轉也。襄二十五年左傳「今陳介恃楚衆以馮陵我鄙邑，不可億逞」，「逞」與「盈」通，言其欲不可滿盈也。文十八年傳云「侵欲崇侈，不可盈厭」，意與此同。「盈」與「逞」，古同聲而通用。昭四年左傳「逞其心以厚其毒」，新序善謀篇「逞」作「盈」，史記欒盈作欒逞，是其證。杜注訓「億」爲「度」、「逞」爲「盡」，皆失之。〔臆滿也，一·一二〕

【述二】楚茨篇「我倉既盈，我庾維億」，毛傳曰：「萬萬曰億。」箋曰：「倉言盈，庾言億，亦互辭，喻多也。十萬曰億。」家大人曰：「億」亦「盈」也，語之轉耳。「億」，字

〔一〕王念孫補正於「憑噫即愊臆之轉」下乙「説文十萬曰意」云云百五十五字，改作：小雅楚茨篇：「我倉既盈，我庾維億。」「億、盈」亦語之轉也。易林乾之師云：「倉盈庾億。」漢巴郡太守樊敏碑云：「持滿億盈。」是億即盈也。「我黍與與，我稷翼翼」，「翼翼」猶「與與」也。「我倉既盈，我庾維億」，「維億」猶「既盈」也。此「億」字但取盈滿之義，而非紀其數，與「萬億及秭」之「億」不同。傳以萬萬爲億，箋以十萬爲億，皆失之。襄二十五年左傳「今陳介恃楚衆以馮陵我敝邑，不可億逞」，「億逞」即「億盈」，言其欲不可盈滿也。文十八年傳云「侵欲崇侈，不可盈厭」，意與此同。「盈」與「逞」，古同聲而通用。左氏春秋昭二十三年「沈子逞」，穀梁作「沈子盈」；左氏傳欒盈，史記作欒逞；又左氏傳昭四年「逞其心以厚其毒」，新序善謀篇「逞」作「盈」：皆其證也。杜注訓「億」爲「度」、「逞」爲「盡」，皆失之。漢書賈誼傳「衆人惑惑，好惡積意」，意者滿也，言好惡積滿於中也。李奇云「所好所惡，積之萬億」，薛瓚云「衆懷好惡，積之心意」，皆失之。

本作「𢡃」，或作「意」，又作「臆」。説文曰：「𢡃，滿也。」**方言曰「臆，滿也」**，郭璞注曰：**「愊臆，氣滿也。」**凡怒而氣滿謂之「愊臆」。漢書陳湯傳「策慮愊臆」，顔師古注曰「愊臆，憤怒之貌」，是也。哀而氣滿亦謂之「愊臆」。史記扁鵲傳「嘘唏服億，悲不能自止」，「服億」即「愊臆」；問喪曰「悲哀志懣氣盛」：是也。憂而心懣亦謂之「愊臆」。馮衍顯志賦曰「心愊臆而紛紜」，是也。文選長門賦「心憑噫而不舒兮」，李善注曰「憑噫，氣滿貌」，「憑噫」即「愊臆」之轉。故**方言曰「愊，滿也」**，王逸注離騷曰「憑，滿也」。漢書賈誼傳「衆人惑惑，好惡積意」，意者滿也，言好惡積滿於中也。李奇曰「所好所惡，積之萬億也」，薛瓚曰「言衆懷好惡，積之心意也」，皆失之。「𢡃、意、臆」並與「億」同。易林乾之師曰：「倉盈庾億。」漢巴郡太守樊敏碑曰：「持滿億盈。」是億即盈也。襄二十五年左傳曰「今陳介恃楚衆以馮陵我敝邑，不可億逞」，「億逞」即「億盈」，言其欲不可滿盈也。「盈」與「逞」，古字通。説見後「不可億逞」下。「我黍與與，我稷翼翼」，「翼翼」猶「與與」也。「我倉既盈，我庾維億」，「維億」猶「既盈」也。此「億」字但取盈滿之義，而非紀其數，與「萬億及秭」之「億」不同。「我庾維億，六·一五四」卷六第三五條；卷一三第一二二條

【述】「今陳介恃楚衆以馮陵我敝邑，不可億逞」，杜注曰：「億，度也。逞，盡也。」家大人曰：杜訓「億」爲「度」、「逞」爲「盡」，「不可度盡」殊爲不辭。今案：億者，滿也。「逞」與「盈」，古字通。言其欲不可滿盈也。文十八年傳曰「侵欲崇侈，不可盈

厭」，意與此同。說文曰：「𢡃，滿也。」**方言曰：「臆，滿也。」**漢書賈誼傳曰：「好惡積意。」說見前「我庾維億」下。「𢡃、意、臆」並與「億」同。是億爲滿也。左氏春秋昭二十三年「沈子逞」，穀梁作「沈子盈」。左氏傳欒盈，史記作欒逞。又昭四年傳「逞其心以厚其毒」，新序善謀篇「逞」作「盈」。是逞即盈也。廣雅曰：「盈、臆，滿也。」小雅楚茨篇曰：「我倉既盈，我庾維億。」億亦盈也。說見前「我庾維億」下。易林乾之師曰：「倉盈庾億。」漢巴郡太守樊敏碑曰：「持滿億盈。」是億、盈皆滿也。〔不可億逞，一八·四四〇〕

【讀】「大忠無所拂悟，辭言無所擊排，今本「悟、辭」二字互誤，鍾山札記已辯之。迺後申其辯知焉」，韓子說難篇「大忠」作「大意」。念孫案：作「意」者是也。「意」與「言」，正相對。必二者皆當於君心，然後可以申其辯智也。小司馬以大忠爲匡君，不知說難一篇皆謂進言者之宜順不宜逆，意在得君，不在匡君也。蓋史記「意」字本作「𢡃」，說文：「𢡃，滿也。」**方言作「臆」。**漢巴郡太守樊敏碑作「億」。又說文「十萬曰𢡃」，今作「億」。說文「億，安也」，今亦作「億」。是從𢡃之字，多與從意者相通。傳寫者脫其上半，因譌而爲「忠」矣。〔大忠，史記第四·一一一六〕

【讀】「衆人惑惑，好惡積意」，李奇曰：「所好所惡，積之萬億也。」薛瓚曰：「言衆懷好惡，積之心意也。」師古曰：「瓚說是也。」念孫案：李、薛二說皆非也。意者，滿也。言好惡積滿於中也。「意」字本作「𢡃」，或作「億」，文選作「好惡積億」。又作「臆」。說文曰：「𢡃，滿也。」方言曰：「臆，滿也。」小雅楚茨篇曰「我倉既盈，我庾維億」，億亦盈也。說見經義述聞。襄二十五年左傳曰「今陳介恃楚衆以馮陵我敝邑，不可億逞」，「億逞」即「億盈」，言其欲不可滿盈也。「盈」與「逞」，古字通。說見經義述聞。「𢡃、億、臆」並與「意」同。［好惡積意，漢書第九·二九九］

一二三　**⿰阝馬，益也。** 謂增益也。音罵。 7a

【廣】⿰阝馬者：方言「⿰阝馬，益也」，郭璞注云：「謂增益也。」爾雅：「是類是禡，師祭也。」周官肆師「凡四時之大甸獵，祭表貉，則爲位」，鄭注云：「貉，師祭也。貉，讀爲十百之百。於所立表之處爲師祭，祭造軍灋者，禱氣勢之增倍也。」釋文：「貉，莫駕反。」甸祝「掌四時之田表貉之祝號」，杜子春注云：「貉，讀爲百爾所思之百。書亦或爲禡。禡，兵祭也。」鄭注云：「禡者，禱氣勢之十百而多獲。」「貉、禡」與「⿰阝馬」同聲，皆增益之意。故又讀爲十百之「百」也。漢書律曆志云「數紀於一，協於十，長於百，大於千，衍於萬」，長即增益之意。［⿰阝馬益也，一·三六］

一二四　空，待也。來則實也。7a

【廣】空者：方言：「空，待也。」鄭風大叔于田傳云「止馬曰控」，義與「空」相近。［空待也，二・六四］

一二五　珇，好也。7a

【廣】珇者：方言：「珇，好也。」法言吾子篇云：「霧縠之組麗。」「組麗」猶「純麗」也，「組」與「珇」通。餘見上文「珇，美也」下。［珇好也，一・二五］

一二六　珇，美也。美好等𠀋見義耳。音祖。7b

【明】將郭注「美好等𠀋見義耳」之「𠀋」字改作「互」。

【廣】珇者：方言：「珇，美也。」晏子春秋諫篇云：「今君之服駔華。」法言吾子篇云：「霧縠之組麗。」「組、駔」並與「珇」通。［珇美也，一・二三］

一二七　嫗，色也。嫗煦，好色貌。7b

【廣】嘔煦者：方言「嫗，色也」，郭璞注云：「嫗煦，好色貌。」莊子駢拇篇「呴俞仁義」，釋文：「呴俞，本又作傴呴。謂呴喻顏色爲仁義之貌。」逸周書官人解云「欲色嫗然以愉」，大戴禮「嫗」作「嘔」。漢書王褒傳「是以嘔喻受之」，應劭注云：「嘔喻，和悦貌。」「嘔、嫗、傴」，古通用。説文：「欨，笑意也。」漢書韓信傳「言語姁姁」，史記索隱引鄧展注云：「姁姁，和好貌。」東方朔非有先生論云：「説色微辭，愉愉煦煦。」〔一〕傅毅舞賦云：「姁媮致態。」「煦、煦、姁、欨」，古通用。「嫗煦、嘔喻、姁媮」，並疊韻之轉耳。［嘔呴色也，二·五七］

一二八　閻，開也。 謂闢門也。 7b

【明】將郭注「謂闢門也」之「闢」字改作「開」。

一二九　靡，滅也。 或作摩滅字。音糜。 7b

【明】將郭注「音糜」之「糜」字改作「縻」。

【讀】「利夫秋豪，害靡國家」，楊注曰：「靡，披靡也。利夫秋豪之細，其害遂披靡

〔一〕「煦煦」，漢書作「呴呴」，顏注引作「呴呴」；文選作「煦煦」。

而來，及於國家。」念孫案：楊説「靡」字之義非是。靡者，滅也。言利不過秋豪，而害乃至於滅國家也。方言「靡，滅也」，郭璞曰：「或作摩滅字。音糜。」漢書賈山傳：「萬鈞之所壓，無不糜滅者。」司馬遷傳：「富貴而名摩滅。」「摩」與「糜、靡」，古同聲而通用。説見唐韻正。陳云：「靡，累也。言所利在秋豪，而其害累及國家也。詩周頌傳曰『靡，累也』，是其義。」〔害靡國家，荀子第八·七四〇〕

一三〇　**菲，薄也。**謂微薄也。音翡。　7b

一三一　**腆，厚也。**　7b

【廣二】錘、錪者：方言：「**錪、錘，重也。東齊之間曰錪，宋魯曰錘。**」釋器云：「錘謂之權。」「錘」之言「垂」也，下垂，故重也。「錪」之言「腆」也。方言：「**腆，厚也。**」「厚」與「重」同義。説文云：「重，厚也。」〔錪錘重也，三·一〇七〕卷六第九條，卷一三第一三一條

一三二　**媟，狎也。**相親狎也。　7b

一三三　**芋，大也。**芋猶訏耳。香于反。7b

【大二】訏，大也。爾雅釋詁：「訏，大也。」方言：「**中齊西楚之間曰訏。**」詩溱洧首章「洵訏且樂」，毛傳：「訏，大也。」亦作「盱、芋」。詩「洵訏且樂」，韓詩及漢書地理志並作「盱」。方言「**芋，大也**」，郭注：「**芋猶訏耳。**」［七・七九］卷一第二一條；卷一三第一三三條

【廣二】「訏」與下「芋」字同。爾雅：「訏，大也。」方言云：「**中齊西楚之間曰訏。**」又云「**芋，大也**」，郭璞注云：「**芋猶訏耳。**」大雅生民篇「寔覃寔訏」，小雅斯干篇「君子攸芋」，毛傳並云：「大也。」凡字訓已見爾雅而此復載入者，蓋偶未檢也，後皆放此。「芋」又音王遇反，其義亦爲「大」。説文云「芋，大葉實根駭人，故謂之芋」，是也。［訏芋大也，一・五］卷一第二一條；卷一三第一三三條

一三四　**煬、翕，炙也。**今江東呼火熾猛爲煬，音恙。7b

【廣二】煬、烈者：方言：「**煬，炙也。**」「**煬、烈，暴也。**」説文：「煬，炙燥也。」淮南子齊俗訓「冬則短褐不掩形而煬竈口」，高誘注云：「煬，炙也。」［煬烈曝也，二・四六］卷一三第一三四條；卷一三第一三五條

【廣三】炙、煬、烈、爚者：方言：「**煬、翕，炙也。**」「**煬、烈，暴也。**」説文：「煬，炙燥

也。」方言注云：「今江東呼火熾猛爲煬。」管子禁藏篇云：「夏日之不煬，非愛火也。」莊子盜跖篇云：「冬則煬之。」「煬」之言「揚」也。周官卜師「揚火以作龜」，鄭注云「揚猶熾也」，即郭所云「火熾猛」也。説文：「烈，火猛也。」商頌長發篇云：「如火烈烈。」又大雅生民篇「載燔載烈」，毛傳云：「貫之加于火曰烈。」「烈」，各本譌作「裂」。衆經音義卷七、卷十七並引廣雅「烈，熱也」，今據以訂正。方言又云：「翕，熾也。」揚雄甘泉賦「翕赫曶霍」，李善注云「翕赫，盛皃」，「翕」與「熻」通。［炙煬烈熻爇也，二·四九］卷一三第一三四條；卷一三第一三五條；卷一二第九五條

【廣二】苦、翕者：方言：「苦、翕，熾也。」又云：「煬、翕，炙也。」揚雄甘泉賦「翕赫曶霍」，李善注云「翕赫，盛皃」；卷二云「熻，爇也」：義並相近。［苦翕熾也，三·七五］卷一二第九五條；卷一三第一三四條

一三五　**煬、烈，暴也。**　7b

【廣二】煬、烈者：方言：「煬，炙也。」「煬、烈，暴也。」説文：「煬，炙燥也。」淮南子齊俗訓「冬則短褐不掩形而煬竈口」，高誘注云：「煬，炙也。」［煬烈曝也，二·四六］卷一三第一三四條；卷一三第一三五條

【廣三】炙、煬、烈、爞者：方言：「煬、翕，炙也。」「煬、烈，暴也。」説文：「煬，炙燥也。」方言注云：「今江東呼火熾猛爲煬。」管子禁藏篇云：「夏日之不煬，非愛火也。」莊子盜跖篇云：「冬則煬之。」「煬」之言「揚」也。周官卜師「揚火以作龜」，鄭注云「揚猶熾也」，即郭所云「火熾猛」也。説文：「烈，火猛也。」商頌長發篇云：「如火烈烈。」又大雅生民篇「載燔載烈」，毛傳云：「貫之加于火曰烈。」「烈」，各本譌作「裂」。衆經音義卷七、卷十七並引廣雅「烈，熱也」，今據以訂正。方言又云：「翕，熾也。」揚雄甘泉賦「翕赫曶霍」，李善注云「翕赫，盛皃」，「翕」與「爞」通。［炙煬烈爞爇也，二·四九］卷一三第一三四條；卷一三第一三五條；卷一二第九五條

一三六　**馺，馬馳也。** 馺馺，疾貌也。索荅反。 8a

【廣】楚辭大招「冥淩浹行」，王逸注云：「淩猶馳也。」方言「**馺，馬馳也**」，郭璞注云：「**馺馺，疾貌也。**」劉向九歎云：「雷動電發，馺高舉兮。」揚雄甘泉賦云：「輕先疾雷而馺遺風。」説文：「馺，馬行相及也。」又云：「𢕌，行皃。一曰此與馺同。」嵇康琴賦云「飛纖指以馳騖，紛𢕌譶以流漫」；漢書司馬相如傳「汩淢靸以永逝兮」，顔師古注云「靸然，輕舉意也」；廣雅釋訓云「趿趿，行也」：義並與「馺」同。［淩馺馳也，五·一四一］

一三七　選、延，偏也。 8a

【明】將正文「偏」字改作「偏」。

【廣】選、延者：方言：「**選、延，偏也。**」「選」之言「宣」也。爾雅：「宣，偏也。」吕刑云：「延及于平民，罔不寇賊。」〔選延偏也，二·五〇〕

一三八　澌，索也。 盡也。 8a

一三九　晞，燥也。 8a

【廣】晞者：方言：「**晞，燥也。**」説文：「晞，乾也。」小雅湛露篇「匪陽不晞」，玉藻「髮晞用象櫛」，毛傳、鄭注並與説文同。「晞」亦「暵」也，語之轉耳。「暵」與「罕」同聲，「晞」與「希」同聲。「晞」之轉爲「暵」，猶「希」之轉爲「罕」矣。〔晞乾也，二·四五〕

一四〇　梗，覺也。 謂直也。 8a

【廣】「梗」之言「剛」也。爾雅：「梏、梗，直也。」方言：「**梗，覺也。**」緇衣引詩

「有梏德行」，今詩作「覺」，毛傳云「覺，直也」，「覺」與「梏」通。「梗、覺」一聲之轉。今俗語猶云「梗直」矣。〔梗覺也，四・一一九〕

【述】引之謹案：**方言「梗，覺也」，郭彼注曰：「謂直也。」**邵有。楚辭九章「淑離不淫，梗其有理兮」，謂橘榦之直而有理也。王注「梗，强也」，未確。今俗語猶云「梗直」矣。書大傳「覺兮較兮」，鄭注曰：「較兮，謂直道者也。」周官司裘注曰：「鵠之言較；較者，直也，射所以直己志。」邵有。祭統「夫人薦豆執校」，户教反。鄭注曰：「校，豆中央直者也。」「校、較」聲近義同，「直、道」一聲之轉。説苑脩文篇「樂之動於内，使人易道而好良；樂之動於外，使人温恭而文雅」，「易道」即「易直」也。樂記曰「致樂以治心，則易直子諒之心油然生矣」，是也。文子自然篇「行道者而被刑」，淮南主術篇「道」作「直」。是「道」與「直」同義。或曰：「道」，古「首」字也。郊特牲曰：「首也者，直也。」古聲「道」與「首」相近，説見古韻標準。故字亦相通。史記秦始皇紀會稽刻石文「追首高明」，索隱曰：「今碑文首字作道。」是史記借「首」爲「道」也。逸周書周月篇「周正歲道」，「歲道」即「歲首」。芮良夫篇「予小臣良夫稽道謹告」，今本「謹」譌作「謀」，據群書治要引改。「稽道」即「稽首」。是逸周書借「道」爲「首」也。〔梗較道直也，二六・六二七〕

一四一　**箤，集也。**8a

【明】將正文「箤」字改作「萃」。

一四二　**睍，**俾倪。**曎，**音亦。**明也。**8a

【大】明謂之「融」，亦謂之「圛」。左傳昭五年「明而未融」，杜注：「融，朗也。」鄭語「黎爲高辛氏火正，以淳燿惇大，天明地德，光昭四海，故命之曰祝融」，韋昭注云：「融，明也。」說文引書洪範「曰圛」，今書作「驛」。鄭、王本並作「圛」。鄭注：「圛者，色澤光明。」史記宋世家「圛」作「涕」。詩載驅二章「齊子豈弟」，鄭箋：「弟，古文尚書以爲圛：圛，明也。」字又作「曎」。方言：「曎，明也。」〔六・七五〕

【明】將正文「曎」字改作「曎」。

【廣二】「曎」之言「奕奕」也。方言：「曎，明也。」「譯，見也。」小爾雅：「斁，明也。」洪範「曰圛」，史記宋世家「圛」作「涕」，集解引鄭氏書注云：「圛者，色澤而光明也。」齊風載驅篇「齊子豈弟」，鄭箋云：「此豈弟猶言發夕也。豈，讀爲闓。弟，古文尚書以弟爲圛；圛，明也。」爾雅「愷悌，發也」，發亦明也。司馬相如封禪文「昆蟲闓懌」，亦是發明之意，猶言「蟄蟲昭蘇」耳。王延壽魯靈光殿賦「赫燡燡而燭坤」，李善注云：「燡燡，光明貌。」何晏景福殿賦云：「鎬鎬鑠鑠，赫奕章灼。」集韻引字林云：「焮，火光也。」是凡與「曎」同聲者，皆光明之意也。「曎」，各本譌作「暺」，今訂正。［曎明也，四·一一二］卷一三第一四二條；卷一三第一二〇條

一四三　**暟、臨，昭也**〔一〕。　8a

【廣】暟、臨者：方言：「**暟、臨，照也。**」說文：「臨，監臨也。」大雅皇矣篇云：「臨下有赫。」［暟臨照也，三·八六］

【廣】「闓」之言「開明」也。說文：「闓，開也。」爾雅：「愷悌，發也。」舍人、李巡、孫炎、郭璞皆訓「愷」爲「明」。詩作「豈弟」，封禪文作「闓懌」，並字異而義同。說文「塏，高燥也」，昭三年左傳「請更諸爽塏者」，方言「**暟，照也**」，義與「闓」並相近。［闓明也，四·一一二］

一四四　**暟，美也。**　暟暟，美德也。呼凱反。　8a

【廣】暟者：方言「**暟，美也**」，郭璞注云：「**暟暟，美德也。**」［暟美也，一·二三］

〔一〕「昭」，王念孫引方言作「照」。

一四五　箄、方氏反。簍、音縷。籅、音餘。䈆，弓弢。籧也。古筥字。江沔之間謂之籅，趙代之間謂之䈆，淇衛之間謂之牛筐。淇，水名也。籧，其通語也。8a

【明】將郭注「弓弢」之「弢」字改作「弢」。

【明】將正文之兩「籧」字並改作「簴」。

【廣三】方言：「箄、簍、籅、䈆，簴也。江沔之間謂之籅，趙代之間謂之䈆，淇衛之間謂之牛筐。簴，其通語也。」「簴小者，南楚謂之簍，自關而西秦晉之間謂之箄。」「籅」之言「輿」也。卷二云：「輿，載也。」「䈆」之言「韜」也。自上覆物謂之「韜」，自下盛物亦謂之「韜」。方言注云「䈆，音弓弢」，蓋得其義矣。「箄」之言「卑小」也。方言注云：「今江東亦名小籠爲箄。」説文：「簍，竹籠也。」急就篇云：「簁箄箕帚筐篋簍。」「簍」之言「婁」也，斂聚之名也。小雅角弓箋云：「婁，斂也。」方言：「飤馬橐，自關而西或謂之𢂬兜。」「𢂬」與「簍」，義相近。［籅䈆箄簍簴也，八·二五七］卷一三第一四五條；卷一三第一四六條；卷五第二二一條

一四六　**篪小者，南楚謂之簍，自關而西秦晉之間謂之箄。**今江南亦名籠爲箄〔一〕。 8b

【明】將正文之「篪」字改作「篆」。

【廣三】方言：「**箄、簍、籅、䈇，篆也。**江沔之間謂之籅，趙代之間謂之䈇，淇衛之間謂之牛筐。**篆，其通語也。」「篆小者，南楚謂之簍，自關而西秦晉之間謂之箄。」**「籅」之言「輿」也。卷二云：「輿，載也。」「䈇」之言「韜」也。自上覆物謂之「韜」，自下盛物亦謂之「韜」。方言注云「**䈇，音弓弢**」，蓋得其義矣。「箄」之言「卑小」也。**方言注云：「今江東亦名小籠爲箄。」**説文：「簍，竹籠也。」急就篇云：「簁箄箕帚筐篋簍。」「簍」之言「婁」也，斂聚之名也。小雅角弓箋云：「婁，斂也。」方言：**「飤馬橐，自關而西或謂之樓兜。」**「樓」與「簍」，義相近。［籅䈇箄簍篆也，八·二五七］卷一三第一四五條；卷一三第一四六條；卷五第二二條

一四七　**籠，南楚江沔之間謂之篣，**今零陵人呼籠爲篣，音彭。**或謂之笯。**音都墓，亦呼籃。 8b

〔一〕王念孫引方言注作「今江東亦名小籠爲箄」。

【廣】方言「籠，南楚江沔之間謂之篣，或謂之筊」，郭注云：「今零陵人呼籠爲篣。」「篣」，各本譌作「簩」，惟影宋本、皇甫本不譌。説文：「筊，鳥籠也。」楚辭九章「鳳皇在筊兮」，王逸注云：「筊，籠落也。」〔篣筊籠也，八・二二五六〕

一四八　簇，盛餅筥也[一]。南楚謂之筲，今建平人呼筲，爲鞭鞘。趙魏之郊謂之去簇[二]。今遍語也。

8b

【明】將郭注「盛餅筥也」之「餅」字改作「䬳」。又將郭注「爲鞭鞘」之「爲」字改作「音」。又將郭注「今遍語也」之「遍」字改作「通」。

【廣】「䬳」，舊本作「餅」，曹憲音必井反。案：「䬳」與「飯」同，讀如飯牛之「飯」，謂飤之也。玉篇、廣韻「飯」或作「䬳」。「䬳」與「餅」，字形相近，傳寫往往譌溷。韓子外儲説「糲䬳菜羹」；爾雅釋言釋文引字林云「䬳，扶晚反，飤也」；方言「簇，南楚謂之筲」，郭璞注云「盛䬳筥也」：今本「䬳」字並譌作「餅」，正與此同。

[一]「餅」，王念孫引方言作「䬳」。
[二]「去」，王念孫引方言作「筭」。

「餠」與餧飤之義不相近，曹憲音必井反，非是，今訂正。〔餠食也，三·一〇二〕

【廣】「簇」即「筥」字也。衆經音義卷十五云：「筥，又作簇，同力與、紀與二反。」古者「筥、簇」同聲。周官掌客注云「筥，讀如棟梠之梠」；大雅「以遏徂旅」，孟子作「徂莒」：皆其證也。**方言「簇，南楚謂之筲，趙魏之郊謂之笶簇」，郭注云「盛餠筥也」**，「餠」與「飯」同。說文：「筥，𥳓也。」周頌良耜篇云：「載筐及筥，其饟伊黍。」是筥以盛飯也。餘見下文「簞、笥、箄簍，篆也」下。「篆」亦與「筥」同。太平御覽引纂文云：「嵠岟，大筥也。」**方言注云：「今建平人呼筥爲筲。」**說文：「𥳓，飯筥也，受五升。秦謂筥爲𥳓。」又云：「𥴮，飯器，容五升。」「𥳓、𥴮」並與「筲」同。士喪禮下篇「筲三，黍稷麥」，鄭注云「筲，畚種類也。其容蓋與簋同一觳」；論語子路篇「斗筲之人」，鄭注云「筲，竹器，容斗二升」：與說文異義，未知孰是。論語「斗筲」並言，則筲與斗不同量。文選王命論注引漢書音義「筲受一斗」，失之。〔嵠岟筲簇也，七·二二一〕

【廣】「籚」，或作「盧」。說文：「盧，飯器也。」又云：「凵盧，飯器，㠯柳爲之。」「凵」，或作「笶」。**方言「簇，趙魏之間謂之笶簇」，郭注云：「盛餠筥也。笶簇，今通語也。」**士昏禮注云：「笲，竹器有衣者。其形蓋如今之筥笶籚矣。」「笶籚」與「凵盧」同。「簇」亦「盧」也，「笶簇」亦「笶籚」也。古者「盧、旅」同聲。士冠禮注云「古文

旅作臚」；周書「盧弓」，左傳作「玈弓」：皆其例矣。〔簞籚籃筐也，八·二五六〕

【讀】外儲説左下篇：「孫叔敖相楚，棧車牝馬，糲餅菜羹。」念孫案：「餅」當爲「餅」，「餅」與「飯」同。見玉篇、廣韻。「糲飯菜羹」猶言「疏食菜羹」耳。「餅」與「餅」，字形相似，傳寫往往譌溷。廣雅曰「餅，食也」，方言注曰「簇，盛餅筥也」，爾雅釋言釋文曰「飰，字又作餅」，今本「餅」字並譌作「餅」。初學記器物部引此，正作「糲飯」。〔糲餅，餘編上·一〇三三〕

一四九　**錐謂之鍣。**廣雅作銘字。8b

【明】將正文「鍣」字改作「鉊」。又將郭注内「銘」字改作「鉊」。

【廣】方言「**錐謂之鍣**」，郭注云「**廣雅作鉊**」，與今本異。〔鍣錐也，八·二五四〕

一五〇　**無升謂之刁斗**〔一〕。謂小鈴也。音貂。見漢書。8b

【廣】⿰矢召者：玉篇：「⿰矢召，犬短尾也。」字亦作「刀」，俗作「刁」。晉書張天錫傳韓博嘲刁彝云「短尾者爲刁」，是也。説文「⿰衤鳥，短衣也」，玉篇音丁了切，廣韻又音貂；方

〔一〕「無升」，王念孫引方言作「無緣之斗」。

言云「無緣之斗謂之刁斗」：義並與「鉊」同。衛風河廣篇「曾不容刀」，鄭箋云：「小船曰刀。」釋名「船三百斛曰舠。舠，貂也；貂，短也。江南所名，短而廣、安不傾危者也」，亦聲近而義同。初學記引論語摘衰聖云「鳳有九苞：六曰冠短周，七曰距鋭鉤」，周亦短也。「周」與「鉊」，聲近義同。宋均注云「周，當作朱，朱色也」，失之。〔鉊短也，二・六八〕

一五一　**匕謂之匙。**音祇。9a

【明】將郭注「音祇」之「祇」字改作「祗」。

【廣】説文：「匕，所以比取飯。一名柶。」古者匕或以匕黍稷，或以匕牲體，吉事用棘匕，喪事用桑匕。小雅大東篇「有捄棘匕」，傳云：「匕，所以載鼎實。」士昏禮「匕俎從設」，注云：「匕，所以別出牲體也。」特牲饋食禮記「棘心匕刻」，注云：「刻，若今龍頭。」少牢饋食禮云：「雍人概鼎匕俎于雍爨。」又云「廩人概甑甗匕與敦于廩爨」，注云：「匕，所以匕黍稷。」疏云：「上雍人云匕者，所以匕肉；此廩人所掌米，故云『匕黍稷』也。」少牢下篇「覆二疏匕于其上」，注云：「疏匕，匕柄有刻飾者。」又「二手執挑匕枋以挹湆，注于疏匕」，注云：「此二匕者皆有淺斗，狀如飯操。挑，長枋，可以抒物於器中者。」雜記「枇以桑，長三尺，或曰五尺，刊其柄與末」，注云「枇，所以載牲體者。此謂喪祭也。吉祭枇用棘」，「枇」與「匕」同。太平御覽引三禮圖云：「匕以載牲體，長二尺四寸，葉博三寸，長八寸；漆丹柄頭。疏匕形如飯橾，以棘心爲之。」案：三禮圖記匕之長與雜記不合，失之。説文：「柶，匕也。」柶有醴柶，有鉶柶，吉事用角柶，喪事用木柶。士冠禮「側尊一甒醴，有篚，實勺觶角柶」，注云：「柶，狀如匕。以角爲之者，欲滑也。」士喪禮云：「東方之饌兩瓦甒，其實醴酒，角觶木柶。」少牢饋食禮云：「上佐食羞兩鉶，皆有柶。」三禮圖引舊圖云：「柶長尺，櫼博三寸，曲柄長六寸，漆赤中及柄端。」又周官玉府「大喪，共角柶」，鄭衆注云：「角柶，角匕也，以楔齒令可飯含。」士喪禮「楔齒用角柶」，記云：「楔貌如軶，上兩末。」疏云：「此角柶。其形與扱醴角柶別，故屈之如軶，中央入口，兩末向上，易出入也。」方言：「匕謂之匙。」後漢書隗囂傳「奉盤錯鍉」，李賢注云：「鍉即匙字。」〔柶匙匕也，七·二三二一〕

一五二　**盂謂之⿰木盡，**子殄反。**河濟之間謂之⿱客皿盠。** 9a

【廣四】「盂」之言「迂曲」也。盂、⿱龹皿、椀皆曲貌也。説文：「盂，飲器也。」士喪禮下篇「兩敦兩杅」，鄭注云「杅以盛湯漿」，「杅」與「盂」同，「敦」與「⿱敖皿」同。古者敦以盛食，盟則用以盛血。或用木而飾以金玉，或用瓦無飾，皆有蓋有足；無足者謂之廢敦。爾雅「丘一成爲敦丘」，孫炎注云：「形如覆敦。」敦器似盂。少牢饋食禮疏引孝經鉤命決云：「敦規首，上下圜相連。」聶崇義三禮圖引舊圖云：「敦受一斗二升，漆赤中。大夫飾口以白金。」周官玉府「若合諸侯，則共珠槃玉敦」，鄭注云：「敦，槃類，珠玉以爲飾。古者以槃盛血，以敦盛食。合諸侯者，必割牛耳，取其血，歃之以盟。珠槃以盛牛耳，尸盟者執之。鄭司農云：『玉敦，歃血玉器。』」內則「敦牟卮匜」，鄭注云：「敦牟，黍稷器也。」士喪禮云：「黍稷用瓦敦，有蓋。」又云「敦啟會，面足」，注云：「敦有足，則敦之形如今酒敦。」少牢饋食禮云：「主婦自東房執一金敦黍，有蓋。」又云「敦皆南首」，注云：「敦有首者，尊者器飾也。飾蓋象龜形。」士喪禮「新盆，槃瓶，廢敦，重鬲」，注云：「廢敦，敦無足者，所以盛米也。」方言：**「盂謂之㯯，河濟之間謂之𥁞𥃒。」「椀謂之盦。」「盂謂之銚鋭，椀謂之梋𣏌。」**又云：**「盂，宋楚魏之間或謂之盌。盌謂之盂，或謂之銚鋭。盌謂之櫂，盂謂之柯。海岱東齊北燕之間或謂之盎。」**廣韻引埤倉云：「㯯，盂也。」玉篇：「𥁞𥃒，大盂也。」字亦作「安殘」。太平御覽引李尤安殘銘云：「安殘令名，甘旨是盛。埏埴之巧，甄陶所成。食彼美珍，思此鹿鳴。」「𣏌」，各本譌作「抉」，今訂正。方言**「椀謂之梋𣏌」**，二字共爲一名，則廣雅「梋、𣏌」二字之間不當有「栓」字。當本在「梋」字之上，或在「柍」字之下，而寫者誤倒其文也。「盎」之言「卷曲」也。玉藻「母没而杯圈不能飲焉」，注云：「屈木所爲，謂卮匜之類。」孟子告子篇：「以杞柳爲桮棬。」「棬、圈」並與「盎」通。「椀」之言「宛曲」也。急就篇「橢杅槃案桮問盌」，顔師古注云「盌，似盂而深長」，「盌」與「椀」同〔一〕。［盞櫨案𥂕銚鋭柯櫂梋栓柍盇盎椀盂也，七·二一九］卷一三第一五二條；卷一三第一五三條；卷一三第一五四條；卷五第四條

一五三　椀謂之盇。9a

【廣四】「盂」之言「迂曲」也。盂、盎、椀皆曲貌也。説文：「盂，飲器也。」士喪禮下篇「兩敦兩杅」，鄭注云「杅以盛湯漿」，「杅」與「盂」同，「敦」與「盞」同。古者敦以盛食，盟則用以盛血。或用木而飾以金玉，或用瓦無飾，皆有蓋有足；無足者謂之廢敦。爾雅「丘一成爲敦丘」，孫炎注云：「形如覆敦。」敦器似盂。少牢饋食禮疏引孝經鉤命決云：「敦規首，上下圜相連。」聶崇義三禮圖引舊圖云：「敦受一斗二升，漆赤中。大夫飾口以白金。」周官玉府「若合諸侯，則共珠槃玉敦」，鄭注云：「敦，槃類，珠

〔一〕王念孫補正於「同」字下補：賈子時變篇云：「母取瓢椀箕帚。」

玉以爲飾。古者以槃盛血，以敦盛食。合諸侯者，必割牛耳，取其血，歃之以盟。珠槃以盛牛耳，尸盟者執之。鄭司農云：『玉敦，歃血玉器。』」內則「敦牟巵匜」，鄭注云：「敦牟，黍稷器也。」士喪禮云：「黍稷用瓦敦，有蓋。」又云「敦啟會，面足」，注云：「敦有足，則敦之形如今酒敦。」少牢饋食禮云：「主婦自東房執一金敦黍，有蓋。」又云「敦皆南首」，注云：「敦有首者，尊者器飾也。飾蓋象龜形。」士喪禮「新盆，槃瓶，廢敦，重鬲」，注云：「廢敦，敦無足者，所以盛米也。」方言：「**盂謂之橀，河濟之間謂之𥂕𥃄。」「椀謂之盦。」「盂謂之銚鋭，椀謂之梋柍。」**又云：「**盂，宋楚魏之間或謂之盌。盌謂之盂，或謂之銚鋭。盌謂之櫂，盂謂之柯。海岱東齊北燕之間或謂之䀇。**」廣韻引埤倉云：「橀，盂也。」玉篇：「𥂕𥃄，大盂也。」字亦作「安殘」。太平御覽引李尤安殘銘云：「安殘令名，甘旨是盛。埏埴之巧，甄陶所成。食彼美珍，思此鹿鳴。」「柍」，各本譌作「抰」，今訂正。方言「**椀謂之梋柍**」，二字共爲一名，則廣雅「梋、柍」二字之間不當有「栓」字。當本在「梋」字之上，或在「柍」字之下，而寫者誤倒其文也。「䀇」之言「卷曲」也。玉藻「母沒而杯圈不能飲焉」，注云：「屈木所爲，謂巵匜之類。」「孟子告子篇：「以杞柳爲桮棬。」「棬、圈」並與「䀇」通。「椀」之言「宛曲」也。急就篇

「橢杅槃案桮閜盌」，顔師古注云「盌，似盂而深長」，「盌」與「椀」同〔一〕。〔⿱敦皿櫨案⿱登皿銚鋭柯櫂梋栓柍盦盎椀盂也，七·二一九〕卷一三第一五二條；卷一三第一五三條；卷一三第一五四條；卷五第四條

一五四　**盂謂之銚鋭**，音謡〔二〕。**木謂之涓抉**〔三〕。椀亦盂屬，江東名盂爲凱，亦曰甌也。蠲决兩音〔四〕。

9a

【明】將正文「木謂之涓抉」之「木」字改作「椀」。

【廣】梋者：玉篇音涓，云：「椀謂之梋，盂屬也。」方言云：「**椀謂之梋柍**。」亦器之圓者也。曹憲音沿。爾雅：「環謂之捐。」「捐」與「梋」，亦同義。〔梋圓也，三·八四〕

【廣四】「盂」之言「迂曲」也。盂、盎、椀皆曲貌也。説文：「盂，飲器也。」士喪禮下篇「兩敦兩杅」，鄭注云「杅以盛湯漿」，「杅」與「盂」同，「敦」與「⿱敦皿」同。古者敦以盛食，盟則用以盛血。或用木而飾以金玉，或用瓦無飾，皆有蓋有足；無足者謂之廢

〔一〕王念孫補正於「同」字下補：賈子時變篇云：「母取瓢椀箕帚。」
〔二〕「音謡」二字，他本作「謡音」。
〔三〕「涓抉」，王念孫引方言作「梋柍」。
〔四〕「決」，他本作「玦」。

敦。爾雅「丘一成爲敦丘」，孫炎注云：「形如覆敦。」敦器似盂。少牢饋食禮疏引孝經鉤命決云：「敦規首，上下圜相連。」聶崇義三禮圖引舊圖云：「敦受一斗二升，漆赤中。大夫飾口以白金。」周官玉府「若合諸侯，則共珠槃玉敦」，鄭注云：「敦，槃類，珠玉以爲飾。古者以槃盛血，以敦盛食。合諸侯者，必割牛耳，取其血，歃之以盟。珠槃以盛牛耳，尸盟者執之。鄭司農云：『玉敦，歃血玉器。』」內則「敦牟卮匜」，鄭注云：「敦牟，黍稷器也。」士喪禮云：「黍稷用瓦敦，有蓋。」又云「敦啟會，面足」，注云：「敦有足，則敦之形如今酒敦。」少牢饋食禮云：「主婦自東房執一金敦黍，有蓋。」又云「敦皆南首」，注云：「敦有首者，尊者器飾也。飾蓋象龜形。」士喪禮「新盆，槃，瓶，廢敦，重鬲」，注云：「廢敦，敦無足者，所以盛米也。」方言：「**盂謂之榼，河濟之間謂之⿱窊皿⿱殘皿。」「椀謂之盦。」「盂謂之銚鋭，椀謂之梋⿰木夬。」**又云：「**盂，宋楚魏之間或謂之盌。盌謂之盂，或謂之銚鋭。盌謂之櫂，盂謂之柯。海岱東齊北燕之間或謂之盎。**」廣韻引埤倉云：「榼，盂也。」玉篇：「⿱窊皿⿱殘皿，大盂也。」字亦作「安殘」。太平御覽引李尤安殘銘云：「安殘令名，甘旨是盛。埏埴之巧，甄陶所成。食彼美珍，思此鹿鳴。」「⿰木夬」，各本譌作「抉」，今訂正。方言「**椀謂之梋⿰木夬**」，二字共爲一名，則廣雅「梋、⿰木夬」二字之間不當有「栓」字。當本在「梋」字之上，或在「⿰木夬」字之下，而寫者誤倒其文也。「盎」

之言「卷曲」也。玉藻「母没而杯圈不能飲焉」，注云：「屈木所爲，謂巵匜之類。」孟子告子篇：「以杞柳爲桮棬。」「棬、圈」並與「𢍰」通。「椀」之言「宛曲」也。急就篇「檽杅槃案桮閜盌」，顔師古注云「盌，似盂而深長」，「盌」與「椀」同〔二〕。〔鍪櫑案盞銚鋭柯櫂椙栓柍盦𢍰椀盂也，七·二一九〕卷一三第一五二條；卷一三第一五三條；卷一三第一五四條；卷五第四條

一五五　餌謂之餻，或謂之粢〔三〕，或謂之䬴，音鈴。**或謂之餣，**央㤼反。**或謂之⿰食元。**音元。 9a

【明】將郭注「央㤼反」之「㤼」字改作「怯」。

【廣】説文：「鬻，粉餅也。或作餌。」釋名云：「餌，而也，相黏而也。」「餻」，曹憲音「高」。今本方言：「**餌謂之餻，或謂之餈，或謂之䬴，或謂之餣，或謂之⿰食元。**」太平御覽引方言「餻」作「⿰食恙」，又引郭注音「恙」。玉篇「⿰食恙，餘障切，餌也」，廣韻同。集韻引方言「⿰食恙，餌也。或作⿰食羕」，與廣雅及今本方言皆異，未知孰是。説文：「餈，稻餅也。或作饝、粢。」釋名云：「餈，漬也，烝糝屑使相潤漬餅之也。」周官籩人「糗餌粉餈」，

〔二〕王念孫補正於「同」字下補：「賈子時變篇云：『母取瓢椀箕帚。』」
〔三〕「粢」，王念孫引方言作「餈」。

鄭注云：「此二物皆粉稻米、黍米所爲也。合蒸曰餌，餅之曰餈。」疏云：「今之餈糕，名出於此。」高誘注呂氏春秋仲秋紀云：「今之八月，比户賜高年鳩杖粉粢。」「飫」之言「圜」也。今人通呼餌之圜者爲「飫」。程氏易疇云：「今吾歙猶呼社餈爲社飩。」

［餻饡飴飩飫餌也，八·二四七］

【述】「兑爲妾，爲羊」，釋文：「羊，虞作羔。」集解載虞注曰：「三少女位賤，故爲妾。羔，女使。皆取位賤，故爲羔。舊讀以震駹爲龍，艮拘爲狗，兑羔爲羊，皆已見上。此爲再出，非孔子意也。」引之謹案：羔爲羊子，書傳無訓「女使」者。「羔」當爲「恙」，字之誤也。朱震漢上易傳引鄭本「羊」作「陽」，注曰「此陽謂爲養，无家女行賃炊爨，今時有之，賤于妾也」，正與「女使」之訓相合。虞本蓋借「恙」爲「養」也。宣十二年公羊傳「廝役扈養」，何休注曰：「炊烹者曰養。」釋文：「養，餘亮反。」漢書兒寬傳「嘗爲弟子都養」，顏師古注曰：「養，主給烹炊者也。養，音弋向反。」「餘亮、弋向」之音並與「恙」同。「廝役扈養」之「養」通作「恙」，猶爾雅「恙，憂也」之「恙」通作「養」。邶風二子乘舟篇「中心養養」，傳訓「養」爲「憂」。「恙」從羊聲，故舊讀作「羊」；亦如「駹、龍」同聲而舊讀「駹」爲「龍」，「拘、狗」同聲而舊讀「拘」爲「狗」。隸書「心」作「⺗」，「火」作「𣥂」，二體相似，故「恙」字譌而爲「羔」。方言**「餌謂之餻」**，太平御覽引作「餻」，又引郭璞「音恙」。廣雅「餻，餌也」，曹憲音高。玉篇、廣韻並作「餻，音餘障切，餌也」。是其例矣。〔兑爲羔，二·六三〕

一五六　**餅謂之飥，**音乇。**或謂之餦餛**〔一〕。長渾兩音。9a

【廣】見衆經音義卷十五及北户録注。集韻、類篇引廣雅作「腪肫」。説文：「餅，麪餈也。」釋名云：「餅，并也，溲麪使合并也。」方言：「**餅謂之飥，或謂之餦，或謂之餛。**」齊民要術有水引餺飩法。北户録引作「渾屯」，又云：「廣雅作『餛飩』，字苑作『餺飩』。顔之推云：『今之餛飩，形如偃月，天下通食也。』」〔餛飩餅也，八·二七四〕

一五七　**餳謂之餦餭**〔二〕。即乾飴也。**飴謂之䬵。**音該。**餹謂之䭔。**以豆屑雜餳也。音髓。**餳謂之餹。**江東皆言餹，音唐。**凡飴謂之餳，自關而東陳楚宋衛之通語也。**9a

【廣】急就篇云：「棗杏瓜棣饊飴餳。」説文：「餳，飴和饊也。」方言：「**凡飴謂之**

〔一〕王念孫引方言作「或謂之餦，或謂之餛」。
〔二〕「餳」，王念孫引方言作「錫」，下同。「餭」，他本作「鍠」。

餳，自關而東陳楚宋衛之間通語也。」釋名云：「餳，洋也，煮米消爛洋洋然也。」方言「餳謂之餦餭」，郭注云：「即乾飴也。」周頌有瞽釋文、正義引方言並作「張皇」。楚辭招魂「粔籹蜜餌，有餦餭些」，王逸注云：「餦餭，餳也。」「餦」，各本譌作「粻」，今訂正。內則云：「棗栗飴蜜以甘之。」説文：「飴，米櫱煎也。」釋名云：「飴，小弱於餳，形怡怡然也。」方言：「飴謂之餯。」又云「餳謂之餹」，注云：「江東皆言餹。」〔餦餭飴餯餹餳也，八·二四七〕

【廣】方言「⿰食宛謂之餚」，注云：「以豆屑雜餳也。」説文：「豋，豆飴也。」太平御覽引倉頡解詁云：「⿰食宛，飴中著豆屑也。」「⿰食宛」與「豋」同。淮南子時則訓「天子衣苑黃」，高誘注云：「苑，讀豋飴之豋。」〔餚謂之⿰食宛，八·二四七〕

【廣】「黦」，説文作「⿰黑冤」，云：「黑有文也。讀若飴豋字。」廣韻「黦」音於勿、於月二切，「黃黑色也」。周官染人「夏纁玄」，故書「纁」作「⿱穴熏」；淮南子時則訓「天子衣苑黃」，高誘注云「苑，讀豋飴之豋」；春秋繁露五行順逆篇云「民病心腹宛黃」：並字異而義同。説文：「豋，豆飴也。」方言注云：「以豆屑雜餳也。」説文、淮南子注並讀「⿰黑冤」爲「豋」，蓋以其色如豋飴，故讀從之矣。廣韻「黦」又音謁，「色壞也」，義亦與「⿰黑冤」同。徐鍇繫傳云：「⿰黑冤，謂物經溽暑而變斑色也。」〔黦黑也，八·二七三〕

一五八　䴷、音哭。**䴭**、音才。**麧**、于八反。**麰**、音牟。大麥麴。**䴽**、音脾。細餅麴。**䵆**、音蒙。有衣麴。**䴹**，䑘音。小麥麴爲䴹，節麲也。**麴也。自關而西秦豳之間曰䴷；**豳即邠，音斌。**晉之舊都曰䴭；**今江東人呼麴爲䴭。**齊右河濟曰麧，或曰麰；北鄙曰䴽。麴，其通語也。**

【明】將正文「麧」字改作「麮」。又將郭注「䑘音」之「䑘」字改作「䰯」。又將郭注「節麲」改作「即䴧」。又將正文「北鄙曰䴽」之「鄙」字改作燕。

【廣】説文：「㲉，未燒瓦器也。」玉篇音苦谷切。「㲉」之言「㱿」也。説文：「㱿，素也。」易乾鑿度云：「太素者，質之始也。」方言：「**䴷，麴也。**」説文：「𣪊，未練治纑也。」字通作「穀」。論衡量知篇云：「無染練之治，名曰穀麤。」玉篇：「㱿，土墼也。」「㲉、䴷、穀、𣪊」並音苦谷反，義相近也。「㲉」，各本譌作「穀」。集韻、類篇並引廣雅「㲉，培也」，今據以訂正。［㲉培也，五・一四九］

【廣】説文：「麴，酒母也。或作鞠。」今經傳皆作「麴」。釋名云：「麴，朽也，鬱之使生衣朽敗也。」方言：「**䴷、䴭、麧、麰、䵆、䴹，麴也。自關而西秦豳之間曰䴷；晉之舊都曰䴭；齊右河濟曰麧，或曰麰；北鄙曰䴽。麴，其通語也。**」説文：「䴭，餅麴也。」方言注云：「**今河東人呼麴爲䴭。**」案：「䴭」之言「哉」也。爾雅：「哉，始也。」麴爲酒母，故謂之「麲」。說文：「䴭，餅籟也。」「䴬」之言「卑小」也。方言注云：「**䴬，細餅麴也。」又云：「𪌹，大麥麴也。」**說文：「𪎊，餅籟也。」𪎊亦始也，說見釋言「𪍑，培也」下。「𪎊」之言「蒙」也。說文：「䴷，籟生衣也。」方言注云：「**𪎊，有衣麴也。」**「䴷、䵆、𪎊」並同。〔麲䴭䴬𪌹𪎊䵆麴也，八·二四八〕

一五九　屋梠謂之欞〔一〕。雀梠，即屋檐也。亦呼爲連綿。音鈴。

【明】將郭注「雀梠」之「雀」字改作「屋」。

【廣】方言「**屋梠謂之櫺」，郭璞曰：「即屋檐也。亦呼爲連綿。」**「櫺」之言「闌」也，與「欄謂之櫺」同義。〔櫺梠也，七·二〇八〕

【讀】「夏屋宫駕，縣聯房植」，高注曰：「縣聯，聯受雀頭箸椾者。」念孫案：「縣」皆當爲「緜」，字之誤也。隸書「緜、縣」二字相似。說見原道「旋縣」一條下。說文「櫋，屋櫋聯也」，又曰「楣，秦名屋櫋聯也，齊謂之檐，楚謂之梠」；方言「**屋梠謂之櫺」，郭璞曰「即屋檐也。亦呼爲連緜」**；「連緜」猶「緜聯」，語之轉耳。釋名「梠，旅也，連旅旅也。」

〔一〕「欞」，王念孫引方言作「櫺」。

或謂之櫋，櫋，緜也，緜連榱頭使齊平也。上入曰爵頭，形似爵頭也」：皆足與高注相證。「櫋」與「緜」、「聯」與「連」，並字異而義同。太平御覽人事部一百三十四引此正作「緜聯」。〔縣聯，淮南内篇第八·八二八〕

一六〇　**㽍謂之䨨。**即屋檼也。今字作甍，音萌。䨨，音霤。

【明】將正文及郭注内「䨨」字並改作「甑」。

【廣】「甍」，或作「㽍」。方言「㽍謂之䨨」，郭注云：「即屋檼也。」説文：「甍，屋棟也。」釋名云：「屋脊曰甍；甍，蒙也，在上覆蒙屋也。」襄二十八年左傳「猶援廟桷動於甍」，晉語「既鎮其甍矣」，韋昭、杜預注並與説文同。程氏易疇通藝録云：「甍者，蒙也。凡屋通以瓦蒙之曰甍，故其字從瓦。晉語『譬之如室，既鎮其甍矣，又何加焉』，謂蓋構既成，鎮之爲甍，則不復有所加矣。若以甍爲屋極，則當施榱桷，覆茅瓦，安得云無所加？左傳『慶舍援廟桷而動於甍』，則甍爲覆桷之瓦可知。言其多力，引一桷而屋宇爲之動也。若以甍爲屋極，則太公之廟必非容膝之廬，所援之桷必爲當檐之題。題之去極甚遠，安得援題而動於極也？天子廟制，南北七筵，諸侯降殺以兩，則五筵也。陂陀下注，又加長焉。極之去檐，幾三丈矣。況題接於交，交至於極，亦必非一木，何能遠動之乎？」案：易疇謂以瓦覆屋曰「甍」，與內外傳皆合，確不可易。「霤」之言「霤」也。説文：「霤，屋水流也。」甍爲霤所從出，故又謂之「甑」矣。〔甍謂之甑，七·二〇八〕

【述】注曰：「皆闇亂。」釋文引顧舍人云：「夢夢訰訰，煩懣亂也。」邢曰：「孫炎曰：『夢夢，昏昏之亂也。』大雅抑篇云：『視爾夢夢。』」邵曰：「小雅正月云：『視天夢夢。』楚詞九章云：『中悶瞀之忳忳。』賈誼書先醒篇云：『不知治亂存亡之所由，忳忳然猶醉也。』『忳、訰』音義同。」家大人曰：莊子胠篋篇曰「故天下每每大亂」，李頤曰：「每每猶昏昏也。」案：「每每」即「夢夢」。「夢」之爲「每」，猶「甍」之爲「瓴」矣。方言「瓴謂之甑」，郭注：「今字作甍。」引之謹案：釋文：「訰，或作諄。」襄三十一年左傳「且年未盈五十而諄諄焉，如八九十者弗能久矣」，諄諄，眊亂也。言眊亂如八九十人也。説見左傳。〔夢夢訰訰亂也，二七·六四六〕

一六一　**冡**〔一〕，**秦晉之間謂之墳**，取名於大防也。**或謂之培**，音部。**或謂之堬**，音臾。**或謂**

〔一〕「冡」，王念孫引方言作「冢」。下注內同。

之采，古者卿大夫有采地，死葬之，因名也。**或謂之埌**，波浪。**或謂之壠**。有界埒似耕壠，因名之。**自關而東謂之廿，小者謂之塿**，培螻〔一〕，亦堆高之貌。洛口反。**大者謂之廿**，又呼冢爲墳也。**凡葬而無墳謂之墓**，言不封也。**所以墓謂之墲**。墲謂規度墓地也。漢書曰「初陵之墲」，是也。

【大】丘，大也。詩序：「崇丘，萬物得極其高大也。」漢書楚元王傳「時時與賓客過其丘嫂食」，張晏注：「丘，大也。長嫂稱也。」晉灼注：「禮謂大婦爲冢婦。」孫子作戰篇「丘牛大車」，丘亦大也。魏武帝注以爲「丘邑之牛」，失之。故大冢謂之「丘」，方言：「冢大者謂之丘。」聚謂之「丘」，四邑謂之「丘」，周禮小司徒：「四邑爲丘。」莊子則陽篇「丘里者合十姓百名而以爲風俗也」，李頤注：「四井爲邑，四邑爲丘。五家爲鄰，五鄰爲里。鄰里井邑，土風不同。」釋名：「四邑爲丘；丘，聚也。」空謂之「丘」。「空、丘」聲之轉。左傳昭十二年「是能讀三墳、五典、八索、九丘」，延篤注引張平子説：「九丘，周禮之九刑。丘，空也，空設之也。」漢書息夫躬傳「寄居丘亭」，顔注：「丘，空也。」〔二·六九〕

【明】於正文「或謂之采」右側夾注：玉篇引此「采」作「埰」。又於郭注「有界埒似耕壟，因名之」右側夾注：玉篇引此作「因名也」。又將正文「自關而東謂之廿……大者謂之廿」之兩「廿」字並改作「丘」。又於正文「所以墓謂之墲」之「墓」字上增「安」字。

〔一〕「螻」，他本皆作「塿」。

【廣二】**方言云「冢，秦晉之間謂之墳，或謂之培，或謂之堬，或謂之埰，或謂之埌，或謂之壠。自關而東謂之丘，小者謂之塿，大者謂之丘」**，郭璞注云：**「墳，取名於大防也。」**爾雅「墳，大防」，李巡注云：「謂厓岸狀如墳墓。」「墳、封、墦」一聲之轉，皆謂土之高大者也。**方言云：「墳，地大也。青幽之間凡土而高且大者謂之墳。」**［墳冢也，九·二九八］

卷一三第一六一條；卷一第二四條

【廣】「埰」之言「宰」也。宰亦高貌也。列子天瑞篇云：「望其壙，宰如也。」僖三十三年公羊傳「宰上之木拱矣」，何休注云：「宰，冢也。」「宰」與「埰」，聲相近。故冢謂之「埰」，亦謂之「宰」；官謂之「寀」，亦謂之「宰」；車謂之「采」，亦謂之「縡」。**方言注云「古者卿大夫有采地，死葬之，因名曰埰」**，其失也鑿矣。［埰冢也，九·二九八］

【廣】「壟」，說文作「壠」，亦通作「隴」。淮南子說林訓云：「或謂冢，或謂隴，名異實同也。」曲禮云：「適墓不登壟。」「壟」之言「巃嵸」也。**方言注云：「有界埒似耕壠，因名之也。」**天水大阪謂之隴，義亦同也。［壟冢也，九·二九八］

【廣】培亦高貌也。風俗通義云「部者，阜之類也。今齊魯之間田中少高卬者，名之爲部」，義並與「培」同。塿亦高貌也。孟子告子篇「可使高於岑樓」，趙注云「岑樓，山之鋭嶺者」，義與「塿」同。**方言注云：「培塿，亦堆高之貌，因名之也。」**「培、塿、堬」，聲之轉。冢謂之「堬」，亦謂之「培塿」；罌謂之「甀」，亦謂之「瓿甊」；北陵謂之「西隃」，小山謂之「部婁」：義並相近也。〔培塿冢也，九·二九九〕

【廣】「墓」之言「模」也。規模其地而爲之，故謂之「墓」。説文：「墓，兆域也。」方言「**凡葬而無墳謂之墓**」，注云：「**言不封也。**」周官有冢人，有墓大夫，鄭注云：「冢，封土爲丘壠，象冢而爲之。」「墓，冢塋之地也。」檀弓「古也墓而不墳」，注云：「墓謂兆域，今之封塋也。土之高者曰墳。」蓋自秦以前皆謂葬而無墳者爲墓，漢則墳墓通稱。故水經渭水注引春秋説題辭云：「丘者，墓也。」周官冢人「以爵等爲丘封之度」，注云：「王公曰丘，諸臣曰封。」王制「庶人不封不樹」，注云：「封謂聚土爲墳。」封亦高起之名。大司徒注云：「封，起土界也。」〔墓封冢也，九·二九八〕

【述】郭釋「尸，寀也」曰：「謂寀地。」釋「寀、寮，官也」曰：「官地爲寀，同官爲寮。」引之謹案：古無謂寀地爲尸者。邵曰：「莊子天下篇『皆願爲之尸』，謂願其主食采之地也。」此曲説不可通。爾雅直訓寀爲官，何得以官地釋之乎？據釋文云「寀，李、孫、郭並七代反」，則李、孫亦以寀爲寀地，不始於景純矣。今案：「寀」之言「宰」也。鄭注周官太宰曰：「宰，主也。」「宰、寀」聲相近，故謂「宰」爲「寀」。「尸、職，主也。尸，寀也」，其義上下相承。漢書揚雄傳：「胥靡爲宰，寂莫爲尸。」尸也、宰也，皆主也。官者，事之主。

故寀又爲官，義亦相承也。官寀之寀，亦宰也。隱元年公羊傳曰：「宰者何？官也。」周官目録注、隱元年左傳注並曰：「宰，官也。」「宰、寀」聲相近。字或作「采」。故堯典「若予采」，釋文引馬注曰：「采，官也。」漢書司馬相如傳「以展采錯事」，文穎注與此同。主謂之「宰」，亦謂之「寀」；官謂之「宰」，亦謂之「寀」；冢謂之「宰」，亦謂之「埰」；僖三十三年公羊傳「宰上之木拱矣」，何注：「宰，冢也。」方言**「冢，秦晉之間或謂之埰」**，埰亦宰也。**郭彼注曰「古者卿大夫有采地，死葬之，因名曰埰」**，誤與此注同。事謂之「采」，亦謂之「縡」：下文曰：「采，事也。」大雅文王篇「上天之載」，毛傳：「戰事也。」漢書揚雄傳作「上天之縡」。皆以聲近而有二名也。［尸職主也尸寀也寀寮官也，二六·六一七］

【讀】「或謂冢，或謂隴；或謂笠，或謂簦。頭蝨與空木之瑟，名同實異也。」念孫案：「或謂簦」下當有「名異實同也」五字。言冢與隴、笠與簦，名異而實同。「隴」，本作「壠」。方言：**「冢，秦晉之間或謂之壠。」**廣雅：「簦謂之笠。」若頭蝨與空木之瑟，則名同而實異也。［或謂簦下脱文，淮南内篇第一七·九一八］

王念孫於手校明本方言末尾有兩處浮簽，分別是：

一　**兖豫之間謂螳蜋爲巨斧。**說郛。

二　**蒙，萌也。**易蒙釋文。

王念孫著作中尚有四處所引文獻引用方言的條目，分別是：

【廣】[一]漢書季布欒布田叔傳贊「夫婢妾賤人，感槩而自殺，非能勇也，其畫無俚之至耳」，晉灼注云：「揚雄方言曰：『**俚，聊也。**』許慎曰：『賴也。』此謂其計畫無所聊賴，至於自殺耳。」孟子盡心篇「稽大不理於口」，趙岐注云「理，賴也」，「理」與「俚」通。〔俚勲賴也，五・一四〇〕

【廣】[二]今之高粱，古之稷也。秦漢以來，誤以粱爲稷，而高粱遂別名「木稷」矣。又謂之「蜀黍」。博物志云：「地三年種蜀黍，其後七年多蛇。」王楨農書云：「蜀黍，一名高粱，一名蜀秫，一名蘆穄，一名蘆粟，一名木稷，一名荻粱。以種來自蜀，形類黍稷，故有諸名。」九穀考辨之云：「蜀人云，彼土最宜稻。高粱惟高岡種之，專用以造酒。謂其味澁，民俗不食。夫苟爲彼地之種，其民安得不食？今乃苦其味澁而不以作飯，而直隸、山東、山西、河南、陝西爲種之。來自彼地者，反爲賤者之常食。此事之必不然者也。且種來自蜀之說，考之傳記，未有確證，知其爲臆說，不足憑矣。余案：方言

[一] 此條方言爲晉灼所引，參見本書卷三第三九條。

[二] 此條方言爲程瑶田所引，參見本書卷十二第一二〇條。

云『**蜀，一也。南楚謂之獨**』，『蜀』有『獨』義，故爾雅釋山云：『獨者，蜀。』物之獨者或且大，故因之有『大』義。釋獸云：『雞大者，蜀。』此『蜀黍、蜀葵』爲獨大者之明證也。」引之案：高粱莖長丈許，實大如椒，故謂之「蜀黍」。又謂之「木稷」，言其高大如木矣。〔藋粱木稷也，一〇·三三九〕

【述】〔一〕禮察篇：「今或言禮義之不如法令，教化之不如刑罰。人主胡不承殷周秦事以觀之乎？」家大人曰：「承」，讀爲「拯」。說文作「抍」。拯謂引取之也。艮六二「不拯其隨」，虞翻曰：「拯，取也。」釋文「拯」作「承」，葉林宗影宋本如是，通志堂本改「承」爲「拯」。云：「音拯救之拯。」渙初六「用拯馬壯吉」，釋文：「拯，子夏作抍。抍，取也。」宣十二年左傳「目於眢井而拯之」，釋文「拯」作「承」，葉本如是。云：「音拯救之拯。」列子黃帝篇「使弟子並流而承之」，釋文「承，音拯」，**引方言「出溺爲承」**。今方言作「拯」。皆是引取之義。明夷釋文云「拯，鄭云承也，子夏作抍」，引字林「抍，音承」。據此，則「承」亦可如字讀。莊子達生篇「見痀僂者承蜩，猶掇之也」，承亦謂引取之也。漢書賈誼傳作「胡不引殷周秦事以觀之」。是「承」與「引」同義。〔承，一一·二六八〕

〔一〕此條方言爲陸德明所引，參見本書卷十三第七條。

【讀】[一]「儵鮇者，浮陽之魚也。胠於沙而思水，則無逮矣」，楊注曰：「胠與祛同。方言云：『**祛，去也。**』去於沙，謂失水去在沙上也。」引之曰：魚在沙上，不得謂之「去於沙」。楊説非也。案：「胠」，當爲「俗」。字從人谷聲。「谷」，其虐反，與風俗之「俗」從谷者不同。玉篇：「俗，渠戟切，倦也。」集韻：「⿰亻谻，**方言「⿰亻劵也」**，「⿰亻劵」與「倦」同。或作⿰亻卻、俗。」漢司馬相如子虛賦「徼谻受詘」，郭璞曰：「谻，疲極也。」上林賦「與其窮極倦谻」，郭曰：「窮極倦谻，疲憊者也。」説文：「⿰亻卻，徼⿰亻卻受屈也。」「谻、⿰亻谻、⿰亻卻」並與「俗」同。窮、極、倦、谻，其義一也。廣雅曰：「困、疲、羸、券、鄭注考工記輈人曰：「券，今倦字也。」⿰亻卻、窮、𢥞，與「憊」同。遯象傳「有疾憊也」，鄭注：「憊，困也。」極也。」趙注孟子離婁篇曰：「極，困也。」呂刑曰：「人極于病。」困、疲、羸、倦、⿰亻卻、窮、憊、極，其義一也。然則俗者，窮困之謂。言魚困於沙而思水，則無及也。隸書「亻」旁或從篆作「刀」，見隸辨。與「月」相似，「谷」或作「去」，漢冀州刺史王純碑「卻掃閉門」，「卻」字作「却」。今俗書「卻、腳」二字亦作「却、脚」。與「去」相似，故「俗」字譌而爲「胠」。［荀子補遺·七五〇］

[一] 此條兩處引用皆非王氏所引，一爲楊倞所引，一爲集韻所引。楊倞所引，不見於今本方言。集韻所引，參見本書卷十二第八四條。

後記

二〇〇九年九月，我從河南北上，前往北京語言大學攻讀研究生學位。碩士階段，選擇了文字學方向，在導師石定果教授的引導下，展開了對包括許慎說文解字、段玉裁說文解字注在內的小學著作的學習。除此之外，先後點讀了阮刻十三經注疏中的左傳正義、毛詩正義等經典著作。碩士學位論文也是以說文解字火部諸字研究結題，完成了碩士階段的學業。

二〇一二年九月，師從華學誠教授攻讀博士以後，轉向了對高郵二王專著的學習，先後點讀了廣雅疏證、經義述聞以及讀書雜志的一部分。在導師以及諸位同門的幫助下，確定了博士論文題目，最終順利通過答辯，完成了博士階段的學業。

作爲揚雄方言的研究專家，華老師很早就對王念孫方言遺說輯録有了清晰完整的考慮。在語言研究二〇一五年第三期論王念孫方言遺説的重建——古代語言學著作的文獻學研究之三一文中，華老師更是將方言遺説輯録的原則、凡例、價值進行了詳盡的分析。毫不誇張地說，這是我們進行方言輯録的綱領性文獻。

在華老師的指導下，二〇〇八級博士生徐妍雁早就做了方言遺説輯録的材料搜集工作，並取得了較好的效果。後來由於種種原因，二〇一三級博士生王雪波又將已有的紙質材料重新録入電腦。華老師得知我在研習二王著作後，囑託我要做好對已有材料的補遺、整理和校對工作。後來有幸相繼列入華老師幾個國家級項目之中，並能由中華書局出版，實屬不易。書稿完成之後，又蒙華師逐字修改前言和凡例。師恩難忘！中華書局語言文字編輯室的張可師姐等人，也爲本書的出版付出了大量精力，在此表示由衷的感謝！

這本王念孫方言遺説輯録，肇始於華學誠老師的深思熟慮，起步於徐妍雁師姐的爬梳剔抉，復活於王雪波師妹的打成一片，最終由我草草收尾，日月如梭，十年有餘。書中舛誤之處，自是本人學識不精所致。敬請廣大讀者和專家不吝賜教！

魏鵬飛於洛陽理工學院

二〇二一年六月

筆畫索引

説明：

1. 本索引收入方言原文及郭璞注中的解釋詞和被釋詞，不收入王氏父子校改、引述、疏證的内容。

2. 所有反切，只保留上下字，不保留“切、反”等。

3. 本索引依據首字筆畫多寡排列，首字筆畫數相同者按筆形順序排列，首字筆畫、筆形相同者按第二字筆畫、筆形順序排列，以此類推。

4. 索引項後標明所在頁碼。同一索引項在書中不同頁碼出現時，按先後次序依次列明所在頁碼。來自郭注的以小字“注”標於頁碼之後以示區别。

七畫

八畫

九畫

十畫

十一畫

十二畫

十三畫

十四畫

十五畫

十七畫

十八畫

二十一畫

二十二畫

二十三畫

二十四畫